M

몬스트러몰로지스트 1

괴물학자와 제자

THE MONSTRUMOLOGIST
by Rick Yancey

MONSTRUMOLOGIST
릭 얀시
박슬라 옮김
몬스트러몰로지스트 1
괴물학자와 제자
황금가지

MONSTRUMOLOGIST

MON.STRUM.OL.O.GY 명사.

1. 인간에게 대체로 적대적이며 과학적으로 인정되지 않는, 특히 신화나 전설의 산물로 여겨지는 생물을 연구하는 학문
2. 그런 존재를 사냥하는 행위

안트로포파기(Anthropophagi)는 그중에서도 가장 잔인하고 야만적이다.
그들은 옳고 그름을 구분하지 못하고 관습적인 법도 없다…….
[그들은] 독자적인 언어를 지니고 있으며 유일하게 식인을 하는 부족이다.
— 헤로도토스, 『역사』(BC 440년)

블레미아이(Blemmyae)는 머리가 없고, 눈과 입이 가슴에 달려 있다고 한다.
— 대(大)플리니우스, 『박물지』(AD 75년)

미드웨이 섬에는 기골이 장대하고 기질이 사악한 종족이 살고 있는데,
머리가 없고 눈은 등에 달렸으며 가슴 한복판에는 편자처럼 둥근 입이 뚫려 있다.
또 다른 섬에는 머리가 없는 사람들이 많이 살고 있는데 얼굴과 눈이 등에 달렸다.
—『세계의 불가사의』(1356년)

가오라 강 주변에는 겨드랑이 아래 머리가 달린 종족이 산다.
눈은 어깨에 붙어 있고 입은 가슴팍에 달려 있다.
—『해클루트 항해기』(1598년)

카롤리 서쪽에는 수많은 식인종 국가와 머리 없는
에와이파노마(Ewaipanoma)의 나라가 있다.
— 월터 롤리 경, 『기아나의 발견』(1595년)

저는 위험천만한 모험담을 늘어놓았습니다.
바다와 육지에서 겪은 흥미진진한 사건들,
구사일생의 위기에서 가까스로 탈출한 일……
그리고 서로를 잡아먹는 식인종과
어깨 밑에 머리가 자라는 종족 안트로포파기에 대해.
— 셰익스피어, 『오셀로』(1603년)

프롤로그

2007년 6월

원장은 혈색이 좋고 깊고 어두운 눈을 지닌 자그마한 사내였다. 볼록한 이마 위에는 솜처럼 보드라운 흰머리가 풍성하게 덮여 있었지만 뒤로 갈수록 숱이 줄었고, 뻣뻣한 정수리 쪽 머리칼은 머리 중앙에 드러난 분홍색 섬을 향해 파도처럼 몰아치고 있었다. 내 손을 잡고 흔드는 손은 강하고 민첩했으나 아귀힘이 너무 세지도 않고 움직임이 너무 빠르지도 않았다. 관절염으로 고생하는 손가락을 어떻게 쥐어야 하는지 잘 아는 사람이었다.

"이렇게 와 주셔서 감사합니다." 그가 말했다. 그는 내 손을 놓고 두툼한 손가락으로 내 팔꿈치를 잡고는 텅 빈 복도를 지나 그의 사무실로 데려갔다.

"다들 어디 갔나요?" 내가 물었다.

"아침식사 중입니다." 그가 대답했다.

사무실은 공동 구역의 끝자락에 있었다. 숨이 막힐 정도로 좁고 어수선한 방 한복판에 앞다리 하나가 부러진 커다란 마호가니 책상이 군림하고 있었는데, 누군가 높이를 맞추려고 우중충한 흰색 카펫과 다리 사이에 책 한 권을 끼워 놓았다. 컴퓨터는 산더미처럼 쌓인 종이 뭉치와 서류철, 학술지, 그리고 『유산상속 계획 101』, 『사랑하는 사람들에게 작별인사 하기』 같은 제목의 책들 뒤에 숨어 있었다. 가죽 의자 뒤 낮은 진열장 위의 액자 속에서는 나이가 지긋해 뵈는 여성이 "어디 감히 내 사진을 찍으려 들어!"라고 말하는 듯한 표정으로 카메라를 노려보고 있었다. 아마도 그의 부인이리라.

원장이 의자에 앉더니 말했다. "책은 언제 출간되나요?"

"벌써 나왔는데요. 지난달에 출간됐습니다."

나는 서류가방에서 책을 꺼내 그에게 건넸다. 그는 끙 소리를 내더니 입술을 꼭 다물고 짙은 눈동자 위 두터운 눈썹을 한데 모은 채 책장을 대충 넘겨 보았다.

"저도 여기 한몫을 해서 기쁘군요."

그는 책을 내 쪽으로 내밀었다. 나는 그에게 가지라고 말했다. 원장은 책을 든 손을 우리 둘 사이에 띄운 채 한참 동안 책상 위를 두리번거리며 어떤 잡동사니 위에 올려놔야 가장 안전할지 모색했다. 결국 내 책은 그의 서랍 속으로 사라졌다.

원장을 알게 된 것은 1년 전의 일이었다. 『알프레드 크롭』* 시리즈의 두 번째 책을 쓰려고 자료 조사를 하고 있을 때였다. 책의 클라이맥스 장면에서 주인공은 데빌스 밀호퍼라는, 이 마을 북서쪽에 위치한 깊이가 150미터나 되는 구덩이에 가게 된다. 그래서 그곳과 관련된 전설이나 민담을 찾고 있는데—악마가 떠난 그곳은 오늘날 주립공원이 되어 여행객과 등산객 들의 차지가 되었다.—고맙게도 원장이 "지옥의 문"에 관한 전설을 듣고 자란 이 근방 출신 입주자들에게 나를 소개해 주었다.

"감사합니다." 원장이 말했다. "사람들에게 읽어 보라고 해야겠군요."

나는 그가 본론을 꺼내길 기다렸다. 내가 여기 온 것은 그가 불렀기 때문이다. 원장이 꼼지락거리며 의자 위에서 자세를 고쳐 앉았다.

"제게 보여 줄 게 있다고 하시지 않았나요." 내가 점잖게 그를 일깨웠다.

"아, 맞습니다." 안심이 됐는지 갑자기 그의 말투가 빨라졌다. "그분 소지품에서 이걸 발견했는데 제일 먼저 작가님 생각이 나더군요. 이런 건 작가님의 전문 분야일 것 같아서 말입니다."

"누구의 소지품에서 뭘 발견했다는 겁니까?"

"윌 헨리요. 윌리엄 제임스 헨리라고 합니다. 지난주 목요일에 돌아가셨지요. 우리 입주자들 중에서 가장 나이가 많았고요. 뵌 적은 없을 겁니다."

나는 고개를 끄덕였다. "그런 것 같군요. 연세가?"

"그게, 확실하지가 않습니다. 원래 노숙자였어요. 신분증도 없고 친척도 없었죠. 그렇지만 자기가 1876년에 태어났다고 주장하곤 했

---

* 저자 릭 얀시의 또 다른 청소년 소설 시리즈.

지요."

나는 얼떨떨한 표정으로 그를 쳐다보았다. "그러니까…… 백서른 한 살이었다고요?"

"말도 안 되는 소리죠. 저도 압니다. 우리는 대충 아흔 살쯤 될 거라고 생각하고 있습니다."

"뭘 발견하셨길래 저를 부르신 겁니까?"

그는 책상 서랍을 열어 꾸러미를 하나 꺼냈다. 두꺼운 공책 열세 권이 갈색 노끈에 칭칭 묶여 있었는데 가죽 표지가 하도 닳아 거의 옅은 미색으로 바랬다.

"원체 자기 얘기를 하는 법이 없는 사람이었습니다." 원장이 매듭을 신경질적으로 잡아당기며 말했다. "이름과 생년이 다였지요. 그걸 아주 자랑스러워했습니다. 언제나 '내 이름은 윌리엄 헨리 제임스고, 서기 1876년에 태어났다오!'라고 큰 소리로 떠들곤 했죠. 상대방이 듣든 말든 상관없이 말입니다. 하지만 그것 외에는, 그러니까 고향은 어디고 부모는 누군지, 어쩌다 지하 배수구 같은 데서 살게 됐는지에 대해서는 한마디도 하지 않았어요. 의사들이 중증 치매라고 하길래 그런 줄만 알았지요. 그분 침대 밑에서 이게 수건에 싸여 있는 걸 발견하기 전까지는 말입니다."

나는 그가 내미는 공책 꾸러미를 건네받았다. "일기장인가요?"

그는 어깨를 으쓱했다.

"직접 읽어 보시죠. 제일 첫 번째 공책을 읽어 보세요."

나는 그의 말을 따랐다. 글씨는 작지만 단정했다. 습자가 공식 과목이던 시절에 정식 교육을 받은 사람의 필적이었다. 나는 첫 번째 페이지를 읽었다. 그다음 페이지도, 그런 다음에는 다섯 페이지를 내리 읽었다. 이번에는 책장을 넘겨 아무 곳이나 펼친 후에 거듭 두 번을 읽었다. 옆에서 원장이 방금 시합을 마친 경주마처럼 숨을 씨근거리는 소리가 들렸다.

"어떻습니까?" 그가 물었다.

"왜 저를 부르셨는지 알겠군요." 내가 말했다.

"다 읽은 후에는 돌려주셔야 합니다."

"물론이죠."

"법적으로 저희가 보관해야 하거든요. 혹시 친척이 나타나서 유품을 요청할지도 모르니까요. 일단 신문에 부고도 냈고 필요한 조치도 다 취해 놓긴 했는데, 그래도 시신이나 유품을 찾으러 오는 사람이 없는 경우가 꽤 흔하지요."

"거참 슬픈 일이군요." 나는 다른 공책을 골라 펼쳐 보았다.

"저도 다 읽어 보지는 못했습니다. 그럴 시간이 없어서요. 하지만 무슨 내용인지는 무척 궁금합니다. 어쩌면 그분의 과거를 알 수 있는 단서가 들어 있을지도 모르니까요. 어떤 사람이었는지, 어디 출신이었는지 하는 거 말입니다. 가족 친지를 찾는 데 도움이 될 수도 있고요. 조금 들쳐 본 내용을 보면 일기보다는 소설 같지만요."

내가 잠깐 훑어본 내용만 봐도 그게 소설이라는 데 거의 동의하지 않을 수 없었다.

"거의라고요?" 원장은 어안이 벙벙한 표정이었다. "아무리 뭐든 가능한 세상이라지만 있을 수 없는 일은 있을 수 없는 거 아닙니까?"

나는 그 꾸러미를 받아 내 집필용 책상 위에 놓아두었다. 그러고는 거의 반년이 지나도록 손도 대지 않았다. 마감에 시달리고 있었기 때문에 치매 노인의 횡설수설 따위에는 신경을 쓸 겨를이 없었기기 때문이다. 그러다 겨울쯤에 원장이 또 전화를 걸어 들들 볶는 바람에 다 해진 매듭을 풀어 몇 페이지가량 읽어 보긴 했지만, 그게 다였다. 깨알 같은 글씨에 분량도 어마어마한 데다 심지어 페이지 양면이 모두 빽빽하게 채워져 있었다. 첫 번째 공책을 넘겨 보다가 나는 그 내용이 최소한 수개월에서 수년에 걸쳐 쓰인 것임을 깨달았다. 이를테면 잉크색이 달랐다. 뒤로 가면서 글씨의 색깔이 검은색에서 파란색, 그리고 다시 검은색으로 바뀌었는데 펜이 말라 버렸거나 혹은 잃어버려서 새 펜을 사용한 것 같았다.

그러다 새해가 지나서야 나는 처음 세 권의 일기장을 다 읽었다. 첫 페이지에서 마지막 페이지에 이르기까지 앉은자리에서 단숨에 읽어 내려갔는데, 다음은 고풍스러운 문법과 철자를 다소 손봤을 뿐, 그 일기장에 적힌 내용을 고스란히 옮긴 것이다.

M

1권

자손

1장

“가장 이상한 점.”

이것은 내가 지금까지 지켜 온 비밀들이다. 절대로 저버리지 않은 신의다.

그러나 그가 세상을 떠난 지도 벌써 40년이 흘렀다. 내가 신의를 바친 대상, 내가 지금까지 비밀을 간직한 이유.

나를 구원한 사람…… 그리고 내게 저주를 내린 사람.

나는 오늘 아침에 무엇을 먹었는지는 기억하지 못하지만 1888년 봄, 어느 한밤중에 일어난 일만큼은 끔찍한 악몽처럼 또렷하게 기억하고 있다. 그가 나를 거칠게 흔들어 깨웠다. 헝클어진 머리칼, 커다랗게 뜬 눈동자는 등불 밑에서 형형하게 빛나고 조각처럼 준수한 얼굴은 한껏 들떠 있었다. 불행하게도 나한테는 아주 익숙한 모양새였다.

“일어나라! 어서 일어나, 윌 헨리! 지금 당장!” 그가 다급하게 외쳤다. "손님이 왔다!"

"손님요?" 나는 웅얼거렸다. "지금 몇 신데요?"

"새벽 1시가 좀 넘었다. 빨리 옷 입고 뒷문으로 내려와라. 정신 바짝 차리고! 윌 헨리, 냉큼 서둘러!"

그가 내 작은 다락방에서 내려가자 불빛도 함께 사라졌다. 나는 캄캄한 어둠 속에서 옷을 입고 양말 신은 발로 황급히 사다리를 내려가면서 옷차림을 매무시하는 의미로 작은 중절모를 머리에 얹었다. 벌써 열두 살인 내게는 너무 작았지만 이 집에 오기 전에 갖고 있던 유일한 물건이었기에 나한테는 더할 나위 없이 소중한 모자였다.

2층 복도는 가스등이 환히 밝혀져 있었지만 1층에 불이 켜진 곳이라고는 이 오래된 집 뒤편에 있는 부엌뿐이었다. 집에는 우리 둘밖에 없었기 때문에 뒤치다꺼리를 할 하녀가 필요하지 않았다. 박사는 워낙 비사교적인 데다 어둡고 위험한 일에 종사하고 있어 하인들의 호기심 많은 눈초리와 쑥덕거림이라면 딱 질색이었다. 석 달에 한 번쯤, 집 안에 먼지와 더께가 너무 많이 쌓여 도무지 견딜 수 없을 지경이 돼서야 그는 내 손에 걸레와 양동이를 쥐여 주며 오물과 땟국에 깔려 죽기 전에 "냉큼" 청소를 하라며 떠밀곤 했다.

나는 부엌에서 새어 나오는 불빛을 따라갔다. 무엇이 기다리고 있을지 두려워 신발을 신는 것도 깜박한 채였다. 1년 전에 이 집에 살게 되고부터 나는 이런 일을 수도 없이 겪어야 했다. 다 기억하지도 못할 수많은 손님들이 한밤중이나 꼭두새벽에 박사를 찾아왔고, 사교적이고 유쾌한 방문은 그중 단 한 번도 없었다. 방금 말했듯이 그가 하는 일은 어둡고 위험했으며, 그것은 그를 찾아온 손님들도 마찬가지였다.

오늘 밤 찾아온 손님은 뒷문 밖에 서 있었는데, 해골처럼 비쩍 마르고 껑충한 키에 달빛에 희미하게 빛나는 자갈길 위로 긴 그림자가 유령처럼 일렁이고 있었다. 얼굴은 널따란 밀짚모자 챙 밑에 숨어 있지만 너덜너덜하게 해진 소맷부리 아래에는 굵게 옹이 진 손가락이, 누더기 같은 바짓단 밑에서는 사과처럼 둥글고 뭉툭한 노란 발목이 드러나 있었다. 사내의 등 뒤에서는 비루먹은 말 한 마리가 발을 구르며 투레질을 하고 있었다. 파르르 떨리는 옆구리에서 하얀 김이 모락모락 솟았다. 그리고 말 뒤에 채워져 있는, 안개에 가려 거의 보이지도 않는 짐수레 위에는 누런 삼베에 겹겹이 싸인 기묘한 물건이 실려 있었다.

내가 뒷문으로 갔을 때, 박사는 손님과 나지막한 대화를 나누며 안심하라는 듯 그의 어깨에 손을 올리고 있었다. 오늘 찾아온 손님은 겁에 질려서 제정신이 아닌 것 같았다. 박사는 옳은 일을 한 것이라며 그를 달랬다. 여기서부터는 자기가 알아서 할 테니 걱정 말라고, 모든 게 다 잘 될 거라고 말했다. 불쌍한 노인은 커다란 머리를 주억거렸는데, 나무막대처럼 가느다란 목 위에서 흔들거리는 밀짚모자 때문에 머리가 유독 더 커 보였다.

"이건 범죄요, 자연의 섭리에 반하는 흉악한 범죄라고!"

갑자기 노인이 버럭 소리를 질렀다.

"여기 가져오지 말았어야 했어. 조용히 덮어 놓고 하느님의 자비에 맡겼어야 했는데."

"난 신학 토론은 하고 싶지 않습니다, 에라스무스. 난 과학자니까. 하지만 우리 인간은 모두 하느님의 도구라고들 하지 않습니까? 만일 그런 거라면 하느님이 당신을 그녀에게 보냈고, 하느님이 당신을 우리 집으로 이끈 거요."

"그럼 신고는 안 할 거요?" 노인이 박사를 힐긋거리며 물었다.

"당신 비밀은 안전합니다. 단, 당신도 내 비밀을 지켜 준다면 말이죠. 아, 윌 헨리가 왔군. 윌 헨리, 네 신발은 어디 갔니? 아니, 아니지." 내가 신발을 찾으러 가려 하자 그가 재빨리 말렸다. "실험실부터 준비해라."

"네, 박사님." 나는 공손하게 대답하고 다시 몸을 돌렸다.

"주전자 물도 올려놓고. 아주 긴 밤이 될 거다."

"네, 박사님."

"그리고 내 장화도 찾아와라." 나는 세 번째로 몸을 돌렸다.

"그럴게요, 박사님."

나는 네 번째 지시가 떨어지길 기다리며 잠시 머뭇거렸다. 에라스무스라고 불린 노인이 나를 빤히 쳐다보았다.

"뭘 기다리고 섰느냐? 냉큼 움직여라, 윌 헨리!"

"네, 박사님. 지금 가요, 박사님!"

나는 두 사람을 놔둔 채 부엌으로 향했다. 서둘러 화덕 쪽으로 가는데 노인의 목소리가 들렸다. "당신 아들인가요?"

"내 조수입니다." 박사의 대답이 들렸다.

나는 불 위에 주전자를 올리고 지하실로 내려갔다. 등불을 켠 다음 도구들을 나란히 늘어놓았다(정확히 어떤 도구들이 필요할지는 알 수 없었지만 노인이 가져온 짐이 살아 있을 것 같지는 않다는 강한 예감이 들었다. 소리가 들리지도 않았고 빨리 옮겨야 하는 것 같지도 않았으니까……. 예감이라기보다는 희망에 가까웠지만 말이다.). 그런 다음에는 찬장에서 깨끗한 덧옷을 꺼내 놓고, 박사의 고무장화를 찾아 계단 아래를 뒤졌다. 그런데 거기에 장화가 없었다. 나는 멍하니 검사대 옆에 서서 소리 없는 절규를 내질렀다. 일주일 전에 장화를 빨았고 그런 다음 분명히 계단 아래에 가져다 두었는데. 도대체 장화가 어디 있는 거지? 머리 위에서 두 사람이 움직이는 발소리가 들렸다. 박사가 점점 다가오고 있는데, 나는 아직도 장화를 찾을 수가 없었다!

나는 박사와 에라스무스가 계단을 막 내려오기 시작했을 즈음에야 간신히 장화를 발견했다. 그것은 애초에 내가 놓아둔 자리, 즉 작업대 아래에 있었다. 내가 왜 장화를 저기다 둔 거지? 나는 의자 옆에 장화를 고이 세워 놓고 얌전히 기다렸다. 가슴이 쿵쾅거리고 숨이 가빠졌다. 지하실은 아주 추웠다. 집의 다른 곳보다 적어도 10도는 더 추웠는데, 1년 내내 그랬다.

삼베 천에 꽁꽁 싸매여 있는 짐은 몹시 무거워 보였다. 용을 쓰느라 두 어른의 목 근육이 불끈거렸고 지하실 계단을 내려오는 데만도 거의 고통스러울 정도로 오랜 시간이 걸렸다. 한번은 에라스무스가 잠깐 멈추라고 소리를 지르기도 했다. 바닥까지 고작 다섯 계단밖에 남지 않았을 때였는데 박사의 언짢은 기색이 피부로 느껴질 정도였다. 그는 한시라도 이 새로운 보물을 보고 싶어 안달이 나 있었다.

이윽고 두 사람이 검사대 위에 꾸러미를 내려놓았다. 박사가 에라스무스에게 의자를 가리켰다. 노인이 그 위에 털썩 주저앉아 밀짚 모자를 벗고 더러운 천 쪼가리로 주름진 이마를 훔쳤다. 그는 몸을 달달 떨고 있었다. 밝은 곳에서 보니 그의 거의 모든 부위가 더럽다는 것을 알 수 있었다. 진흙투성이 신발에서부터 깨진 손톱, 세월이 내려앉은 얼굴의 깊은 주름 하나하나까지. 그에게서는 축축하고 기름진 흙냄새가 났다.

"범죄야." 그가 중얼거렸다. "이건 범죄라고!"

"그래요. 무덤을 파는 건 범죄지. 그것도 아주 심각한 범죄요, 에라스무스. 1000달러 벌금에 노역 형이 5년이니 말입니다." 그는 덧옷을 걸치고 내게 빨리 장화를 가져오라며 손가락으로 가리켰다. 그러고는 난간에 기대서서 장화를 당겨 신었다. "이제 우리는 공범이오. 나는 당신을 믿어야 하고, 당신도 나를 믿어야 하죠. 윌 헨리, 내가 마실 차는 어디 있느냐?"

나는 황급히 계단을 뛰어 올라갔다. 지하실에서는 노인이 말하고 있었다. "나한테는 먹여 살려야 할 가족이 있소. 아내가 무척 아파요. 약을 먹어야 하는데 일자리는 구할 수가 없고, 어쨌든 죽은 사람들한테 금딱지니 보석이니 하는 게 뭔 쓸모가 있겠소?"

부엌에 가니 뒷문이 열려 있었다. 나는 잽싸게 문을 닫은 다음 걸쇠를 걸어 잠갔다. 그 전에 밖으로 고개를 내밀고 주변을 두리번거리는 것도 잊지 않았다. 골목에는 아무도 없었다. 점점 더 짙어지는 안개와 큼지막한 눈망울을 애처롭게 끔벅이는 말 한 마리뿐이었다.

내가 차를 우리는 동안에도 지하실에서는 목소리가 오르락내리락하고 있었다. 당장이라도 경기를 일으킬 것 같은 에라스무스의 높고 날카로운 목소리와, 낮고 차분하면서도 어서 빨리 노인이 가져온 꾸러미를 풀어 보고 싶다는 갈망에서 비롯된 초조함과 퉁명스러움이 기저에 도사려 있는 박사의 목소리였다. 차가운 바닥 때문에 점점 발이 시려 왔지만 있는 힘껏 참았다. 나는 쟁반에 설탕과 크림, 그리고 차 두 잔을 올렸다. 차를 두 잔 가져오라는 말은 없었지만 차를 마시면 에라스무스도 다소 마음이 진정될지 몰랐다.

"……중간쯤 팠는데 별안간 발밑이 푹 꺼지는 거요." 내가 쟁반을 들고 내려갔을 때에는 도굴꾼의 이야기가 한창이었다. "땅 밑에 있는 구멍이나 굴 같은 걸 건드린 줄 알았지. 그 바람에 뚝 떨어지면서 관 위에 얼굴을 처박았지 뭐요. 그래서 관 뚜껑이 깨졌는지…… 아니면 내가 떨어지기 전부터 그랬는지는 나도 모르겠소."

"분명히 그 전일 거요." 박사가 말했다.

두 사람은 내가 떠났을 때의 모습 그대로였다. 박사는 계단 난간에 기대서 있고 노인은 의자에 앉아 온몸을 부르르 떨고 있었다. 내가 차를 권하자 에라스무스는 반갑게 잔을 받아 들었다.

"아, 뼛속까지 얼어붙는 것 같군!" 그가 신음했다.

"봄이라도 꽤나 추운 날씨니까." 박사가 내뱉었다. 그는 슬슬 에라스무스의 이야기가 지겨운 참이었다.

"도저히 그대로 놔둘 수가 없었소." 노인이 변명하듯 말했다. "모른 척하고 잊어버리라고? 아니, 안 되지. 난 그렇게 막돼먹은 인간이 아니오. 나는 하느님을 무서워할 줄 아는 사람이오. 하느님의 심판이 두렵다고! 이건 범죄요, 박사, 추악하고 가증스러운 범죄! 그래서 정신이 돌아오자마자 말과 밧줄로 끌어내서 돌돌 싼 다음에…… 당신한테 가져온 거요."
"옳은 일을 한 겁니다, 에라스무스."
"속으로 계속 중얼거렸지. 이런 걸 어떻게 해야 할지 아는 사람은 세상에 딱 한 명밖에 없어. 용서하쇼, 박사. 하지만 당신과 이 집에서 일어나는 괴상한 일에 대해서 다들 뭐라고 하는지 알잖소. 펠리노어 워스롭과 해링턴 레인에 있는 집에 대해 모르는 건 귀머거리뿐일 게요!"
"그럼 난 정말이지 운이 좋군." 박사가 천연덕스럽게 대꾸했다. "당신이 귀머거리가 아니라서 말이오."
워스롭 박사가 노인에게 다가가 두 손으로 양 어깨를 쥐었다.
"내 약속하지요, 에라스무스 그레이. 그러니 당신도 약속해 주십시오. 이 '범죄'에 관해 나는 아무에게도 당신 얘기를 하지 않을 것이고, 그러니 당신도 나에게 똑같이 해 줄 거라고 말입니다. 그렇게 해 줄 거라고 믿습니다. 자, 그런 힘든 고초를 겪었으니……."
박사가 주머니에서 지폐 뭉치를 꺼내 노인의 손에 쥐여 주었다. "쫓아내려는 건 아니지만 당신이 여기 오래 있으면 있을수록 당신도 내 일도 위험해질 거요. 그리고 둘 다 내게는 아주 심각한 문제고." 그는 다소 어색한 미소를 지으며 덧붙였다. "물론 그중 하나가 다른 하나보다 더 중요하긴 하지만." 그러고는 내게 말했다. "윌 헨리, 손님을 배웅해 드려라." 그는 다시 에라스무스 그레이를 돌아보았다. "오늘 당신은 인류의 과학 발전에 아주 중요한 공헌을 한 겁니다."
에라스무스는 과학보다 자기 주머니 사정의 발전에 관심이 더 큰 것 같았다. 그는 입을 떡 벌린 채 아직도 덜덜 떨리는 손에 놓인 현금 다발을 뚫어져라 응시하고 있었다. 워스롭 박사는 그를 의자에서 일으켜 세워 계단 쪽으로 밀고 가면서 내게는 뒷문을 잠그고 신발 신는 것을 잊지 말라고 당부했다.

"그리고 빈둥대지 마라, 윌 헨리. 오늘은 밤새도록 일해야 할 것 같으니까. 자, 냉큼 움직여!"

에라스무스는 뒷문 앞에서 잠시 망설이다 다 해진 밀짚모자를 쥐지 않은 다른 지저분한 손을 내 어깨 위에 올리더니 질척하고 탁한 눈을 크게 떴다. 그의 등 뒤에서는 짙은 안개가 그의 말과 짐수레를 완전히 집어삼키고 있었다. 바닥을 두드리는 발굽 소리와 푸르륵 콧소리만이 말이 거기 아직 존재하고 있다는 유일한 증거였다.

"얘야, 너는 왜 여기 있느냐?" 그가 내 어깨를 쥔 손에 힘을 주며 불쑥 말했다. "여긴 어린애가 있을 곳이 아니야."

"부모님이 화재로 돌아가셨거든요. 박사님이 절 거두셨고요."

"박사님이라." 에라스무스가 중얼거렸다. "다들 박사님이라고 부르긴 하지. 하지만 대체 뭔 박사라더냐?"

이상 망측한 것들요. 이렇게 대답하면 될지 모른다. 해괴생물 전문 박사요. 말도 안 되는 괴물들요.

그렇지만 나는 이 집에 온 지 얼마 안 돼 내가 똑같은 질문을 했을 때 박사가 들려준 대답을 내놓았다.

"과학철학요." 다소 자신 없는 말투로.

"과학철학이라고!" 에라스무스는 나지막이 탄성을 질렀다. "나라면 그런 걸 철학이라고는 안 부르겠다."

노인은 머리에 모자를 눌러쓰더니 발을 질질 끌며 희뿌연 안개 속으로 사라졌다.

몇 분 뒤, 나는 문에 빗장을 지른 다음 미친 듯이 집 안을 뒤져 어젯밤에 내가 놔둔 자리에서 신발을 찾아 신고는 지하실로 내려갔다. 박사는 계단 밑에서 손가락 끝으로 초조하게 난간을 두드리며 나를 기다리고 있었다. 내가 그의 기대만큼 "냉큼" 서두르지 못한 모양이었다. 나로 말하자면, 앞으로 해야 할 일들이 그다지 달갑지 않았다. 박사와 함께 살게 되고서 누군가 한밤중에 섬뜩하고 기괴한 물건을 들고 와 뒷문을 두드린 것이 이번이 처음도 아니었다. 이렇게 커다란 건 처음이었지만.

"문은 잠갔느냐?" 박사가 물었다. 뺨은 붉게 상기되고 숨은 가빴으며 목소리는 흥분을 주체하지 못해 가느다랗게 떨리고 있었다. 나는 잠갔다고 대답했다. 박사가 고개를 끄덕였다. "에라스무스가 말한 게 사실이라면, 나도 사기꾼들에게 속은 적이 있으니 장담할 수는 없다만, 정말로 그의 말이 사실이라면 윌 헨리, 이건 진짜 놀라운 발견이 될 거다. 자, 가자!"

우리는 정해진 위치에 자리를 잡고 섰다. 박사는 진흙투성이 삼베 꾸러미가 놓인 탁자 옆에, 나는 그의 오른쪽 뒤에서 수술 도구가 담긴 바퀴 달린 트레이를 책임지는 한편, 공책과 연필을 들고 대기했다.

나는 떨리는 손으로 페이지 위쪽에 날짜를 썼다. 1888년 4월 15일.

박사가 수술용 장갑에 손을 넣고 얇은 고무를 탁 튕긴 다음, 장화 발로 돌바닥을 탁탁 굴렀다. 마스크를 쓰자 얼굴 전체가 가려져 짙고 강렬한 눈과 콧잔등만 남았다.

"준비됐느냐, 윌 헨리?" 박사가 숨을 길게 들이마셨다. 마스크 때문에 목소리가 잘 들리지 않았다. 그가 피아노를 치듯 허공에서 손가락을 놀렸다.

"네, 준비됐어요." 대답은 그렇게 했지만 기분은 전혀 그렇지 않았다.

"가위!" 나는 가위 손잡이를 앞으로 돌려 그의 손바닥에 내려놓았다.

"아니, 이거 말고 큰 가위 말이다, 윌 헨리. 저기 있는 저 큰 가위." 박사가 가위로 삼베 꾸러미를 가르며 좁은 쪽, 아마도 발이 있는 곳에서 출발해 점점 두꺼워지는 위쪽을 향해 올라가기 시작했다. 힘이 많이 드는지 어깨가 구부정하게 기울고 턱 근육이 씰룩거렸다. 중간에 잠깐 손을 멈추고 경직된 손가락을 풀어 주고는 다시 하던 일로 돌아갔다. 삼베 천은 축축하게 젖은 데다 진흙이 잔뜩 묻어 있었다.

"크리스마스 칠면조보다도 더 꽁꽁 묶어 놨군." 박사가 구시렁거렸다.

거의 한없게 느껴지는 시간이 흐른 뒤에야 가위가 반대편 끝에 도달했다. 절단된 천이 양쪽으로 살짝 벌어지긴 했지만 고작 몇 센티미터에 불과했다. 안에 뭐가 들어 있는지는 여전히 알 수 없었고 앞으로도 한동안은 그럴 것이다.

박사가 내게 가위를 건네고 검사대에 몸을 기댄 채 최후의 끔찍한 클라이맥스를 앞두고 잠시 숨을 골랐다. 이윽고 그가 몸을 일으키더니 허리에 두 손을 얹었다. 그러고는 숨을 크게 들이마셨다.

"좋아, 그럼." 박사가 차분한 어조로 말했다. "이게 뭔지 볼까, 윌 헨리."

박사가 삼베를 한 꺼풀씩 벗겨 내기 시작했다. 가위로 복판을 가를 때와 똑같은 방향으로, 길쭉한 천 조각이 양옆으로 한 겹씩 벗겨지며 흡사 봄날의 따스한 햇살을 반기는 꽃잎처럼 탁자 위에 널렸다.

박사의 구부정한 등 너머로 물건의 정체가 드러났다. 내가 예상했던 것과 달리, 그것은 뚱뚱한 한 구의 시체가 아니었다. 하나가 다른 하나를 음란하게 껴안고 있는 두 구의 시체였다. 텅 빈 배 속에서 쓰디쓴 위액이 목구멍으로 역류하는 게 느껴졌다. 무릎이 후들거리는 것을 애써 용을 쓰며 참았다. 나는 겨우 열두 살이었다. 어린애였다. 하지만 온갖 끔찍한 것들을 볼 만큼 본 어린애이기도 했다. 이곳 실험실 벽을 따라 둘린 선반에는 정체 모를 생물들의 장기나 손발 같은 기괴한 표본이 담긴 유리병이 가득했고, 그것들은 하나같이 우리에게 익숙한 현실 세계가 아니라 무시무시하고 끔찍한 악몽에서 튀어나온 것만 같은 모습을 하고 있었다. 그리고 방금도 말했듯이, 내가 박사의 실험대 옆에서 조수 노릇을 한 것도 그날이 처음이 아니었다.

그러나 과거의 어떤 경험도 그날 도굴꾼 노인이 가져온 물건이 던진 충격에 대비하는 데에는 아무 도움도 되지 않았다. 그날 밤 내가 본 것을 평범한 어른이 봤더라면 그 즉시 째진 비명을 지르며 지하실 계단을 날아올라 걸음아 나 살려라 도망갔을 것이다. 왜냐하면 그 삼베 고치 안에 누워 있는 것은 교회에서 그토록 주창하는 진부한 설교와 약속, 즉 사랑하시고 공정한 하느님과 질서정연하고 아름다운 세상, 그리고 인간의 존엄성을 정면으로 부인하는 것이었기 때문이다. 도굴꾼 에라스무스는 그것을 범죄라고 불렀다. 범죄. 그렇다. 그 광경을 묘사할 수 있는 말은 진정 그것밖에 없었다. 다만 범죄가 성립하려면 범인이 있어야 하는 법……. 그렇다면 이 범죄를 저지른 범인은 누구인가, 혹은 무엇인가?

탁자에는 어린 10대 소녀가 누워 있었다. 그리고 또 다른 벌거벗은 형체가 그녀의 몸 전체를 휘감고 있었다. 거대한 다리 한 짝은 그녀의 몸통을 굳게 조이고, 팔은 가슴에 두르고 있다. 하얀 드레스는 말라붙은 갈색 피 얼룩으로 지저분했는데 피의 근원지는 금세 알 수 있었다. 그녀의 얼굴 반쪽이 사라져 있었다. 얼굴이 있던 자리에는 목뼈가 드러나 있고 뜯겨 나간 피부의 가장자리는 누군가 도끼로 난도질이라도 한 듯이 들쑥날쑥했다.

두 번째 시체는 남자였다. 몸집이 소녀의 두 배는 되어 보였고, 아까도 말했듯이 소녀의 자그마한 몸뚱이를 마치 어머니가 자식을 껴안듯 칭칭 감고 있었다. 가슴은 소녀의 유린당한 목에 밀착되어 있고 몸의 나머지 부분도 찰싹 붙어 있었다. 그러나 가장 충격적인 부분은 그 거대한 체구도 아니요, 소녀의 시체에 달라붙어 있다는 사실 자체도 아니었다.

이 희한한 광경에서 가장 희한한 부분은 그녀의 동반자에게 머리가 없다는 사실이었다.

"안트로포파기로군." 박사가 마스크 위에서 빛나는 눈을 동그랗게 뜨며 중얼거렸다. "틀림없어……. 하지만 어떻게 이런 일이 있을 수가. 참으로 괴이하구나, 윌 헨리. 이 녀석이 죽은 것도 이상하지만 그보다 더 이상한 건 녀석이 여기서 발견됐다는 거다! 표본의 성별은 수컷, 연령은 25세에서 30세 사이로 추정되며 특별한 외상은 눈에 띄지 않음……. 윌 헨리, 적고 있느냐?"

박사가 나를 쳐다보았다. 나도 그를 쳐다보았다. 방 안을 가득 메운 죽음의 악취에 눈이 따끔거려 눈물이 고였다. 그는 내가 손에 들고 있다는 사실조차 까맣게 잊어버린 공책을 가리키며 말했다.

"해야 할 일에 집중해라, 윌 헨리."

나는 고개를 끄덕이고 손등으로 눈물을 훔쳤다. 연필을 종이에 대고 날짜 밑에 박사의 말을 적기 시작했다.

"해당 표본은 안트로포파기 속(屬)으로 보인다." 박사가 다시 한 번 같은 말을 반복했다. "성별은 수컷. 연령은 25세에서 30세 사이로 추정되며, 특별한 외상은 눈에 띄지 않음……."

박사의 말을 받아 적는 데만 신경을 쓴다 보니 마음이 다소 진정되긴 했지만 이번에는 바다에서 헤엄을 치면 자연스레 파도에 휩쓸리듯이 저 기괴한 모습에 눈길이 절로 쏠리는 것을 막을 도리가 없었다. 나는 연필 끝을 잘근거리며 '안트로포파기'의 철자가 뭔지 고심했다.

"희생자는 여성, 연령은 약 17세. 얼굴 우측과 목에 톱니 형태의 외상이 있음. 설골과 하악골이 완전히 노출되어 있으며 표본의 이빨에 긁힌 자국이 보인다……."

이빨? 하지만 머리가 없는데? 나는 고개를 쳐들었다. 워스롭 박사가 시신 위로 몸을 구부린 덕분에 다행히도 내 시야는 막혀 있었다. 무슨 괴물이 입도 없는데 사람을 물 수가 있지? 바로 그때 소름 끼치는 깨달음이 나를 덮쳤다. 저 괴물이 여자애를 먹고 있었던 거야.

박사가 검사대 반대쪽으로 몸을 움직이는 바람에 이른바 "표본"과 놈의 가엾은 희생자가 내 눈에 적나라하게 들어왔다. 탁자 위로 가냘픈 소녀의 검은 머리채가 풍성하게 구불치고 있었다. 박사는 몸을 숙인 채 눈을 가늘게 뜨고 소녀의 시신과 맞닿아 있는 괴물의 가슴을 노려보았다. 그 사악하고 부정한 포옹에 붙잡혀, 이 어린 소녀는 어둠과 악몽의 세계에서 튀어나온 끔찍하고 잔인한 침입자의 손에 이끌려 평온하고 영원한 안식 속에서 억지로 끌려 나와야 했던 것이다.

"그렇지!" 박사가 나지막이 탄성을 질렀다. "안트로포파기가 확실해. 겸자를 다오, 윌 헨리. 트레이도. 어서! 아니, 거기 있는 작은 것 말이다. 끝 옆에 있는 거. 그래, 그거다."

나는 어떻게든 몸을 움직이려고 안간힘을 썼다. 무릎은 후들거리고 발은 제자리에 붙어 있는지가 의심스러울 정도로 아무 감각도 느껴지지 않았다. 나는 박사에게 시선을 고정한 채 욕지기가 느껴지는 걸 무시하려고 애썼다. 그에게 겸자를 건넨 다음 부들부들 떨리는 팔로 옆에서 트레이를 내민 채 기다렸다. 숨은 최대한 얕고 가쁘게 쉬었다. 시체 썩는 냄새가 입안까지 흘러들어 목구멍 안쪽이 숯불이 이글거리는 것처럼 화끈거렸다.

워스롭 박사는 괴물의 가슴께에 겸자를 쑤셔 넣었다. 겸자의 금속 끄트머리가 뭔가 단단한 것에 닿아 긁히는 소리가 났다. 갈비뼈일까? 혹시 이 괴물도 뭔가에 먹히다가 만 걸까? 그렇다면 그런 짓을 한 다른 괴물은 어디 있는 거지?

"거참 괴이하군. 참으로 괴이하단 말이야." 박사가 마스크 밑에서 웅얼거렸다. "외상도 없고 신체적으로도 나무랄 데 없이 건강한데 이렇게 죽어 버리다니……. 어쩌다 이렇게 된 거냐, 안트로포파기야. 응? 대체 무엇이 널 죽였니?"

박사는 이렇게 중얼거리면서 겸자에 묻은 가느다란 살점 조각을 금속 트레이에 떨어뜨렸다. 반쯤 말린 육포처럼 검고 질겨 보였는데 가늘고 하얀 가닥들이 몇 개 달라붙어 있었다. 순간 나는 진실을 깨달았다. 박사는 괴물의 살점을 떼어 낸 것이 아니었다. 그것은 한때 소녀의 얼굴과 목에 붙어 있던 것이었다.

나는 트레이를 든 두 팔 사이로 박사를 내려다보고는 그가 겸자로 긁어내고 있는 것이 괴물의 갈비뼈가 아니라는 사실을 발견했다.

박사는 놈의 이빨을 소제하고 있었다.

갑자기 눈앞이 핑글핑글 돌기 시작했다. 박사가 조용하고 차분한 목소리로 말했다. "진정해라, 윌 헨리. 여기서 기절하면 나한테 아무 도움도 안 돼. 오늘 밤 우리에게는 수행해야 할 의무가 있다. 우리는 자연을 연구하는 학자이자 동시에 자연의 산물이기도 하지. 우리 모두는 물론 이 생물도 마찬가지야. 창조주가 만든, 우리와 똑같은 피조물인 게다. 물론 네가 창조주 같은 걸 믿는다면 말이다만. 우리는 과학을 위해 싸우는 병사고 그러므로 주어진 책무를 충실히 이행해야 한다. 알겠느냐, 윌 헨리? 알겠느냐, 윌 헨리?"

"네, 박사님." 나는 간신히 대답했다. "알겠어요, 박사님."

"착한 아이다." 박사가 겸자를 금속 트레이에 떨어뜨렸다. 장갑을 낀 손가락에 피와 살점이 점점이 묻어 있는 게 보였다. "끌을 다오."

나는 기꺼운 마음으로 해부 도구가 담긴 트레이 쪽으로 몸을 돌렸다. 하지만 그에게 끌을 건네주려면 그 전에 마음의 각오를 단단히 다질 시간이 필요했다. 과학을 위해 싸우는 훌륭한 병사가 되기 위해, 다음번 돌격을 준비하기 위해.

안트로포파기는 머리는 없을지 몰라도 입은 있었다. 아니, 이빨이라고 해야 할지도 모르겠다. 가슴에 뻥 뚫린 구멍은 상어 입과 비슷했고, 이빨도 상어 이빨과 흡사했다. 톱니처럼 날카로운 삼각형의 우윳빛 이빨이 어두운 목구멍 깊숙이 여러 겹으로 촘촘히 나 있었다. 입은 단단한 근육질의 가슴 바로 아래, 가슴과 사타구니 사이에 있었다. 코는 보이지 않았지만 장님은 아닌 것 같았다. 놈의 눈은(하나밖에 안 보였다.) 어깨에 붙어 있었다. 눈꺼풀이 없고 눈동자 전체가 새까맸다.

"냉큼냉큼 움직여라, 윌 헨리!" 박사가 소리를 빽 질렀다. 각오를 다지는 데 시간을 너무 많이 잡아먹은 탓이었다. "트레이를 더 가까이 끌고 와. 그렇게 왔다 갔다 하다간 네가 먼저 지쳐서 나가떨어지겠구나."

내가 트레이를 당겨 와 자리를 잡자 박사가 손을 내밀었고, 나는 그의 손바닥 위에 끌을 내려놓았다. 그는 괴물의 입안 깊숙이 끌을 쑤셔 넣더니 지렛대처럼 위로 눌러 턱을 크게 벌렸다.

"겸자!"

나는 재빨리 그의 빈 손바닥에 겸자를 놓고는 잠시 후 그것이

뾰족한 송곳니로 둘린 입안으로 사라지는 모습을 지켜보았다. 깊이…… 더 깊이…… 박사의 손이 입속으로 완전히 자취를 감췄다. 박사가 겸자 끝으로 목구멍 안쪽을 검사하며 손목을 돌리자 팔뚝의 근육이 꿈틀거렸다. 이마에 땀방울이 맺혀 반짝였다. 나는 거즈로 그의 땀을 닦아 주었다.

"숨구멍을 쑤셔 봐도…… 질식한 것도 아니군." 박사가 중얼거렸다. "상처도 없고…… 신체적 결함도 없고…… 눈에 띄는 외상도 없고…… 아!" 그의 팔이 별안간 움직임을 멈췄다. 그가 어깨를 뒤로 젖히며 겸자를 힘껏 잡아당겼다. "완전히 꽉 끼었군. 두 손을 다 써야겠다. 끌을 꽉 잡고 잡아당겨라, 윌 헨리. 두 손으로 잡아. 그래, 그렇게. 절대로 놓치면 안 된다, 알았지? 그랬다간 내 손이 날아갈 테니까. 그래, 그렇게. 잘 했다. 으아아아아!"

박사의 몸이 갑자기 뒤로 홱 넘어갔다. 어떻게든 뒤로 넘어지지 않으려고 파닥거리는 왼팔의 반대쪽, 오른손에 들린 겸자 끝에서 피로 얼룩져 분홍색으로 번들거리는 진주 목걸이가 흔들리고 있었다. 마침내 몸의 균형을 바로잡은 괴물학자가 힘들게 손에 넣은 보석을 공중 높이 쳐들었다.

"내 이럴 줄 알았지!" 박사가 외쳤다. "이게 우리 범인이란다, 윌 헨리. 너무 급하게 시신의 목을 뜯어 먹다가 이게 목구멍에 걸려 질식한 거야."

나는 끌을 놓고 탁자에서 물러나 박사의 손에서 대롱거리는 피투성이 진주 목걸이를 응시했다. 등불 빛이 붉은 핏자국 위에서 어른거리는 걸 보자 갑자기 숨이 턱 막혔다. 무릎에 힘이 쭉 빠졌다. 나는 꺽꺽거리며 의자에 주저앉았다. 박사는 내게 눈곱만큼의 관심도 보이지 않았다. 그는 트레이에 목걸이를 떨어뜨리고는 태연하게 가위를 달라고 지시했다. 그딴 거 알 게 뭐야. 나는 속으로 생각했다. 가위 같은 건 알아서 찾으라지. 박사는 아직도 등을 돌린 채 손바닥을 내밀고 있었다. 피에 젖은 손가락을 꿈지럭거리면서 다시 가위를 달라고 외쳤다. 나는 진저리 치듯 한숨을 쉬며 의자에서 일어나 그의 손에 가위를 쥐여 주었다.

"가장 이상한 점은……." 박사가 소녀의 드레스를 자르며 중얼거렸다. "안트로포파기가 미국에 서식하지 않는다는 거다. 북아프리카와 서아프리카, 카롤리 섬……. 하지만 여긴 아니지. 미국에서는 발견된 적이 없어!"

그가 거의 상냥하다 싶을 정도로 조심스러운 동작으로 드레스 자락을 걷자 설화석고처럼 새하얀 피부가 드러났다.

워스롭 박사는 소녀의 배에 청진기를 가져다 대고 진지한 표정으로 천천히 가슴 쪽으로 조금씩 움직이며 귀를 기울였다. 그다음에는 다시 방향을 바꿔 배꼽을 지나 처음 시작한 자리로 돌아오기 시작했다. 그가 갑자기 움직임을 멈추더니 눈을 감았다. 숨도 거의 쉬지 않았다. 한참 동안 그렇게 꼼짝도 하지 않았다. 무거운 적막이 주위를 감쌌다.

이윽고 그가 귀에서 청진기를 뗐다. "짐작했던 대로군." 그는 작업대를 가리켰다. "빈 표본병을 하나 다오, 윌 헨리. 큼지막한 걸로."

그는 내게 유리병의 뚜껑을 연 다음 바닥에 놓아두라고 지시했다.

"뚜껑을 들고 있어라, 윌 헨리. 잽싸게 움직여야 한다, 알았지?

메스!"

박사는 허리를 굽히고 다시 작업에 돌입했다. 그때 내가 도저히 견디지 못해 눈길을 돌리고 말았다고 고백해도 될까? 번득이는 칼날이 소녀의 매끄러운 살결을 가르는 모습을 차마 볼 수가 없어서? 과학 발전에 몸 바치는 충실한 병사가 되어 박사를 기쁘게 하고 싶다는 내 굳은 의지와 결심도, 차마 그 광경을 참고 견딜 수 있게 하지는 못했다.

"이놈들은 청소부가 아니야. 안트로포파기는 신선한 고기를 좋아하지. 하지만 식욕보다도 더 강한 본능이 있어. 암컷 안트로포파기는 번식은 할 수 있어도 새끼를 직접 낳지는 못한단다. 자궁이 없거든. 보렴. 자궁이 있어야 할 자리에 그보다 훨씬 중요한 기관이 있지. 바로 뇌 말이다……. 자, 메스를 받아라."

박사가 절개 부위에 손을 집어넣자 철벅거리는 소리가 났다. 그는 오른쪽 어깨를 둥글게 움직이면서 손가락으로 소녀의 몸 안을 헤집었다.

"그러나 자연은 참으로 오묘하단다, 윌 헨리. 그리고 믿기 힘들 정도로 무자비하지. 암컷이 수정란을 수컷의 입안에 배출하면 수컷은 그것을 아래턱 아래 있는 부화주머니에 보관한다. 두 달 내에 새끼를 깔 숙주를 찾지 못해 태아가 거기서 튀어나오면 수컷은 그걸 삼키든가 아니면 목에 걸려 죽게 되지……. 아, 여기 있군. 뚜껑 덮을 준비를 해라."

그가 몸을 바짝 긴장시켰다. 순간적으로 시간이 멈춘 듯 모든 게 얼어붙었다. 그리고 다음 순간, 그는 크고 유려한 동작으로 팔을 휘둘러 소녀의 배 속에서 날카로운 이빨이 가득 달린 꿈틀거리는 살덩어리를 끄집어냈다. 그것은 그녀의 옆에 웅크리고 있는 생물의 인형만 한 축소판으로 하얗고 불투명한 막에 감싸여 있었는데, 박사의 손에서 벗어나려고 몸부림을 치던 와중에 양막이 터져 버렸다. 지독한 냄새를 풍기는 액체가 새어 나와 그의 옷을 적시고 고무장화 주변으로 뚝뚝 떨어졌다.

박사는 하마터면 그것을 떨어뜨릴 뻔했지만 가까스로 가슴팍에 꽉 붙들고 누르는 데 성공했다. 놈은 자그마한 팔다리를 도리깨처럼 휘두르며 칼날 같은 이빨이 무성한 입을 딱딱거렸다.

"병!" 박사가 외쳤다. 나는 재빨리 그의 발밑으로 표본병을 밀었다. 박사가 새끼를 용기 안에 떨어뜨리자마자 지시를 내리기도 전에 내가 서둘러 뚜껑을 눌러 닫았다.

"꽉 잠가야 한다, 윌 헨리." 그가 헐떡이면서 말했다. 박사는 머리부터 발끝까지 피가 섞인 끈적끈적한 액체로 뒤덮여 있었다. 탁자 위에 놓여 있는 썩은 시체보다 더 고약한 냄새가 풍겼다. 새끼 안트로포파기가 몸을 뒤집더니 유리병에 달려들었다. 투명한 유리 표면에 더러운 얼룩이 생겼다. 바늘만 한 손톱이 좁은 감옥의 벽을 깨드득 긁고, 가슴 한복판에 있는 입은 물가에 밀려온 물고기처럼 격렬하게 빠끔거리고 있었다. 충격과 고통이 가득한 가느다란 울음소리는 두꺼운 유리병 너머로 울려 퍼질 정도로 크고 낯설고 섬뜩했다. 내가 죽을 때까지도 잊지 못할 소리다.

워스롭 박사는 병을 들어 작업대 위에 올려놓았다. 그는 작은 천조각을 흡입 마취제와 알코올에 적셔 병 안에 떨어뜨리고는 다시 뚜껑을 닫았다. 새끼 안트로포파기가 천 조각에 흉포하게 달려들더니 작은 이빨로 갈가리 찢어발겨 통째로 씹어 삼켰다. 하지만 그런 공격적인 행위는 마취제의 효능을 더욱 부추길 뿐이었다. 5분도 되지 않아 그 사악한 새끼 괴물은 죽어 버렸다.

2장

"이 아이의 봉사는 내게 없어서는 안 되는 것이오."

박사는 단 두 번을 제하고—새벽 3시쯤 차를 한 잔 마시고 4시경에는 화장실에 다녀왔다.—밤새도록 쉼 없이 해부에 매달렸다. 그 혐오스러운 괴물이 소녀의 시신에 넣은 새끼를 꺼낼 때처럼 긴박한 분위기는 아니었으나 그 같은 상황은 다음 날 아침까지 지속되었다.

"열 달을 다 채운 안트로포파기 새끼는……." 박사는 간간이 내게 강의라도 하듯 단조롭고 메마른 어조로 설명하곤 했는데 그래서인지 더욱 섬뜩하게 느껴졌다. "양낭(羊囊)에서 태어난 즉시 숙주를 먹어 치운다. 뼈만 남고 아무것도 남지 않을 때까지 모조리 먹어 치우지. 그런 다음엔 바늘처럼 날카로운 이빨로 뼈에 구멍을 뚫어 영양분이 풍부한 골수를 빨아 먹지. 안트로포파기는 호모 사피엔스와 달리 이빨이 가장 먼저 발달하거든."

우리는 두 구의 시신을 따로 떼어 내기 위해 안간힘을 쏟아야 했다. 괴물은 5센티미터도 넘는 긴 손톱을 소녀의 살 속으로 깊숙이 박아 놓고 있었다. 박사는 끌을 지렛대처럼 이용해 살 속에 박힌 손톱을 하나씩 잡아 뽑았다.

“여기, 손톱이 갈고리처럼 휘어 있는 것 보이지?” 그가 가리켰다. “고래잡이 작살이나 사마귀 앞발처럼 말이다. 끝을 만져 봐라, 윌 헨리. 조심해! 놈들의 손톱은 주사기처럼 뾰족하고 다이아몬드처럼 단단하단다. 원주민들은 그걸 바늘이나 창촉으로 활용하지.”

박사가 죽은 소녀의 가슴에서 우람한 팔을 끌어 내렸다.

“안트로포파기의 팔은 성인 남성보다 거의 50센티미터나 길단다. 손은 또 얼마나 큰지 보렴.” 그는 괴물의 손에 손바닥을 마주 댔다. 마치 어른의 손과 어린애의 손바닥을 보는 것 같았다. “밀림의 왕 사자처럼 놈들도 손톱을 가장 일차적인 공격 수단으로 사용하지. 하지만 다른 점은 먹기 전에 먹이의 숨통을 끊지 않는다는 거야. 녀석들은 상어나 곤충처럼 살아 있는 먹이를 좋아하거든.”

우리는 둘이서 한꺼번에 끙끙대며 달려들어서야 간신히 소녀의 몸에서 놈의 다리를 풀어낼 수 있었다. 박사가 숨을 몰아쉬며 말했다. “놈들은 영장류 중에서 아킬레스건이 가장 잘 발달된 종이다. 한 번 뛰어오르면 12미터까지 도약할 수 있고…… 종아리와 대퇴부에 근육이 눈에 띄게 발달해 있는 것 보이지? 조심해라, 윌. 잘못하면 우리 위로 굴러떨어지겠다.”

박사는 내게 작업대 한쪽을 깨끗이 치우라고 명했다. 그런 다음 그가 소녀의 어깨를, 내가 다리를 잡고 시신을 옮겼다. 소녀는 새처럼 가벼웠다. 박사는 소녀의 두 팔을 가슴 위에서 십자가 형태로 교차시켜 모으고 드레스 조각을 단정하게 모아 유린된 몸뚱이를 가렸다. "깨끗한 시트를 가져오너라, 윌 헨리." 그는 시신 위에 천을 덮었다. 우리는 한참 동안 그 새하얀 형체를 내려다보며 조용히 서 있었다. 아무도 입을 열지 않았다.

이윽고 박사가 긴 한숨을 내쉬었다. "이젠 이 아이도 자유다. 그나마 다행인 건 고통스럽지는 않았을 거라는 거다. 그래, 고통스럽지는 않았어."

박사가 갑자기 두 손을 짝 하고 마주치고는 몸을 돌렸다. 소녀의 시신을 바라보며 침울해하던 모습은 언제 그랬냐는 듯 눈 깜짝할 사이에 사라지고, 지금은 일각이라도 빨리 저 괴물딱지와 교감을 나누고 싶다는 생각으로 가득 차 있었다. 우리는 괴물의 시체를 탁자 중앙으로 끌어당겨 천장을 보도록 눕혔다. 어깨에 달린 눈꺼풀 없는 새까만 눈동자와 하품이라도 하는 양 가슴에서 쩍 벌린 입. 겹겹의 날카로운 이빨이 꼭 상어를 연상시켰다. 피부도 상어 뱃가죽처럼 창백했다. 그제야 나는 놈의 몸에 한 오라기의 터럭도 나 있지 않다는 사실을 깨달았다. 안 그래도 섬뜩한 형상이 더욱 오싹하게 느껴졌다.

"안트로포파기는 사자처럼 야행성 동물이다." 박사가 내 생각을 읽기라도 한 듯 불쑥 말했다. "그래서 눈동자가 크고 진피층에 멜라닌 색소가 없지. 아프리카 사자나 회색 늑대처럼 무리 사냥을 하고."

"무리 사냥이라고요?"

"무리나 떼를 지어 사냥을 한다는 얘기다."

박사가 성급하게 손가락을 딱딱 튀기면서 깨끗한 메스를 외쳤다. 이제부터가 진짜 시작이다. 박사가 괴물의 배를 가르는 동안 나는 정신없이 뛰어다녀야 했다. 필기를 하고, 박사에게 도구를 건네고, 선반에서 검사대로, 그리고 다시 선반으로 왕복하며 빈 표본병에 포름알데히드를 채워 박사에게 내밀면 박사는 거기에 괴물의 몸속에서 꺼낸 장기를 하나씩 떨어뜨렸다. 꾸불꾸불한 시신경이 붙은 안구가 툭 하고 떨어졌다. 박사는 안트로포파기의 귀가 어디에 달려 있는지 알려 주었다. 허리 양쪽, 골반뼈 바로 위에 길이가 12센티미터쯤 되는 긴 틈새가 나 있었다.

워스롭이 시체의 가슴을 활짝 열어젖혔다. 개흉기를 사용해 가슴에 난 입 위쪽을 양쪽으로 벌린 다음, 손을 집어넣어 간과 쓸개, 심장, 그리고 납작하게 바람 빠진 미식축구 공처럼 생긴 희끄무레한 폐를 꺼냈다. 그러는 와중에도 내게 끊임없이 강의를 하거나 틈틈이 장기의 크기를 재고 형태나 상태를 구술했다.

"모낭이 없군. 그것 참 흥미로운걸. 다른 기록에는 그런 언급이 없었는데 말이야. 안구의 크기는 가로 9.7센티미터, 세로 6.3센티미터, 이건 주로 놈들의 서식 환경 때문일 거다. 온대기후에서 진화한 생물이 아니니까."

박사는 사타구니에서 몇 센티미터 위쪽을 절개한 다음, 절개 부위에 양손을 넣어 뇌를 꺼냈다. 뇌는 내가 짐작했던 것보다 훨씬 작았다. 기껏해야 오렌지만 한 크기에 불과했다. 박사가 저울에 뇌를 올려놓았고, 나는 공책에 무게를 기록했다.

이건 좋은 거지? 나는 속으로 생각했다. 뇌가 작다면 별로 똑똑하지 않다는 뜻이잖아.

이번에도 박사가 내 생각을 읽은 것처럼 불쑥 말했다. "안트로포파기의 지적 능력은 두 살배기 어린애와 비슷할 거다, 윌 헨리. 유인원과 침팬지의 중간 정도지. 혀는 없지만 영장류 사촌들처럼 목구멍에서 내는 소리와 손짓 발짓으로 의사소통을 한다. 물론 내용은 훨씬 잔인하겠지만."

나는 저도 모르게 새어 나오는 하품을 애써 참았다. 지루한 것은 아니었다. 그저 힘들고 피곤할 따름이었다. 날이 밝은 지도 벌써 오래건만 창문도 없는 이 지하실에는 죽음과 화학약품 특유의 시큼한 냄새가 진동했고, 흡사 어젯밤이 영원히 계속되고 있는 것처럼 느껴졌다.

하지만 박사는 피곤한 기색이 전혀 없었다. 내게는 아주 익숙한 모습이었다. 이런 독특한 열정에 사로잡힐 때면 그는 거의 먹지도 않고 잠은 그보다도 더 적게 잤으며 세상에 견줄 자가 없을 만큼 고도의 집중력을 발휘해 목전의 일에만 몰두했다. 며칠 밤낮은 고사하고 1, 2주일이 넘도록 면도는 물론 목욕도 하지 않았다. 머리를 빗거나 옷을 갈아입을 짬도 없었다. 그토록 오래 밥도 굶고 잠도 자지 않다 보면 언뜻 그 몰골이 지하실 선반 위에 줄지어 놓인 무시무시한 연구 표본들과 닮아 보이기까지 했다. 거무스레한 눈두덩과 벌겋게 충혈된 눈, 석탄재처럼 어두운 낯빛, 살이 빠져 수척해진 탓에 헐렁해진 옷들. 하지만 해가 지면 밤이 오는 것이 세상의 이치이듯 때가 되면 그의 몸과 마음을 지탱하던 연료도 소진되어 바닥을 드러냈고, 나약한 육신은 견디다 못해 쓰러지기 마련이었다. 그러면 열사병 환자처럼 무력하게 누워 이제껏 활개 치던 광증이 부채질이라도 한 듯 그보다도 더욱 깊은 우울증이 도지는 것이다. 그럴 때마다 나는 아침부터 밤늦게까지 하루 종일 계단을 오르락내리락하며 마실 것과 먹을 것, 담요를 갖다 나르고 손님들을 돌려보내고("박사님은 지금 몸이 편찮으셔서 아무도 만나 뵐 수 없습니다.") 침대 옆에 앉아 몇 시간이고 그의 한탄과 하소연을 들어 줘야 했다. 이제껏 자신이 한 연구는 모조리 헛수고였다느니, 앞으로 100년간은 아무도 자신의 이름을 모를 것이라느니, 아무리 큰 업적을 세워도 대중의 인정을 받거나 찬사를 받을 일은 없을 거라느니 등등. 나는 언젠가는 그의 이름이 다윈과 어깨를 나란히 하게 될 것이라며 열심히 위로했지만 어떻게든 그를 도우려는 내 절박하고도 유치한 시도는 단박에 일축되기 일쑤였다. "어린애 주제에 네가 뭘 알겠니." 그는 고개를 홱 돌려 누우며 이렇게 말하곤 했다. 때로는 내 손을 붙들고 끌어당기며 나와 시선을 맞추고 겁이 날 정도로 진지한 표정으로 당부하기도 했다. "너뿐이다, 윌 헨리. 네가 내 뒤를 이어야 해. 내게는 가족이 없고 앞으로도 없을 테니 네가 나를 기억해 줘야 한다. 내가 남긴 유산을 이어받아야 한다. 약속해 주겠지? 내 업적을 헛되이 만들지 않겠다고 약속해 주겠느냐?"

그래서 나는 굳게 약속했다. 왜냐하면 그게 사실이었기 때문이다. 그에게는 나밖에 없었다. 내가 전부였다. 하지만 나는 궁금했다. 과연 그는, 이 세상 누구보다도 똑똑하고 비범하되 세상 누구보다도 자기중심적인 그는, 그 역(逆) 또한 사실이라는 생각을 한 번이라도 해 본 적이 있을까? 그에게 내가 전부였다면, 그 역시 나의 전부였다.

박사가 그런 우울증에서 회복하는 데에는 최소한 1주일이 걸렸고 때로는 2주일이 걸리기도 했는데 그러자면 반드시 그럴 만한 계기가 필요했다. 전보가 날아오거나, 새로운 학문적 발견이 제시된 책이나 논문이 우편으로 도착하거나, 한밤중에 매우 중요한 손님이 찾아오거나. 그러면 어김없이 똑같은 과정이 반복되곤 했다. 다시금 흥분과 열정의 불길이 솟아오르고 나한테는 고함과 질책이 쏟아졌다. "냉큼 서둘러라, 윌 헨리! 할 일이 많아!"

안개가 잔뜩 낀 4월의 어느 날 새벽에 에라스무스 그레이가 그에게 당긴 불꽃은 다음 날 정오 즈음이 되자 새하얄 정도로 맹렬하게 타오르고 있었다. 안트로포파기의 장기는 전부 적출되어 검사와 기록을 거쳐 표본병에 넣어졌다. 모든 수치가 측정되고, 몇 시간 동안 구술된 이 새로운 생물의 특징과 습성도 공책에 정리되었다("여기 누워 있는 이 친구는 우두머리 수컷이 틀림없다, 윌 헨리. 우두머리 수컷만이 자손을 남기는 특권을 누릴 수 있거든."). 그리고 이 모든 절차가 끝난 뒤에는 숨 돌릴 겨를도 없이 마무리 작업에 돌입했다. 해부에 사용된 도구는 하나도 빠짐없이 소독하고 마룻바닥은 잿물로 문질러 닦았으며 탁자를 비롯해 모든 표면은 표백제로 살균했다. 한낮이 한참 지났을 무렵, 나는 똑바로 서 있지도 못할 정도로 기진맥진하여 박사가 꾸짖든 말든 될 대로 되라는 심정으로 계단 맨 아래 칸에 주저앉았다. 나는 그가 소녀의 시신을 덮고 있는 시트를 들추고 배를 봉합하는 모습을 지켜보았다. 그는 내 쪽을 쳐다보지도 않고 손가락을 딱딱 튀겼다. "진주 목걸이를 가져와라, 윌 헨리."

나는 무거운 몸을 일으켜 그에게 목걸이가 담긴 트레이를 가져다

주었다. 알코올에 담가 둔 덕에 핏물이 빠져 액체가 예쁘장한 분홍색으로 물들어 있었다. 그는 목걸이를 흔들어 알코올을 털어 내고는 걸쇠를 풀어 우윳빛으로 빛나는 장신구를 소녀의 찢어진 목에 걸어 주었다.

"여기에 무슨 말을 할 수 있겠느냐." 박사가 어두운 눈동자로 소녀의 시신을 지그시 응시하며 중얼거렸다. "한때 울고 웃고 꿈꾸던 생기발랄한 생명이 한낱 먹잇감으로 전락했구나. 이 아이가 이리된 것도 운명이다만, 안트로포파기가 아니었대도 땅속의 벌레들이 그녀의 몸을 먹어 치웠을 거다. 세상에는 온갖 종류의 괴물들이 우리가 어서 죽어 흙으로 돌아가기를 기다리고 있지. 그러니 우리가 무슨 말을 할 수 있겠느냐."

박사는 시신의 얼굴에 천을 덮고 몸을 돌렸다.

"시간이 없다. 한 마리가 있다면 몇 마리가 더 있을 거야. 안트로포파기는 새끼를 많이 낳는 편이 아니야. 1년에 한두 마리 정도지. 그렇지만 놈들이 신대륙에 얼마나 오랫동안 숨어 지냈는지 알 수가 없어. 정확한 숫자는 모르지만 뉴예루살렘 근방에 이 식인족이 새끼를 치고 있는 게 틀림없다. 반드시 본거지를 찾아내서 뿌리째 뽑아내야 해. 안 그러면 정말 심각한 문제가 생길 거다."

"네, 박사님." 나는 웅얼거리며 대답했다. 머리는 멍하고 팔다리는 노곤했으며, 박사의 얼굴은 계속 깜박거리며 점멸하고 있었다.

"뭐야?" 그가 물었다. "무슨 문제라도 있는 거냐? 지금 쓰러지면 아무 도움도 안 된다, 윌."

"네, 안 그럴게요." 나는 이렇게 대답하고는 까무룩 정신을 잃었다.

박사는 나를 안아 들고 지하실 계단을 올라, 따뜻한 봄 햇살이 쏟아지는 부엌을 지나, 2층으로 올라가서, 다시 사다리를 타고 다락방에 도착해 침대 위에 나를 뉘었다. 곳곳에 피가 튀긴 옷을 벗기지는 않았지만 머리에 쓰고 있던 모자를 벗겨 벽에 박힌 못에 걸었다. 황량한 벽에 외로이 홀로 걸려 있는 낡아 빠진 작은 모자를 보니 갑자기 가슴이 울컥했다. 그것은 내가 잃은 모든 것을 상징했다. 남자답게 씩씩하고 의연하지 못해 그를 실망시킨다는 것은 상상하기도 싫은 일이었지만, 벽에 걸린 모자와 그것이 의미하는 추억이 방금 전까지 하루 종일 감내해야 했던 비현실적인 공포와 맞물리자 더 이상 참을 수가 없었다.

나는 왈칵 울음을 터뜨렸다. 태아처럼 몸을 둥그렇게 말고 배를 움켜쥔 채 흘썩이는 내게, 그는 다정하게 토닥이는 말 한마디 없이 안트로포파기의 고환을 들여다볼 때와 똑같이 진지하고 강렬한 눈빛으로 나를 내려다보았다.

"두 분이 보고 싶으냐?" 박사가 부드럽게 물었다.

나는 고개를 끄덕였다. 너무 심하게 울어 배가 땅긴 탓에 목소리가 나오지 않았다.

그는 가설이 적중했다는 듯이 고개를 끄덕였다.

"나도 그렇다, 윌 헨리. 나도 그래."

박사는 진심이었다. 내 부모님은 그의 밑에서 일했다. 어머니는 박사의 집을 청소했고, 아버지는 지금 내가 그런 것처럼 그를 돕는 조수였다. 두 분의 장례식 때 박사는 내 어깨에 손을 얹고 말했다.

"앞길이 막막하구나, 윌 헨리. 네 부모님의 봉사는 나한테 없어서는 안 될 것이었는데 말이다."

그는 자신이 부모님을 잃고 천애고아가 된 어린애에게 말을 걸고 있다는 사실을 전혀 인지하지 못하고 있는 것 같았다.

내 아버지가 워스롭 박사를 숭배했다는 것은 전혀 과장이 아니다. 반면에 내 어머니의 경우에는, 그렇게 말한다면 과장보다는 지독한 거짓말이라고 해야 할 것이다. 나이가 들어 돌이켜 보니 두 분 사이에 갈등이 일었던 가장 큰 원인은 워스롭 박사, 아니 그보다는 내 아버지가 워스롭 박사에게 거의 무조건적으로 바쳤던 충성심이었다. 박사에 대한 아버지의 절대적인 충성과 복종은 아내나 외동아들에 대한 의무는 물론, 세상 모든 것을 능가했다. 아버지는 우리를 사랑했다. 그 점에서는 의심의 여지가 없으리라. 다만 아버지는 박사를 우리보다 더 많이 사랑했다. 그것이 바로 내 어머니가 워스롭 박사를 증오한 이유였다. 어머니는 그를 질투했다. 아버지에게 배신감을 느꼈다. 그리고 그 배신감은 매우 사납고 격렬한 부부 싸움으로 이어졌다.

화재가 내 부모님을 앗아 가기 오래전에, 클래리 가(街)에 있는 내 방 침대에 누워 얇은 벽 너머 방파제에 부딪쳐 부서지는 폭풍우처럼 거세게 밀려오는 부모님의 목소리를 들었던 기억이 난다. 몇 시간 동안이나 이어지다 마침내 절정에 도달하는 이런 격렬한 말다툼은 대개 아버지가 저녁식사 시간에 늦을 때 발생했다. 왜냐하면 박사는 아버지가 집에 가지 못하게 잡아 뒀기 때문이다. 때때로 아버지는 저녁식사 때 집에 오지 않거나, 아니면 아예 며칠간 집에 들어오지 않는 일도 허다했다. 그러다 오랜만에 귀환해 현관에서 내가 퍼붓는 환영 인사를 만끽하고 나면, 아버지는 반가움과 기쁨에 반짝이는 내 눈에서 시선을 들고 나와는 정반대의 감정을 뿜어내는 어머니의 눈을 마주치고는 멋쩍게 웃으며 어쩔 수 없다는 듯 어깨를 으쓱하는 것이다. "박사님이 날 필요로 하셔서 어쩔 수가 없었어요."

"그럼 나는요!" 어머니는 울부짖었다. "당신 아들은요! 당신이 필요한 우리는요, 제임스 헨리!"

"하지만 박사님한텐 나밖에 없는걸."

언제나 변함없는 대꾸였다.

"우리한테도 당신뿐이에요. 그런데 당신은 아무 말도 없이, 어디 간다는 말도 언제 돌아온다는 말도 없이 며칠이나 훽 사라져 버리잖아요. 배려라고는 눈곱만큼도 없는 몸뚱이를 끌고 돌아와서도 그동안 어디서 뭘 했는지 한마디도 안 해 주고!"

"그만해요, 메리." 아버지가 단호하게 어머니의 말을 쳐냈다. "당신한테 말할 수 있는 게 있고, 말할 수 없는 게 있어요."

"말할 수 있는 것? 그런 게 있기는 해요, 제임스 헨리? 당신은 나한테 아무것도 말 안 해 주잖아!"

"그렇게나 원한다면 말해 주지. 내가 당신한테 말해 줄 수 있는 건 박사님이 아주 중요한 일을 하고 계시고, 내 도움을 필요로 한다는 것뿐이오."

"나는 당신의 도움이 필요 없고요? 난 당신 때문에 죄를 짓고 있는데!"

"죄라니, 무슨 죄?"

"위증요! 이웃 사람들이 '당신 남편은 어디 갔어요, 메리 헨리? 제임스는 어디 있어요?'라고 물을 때마다 거짓말을 하고 있다고요. 당신을 위해서, 아니지, 그 사람을 위해서요. 세상에, 내가 그 사람 때문에 거짓말을 해야 한다니!"

"그럼 그러지 마요. 사실대로 말하면 되잖소. 내가 어디 갔는지 모른다고 해요."

"그건 거짓말을 하는 것보다 더 나쁘다고요. 남들이 날 어떻게 보겠어요? 남편이 어디 갔는지도 모르는 여편네라니."

"그게 뭐 그리 화를 낼 일인지 모르겠군. 메리, 그분이 없었다면 우리가 어떻게 됐을지 생각해 봐요. 우리가 이렇게 사는 것도 다 그분 덕인데."

그건 부인할 수 없는 사실이었고, 그래서 어머니는 그 말을 무시했다. "당신은 날 안 믿는 거예요."

"아니, 그분의 신뢰를 배신할 수 없는 것뿐이오."

"진정한 신사는 비밀 같은 게 없는 법이라고요."

"당신은 아무것도 몰라요, 메리. 워스롭 박사는 내가 아는 한 세상에서 가장 훌륭한 분이라오. 그분을 모시는 건 영광스러운 일이야."

"그 사람을 어떻게 모시는데요?"

"연구를 돕지."

"무슨 연구요?"

"그분은 과학자요."

"그러니까 무슨 과학자요?"

"어……. 특정한 생물학적 현상을 연구하시지."

"그게 도대체 뭔 말이에요? 무슨 '생물학적 현상'요? 새요? 펠리노어 워스롭은 조류학자인가요, 제임스 헨리? 그리고 당신은 그 사람의 망원경을 지고 따라다니는 사람이고?"

"이 얘기는 그만합시다. 난 그분이 무슨 연구를 하는지 말하지 않을 거요."

"왜요?"

"왜냐하면 당신은 알고 싶지 않을 테니까!" 아버지가 처음으로 언성을 높였다. "그게 사실이오. 나도 차라리 몰랐으면 했던 때가 있었지. 나는 평범한 산 자들은 평생 보지 못할 것들을 봤고, 천사들도 발길을 들여놓지 못할 곳에 가 봤소! 더 이상은 아무 말 마요, 메리. 왜냐하면 당신은 자기가 무슨 말을 하는지 모르니까! 당신의 무지함에 감사하고 거짓말을 하는 재주나 갈고 닦아요! 워스롭 박사는 훌륭한 일을 하는 훌륭한 분이오. 그리고 나는 그분을 절대로 배신하지 않을 거고. 설령 내 몸뚱이가 지옥불에 탄다고 해도 말이오!"

언쟁은 그렇게 끝나곤 했다. 적어도 한동안은 말이다. 보통은 아버지가 나를 잠자리에 눕힌 후에 다시 말다툼이 시작되었다. 아버지는 거실로 돌아가 뜨거운 지옥불에도 뒤지지 않을 어머니의 매서운 분노와 마주하기 전에, 내 이마에 입을 맞추고 머리카락을 쓰다듬고 내가 기도를 할 때 함께 눈을 감았다.

잠자다 죽게 되면 부디 천국에 가게 해 달라는 기도를 끝내고 눈을 뜨면 아버지의 상냥한 얼굴과 부드러운 눈동자가 나를 기다리고 있었다. 무슨 일이 생겨도 아버지라는 존재는 영원토록 내 곁에 있을 거라는 모든 아이들의 순진하고도 애처로운 소망을 재차 확인해 주듯이 말이다.

"어디에 갔다 오신 거예요, 아버지?" 한번은 내가 이렇게 물었다. "엄마한테는 말 안 할게요. 아무한테도 말 안 할게요."

"아주 여러 곳에 갔었단다, 윌." 아버지가 대답했다. "어떤 곳은 꿈에서나 볼 수 있는 것처럼 신비롭고 아름다웠지. 어떤 곳은 신비롭긴 했지만 아름답지는 않았어. 흡사 악몽을 꾸는 것처럼 무섭고 기괴했단다. 나는 시인들의 상상 속에나 존재하는 온갖 기이하고 경이로운 것들을 목격했다. 다 큰 어른들이 어린애처럼 비명을 지르며 어머니의 품에 파고들 정도로 무시무시한 것들도 봤지. 너무나도 많은 것들을 보고 너무나도 많은 곳에 갔단다……."

"다음번에는 저도 데려가면 안 돼요?"

아버지는 빙그레 웃었다. 비밀이 담긴 서글픈 미소, 자신의 운이 무한하지 않다는 사실을 본능적으로 아는 사람의 미소, 언젠가는 그 신비한 모험이 끝나는 날이 오리라는 것을 아는 사람의 미소였다.

"이젠 저도 다 컸단 말이에요." 아버지가 아무 말도 하지 않자 나는 거듭 우겼다. "벌써 열한 살인걸요. 곧 있으면 열두 살이고요. 이젠 저도 어른이에요! 저도 따라가고 싶어요, 네? 네? 제발 저도 데려가시면 안 돼요?"

아버지가 내 뺨을 살포시 감싸 쥐었다. 손이 따뜻했다.

"그래, 윌리엄, 언젠가는 그럴지도 모르겠구나."

괴물학자는 내가 홀로 비탄에 몸부림치도록 내버려 두고 떠났다. 하지만 자기 방으로 돌아간 것은 아니었다. 그의 발소리가 아래층으로 내려가더니 잠시 후 지하실로 통하는 문이 희미하게 삐걱거리는 소리가 들려왔다. 오늘 밤 그는 잠자리에 들지 않을 것이다. 한 가지 목표만을 향해 질주하는 달뜬 열기가 그를 사로잡고 있었다.

흐느낌은 한참 뒤에야 잦아들었다. 다락방 천장에 난 작은 창문 너머로 투명한 깃털구름이 시리도록 푸른 하늘 위에서 거대한 군함처럼 장엄하게 흘러가는 것이 보였다. 지금쯤 학교에서는 친구들이 쉬는 시간에 운동장에서 방망이를 휘두르며 야구를 하고 있겠지. 프록터 교장이 오후 수업이 시작되었다고 학생들을 불러 모은다. 수업을 마치는 종이 울리면 아이들은 온화한 봄 날씨 속으로 폭발하듯 달려 나가고, 수백 개의 목소리가 한데 뭉쳐 부르짖는다. "자유! 자유! 승리는 우리 것!" 그러면 오후 수업이라는 사소한 방해거리가 언제 있었냐는 듯이 야구 시합이 중간부터 재개될 것이다. 나는 나이에 비해 몸집노 삭고 그리 훌륭한 타자는 아니었지만 대신에 발이 빨랐다. 워스롭 박사의 개인 지도를 받기 위해 학교를 떠날 때만 해도 나는 우리 팀에서 가장 발 빠른 주자였고 열세 번의 도루라는 신기록을 보유하고 있었다.

나는 눈을 감고 내가 3루에 있는 모습을 상상했다. 베이스라인을 따라 슬금슬금 움직이면서 번개 같은 시선으로 투수와 포수를 힐끔거린다. 두근거리는 가슴을 안고 투수가 공을 던지기를 기다린다. 투수는 곁눈질로 내가 어디까지 와 있는지 확인한다. 공을 3루로 던져야 할까? 그는 내가 뛰기를 기다린다. 나는 그가 공을 던지기를 기다린다.

나는 계속 기다렸다. 날카로운 목소리가 귓전을 때릴 때까지.

"윌 헨리! 어서 일어나라, 윌 헨리!"

나는 눈을 떴다. 눈꺼풀이 천근만근 무거웠다. 다락방 입구에 등불을 든 박사가, 뺨에는 까칠한 수염이 가득하고 부스스한 머리로 어젯밤과 똑같은 옷을 입고 서 있었다. 나는 잠시 후에야 그가 머리 꼭대기에서 발끝까지 온통 피범벅이라는 사실을 알아챘다. 나는 소스라치게 놀라 몸을 벌떡 일으키며 소리쳤다.

"박사님, 괜찮으세요?"

"대체 무슨 소릴 하는 게냐, 윌 헨리. 물론 나는 괜찮다. 나쁜 꿈이라도 꾼 모양이구나. 자, 어서 내려와라. 벌써 늦었어. 동트기 전에 해야 할 일이 있단 말이다!"

박사가 제 말을 강조하듯 손가락 마디로 벽을 딱딱 두드리더니 사다리 밑으로 사라졌다. 나는 재빨리 새 셔츠로 갈아입었다. 지금이 몇 시지? 머리 위에서는 흑요석처럼 새까만 하늘에 별이 빛나고 있었다. 달은 보이지 않았다. 나는 벽을 더듬어 못에 걸린 모자를 찾았다. 전에도 말했듯이, 작아서 꼭 끼긴 했지만 이 모자를 쓰면 묘한 안도감이 들었다.

박사는 부엌에서 뭔가 역겨운 액체를 휘젓고 있었다. 한참 후에야 나는 그가 안트로포파기의 뼈를 끓여 살점을 발라내는 게 아니라 저녁식사를 준비하고 있다는 것을 알았다. 어쩌면 피도 아니었나 봐. 나는 생각했다. 저녁식사 거리를 뒤집어쓰신 걸지도. 박사는 보기 드문 천재일지는 몰라도 천재들이 으레 그렇듯이 좁은 분야에만 그 재능이 한정되어 있었다. 그는 정말 형편없는 요리사였다.

박사가 그 역한 액체를 퍼서 그릇에 담더니 탁 소리를 내며 식탁 위에 내려놓았다.

"앉아라." 그가 의자를 손짓하며 말했다. "먹어라. 지금 말고는 시간이 없을 테니까."

나는 숟가락을 들고 죽처럼 보이는 것을 시험 삼아 저어 보았다. 걸쭉한 갈색 액체에 회녹색 덩어리가 둥둥 떠다녔다. 완두콩인가? 하지만 완두콩치곤 너무 큰데.

"혹시 빵은 없나요?" 나는 용기를 내어 물었다.

"빵은 없다." 박사는 무뚝뚝하게 대답하고는 다시 겅중거리며 지하실로 내려가 버렸다. 나는 잽싸게 식탁에서 일어나 찬장 옆에 있는 바구니를 뒤졌다. 둥근 빵 하나가 남아 있었다. 일주일은 족히 됐는지 속이 거의 쉬어 있었다. 나는 고개를 들어 그릇이 하나밖에 없는 것을 보고는 한숨을 쉬었다. 당연하게도, 박사는 저녁을 먹지 않았다. 나는 수프인지 스튜인지 뭐라고 불러야 할지 모를 그 액체를 몇 숟가락 떠서 물과 함께 억지로 삼킨 다음 몇 마디 기도문을 중얼거렸다. 먹을 것을 내려 주셔서 감사하다는 기도가 아니라 제발 저를 구원해 주십사 하는 기도였다.

"윌 헨리!" 지하실 문틈으로 박사의 목소리가 삐져나왔다. "윌 헨리! 어디 있느냐? 냉큼 서둘러라, 윌 헨리!"

하느님이 내 기도에 응답하셨구나. 나는 그릇에 숟가락을 떨어뜨리고는—걸쭉한 액체가 가장자리로 튀었다.—재빨리 지하실로 내려갔다.

박사는 소녀의 시신이 놓인 작업대와 깨끗하게 닦인 빈 검사대 사이에서 서성이고 있었다. 불현듯 아무 근거도 없는 허황된 공포가 나를 엄습했다. 나는 그 괴물이 살아나 어두컴컴한 구석에서 우리를 노리고 있는 건 아닌지 방 안을 샅샅이 둘러보았다. 괴물의 시체는 작업대와 표본병이 늘어선 선반 사이의 천장에 매달려 있었다. 어찌나 무거운지 팽팽한 밧줄이 늘어진 천장이 삐걱거리며 신음하고 있었다. 그 밑에는 커다란 들통이 놓여 있었는데, 반쯤 굳은 검은 피가 고약한 냄새를 풍기고 있었다. 박사의 옷이 피범벅이 된 이유도 이것이리라. 그는 시체에서 피를 빼내고 있었던 것이다. 그리고는 방부처리를 해서 린넨 천으로 둘둘 싼 다음, 사설 운송업체를 이용해 뉴욕에 있는 괴물학 협회에 보낼 것이다. 하지만 앞으로 어찌 됐든 지금 그것은 푸줏간에 걸린 돼지처럼 공중에 거꾸로 매달려 있었다. 근육질의 우람한 팔이 통 양쪽에서 덜렁거렸다. 그 무게 때문에 밧줄이 신음하며 흔들릴 때마다 손가락 끝에 달린 날카로운 손톱이 바닥을 깔짝거렸다.

나는 고개를 돌려 버렸다. 그 눈이, 생명의 기운이 사라진 새까맣고 초점 없는 눈동자가 나를 똑바로 쳐다보고 있는 것처럼 느껴졌기 때문이다. 그 까맣고 반질반질한 표면에 내 작은 형체가 비치고 있었다.

박사가 발을 멈추더니 방금 제가 나를 불렀다는 사실을 까맣게 잊은 양 입을 떡 벌리고 나를 쳐다보았다.

"윌 헨리! 너 어디서 뭘 하고 있었니?"

내가 입을 열었다. "시키신 대로 저녁을 먹고 있었는데요." 하지만 박사는 내 말을 듣고 있지 않았다.

"우리의 적이 무엇이냐, 윌 헨리?"

반짝이는 눈, 상기된 뺨, 이제껏 수없이 봤던 흥분된 표정. 그의 얼굴에는 이미 명령에 가까운 대답이 쓰여 있었다. 나는 떨리는 손가락을 들어 천장에 매달린 안트로포파기를 가리켰다.

"바보 같은 소리 마라!" 그가 너털웃음을 터뜨렸다. "자연은 적대감을 품지 않는다. 영양이 사자에게 앙심을 품더냐? 말코손바닥사슴이나 엘크가 늑대를 미워하더냐? 우리는 안트로포파기에게 먹잇감일 뿐이란다. 적이 아니라 사냥감에 불과해.

틀렸다, 윌 헨리. 우리의 적은 두려움이다. 맹목적이고 비이성적인 두려움이지. 두려움은 진실을 좀먹고 명백한 증거를 오염시키며 잘못된 가정과 비합리적인 결론을 이끌어 낸다. 어젯밤에 나는 그 가공할 적에게 무릎을 꿇고 말았던 거야. 그래서 현 상황이 실은 내가 처음에 생각했던 것처럼 그리 급박하지 않다는 진실을 보지 못했단나."

"정말로요?" 나는 그의 말에 의구심이 들었다. 지금 천장에 매달려 있는 저 시체가 박사의 그 생각이 틀렸다는 증거가 아닌가?

"안트로포파기는 보통 스무 마리에서 스물다섯 마리의 암컷과 새끼, 그리고 한 마리의 우두머리 수컷으로 구성돼 있단다!"

박사는 얼굴 가득 뿌듯한 미소를 띤 채 두 눈을 반짝이며 내 반응을 기다렸다. 그러나 내가 기대했던 것처럼 맞장구를 치지 않자 재차 대답을 종용했다.

"이게 무슨 뜻인지 모르겠니? 즉, 안트로포파기가 아무리 많아 봤자 두세 마리에 불과하다는 거다. 뉴예루살렘에서 놈들이 번성하고 있다는 건 있을 수 없는 일이야!"

박사는 다시금 방 안을 서성이며 끊임없이 손가락으로 숱 많은 머리카락을 쓸어 넘겼다. 그가 혼잣말을 중얼거리는 동안, 나라는 존재는 가을 하늘의 저녁노을처럼 서서히 자취를 감춰 그의 의식 속에서 완전히 사라져 버렸다.

"그 사실이 내게 두려움을 심어 주었다. 그리고 그 두려움이 다른 모든, 훨씬 중요한 증거들을 가려 버렸지. 그래, 안트로포파기는 보통 서른 마리 정도가 무리를 짓는다. 그렇지만 안트로포파기는 원래 미국에 서식하지 않아. 이 종의 존재가 밝혀진 후에도 신대륙에서는 단 한 건의 목격 사례도 보고된 적이 없으니까 말이다. 사체가 발견된 적도 없고 이 생물이 북미에 존재한 적이 있다는 어떤 증거도 발견된 적이 없다. 안트로포파기를 연상시키는 신화나 전설도 없고."

박사가 우뚝 멈추더니 몸을 홱 돌려 나를 바라보았다.

"이제 알겠느냐, 윌 헨리?"

"어……. 그런 것 같아요, 박사님."

"그게 무슨 뜻이냐!" 그가 소리를 빽 질렀다. "전혀 모르고 있구나! 나한테 거짓말하지 마라, 윌 헨리. 나한테든 다른 누구한테든, 거짓말은 안 돼! 거짓말은 말장난 중에서도 가장 저열한 행위야!"

"네, 박사님."

"우린 안트로포파기가 미국에 서식하지 않는다는 점과 아주 공격적인 본성을 지녔다는 사실을 연관 지어 생각해야 해. 놈들이 여기서 번식하고 있었다면 눈에 띄지 않았을 리가 없다. 왜냐하면 한 가지 요소가 부족하거든. 그게 뭔지 알겠느냐, 윌 헨리?"

그는 내 대답을 기다리지 않았다. 아마 내가 대답을 모른다는 사실을 알기 때문일 것이다. "희생자다! 놈들은 먹이를 먹어야 해. 그렇지만 아직까지 안트로포파기에게 공격을 당했다는 사람이 없지. 목격한 사람도 없고. 직접적이든 간접적이든 놈들이 여기 살고 있다는 증거는 저걸 제외하면 아무것도 없다." 박사가 갈고리에 꿰어 놓은 괴물의 사체를 손가락으로 가리키며 말했다. "그리고 저것하고 말이다." 이번에는 작업대 위 흰 천 아래 놓여 있는 소녀의 시신을 가리키며 손가락을 빙빙 돌렸다. "그러니 놈들의 숫자는 그리 많지 않을 거다. 많을 수가 없어. 자, 이제 알겠느냐, 윌 헨리? 우리의 가장 큰 적인 두려움이 어떻게 불가능한 것을 가능하게 만들고 비이성적인 것을 이성적으로 만드는지 말이다. 우리는 지금 아주 최근에 신대륙으로 건너온 안트로포파기 개체를 보고 있는 거야. 아마 이 수컷과 짝인 암컷이 있겠지. 많아 봤자 암컷 두 마리일 거야. 중요한 건 숫자가 아니라 놈들이 어떻게 여기로 건너왔느냐다. 놈들은 양서류가 아니야. 그러니 여기까지 헤엄쳐 왔을 리가 없다. 날개가 없으니 날아왔을 리도 없고. 그렇다면 어떻게 미 대륙으로 건너왔을까? 이게 바로 우리가 가장 먼저 밝혀내야 할 수수께끼다. 일단 오늘 밤 할 일을 마치고 나면 진상을 밝히는 데 착수하자꾸나. 그건 그렇고, 목록은 어디 있지?"

"목록요?"

"그래, 목록 말이다, 목록. 왜 나를 그런 눈으로 쳐다보는 거냐, 윌 헨리? 내가 미친 것 같니? 내가 지금 외국어라도 하고 있느냐?"

"저는…… 본 적이……. 어, 저한테는 목록을 주신 적이 없는데요, 박사님."

"지금 집중력을 잃으면 안 돼. 지금 흐트러졌다간 생명이 위험해질 수도 있단 말이다. 암컷 한 마리도 위험하긴 마찬가지야. 사자와 똑같지. 우리가 경계해야 할 것은 게으른 수컷이 아니라 사나운 암컷이다. 수컷은 암컷이 사냥을 해 오면 그걸 받아먹는 족속이거든."

박사가 죽은 소녀의 가슴 위에서 종이 한 장을 낚아챘다. "아하, 여기 있구나. 자, 받아라, 윌 헨리. 누가 여기다 놔뒀구나." 묘하게 나를 책망하는 투였다. 지금 증명할 수는 없지만 시간과 증거만 충분하다면 종이를 거기에 놓아둔 범인이 나라는 사실을 금세 밝혀낼 수 있다는 듯이 말이다. 박사가 내게 종이를 들이밀었다.

"자, 빨리 받아라. 챙긴 물건들은 뒷문 옆에 놔두고. 냉큼 서둘러라, 윌 헨리!"

나는 그에게서 준비 목록을 받아 들었다. 끔찍한 악필이었지만, 그 정도는 충분히 해독할 수 있을 만큼 나도 박사와 오래 일했다. 나는 한달음에 계단을 뛰어올라 보물찾기에 착수했다. 그게 보물찾기인 이유는 박사의 정리 솜씨란 요리보다 약간 나은 수준에 불과했기 때문이다. 박사의 리볼버 권총을 찾는 데만도(권총은 목록의 첫 번째에 있었다.) 10분이나 걸렸다. 원래 있어야 할 자리인 책상 왼쪽 꼭대기 서랍이 아니라 책상 뒤에 있는 책장에 있었기 때문이다. 하지만 나는 솜씨 좋게 요령을 발휘해 종이에 적힌 항목들을 하나씩 지워 나갔다.

수렵용 보위나이프, 손전등, 표본 채집용 봉투.

화약, 성냥, 말뚝.

등유, 밧줄, 구급약 가방, 삽.

눈앞의 목표에 집중해야 한다는 박사의 지시를 따르려고 했지만, 이 준비물의 의미와 취지를 모르는 척하기는 불가능했다. 우리는 탐험을 떠날 준비를 하고 있었다.

내가 계단을 오르락내리락 방 안팎을 들락날락거리며 옷장과 찬장, 수납장과 서랍을 뒤지는 동안 아래층에서는 박사의 높고 날카로운 목소리가 쩌렁쩌렁 울리고 있었다. "윌 헨리? 윌 헨리! 뭐가 이렇게 오래 걸리는 거냐! 냉큼 서둘러라, 윌 헨리! 어서 움직여!"

시계가 자정을 칠 무렵, 나는 뒷문 옆에서 박사의 끝없는 투덜거림을 배경음악 삼아 노끈으로 나무말뚝을 묶고 있었다. "내가 너한테 불가능한 요구를 한 것도 아니잖니. 내가 언제 너한테 불가능한 일을 하라고 시킨 적이 있더냐?"

그때 신경질적으로 문을 두드리는 소리가 내 손의 움직임과 박사의 잔소리를 방해했다. "박사님!" 내가 조용히 부른 순간 그가 계단 위쪽에 모습을 드러냈다. "누가 왔어요!"

"그럼 문을 열어 줘야지, 윌 헨리." 박사가 짜증을 내며 말하더니 피에 젖은 덧옷을 황급히 벗어 의자 위로 내던졌다.

어젯밤과 거의 같은 시간, 도굴꾼 에라스무스 그레이가 어깨를 구부정하게 수그린 채 어젯밤과 똑같이 다 해진 밀짚모자를 쓰고 서 있었다. 그의 등 뒤에는 어젯밤과 똑같이 비쩍 마른 말과 무너지기 직전의 수레가 희끄무레한 안개 속에 숨어 있었다. 똑같은 악몽을 반복해서 꾸는 것 같은 불길한 느낌이 덮쳐 왔다. 순간적으로 나는 저 낡은 수레에 그 소름 끼치는 짐이 또 실려 있을 것이라고 확신했다.

내가 문을 열자 그레이는 모자를 벗고 눈을 가늘게 뜨며 내 얼굴을 지그시 응시했다. 뿌연 눈동자가 주름투성이로 시든 눈꺼풀 뒤로 잠시 사라졌다가 나타났다.

"박사님께 내가 왔다고 전하렴." 노인이 낮은 목소리로 말했다.

굳이 가서 알릴 필요도 없었다. 박사가 돌연 내 뒤에 나타나 문을 활짝 열어젖히더니 에라스무스 그레이를 부엌으로 끌어당겼다. 노인은 누가 봐도 마지못한 기색으로, 심지어 바닥에 양발을 질질 끌면서 딸려 갔다. 누가 그를 비난할 수 있겠는가? 우리 세 사람 중에서 앞으로 있을 일을 고대하는 인물은 한 명뿐이었고, 그것은 에라스무스 그레이도, 박사의 어린 조수도 아니었다.

"짐을 실어라, 윌 헨리." 박사는 에라스무스 그레이의 팔꿈치를 붙잡고 지하실로 안내했다. 아니, 끌고 갔다.

봄날의 밤공기는 시원하고 촉촉했다. 안개가 내 뺨에 부드럽게 입을 맞췄다. 짐을 실으려고 수레에 접근하자, 말이 저처럼 무거운 짐을 인 형제를 알아본 양 고개 숙여 알은체를 했다. 나는 녀석의 목을 다정하게 토닥여 주었다. 풍부한 감정이 깃든 커다란 눈망울을 보자 지하실 천장에 걸려 있는 괴물의 시체와 그 영혼 없는 눈이 생각났다. 까맣고 텅 빈, 별들 사이의 광활한 우주 공간처럼 무(無)로 가득한 눈동자. 그 눈 속에 담긴 것이 공허한 죽음이기에 그토록 불편한 느낌이 드는 것일까, 아니면 그보다 더 심오한 다른 의미가 있는 것일까. 안트로포파기의 생명 없는 눈동자에 비친 내 모습과 이착하고 다정한 생물의 눈에 비친 내 모습은 어찌나 다른지! 그게 그저 살아 있는 동물의 따뜻한 눈길과 죽은 자의 차가운 시선에서 오는 차이인 걸까? 아니면 인간의 반려동물과 나를 한낱 먹잇감으로밖에 보지 않는 괴물이 똑같은 눈빛을 보낼 리가 없다고 생각한 내 상상력의 산물에 불과할까.

내가 수레에 마지막 꾸러미를 실었을 즈음 박사와 도굴꾼이 침대보로 대충 싼 소녀의 시신을 들고 나타났다. 나는 재빨리 옆으로 물러나 열린 문 사이로 새어 나오는 밝고 따뜻한 빛 속에 섰다. 하얀 천 밖으로 미끄러져 나온 창백한 손이 집게손가락으로 바닥을 가리키고 있었다.

"문을 잠가라, 윌 헨리." 박사가 전혀 쓸모없는 지시를 내렸다. 나는 벌써 열쇠를 쥐고 문으로 다가가고 있었다.

낡은 짐수레 앞쪽에는 내가 앉을 자리가 없어 시체와 함께 짐칸에 타야 했다. 에라스무스가 뒤를 돌아보고는 내가 가엾은 소녀 옆에 쪼그리고 있는 걸 보고 미간을 찌푸렸다. 노인은 험악한 눈초리로 박사를 노려봤다.

"저 아이도 함께 가는 거요?"

워스롭 박사는 귀찮다는 듯이 고개를 끄덕였다. "당연하지요."

"외람된 말이지만, 박사님, 이런 건 어린애한테 보여 줄 게 아니잖습니까."

"윌 헨리는 내 조수요." 박사가 미소를 지으며 말했다. 그는 아버지처럼 내 머리를 다독였다. "겉으로는 어린애로 보일지 몰라도 나이보다 훨씬 성숙하고 생각보다 굳센 아이요. 이 아이의 봉사는 내게 없어서는 안 되는 존재란 말입니다."

그의 어조는 에라스무스 그레이가 어떻게 생각하든 더 이상의 반론을 허용하지 않겠다고 단단히 못 박고 있었다. 노인은 싸늘한 날씨 때문에 무릎을 가슴에 꼭 붙이고 달달 떨고 있는 내게서 눈길을 떼고 외면했다. 그의 눈빛은 나에 대한 연민으로 가득 차 있었다. 고집 센 보호자 때문에 이 기괴하고 음산한 용무에 억지로 동행해야 하기 때문이 아니었다. 어쩌면 그는 펠리노어 워스롭 박사에게 "없어서는 안 되는" 존재가 된다는 것이 얼마나 힘들고 고된 일인지 본능적으로 알고 있는지도 몰랐다.

그리고 나로 말하자면, 아이러니하게도 1년 전 지금은 내 옆에 누워 있는 소녀와 이웃사촌이 된 아버지를 순진하게 졸라 대던 일을 떠올리고 있었다. 저도 따라가고 싶어요. 네? 네? 제발 저도 데려가시면 안 돼요?

노인은 일단 물러서긴 했지만 영 못마땅하다는 기색으로 혀를 차며 고개를 가로저었다. 그가 고삐를 가볍게 흔들자 수레가 앞으로 움직이기 시작했고, 우리의 은밀한 여행은 그렇게 시작되었다.

독자들이여, 1888년의 그 끔찍한 봄날, 그 무시무시한 사건이 일어난 후로 무수한 세월이 흘렀다.

그러나 그 긴 세월에도 나는 그때의 충격과 공포를, 처음으로 환상을 깨뜨리는 씨앗이 뿌려졌을 때 순진한 어린애가 느낀 그 어마어마한 공포를 한시도 잊어 본 적이 없다. 어쩌면 우리는 그 시기를 늦출 수도 있으리라. 있는 힘껏 발버둥 치며 쓰라린 수확의 시기를 최대한 늦출 수도 있으리라. 그러나 그날은 반드시 올 것이다. 언젠가는 반드시 말이다.

나는 아직까지도 똑같은 질문을 속절없이 곱씹고 또 곱씹는다. 부모님을 만나는 약속의 그날까지 계속해서 고민하고 또 고민할 것이다. 만일 박사가 그날 밤 묘지에서, 그리고 그로부터 며칠 뒤에 얼마나 끔찍한 사건이 우리를 기다리고 있는지 알았더라면, 그래도 나를 그곳에 데리고 갔을까? 만일 그가 미리 알았더라면, 그래도 이 가엾은 어린아이가 인간의 고통과 희생이 낳은 피 웅덩이 속에 빠져 허우적거리게 내버려 뒀을 것인가? 이 질문에 대한 대답이 '그렇다'라면 세상에는 안트로포파기보다도 더 흉악하고 잔인한 괴물이 존재한다는 뜻일지라. 미소 띤 얼굴로 어린아이의 머리를 상냥하게 어루만질 줄 아는 괴물, 자신의 오만방자한 야심과 자만심의 제단에 언제든 순진한 어린아이를 제물로 바칠 준비가 되어 있는 괴물학자, 바로 내 스승 말이다.

3장

"내 가설을 재고해야 할 것 같구나."

올드힐 공동묘지는 뉴예루살렘 외곽에 있는 작은 언덕 위에 있었다. 검은 철창문과 돌담 벽은 어젯밤 에라스무스 그레이가 우리 집에 찾아오기 전에 열중하고 있던 일을 어렵게 만들기 위한 조치의 일환이었다. 공동묘지에는 18세기 초반에 죽음의 품에 스러져 안긴 초기 식민지 정착민들이 누워 있었다. 내 부모님도, 박사의 가족과 조상들도 이곳에 잠들어 있었다. 정확히 말하자면 워스롭 가문의 묘당은 올드힐 공동묘지에서도 가장 크고 눈에 띄는 건축물이었다. 가장 높은 언덕 꼭대기에 있어 어디서든 우러러볼 수 있는 음울한 고딕 양식의 이 작은 성처럼 생긴 건물은 마치 중세 귀족이 백성들을 굽어보듯 우뚝 서 있었다. 어떤 면에서 워스롭 가문은 뉴예루살렘의 영주나 다름없었다. 해운업과 직물 제조업으로 큰 재산을 모은 박사의 고조부 토머스 워스롭은 뉴예루살렘의 창립자 중 한 명이었다. 그의 아들인 박사의 증조부는 시장을 여섯 번이나 역임했다. 조상들의 성실함과 우직함, 뉴잉글랜드인 특유의 실용주의와 인색한 기질이 없었다면 워스롭 박사는 평범하고 지루한 삶을 버리고 지금처럼 "괴물학자"가 되는 사치를 누리지 못했을 것이다. 일단 그럴 만한 경제적 형편이 되지 못했을 테니까. 박사의 특이한 "직업"은 마을 사람들 사이에도 자주 입방아에 오르내리는 공공연한 비밀이었다. 4분의 1 정도는 그를 헐뜯었고 나머지는 그를 무서워했다. 하지만 아주 드문 경우를 제외하면 대부분은 그를 내버려 두었다. 아마 그가 연구하는 '과학철학'보다는 그의 조상들이 남긴 바닥이 보이지 않을 정도로 무궁무진한 재산에서 비롯된 존경심 때문일 것이다. 올드힐 묘지 꼭대기에 군림하는 차가운 석조 건물에도 그러한 태도가 완벽하게 반영되어 있었다.

에라스무스 그레이가 철문 앞에서 고삐를 당겨 말을 세우자, 우리는 길고 긴 오르막을 올라오느라 지친 말이 숨을 고르도록 가만히 앉아서 기다렸다.

"총을 다오, 윌 헨리." 박사가 나지막이 속삭였다.

에라스무스는 내가 박사에게 리볼버 권총을 건네는 모습을 보며 초조하게 입술을 핥더니 재빨리 고개를 돌렸다.

"무기는 가져왔습니까?" 박사가 말했다.

"장총을 가져왔소." 에라스무스 그레이가 대답했다. "뇌조보다 더 큰 건 쏴 본 적이 없지만." 그는 아쉽다는 듯이 덧붙였다.

"배를 겨냥해야 합니다." 박사가 조용히 말했다. "입 바로 아래 말이오."

"그렇게 하리다." 에라스무스가 퉁명스레 대답했다. "도망치면서 총을 겨눌 수 있다면 말이외다."

그러더니 그는 수레 위에 웅크리고 있는 나를 다시 슬쩍 돌아보았다.

"애는 어떻게 할 거요?"

"내가 알아서 할 겁니다."

"여기서 기다리라고 해요." 노인이 말했다. "어차피 망볼 사람이 필요하잖소."

"여기가 제일 위험할 거요."

"내 총을 주면 되잖소."

"윌 헨리는 나와 함께 갑니다." 박사가 단호하게 딱 잘라 말했다. "윌 헨리, 문을 열어라."

나는 수레에서 뛰어내렸다. 내 앞에는 거대한 철문이 우뚝 서 있고 그 너머로 펼쳐진 언덕에는 여러 줄의 묘비가 꼭대기까지 나란히 행진하고 있었다. 언덕 꼭대기는 거대한 참나무와 물푸레나무, 포플러 가지에 가려 잘 보이지 않았다. 내 뒤에서는 뉴예루살렘이 광활한 안개의 바다에 잠겨 있었다. 지금쯤 주민들은 달콤한 잠의 망각에 취해 있을 것이다. 평온한 봄 안개 속에 떠 있는 이 죽은 자들의 작은 섬에 밤잠을 뒤척이게 하는 악몽과는 비교도 되지 않으리만치 무시무시한 진짜 괴물이 살고 있으리라고는 상상도 하지 못한 채 말이다.

에라스무스 그레이는 담벼락을 끼고 도는 길을 따라 수레를 몰았다. 우리의 오른쪽에는 돌담이, 왼쪽에는 죽은 자들이, 머리 위에는 별이 한가득 박힌 달 없는 하늘이 있었다. 사방은 잔바람 하나 없이 고요했고 들리는 소리라고는 길 위로 달그락거리는 말발굽과 삐걱거리는 바퀴의 신음 소리, 그리고 낮게 찌르륵거리는 귀뚜라미 울음소리뿐이었다. 길이 고르지 않아 덜컹대는 수레 위에서 흔들리는 시신이 꼭 요람에 누워 있는 아기 같다는 불경한 생각이 들었다. 도굴꾼은 오롯이 앞만 응시하며 무릎 위에서 고삐를 느슨하게 쥐고 있었다. 박사는 상체를 앞으로 내밀고 길옆에 난 나무들을 뚫어져라 쳐다봤다. 머리 위로 울창한 나뭇가지가 드리워질 때마다 박사는 고개를 뒤로 젖혀 나무 위를 쳐다보았다.

"아주 잘 봐야 한다, 윌 헨리." 박사가 돌아보며 속삭였다. "놈들은 나무타기의 명수니까. 위에서 떨어지거들랑 제일 먼저 눈을 노려라. 거기가 약점이야."

나는 짐 꾸러미 속에서 나무말뚝을 하나 꺼내 쥐고 그의 시선을 따라 위쪽을 살폈다. 복잡하게 얽힌 나뭇가지들 사이 도사린 어둠 위로 인간을 닮은 괴물의 형상이 머릿속에 그려지기 시작했다. 날카로운 송곳니, 축 처진 나뭇가지를 움켜쥔 강인한 팔, 악의를 뿜어내는 번들거리는 검은 눈.

우리는 공동묘지의 동쪽으로 가고 있었는데—어둠 속에서 간신히 구획을 구분하는 벽을 발견할 수 있었다.—에라스무스가 갑자기 수레의 방향을 틀더니 수풀 사이로 구불구불 바큇자국이 파인 샛길을 따라 묘지의 중앙으로 향했다. 간간이 동물들이—아마 새나 다람쥐일 것이다.—우리의 앞길을 방해하기도 했다. 덤불 속에서 뭔가 바스락거릴 때마다 박사가 화들짝 놀라 권총을 겨누었지만 눈에 들어오는 것은 어두운 그늘과 그림자뿐이었다.

"우리의 적을 경계하라!" 그의 속삭임이 들렸다.

이윽고 수풀을 빠져나오니 무덤이 점점이 늘어선 평지가 나왔다. 밝은 별빛 아래 매끄러운 대리석이 반짝거렸다. 에라스무스는 6미터쯤 가서 수레를 세웠다. 나는 몸을 세워 가장 가까운 곳에 있는 묘지를 살펴보았다. 커다란 돌에 가족묘의 이름이 선명하게 새겨져 있었다. '번튼.'

"저기요." 노인이 옹이 진 손가락으로 길 옆에 있는 묘비를 가리키며 말했다. "바로 저기였소, 박사."

박사가 수레에서 뛰어내려 무덤을 향해 성큼성큼 걸어갔다. 그는 주변을 한 바퀴 빙 돌면서 바닥을 샅샅이 수색했고, 에라스무스 그레이와 나는 앉은자리에서 그런 그를 물끄러미 바라보고 있었다.

박사가 살펴보고 있는 무덤의 묘비가 눈에 들어왔다. 이름이 새겨져 있었다.

'엘리자 번튼, 1872년 5월 7일 출생. 1888년 4월 3일 사망.'

열여섯 생일을 겨우 한 달 남짓 앞두고 무정한 사신이 그녀를 차가운 품에 안았고, 성숙한 여인으로 피어나자마자 차가운 죽음보다도 더욱 뻔뻔하고 무자비한 존재와 초야를 치렀다. 겨우 2주일 사이에 엘리자 번튼은 죽음의 품에 안긴 순결한 신부에서 괴물의 새끼를 품은 배양기로 전락했다. 나는 차가운 묘비에서 시선을 거두고 흰 천 아래 차게 누워 있는 소녀의 시신을 바라보았다. 너무나도 가슴이 아팠다. 그녀는 더 이상 이름 없는 시신도 아니요, 무명의 희생자도 아니었다. 그녀에게는 이름이 있었다. 엘리자. 그리고 가족들은 그녀를 사랑했다. 그렇지 않았다면 땅속에 묻힐 그녀에게 저렇게 아름다운 드레스를 입히고 진짜 진주 목걸이를 걸어 주지 않았을 것이다. 풍성한 곱슬머리도 근사하게 손질되어 있었다. 그럼에도 그녀는 이곳에 묻힌 교우들과 함께 평온한 안식을 취할 운명을 타고나지 못했다. 그녀는 괴물의 먹이가 될 운명이었다.

에라스무스 그레이가 내 비통한 심정을 눈치채기라도 한 양 어깨에 손을 얹고 말했다. "자, 자, 아가야, 걱정 말려무나." 연민으로 가득하던 그의 목소리가 갑자기 울화통을 쏟아 내기 시작했다. "널 여기 데려오다니 이게 다 뭔 짓인지 모르겠다. 이렇게 끔찍하고 추잡한 곳에 너 같은 어린애를 말이다! 독실한 기독교 신자는 올 곳이 못 되지, 암. 어린애는 말할 것도 없고 말이다."

나는 어깨를 으쓱 추켜올려 그의 손을 뿌리쳤다. 도굴꾼처럼 비열한 일을 하는 사람한테서 동정을 받고 싶진 않았다.

"전 어린애가 아니에요."

"어린애가 아니라고? 그럼 내가 늙어서 눈이 삔 게로구나……. 어디 자세히 좀 보자……."

그는 내 작은 모자를 들추더니 진지한 눈빛으로, 그렇지만 입술에는 여전히 미소를 띤 채 내 얼굴을 찬찬히 뜯어보았다. 그 우스꽝스러운 모습에 나도 모르게 웃음을 터뜨리고 말았다.

"아이쿠! 네 말이 옳다. 어린애가 아니구나. 아주 잘생긴 젊은이였어! 내가 왜 그런 터무니없는 착각을 했는지 알겠구나, 윌리엄 헨리. 이 모자 때문이야. 이건 너처럼 건장한 청년한테는 너무 작아요. 사내란 모름지기 사내다운 모자를 써야 하는 법이지!"

그는 한 손으로 내 작은 모자를 벗기더니 다른 쪽 손으로 커다란 밀짚모자를 벗어 내 머리에 씌웠다. 모자가 어찌나 큰지 눈을 지나 코까지 푹 덮었다. 내 모습이 어지간히 우스운 모양이었다. 킬킬거리는 웃음소리가 점점 커지더니 이제는 수레 전체가 흔들거렸다. 나는 모자를 뒤로 젖히고 그를 올려다보았다. 비단융단 같은 하늘을 등지고 나를 내려다보는 그의 검은 윤곽이 꼭 유령처럼 보였다. 내 조그만 모자는 그의 반질반질한 대머리 위에 놓여 있었다. 나도 그를 따라 키득거리기 시작했다.

"어떻게 생각하니, 윌 헨리? 옷이 사람을 만든다는 게 진짜일까? 나도 갑자기 쉰 살이나 젊어진 기분이 들거든! 하느님께 맹세코, 정말이란다!"

그때 박사의 목소리가 우리의 유쾌한 대화를 깨뜨렸다.

"횃불을 가져와라, 윌 헨리. 말뚝도! 냉큼 움직여라, 윌 헨리!"

"이제 일을 하러 가야겠구나, 헨리 군." 노인이 다소 서글프게 말했다. 그는 모자를 원위치로 되돌리고는 내 머리에 얹힌 모자를 장난스럽게 잡아당기더니 내 턱을 다정하게 들어 올려 눈을 맞췄다.

"내 뒤를 지켜 주면 나도 널 지켜 주마. 알았지? 그럼 약속한 거다?"

노인이 손을 내밀었다. 나는 그 손을 잡고 재빨리 흔든 다음 바닥으로 뛰어내렸다. 박사가 부르고 있으니 당연히 가 봐야 했다. 나는 짐칸에서 횃불과 말뚝 꾸러미를 집어 들었다. 엘리자 번튼의 묘로 다가가니 워스롭은 바닥에 손과 무릎을 댄 채 파헤쳐진 흙바닥에 코를 바짝 들이대고는 사냥감을 추적하는 사냥개처럼 킁킁거리고 있었다. 나는 숨을 쌕쌕거리면서 한 손에는 횃불을, 다른 한 손에는 말뚝을 들고 완전히 무시당한 채 옆에서 조용히 그의 지시를 기다렸다. 박사가 갑자기 숨을 크게 들이마셨다. 두 눈은 지그시 감겨 있고 이마에는 V 자 주름이 새겨졌다.

"내가 바보였다, 윌 헨리." 이윽고 박사가 여전히 눈을 감은 채 꼼짝도 하지 않고 말했다. "자고로 바보들은 현명한 이들이 고생해서 물려준 것들을 대수롭지 않게 여기지."

그는 고개를 내 쪽으로 슬쩍 기울이더니 눈을 번쩍 떴다.

"횃불에 불을 붙여야지, 윌 헨리."

당황해서 황급히 수레 쪽으로 몸을 돌렸지만 뒤에서 박사가 소리치는 바람에 다시 멈췄다. "말뚝은 여기 두고, 횃불은 불을 붙여서 다시 가져와라. 냉큼 서둘러라, 윌 헨리!"

내가 숨 가쁘게 수레로 뛰어갔을 때 에라스무스 그레이는 말에서 내려 짐수레에 몸을 기댄 채 서 있었다. 그의 팔에는 윈체스터 장총이 안겨 있었다. 그는 내가 성냥을 찾아 짐을 뒤지는 모습을 무관심한 표정으로 지켜보다가 주머니에서 파이프와 쌈지 주머니를 꺼내 파이프에 담배를 채우기 시작했다. 나는 짐 꾸러미를 쥐 잡듯이 뒤졌지만 시간이 흐를수록 미쳐 버릴 것만 같았다. 벽난로 선반에서 성냥을 집어 들었던 것까지는 머리가 아플 정도로 선명하게 기억하고 있었다. 그런데 그 성냥을 가방에 넣었던가 아니면 뒷문 옆에 두고 왔던가?

"뭘 찾고 있니, 애야?" 에라스무스가 주머니에서 성냥을 꺼내 낡은 장화 밑창에 비벼 불을 댕겼다. 나는 그를 올려다보며 고개를 저었다. 눈에 눈물이 차오르는 게 느껴졌다. 그 수많은 물건들 중에서도 하필이면, 하필이면 성냥을 두고 오다니! 노인이 담배통에 성냥을 가져다 대자 달콤한 담배 향이 공중에 가득 번졌다.

"윌 헨리!" 박사가 다시금 독촉했다.

잠시 후, 마침내 지금 무엇을 보고 있는지 깨달은 나는 노인에게 제발 성냥을 빌려 달라고 졸랐다. 떨리는 손으로 횃불에 불을 붙이고 서둘러 박사에게 뛰어갔다. 두려움과 당혹감에 대한 박사의 설교가 그제야 온몸으로 실감이 났다. 바로 눈앞에 두고도 알아차리지 못하다니.

박사가 내 떨리는 손에서 횃불을 받아 들더니 물었다. "우리의 적이 무엇이냐, 윌 헨리?"

그는 대답을 기다리지도 않고 몸을 틀더니 다시 무덤 주변을 빙빙 돌기 시작했다.

"윌 헨리, 말뚝!" 그가 외쳤다. "내 옆에 붙어 있어라!"

나는 손에 말뚝 다발을 든 채 그의 뒤를 따랐다. 박사는 횃불을 낮게 쥐고 흙바닥을 비췄다. 때때로 발을 멈추고 말뚝을 달라며 뒤로 손을 내밀면 내가 나무말뚝을 쥐여 주었고, 그러면 그는 바닥에 그것을 박아 넣었다. 말뚝을 다섯 개까지 심을 때까지 같은 일이 반복되었다. 묘석의 양쪽에 하나씩, 나머지 세 개도 모두 엘리자의 무덤에서 50센티미터도 떨어지지 않은 곳에 위치해 있었다. 나는 그가 왜 하필 그곳들을 선택했는지 몰랐다. 간간이 박혀 있는 말뚝을 제외하면 엘리자의 무덤은 다른 무덤들과 똑같아 보였다. 박사는 이번에는 조금 멀리서 무덤 주위를 두 번 더 둘러보더니 발을 멈추고 횃불을 높이 쳐들어 그가 지금껏 한 일을 점검했다.

"정말 이상하군……." 그가 중얼거렸다. "윌 헨리, 가서 말뚝을 눌러 줘라."

"눌러요?"

"더 깊이 박으라는 얘기다."

땅바닥이 너무 단단해서 아무리 세게 눌러도 고작 몇 센티미터밖에는 더 들어가지 않았다. 내가 돌아가자 박사는 실망스럽다는 듯이 고개를 가로젓고는 외쳤다.

"미스터 그레이!"

노인이 발을 질질 끌며 다가왔다. 장총은 여전히 그의 팔 안쪽에 세워져 있었다. 박사가 횃불을 높이 쳐들고 그를 바라보았다. 불빛이 노인의 시든 몸뚱이 위에서 춤을 추자, 그의 뺨과 이마에 파인 주름살 주위에 어두운 음영이 졌다.

"무덤이 어떻게 생겼었습니까?" 박사가 물었다.

"번튼네 가족묘가 어디 있는지는 알고 있었다오." 도굴꾼이 대답했다.

"아니 내 말은, 누가 무덤을 훼손하진 않았습니까? 파헤친 흔적이 있었다든가."

에라스무스는 고개를 저었다. "그랬다면 굳이 여기 손을 대지 않았을 거요."

"그건 왜 그렇소?"

"선수 친 놈이 있어서 물건을 먼저 털어 갔다는 소리니까."

물론 누군가 선수를 쳐서 "물건"을 먼저 털어 갔다. 그게 바로 박사가 그런 걸 물어보는 이유였다.

"그러니까 어젯밤에도 무덤이 손상되지는 않았다는 얘기로군요."

"관을 열어 보고야 알았소." 노인이 담담하게 말했다.

"근처에 구멍이나 땅이 꺼진 곳도 없었고?"

에라스무스는 고개를 저었다. "없어요. 그런 건 전혀 없었소."

"이상한 냄새가 나지는 않았습니까?"

"냄새라니?"

"묘한 냄새 말입니다. 과일 썩은 냄새 비슷한 거라든가."

"관을 열었을 때 그런 냄새를 맡긴 했지만 죽음의 냄새는 나한테 별로 이상한 게 아니라오, 워스롭 박사님."

"아니면 평소와 다른 이상한 소리는 어떻습니까? 쿵쿵거리거나 쉭쉭대는 소리라든가."

"쉭쉭대는 소리?"

박사가 이를 꽉 물더니 잇새로 공기를 내뿜었다. "이런 소리 말입니다."

에라스무스는 고개를 저었다. "여느 때나 다름없이 평범한 날이었소. 관을 열어 볼 때까지는 말이오." 다시 그 끔찍한 광경이 떠올랐는지 그가 몸서리를 쳤다.

"그럼 그때까지 이상한 낌새가 전혀 없었단 말이군요?"

도굴꾼은 그렇다고 대답했다. 박사는 다시 고개를 돌려 엘리자의 무덤과 가족묘와 그 너머의 부지와 오른쪽 돌담 옆길을 따라 줄지어 선 나무와 무성한 덤불을 찬찬히 둘러보았다.

"정말 이상하군." 박사가 같은 말을 또다시 중얼거렸다.

박사는 이내 상념에서 깨어났다. 생각에 잠겨 있던 목소리가 다시금 생기발랄하게 돌아왔다. "수수께끼가 깊어지는구나. 하지만 오늘 우리가 할 일과는 아무 상관도 없지. 자, 그럼 무덤을 파 봅시다, 미스터 그레이. 그리고 너도 도와 드려라, 윌 헨리. 새벽녘에 다시 와서 그때는 우리의 운도 아침 해와 함께 떠오르길 빌어 보자꾸나. 어쩌면 태양이 뿜는 밝은 햇살이 밤의 어두운 그림자가 숨겨 놓은 증거를 비춰 줄지도 모르지. 냉큼 움직여라, 윌 헨리. 빨리빨리 해치워."

그는 우리를 버리고 빠른 걸음으로 숲 쪽으로 사라졌다. 발걸음을 뗄 때마다 낮게 쥔 횃불을 좌우로 흔들며 땅바닥을 꼼꼼히 살피고 입으로는 끊임없이 뭔가를 웅얼거리고 있었다.

"나라면 저 숲으로는 안 가겠다만." 에라스무스 그레이가 뚱하게 말했다. "하지만 나야 괴물 사냥꾼이 아니니까 알 수가 없지, 안 그러냐?" 그가 굳은살이 박인 손바닥으로 내 어깨를 두드렸다. "자, 그럼 냉큼 움직여 보자꾸나, 윌리엄 헨리. 백지장도 맞들면 낫다잖냐!"

20분이 지나자 허리와 어깨가 쑤시고 손바닥은 화끈거리기 시작했다. 목표를 1미터쯤 앞두고 나는 에라스무스가 인용한 속담에 문제가 있다는 생각이 들었다. 이런 상황에서 손 네 개는 별로 쓸모가 있는 것 같지도 않았고, 두 사람이 힘을 합쳐 봤자 별로 도움이 되는 것 같지도 않았다. 뉴예루살렘의 토양은 대부분의 뉴잉글랜드 지역처럼 자갈이 많고 단단했다. 에라스무스 그레이가 전날 밤에 이미 죽은 자가 걸친 섬뜩한 보물을 찾아 땅을 헤집어 놨음에도 엘리자 번튼의 무덤은 우리의 삽질에 고집스레 반항하고 있었다. 나는 수컷 안트로포파기가 어떻게 아무 도구도 없이 억센 손톱만으로 이런 단단한 땅에 굴을 파서 먹잇감에 도달할 수 있었는지 궁금해졌다. 나도 박사와 마찬가지로 놈이 무덤에 침입한 증거가 없다는 사실이 너무 이상했다. 게다가 에라스무스도 전날 밤에 이상한 기미라고는 전혀 없었다고 단언하지 않는가. 혹시 너무 어두워서 못 본 건 아닐까? 욕심에 눈이 멀어 못 보고 놓쳤거나, 아니면 보고 나서 그 끔찍한 광경에 놀라 도망가다 증거를 훼손한 건 아닐까?

50미터쯤 떨어진 나무숲에서 워스롭 박사가 작년 가을에 떨어진 낙엽과 덤불을 헤치며 걸어 다니는 소리가 들렸다. 간간이 부드럽고 알아들을 수 없는 탄식이 섞여 있기도 했는데, 처음에 그 소리를 들은 에라스무스 그레이는 박사가 우리 집 지하실에 걸려 있는 생물을 발견한 줄, 아니면 놈들이 우리를 발견한 줄 알고 깜짝 놀라 고개를 번쩍 치켜들었다. 나는 그의 목소리가 두려움도, 당혹감의 표시도 아니라고 노인을 안심시켰다. 그것은 아무것도 캐지 못해 텅 빈 수레를 끌고 돌아와야 하는 가엾은 광부의 탄식 소리였다.

박사가 터덜거리며 돌아와 낙담한 표정으로 점점 더 깊어지고 있는 구덩이 옆에 주저앉아 옆에 쌓여 있는 흙무더기 꼭대기에 횃불을 꽂았다. 그는 무릎을 가슴께로 끌어 올려 기다란 팔로 껴안고는 상실감에 시달리는 처연한 얼굴로 땀자국으로 얼룩진 우리의 얼굴을 침울하게 바라보았다.

"어땠소, 뭔가 찾은 거요?" 에라스무스 그레이가 물었다.

"아무것도 없습니다!" 박사가 쏘아붙였다.

에라스무스 그레이는 그 말에 안도한 것 같았고, 박사는 누가 봐도 그 반대였다.

"논리적으로 이런 일은 있을 수 없어." 박사가 혼잣말처럼 중얼거렸다. "모든 법칙에 위배되는 일이야. 놈들은 유령도 아니고 형태 변형자도 아니야. 요정처럼 날아다닐 수도 없고 모습을 숨길 수도 없지. 뛰어난 후각으로 시체를 찾아서 무덤 안으로 기어들었을 텐데, 놈이 움직인 자취를 어디서도 찾을 수가 없단 말이야." 그의 손이 닿음 직한 곳에 말뚝이 박혀 있었다. 그는 손을 뻗어 그것을 잡아 뽑더니 길고 섬세한 손가락으로 빙빙 돌려 대기 시작했다. "땅속에서 호흡한 숨구멍이 있어야 하는데, 그것도 없지. 이동한 자국이 있어야 하는데 풀이 눌린 자국도 없고."

그의 시선이 우리를 향했다. 그는 우리를 내려다보았다. 우리는 그를 올려다보았다. 아무도 입을 열지 않았다.

"아니, 도대체 뭘 하고 있는 거요? 빨리빨리 움직여요! 땅이나 파라고!"

박사가 자리에서 일어나 성을 내며 손에 들고 있던 말뚝을 수풀 속으로 던지자 부러진 나뭇가지와 낙엽이 딸꾹질하는 소리와 함께 깊은 어둠이 그것을 집어삼켰다.

그때 우리 뒤에 있는 작은 샛길에서 뭔가 씩씩대는 소리가 났고, 세 사람의 머리가 동시에 소리가 나는 쪽으로 획 돌아갔다. 늙은 말이 콧구멍을 벌름거리고 눈알을 굴리며, 낮게 푸르륵거리며 앞발을 굴렀다.

"왜 그러느냐, 베스?" 에라스무스 그레이가 다정한 목소리로 말의 이름을 불렀다. “무슨 일이라도 있니, 얘야?”

말이 고개를 늘어뜨리며 가늘고 긴 목을 앞으로 죽 뻗더니 발굽으로 바닥을 차기 시작했다. 낡은 수레가 삐거덕거리고 바퀴가 거친 신음 소리를 냈다. 나는 박사를 올려다보았다. 그는 팔을 양옆에 늘어뜨린 채로 말을 쳐다보고 있었다. 말에 온 신경을 집중하고 있었다.

“뭔지 모르지만 놀랐나 보오.” 에라스무스 그레이가 말했다.

“쉿!” 박사가 날카롭게 말했다. 그는 천천히 몸을 돌려, 땅바닥과 묘비들 사이로 길게 난 샛길, 별빛 아래 빛나는 비석들을 찬찬히 눈여겨보다가 갑자기 동작을 멈추고 우리를 등진 채 나무 사이 어둠속을 가만히 응시했다. 베스의 낮은 울음과 발굽 소리를 제외하고는 아무것도 들리지 않는 섬뜩한 적막이 길게 이어졌다. 박사는 왼손을 반쯤 들어 올려 초조하게 폈다 쥐었다를 반복했다. 어깨는 긴장감에 한껏 젖혀 있었는데, 불쑥 불길한 예감이 나를 덮쳤다. 몇 초가 더 흘렀다. 말의 동요는 시간이 지날수록 심해졌고 나 자신의 불안감도 마찬가지였다.

그러더니 나무숲 너머 어디선가 들려오는 쉭쉭 소리에 팽팽한 정적이 깨졌다.

낮고 규칙적이고 희미한 소리였다. 한 군데가 아니라 사방에서 들려오고 있었다. 메아리일까……? 아니면 서로에게 응답하는 소리? 끊임없이 이어지는 게 아니라 산발적으로 들리는……. 쉬쉭…… 멈췄다가…… 쉬쉭…… 멈췄다가…… 쉬쉬쉬쉬익…….

박사가 어깨 너머로 나를 돌아보고는 속삭였다.

"윌 헨리. 섬광통에 화약은 채워 넣었느냐?"

"네, 박사님." 나도 똑같이 속삭였다.

"가서 가져오너라, 조용히." 그가 낮고 굳은 목소리로 말했다. 나는 조심스레 구덩이를 기어올랐다. 박사가 권총이 들어 있는 외투 주머니에 손을 넣었다.

"내 장총이 수레에 있소. 섬광통도 내가 가서 가져오지. 아이는……." 에라스무스가 말했다.

"안 돼! 당신은 거기 그대로 있으시오. 가거라, 윌 헨리. 최대한 많이 갖고 오렴."

"그리고 들 수 있으면 내 장총도 가져오너라, 윌." 에라스무스가 떨리는 목소리로 말했다. 그가 박사에게 다급하게 속삭였다. "여기서 빨리 빠져나가야 하오. 밝을 때 다시 돌아오면 돼요. 이런 악마들이 활개 치는 깜깜한 밤에는……."

박사는 그의 말을 퉁명스럽게 잘랐다. 정확히 뭐라고 말하는지는 잘 들리지 않았지만 골자가 무엇이었을지는 뻔하다. 그다음에 벌어진 일을 볼 때, 그가 "적"이라고 부르는 우리의 가장 본능적인 욕구를 따르는 데 대한 박사의 완고한 거부는 그에 상응하는 끔찍한 대가를 치러야 했다. 때로는 두려움이 우리의 적이 아닐 때도 있다. 때로는 두려움이야말로 우리의 가장 믿음직한, 심지어는 유일한 친구일 때도 있는 법이다.

나는 자루에 든 것들을 수레에 쏟은 다음, 섬광통—화약을 가득 채운 커다란 커피깡통만 한 양철통 네 개—을 담았다. 베스가 고개를 내 쪽으로 돌리고 큰 소리로 투레질을 하며 자기 주인 못지않게 간절하게 울었다. 여기서 당장 빠져나가야 해! 나는 서두르는 와중에서도 팔을 내밀어 베스의 늘씬한 목을 살짝 토닥여 주었다. 그러고는 한 손에는 삼베 자루를, 다른 한 손에는 에라스무스의 장총을 들고 무덤가로 돌아갔다. 반쯤 판 구덩이로 돌아가는 길이 어찌나 길게 느껴졌는지! 그렇지만 막상 도착하고 나니 마치 시간이 멈춰 있었던 것 같았다. 에라스무스는 여전히 구덩이에 쭈그리고 앉아 있고 박사는 그 위에 서 있었으며 횃불은 30센티미터쯤 왼쪽에서 타고 있었다. 박사의 길고 흐느적거리는 그림자가 지면 위에 너울거렸다. 에라스무스는 나를 보자마자 총을 채어 가더니 참호 속 군인처럼 구덩이 아래로 몸을 웅크렸다. 구덩이 밖에서 보이는 것이라고는 그의 머리 꼭대기뿐이었다.

쉭쉭거리는 소리가 멈췄다. 사방이 고요한 가운데 늙은 말의 겁먹은 콧소리만 울릴 뿐이었다. 혹시 말이 도망가면 우리는 어떻게 하지? 놈들이 공격해 왔는데 숫자가 너무 많아 총알이 부족해지면, 앉은자리에서 12미터를 도약할 수 있는 괴물들을 무슨 수로 이기겠는가?

시간이 째깍거리며 흘러갔다. 밤은 고요했다. 이윽고 에라스무스가 구덩이 속에서 입을 열었다. "가 버렸군. 하느님 감사합니다. 우리도 빨리 떠납시다, 박사. 날이 밝았을 때 다시 오면 돼요. 차라리 사람들한테 들키는 게 낫지……."

"조용히 해요, 이 멍청한 인간아." 박사가 속삭였다. "섬광통 가져와라, 헨리."

나는 자루에서 통을 꺼내 그의 왼손에 쥐여 주었다(오른손에는 총이 들려 있었다.). 박사가 횃불로 심지에 불을 붙이더니 우아한 동작으로 나무 사이로 섬광통을 던졌다. 사진사들이 사진을 찍을 때 쓰는 플래시처럼 화약통이 하얗고 눈부신 섬광을 뿜어내며 폭발했다. 등 뒤에서는 베스가 마구를 당기며 발버둥 쳤고, 발밑에서는 에라스무스 그레이가 깜짝 놀라 외마디 비명을 질렀다. 불빛이 너무 밝아 아무것도 보이지 않았다. 너무 순식간에 지나가 나무들의 잔상만이 새겨졌을 뿐, 그 외에는 아무것도 없었다. 가슴에 번득이는 이빨이 달린 2미터짜리 괴물은 보이지 않았다.

"정말 이상하군. 하나 더 주렴, 윌 헨리."

"도망간 거요. 내가 말했잖소." 방금까지 에라스무스 그레이를 지배하고 있던 두려움은, 두려움이 으레 그렇듯 잠깐 사이에 분노로 전이되었다. "애초에 그것들이 있었을지도 의문이지만. 원래 한밤중에 묘지에 오면 별별 해괴한 소리가 들리기 마련이오. 내가 하는 말이니 믿어도 좋아요. 나만큼 그런 걸 잘 아는 사람도 없으니까. 여기 있고 싶으면 당신이나 있어요, 펠리노어 워스롭 박사. 하지만 나랑 우리 베스는 당장 떠날 거요. 내가 오늘 밤에 여기 오면 안 된다고 했잖소. 이런 어린애를 데려오지도 말자고 했고. 난 이제 가 보겠소. 그리고 마을로 돌아가고 싶으면 당신도 나를 따라오는 게 좋을 거요."

그는 우리 발밑에 총을 올려놓더니 구덩이 벽을 타고 올라오기 시작했다.

에라스무스 그레이는 그 구덩이를 빠져나오지 못했다.

인간보다 두 배는 족히 될 법한 거대한 손이, 그리고 시체처럼 창백한 손가락 끝에 달린 칼날처럼 날카롭고 길쭉한 회색 손톱이 그의 발밑에서 불쑥 튀어나오더니 뒤이어 검은 흙과 흰 자갈을 공중에 흩뿌리며 터럭 하나 없는 근육질의 건장한 팔이 빠져나왔다. 그리고 그렇게, 검은 심연에서 솟아오르는 무시무시한 레비아탄*처럼 널찍한 어깨가 대지를 가르고 눈꺼풀 없는 섬뜩한 검은 눈동자가 횃불 아래 번득였다. 가슴 한가운데 10센티미터 길이의 무시무시한 송곳니가 빽빽하게 둘린 아가리가 피 냄새를 맡은 상어처럼 잔뜩 흥분해 크게 벌어졌다. 날카로운 손톱이 노인의 허벅지를 그러쥐었다. 둥글게 휜 갈고리가 그의 다리를 파고들었다. 에라스무스가 공포와 고통으로 점철된 비명을 지르며 우리를 향해 팔을 휘저었다. 그토록 오랜 세월이 지난 지금까지도 나는 그 장면을 잊지 못한다. 처량하게 흔적만 남은 이를 드러내며 커다랗게 벌어진 노인의 입. 그의 버둥거리는 다리 사이로 보이는 거대한 입의 우스꽝스러운 축소판처럼.

나는 본능적으로, 하지만 멍청하게도, 그리고 박사에게는 충격적이게도 격렬하게 도리질 치고 있는 노인의 손목을 붙잡았다. 안트로포파기는 구덩이에서 버둥거리는 에라스무스 그레이의 다리를 입안에 욱여넣으며 그 크고 날카로운 이빨로 와작와작 씹어 먹고 있었다. 크고 검은 눈동자가 눈구멍 안에서 뒤굴거렸다. 내 몸이 함께 딸려 가면서 머리와 어깨까지 구덩이 속으로 빠졌다. 노인의 비명 소리가 우레처럼 귓가를 후려쳤다. 아래 보이는 입은 노인을 조

---

* 성서에 나오는 바닷속 괴물.

금씩 끌어당기며 우걱거렸고, 에라스무스의 다른 쪽 다리는 물에 빠진 사람이 어떻게든 물에서 빠져나오려는 것처럼 버둥질 쳤다. 그때 박사가 내 손목을 잡아당기는 게 느껴졌다. 에라스무스의 비명 소리에 묻혀 그가 뭐라고 말하는지 알아듣기가 힘들었다.

"놔라, 윌 헨리! 그 손 놔!"

하지만 힘주어 손을 붙잡고 있는 것은 내가 아니었다. 그것은 에라스무스 그레이였다. 그는 내 손목을 굳게 움켜쥐고 구덩이 아래로 잡아당기고 있었다. 갑자기 내 몸이 아래로 더 깊이 쑥 미끄러졌다. 워스롭이 날 놓은 것이다. 그러더니 시야 가장자리로 리볼버 총신이 노인의 이마를 겨누고 있는 것이 보였다.

나는 재빨리 고개를 돌렸다. 그와 동시에 박사가 방아쇠를 당겼다. 노인의 고통스러운 비명이 단 한 방의 폭음과 함께 뚝 그쳤다. 내 목과 머리 위로 뜨거운 핏줄기와 뼛조각과 뇌수가 쏟아졌다.

내 손목을 그러잡고 있던 손가락이 스르르 풀리더니 에라스무스 그레이의 힘없는 팔이, 뒤이어 그의 시신이 구덩이 밑바닥으로 떨어졌고 괴물의 무시무시한 피투성이 입이 그 아래에 깔려 순간적으로 사라졌다. 하지만 그 입이 뼈를 씹고 골수를 빨아 먹는 끔찍한 짭짭 소리는 여전히 계속되고 있었다. 커다란 돼지가 덤불 속에서 킁킁거리는 듯한 괴상한 콧소리도.

박사가 깜짝 놀랄 만큼 무시무시한 힘으로—아마도 아드레날린 덕분일 것이다.—내 허리춤을 쥐고 구덩이 위로 나를 끌어 올려 똑바로 세웠다. 그러고는 길 쪽으로 나를 밀며 단 한마디를 내뱉었다. 이런 상황에서는 전혀 쓸모없는 말이었다.

"달려!"

나는 그 말에 따랐다. 하지만 불행히도, 불쌍한 베스도 그 말을 듣고는 한참 나어린 암말처럼 쏜살같이 앞으로 뛰쳐나갔다. 수레를 따라잡으려고 열심히 달렸으나 베스가 미치광이처럼 날뛰며 젖 먹던 힘을 다해 달리는 바람에 수레와 나 사이의 거리는 점점 멀어져만 갔다. 감히 뒤를 돌아볼 생각은 나지 않았지만 옆에서 나는 소리로 미뤄 볼 때 박사가 내 옆에 바짝 붙어 따라오고 있다는 것을 알 수 있었다. 사방에서 험악한 울부짖음이 들려왔다.

나는 앞에서도 말했다시피 내 나이치고는 꽤 날랜 편이었지만 박사는 나보다 다리가 훨씬 길었기 때문에 금세 베스를 따라잡았다. 그는 덜컹거리는 수레를 붙잡고 잽싸게 뛰어오르더니 소녀의 시신 옆에서 내게 손을 내밀었다.

내 상상이었는지 아니면 정말로 뭔가가 있었는지, 목에 뭔가의 뜨거운 숨결이 느껴지면서 단단한 땅 위를 내딛는 육중한 발소리가 겨우 한두 발짝 뒤에서 들려오는 것 같았다. 쿵! 쿵! 놈들의 고함 소리가 점점 더 가까이 들려오고 있었다. 격분한 포효 속에는 약간의 좌절감이 녹아 있었다.

박사는 엘리자의 시신 옆에 배를 깔고 누워 내게 왼팔을 뻗었다. 상체를 한껏 내밀었지만 손가락 끝이 아슬아슬하게 스치고 지나갔다. 수레가 미친 듯이 양옆으로 흔들리고 있었다. 베스는 처음에는 오른쪽, 다음에는 왼쪽으로 돌더니 오직 여기서 달아나야 한다는 본능에만 충실해 목표도 없고 결승선도 없이 묘비 사이를 정처 없이 헤맸다. 박사가 뭐라 소리쳤으나 겨우 1미터 뒤에서도 무슨 뜻인지 알아들을 수가 없었다. 그의 오른팔이 나를 향해 움직였다. 손에는 권총이 쥐여 있었다. 총구가 내 어깨 바로 위를 겨냥했다. 그가 두 번째로 뭐라고 소리쳤다. 총이 발사되고, 그 순간 나를 따라잡은 괴물이 뒤에서 덮치는 바람에 내 셔츠 뒤쪽이 찢겨 나갔다. 등 뒤를 바짝 쫓아오는 추격자는 내 상상의 산물이 아니었다.

박사의 왼손가락이 내 손목을 더듬어 찾았다. 그는 에라스무스가 구덩이에서 나를 끌어당긴 것처럼, 그러나 이번에는 죽음이 아니라 삶을 향해 나를 수레 위로 끌어 올렸다. 하지만 놀랍게도 그는 나를 곧장 수레 바닥에 내동댕이치고는 부들부들 떨고 있는 내 손에 권총을 쥐여 주고 귀에다 외쳤다. "나는 앞으로 간다!"

그러곤 사라졌다. 그는 우리의 생사 여부가 달린 고삐를 향해 엉금엉금 기어갔다. 나는 총을 쏴 본 적이 한 번도 없었지만 지금은 미친 듯이 쏘고 있었다. 약실이 텅 빌 때까지, 신들린 것처럼 우리를 쫓아오는 짐승들을 향해 마구 발사했다. 총구에서 연기가 피어올랐다. 놈들은 나무숲에서 뛰쳐나왔다. 엘리자의 무덤에서 쏟아져 나왔다. 열 마리가 족히 넘는 괴물들이 긴 팔을 휘두르며 입을 쩍 벌린 채, 별빛 아래 멀건 피부를 번득이며 질주했다. 흡사 묘지에 있는 모든 무덤들이 배 속에 들어 있던 사악한 존재들을 토해 낸 것 같았다.

놈들은 우리보다 빨랐다. 나는 공포와 절망에 젖어 그 마귀 같은 괴물 떼와 우리의 거리가 점점 좁혀지는 모습을 지켜보았다. 베스의 나이가 살고자 하는 본능을 앞질렀는지 달음박질치는 속도가 점차 시들해지고 있었다.

내 뒤에서 박사가 뱃사람처럼 험악한 욕지거리를 퍼부었고 곧이어 커다란 나뭇가지가 부러지는 소리와 함께 수레가 우뚝 멈춰 섰다. 그 바람에 등이 갑자기 뒤로 젖혀져 엘리자 번튼의 푹신한 시신이 아니었다면 하마터면 딱딱한 나무판에 머리가 부딪쳐 깨질 뻔했다. 나는 벌떡 일어나 앉아 주위를 둘러보았다. 베스가 커다란 단풍나무 두 그루 사이로 돌진한 것 같았다. 말은 빠져나갔지만 수레는 무리였다. 우리는 나무줄기 사이에 꼼짝없이 끼여 있었다.

워스롭 박사는 민첩하게 움직였다. 그는 수레로 자리를 옮겼다. 안트로포파기 무리는 이제 30미터 안으로 다가와 있었다. 그것들의 냄새를 맡을 수 있을 정도였다. 내가 아는 그 어떤 냄새와도 달랐는데, 머릿속에 떠올릴 수 있는 가장 비슷한 냄새는 과일 썩은 냄새였다.

"비켜라, 윌 헨리!" 박사가 소리쳤다. 나는 황급히 엉덩이를 뒤로 밀어 수레 앞쪽으로 움직였다. 박사가 시신의 어깨 아래에 팔을 끼워 넣더니 우리를 쫓아오고 있는 짐승 떼처럼 동물 같은 포효를 내지르며 수레 밖으로 내던졌다. 시체가 소름 끼치는 쿵 소리를 내며 바닥에 떨어졌다.

박사가 고함을 질렀다. "마구를 풀어라, 윌 헨리!"

나는 그의 말을 알아듣고는 마부석 위로 올라가 발작하듯 몸부림치고 있는 말 옆으로 뛰어내렸다. 불쌍한 베스는 공포심에 거의 미쳐 있었다. 눈은 희번덕거리고 콧구멍은 벌름거렸으며 입가에는 거품이 흥건했다. 반대쪽에 갑자기 거무스레한 형체가 불쑥 나타나는 바람에 나도 모르게 비명을 질렀지만, 이내 박사라는 걸 깨달았다. 그는 반대쪽에서 죔쇠를 풀기 시작했다.

"윌 헨리!" 그가 외쳤다.

"다 됐어요!" 내가 대답했다.

그는 말 등 위로 몸을 날리더니 손을 내밀어 나를 뒤에 태웠다. 베스에게 박차를 가할 필요도 없었다. 녀석은 번개 같은 속도로 뛰어나갔다. 그러고는 박사의 절박한 손길에 순종해 갓길로, 공동묘지 입구로, 그 뒤로 이어지는 도로로 내달렸다. 나는 중간에 딱 한 번 뒤를 돌아보았다. 하지만 이내 다시 고개를 돌려 박사의 등에 뺨을 붙이고 허리를 붙들고 매달렸다. 두 눈을 꽉 감고 제발 방금 본 장면을 잊을 수 있길 빌었다.

박사의 필사적인 도박은 성공했다. 놈들은 우리를 쫓아오던 것을 멈추고 시체에 달려들어 게걸스럽게 탐닉했다. 하얀 린넨 천을 갈가리 찢어발기고 그녀의 몸뚱이에서 팔과 머리, 다리를 잡아 뜯어 배 속으로 살점을 우악스레 쑤셔 넣었다. 내가 박사의 외투에 얼굴을 묻기 전 마지막으로 본 것은 한 마리의 턱 밑으로 그녀의 풍성하고 아름다운 검은 곱슬머리가 흘러내리고 있는 모습이었다.

정문을 향해⋯⋯ 마침내 우리는 그곳을 빠져나오는 데 성공했다. 그런 다음 올드힐 공동묘지 로(路)를 따라⋯⋯ 다시 뉴예루살렘으로⋯⋯. 전속력으로 질주하던 베스가 기진맥진한 나머지 힘겹게 발을 끌기 시작했다. 고개는 축 처지고 늘씬한 목은 땀에 젖어 번들거렸다. 혼비백산할 법한 아슬아슬한 탈출극이 끝난 뒤에 찾아온 정적 속에서, 우리도 베스와 함께 휴식을 취했다. 집으로 향하는 기나긴 시간 속에 박사가 이런 말을 한 게 기억난다.

"흠, 윌 헨리, 아무래도 내 가설을 재고해 봐야 할 것 같구나."

4장

"벌써 시간이 이렇게 됐구나."

해링턴 레인에 있는 집으로 돌아온 후, 박사는 내게 위층에 올라가 씻고 더러운 옷을 갈아입으라고 말했다. 나는 머리에서 발끝까지 흙과 살점으로 덮여 있었고, 얼굴 오른쪽은 말라붙은 피와 뼈 부스러기, 지난 60년 동안 에라스무스 그레이를 움직였던 회색 뇌세포로 얼룩져 있었다. 세숫대야 앞에서 머리카락을 터니 돌멩이와 나뭇조각이 떨어져 배수구를 틀어막았고 물은 에라스무스 그레이의 피로 금세 분홍색으로 물들었다. 나는 얼굴을 찌푸리며 더러워진 물에 손을 넣어 이물질을 걷어 낸 다음 어린애 특유의 병적인 호기심으로 수면에 둥둥 떠다니는 회색 덩어리들을 유심히 바라보았다. 내 머릿속을 장악한 것은 두려움도 경이감도 아니었다. 자그마치 60년간의 꿈과 희망, 허기와 욕구, 사랑과 열망이 단 한 발의 빵 소리와 함께 순식간에 허공으로 흩어졌다. 몸도, 마음도. 에라스무스 그레이의 정신은 이 세상에서 사라졌다. 그리고 그것이 담겨 있던 그릇의 파편들은 팝콘처럼 하찮고 가볍게 물 위에 둥둥 떠다니고 있었다. 이 중에 어떤 것이 당신의 야망을 담고 있었나요, 에라스무스 그레이? 어떤 지방 조각이 당신의 자존심이었나요? 아, 우리 인간이 몸치장을 하고 단장을 한다는 것은 얼마나 부질없는 짓인가? 우리가 단순한 유기체가 아닌, 그 이상의 심오한 존재라고 믿는 것은 참으로 오만한 생각이 아닐까? 「전도서」의 "헛되고 헛되니 모든 것이 헛되도다."라는 말에 어떤 반론을 펼칠 수 있을 것이며 어떤 반박을 할 수 있으랴!

"윌 헨리!" 아래층에서 박사의 목소리가 들려왔다. "윌 헨리, 도대체 어디 있느냐? 냉큼 이리 오너라, 윌 헨리!"

박사는 서고에 있었다. 그는 천장 꼭대기까지 벽을 가득 덮은 책장에 사다리를 걸치고 올라가 있었는데, 아직도 여행용 망토와 진흙투성이 신발을 두르고 있었다. 옷을 갈아입거나 몸을 씻을 겨를도 없는 것 같았다. 박사가 말없이 책장 오른쪽을 가리키자 나는 거기까지 사다리를 밀었다. 우리 뒤에 있는 큼지막한 탁자 위에는 뉴예루살렘과 주변 지역을 그린 커다란 지도가 펼쳐져 있고 네 귀퉁이에는 각각 책 무더기가 쌓여 있었다.

"어디 보자, 그게 어디 있더라?" 그는 오래 묵어 다 갈라진 책등을 가느다란 손가락으로 훑으며 중얼거렸다. "어디였지? 아, 그래, 여기 있다! 받아라, 윌 헨리!" 그는 책장에서 크고 무거운 책 한 권을 빼내더니 3미터 아래로 집어던졌다. 책이 쿵 하는 육중한 소리를 내며 내 옆 카펫으로 떨어졌다. 나는 그를 올려다보았다. 그는 나를 내려다보았다. 그의 얼굴 한쪽에는 진흙이 묻어 있고 이마에는 떠돌이 개처럼 지저분하게 엉겨 붙은 머리카락이 흘러내려 있었다.

"받으라고 했잖니." 그가 낮고 차가운 목소리로 말했다.

"죄송해요, 박사님." 나는 웅얼거리며 책을 주워 들어 탁자로 가져갔다. 제목을 슬쩍 훔쳐보니 이렇게 적혀 있었다. '헤로도토스의 역사.' 얇은 책장을 몇 장 넘겨 보았지만 그리스어로 적혀 있었다. 나는 책에서 눈을 떼고 박사를 쳐다봤다.

박사가 사다리를 타고 내려왔다. "왜 그런 눈으로 보는 거지?"

"그레이 씨가……." 나는 입을 열었지만, 박사가 내 말을 가로막았다.

"우리 모두는 노예다, 윌 헨리." 그가 내 손에서 책을 낚아채 가장 가까이 있는 책 더미에 올려놓았다. "어떤 이들은 두려움의 노예다. 어떤 사람들은 이성의 노예고, 기본적인 욕구의 노예인 사람들도 있지. 우리는 모두 노예가 되도록 태어났다, 윌 헨리. 문제는 무엇의 노예가 될 거냐는 거지. 진실의 노예가 될 것인가, 거짓의 노예가 될 것인가. 희망의 노예인가, 아니면 절망의 노예인가. 빛의 노예인가, 아니면 어둠의 노예인가. 나는 빛을 위해 봉사하기로 선택했다. 비록 그 빛이 어둠과 깊은 관계를 맺고 있지만 말이다. 절망이 방아쇠를 당긴 게 아니다, 윌 헨리. 자비가 내 손을 인도했지."

나는 아무 말도 하지 않았다. 침만 꼴깍 삼켰을 뿐. 눈에 눈물이 고이고 있었다. 박사는 나를 위로하려 들지 않았다. 나를 위로하려고 그런 말을 한 것도 아니었을 것이다. 그가 노인의 목숨을 빼앗은 일을 내가 용서하든 말든 개의치 않았다. 그는 과학자였다. 용서는 중요한 게 아니었다. 이해하는 것이 중요했다.

"놈이 덮친 순간 에라스무스는 이미 죽은 거나 마찬가지였다." 박사는 말을 이었다. "'살아 있는 한 희망은 있다.'라는 말처럼 어리석고 기만적인 충고도 없지. 미끼를 덥석 문 물고기처럼, 그 발톱에 잡힌 순간 그의 희망도 사라진 거다. 할 수만 있었다면 그는 외려 내가 한 일에 감사했을 거다. 그리고 나도 너한테 고마워할 거고, 윌 헨리."

"저한테요?"

"언젠가 내가 에라스무스와 똑같은 운명을 맞이하게 되거든 너도 나한테 똑같은 일을 해 줘야 한다."

굳이 말로 표현하지는 않았지만 그의 검은 눈 속에 담긴 것은 그 신성모독적인 바람의 당연하고도 필연적인 귀결이었다. 그러니 너도 내가 그렇게 해 주길 빌어야 한다. 만약 그 구덩이 속에서 괴물이 에라스무스가 아니라 나를 붙잡았더라면 그는 일말의 머뭇거림도 없이 내 머리에 자비의 총알을 날렸으리라. 그러나 나는 아무 말도 하지 않았다. 반박할 수도 없었다. 나는 고작 열두 살이었고, 권위적인 어른이 절대적인 이성을 내세워 정의의 진정한 의미를 부인하더라도 어린애의 서투른 말재간으로는 대적할 수 없었다. 그래서 나는 그에게 반박하지 않았다. 할 수가 없었기 때문이다. 그래서 고개를 끄덕였다. 세상에, 그렇게 그의 말에 수긍했다! 그렇지만 부아가 나서 얼굴이 화끈거렸다. 어쩌면 나는 그가 어리석은 미신이라고 믿는 것의 노예였는지도 모른다. 모든 생명은 소중하고 고귀하며 그 무엇도 그것을 파괴하는 힘에 굴복하는 것을 정당화하지는 못한다는 생각 말이다. 그날 밤, 만일 내가 대지의 시커먼 배 속에서 무엇이 기다리고 있는지 알았더라면 그의 우쭐한 얼굴에 내 작은 주먹을 날리고 싶어 하기보다 그의 품에 몸을 던지며 지금껏 그 어두운 길을 걸어온 이에게서 위안을 구했을지도 모른다.

"철학적인 문제는 그만 됐다! 이제는 그보다 더 중요하고 실용적인 문제를 고민할 시간이야!" 그가 외치더니 항상 그렇듯 내 가엾은 몸과 영혼을 무시하며 옆으로 밀쳐 버렸다. 그는 긴 탁자의 반대쪽으로 돌아가 지도를 노려보았다. 뉴예루살렘에는 벌써 붉은색으로 동그라미가 그려져 있었다. "오늘 밤 일어난 사건은 내 가설이 틀렸다는 걸 증명한다. 거의 완전한 안트로포파기 무리가 있어. 우두머리 수컷은 우리 집 지하실에 매달려 있고, 스물에서 스물다섯 마리 정도의 암컷과 새끼들 몇 마리가 있을 거다. 다 해서 서른 마리쯤 되지 않을까 싶구나. 정황상 정확한 숫자를 대긴 어렵지만 말이다."

그는 고개를 들더니 물었다. "혹시 놈들의 숫자를 세어 봤느냐, 윌?" 마치 내가 목숨을 부지하려고 도망치는 와중에도 놈들의 숫자를 세는 게 가능하기라도 한 양 진지한 말투였다.

"아뇨." 나는 대답했다.

"하지만 대충은 맞는 것 같으냐? 스물다섯에서 서른 마리쯤 될까? 아까 본 걸 떠올려 보렴."

내가 본 바에 따르면 서른 마리보다는 백서른 마리에 가까운 것 같았다. 하지만 나는 두려움에 가려 아무것도 제대로 보지 못했다. 놈들이 묘지 전체를 가득 메운 것 같았고, 모든 수풀과 그림자마다 놈들이 쏟아져 나오는 것 같았다.

"네, 박사님. 스물다섯 마리쯤인 것 같아요. 스물다섯에서 서른 마리요."

"허튼소리!" 그가 손바닥으로 탁자를 거세게 내리쳤다. 나는 흠칫 놀라 몸을 움찔했다. "절대로! 내가 듣고 싶어 하는 말을 무작정 하지 마라, 윌 헨리. 절대로 안 돼! 네가 말이나 따라 하는 앵무새처럼 군다면 어떻게 너를 믿고 의지할 수 있단 말이냐! 그건 정말이지 가증스러운 짓거리다. 어른들도 마찬가지야. 늘 진실만을 말해야 한다, 윌 헨리. 어떤 일이든 항상 진실을 말해야 해! 비굴함의 날개 아래서는 아무도 위대한 일을 성취할 수 없다. 자, 이제 솔직하게 말해봐라. 너는 놈들이 서른 마리였는지 쉰 마리였는지 아니면 이백오십 마리였는지, 실은 전혀 모르겠지?"

나는 고개를 푹 숙였다. "네, 박사님. 전혀 모르겠어요."

"나도 그렇다. 난 자료에 근거해 추측을 할 뿐이야."

박사는 헤로도토스의 책을 집어 재빨리 책장을 넘기더니 원하는 부분을 찾았는지 조용히 그리스어를 읽어 내렸다. 잠시 후, 책을 탁 덮고 다시 책 더미 꼭대기에 올려놓고는 지도로 관심을 돌렸다. 그는 주머니에서 자를 꺼내 뉴예루살렘에서 해안까지 최단거리를 잰 다음 뭔가를 잔뜩 중얼거리며 작은 공책에 계산을 하기 시작했다. 그동안 나는 그에게서 완전히 잊혀 멀뚱히 서 있었다. 박사는 내가 평생 만난 그 누구보다도 철저하고 완벽한 집중력의 소유자였다. 밝고 눈부신 조명처럼 한 곳을 집중적으로 비추던 관심이 다른 쪽으로 옮겨 가고 나면 나는 우물에 빠진 사람처럼 환한 햇빛 아래서 완전한 암흑 속으로 추락했다.

그는 우리가 살고 있는 카운티의 경계에서부터 다양한 항구도시까지의 거리를 재고, 각각의 수치를 신중하게 공책에 적고, 자를 대고 희미한 줄을 그어 각 지점을 연결했다. 우리가 사는 마을에서는 하루만 말을 타면 해안에 도착할 수 있었기 때문에 얼마 안 가 지도 위에는 수십 개의 선들이 서로 교차하며 복잡한 거미줄 같은 모양새를 그리게 되었다. 잘은 모르지만 박사는 그 괴물들이 어떻게 뉴예루살렘에 오게 되었는지 경로를 추적하려는 것 같았다.

그리다 문득, 나는 이런 생각이 들었음을 고백하지 않을 수 없다. 하마터면 목숨을 잃었을지도 모를 만큼 아슬아슬하게 놈들의 손아귀에서 탈출했건만, 박사는 왜 이런 의미 없는 일에 중요한 시간을 낭비하고 있는 걸까? 놈들이 어디서 왔는지, 혹은 어떻게 이곳에 오게 되었는지가 뭐가 그리 중요하단 말인가? 그보다는 지금 당장 마을 장정들을 모아 사냥단을 조직하는 게 급선무가 아닐까? 안트로포파기가 우리들 바로 옆에 살고 있었다. 그리고 놈들은 굶주려 있었다. 나는 엘리자 번튼의 머리카락이 놈들의 우물거리는 턱 아래로 흘러내리던 모습을 뇌리에서 떨칠 수가 없었다. 세상에서 가장 무시무시한 악몽에서 튀쳐나온 듯한 괴물들이 저 밖을 배회하고 있는데, 어째서 저런 낡은 책이나 뒤지고 지도나 보고 거리나 재면서 시간을 낭비하고 있단 말인가. 지금 당장 주민들을 모아 놈들을 잡으러 가거나, 아니면 적어도 놈들이 습격해 올 경우를 대비해 방어벽이라도 세워야 하는 게 아닌가. 안트로포파기가 어떻게 뉴예루살렘에 나타나게 되었는지 수수께끼를 풀 시간은 놈들을 없앤 뒤에도 충분할 텐데. 무엇보다 지금은 우리의 목숨을 구하는 게 시급하지 않은가. 나는 의아했다. 박사가 지도에 선을 긋고 그리스어 책을 읽고 공책에 뭔가를 끼적이는 동안, 오늘 밤에도 다른 누군가 에라스무스 그레이처럼 차마 입에도 담지 못할 끔찍한 최후를 맞이하고 있는 것은 아닐까? 과학의 제단 위에서 누가 또 희생당하지는 않을까? 열두 살짜리 꼬마가 이런 생각을 했다면 워스롭처럼 뛰어난 지성을 지닌 사람 역시 당연히 거기에 생각이 미치지 않았겠는가.

나는 계속 그 의문에 매달렸고, 박사가 두려움의 위험에 대해 경고했던 말을 떠올렸다. 혹시 그것 때문일까? 혹시 워스롭 박사가, 우리 시대의 위대한 괴물학자가 공포와 두려움에 압도당한 나머지 빠져나갈 길이 없다는 명백한 진실을 회피하기 위해 이 귀중한 시간을 쓸데없는 연구(내가 보기에)에 매달리고 있는 걸까? 그러니까, 설마, 위대한 펠리노어 워스롭이 겁을 먹은 건가?

내 안위를 위해서가 아니라 다른 모든 사람들을 위해서라고 스스로를 타이르면서, 나는 결국 입을 열었다. 목숨이 위험하다는 사실도 모른 채 곤히 잠들어 있는 순진무구한 이들을 위해, 잠자리에 든 노인들과 요람에서 평안을 만끽하고 있는 아이들을 위해, 나는 말했다.

"워스롭 박사님?"

그는 고개를 들지도 않았다. "왜 그러느냐, 윌 헨리?"

"가서 치안관님을 모셔 올까요?"

"치안관? 뭐 하러?"

"어……. 도움을 요청하러요." 나는 더듬거리며 말했다.

"무슨 도움? 누구를?"

"우리요. 어…… 습격을 막아야죠……."

그는 여전히 자기 일에만 열중한 채 귀찮다는 듯 손을 내저었다.

"안트로포파기도 오늘 밤에는 더 이상 먹지 않을 거다."

박사가 지도 위로 고개를 숙이자 검은 머리칼이 이마로 흘러내렸다. 그의 입술은 굳게 다물려 있었다.

박사의 첫 번째 가설이 틀리지 않았다면 나도 거기서 단념했을 것이다. 그는 뉴예루살렘에 식인괴물이 겨우 한두 마리밖에 없을 것이라고 말했다. 그의 계산 착오는 이미 한 사람의 목숨을 희생시켰고, 그때도 그는 지금과 똑같은 확신에 차 있었다.

그래서 나는 생전 처음으로 그에게 반항했다.

"그걸 어떻게 아세요?"

"뭘 말이냐?"

"놈들이 또 공격을 안 할 거라는 걸 어떻게 아시는데요?"

"왜냐하면 내가 글을 읽을 줄 알기 때문이지." 그의 목소리에서 짜증이 묻어났다. 그는 옆에 있는 책 무더기를 툭툭 건드렸다. "장장 2000년에 걸친 기록과 문헌이 내 결론을 뒷받침한다, 윌 헨리. 헤로도토스를 읽어 보렴. 플리니우스를 정독하고 월터 롤리 경의 글을 읽어 봐. 안트로포파기는 한 번에 폭식하는 동물이다. 사냥을 해서 배를 채우고 나면 다시 사냥을 할 때까지 휴지기에 들어가지. 며칠, 때로는 몇 주일까지도 말이다."

그는 고개를 들어 나를 빤히 응시했다. "무슨 말을 하고 싶은 거냐, 윌 헨리. 그게 내 잘못이라고? 내 손에 도굴꾼의 피가 묻어 있다고 말하고 싶은 거냐? 그래, 어쩌면 그럴지도 모르지. 내가 놈들의 숫자를 착각했을까? 그래, 그랬지. 하지만 그건 분명한 자료를 토대로 내린 논리적인 결정이었다. 똑같은 사실이 주어진다면 나는 언제든 똑같은 도박을 할 거야. 왜냐하면 신속함이야말로 절대적으로 중요한 요소였으니까. 에라스무스 그레이가 가져온 정보는 내가 내키는 것보다 훨씬 빨리 행동해야 한다고 부추겼다. 그리고 찬찬히 숙고할 시간만 충분했다면 나는 놈들이 전혀 예상치 못한 방식으로 새로운 환경에 적응했을 가능성을 생각해 낼 수 있었을 거다. 보아하니 놈들은 분명 거기에 성공한 것 같구나. 그렇지만 이 점을 명심해야 한다, 윌 헨리. 그럴 '가능성'이 있다고 해서 실제로 그런 일이 일어나는 것은 '아니다.' 내일 아침에 해가 서쪽에서 뜨는 것도 하나의 가능성이긴 하지만 실제로 그럴 일은 거의 없지. 나는 내 판단을 고수할 작정이다. 비록 전제가 틀렸다고 할지라도 말이다."

괴물학자는 내 어깨에 손을 얹고 아까보다는 다소 상냥한 눈으로 나를 바라보았다. "나도 그가 그렇게 목숨을 잃게 되어 참으로 유감으로 생각한다. 위안이 될지는 모르겠지만, 에라스무스 그레이는 살 만큼 살았던 노인이었다. 덧붙이자면 꽤 오랫동안 고난과 곤궁으로 점철된 삶을 살았고, 이 일이 위험할 거라는 것도 알고 있었지. 나는 내가 하지 않을 일을 그에게 요구한 적이 없다. 오늘 밤 동행하라고 억지로 강요한 것도 아니고 혼자만 위험부담을 지라고 부탁하지도 않았어."

손바닥 밑에서 내가 떨고 있는 게 느껴졌는지, 그는 다시금 차가운 눈길을 보내며 말했다. "그리고 이것만은 말해 둬야겠구나, 윌 헨리. 그의 죽음이 헛되고 부당했다며 침울해하느니 네가 얼마나 운이 좋았는지 곱씹어 보는 게 더 낫지 않겠느냐? 내가 서둘러 손을 쓰지 않았다면 너도 같은 운명이 되었을 텐데 말이다. 이제 알겠니? 내가 왜 그가 나한테 고마워했을 거라고 말했는지 이해하겠느냐?"

"아뇨, 잘 모르겠어요."

"내가 너한테 기대를 너무 많이 했나 보구나. 똑똑한 애인 줄 알았더니만."

나는 그의 손을 뿌리치며 울부짖었다. "아뇨, 전 모르겠어요! 죄송해요, 박사님. 그렇지만 전 전혀 이해할 수가 없어요. 애당초 거기 간 게 잘못이었어요. 아침까지 기다렸다가 시신을 갖다 뒀어야 했다고요. 아침까지 기다렸다면, 그리고 치안관님을 불러왔다면 할아버지는 안 죽었을지도 몰라요!"

"하지만 현실은 그렇지 않았지." 그는 차분하게 대꾸했다. "우리는 기다리지 않았다. 치안관을 불러오지도 않았지. 너는 아직도 핵심을 이해하지 못하고 있구나, 윌 헨리. 제임스 헨리라면 알았을 텐데. 네 아버지라면 이해했을 거다. 그는 나를 책망하지도 않고 비난하지도 않았을 테지. 그는 나한테 감사했을 거야."

"박사님한테 감사해한다고요?"

"그래, 지금 네가 응당 그래야 하는 것처럼 말이다. 네 목숨을 구해줬으니 마땅히 고맙다고 해야지."

그것은 불쾌함을 넘어, 울분을 터뜨리게 만드는 말이었다. 박사를 맹목적으로 우러러본 결과 내 아버지가 어떻게 됐는데! 그 결과 아버지는 목숨을 잃었고, 나는 내가 아끼던 모든 것을 바로 이 작자에게 잃었다. 그런데도 그는 가만히 서서 내가 감사 인사를 하길 기다리고 있었다!

"내가 에라스무스를 구했다면 너를 구할 수 없었을 테지. 에라스무스 대신에 너를 잃었을 거다, 윌 헨리. 그리고 내가 노인한테 그러지 않았느냐. 네 봉사는 내게 꼭 필요한 것이라고."

이 고독하고 별난 인물에 대해 더 이상 무슨 말이 필요하랴. 세상에서 제일 난해하고 비밀스러운 학문에 평생을 바쳤건만 세상천지 알아주는 사람 하나, 기억해 주는 사람 하나 없고 그럼에도 이 세상 모두가 너무나도 큰 빚을 지고 있는 천재 과학자. 인간미나 다정함이라고는 단 한 조각도 찾아볼 수 없고, 타인의 마음은커녕 세상이 무너지는 듯한 비극적인 사건을 겪은 열두 살 소년의 심정도 헤아릴 줄 모르는 작자였다! 지금 이런 때 우리 아버지 이야기를 꺼내다니! 박사가 그리스 비극이나 셰익스피어의 비극 밖에서는 찾아보기도 힘들 정도로 하늘 높이 솟은—또는 바닥을 알 수 없을 만큼 깊은—오만함의 소유자라는 내 가설을 이보다 더 명백하게 입증할 수 있을까? 그는 얼버무리지 않았다. 상투적인 위로나 진부한 사탕발림도 늘어놓지 않았다. 그가 나를 구한 것은 내 목숨이 그에게 중요했기 때문이었다. 그는 자기 자신을 위해 내 목숨을 구했다. 앞으로도 자신의 야심을 마음껏 펼치기 위해서 말이다. 그는 심지어 자비를 베풀 때에도 자기 자신을 위해서 그러는 사람이었다.

"나한테 감사 인사를 하렴, 윌 헨리. 네 목숨을 구해 줘서 고맙다고 해." 그의 어조는 부드러웠지만, 강압적인 데가 있었다. 마치 말썽꾸러기 학생에게 인내심을 발휘하는 교사 같았다.

나는 고개를 수그리고 나지막하게 중얼거렸다. 자그맣게 속삭이는 정도에 불과했지만 그는 만족하는 것 같았다. 그는 내 어깨를 두드리더니 몸을 돌리곤 성큼성큼 멀어져갔다.

"나는 결코 그를 잊지 않을 거다!" 그가 어깨 너머로 소리쳤다. 나는 박사가 내 아버지에 대해 말하는 줄 알았지만, 그게 아니었다. "비록 동기는 순수하지 않았더라도 그의 발견은 수많은 이들의 목숨을 구하고 어쩌면 완전히 새로운 생물종을 발견하게 해 줄 거야! 그를 기리는 의미로 이 새로운 종에 그 사람 이름을 붙이자고 협회에 제안해야겠어. 안트로포파기 아메리카니스 에라스무스."

내가 보기엔 참 하찮은 보상이었지만, 나는 잠자코 입을 다물었다.

"내가 의심하고 있는 바가 옳다면 우리가 발견한 게 바로 그거다. 미국에 서식하는 안트로포파기 말이다. 안트로포파기 한 세대가 본래 서식지인 아프리카와는 완전히 다른 새로운 환경에 완벽하게 적응한 거야! 뉴잉글랜드는 사바나가 아니다, 윌 헨리. 하! 사바나와는 천지 차이지!"

그는 이렇게 말하는 동안에도 책장 사이를 돌아다니며 신문을 찾았다. 그는 《뉴예루살렘 가제트》와 《글로브》, 《뉴욕타임스》와 《런던타임스》에서부터 작은 시골마을에서 발간하는 지방신문에 이르기까지 10여 개의 일간지와 주간지, 월간지를 구독하고 있었다. 매주 화요일이면 현관 앞에 커다란 종이 뭉치가 떨어졌고, 그것을 서고로 가져가 알파벳과 발행일 순서로 일일이 정리하는 것은 내 몫이었다. 처음 이 집에서 일하기 시작했을 때 나는 그가 이 많은 신문들을 다 읽는다는 게 신기하기만 했다. 나는 그가 머리기사를 읽는 것도 본 적이 없었다. 그렇지만 그는 화제의 사건에서부터 신문 구석에 쥐꼬리만큼 난 사소한 기사에 이르기까지 정말로 모르는 것이 없었다. 그리고 주식시장에서 파리의 최신 유행에 이르기까지 온갖 화제에 대해 몇 시간이고 끝없이 장황하게 떠들 수도 있었다. 아마도 밤에 내가 자러 간 사이에 읽는 게 틀림없다고 짐작할 뿐이었다. 나는 여러 가지 증거를 바탕으로 괴물학자가 밤에 잠을 자지 않는다고 확신하게 되었다. 대개 2주일이 넘게 지속되는 우울증 기간에도, 주체할 수 없는 상심에 빠져 침대에 누워 있을 때조차도 나는 그가 잠을 자는 것을 본 적이 없었다.

해링턴 레인에 처음 살기 시작했을 때 나는 몇 달 동안 잠을 이루지 못했다. 내게는 진심으로 잠이 필요했고 또 갈구했지만, 내가 바라는 것은 휴식이지 내 부모님이 돌아가신 그 끔찍한 날이 재현되는 악몽이 아니었기 때문이다. 나는 어둠 속에서 몇 시간을 뒤척인 후에야 거의 탈진하다시피 정신을 잃었고, 가끔은 아래층으로 내려가 2층에 있는 그의 방을 몰래 훔쳐보기도 했다. 하지만 침대는 비어 있었고, 그래서 계단참에 몸을 숨기고 1층을 내려다보면 때때로 서고에서 새어 나온 불빛을 발견하거나 부엌에서 주전자나 팬이 달그락거리고 사기그릇에 식기가 부딪치는 짤그랑 소리가 들렸다. 그러나 박사가 그보다도 더 자주 하는 일은 물약과 표본병, 뼈와 말린 내장이 가득한 서랍장과 함께 지하실에서 시간을 보내는 것이었다. 그러다 날이 밝으면 아침 해와 함께 그 수상쩍고 괴이한 시체 구덩이에서 올라와 부엌에서 아침식사를 준비했다(그렇다기보다는 내가 준비한 음식을 허겁지겁 먹어 치웠다.). 그럴 때면 그의 겉옷은 뭔지 별로 알고 싶지도 않은 생물의 피와 조직, 체액으로 얼룩져 있었다.

야밤에 연구를 하지 않는 날도 있었다. 그럴 때면 늘 한밤중에, 내가 그토록 갈망하던 깊은 잠에 막 빠져든 순간 빠르고 힘차게 사다리를 두드리거나, 그래도 나를 깨우는 데 실패하면 다락방까지 올라와 입구로 몸을 쑥 내민 채 비탈진 천장을 주먹으로 쿵쿵 쳐 대며 큰 소리로 외쳤다. "일어나, 일어나, 일어나라, 윌 헨리! 냉큼 일어나서 아래층으로 내려와!" 그러면 나는 피곤에 찌든 몸을 끌고 대개는 내가 제일 싫어하는 곳인 지하실로 내려가 의자 위에 지친 몸뚱이를 내려놓고 그가 불러 주는 편지나 괴물학 협회에 보낼 논문을 받아 적었다. 아직 잠에 취해 있는 내 두뇌로 판단하기에는 내일 아침까지 기다려도 하등 문제가 되지 않을 일들이었다.

때로는 딱히 그럴다 할 이유도 없이 나를 침대 밖으로 끌어내기도 했다. 나는 의자에 앉아 연신 하품을 해 대며 동이 트고도 한참이 지날 때까지 그가 앞뒤로 서성거리며 비밀스러운 지식이나 가장 최근의 과학적 발견에 대해 장황하게 떠드는 모습을 지켜봐야 했다. 그때는 몰랐고, 실은 내심 짜증스럽기만 했지만—왜냐하면 그는 이상하게도 늘 내가 잠의 신과 길고 긴 전투 끝에 간신히 승리를 거둔 후에야 나를 깨우곤 했기 때문이다.—나중에야 나는 그것이 내가 봉사해야 하는 매우 필수적인 업무 중 하나임을 깨달았다. 어쩌면 다른 모든 일보다도 훨씬 더 중요하고 그중에서 가장 중요한 임무였는지도 모른다. 바로 그의 지독한 외로움을 달래 주는 일 말이다.

박사가 두 팔 가득 신문 뭉치를 안고 책상과 긴 탁자 사이를 몇 번이고 왕복하는 모습을 지켜보다가 문득 내 도움이 필요할지도 모른다는 생각이 들었다. 그래서 자리에서 벌떡 일어났는데, 이번에는 그가 어서 가서 종이와 펜을 가져오라고 나를 재촉했다. 그는 신문을 들여다보며—특히 부고란에 관심을 쏟았다.—중간중간 메모하기도 하고, 때로는 신문기사와 공책을 참고해 지도에 표시를 했다. 그가 그린 점들은 하나씩 모여 서쪽에서 동쪽으로, 대서양 연안을 향해 이동하고 있었다. 그의 목적은 명백했다. 박사는 놈들의 이동 경로를 추적하고 있었다.

내가 가장 먼저 받아 적은 서한은 도굴꾼이 엘리자 번튼의 유해에 붙어 있던 수컷 안트로포파기를 발견한 사실과 그 후에 일어난 사건을 간략히 설명하고, 박사가 지금까지 알아낸 정보를 협회에 보고하는 것이었다. 그는 우리의 무모한 모험이나 아슬아슬한 탈출극에 대해서는 언급하지 않았다. 자신이 겁쟁이처럼 보일까 봐 염려한 것도 있지만 그보다는 그의 처음 가설이 완전히 틀렸다는 가슴 아픈 사실을 덮고 그의 명성을 지키기 위한 것이었을 테다. 그는 부검 결과를 동봉하고, 모든 정보를 기록하고 나면 해당 표본을 협회에 특별 송달로 부치겠다고 덧붙였다.

그는 내게 협회에 보내는 서한을 불러 주는 와중에도 매우 체계적으로 분석을 계속했다. 공책에 메모를 하고 조사가 끝난 신문은 두 무더기로 분류했다. 말처럼 쉬운 일이 아니었다. 탁자 위에는 거의 3년 치 보도 간행물이 쌓여 있었기 때문이다. 때로 날카로운 탄성을 지르거나 알아듣기 힘든 말을 내뱉기도 했고, 가끔은 건조한 웃음소리를 내거나 종이 위에 맹렬하게 펜을 놀리며 유감스럽다는 듯 고개를 가로젓기도 했다.

“이번에는 존 컨스 박사에게 보내는 편지다. 워싱턴 DC 스미스소니언 협회 전교(轉交).” 박사가 읊기 시작했다. “친애하는 잭.” 그러더니 잠시 멈추고는 눈썹을 찡그리며 아랫입술을 잘근거렸다. “스탠리를 부르는 게 나을 텐데.” 그는 혼잣말로 중얼거렸다. “스탠리가 진짜 전문가니까. 그렇지만 스탠리는 지금 부간다에 있지…… 편지를 받자마자 달려온다고 해도 배가 버뮤다에 도착할 즈음이면 상황이 끝나 있을 거야……. 컨스 말고는 없어.” 그는 못마땅한 기색을 감추지 않은 채 계속해서 편지를 불러 주었다. 나는 이 존 컨스라는 사람에 대해 들어 본 적이 없었다. 박사와 똑같은 괴물학자나 아니면 박물학의 다른 분야를 연구하는 과학자일 것이라고 짐작만 할 뿐이었다. 그러나 내 생각은 둘 다 틀렸다. 존 컨스는 괴물학자가 아니고, 아예 학자도 아니었다. 그는 그보다 훨씬 대단하면서도, 슬프게도 동시에 그보다 훨씬 못한 사람이었다.

존 컨스 박사에게 보내는 서신은 동료 괴물학자에게 보내는 편지보다 훨씬 짧고 간략했다.

친애하는 잭,

안트로포파기의 새 변종이 뉴예루살렘 인근에 서식 중인 것 같네. 스물다섯마리에서 서른 마리의 성체로 구성되어 있는데, 아프리카에 사는 놈들보다 체구가 크고 성격도 눈에 띄게 공격적이야. 자네의 도움이 절실하네. 즉시 와 줄 수 있겠나? 여행 비용과 기타 부대 비용은 내가 부담하겠네.

이 편지가 부디 무사히 도착하길.

그대의 미천한 종복,

펠리노어 워스롭

편지를 부르는 것을 마친 후, 박사는 한참 동안 입을 열지 않았다. 그는 탁자에 몸을 기대고 어깨에 귀가 닿을 정도로 상체를 한껏 앞으로 수그린 채 지도 위에서 뱀처럼 구불거리며 바다를 향해 위풍당당하게 행진하고 있는 점들을 응시했다. 그러더니 한숨을 푹 쉬며 몸을 세우고 두 손을 허리춤에 올리더니 길고 창백한 손가락으로 검은 머리칼을 신경질적으로 쓸어 넘겼다. 그는 공책을 집어 들고 노려보며 입술을 잘근거리고 연필 끝으로 낱장을 초조하게 두드렸다. 옆에 있는 내 존재는 그렇게 또다시 망각 속으로 집어삼켜졌다. 박사와 함께 있을 때 이렇게 없는 존재처럼 취급되는 것은 그리 낯선 일이 아니었다. 그렇지만 그때마다 엄습하는 감정에는 익숙해질 수가 없었다. 내 경험에 따르면 세상에 그보다 더 슬프고 쓸쓸한 외로움은 없다. 인생의 유일한 동반자로부터 무시당하는 고통. 하루 종일 말 한마디 듣지 못한 채 날이 저무는 일이 허다했고, 심지어는 함께 식사를 하거나 실험실에서 나란히 연구를 하거나, 이제는 습관이 된, 밤마다 해링턴 레인을 산책할 때조차도 말을 거는 법이 없었다. 그가 내게 말을 걸 때에는 대화를 하고 싶어서가 아니었다. 간혹 발생하는 대화에서 우리의 역할은 엄격하게 구분되어 있었다. 박사는 말하고, 나는 들었다. 그가 하고 싶은 말을 늘어놓으면 나는 귀를 기울였다. 그가 웅변가라면 나는 청중이었다. 나는 그가 말을 걸 때가 아니면 말을 하지 않는 법을 배웠다. 지시가 떨어지면 그 즉시 충실하게 따르는 법을, 아무리 괴상하고 터무니없는 일이라도 질문하지 않는 법을 배웠다. 훌륭한 군인이 숭고한 대의를 위해 거룩한 명예를 바치듯이 항상 만반의 준비를 갖추고 대기할 것. 비록 그 대의가 뭔지 내가 아는 경우는 거의 없지만 말이다.

하늘의 별빛이 희미해지고 있었다. 밤의 완강한 손아귀가 마침내 느슨해지기 시작했다. 괴물학자는 아직도 지도와 책, 신문을 펴 놓고 수치를 재고 작은 공책에 뭔가를 휘갈겨 쓰고, 때로는 흥분해서 몸을 휙 젖히고는 두 손을 비비 꼬고 눈썹을 만지작거리고 알아듣기 힘든 말을 중얼거리면서 주위를 서성거렸다. 그는 이 기묘한 수수께끼 덕분에 신이 나서 들떠 있었고, 이 광적인 정신노동을 위해 그가 선택한 제주(祭酒)는 엄청난 양의 홍차였다. 박사의 옆을 지킨 그 오랜 세월 동안 나는 그가 술을 입에 대는 것을 단 한 번도 보지 못했다. 그는 술을 마신다는 행위 자체를 탐탁지 않게 여기는 사람이었고, 종종 술에 취해 자진해서 머저리가 되는 이들에 대해 경멸감을 금치 못했다.

동틀 무렵에 나는 부엌에서 다섯 번째로 차를 끓이며 오래된 크래커로 허기를 달랬다. 아침부터 지금까지 먹은 것이라고는 박사가 만든 정체 모를 역겨운 수프 몇 숟가락이 전부였다. 머리는 몽롱했고, 몸을 움직일 때마다 등은 욱신거리고 근육은 피곤하다고 비명을 질러 댔다. 공동묘지에서 돌아온 후에 나를 움직인 원동력이었던 아드레날린은 벌써 오래전에 바닥났고, 이제는 온몸의 기운이 소진해서 쓰러지기 일보 직전이었다. 머리는 무겁고 팔다리는 말을 듣지 않는데 마치 내 몸속에 초대받지 않은 손님이 들어앉아 있는 것처럼 어색하고 혼란스러웠다. 나는 다 끓은 찻주전자를 서고로 가져갔다. 박사는 내가 떠났을 때와 똑같이 무거운 정적 속에서—벽난로 위에서 똑딱이는 시계 소리와 그의 한숨 소리를 제외하고—낙담에 빠져 침울한 얼굴을 하고 있었다. 그는 한참 동안 동그라미를 쳐 놓은 기사를 쏘아보며 단어 하나를 연신 중얼거리더니 이윽고 신문을 내려놓고 지도 위에 똑같은 색깔로 표시된 동그라미를 응시했다. 데덤이었다.

"데덤, 데덤." 괴물학자가 중얼거렸다. "왜 이렇게 익숙하게 들리지?" 그는 두터운 양피지에 코끝이 닿을 정도로 허리를 기울였다. 그러더니 집게손가락으로 동그라미를 톡, 톡, 톡 세 번 두드리며 그 때마다 중얼거렸다.

"데덤." 톡.

"데덤." 톡.

"데덤." 톡.

그의 진지한 얼굴이 별안간 나를 향했고, 반쯤 정신이 나가 있던 나는 순간 소스라치게 놀랐다. 갑자기 나는 존재하는 사람이 되었다. 나는 죽었다. 그리고 새로 태어났다. 나는 잊힌 존재였다. 그러다 갑자기, 눈 깜짝할 사이에—그의 눈이—세상이 나를 다시 기억했다.

"데덤!" 박사가 외치며 머리 위로 종이를 흔들었다. 종이가 펄럭이면서 먼지가 잔뜩 내려앉은 서고의 대기가 요동치기 시작했다. "데덤이다, 윌 헨리! 그래, 어디서 들어 봤다고 했지! 자, 빨리 지하실에 갔다 와라. 계단 아래 보면 납작한 여행가방이 있을 게다. 당장 가서 가져와라, 윌 헨리. 냉큼 다녀오너라, 냉큼!"

첫 번째 "냉큼"은 습관처럼 나온 말이었지만 두 번째 단어에는 미처 숨기지 못한 분노가 담겨 있었다. 왜냐하면 내가 냉큼 움직이지 않았기 때문이다. 나는 첫 번째 지시를 제대로 듣지 못했다. "지하실"이라는 단어가 순간적으로 나를 귀머거리로 만들었기 때문이다. 박사의 목소리가 작아서가 아니라 거기에 담긴 의미 때문이었다. 그렇지만 두 번째 "냉큼"은 귀머거리라도 들을 수 있을 정도였다.

나는 황급히 서고를 나와, 그보다는 조금 더딘 걸음걸이로 부엌에 들어갔고, 지하실 계단으로 이어지는 문을 열 즈음에는 거의 늑장을 부리고 있었다. 발아래 짙은 어둠 속에는 괴물의 시체가 쇠갈고리에 매달려 있고, 유리병에는 놈이 낳은 그 섬뜩한 자식이, 처녀의 배에서 꺼낸 그 미끈미끈하고 꿈틀거리는 악몽의 사생아가 들어 있을 터였다. 인간의 피를 뒤집어쓴 채 희멀건 팔을 휘두르고, 가슴에 달린 날카로운 송곳니가 빽빽한 입으로 야만적인 분노를 드러내며 허공을 물고 찢고 씹던 머리 없는 발톱 덩어리.

열린 창 사이로 아름다운 봄기운과 함께 새어 들어온 아침 햇살이 좁은 계단 위로 넘실거렸다. 그렇지만 저 땅 밑의 어둠은 마치 파도를 막아서는 방파제처럼 햇빛을 밀어내고 으스러뜨리고 뭉개고 좌절시켜 무기력하게 만들었다. 빛은 계속해서 흘러내렸다. 죽은 안트로포파기의 냄새가 공기를 휘저었다. 과일 썩는 냄새가 시체가 부패하는 악취와 함께 휘휘 얽혔다. 나는 반대쪽으로 고개를 돌려 신선한 공기를 허파 가득 들이마시고는 숨을 멈춘 채 계단을 내려가기 시작했다. 한 손으로 코와 입을 막고 다른 한 손으로는 차가운 돌벽을 따라 짚었다. 부들부들 떨리는 발걸음 아래서 낡은 널빤지가 길게 신음했다. 등골을 따라 오싹 소름이 끼쳤다. 상상력이 이성을 장악하면서 종아리 근육이 따끔거리고 얼얼하게 느껴졌다. 한 발짝 한 발짝 내디딜 때마다 가슴은 점점 더 달음박질쳤고 계단 아래 웅크리고 있는 형체가 눈에 보이는 것만 같았다. 차가운 돌바닥 위에서 네 발로 나를 기다리고 있는 머리 없는 괴물. 어깨에는 초점 없는 까만 눈이 깊숙이 박혀 있고 입안에서는 줄줄이 난 이빨들이 번득인다. 놈이 초원 속 덤불에 몸을 숨긴 사자, 해초 속에 숨어 먹이를 기다리는 상어라면 나는 가련한 영양, 아무것도 모른 채 파도를 타며 신명 나게 노는 어린 물개였다. 내가 바닥에 발을 내딛는 순간, 놈이 나를 덮칠 것이다. 나무계단 틈으로 불쑥 손을 내밀어 그 무시무시한 갈고리발톱으로 내 발목을 움켜쥐겠지. 그 무자비한 손아귀에 붙들리기만 하면 나는 끝장이었다. 엘리자 번튼의 무덤에서, 엘리자가 괴물의 새끼를 수태한 바로 그 자리에서 에라스무스 그레이가 그러했듯이. 내 비명 소리를 들으면 박사는 정말로 리볼버를 휘두르며 달려와 몇 시간 전에 한 약속을 지키려고 들까? 놈이 낡아 빠진 계단을 박살 내고 내 몸뚱이로 배를 채우고 있는 걸 보면 그는 정말로 자비를 발휘해 내 머리에 총알을 박아 넣을까?

계단을 반쯤 내려가자 더 이상 발이 움직이지 않았다. 숨을 못 쉰 탓에 머리는 어지럽고 가슴은 쿵쾅거렸다. 그리고 머리부터 발끝까지 온몸이 사시나무 떨리듯 떨리고 있었다. (그건 그렇고 내 모자는 어디 갔지? 무서워 죽겠는 와중에도 이런 생각이 났다. 혹시 무덤가에 두고 온 걸까?) 나는 그 자리에 망부석처럼 굳어 버렸고, 이상하리만큼 기다란 내 그림자가 어둠의 벽을 향해 내 뒤를 따라오고 있었다. 천천히, 나는 숨을 내뱉었다. 서늘한 공기에 숨이 하얗게 엉겨 붙으며 내 머리 주위를 맴돌았다. 목구멍으로 악취가 조금 넘어왔는데, 그 정도로도 간밤에 무슨 일이 있었는지 떠올리기에 충분했다. 자, 어서 움직여, 윌 헨리! 나는 스스로를 다그쳤다. 박사님이 기다리고 계시잖아! 빈손으로 그에게 돌아간다는 건 상상도 못 할 일이었다.

그래서 나는 병사의 적인 두려움을 옆으로 밀치고, 그 괴물이 해부되는 모습을 내 두 눈으로 직접 봤음을 상기하며 — 그러므로 놈이 죽었다는 데에는 의심의 여지가 없었다. — 남은 계단을 황급히 내려갔다. 트렁크는 계단 아래 깊숙이 쑤셔 박혀 있었는데, 적어도 몇 년 동안은 꺼내거나 건드리지도 않은 것처럼 먼지가 두껍게 내려앉아 있었다. 그 편안한 보금자리에서 트렁크를 끄집어내자 돌바닥에 표면이 긁혀 날카로운 소리가 났다. 마치 기나긴 겨울잠에서 깨어나 기지개라도 켜는 것 같았다. 나는 다 해어진 가죽 손잡이를 굳게 잡고 트렁크를 들어 올렸다. 무거웠지만 위층으로 갖고 올라가지도 못할 정도로 무겁지는 않았다. 나는 트렁크를 다시 바닥에 내려놓고는 계단 앞자락까지 질질 끌고 갔다. 왼쪽 시야 가장자리로 지하실에 깔려 있는 어둠보다 더 짙고 컴컴한 그림자가 어른거렸지만, 그쪽으로는 눈동자를 굴리지도 않았다. 나는 트렁크를 끌고 계단을 오르기 시작했다. 적의 목소리가 들렸다. 두려움이 내 귓가에 대고 워스롭의 목소리로 속삭였다. 암컷이 수정란을 수컷의 입안에 배출하면, 수컷은 그것을 아래턱 아래 있는 부화주머니에 보관한다. 두 달

내에 새끼를 깔 숙주를 발견하지 못해 태아가 거기서 튀어나오면 수컷은 그걸 삼키든가 아니면 목에 걸려 죽게 되지…….

혹시 박사가 부검을 하다 놓친 게 있으면 어떻게 하지? 만약에 저 무서운 수컷의 입안에 다른 새끼가 숨어 있다가 고치를 뚫고 나와 지금 이 순간 바닥을 기어 다니면서 날 노리고 있으면? 놈들은 나무 타기의 명수란다. 박사는 공동묘지로 가는 길에 이렇게 말했다. 만약에 새끼가 그 휘어진 발톱으로 내 머리 위에 매달려 있다가 갑자기 나를 덮쳐서 그 창백하고 가느다란 팔로 내 눈을 긁어 파내면? 내가 휘청거리며 지하실 바닥에 쓰러지는 모습이 선하게 떠올랐다. 텅 빈 눈구멍에서 피가 분수처럼 쏟아져 내린다. 조막만 한 괴물이 내 얼굴에 찰싹 달라붙어 작은 이빨과 조그만 발톱으로 내 혀를 싹둑 잘라 내자 공포에 질린 내 비명 소리가 뚝 그친다. 물론 지레 겁을 먹은 내 뇌가 만들어 낸 터무니없는 상상이었지만, 그 순간만은 그 무엇도 허황된 상상처럼 느껴지지 않았다. 공포는 그 자체로 논리를 갖추고 있다. 두려움은 내게 비정상적인 힘과 참을성을 북돋아 계단을 마구 뛰어 올라가게 만들었다. 손가락은 저리고 어깨는 무거운 트렁크 때문에 지끈거리고 계단을 오를 때마다 가방이 내 무릎을 거칠게 때려 댔지만, 머리 위에서 비쳐 들어오는 햇볕이 내게 따스한 온기와 눈부신 빛의 세례를 내려 주었다. 나는 부엌을 향해 트렁크를 집어던진 다음 마지막 세 달음을 훌쩍 뛰어올라 부엌 문지방을 넘었다. 지하실 문을 힘껏 닫고는 마침내 신선한 공기를 허파 가득 들이마셨다. 머리는 핑핑 돌고 눈앞에는 검은 반점이 둥둥 떠다녔다. 가까스로 탈출했다는 생각이 들었다. 그렇지만 과연 무엇으로부터 탈출했단 말인가? 우리 마음속에 우글거리는 수많은 괴물들은 대부분 우리 자신의 두려움과 상상이 낳은 낯설고 이질적인 자식들에 불과하다.

"윌 헨리!" 박사가 소리쳤다. "낮잠이라도 자고 있는 게냐? 아니면 부엌에서 뭘 몰래 훔쳐 먹고 있는 거냐! 먹고 잘 시간은 나중에도 충분하다. 빨리 오너라, 윌 헨리! 냉큼!"

나는 가슴 깊이 숨을 들이마신 다음—지상의 공기는 얼마나 달콤한지!—트렁크를 집어 들고 복도를 지나 박사가 안달복달하며 기다리고 있는 서고로 향했다. 그는 나를 보자마자 트렁크를 낚아채더니 탁자 옆에 거세게 내려놓았다. 쿵 소리가 나며 그 충격에 마룻바닥이 울렸다.

"데덤, 데덤." 그는 웅얼거리면서 트렁크 앞에 무릎을 꿇고 앉았다. 놋쇠 버클을 거칠게 풀고는 뚜껑을 활짝 열어젖혔다. 고풍스러운 경첩이 반항하듯 외마디 신음을 흘렸다. 나는 안에 뭐가 들어 있을지 궁금해 가깝게 다가섰다. 이 집에 오고 대부분의 시간을 그 소름 끼치는 방에서 보냈지만 계단 아래 어두운 구석에 트렁크가 있었다는 것은 오늘 처음 알았다. 이 안에는 대체 무엇이 들었고, 안트로포파기가 아무도 몰래 바로 이곳 우리 마을을 배회하고 있다는 사실보다도 더 박사를 다급하고 당혹스럽게 만든 의문과는 어떤 관련이 있는 것일까.

먼지투성이 트렁크에서 그가 가장 먼저 꺼낸 것은 인간의 머리였다. 바싹 말라 미라가 되어 있었는데, 오렌지만 한 크기에 피부는 짙은 갈색으로 변해 있었다. 눈은 실로 바느질해 단단히 봉했고 이 없는 입은 소리 없는 비명을 지르며 크게 벌어져 있었다. 그는 그것을 쳐다보지도 않고 옆에 내려놓았다. 그러고는 내가 옆에 바짝 붙어 있는 걸 느꼈는지 고개를 들어 나를 쳐다봤는데, 내 표정이 어지간히 우스웠던 모양이다. 하늘에 번개가 치듯, 보기 드문 미소가 그의 얼굴을 반짝 스치고 지나갔다.

"내 아버지 거란다."

박사의 고백에 내 호기심은 즉시 끔찍한 경악으로 변했다. 박사가 괴짜라는 건 알고 있었지만 이건 정말이지 까무러칠 만큼 괴상하고 비정상적이었다. 도대체 어떤 인간이 지하실 구석에 자기 아버지의 머리를 말려서 보관해 둔단 말인가?

그는 혼이 나간 듯한 내 표정을 보고는 다시금 희미한 미소를 지었다. "그분 머리라는 게 아니다, 윌 헨리. 그분이 여행 중에 손에 넣은 수집품이지."

그는 다시 트렁크를 비우기 시작했다. 서류 뭉치, 편지 묶음과 법률 문서처럼 보이는 종이들, 낡은 노끈에 묶인 커다란 꾸러미, 박사가 바닥에 내려놓을 때 난 소리로 판단하건대 금속 물체가 가득 들어 있는 듯한 가죽 주머니.

"놈들이 어떻게 여기에 오게 되었느냐가 가장 큰 미스터리다. 물론 너한테는 굉장한 우연의 일치로 보이겠지. 내가 800킬로미터 내에 살고 있는 유일한 괴물학자라는 사실을 생각하면 말이다. 나처럼 아주 독특하고 이질적인 직업을 가진 사람이나 흥미를 갖고 있을 법한 희귀 생물종이 내가 살고 있는 마을에서 20킬로미터도 떨어지지 않은 곳에 나타날 확률이 도대체 얼마나 되겠느냐? 객관적인 사람이라면 천문학적으로 긴 숫자를 계산한 다음 절대로 우연이 아니라는 결론에 이를 테지. 다시 말해 놈들이 우리 집 현관에 불쑥 나타나게 된 데는 나한테 어느 정도 책임이 있다는 뜻이야. 하지만 물론 나는 이 일과는 아무 관련도 없다. 문제는 가상의 배심원들 눈에는 그렇게 보이지 않을 것이라는 거야. 물론 놀라운 우연의 일치라는 가능성도 완전히 배제할 수는 없다. 왜냐하면 이런 일이 정말로 우연히 발생했을 수도 있거든. 그렇지만 그럴 가능성은 거의 없을 것 같구나. 그래, 그건 아닐 거다."

안경 한 벌. 남성용 손목시계와 결혼반지가 들어 있는 벨벳 지갑. 수십 년간 사용한 탓에 거의 크림색으로 변한 낡은 담배파이프. 작은 상아 조각상이 들어 있는 나무상자. 박사가 트렁크 바닥을 뒤지다 상자가 거꾸로 뒤집히는 바람에 상자 속 내용물이 그의 반쯤 오그라진 손바닥 안에 달그락거리는 소리를 내며 떨어졌다.

"어떤 대학에서도 괴물학은 가르치지 않는다, 윌 헨리. 정기적으로 협회에서 주최하는 학회가 열리긴 하지. 이 학문을 연구하는 모든 탁월한 전문가들이 각자의 전공 분야에서 강의를 하지만 초청받은 사람들만 참석할 수 있다. 대부분의 괴물학자들은, 모두는 아니지만, 협회에서 공식적으로 인정한 스승님 아래서 수학하고. 아, 여기 있군!"

그는 가죽으로 장정된 책을 의기양양하게 높이 쳐들었다. 낡은 노끈으로 둘려 있고, 표지와 책등은 손때를 타서 번들거렸다.

"자, 받아라, 윌 헨리. 잠깐 들고 있으렴." 박사는 상아 조각들을 내 손에 떨어뜨리곤 매듭을 풀었다. 나는 손바닥 위에 놓여 있는 조각상들을 면밀히 살펴보았다. 아직 그의 체온이 남아 따뜻했다. 모두 여섯 개였는데, 해골 모양이 섬세하게 조각되어 있었다. 두개골은 과장된 표정으로 찡그리고 있고 팔은 갈비뼈 앞에서 팔짱을 끼고 있고, 가슴팍은 시가처럼 둥그런 게 아니라 도미노 패처럼 앞뒤가 평평했다. 박사는 낡은 책에 푹 빠져 있었지만—우아한 필체로 쓰여 있고 때때로 여백에 스케치가 그려져 있는 것으로 보아 일기장이나 메모장 같았다.—내 호기심을 눈치챈 것 같았다. "신성한 뼈라고 한다. 뉴기니에서 온 거지. 내 선친은 말년에 원시 부족들의 주술 문화에 열중하셨다. 그건 라이벌 부족 주술사의 뼈로 만든 거야."

고래 뼈가 아니라 사람 뼈였다. 박사는 계속해서 말을 이었다. "'열중했다'는 말로는 부족하지. '집착했다'는 편이 더 가까울 거다. 당신께서는 언젠가 죽을 거라는 걸 두려워하셨어. 다른 많은 사람들처럼, 죽음에 임박해 있다는 사실을 자신의 존엄성에 대한 모욕으로 여기셨다. 그러다 마지막 몇 년간은 자연의 법칙을 거스르거나 아니면 적어도 죽음의 포옹을 몇 년쯤 뒤로 미루고자 하는 욕망에 사로잡혔지. 지금 네 손에 있는 뼛조각은 미래를 예언하는 용도로 쓰인단다. 그 유명한 이른바 신의 주사위처럼 말이다. 그걸 굴려서 의미를 읽고 해석하는 방법이—해골이 위쪽으로 떨어졌는지 아래쪽으로 떨어졌는지에 따라—워낙 복잡하고 어려웠기 때문에 결국 완전히 통달하지는 못하셨어. 그렇지만 그걸 연구하는 데 아주 많은 시간과 공을 들이셨다. 그것만은 결코 게을리하지 않으셨지. 점괘를 읽는 방법은 잘 기억나지 않는구나. 지금 생각나는 거라곤 해골 여섯 개가 다 위쪽을 향하면 아주 불길한 의미를 지니는데, 죽음이 곧 임박했든가 끝없는 저주였든가 뭐 그런 거였을 게다."

박사가 갑자기 기쁨의 탄성을 지르며 일어났다. 깜짝 놀란 나는 뒤로 물러섰고, 그 바람에 내 손에서 해골들이 카펫으로 와르르 쏟아졌다. 나는 덜덜 떨면서 허리를 굽혔다. 여섯 개의 해골이 나를 보고 있을지도 모른다는 생각에 덜컥 겁이 났다. 네 개가 위쪽을, 두 개가 아래쪽을 보고 있었다. 물론 그 점괘가 무슨 뜻인지는 알 수 없었지만 그래도 다소 안심이 되었다. 나는 무심코 해골 조각들을 주워 내 주머니 안에 넣었다.

"데덤!" 박사가 외쳤다. "어디서 봤다 했지! 여기 보렴, 윌 헨리. 1871년 11월 19일 데덤. 모틀리 힐을 마지막으로 방문했다. 앞으로 다시는 그곳에 갈 수 없을 것 같다. 고통에 일그러진 그의 얼굴 위에 나의 죄가 거울처럼 비치고 있다. 나를 보자 그는 흥분하며 이번만큼은 그의 끔찍하고 비극적인 이야기가 사실이라고 증언함으로써 사면을 얻어 석방될 수 있도록 해 달라고 간청했다. 그러나 가슴이 아프긴 해도 과학의 발전과 나 자신의 관심사를 위해 그의 부탁을 거절할 수밖에 없었다. 마음을 고쳐먹고 사실을 털어놓는다면 예상한 것과 정반대의 결과를 가져올 수도 있다. 어쩌면 그는 평생 동안 수감될지도 모르고 나 자신도 예외가 아닐지 모른다. 나로서는 그런 위험을 무릅쓸 수 없음을 설명하려는 순간, 그가 나를 급작스럽게 공격하는 바람에 어쩔 수 없이 방을 떠나야 했다……. 아아, 가엾은 사람! 용서해 주시오, V, 부디 나를 용서해 주시오! 타인의 죗값을 대신 치르는 자는 당신이 처음이 아니니! 내 죄를 용서하시오, 내가 짓는 처음도, 마지막도 아니리니. 우리는 심판의 날에 다시 만날 것이오, 그리하여 나는 내 죗값을 치르리다…….

계속 쓸 수가 없다……. 마녀의 시간이 다가오고 있다. '묘지가 아가리를 벌리고 지옥이 독기를 내뿜는 시각'* 골수에 사무치도록 역겹고 구역질이 나지만 나는 이 무시무시한 소환에 응해야 한다. 종이 울리고 때가 된다. 그리스도가 조롱당하는……."

워스롭은 읽기를 멈추고 공책을 닫았다. 그의 야윈 얼굴에 어두운 기색이 스치고 지나갔다. 그는 한숨을 푹 내쉬더니 천장을 한 번 쳐다보고는 천천히 턱을 긁었다.

"똑같은 소리다. 정처 없는 넋두리에, 자기비난과 질책이 계속 이어지는구나. 내 선친은 한때 이 분야에서 필적할 이가 없을 정도로 뛰어난 분이었다, 윌 헨리. 그분의 탁월한 지성에 대적할 것이라곤 그분의 무한한 호기심과 진리를 향한 탐구심뿐이었지. 우리가 연구하는 이 학문은 그분의 업적에 상당 부분을 기대고 있단다. 그러나 연세가 들어 죽음을 두려워하게 되면서 거기 집착하게 되셨지. 선친은 어리석은 미신과 헛된 죄의식의 구렁텅이로 점점 더 깊이 빠져드셨다. 그러고는 그렇게 두려움에 먹혀 판단력 없는 노인네가 되어 돌아가셨지. 한때 그토록 명석했던 과학자가 사라지고 두려움에 잠식되고 죄의식에 미쳐, 억지로 지어낸 수치심이라는 방주를 찾은 거야."

박사는 다시 한숨을 내쉬었다. 이번에는 훨씬 더 길고 구슬펐다.

---

* 셰익스피어의 「햄릿」 3막 2장의 대사.

"그러고는 홀로 숨을 거두셨다. 모친은 그보다 20년 전에 돌아가셨고, 나는 그때 프라하에 있었지. 몇 년 새에 망령이 들어 종교에 광적으로 심취하신 탓에 동료들도 하나둘 인연을 끊었고. 내가 장례를 치르러 미국에 돌아왔을 때 발견한 게 이거다." 그가 낡은 일기장을 들어 올리며 말했다. "선친이 어떻게 서서히 미쳐 갔는지를 보여 주는 깜짝 놀랄 만한 기록이었지. 그 많은 일기장 중에서도 이상하게도, 아직도 그 이유를 모르겠다만, 그분은 이것만은 태우지 않고 남겨 두셨어. 그래서 나는 이 일기장에 뭔가 특별한 의미가 있는 건 아닌지 오래도록 고민했지. 그리고 지금까지도 이것이 다른 많은 증거물처럼 한때 비범했던 위인의 정신세계가 회한과 의심이라는 질병의 공격으로 무너진 미치광이의 헛소리가 아니라고는 완전히 장담할 수가 없구나.

당신께서는 이 일기장에 데덤이나 모틀리 힐, 또는 이 의문의 인물인 V를 다시는 언급하지 않았고, 그분이 쓴 다른 글이나 협회에 제출한 보고서에서도 본 적이 없다." 그는 앞에 놓인 신문 더미에서 제일 꼭대기에 놓여 있는 신문을 집어 들었다. "그리고 다른 곳에서도 관련된 얘기를 한 번도 본 적이 없어. 오늘, 바로 여기, 내가 3년이 넘도록 갖고 있던 이 신문에서 그 지명을 발견하기 전까지는 말이다. 3년이다, 윌 헨리! 지금 나는 부친의 죄가 아들에게 떨어진 게 아닌가 두렵구나."

그는 신문을 내려놓고 손바닥으로 두 눈을 세게 눌렀다. "만약에 이게 '죄'라면……." 그는 중얼거렸다. "과학적으로는 낯선 개념이라도 과학자한테는 또 다른 문제지! 왜냐하면 지금 아주 중요한 과학적인 문제가 있기 때문이다, 윌 헨리. 몇 마리나 되는 안트로포파기가 바다를 건너왔을까? 그 점이 바로 중요한 핵심이다. 왜냐하면 이 질문의 답을 모른다면 우리는 지금 얼마나 많은 안트로포파기가 뉴예루살렘에, 아니면 뉴잉글랜드 전체에 분포해 있는지 알 도리가 없거든. 어쩌면 우리가 공동묘지에서 목격한 것보다 훨씬 많을 수도 있어."

그는 잠시 지도를 들여다보더니 갑자기 홱 몸을 돌려 낡은 트렁크를 발로 세게 걷어찼다. 마치 3년간 존재하는지도 몰랐던 신문기사 속에서, 오래전에 죽은 이가 고통 속에서 쓴 필적에서 고르곤의 눈이라도 본 것처럼, 그래서 돌로 변하지 않으려면 시선을 돌려야 하는 사람처럼 말이다.

"벌써 시간이 이렇게 됐구나." 박사가 말했다. "놈들이 다시 습격하기 전에 이틀, 길어 봤자 사흘밖에 안 남았다. 자, 가거라, 윌 헨리. 어서 빨리 이 서신들을 부치렴. 중간에 어디 들러서도 안 되고 다른 사람들과 말을 해도 안 된다. 곧장 우체국에 갔다가 돌아오려무나. 오늘 밤에는 데덤에 갔다 와야겠다."

5장

"가끔은 외롭습니다."

나는 한 시간도 채 안 걸려 주어진 임무를 완수하고—절대로 중간에 멈추지 말고 우체국에만 다녀올 것. 중간에 빵집을 지나쳤지만 머핀과 갓 구운 빵 냄새의 유혹에도 넘어가지 않았다.—해링턴 레인에 있는 집으로 돌아와 서고로 향했다. 하지만 박사는 서고에 없었다. 탁자에는 갖가지 문서들이 잔뜩 어질러져 있었고, 트렁크는 거꾸로 뒤집혀 하품이라도 하듯 크게 벌어져 있었는데 주변에 내용물이 흩뿌려져 있었다. 박사의 부친이 남긴 삶의 잔여물이 역류하고 있었고, 그 옆에는 말린 머리가 짝 벌린 입으로 소리 없는 비명을 지르고 있었지만 펠리노어 워스롭은 거기 없었다. 나는 뒷문으로 들어와 부엌을 지나왔지만 도중에 박사를 만나지 못했다. 나는 다시 부엌으로 향했다. 반쯤 닫힌 지하실 문 앞에서 머뭇거렸지만 아래층은 온통 깜깜했고 소리도 들리지 않았다. 만약의 경우에 대비해 나지막하게 박사를 불러 보았다. 대답은 없었다. 어쩌면 조수인 나처럼 뼛속까지 피곤에 절어 위층 침실에서 쉬고 있는지도 모른다. 물론 정말로 그럴 가능성은 터무니없을 정도로 희박했다. 전에도 말했듯이, 박사는 일단 한번 불이 붙으면 식사와 수면이라는 인간의 자연스러운 욕구를 전혀 느끼지 못하거나 그럴 수가 없는 것 같았다. 박사는 그 깡마른 몸을 본 사람이라면 짐작도 못 할, 보이지 않는 곳에 비축된 정력을 불태우곤 했다. 하지만 그래도 나는 침실에 올라가 보았다. 침대는 비어 있었다.

요전에 지하실 계단에서 얼마나 비합리적인 공포에 시달렸는지 떠오르자—천장에 매달려 있는 괴물의 배 속에 다른 새끼가 살아 있으면 어쩌지?—나는 황급히 아래층으로 내려와 반쯤 열린 문 앞에서 다시 그의 이름을 불러 보았다.

"워스롭 박사님! 워스롭 박사님! 혹시 거기 계세요?"

돌아온 것은 정적뿐이었다. 나는 다시 복도로 나가, 서고를 지나 서재로 들어갔다. 위기가 닥칠 때마다 그가 틀어박혀 있기 좋아하는 그곳은 비어 있었고, 응접실과 1층의 다른 모든 방들도 마찬가지였다. 집 밖으로 나갈 일이 있으면 나한테 쪽지를 남겨 놓았을 텐데. 나는 다시 서고로 갔다. 작업대 앞에 서 있으니 동그라미가 쳐진 신문기사가 눈에 들어왔다. 박사의 놀라운 기억력에 불을 댕긴 바로 그 기사였다. 어디서 봤다 했지! 나는 신문을 집어 들어 기사를 읽었다.

바너 선장, 정신병원으로 돌아가다.

헤제키아 바너 선장이 감금된 지 거의 20년이 지난 어제, 항소 법원은 그의 처분을 놓고 최종 판결을 내렸다. 바너 선장은 1865년 화물선 페로니아 호가 스왐프스콧 인근 해안에서 침몰했을 때 공해상에서의 직무유기와 밀입국으로 유죄 판결을 받은 바 있다. 공판에서 바너 선장은 그가 남부동맹 지지자에게 고용되어 반란군에게 "동산 일체"를 전달할 것을 지시받았으나, 해상에서 선원들과 화물이 "지구상 생명체가 아닌, 지옥 밑바닥에서 기어 올라온 괴물들"에게 장악되었다고 주장했다. 현재 72세로 건강 상태가 매우 악화된 바너 선장은 심리에서 기존의 증언을 부인하고, 선박을 버린 후 이틀 동안 망망대해를 떠돌면서 극심한 일사병에 걸려 그런 착각을 하게 된 것이라고 주장했다. 바너 선장은 자신의 증언을 뒷받침할 증인을 증언대에 세우지 못했다. 정부 측 증인인 J. F. 스타 박사는 바너 선장의 정신 상태가 올바르지 못하다는 소견을 제출했다. "그는 20년 전에도 미쳤었고, 지금도 미쳐 있습니다." 법정 판결에 따라 바너 선장은 다시 모틀리 힐 정신병원에 수감되었다. 모틀리 힐은 스타 박사가 데덤에서 운영하는 사설 수용시설로, 바너 선장이 20년 전 첫 판결을 받은 이래 줄곧 수감되어 있던 장소다.

지구 상 생명체가 아닌, 지옥 밑바닥에서 기어 올라온 괴물들. 지하실 천장에 매달려 있는 괴물의 억세고 창백한 팔이 엘리자 번튼의 무덤 바닥에서 불쑥 튀어나오던 장면이 떠올랐다. 그 손이 에라스무스 그레이의 다리를 움켜잡았을 때 나던 그 섬뜩한 소리, 역겨울 정도로 희멀건 피부와 번들거리는 검은 눈동자, 침이 줄줄 흐르는 입과

4월의 별빛 아래 빛나는 날카로운 이빨. 크고 거대한 머리 없는 괴물들이 어둠 속 그림자에서 튀어 올라 무시무시한 속도로 쫓아오고, 엘리자 번튼의 시신에 달려들어 사지를 잡아 뜯고 그녀의 머리를 입속에 쑤셔 넣던 모습을 생각했다. 그 광경을 본 사람이라면 누구나 놈들이 지옥에서 뛰쳐나왔다고 여길 것이다. 신문기사를 읽고 일기장에 적혀 있던 아리송한 내용을 떠올려 보니 워스롭 박사의 짐작이 옳다는 데에는 의심의 여지가 없는 것 같았다. 바너 선장(박사의 선친은 그를 V라고 불렀다.)이라는 사람은 안트로포파기를 만난 게 틀림없었다. 하지만 벌써 23년 전에 있었던 일인데! 이렇게 무섭고 특이한 괴물들이 그토록 오랫동안 사람들한테 들키지 않고 살아남아, 아니 심지어 번성해서 자손까지 퍼뜨릴 수 있었을까?

나는 생각에 몰두한 나머지 뒷문이 열리는 소리도, 괴물학자가 방에 들어오는 발소리도 듣지 못했다. 박사가 문 앞에 모습을 드러낼 때까지 나는 그가 돌아왔다는 것을 눈치채지도 못했다. 그의 뺨은 상기되어 있었고 머리는 흙먼지와 더께 범벅이었으며 신발은 진흙투성이에 손에는 찌그러진 밀짚모자를 들고 있었다. 나는 금세 그 모자를 알아봤다. 몇 시간 전에 내 얼굴에서 씻어 낸 피와 뼛조각의 소유자가 그보다 전에 내 머리에 씌워 주었던 모자였다.

"윌 헨리." 박사가 조용히 물었다. "뭘 하고 있는 거냐?"

빰이 달아오르는 게 느껴졌다. "아무것도 안 하는데요."

"척 봐도 알겠구나." 그가 싸늘한 목소리로 말했다. "서신은 부쳤느냐?"

"네, 박사님."

"부치자마자 곧장 온 거겠지?"

"네, 박사님."

"사람들하고 얘기도 안 했겠지?"

"우체국 직원 말고는 아무하고도 안 했어요, 박사님."

"서신은 속달로 부쳤느냐?"

"네, 박사님."

그는 고개를 주억거렸다. 그러고는 한참 동안 침묵을 지켰다. 아마도 다른 상념에 빠진 것 같았다. 눈빛은 멍하고, 비록 몸은 꼼짝도 하지 않았지만 온 땀구멍에서 초조함이 배어 나오고 있었다. 그의 반대쪽 손에 지저분한 천 쪼가리가 들려 있는 게 보였다. 처음에는 걸레인 줄 알았지만 자세히 보니 엘리자 번튼이 입고 있던 드레스 조각이었다.

"그래서 지금은 뭘 하는 중이지?"

"아무것도요, 박사님."

"그래, 방금도 그랬지." 그가 갑자기 나무라듯이 쏘아붙였다.

"박사님이 어디 계신지 몰라서요, 그래서……."

"아무것도 안 하고 있었단 말이지."

"박사님을 찾고 있었어요."

"내가 선친의 트렁크 안에 있을 거라고 생각한 거냐?"

"쪽지를 남기셨을지도 모른다고 생각했어요."

"내가 뭐 하러?" 그에게 내게 행선지를 알린다는 것은 그 자체로 생소한 개념이었다.

"공동묘지에 다녀오셨어요?" 화제를 돌리는 게 급선무였다. 박사는 화를 내면 성질이 정말 고약했고, 벌써 그런 기미가 보이고 있었다.

내 계략은 효과가 있었다. 그는 고개를 끄덕이며 대답했다. "발자국으로 구분할 수 있는 것만 최소 스무 마리는 된다. 덜 자란 새끼들 네다섯 마리는 둥지에 따로 숨겨 두었을 테니 도합 서른에서 서른다섯 마리는 될 것 같다. 엄청난 숫자다, 윌 헨리."

그의 손에 들린 모자를 보니 내 작은 모자가 생각났다. 내가 소유한 유일한 물건인 그것은 어젯밤 정신없는 추격전 속에서 잃어버렸다. 내 모자는 못 찾았냐고 물어봐도 될까? 내가 빤히 쳐다보는 걸 느꼈는지 박사가 말했다.

"내 손이 닿는 한 최대한 현장을 정리했다. 무덤도 메웠고 그날 두고 온 물건들도 챙겼고, 수레 파편들은 숲에다 골고루 뿌려 놨지. 운이 좋다면 들키기 전에 이 문제를 해결할 수 있을 거다."

나는 왜 들키면 안 되느냐고 묻고 싶었지만 그의 모든 행동거지는 당연하지 않느냐는 투를 풍기고 있었다. 지금에야 나는 그 대답이 마을 주민들에게 공포와 당혹감을 유발하기 때문이 아니라, 어쩌면 그의 부친이 이 일과 관련되어 있을지도 모른다는 의심 때문이 아닐까 추측한다. 박사는 공공의 안전보다도 선친의 명망에 금이 가는 것을, 그리고 그 여파로 자신의 명예가 더럽혀지는 것을 더 걱정하고 있었다.

어쩌면 내가 그를 너무 매몰차게 비판하고 있는지도 모른다. 어쩌면 박사는 우리가 한 일이 들통났을 때 치러야 할 대가가 괴물이 습격하기 전에 경고하여 얻는 혜택보다 지나치게 무거울지도 모른다고 여겼을지도 모른다. 어쩌면, 어쩌면 말이다. 그러나 수년 동안 그 문제를 숙고한 결과, 과연 그랬을지는 의심스럽다. 전에도 말했지만, 괴물학자의 자존심은 측정하기도 힘들 정도로 거대했고, 거의 무한해 보였다. 가끔씩 찾아오는 우울감에 빠져 자만심이 추락했을 때조차도, 그에게 가장 중요한 것은 그 자신이었다. 과학자로서 그는 얼마나 훌륭하며 역사는 그의 이름을 어떻게 기록할 것인가. 자기연민은 희석되지 않은 이기주의이며, 결국 가장 순수한 형태의 자기중심주의다.

"나는 위층에 올라가 좀 씻으마." 그가 말했다. "너는 트렁크를 정리해라. 그리고 제자리에 갖다 둬. 말에 안장을 씌우고, 가서 먹을 것을 찾아라. 자, 냉큼 서둘러!"

그는 복도로 나가더니 별안간 뭔가 생각난 것처럼 몸을 돌리고는 낡은 밀짚모자와 피에 젖은 천을 방 안으로 집어던졌다.

"이건 태워 버려라."

"태우라고요?"

"그래."

그는 잠시 망설이는가 싶더니 몸을 돌려 탁자 위에서 부친의 일기장을 집어 들었다. 그러고는 내 손에 쥐여 주었다.

"그리고 이것도, 윌 헨리. 태워 버려라."

나는 그의 말대로 했다. 피투성이 천 조각과 찌그러진 밀짚모자를 불에 던지고는 서고 벽난로 앞에 한참 동안 쪼그려 앉아 날름거리는 불꽃을 지켜보았다. 뺨과 무릎, 코끝과 이마에서 팽팽한 열기가 느껴져 흡사 얼굴에서 피부가 뜯겨져 나가는 듯한 기분이 들었다.

불이 내 부모님을 앗아 가고 그 뒤로 며칠 동안 나는 온몸에서 연기 냄새가 나는 것처럼 느꼈더랬다. 피부에서, 머리카락에서. 나는 피부가 발갛게 부어오르고 쓰라릴 때까지 비누로 온몸을 박박 문질러 닦았고 그러면서도 그 연기가 먹구름처럼 내 몸을 뒤덮고 있다고 생각했다. 그런 강박관념이 약간이나마 누그러지기까지는 몇 주일이 걸렸다. 그렇지만 그 몇 주일 동안 나는 아마 뉴잉글랜드에서 가장 깨끗하고 청결한 열두 살 사내애였을 것이다.

지치고 배가 고프긴 했지만 서고에서 할 일을 마친 후에 식사 준비를 하기로 결심했다. 나는 낡은 트렁크를 똑바로 세운 다음 내용물을 전부 바닥에 비웠다. 봉투에 든 편지 10여 통이 아직 바닥에 남아 있었다. 발송인 칸에 박사의 이름이 적혀 있는 걸 보자 호기심이 동했다. 펠리노어 워스롭 올림. 해링턴 레인 425번지, A. F. 워스롭 박사에게 보내는 편지였다. 봉투에 찍힌 서인은 영국 런던이었다. 표본병에 붙어 있는 그 어떤 글씨보다도 훨씬 단정하고 깔끔했지만, 분명히 박사의 필체였다. 정성을 다해 또박또박 쓴 것 같았다. 편지는 도합 열다섯 통이었는데 봉투에는 밀랍 봉인이 아직도 고스란히 붙어 있었고 반송 주소는 모두 똑같았다. 머나먼 거리를 가로질러 왔건만, 아들이 아버지에게 보낸 이 편지들은 뜯어지지도 않은 채 오랜 세월 동안 어둡고 퀴퀴한 지하실 구석 먼지 쌓인 트렁크 안에 처박혀 있었다. 오, 워스롭! 가엾은 사람! 그는 과연 이 사실을 알고 있었을까? 부친의 일기장을 읽고 바너 선장이 언급된 대목도 기억하고 있건만, 그는 이 헌 트렁크를 뒤지면서 편지를 열어 본 흔적조차 없다는 사실을 눈치채지 못했다. 그렇다면 지금 한 통쯤 몰래 뜯어 봐도 모르지 않을까?

그것은 대단히 주제넘고, 불손하고, 괘씸한 사생활 침해였다. 그래도 될까? 그럴 수 있을까? 나는 문 쪽을 힐끔거리며 숨을 죽였다. 아무 소리도 들리지 않았다. 벽난로 선반 위에서 째깍거리는 시계 소리와 귓불에서 약동하는 맥박 소리뿐이었다. 눈 뜨고 있는 모든 시간을 함께 보내고, 내 삶과 떼려야 뗄 수 없는 관계로 엮여 있는 이 사내는 나에게 완전한 수수께끼였다. 나는 그에 관해 아는 것이 거의 없었고 그의 과거에 대해서도 아는 것이 없었다. 내 손에 들린 편지에는 분명 단서가 될 만한 것이 담겨 있을 터였다. 다시없는 기회야, 윌 헨리. 나는 마음속으로 중얼거렸다. 지금 결정해야 해. 지금 말고는 기회가 없어!

나는 봉인을 뜯었다.

봉투 안에는 커다란 종이가 한 장 들어 있고, 봉투에 적힌 것과 똑같은 필체로 내용이 적혀 있었다. 1865년 3월 14일 자 서신이었다.

존경하는 아버지,

마지막으로 편지를 쓴 지 거의 3주일이나 되었네요. 제가 집을 그리워하지 않는다고 여기실까 봐 다시 편지를 씁니다. 그 후로 별로 중요한 일은 없었어요. 제가 아주 지독한 감기에 걸렸었다는 것만 빼면요. 열도 많이 나고 기침도 심했습니다. 그런데도 전 수업을 단 한 번도 빠뜨리지 않았답니다. 교장 선생님께서는 제 발전에 아주 흡족해하고 계십니다. 아버지께 제가 얼마나 잘 지내고 있는지 서신을 보내겠다고 말씀하셨으니 한번 찾아보시고, 크게 번거롭지 않다면 답장을 보내 주세요. 당연하지만, 그분은 아버지를 대단히 존경하고 있답니다. 저는 물론이고 아버지를 아는 모든 분들과 마찬가지로요.

제게 답장을 보내 주시면 좋겠어요. 미국에서는 일주일에 한 번 우편물이 도착합니다. 우편물을 받는 날이면 급우들과 함께 줄을 서서 제 이름이 불리길 기다리는데, 제게는 항상 아무것도 오지 않아요. 불평을 하는 게 아닙니다, 아버지. 그리고 지금 하는 말을 민망한 고백으로 여기지도 말아 주십시오. 가끔은 정말 외롭고, 여기가 집처럼 느껴지지도 않아요. 수업이 없을 때면 늘 제 방에서 시간을 보내는데 오늘처럼 먹구름은 잔뜩 끼었건만 비도 눈도 오지 않고 온 세상에 장막이 덮인 양 춥고 우중충할 때면 아주 외롭고 쓸쓸한 기분이 듭니다. 아버지의 편지를 받으면 금세 기분이 밝아질 텐데요. 아시다시피 우울한 성격은 저희 집안 내력이잖아요. 연구도 하고 여행도 하시느라 바쁘다는 건 저도 압니다. 현관 바닥에서 제 편지가 아버지가 돌아오시길 기다리고 있는 광경이 선하네요. 아버지께 무슨 일이 생겼는데 아무도 저한테 연락을 하지 않은 건 아닐까 걱정입니다. 그러니 이 편지를 받으시면 잠깐 짬을 내서 짧게나마 답장을 보내 주시겠어요? 그러면 전 정말 세상을 다 가진 것같이 기쁠 겁니다. 그럼 안녕히.

당신의 아들

펠리노어

위층에서 마루가 삐걱거리는 소리가 났다. 나는 잽싸게 편지를 접어 봉투에 넣은 다음 엄지로 밀랍 봉인을 꾹꾹 눌렀다. 하지만 별 효과는 없었다. 23년이나 묵은지라 밀랍이 딱딱하게 굳어 있었기 때문에 봉투는 여전히 2센티미터쯤 열려 있었다. 나는 편지봉투를 트렁크 안에 넣고 그 위에 건드리지 않은 다른 봉투들을 뿌렸다.

세상을 다 가진 것같이 기쁠 겁니다. 하지만 그의 부친은 그렇지 않은 것 같았다. 아버지는 아들의 편지를 무시했다. 워스롭이 런던의 기숙사에 있을 때, 불과 내 나이 또래에 불과한 어린 소년이 고향과 멀리 떨어진 낯선 곳에서 지독한 외로움에 몸부림치며 따스한 소식에 목말라할 때, 그의 부친은 정말로 지구 반대쪽에서 여행을 하고 있었던 것일까? 만약에 그렇다면, 왜 워스롭 박사의 부친은 돌아와서도 이 편지를 열어 보지 않았을까? 그리고 만일 아들을 사랑하지 않았다면 왜 이 편지들을 보관한 걸까? 나는 박사에 대해 너무나도 궁금한 나머지 편지를 열어 봤지만 오로지 궁금증만 더해졌을 뿐이다.

그러나 한 가지만은 명백했다. 늘 그렇지만, 우리는 늘 찾던 것을 발견하는 것은 아니다. 나는 머릿속으로 그의 모습을 그려 보았다. 잠옷을 입고, 작은 침대에 열에 달뜬 몸을 묻고 기침을 콜록거리며 열심히 편지를 적어 내려가고 있는 소년의 모습. 가족도 친구도 없고, 위로해 줄 사람도 아무도 없는, 나와 별반 다르지 않은 외로운 아이. 나는 난생처음으로 박사에게서 두려움과 경외감 외에 다른 것을 느꼈다. 난생처음으로 그에게 연민을 느꼈다. 고향집을 떠나 바다 건너에서 혼자 앓고 있는 작은 소년을 생각하니 가슴이 아팠다.

하지만 이 감정은 그리 오래가지 않았다. 내가 봉인이 떨어진 편지를 완전히 감추기도 전에 박사가 쿵쿵거리는 발걸음으로 방 안으로 들어왔다.

"윌 헨리! 지금 뭘 하고 있느냐?"

"아무것도요, 박사님. 아무것도 안 하고 있는데요." 나는 당황해서 더듬거렸다.

"아무것도 안 한다고? 내가 뭘 하고 있느냐고 물을 때마다 늘 같은 대답만 하는구나. 아무것도 안 하는 게 네가 하는 일인가 보지?"

"네, 박사님. 어, 그게 아니라요, 박사님! 죄송해요, 이제 그만할게요."

"뭘 그만한다는 거냐?"

"아무것도 안 하는 거요."

"윌 헨리, 내가 너한테 일을 줄 때마다 청개구리처럼 반대로 행동한다면 넌 나한테 아무 쓸모도 없을 거다. 자, 냉큼 움직여! 데덤까지는 세 시간이나 걸리니까."

그는 대답을 기다리지도 않고 부엌으로 사라졌다. 지하실 문이 거세게 닫히는 소리가 들렸다. 얼굴이 너무 화끈거려서 나는 서둘러 나머지 물건들을 트렁크에 집어던졌다. 속이 좀 메슥거리긴 했지만 쪼그라든 미라 머리도 서슴없이 집어 들었다. 생각보다는 훨씬 가벼웠다. 나는 이 정체를 알 수 없는 말린 머리의 내력이 궁금했다. 선대 워스롭 박사가 여행 중에 사귄 야만인 족장한테 받은 선물이었을까? 아니면 다른 개인적인 사연이 있는 걸까? 머리만으로는 성별도 나이도 가늠하기가 어려웠고, 머리를 말리는 처리 과정을 거치면서, 왕과 노예, 남자와 여자, 영웅과 악당과 바보를 구분하는 세속적 차이를 조롱하며 모든 것을 평등하게 만드는 오랜 세월을 거치면서 인종적인 특징도 사라져 버렸다. 이제 그만 상자 속으로 들어가려무나, 이름 모를 요릭*이여, 네 봉합된 눈과 얼어붙은 비명도 함께 가거라! 너나 우리나 상자 속에 갇힌 것은 매한가지이니.

나는 말린 머리를 트렁크를 향해 던졌다. 머리는 트렁크의 한쪽 구석에 맞고 튀어 오르더니 트렁크에 담긴 다른 물건들 위로 굴러 떨어져 옆으로 누웠다. 그 바람에 작은 해골 안에 들어 있던 뭔가가 떨어져 나온 것 같았다. 목구멍에서 밝은 붉은색의 무언가가 비죽 튀어나와 있는 것이 눈에 들어왔다. 나는 머리를 집어 천 조각의 한쪽 귀퉁이를 붙잡고 끄집어냈다. 죽은 고치처럼 마른 안쪽에서 반대쪽에 연결되어 있던 물건이 딸려 나왔다. 그것은 열쇠였다. 무슨 열쇠인지는 모르지만 트렁크나 문 열쇠라고 하기에는 너무 컸다.

"윌 헨리!" 지하실 계단에서 박사의 목소리가 들렸다.

나는 말린 머리를 트렁크에 넣고는 열쇠를 주머니에 쑤셔 넣었다. 나중에 박사에게 보여 줄 생각이었다. 그는 트렁크에 무엇이 들어 있는지 알고 있었다. 그러니 말린 머리 안에 들어 있는 열쇠에 대해서도 알고 있을 것이다.

"말을 준비해라, 윌 헨리! 먹을 것도, 윌 헨리!"

이번에는 지하실에 내려가는 게 지난번처럼 무섭지 않았다. 불빛도 환했고 박사도 같이 있었기 때문이다. 그는 천장에 매달린 수컷 안트로포파기의 시체 앞에 서 있었다. 그는 내가 내려온 걸 알면서도 돌아보지 않았다. 내게 등을 돌린 채, 가슴 위에 팔짱을 끼고 고

* 「햄릿」에서 비참한 죽임을 맞이한 왕의 어릿광대. 햄릿은 오필리어의 무덤에서 그의 해골을 발견하고 인생무상을 느낀다.

개를 한쪽으로 삐딱하게 기울이고는 눈앞의 괴물을 응시하며 골똘히 생각에 잠겨 있었다. 나는 선대 워스롭 박사의 트렁크를 계단 아래 밀어 넣고는 숨을 가쁘게 몰아쉬며 그에게 다가갔다.

"박사님." 나는 조심스럽게 입을 열었다. "뭘 드시고 싶으세요?"

그는 돌아보지 않았다. 나보고 저리 가라는 듯 오른손으로 가볍게 휘저으며 아무 말도 하지 않았다. 나는 열쇠 이야기를 할까 하다가 나중에 박사의 기분이 좀 나아지면 말을 꺼내기로 했다. 나는 부엌으로 올라가 빈약한 식료품 저장실을 뒤져 먹을 수 있는 것들을 모조리 긁어모았다. 배가 고파 죽을 지경이었다. 30분 뒤에 박사가 갑자기 부엌으로 힘차게 쳐들어왔다. 공동묘지에서 돌아와 옷을 갈아입고 몸을 씻긴 했지만 그의 몸에는 여전히 죽음의 냄새가 스며들어 있었고, 지금은 마치 연무처럼 그를 휘감고 있었다. 그는 식탁에 앉아 있는 나와, 내 앞에 놓여 있는 뜨거운 김이 나는 대접, 그리고 내 자리 맞은편에 놓인 똑같은 대접을 차례대로 쳐다보았다. 그 옆에는 단정하게 갠 냅킨과 반짝이는 숟가락, 찻주전자와 방금 우려낸 차가 놓여 있었고 찻잔의 검은 표면에서는 향기로운 냄새가 모락모락 올라왔다.

"이게 뭐지?"

"수프예요, 박사님."

"수프라고?" 그는 생전 처음 듣는 단어인 양 되물었다.

"감자수프요."

"감자수프."

"네, 박사님. 저장통에 아직 괜찮은 게 두어 개 있더라고요. 그리고 당근이랑 양파도 찾았어요. 크림이랑 고기가 없어 물로만 끓였지만 밀가루를 넣어 걸쭉하게 만들었어요."

"걸쭉하게 만들었다고?"

"네, 박사님. 밀가루로 걸쭉하게 만들었어요."

"밀가루란 말이지." 박사가 중얼거렸다.

"먹을 만해요." 내가 말했다. "우체국에 가는 길에 빵집이 있었는데, 아무 데도 들르지 말라고 하셨잖아요. 그래서 빵집에 가질 못했어요. 빵은 없지만, 그래도 뭔가 드셔야죠."

"난 배 안 고프다."

"하지만 길을 떠나기 전에 배를 채워야 한다고 말씀……."

"내가 뭐라고 했는지는 안다." 그가 쌀쌀맞게 말했다. "상대방이 자기가 한 말을 기억도 못 하는 바보 천치인 양 다시 강조하는 것만큼 무례하고 기분 나쁜 것도 없다, 윌 헨리. 내가 무슨 말을 했는지 기억 못 하는 건 바로 너야. 나는 너더러 식사를 하라고 했다."

"그렇지만 전 지금 먹고 있는걸요, 박사님."

"하느님 맙소사!" 그가 못 참겠다는 듯 소리를 질렀다. "넌 바보냐, 윌리엄 제임스 헨리? 아니면 내가 모르는 무슨 정신적인 결함이라도 있는 거냐?"

"아뇨, 박사님. 어, 그런 것 같지는 않은데요. 전 그냥 박사님도 수프를 드시고 싶어 하실 것 같아서요."

아랫입술이 파들파들 떨리는 게 느껴졌다.

"잘못된 가정에 근거한 잘못된 결론이다!" 박사가 쏘아붙였다. "나는 배가 안 고프니까."

나는 시선을 떨궜다. 나를 노려보는 그의 눈빛이 너무 무서웠다. 어두운 눈동자가 알 수 없는 격노로 번득였고, 온몸이 분노를 주체하지 못해 부르르 떨리고 있었다. 왜 이렇게 화를 내는 거지? 나는 이해할 수가 없었다. 나름 그를 배려한다고 한 일이건만, 그는 그것을 정반대의 의미로 받아들인 걸까? 내가 일부러, 또는 고의적으로 반항하는 거라고? 아니면 부친과의 차갑고 껄끄러운 관계가 떠오르는 바람에, 이렇게 상냥하고 따뜻한 사소한 행동조차 이제는 영원히 가까워질 수 없는 부친의 차가움이 남긴 치유되지 않을 상처에 소금을 뿌리는 것처럼 느껴지는 걸까?

그는 내 머리 위에 우뚝 서서 성인의 권위를 휘두르며 잔뜩 주눅 든 나를 내려다보고 있었지만, 마음속으로 나는 작고 어린 외로운 소년을 보고 있었다. 낯선 곳에 홀로 떨어진 불쌍한 소년. 아버지의 관심과 애정을 갈구하며 편지를 쓰던 어린 소년. 그러나 그 애정에 대한 보답으로 아비가 보내온 것은 거부라는 치욕감뿐이었다. 편지는 뜯어 보지도 않은 채 낡은 트렁크 속으로 던져져 잊혔다. 이 얼마나 이상하고 비극적인 운명의 아이러니인가! 우리는 종종 긴 세월이 흐른 뒤에 아무 잘못도 없는 이들에게 복수를 꾀하곤 한다. 과거에 우리를 괴롭힌 이들과 똑같은 죄악을 반복하면서, 그렇게 나 자신이 겪었던 고통을 끝없이 보전하고 영속시키는 것이다. 그의 부친은 그의 간청을 묵살했고, 그래서 그는 나의 간청을 묵살했다. 그리고 나는…… 무엇보다 가장 기묘한 아이러니이긴 하지만, 바로 그였다. 세상에서 가장 중요한 단 한 사람의 애정과 인정을 갈구하는 가엾고 외로운 어린 소년. 그 사실은 그의 자존심을 할퀴고 분노를 갑절로 키우는 결과를 가져왔다. 그의 바람을 본체만체한 부친에 대한 분노, 그리고 애초에 무언가를 필요로 할 수밖에 없는 그 자신에 대한 분노.

"작작 해 둬라." 박사가 성내며 말했다. "네가 징징거리는 꼴을 도저히 참고 봐줄 수가 없구나. 나는 너를 요리사로 데려온 것도 아니고 하인으로 삼으려는 것도 아니야. 네 아버지의 헌신적인 봉사 때문에 의무감을 느꼈을 뿐이다. 넌 재능이 있다, 윌 헨리. 너는 똑똑하고 호기심도 많고, 배짱도 있어. 하나같이 조수가 되기에 필수불가결한 재능들이지. 그리고 과학자에게 필수적인 자질이기도 하고. 그렇지만 다른 환상은 품지 말기 바란다. 너는 불운한 처지 때문에 내 조수가 된 것뿐이야. 나를 보살피는 건 네가 할 일이 아니다. 내가 너를 보살피는 거지. 자, 이제 네가 그토록 자랑스러워하는 그 수프를 냉큼 먹어 치우고 가서 말이나 준비해라. 해 질 녘에 떠나야 하니까."

6장

"웬 파리지?"

그날 밤 우리는 데덤으로 떠났다. 험하고 외진 길을 따라 세 시간을 달렸는데, 마을 외곽에 이르러서야 지나가는 마차의 눈을 피해 적막한 숲 속에서 말이 휴식을 취할 수 있게 딱 한 번 멈춰 섰을 뿐이다. 우리가 어두운 숲의 나무 그림자 속으로 녹아들자 서늘한 밤공기에 말들의 입김이 안개처럼 부옇게 서렸다. 박사는 말발굽과 나무바퀴가 덜덜거리며 굴러가는 소리가 완전히 사라질 때까지 기다렸다가 다시 여정에 올랐다.

우리는 마을 초입에서 몇 채의 집이 시야에 들어왔을 때에야 속도를 늦췄다. 평화로워 보이는 오두막 창가에는 등불이 훈훈하게 빛나고 있었고, 나는 그 안에서 화목한 한때를 보내고 있을 가족들을 떠올렸다. 여느 평범한 화요일 밤처럼 오늘도 서로의 체온에 기대어 아버지는 불 앞에, 어머니는 막내를 품에 안은 채, 몇몇 상상력이 풍부한 어린아이들을 제외하면 어둠 속에 도사린 무시무시한 괴물들에 대해서는 전혀 상상조차 하지 못하고 있을 것이다. 내 옆에서 말을 달리는 사내는 온화한 목소리와 상냥한 손길로 아이들의 머릿속에 존재하는 밝고 강렬한 상상력을 꺼뜨리는 선량하고 착한 부모가 존재한다는 순진무구한 환상 따위에 괴로워하지 않았다. 그는 현실을 알고 있었다.

그렇단다, 아가야. 그는 겁에 질려 누군가가 구해 주길 간절히 바라는 어린아이에게 이렇게 말할 것이다. 괴물은 진짜 있단다. 우리 집 지하실에도 한 마리가 걸려 있지.

우리는 마을 중심가로 가지 않았다. 워스롭은 큰길이 나타나기 전에 말머리를 돌려 포플러가 우거진 사이로 나 있는 작은 오솔길로 진입했다. 길 입구에는 자칫하면 놓치기 쉬운 작은 간판이 녹슨 쇠기둥에 걸려 있었다. '모틀리 힐 요양원.' 길에는 나무와 덩굴, 잡초가 무성했고, 잠시 뒤에는 완만한 오르막을 이루기 시작했다. 사방이 숲이었다. 머리 위 나뭇가지들이 점차 낮게 드리우며 어두침침하고 구불구불한 터널에 들어온 것처럼 별빛을 가렸다. 말발굽이 바닥에 부딪치며 나는 따각따각 소리 말고는 아무것도 들리지 않았다. 벌레 한 마리, 개구리 한 마리도 울지 않는 밤이었다. 우리가 이 칠흑 같은 길을 따라 달리는 동안 머리 위로 천천히 내리덮인 무겁고 기묘한 적막을 방해하는 것은 아무것도 없었다. 언덕을 오르는 내내 말들은 불안한 듯 몸을 흔들며 발을 구르고 투레질을 했다. 박사야 차분해 보였지만, 나는 내가 타고 있는 암말과 별로 다를 바 없는 심정이었다. 우리의 시선은 점점 더 짙어지는 어둠 속에 못 박혀 있었다. 더 이상 길이라고 부르기도 힘들게 된 오솔길이 마침내 조금씩 평평해지면서 나무들이 길 뒤로 물러섰고, 나와 내 작은 암말에게는 감사하게도 드디어 달빛이 비치는 너른 평지가 나타났다.

100미터쯤 앞에 신고전주의 양식의 건물이 정면으로 우리를 바라보며 서 있었다. 입구에는 흑백으로 칠해진 덧문과 높은 기둥들이 지키고 섰다. 창문은 불이 모두 꺼져 있어 황량하고 버려진 느낌을 풍겼다. 예전에 누군가 여기 살았더라도 이미 오래전에 행복한 인생을 찾아 떠나 버렸을 것이다.

그 건물을 봤을 때 내 머릿속에 가장 먼저 떠오른 생각은 바너 선장이 3년 전에 다시 수용된 후 요양원이 문을 닫았다는 것이었다. 나는 박사를 올려다보았다. 입술은 꽉 다물려 있고, 검은 눈은 눈 뒤에서 불이라도 밝힌 듯이 번쩍거렸다.

“윌 헨리.” 건물을 향해 다가가는데 박사가 조용히 입을 열었다. “일단 안에 들어가면 절대로 입을 열어서는 안 된다. 누구하고도 눈을 마주치지 말고, 누가 말을 걸더라도 절대로 대답하면 안 돼. 반드시 무시해라. 말을 걸지도 말고, 상대방이 뭐라고 하든 대꾸도 하지 마라. 고개를 끄덕이거나 윙크를 하는 것도 안 된다. 알겠느냐?”

“네, 박사님.”

그는 한숨을 쉬었다. “저 안에 있는 가엾은 영혼들을 상대하느니 차라리 안트로포파기 열 마리를 상대하는 게 낫겠구나!”

가까이 접근해서 보니 흰색보다 회색에 가까운 건물이었다. 오래전 한때는 흰색이었을 페인트가 지금은 색이 바래 벗겨지고 있었다. 흰 곰팡이가 얼룩덜룩한 벽에는 페인트 조각이 길게 늘어져 대롱거리고 창문은 몇 달간 청소도 하지 않은 듯했다. 귀퉁이에는 거미줄이 흔들거리고 있었다. 내가 미신에 약한 사람이었다면 귀신 들린 집이라고 생각했을 것이다. 그렇지만 나는 내 스승처럼 귀신이나 유령 같은 초자연적 현상을 믿지 않았다. 물론 우리가 살고 있는 이 세상천지에 도저히 믿기 힘든 신기한 것들이 존재하는 것은 사실이지만 그것들은 안트로포파기처럼 물리적인 자연의 산물이었고, 악의에 대한 혐오감이라는 우리의 특이하고 불가해한 욕구를 충족시킬 수 있는 형태의 것이었다. 고맙게도.

박사는 옥으로 근사한 가고일 머리가 조각되어 있는 지팡이 손잡이로 격하게 문을 두드렸다. 아무 응답도 없었다.

워스롭은 다시 짧게 세 번 노크했다. 그런 다음 쉬었다가 세 번 더. 똑똑똑……. 똑똑똑…….

주변은 고요했다. 나무들 사이를 지나며 속삭이는 바람 소리와 지난가을에 떨어진 낙엽이 낡아서 움푹 꺼진 포치의 나무바닥을 스치며 바스락거리는 소리 외에는 아무것도 들리지 않았다. 박사는 지팡이에 두 손을 얹은 채 부처와도 맞먹는 인내심을 발휘하며 기다렸다.

"아무도 없나 봐요." 나는 다소 안도하며 속삭였다.

"아니야." 그가 말했다. "우리가 올 줄 모르고 있을 뿐이다."

문 반대쪽에서 힘겹게 발을 끌며 다가오는 소리가 들렸다. 다리를 절거나 나이 많은 노인이 박사의 성마른 호출에 응하려고 하는 것 같았다. 곧이어 금속이 긁히고 부딪치며 빗장이 풀리는 신음 소리가 나더니 삐거덕 소리를 내며 문이 열렸다. 희미한 등불이 포치 위로 쏟아지더니 반쯤 열린 문틈으로 검은 옷을 입은 노파가 옹이 진 손에 쥔 등불을 높이 쳐들어 우리의 얼굴을 비췄다.

"9시가 지나면 면회 금지요!" 노파가 이 빠진 입을 우물거리며 쉰 목소리로 말했다.

"사교적인 방문을 하러 온 게 아니오." 워스롭이 말했다.

"9시 이후에는 면회 금지라니까." 그녀는 워스롭 박사가 귀머거리라도 되는 양 목소리를 높이며 매몰차게 쏘아붙였다. "아무도 예외는 없어!"

"이번만큼은 예외를 허용해야 할 거요." 박사는 침착하게 명함을 내밀며 말했다.

"스타 박사에게 펠리노어 워스롭이 찾아왔다고 전해 주시오."

"박사님은 주무시러 가셨다우." 노파가 말했다. "절대로 방해하지 말라고 당부하셨는데."

"그럼 가서 깨우시오!" 인내심이 바닥난 박사가 분통을 터뜨렸다. "매우 급한 일이란 말이오!"

노파는 명함을 노려보았다. 가느다란 눈초리가 눈두덩 주변의 살덩이에 묻혀 거의 보이지 않았다.

"워스롭 박사." 노파가 명함을 또박또박 읽었다. "하! 워스롭 박사는 죽었어. 나도 그 정도는 알아. 사기꾼이구먼."

"아니, 난 그분 아들이오."

그녀는 입을 빼끔거리며 아무 말도 하지 않았다. 노파의 시선이 명함과 박사의 얼굴을 잽싸게 오갔다.

"아들이 있다는 얘기는 한 적이 없는데." 노파가 말했다.

"굳이 그뿐 아니라 사적인 얘기는 일절 안 하셨을 거요." 박사가 냉담하게 대꾸했다. "방금도 말했듯이, 나는 아주 중요하고도 시급한 문제 때문에 찾아왔소. 따라서 큰 실례가 아니라면 이제껏 살아온 모든 세월을 통틀어 그 어느 때보다도 신속하게 움직여, 당신의 고용주에게 내가 여기 와 있음을 알리고 그분을 만나 뵙고 싶다는 내 간절한 소망을 될 수 있으면 오늘 밤 내에 전해 줬으면 좋겠소."

노파는 우리의 면전에 대고 문을 쾅 닫아 버렸다. 박사는 과장된 한숨을 내쉬었다. 몇 초가 몇 분이 되는 동안에도 그는 동상처럼 꼼짝도 않고 서서, 앞으로 일어날 일에 대비해 힘을 아껴야 한다는 듯이 눈을 반쯤 감고 고개를 떨어뜨린 채 지팡이에 몸을 기댔다.

"노파가 돌아올까요?"

참다 못해 내가 입을 열었다. 벌써 몇 시간이나 문밖에서 기다리고 있는 것 같았다. 박사는 대꾸하지 않았다. 그래서 나는 다시 물었다.

"노파가 돌아올까요?"

"빗장을 걸지 않았다." 박사가 대답했다. "그러니 기다릴 만하지."

이윽고 바쁘게 놀리는 발소리가 들려오더니 문이 활짝 열렸다. 문을 열어 준 것은 나이 많은 사내였다. 몇 발짝 뒤쪽에서 어깨를 웅크리고 있는 노파보다는 살짝 나이가 적어 보였다. 잠옷 위에 회색 프록코트를 급하게 걸쳤는데, 잠결에 흐트러진 머리까지 신경 쓸 틈은 없었던 듯했다. 거의 어깨까지 늘어진 성긴 흰 머리와 그 투명한 장막 뒤로 비치는 커다란 귀, 그리고 두피에는 검버섯이 피어 있었다. 코는 길고 뾰족하고 작은 푸른 눈은 흐릿했으며, 턱은 좁고 터럭이 나 있었다.

"스타 박사." 괴물학자가 말했다. "제 이름은 펠리노어 워스롭입니다. 제 선친을 아시지요?"

"참으로 측은한 환자지." 노인이 덜덜 떨리는 손으로 컵을 내려놓으며 말했다. 사기잔이 덜거덕거리며 갈색 찻방울이 컵에 짙은 자국을 남기며 흘러내렸다. "부친이 각별한 관심을 보이기도 했고."

"그분만 그러신 게 아닙니다."

우리는 복도 옆에 있는 작은 응접실에 앉아 있었다. 건물의 나머지 부분과 별반 다를 바 없는 방이었다. 춥고, 어둡고, 통풍도 잘 되지 않았다. 공기 중에는 속이 뒤집힐 것 같은 이상하고 달콤한 냄새가 감돌았다. 건물에 발을 들여놓자마자 그 냄새와 함께 깨달은 것이 또 있었다. 이 낡은 건물의 어둠 속에 갇혀 있는 사람들이 내는 낮고 희미한 소리들. 신음 소리, 기침 소리, 비명 소리, 절망과 분노와 두려움이 담긴 흐느낌, 그리고 이 불협화음에 맞서 어렴풋이 표류하는 높고 신경질적인 웃음소리. 스타 박사와 내 스승은 목소리를 조금 높이며 이런 배경음들을 모른 체하고 있었지만 나로서는 도저히 신경을 쓰지 않을 수가 없었다. 나는 불굴의 의지를 한껏 끌어 올려 박사에게 건물 밖에서 말과 함께 기다려도 되느냐고 묻고 싶은 마음을 억눌러야 했다.

"부친의 특이한 가업을 물려받은 것 같구려." 정신병 전문의가 말했다. "솔직히 털어놓겠소, 워스롭 박사. 난 이날 이때까지 그에게 아들이 있다는 사실조차 몰랐소."

"선친은 몹시 비밀스러운 분이었지요. 그분은 사람들과의 교류를…… 혐오하셨습니다. 저는 그분의 유일한 자식인데도 선친을 잘 알지 못합니다."

"당신 부친 같은 사람한테는 흔한 일이지. 일이 전부였던 사람이라."

"그보다는 그분이 저를 좋아하지 않았기 때문이라고 생각했지요."

스타 박사가 웃음을 터뜨리자 가슴 안쪽에서 뭔가가 울컥거리는 소리가 들렸다.

"잠깐 실례." 스타 박사는 주머니에서 더러운 흰색 손수건을 꺼내 엄청난 양의 가래를 뱉었다. 그러고는 손수건을 눈앞에 바짝 갖다 대고는 그 내용물을 꼼꼼하게 관찰했다. 그는 워스롭 박사를 쳐다보며 미안하다는 미소를 지었다. "실례했소, 워스롭 박사. 아무래도 난 곧 죽을 것 같아 겁이 나는군."

"무슨 병입니까?" 워스롭이 정중하게 물었다. 오늘 밤 그는 인내심의 극치를 보여 주고 있었다. 하지만 그의 발끝은 지금도 바닥의 해진 카펫을 초조하게 두드리고 있었다.

"모르오. 내가 죽는다는 말은 안 했소. 그럴 것 같아 겁이 난다고 했지."

"누구나 때때로 그런 두려움을 느끼죠."

"내 경우에는 늘 그런 두려움에 빠져 있지. 더구나 진찰을 받지 않으니 두려움이 나날이 커질 뿐이고."

"흥미롭군요." 박사는 무심하게 대꾸했다.

"그리고 당신의 선친과, 보아하니 당신 아들과는 달리 내 뒤를 이을 사람은 아무도 없다오."

"윌 헨리는 내 '아들'이 아닙니다."

"아니라고?"

"내 조수죠."

"조수? 하지만 이런 중요한 책무를 맡기기엔 너무 어리잖소?"

스타 박사의 부연 눈빛이 나를 향하자 나는 곧장 시선을 피했다. 박사의 말이 귓전에 울렸다. 아무하고도 눈을 마주치지 마라. 누가 말을 걸더라도 절대로 대답하면 안 돼.

"불운하게도 어린 나이에 부모님을 모두 여의어서 제가 맡게 되었지요."

"아, 너그럽기도 하지."

"그것과는 거리가 멉니다. 나이는 어려도 재능 있는 아이거든요."

"부모님이 돌아가시다니, 유감이구나." 스타 박사가 내게 말했다. 그렇지만 나는 고개를 쳐들지도 않고 고맙다는 뜻으로 고개를 끄덕이지도 않았다. 무시해라. 박사가 그렇게 말했기 때문이다. 그는 모틀리 힐 요양원의 경영자는 예외로 취급해도 된다는 말은 하지 않았다.

"자, 그럼 워스롭 박사, 바너 선장과 이야기를 나누고 싶다고 하였소?"

"극도로 불가피한 상황이 아니었다면 이렇게 부탁을 드리지도 않았을 겁니다."

"오, 물론 그렇겠지. 진정으로 불가피한 상황이 아니었다면 이렇게 밤늦은 시간에 미리 통보하지도 않고 찾아오지는 않았을 거라고 믿소. 당신이 말한 환자는 요 몇 년 사이에는 식인종과 살인에 대한 그 기괴한 이야기를 숨기려는 노력조차 하지 않았으니까. 만일 그랬더라면 지금쯤 자유의 몸이 되었을 거요. 아니면 죽은 사람이 되었을지도 모르겠군. 사형선고를 받았을 테니까."

"선친은 그 사건에 대해 말씀하신 적이 없습니다. 그분이 남긴 개인적인 기록을 보다 발견했지요."

"그래서 호기심이 동해 날 찾아온 거요?"

"아주 강렬한 호기심이죠." 박사가 신중하게 말했다.

"아, 당연히 그럴 거요, 친애하는 워스롭 박사! 정말이지 아주 강렬한 호기심이지!" 다시금 기침 발작이 스타 박사의 허약한 몸을 덮쳤고, 이번에는 거의 1분가량이나 지속되었다. 그는 지저분한 손수건에 분비물을 뱉고 고약한 냄새를 풍기는 천 조각을 다시 주머니에 집어넣는 의식을 되풀이했다. "하지만 단순한 호기심에 대해 설명하면서, 당신이 방금 시인한 것처럼 아무리 강렬하고 특이한 호기심이라고 할지라도, 아무리 언어능력이 형편없는 사람이라고 할지라도 극도로 불가피한 상황이라고 표현하거나 당신이 브래튼 부인에게 말한 것처럼 '아주 중요하고도 시급한 문제'라고 말하는 사람은 없을 거요."

"제 선친은 선장이 진실을 말하고 있다 믿으셨습니다."

"그분의 직업을 생각하면 당연하지 않소."

"그리고 바로 그 때문에 그분은 이곳을 방문해야 한다고 생각하셨지요. 지금 제가 그런 것처럼 말입니다. 환자가 고령에 건강이 좋지 않다는 건 알지만……."

"그래서 자세한 조사도 하지 않고 뉴예루살렘에서부터 세 시간이나 말을 타고 여기까지 왔단 말이오? 무엇 때문에? 구체적으로 정확히 무슨 이유로 그래야 한다고 생각한 거요?"

"이미 설명했듯이……." 박사는 신중하게 단어를 골랐다. "바너 선장의 건강 상태와 사건의 발생 시기, 그리고 다른 관련 요인들을 고려하건대…….”

“아, 그래! 바로 그거요! ‘관련 요인’, 그게 바로 내 호기심을 자극하는군. 워스롭 박사, 그 ‘관련 요인’이라는 게 정확하게 뭐요?”

박사는 숨을 크게 들이마시더니 상체를 꼿꼿이 세우고 단호하게 말했다. “그건 밝히기 곤란합니다.”

“그렇다면 내가 대신 밝히는 영광을 누리도록 허락해 주시오.” 스타 박사가 비꼬듯이 말했다. “안트로포파기, 안트로포파기. 아니오? 내가 그런 것도 모른다고 생각하는 거요? 늙은 선장이 관심이 있든 말든 아무나 족족 붙들고 얼마나 노래를 불러 댔는지 아시오? 난 바보가 아니오, 워스롭. 나도 셰익스피어 정도는 읽어 봤다오. ‘안트로포파기, 머리가 어깨 밑에 자라는 종족.’ 오, 그래요. 나는 당신이 왜 찾아왔는지 안다오!”

“잘 됐군요.” 괴물학자가 침착하게 말했다. “그럼 그를 지금 만나 봐도 되겠습니까?”

스타 박사가 응급실 입구를 힐긋 쳐다보더니 괴물학자에게로 관심을 돌렸다. “선장은, 당신도 말했듯이 이제는 나이도 많은 데다 나보다 더 몸 상태가 엉망이오. 내가 죽을까 봐 겁을 내고 있다면 바너 선장은 명백하게 죽어 가고 있지. 그의 정신도 마찬가지고. 헛수고한 거요, 워스롭 박사.”

“그를 만날 수 없다고 하시는 겁니까?” 참을성이 바닥난 워스롭이 물었다. “전 선친이 오래전에 고심했던 몇 가지 문제를 해결하고 싶을 뿐입니다. 하지만 저야 그냥 내버려 둬도 상관없습니다. 어차피 특별히 관심 있는 사항도 아니고."

"내 가정부한테는 그렇게 얘기하지 않았잖소, 박사. 방금까지 나한테도 그랬고."

"상관없습니다." 워스롭이 성을 내며 말했다. 그는 의자에서 일어나 어깨를 쭉 펴고는 주먹 쥔 두 손을 옆구리에 딱 붙였다. "그만 가자꾸나, 윌 헨리. 이건 시간 낭비다."

"그렇게 느끼게 할 의도는 아니었는데." 스타 박사가 능글맞게 웃으며 말했다. "내게 좀 더 자세히 설명해 준다면 당신의 연구나 시간절약에 더 도움이 되지 않겠느냐고 지적한 것뿐이오. 바너 선장은, 당신도 알다시피 23년 동안이나 내 환자로 있었소. 그 사람 사연을 수백 번은 들었을뿐더러, 세부 사항에 있어서는 본인만큼이나 잘 알고 있을 거요. 선장의 총기가 떨어진 지금은 내가 더 잘 기억하고 있다고 해도 과언이 아니지."

"저는 선장에게서 직접 듣고 싶습니다."

"그의 정신이 또렷하지 않다는 걸 알면서도 말이오?"

"그건 제가 판단할 문제죠."

"흠, 참으로 재주 많은 젊은이로군. 정신과 의사에다…… 당신이 연구하는 학문이 뭐라고 했지? 그래, 괴물학 박사까지."

워스롭은 대답하지 않았다. 무거운 긴장감이 팽배한 순간, 나는 마침내 자제력을 잃은 워스롭이 방을 성큼성큼 가로질러 노인의 목을 조를지도 모른다는 생각에 움찔했다. 저 정신병 의사는 나만큼 박사를 잘 알지 못했다. 워스롭은 겉으로는 침착하고 차분해 보였지만 기실 그의 내부에서는 태양처럼 뜨거운 화염이 끓어오르고 있었고 오로지 경이로운 의지력을 발휘해 그것이 폭발하지 않도록 억누르고 있을 따름이었다.

스타 박사가 다시 응접실 입구 쪽을 힐끔거렸다. 마치 뭔가를 기다리고 있는 듯했다. 그는 음흉한 미소를 띠며 말을 이었다.

"마음 상하라고 한 말은 아니오, 워스롭. 내 전공 분야도 별반 다르지 않은 취급을 받고 있으니까. 당신의 직업을 조롱하거나 놀림감으로 삼으려는 것도 아니오. 어떻게 보면 내가 하는 일과도 비슷하거든. 우리는 허상을 좇아 평생을 보내는 사람들이오. 다른 점이 있다면 내가 좇는 허상은 다른 사람들의 머릿속에 있다는 거고 당신의 허상은 당신 머릿속에 존재한다는 거지."

그때 나는 박사가 그가 평생을 바친 연구가 얼마나 허상 놀음에 불과한지 직접 두 눈으로 확인해 보시라 스타 박사를 뉴예루살렘으로 초청하길 기대했다. 그렇지만 그는 아무 대꾸 없이 문간을 힐끔거렸다. 두 사람 모두 뭔가를 기다리고 있는 듯이 보였다.

"외롭고 힘겨운 삶이지."

노인이 살짝 누그러진 목소리로 속삭였다.

"우리 둘은 황야에서 울부짖는 목소리요, 워스롭. 나는 자그마치 50년 동안 인류에게 귀중한 봉사를 했소. 희생을 감내하며 보잘 것 없는 기부금과 도움의 손길에 기대 근근이 버텨 왔지. 월급도 많고 안정적인 대학 교수 자리를 승낙할 수도 있었건만 나를 찾아온 가엾고 불쌍한 인간들을 돕는 데 인생을 바치기로 결심한 거요. 아니, 오해는 마시오. 불평하는 게 아니오. 그렇지만 정말로 힘들다오! 너무나도 벅찬 일이지!"

놀랍게도 이제 스타 박사의 얼굴에는 체셔 고양이* 같은 히죽임이 사라지고 대신 떨리는 입술과 눈물 한 방울이 자리 잡고 있었다.

"그런데 이런 식으로 삶의 끝을 맞이하게 되다니!" 그는 조용히 울부짖었다. "지갑에 장례를 치를 돈도 없는 비참한 가난뱅이라오! 내가 무슨 병에 걸렸느냐고 물었소? 모른다고 한 건 사실이었소. 왜냐하면 의사한테 갈 돈이 없었거든. 마찬가지로 의사이자, 박애주의의 신전에 내 한 몸의 안녕을 제물로 삼은 나는 비참한 종말을 맞이할 거요. 왜냐하면 황금 송아지를 숭배하기를 거부했기 때문이지! 아, 워스롭, 이보다 더 서글픈 일은 없을 거요. 그렇지만 나는 구걸하지 않을 거요. 자부심이 있으니까! 나는 타락하지 않을 거요! 후회는 없소. 덕분에 내 폐는 엉망이 됐을지라도 말이지. 하지만 나는 수치스러운 삶을 사느니 가난과 명예로운 죽음을 택하겠소."

또다시 발작적인 기침이 찾아왔다. 스타 박사는 해골처럼 깡마른 손가락으로 가슴을 움켜쥐었다. 외투 소매가 팔꿈치까지 미끄러지자 뼈가 앙상한 팔이 드러났다. 그는 우리가 보는 앞에서 점점 쪼그라들어 사람이 아니라 그저 주름투성이 살집과 크고 노란 치아 덩어리로 변해 가고 있었다.

워스롭은 꿈쩍도 하지 않았다. 말도 하지 않았다. 그는 노인이 손수건을 꺼내 이제는 우리도 익숙해진 의식을 반복하는 모습을 잠자코 지켜보았다. 그러나 그의 눈은 혼란스럽게 빛나고 있었고, 주먹은 여전히 힘이 잔뜩 들어간 채 옆구리에 붙어 있었다.

---

* 『이상한 나라의 앨리스』에서 앨리스와 대화를 나누고 뜻 모를 미소와 함께 사라지는 고양이.

그는 스타 박사가 진정될 때까지 기다렸다가 조용히 다가가 그의 찻잔 옆에 금화를 하나 떨어뜨렸다. 눈물 고인 눈동자가 금화를 쳐다보더니 금세 방향을 돌렸다.

"적선은 필요 없소, 워스롭 박사." 늙은 구두쇠가 쉰 목소리로 말했다. "상처에 모욕까지 더할 생각이군."

"그런 의도가 아닙니다, 스타 박사. 이건 대출입니다. 당연히 나중에 내게 갚아야 합니다. 두 번째 조건은 이걸로 의사를 찾아가라는 겁니다."

스타가 잽싸게 시선을 쳐들었다. "내게 유일한 희망이 있다면 전문의를 찾아가는 거요."

두 번째 금화가 떨어졌다.

"보스턴에 있는."

그리고 세 번째 금화. 스타는 뭔가 말을 하려고 입을 열었지만 워스롭이 떨어뜨린 네 번째 금화가 다른 금화에 부딪쳐 부드러운 짤그랑 소리를 내자 거기에 화답하듯 큰 소리로 한숨을 내쉬었다. 스타가 기침을 하자 가슴에서 빈 표주박에 완두콩이 와르르 쏟아지는 듯한 소리가 울렸고, 워스롭은 받침 접시에 다섯 번째 금화를 떨어뜨렸다. 스타가 별안간 자세를 고쳐 앉더니 양손을 옆으로 늘어뜨리고 크고 또렷한 목소리로 외쳤다. "브래튼 부인! 브래애애애애애튼 부인!"

그 즉시 우리를 현관에서 맞은 노파가 부루퉁한 얼굴로 문간에 나타났다. 마치 지금껏 구석에 숨어 스타 박사가 부르기만을 기다리고 있었다는 듯이. 그녀의 등장은 도저히 숨길 수 없는 짙은 표백제 냄새를 동반했다.

"워스롭 박사를 바너 선장에게 모셔다 주시오."

그는 우리와 함께 가지 않았다. 그는 의자에 몸을 묻은 채 남은 차를 홀짝였는데, 찻잔을 든 손은 몇 분 전보다 훨씬 강인해진 것 같았다. 워스롭 박사가 떨어뜨린 금화가 분명 그에게 활기를 심어 준 것이리라.

"네, 박사님. 따라오시우." 노파가 워스롭에게 말했다.

우리가 응접실을 나서려는 순간, 스타가 박사를 불렀다. "아이는 여기 남는 게 좋지 않겠소?"

"이 아이는 제 조수입니다." 내 스승이 퉁명스럽게 말했다. "이 아이의 봉사는 제게 없어서는 안 되는 것이죠." 워스롭은 노파의 뒤를 따라 방을 나갔다. 내게 따라오라는 말도 하지 않았고, 내가 뒤따라오고 있는지 확인하지도 않았다. 당연히 그럴 거라는 걸 알고 있었으니까.

우리는 온통 새까만 차림에 소독제 냄새를 풀풀 풍기는 브래튼 부인의 뒤를 따라 어두침침하고 좁은 계단을 통해 2층으로 올라갔다. 계단을 반쯤 올랐을 때, 박사가 내 귀에 속삭였다. "내가 한 말을 명심해라, 윌 헨리." 위로 오를수록 완전히 인간의 영역도 아니고 그렇다고 환상의 세계라고도 할 수 없는 어스름한 중간 지대에서 들려오는 듯한 섬뜩한 신음 소리와 울부짖음이 조금씩 커졌다. 시끄러운 소음 위로 목구멍 안쪽에서 울리는 음험한 목소리가 가끔 비속어를 섞으며 울분을 터뜨렸다. 어떤 여자는 간절한 어조로 끊임없이 해나라는 사람을 불러 대고 있었다. 어떤 남자는 봇물이 터진 것처럼 미친 듯이 흐느꼈다. 그리고 이 정신 나간 아우성 아래에는, 마치 어지러운 대양의 심연 아래서 빠르게 흐르는 해류처럼 요양원에 들어온 이래 줄곧 내 귀를 자극하던 광란의 웃음소리가 번지고 있었다. 아래층 응접실에서 맡았던 역겨운 냄새도 점차 강해졌고, 이제는 그 악취가 무엇으로 구성되어 있는지도 확연히 구분할 수 있었다. 오랫동안 씻지 않아 더러운 살갗과 묵은 오줌, 그리고 인간의 배설물에서 나는 질식할 것 같은 냄새였다.

2층의 긴 복도에는 양옆으로 육중한 나무문이 줄지어 서 있었는데 각각 열쇠로만 열리는 철제 잠금쇠와 내 주먹만 한 맹꽁이자물쇠가 걸려 있었다. 눈높이에 18센티미터 길이의 구멍이 뚫려 있었는데 평소에는 금속판으로 가려져 있었다. 발밑에서 낡은 마루판이 삐걱거리며 문 너머에 갇힌 이들에게 우리의 존재를 알리자, 발광이라도 하듯 그들의 울부짖음이 세 배로 폭발했다. 어떤 환자가 문에 몸을 던지는 바람에 경첩이 부서질 듯이 진동하기도 했다. 신성모독을 지껄이는 혼잣말쟁이의 방을 지날 때는 그가 엿보기 구멍에 입을 대고 바닷바람에 찌든 뱃사람 못지않게 험한 욕설을 쉴 새 없이 늘어놓았다. 해나를 찾는 발악의 비명이 귓가에서 진동했다. 나는 인간의 고통이 난무하는 이 바벨에서 마음을 기댈 곳을 찾아 박사의 얼굴을 올려다보았다. 그러나 그는 아무 기색도 내비치지 않았다. 그의 얼굴은 온화한 여름날에 공원을 산책하는 사람처럼 평온했다.

하지만 콩닥거리는 가슴을 안고 걸어가는 내게 이 음침한 복도는 1킬로미터는 족히 되는 듯이 느껴졌고, 밝고 상쾌한 공원과는 100만

배쯤 떨어져 있는 것 같았다. 우리가 발을 멈춘 곳은 복도 끝에 있는 마지막 문 앞이었다. 나는 어떻게든 악취를 피해 보려고 입을 살짝 벌리고 얕은 숨을 몰아쉬었다. 우리의 길잡이인 노파가 앞치마에서 커다란 열쇠 꾸러미를 꺼내 한쪽 끝에서부터 하나씩 열쇠를 골라내기 시작했다. 그것은 보통 사람이 생각하는 것보다 훨씬 어렵고 복잡한 절차였다. 그녀는 허리를 깊이 웅크리고는 만져만 보면 맞는 열쇠를 찾을 수 있다는 듯이 갈고리처럼 굽은 손가락으로 열쇠의 홈을 일일이 더듬어 확인했다. 그때 내 등 뒤에 있는 문이 바르르 진동하면서 음산한 목소리가 들려오는 통에 깜짝 놀라 그 자리에서 펄쩍 뛰어오를 뻔했다. "여보시오? 거기 누구요? 누가 있는 거요?" 누군가 문에 코를 바짝 들이대면서 킁킁대는 소리가 들렸다. "거기 있는 거 다 알아. 냄새가 나는걸."

"마지막으로 환자를 확인했을 때에는 잠들어 있었우." 브래튼 부인이 열쇠를 어루만지며 박사에게 말했다.

"그럼 깨우면 되겠군."

"별로 들을 얘기도 없을 거유. 요 몇 주간은 찍 소리도 내지 않았거든."

워스롭은 대답하지 않았다. 마침내 브래튼 부인이 맞는 열쇠를 찾았다. 그녀는 낡은 자물쇠를 열고, 끽끽거리는 소리가 나는 빗장 세 개를 차례대로 푼 다음, 묵직한 문을 어깨로 밀어 열었다.

작고 좁은 방이었다. 해링턴 레인에 있는 내 작은 다락방만 했는데, 가구는 전혀 없고 문에서 두 걸음 안쪽에 허름한 침대 한 대만 놓여 있었다. 침대 옆 바닥에 등불이 세워져 있었는데 연기 자욱한 등유 불꽃만이 그 방을 밝히는 유일한 빛이었다. 등잔불에 드리운 우리의 그림자가 천장까지 뻗고, 회반죽이 벗겨진 벽 반대쪽에는 지저분한 창문이 있었으며, 그 아래 먼지 가득한 창틀에는 파리 시체가 수북이 쌓여 있었다. 그리고 그 위로는 아직 살아 있는 파리들이 시끄럽게 날개를 치며 유리창 위를 기어 다녔다. 눈이 시려 눈물이 나기 시작했다. 표백제 냄새가 너무 지독했기 때문이다. 나는 스타 박사가 왜 우리를 아래층에 잡아 놨는지 알 것 같았다. 우리가 바너 선장을 만나러 가기 전에 브래튼 부인이 서둘러 방을 문질러 닦고 소독할 시간이 필요했던 것이다.

침대에 누워 있는 바너 선장은 여러 장의 담요와 시트에 겹겹이 싸여 머리와 목만 나와 있었고 수많은 시트의 산꼭대기에는 수의처럼 새하얗고 주름 하나 없는 천이 덮여 있었다. 침대는 별로 크지 않은데 그의 몸이 워낙 비대한지라 상대적으로 더 작아 보였다. 나는 선장이 20년 동안이나 정신병원에 수감되어 있던 탓에 껍데기밖에 안 남은 쪼글쪼글하고 연약한 노인일 줄만 알았다. 하지만 거기 누운 사람은 어마어마하게 커다란 몸집에 체중은 180킬로그램이 훌쩍 넘어 보였으며, 그 비대한 체구에 눌려 만들어진 일종의 매트리스 구유 안에 편안히 누워 있었다. 머리도 몸집 못지않게 컸다. 거대한 머리에 비하면 그것이 놓여 있는 베개는 바늘꽂이처럼 보일 정도였다. 눈은 칙칙한 거죽에 묻혀 보이지도 않았다. 불그스름한 주먹코가 바싹 마른 땅에 묻힌 빨간 감자처럼 홀쭉한 양 뺨 사이에 불쑥 솟아 있었다. 입은 이가 다 빠져 컴컴한 동굴 같았는데, 퉁퉁 부은 혀가 잇몸 위에서 쉼 없이 꿈틀대고 있었다.

박사가 침대 옆으로 다가갔다. 노파는 야윈 손으로 불안한 듯 열쇠 꾸러미를 빙글빙글 돌리고 있었다. 열쇠가 짤랑거리며 부딪치는 소리, 고통에 시달리는 괴로운 숨소리, 그리고 파리 떼가 창문에 부딪치며 윙윙대는 소리만이 이 작고 답답한 공간에서 들리는 유일한 소리였다.

"난 안 건드릴 거요." 노파가 말했다. "바너 선장은 누가 몸에 손을 대는 걸 아주 싫어한다우, 안 그래요, 바너 선장?"

그는 대답하지 않았다. 두터운 살집에 묻혀 잘 보이지는 않았지만, 나는 그가 눈을 뜨고 있다는 것을 알 수 있었다. 피부와 마찬가지로 우중충한 혀끝이 튀어나와 입술을 핥았다. 턱과 아랫입술 사이에 손가락 마디만 한 주름진 턱이 침으로 번들거렸다.

워스롭은 한참 동안 묵묵히, 아무 감정도 드러내지 않은 채 그 가엾은 존재를 지그시 응시했다. 그러더니 이윽고 마법의 주문에서 풀려난 것처럼 불쑥 노파에게 몸을 돌리고 말했다.

"그만 나가 보시오."

"안 되우." 그녀가 불퉁하게 말했다. "그건 규칙 위반이라서."

그는 목소리를 조금도 높이지 않고, 그러면서도 노파에게 자신의 말을 이해하지 못했냐고 질책하듯이 다시금 명령했다.

"나가시오."

그의 눈빛에서 뭔가를 감지한 노파는 왠지 모르지만 겁을 집어먹었다. 그녀는 즉시 고개를 돌려 박사의 시선을 피하더니 그녀의 권위를 상징하는 열쇠 꾸러미를 거칠게 흔들며 이렇게 말했다.

"스타 박사님한테 말씀 드릴 거유."

워스롭은 이미 등을 돌리고 침대에 누워 있는 뭍에 올라온 베헤못*을 바라보고 있었다. 열쇠 꾸러미가 짤랑거리는 소리가 복도 끝으로 사라져 갔다. 노파는 문을 열어 두었다. 워스롭이 내게 문을 닫으라고 말했다. 내가 문을 닫고 단단한 나무판에 등을 기대고 서자, 박사가 침대 위로 몸을 수그리고 풍선처럼 부풀어 오른 선장의 얼굴에 들이대고는 크고 또렷한 목소리로 외쳤다.

"헤제키아 바너! 바너 선장!"

바너는 반응하지 않았다. 시선은 천장에 못 박히고 입은 헤벌린 채였다. 혓바닥이 쉴 새 없이 아랫입술을 쓸다 갑자기 잇몸밖에 없는 어두운 목구멍 속으로 후퇴했다. 가슴 깊숙한 곳에서 신음과 콧소리의 중간에 가까운 소리가 새어 나왔다. 그러나 잠시도 가만있지 못하는 혀와는 달리 몸의 다른 부분은 근육 하나 움찔거리지 않았다. 저 거대한 비곗덩어리에 근육이 존재하기나 한다면 말이다.

"바너, 내 말 들립니까?" 박사가 물었다.

그는 이를 악물고 어깨를 잔뜩 긴장시킨 채 대답을 기다렸다. 그의 등 뒤에서 파리들이 유리창에 부딪치며 소란을 피웠다. 방은 숨이 턱턱 막힐 정도로 갑갑했고 소독약 냄새가 진동했다. 나는 최대한 숨을 얕게 쉬며 창문을 열고 신선한 공기를 들이마셔도 박사가 뭐라고 하지 않을지 궁금했다.

이번에는 워스롭도 목소리를 높였다. 그는 선장의 얼굴에 대고 고함을 지르듯이 외쳤다. "내가 누군지 압니까, 바너? 오늘 누가 당신

---

* 구약성서에 나오는 거대한 수륙양서 괴물.

을 찾아왔는지 말해 주던가요?"

침대 위의 뚱보가 미약한 신음 소리를 냈다. 박사가 한숨을 쉬더니 나를 쳐다보았다.

"우리가 너무 늦었나 보구나."

"누구……." 그때 나이 든 선장이 워스롭의 말에 반박이라도 하듯 단어를 뱉었다. "누가 왔다고?"

"워스롭." 괴물학자가 대답했다. "내 이름은 워스롭입니다."

"워스롭!" 선장이 울부짖었다. 그 이름 소리에 묶여 있던 사슬에서 풀려나기라도 한 듯, 그의 눈동자가 끊임없이 꿈틀대는 혓바닥처럼 눈구멍 속에서 데굴거리며 요동쳤지만 박사의 얼굴에 초점을 맞추는 데에는 실패했다. 그의 시선이 워스롭 박사의 뒤틀린 그림자가 춤추는 천장을 정신없이 가로질렀다. 바닥에 놓인 등불이 만들어 낸 워스롭의 그림자는 사악한 영혼처럼 크고 기괴한 형체로 바너의 몸뚱이 위를 맴돌고 있었다.

"이름을 기억하는군요." 박사가 말했다.

노인은 큼지막한 머리를 간신히 까딱였다.

"하느님, 자비를 베푸소서. 그래, 워스롭이라는 이름, 알지." 가래에 걸려 막힌 목소리가 말했다. "이게 다 워스롭 짓이야. 그놈의 자식 대대손손 악마한테나 잡혀가라!"

"저주도 한 가지 방법이죠." 박사는 태연하게 중얼거렸다. "나로서는 다윈의 손을 들어 주고 싶습니다만. 그쪽은 아무래도 증명이 가능하니까 말입니다. 하지만 시간이 흐르면 내가 틀리고 당신이 옳다고 밝혀질지도 모릅니다, 헤제키아 바너. 앨리스테어 워스롭은 내 부친입니다."

그에 대한 대답은 목이 졸린 듯이 쌕쌕거리는 이상한 소리뿐이었다.

"내 아버지는……." 박사가 운을 뗐다. "1863년 후반 또는 1864년 초반에 당신을 고용했을 거요. 서아프리카, 아마 세네감비아나 하(下)기니에 가서 그에게 중대한 의미를 지닌 특수한 화물을 싣고 오라는 지시를 받았겠지요. 맞습니까? 그랬지요?"

"아니야……." 노인이 중얼거렸다.

"아니라고?" 박사가 얼굴을 찌푸리며 말했다.

"세네감비아나 기니가 아니야. 베냉이었지." 바너 선장이 힘겹게 말했다. "베냉 왕국! 하느님을 믿지 않는 거짓 왕의 나라, 저주받은 땅을 다스리는 저주받은 대추장, 오바! 내 맹세컨대 세상 어딜 가도 그보다 더 사악하고 타락하고 혐오스러운 이교도들은 없을 거야!"

"베냉의 오바가 살아 있는 안트로포파기를 포획했다고?" 박사가 반문했다. 선장의 말에 진심으로 깜짝 놀란 듯 보였다.

"그 끔찍한 괴물들을 떼거지로 자기 궁 아래 만든 방에다 키웠지."

"하지만 안트로포파기는 사육이 불가능한 종이오. 키우면 굶어 죽을 겁니다."

"그놈들은 안 그랬소, 워스롭." 늙은 밀수업자가 말했다. "통통하니 살이 올라서 행복해 보였지. 덕분에 고맙소이다! 내 두 눈으로 똑똑히 봤어. 내가 그럴 배짱만 있었더라면 그런 걸 본 이 눈을 죄다 뽑아 버렸을 텐데!"

"놈들에게 먹이를 준 겁니까?" 도저히 믿을 수 없다는 어조였다.

"어떻게?"

"주로 애들이었소. 열두어섯쯤 되는 계집애들. 이제 막 여자로 피어나는 어린 계집애들. 어떤 때는 갓난애를 던져 주기도 했지. 앵앵 울어 젖히는 갓난애들을 다 벗겨서 구멍에 떨어뜨렸어. 사원 중앙에 있는 구덩이가 놈들의 사육실과 기다란 굴로 연결되어 있었거든. 사제들이 구덩이에 애들을 집어던졌지. 난 봤어, 워스롭. 다 봤다고! 10미터 아래로 애를 집어던지면, 애들은 그 심연의 바닥에서 뭐라도 붙잡으려고 손가락을 세우고 벽을 긁지. 하지만 벽은 깎아지른 듯이 매끈거리고, 당연히 아무것도 잡히지 않아. 탈출할 방법이 없다고! 그러다 대사제가 신호를 보내면 거대한 나무문이 들어 올려지고, 놈들이 뛰쳐나오지. 제일 먼저 느껴지는 건 바로 냄새야. 죽음이 부패한 듯한 그 썩은 냄새. 그런 다음엔 놈들이 코를 킁킁거리며 이빨을 따닥따닥 부딪치는 소리가 들리지. 그쯤 되면 그 가엾은 어린애는 미친 듯이 비명을 질러. 제발 자비를 베풀어 달라고 애원하면서 말이야. 자비라니, 워스롭! 그 자식들은 돌처럼 무표정한 얼굴로, 괴물들이 뛰쳐나오는 순간 공포심이 어린 소녀의 마지막 존엄성마저 짓밟는 모습을 지켜봤지. 그 지경에 이르면 애가 어떻게 되는지 아나? 자기도 모르게 오줌을 질질 흘려. 온몸에 힘이 풀려서 조절을 못 하는 거야. 그 어린 것이 자기가 싼 오물 위에 기절하면 놈들이 미친 듯이 그 위로 덤벼드는 거요. 몸집이 큰 놈들은 제물이 쓰러져 있는 굴 입구까지 단번에 10미터를 뛰어오르기도 하고. 그 이교도들은 제아무리 지독한 악당한테도 가혹할 운명을 가엾은 희생양에게 선고하는 거야. 그렇지만 피에 굶주린 자기네들의 신이 그걸 바란다는데 어쩌겠어. 그래서 그들은 인신공양을 하지.

놈들이 가장 좋아하는 건 머리야. 제물에게 달려들면 제일 먼저 머리부터 움켜쥐고 목에서 뽑아내지. 그러면 심장은 아직도 뛰고 있어서 목이 뜯긴 자리로 피가 분수처럼 뿜어 나오고, 공중으로 솟구친 핏줄기에 놈들의 허연 몸뚱이가 붉게 물들어. 놈들은 으르렁거리면서 살점을 한 입이라도 더 뜯어 먹으려고 서로 다투지. 그래, 아이는 이제 고깃덩이에 불과해. 더 이상 인간이라고 부를 수도 없지. 형체도 알아볼 수 없게 찢어진 살점이 구멍 가장자리에 너덜너덜 걸리고, 방금 전까지 어린 소녀였던 피투성이 잔해가 구경꾼들 위로 흩뿌려지지. 워낙 난리법석이라 그 뒤로는 보이지가 않았지만, 그런 천벌 받을 장면을 보고 나니 차라리 그편이 고맙더군. 가장 끔찍한 지옥도 그보다는 나을 거요, 워스롭. 인간이 상상할 수 있는 그 어떤 장면도, 그 어떤 언어로도 그날 내가 본 광경을 설명할 수 없을 거라고!"

(그날의 기억을 되살려 노인이 한 말을 최대한 충실하게 적긴 했지만, 실제로 그가 한 말은 지금 이 글처럼 자연스럽거나 유창하지 않았다. 그는 우리와 대화하는 내내 툴툴거리는 소리와 신음, 그리고 알아듣기 힘든 옹알이를 내뱉었고, 중간중간 숨을 들이쉬거나 가래를 삼키느라 수차례 이야기가 중단되었지만 주로 박사의 추임새에 힘입어 거의 반 시간이나 이어졌다. 때로는 목소리가 너무 작아 박사가 노인의 흙빛 입술에 귀를 들이대야 하기도 했다. 그래서 독자 여러분을 위해 다소의 길고 지루한 부분은 생략하기로 한다.)

"그렇게 생각했지." 한참 후에 바너가 정적을 깨뜨리며 말했다. 방 안에서 들리는 소리라고는 파리 떼의 날갯짓 소리뿐이었다.

"그렇게 생각했다니. 그게 무슨 뜻입니까? 그렇게 생각했다니."

"왕은 놈들을 보내는 걸 싫어했어. 당신이라면 자기가 믿는 신의 몸값으로 얼마를 받겠나?"

"하지만 오바는 놈들을 당신에게 팔았지요. 그랬지요?"

"그래, 그랬지. 하지만 2주일 동안이나 치열한 협상을 벌여야 했어. 워스롭이 원하던 걸 다 얻지도 못했고. 그는 네 마리를 원했지. 성숙한 암수 한 쌍과 그만큼 못돼 처먹은 자식 새끼 두 마리. 그렇지만 우린 세 마리밖에 데려오지 못했어. 두 살짜리 새끼, 젊은 수컷, 그리고 마지막으로……." 그는 눈을 감고 떨리는 숨을 길게 들이마셨다. "그 악마 같은 년. 가장 크고 흉포한 놈이었지. 암놈이면서 무리에서 제일 큰 수컷보다도 더 컸어. 그 수컷만 해도 키가 거의 2.5미터나 됐는데 말이야. 베냉 사람들이 제일 무서워하던 년이었어. 그런데도 하필 우리가 그년을 데려온 거야. 우리가 그걸 데리고 왔어." 벌써 20년이 넘는 세월이 흘렀는데도, 그는 놈을 떠올린 것만으로도 아늑한 침대 속에서 절로 몸서리를 쳤다.

"왜 네 마리가 필요한지 들었습니까? 선친이 말해 주던가요?"

"맙소사, 이보게, 그는 아무 말도 하지 않았어. 나도 묻지 않았고! 난 심지어 그 젠장맞을 나라에 갈 때까지 그 뒈질 것들이 뭔지 몰랐다고. 워스롭이 그 일을 하는 대가로 어마어마한 돈을 주겠다고 약속한 이상, 그 사람이 네 마리를 원하든 마흔 마리를 원하든 난 상관없었단 말이야! 전쟁 때문에 힘든 시기였다고. 난 묻지도 않고 워스롭의 제안을 받아들였지. 두 번 생각하지도 않았어!"

워스롭은 침대에서 몸을 돌리더니 두 달음에 창가로 걸어갔다. 뒷

짐을 진 채 창틀을 구석구석 유심히 뜯어보았다. 그는 죽은 파리 한 마리를, 엄지와 검지로 얇고 섬세한 날개를 집어 조심스레 들어 올리더니 죽은 원인을 꼼꼼하게 탐색하기 시작했다.

침대에 누운 비대한 레비아탄은 그를 쳐다보지 않았다. 그의 시선은 여전히 뭐가 그리 신기한지 울퉁불퉁하고 누르스름한 천장에 고정되어 있었고, 거대한 몸집은 얼룩 한 점 없는 새하얀 시트 아래 시체처럼 미동도 하지 않고 누워 있었다. 얼마나 오래 저러고 있었길래 몸이 마비된 걸까. 나는 궁금했다. 팔다리는커녕 머리도 옴짝달싹하지 못한 채 하루 종일, 몇 달이고 몇 년이고 하릴없이 천장만 바라본다면 저 텅 빈 화폭에 얼마나 끔찍한 지옥의 광경이 펼쳐질까. 우리 빅토리아 시대 사람들의 상식에 구애받음 없이, 그의 잔인무도한 기억 위에 생생한 색감의 상상력까지 덧칠해진다고 생각해보라. 가엾은 사람. 워스롭의 부친이 당신을 버린 것도 무리가 아니로다! 정신이 육체를 배반한 자에게 어떤 구원의 손길을 내밀 수 있단 말인가. 아무리 강인한들, 팔다리는 물론 뼛속까지 얼어붙게 만드는 공포를 이겨 낼 수 있는 지성이라는 게 존재하기는 할까? 당신을 옭아매고 있는 보이지 않는 밧줄은 지하 감옥의 두터운 쇠사슬보다도 더 튼튼하리로다, 헤제키아 바너여!

"그렇게 생각했단 말이죠." 박사가 손에 파리 시체를 든 채 몸을 돌리며 중얼거렸다. "그날 당신이 본 것보다 더한 지옥은 없다고……. 그렇게 생각했단 말이죠."

바너가 웃었다. 건장한 사내의 발밑에서 가을 낙엽이 짓밟혀 바스라지듯이 건조하고 처량한 소리였다.

"미국으로 오는 길에 끔찍한 사고가 일어났군요. 그렇죠?" 괴물학자가 추궁했다.

"그 사람이 경고를 했어." 쌔근거리는 숨소리 사이로 대답이 들려왔다.

"누구? 누가 경고를 했다는 겁니까?"

"오바! 그 악마 같은 노인네가 항해 준비를 하는 아침, 이상하게 눈을 반짝이면서 그 새까만 뺨에 미소를 흘리며 우리더러 여행에 대비했느냐고 묻더군. 놈들이 며칠간 '식량'을 먹지 못하면 '성질'을 부릴 수 있다는 거야. 그러면서 자기 노예 둘을 데려가라고 하더군. 나는 그 구역질 나는 미개인 놈한테 역정을 냈지. 자칭 왕이라고는 하지만 그 자식은 야만인 이교도였으니까. 나는 놈에게 나는 선량한 기독교인이라고 말했어. 하느님과 그분의 심판이 두렵다고!"

"하지만 나중에 후회했겠군요." 워스롭이 말했다.

"걱정할 필요가 없다고 생각했지." 바너가 중얼거렸다. "괴물학자한테서 엄격한 지시 사항을 들었으니까. 우리는 선창(船窓)에 쇠창살을 덧대고 문에도 자물쇠를 두 개씩 채웠어. 소금에 절인 돼지고기도 100킬로그램이나 실었고, 사펠레에서는 워스롭의 지시대로 산 가축을 실었지. 염소 열두 마리에 송아지 다섯 마리, 침팬지 일곱 마리. 워스롭은 다른 걸 먹지 않으면 침팬지를 먹이라고 했지. '놈들이 좋아하는 먹이와 가장 가까운 친척이오.' 가장 가까운 친척! 오, 하느님!"

워스롭이 손가락 사이로 파리 시체를 떨어뜨렸다. 파리가 하늘거리면서 바닥으로 떨어지자, 그는 그 바싹 마른 시체를 장화 끝으로 뭉갰다.

"파리라." 그는 생각에 잠겨 중얼거렸다. "웬 파리지?" 그는 한참 동안 얼룩진 유리창에 달라붙어 소란을 피우는 파리 떼를 지켜보다가 갑자기 바너에게로 관심을 돌렸다. "하지만 놈들이 먹지를 않았군요." 그것은 질문이 아니었다.

"그래. 그랬지. 나머지는 당신도 알 테니 자세한 설명은 생략하지. 왜 이런 오밤중에 찾아와서 이미 다 아는 것들을 물어보는지 모르겠군. 왜 이렇게 다 죽어 가는 불쌍한 노인네를 괴롭히는 거요? 내 고통이 당신한테 즐거움이라도 주나, 워스롭? 하! 당신 아비의 아들이 맞긴 한가 보군! 당신 아비가 나한테 무슨 부탁을 했는지도 알고, 페로니아 호의 선원들이 어떤 운명을 맞이했는지도 알면서, 도대체 무슨 가학적인 목적이 있어서 내 병상을 찾아온 거지? 그 죽음과 공포로 얼룩진 며칠간의 기억을 되살려서, 마침내 내가 죽음의 천사의 품에 안기기 전에 당신 아비가 나한테 낸 칼자국을 다시 벌리고 헤집어 괴롭히려고? 자비를 베푸시오, 워스롭! 부디 자비를!"

박사는 신음과 우는소리로 마무리된 선장의 간절한 애원을 무참히 묵살했다. 그는 눈 하나 깜짝하지 않고 운을 뗐다. "살아 있는 먹이를 던져 줄 때마다 놈들은 단숨에 숨통을 끊었을 거요. 영역 의식이 강한 종족이니까. 그렇지만 먹지는 않았겠지. 며칠도 안 돼 도살장보다 더 지독한 악취가 배 전체에 진동했을 겁니다."

"안 돼……." 바너가 눈을 지그시 감으며 속삭였다. "제발 그만두시오. 이렇게 빌 테니."

"놈들이 탈출한 거군. 녀석들이 헤엄을 칠 수 있다는 기록은 어떤 문헌에도 없어요. 그러니 배 밖으로 도망간 게 아니라 배 안에서 탈출한 거요. 페로니아 호가 스왐프스콧에 난파할 때까지 최소한 두 마리가 살아 있었는데, 짐작컨대 두 마리 다 성체였을 겁니다."

바너가 거친 한숨을 힘겹게 내쉬었다. 자갈길 위로 신발을 끄는 것처럼 긁히는 소리가 났다. 눈이 번쩍 뜨이고 입이 열리더니 혀가 튀어나오고, 목소리가 새어 나왔다. "제일 어린 놈은 잡아먹혔어. 오바의 말에 따르면, 그 암컷이 자기 배로 낳은 자식이었는데. 자기 자식의 사지를 찢어 잡아먹었지. 내 두 눈으로 직접—이 저주받을 눈 같으니!—그 괴물이 자기 자식의 팔딱거리는 심장을 입속에 밀어 넣는 것을 봤어. 먹고 남은 건 짝한테 남겨 줬고."

"암컷이 우두머리였습니까?"

"수컷이 암컷한테 벌벌 떠는 게 보일 정도였지."

"그렇지만 수컷을 공격하지는 않았단 말이죠. 이유가 뭡니까?"

바너는 대답하지 않았다. 그의 눈이 다시 감겼다. 마치 우리가 눈에 보이지만 않는다면 천장에서 어른거리는 허상처럼 금세 망각 속으로 사라질 것처럼. 어찌나 오랫동안 미동도 하지 않는지 나는 덜컥 그가 죽었을지도 모른다는 생각이 들었다.

"왜 당신을 찾아왔냐고 물었습니까?" 워스롭이 옆으로 몸을 돌리며 말을 이었다. "그 암컷이 나를 여기로 보냈습니다, 헤제키아. 왜냐하면 그 암컷도 당신처럼 페로니아 호의 생존자니까. 그리고 놈의 자손들이 새로운 땅에 적응해 번식하고 있지요. 서른 마리가 넘는 놈의 자손들이 이 건물에서 겨우 세 시간 거리에 서식하고 있습니다."

바너가 신음 소리를 냈다. 이제는 너무나도 익숙해져 거의 배경음악처럼 느껴질 정도였다. 파리들이 유리창에 부딪치며 윙윙대는 소리처럼 말이다. 웬 파리지? 그러고 보니 워스롭 박사가 의아해했다. 웬 파리지?

"선친께서는 당신의 처지를 매우 안타깝게 여기셨습니다. 그렇지만 당신이 들여온 화물의 운명에 대해서는 크게 관심을 두지 않으셨죠. 그분은 재능이 많은 분이었지만 무엇보다 먼저 과학자였고, 그러니 안트로포파기가 실종됐다거나 바다에서 굶어 죽었다고 막연히 추측하는 데 만족하지 않으셨을 겁니다. 무언가, 혹은 누군가 더 이상 그 문제를 고민할 필요가 없다고 알려 준 게 틀림없어요. 그리고 그런 일을 할 수 있는 목격자는 단 한 명뿐이죠. 페르니아 호에서 살아남은 유일한 생존자 말입니다. 그래서 그분이 20년이나 지나 당신을 찾아온 겁니까? 그 짐승들이 어떻게 됐는지 추궁하려고?"

이불 아래에서 식은땀에 젖은 바너의 살갗이 등불 빛을 받아 탁한 납빛으로 번들거렸다. 바로 그때, 나는 처음으로 표백제가 아닌 다른 냄새를 맡았다. 코를 톡 쏘는 듯한 희미한 부패의 악취. 침대 아래 쥐라도 죽어 있는 건 아닌가 하는 생각이 들었다. 어쩌면 파리가 이렇게 많은 것도 그 때문인지 몰랐다. 나는 파리 떼 때문에 거의 검게 보이는 창문으로 시선을 보냈다. 웬 파리지?

"페로니아가 침몰한 이유는 두 가지요. 대자연의 변덕과, 인간의 어리석음이지." 괴물학자의 끈덕진 추궁에 마침내 바너가 고집을 누그러뜨렸다.

"항해를 시작한 지 열아흐레째, 배가 무풍지대에 들어갔소. 그 뒤로 여드레 동안 바람이 한 점도 불지 않았지. 바다는 캔자스 들판처럼 고요했고 머리 위에서는 열대의 태양이 이글거렸어. 날이면 날마다, 여드레 동안이나! 마침내 무료함에 지친 선원들이 술을 퍼마시기 시작했지. 그러고는 재미로 놈들을 괴롭히기 시작했어. 먹이로 준 가축들이 얼마나 오래 살아 있을지, 셋 중에 어떤 놈이 먹이의 숨통을 끊을지 내기 같은 것도 하고. 뚜껑문을 열고 창살 사이로 놈들을 놀리기도 하고 물건 같은 걸 던져 놈들이 화를 내는 걸 보고 웃기도 하고. 그럴 때면 커다란 암컷이 8미터나 되는 높이를 도약해 거의 창살까지 닿기도 했지. 선원들은 거기에도 내기를 걸었어. 놈의 발톱이 얼마나 높은 곳까지 닿는지 말이오. 윌슨이라고 1등 항해사가 주동자였는데, 어리석음의 대가를 가장 먼저 치른 것도 그 친구였어."

죽음과도 같은 고요함을 깨고 드디어 바람이 불기 하루 전, 어김없이 덥고 무료하고 럼주에 흠뻑 취한 윌슨과 두 동료가 송아지 한 마리를 죽여 안트로포파기에게 피가 뚝뚝 떨어지는 고깃덩어리를 던져 주기로 결정했다. 술에 취한 윌슨의 논지는 다음과 같았다. 저 괴물들이 우리가 주는 먹이를 먹을 리가 없다. 무슨 고기인지 알 수 있으니까! 자존심 강한 식인종이라면 저런 질 낮은 염소 따위는 당연히 입에 대지도 않을 거다! 하지만 우리가 주는 게 무슨 고기인지 모른다면 사람 고기로 착각하고 받아먹지 않을까? 물론 선장은 그런 일을 허락한 적이 없었다. 바너 선장은 자신이 말라리아에 걸렸을지도 모른다는 생각에 선실에 틀어박혀 있었다. 그가 자리를 비운 사이, 선원들은 갑판에서 단말마를 내지르는 제물을 도살한 다음 뱃전에서 빙빙 돌고 있는 상어들에게 내장을 던져 주었다. 뜻밖의 먹잇감에 우악스럽게 달려들어 배를 채우는 상어의 모습이 실은 앞으로 다가올 피투성이 사건의 서막에 불과하다는 사실을, 앞으로 일어날 끔찍한 일의 전조라는 사실을 꿈에도 모른 채 말이다.

윌슨과 잡역부 스미스가 송아지 옆구리살을 한 덩이 크게 잘라 갈고리에 매달았다. 그러고는 갈고리를 10미터 길이의 밧줄에 묶어 창살 사이로 내려보냈다. 자신이 제안한 실험의 결과를 직접 확인하고 싶었던 윌슨이 창살 위로 배를 깔고 엎드려 밧줄을 풀었다.

때는 땅거미가 내려앉을 무렵, 안트로포파기가 아직 잠에 취해 있을 시간이었다. 녀석들은 짚단을 쌓아 침대처럼 만든 둥지에 몸을 파묻고 자고 있었다. 선장의 설명에 의하면 안트로포파기가 오랜 시간을 들여 조심스럽게 쌓은 다음, 그보다 더 오랜 시간을 들여 깔끔하게 유지하고 있는 둥지였다. 안트로포파기는 야행성으로 낮 동안에는 주로 잠을 자거나 새끼를 돌보거나 같은 무리의 동료들과 유대감을 키우며 시간을 보냈다. 그중에서도 가장 중요하고도 특이한 습성은 손톱 중에서도 가장 길고 날카로운 가운데 손톱으로 다른 동료의 잇새에 낀 인간의 살점을 청소해 주는 것이었다. 그것은 서로에 대한 신뢰와 자제력이 필요한, 아주 섬세하고 어려운 활동이었다. 왜냐하면 동료 안트로포파기가 여러 줄의 이빨이 촘촘히 솟아 있는 목구멍 깊숙이 손을 집어넣어 면도날처럼 날카로운 손톱으로 안쪽 잇몸을 청소하는 동안 다른 한 마리는 꼼짝도 하지 않고 가만히 있어야 하기 때문이다. 만일 놈이 조금이라도 움직이면 예리한 손톱이 잇몸에 상처를 내고, 그러면 본능적으로 입을 다물게 되며, 그 결과 도움을 베풀던 동료의 손이 즉시 잘려 나가게 된다.

윌슨의 눈에는 놈들의 모습이 잘 보이지 않았다. 가장 멀리 떨어진 구석에 있는 둥지에 서로 몸을 맞대고 웅크리고 있었기 때문이다. 창에 덧댄 철창은 아무리 날씨가 좋은 날이라도 빛이 들어오는 것을 차단했고 지금은 해마저 지고 있었다. 괴물들은 짙은 그림자 속에 있는 더 짙은 그림자일 뿐이었고, 짚더미에 둘러싸여 식별하기조차 힘들었다. 저 구석에 둥그스름하게 튀어나온 그림자가 실제 안트로포파기인지 아니면 그저 짚 더미인지도 구분할 수 없었다. 윌슨은 밧줄을 조금씩 흔들며 부드러운 목소리로 저녁식사가 준비되었다고 외치며 꼬드겼다. 놈들이 마지막으로 식사를 한 지도 벌써 3주일이나 지났으니 틀림없이 허기져 있을 터였다. 윌슨의 양쪽에서는 그의 친구인 스미스와 항법사 번스가 허리를 굽히고 어두침침한 방을 내려다보며 웃음을 참지 못해 낄낄거리고 있었다. 그들은 윌슨을 부추겼다. "더 밑으로 내려! 더, 더 내려 봐! 그래야 냄새를 맡지!" 악취가 진동하는 컴컴한 구멍 속으로, 한때 조지아의 면화 농장과 루이지애나의 인디고 농장의 소유물이 될 수천 명의 인간들이 갇혀 있던 교도소를 향해—남북전쟁이 일어나기 전에 페로니아는 불법매매를 전문으로 하는 노예선이었다.—그들은 소리쳤다. 그리고 이제 그 교도소에는 부패하여 고약한 냄새를 풍기는 염소 시체와, 가엾게도 전혀 뜻밖의 결말을 맞이해야 했던 침팬지의 알아보기도 힘든 잔해들, 그리고 아이들이 장난 삼아 파리의 날개를 잡아 뜯듯 가축의 몸뚱이를 맨손으로 잡아 찢을 수 있는 괴물들의 배설물들이 널려 있었다. "자, 이거 봐라, 괴물들아! 일어나서 밥 먹어야지!" 그러나 그들의 외침은 철저하게 무시당했다. 잠든 식인 괴물들이 피 냄새를 맡을 정도로 미끼를 가깝게 접근시킬 수 없자, 윌슨은 창살 사이로 오른팔을 집어넣어 밧줄을 50센티미터쯤 더 아래로 내려보냈다. "여차하면 날 끌어 올려 줘야 해." 그는 동료들에게 당부하고는 기름진 송아지 고기를 흔들었다. 신선한 핏방울이 뚝뚝 떨어지고 있었다. "놈들이 얼마나 빨리……."

윌슨은 말을 마치지 못했다. 그러나 그 자신의 운명은 30초도 되지 않아 끝나 버렸다.

나중에 공포로 반쯤 미쳐 선장의 숙소로 달려 들어온 번스는 급조한 방어벽 뒤에서 멍청한 윌슨과 똑같이 끔찍한 운명을 맞이하기 직전, 그 30초 동안 정확히 무슨 일이 있었는지 말해 주었다.

암컷이 잠자리에서 곧장 바닥을 차고 올랐는지 아니면 다른 곳에 숨어 있었는지는 아무도 알지 못했다. 번스는 보지 못했고, 윌슨과 스미스는 둘 다 죽었기 때문이다. 윌슨은 밧줄을 놓칠까 염려한 나머지 손목에 밧줄을 두 번이나 돌려 감았는데, 때문에 암컷이 미끼를 덮쳤을 때 깜짝 놀라 밧줄을 놓쳤음에도 그 무게 때문에 순식간에 어깨가 창살 아래까지 끌려갔다. 밧줄은 손목에서 풀려 바닥으로 떨어졌지만 윌슨의 어깨는 여전히 창살 사이 좁은 공간에 끼여 있었다. 그는 럼주와 극도의 공포에 찌들어 거칠어진 목소리로 어서 빨리 올려 달라고 소리쳤다. 윌슨은 컴컴한 어둠 속에서 암컷의 모습을 발견했던 걸까? 암컷의 검고 잔인한 눈동자가 스러져 가는 어슴푸레한 저녁놀 속에서 그의 눈을 노려보며 큼지막한 아가리를 벌리고 10미터를 가뿐히 뛰어오른 걸까?

날카로운 손톱이 그의 팔 깊숙이 구멍을 내고는 어마어마한 힘으로 아래쪽으로 잡아끌기 시작했다. 암컷은 반대쪽 갈고리손톱을 휘둘러 창살에 대롱대롱 매달렸다. 윌슨이 팔 한쪽을 내주지 않았다면 불가능했을 동작이었다. 윌슨의 동료들은 암컷 안트로포파기의 무시무시한 으르렁거림과 윌슨의 고통스러운 비명 소리에 소스라치게 놀랐다. 윌슨의 다리가 미친 듯이 버둥거렸다. 어떻게든 암컷의 손아귀에서 벗어나기 위해 있는 힘을 다해 낡은 널빤지를 걷어찼지만 그녀의 강인한 팔은 그를 창살 사이로 더더욱 강하게 옭아맸다. 윌슨의 머리가 갑자기 뒤로 젖혀지더니 거세게 도리질 쳤다. 암컷이 그의 너덜너덜해진 팔을 놔주고는 피범벅이 된 손톱으로 그의 얼굴과 무방비 상태로 노출되어 있던 목을 단숨에 그어 버렸기 때문이다. 손톱 중 하나가 그의 경동맥을 스친 것이 틀림없었다. 번스의 말에 따르면 그 순간 윌슨의 비명 소리가 뚝 멈추더니 꿀렁거리는 소리와 함께 갑자기 피가 분수처럼 솟구치며 그중 대부분이 밑에서 기다리고 있던 괴물의 입안으로 쏟아졌다. 윌슨의 머리가 힘없이 앞으로 고꾸라지더니 쿵 소리를 내며 창살에 부딪쳤다. 다리에 경련이 이는 것을 마지막으로, 윌슨은 그 뒤로 꿈쩍도 하지 않았다.

스미스가 허리에 리볼버를 차고 있다는 사실을 기억해 냈을 즈음에는 너무 늦어 있었다. 그가 권총을 빼내 들었지만, 암컷은 이미 보강한 널빤지를 "성인 남성이 이쑤시개를 부러뜨리듯이" 박살 내며 쇠창살 두 개를 맨손으로 뜯어낸 후였다. 윌슨의 시체를 지탱하고 있던 바로 그 창살이었다. 마침내 그의 팔은 자유로워졌지만 때는 이미 늦었다. 그의 몸뚱이가 구린내가 진동하는 아래층으로 떨어졌다. 그곳에서는 소란 통에 깨어난, 그리고 신선한 피 냄새에 흥분한 암컷의 동료가 그를 기다리고 있었다.

암컷은 창살에 손톱 하나로 매달린 채 다른 쪽 손톱으로 계속해서 나머지 창살을 뜯어내고 있었다. 스미스는 미친 듯이 총을 쏘아댔다. 번스는 놈이 총을 맞았는지 어쩐지는 알 수가 없었다. 왜냐하면 등을 돌리고 정신없이 달아났기 때문이다. 발아래 판자들이 불안하게 요동쳤다. 우레 같은 총소리와 스미스의 비명 소리가 귀가 떠나갈 듯 통로를 가득 메우며 울려 퍼졌다. 번스가 좁은 계단을 한달음에 뛰어올라 후갑판에 이르렀을 때쯤, 총소리가 갑자기 뚝 멎었다. 스미스의 탄약이 바닥났거나 아니면 드디어 암컷이 구멍 위로 몸을 끌어 올려, 스미스도 윌슨처럼 죽은 자의 영역에 들어가게 된지도 몰랐다.

어찌 됐든 간에 페로니아가 난파하여 연방군이 승선했을 때 스미스의 잔해는, 바너의 말을 빌리자면 "자루에나 모아 담아야 했다."

이야기가 여기 이르렀을 즈음, 바너가 입을 다물었다. 얼굴은 핏기가 가셔 백지장처럼 새하얗고 시트에 돌돌 말린 몸은 파들파들 떨고 있었다. 늙고 병든 노인에게 과거의 기억은 위안을 줄 수도 있지만 동시에 도저히 물리칠 수 없는 적이 될 수도 있다. 오랫동안 갈망하던 말년의 평화를 약탈하는 사악한 유령군단처럼 말이다. 그는 워스롭에게 부디 그 잊을 수 없는 사건을 다시 떠올리게 하지 말아 달라고 간청했다. 왜냐하면 몇몇 기억들은, 지금은 나 자신도 너무나도 잘 알고 있듯이, 아무리 긴 세월이 지나도 여전히 생생하게 살아 있기 때문이다.

하지만 바너가 입을 다물자 워스롭도 더 이상 그에게 강요하지 않았다. 어쩌면 그도 알고 있었을지 모른다. 내가 지금 후회하고 있듯이, 기억의 오솔길에 한번 발을 들여놓고 나면 다시는 결코 거기서 되돌아 나오거나 빠져나올 방도가 없다는 사실을 말이다. 그 길은 한번 여행을 시작하면 아무리 힘들고 괴로운들 끝까지 가는 수밖에 없다. 그것은 끔찍한 사고 장면을 저도 모르게 돌아보거나 양심에 거리낌을 느끼면서도 서커스 괴물쇼에 전시된 처량한 구경거리들을 호기심 어린 눈길로 쳐다보게 되는 것과 똑같은 이름 모를 충동이다. 페로니아 호의 최후를 가져온 그 끔찍한 기억은 아직도 선장을 사로잡고 있었다. 기억이 그를 묶고 있었다.

"우리는 짐칸을 비웠소. 물과 식량을 모조리 긁어모은 다음 갑판 아래층을 완전히 폐쇄했지." 마침내 노인이 힘겹게 이야기를 이어 나갔다. "무장을 단단히 하고 교대로 보초를 섰지. 다행히 날씨는 우리 편이었어. 순풍이 불어 준 데다 날도 좋았지. 한동안은 모든 게 순조로웠소. 아무 사건도 일어나지 않았고. 하지만 그건 기분 나쁜 고요함, 가짜 평화에 불과했지. 날마다 해가 지고 나면 밑에서 놈들이 벽을 쾅쾅거리면서 쉴 새 없이 긁어 대는 소리가 들려왔으니까. 우리 발밑에 있는 널빤지 중에 어디가 약한지, 일일이 시험하듯이 긁고 두드리고 찔러 보는 것 같았소. 밤에는 제비뽑기를 해서 보초를 섰지만, 보초를 서지 않는 선원들도 기껏해야 한두 시간밖에 잠을 잘 수가 없었지. 한 시간이 하루보다 길고, 밤은 1년보다 더 길게 느껴졌소. 선원들은 둘로 나뉘어서 격렬하게 다퉜지. 한쪽은 배를 버리고 구명보트를 탄 다음 구조를 기다리자고 주장했소. '배에 불을 붙입시다.' '놈들을 잿더미로 만들어 버리자고!' 그리고 다른 무리는 아예 놈들이 자는 사이에 쳐들어가서 쓸어 버리는 수밖에 없다고 우겼지. '저 자식들이 벽에 구멍을 뚫어 갑판까지 올라오는 건 시간문제요. 그러니 우리에게 유리한 시간과 장소를 골라 먼저 공격하는 게 낫지!' 나는 두 의견을 모두 숙고해 봤소. 그때만 해도 아주 좋았어. 우리 배는 놈들을 잘 버텨 내고 있었고, 페로니아를 버린다는 건 윌슨의 운명을 피하는 대신 일사병과 굶주림을 겪어야 한다는 걸 의미했지. 그래서 우리는 항해를 계속했소."

처음에 선장의 결정은 현명한 것으로 보였다. 화창한 날씨가 강력한 동맹군이 되어 주었기 때문이다. 일주일이 지나고 2주일이 흘렀다. 41일째 되는 날 아침, 북쪽에 버뮤다 군도가 나타났을 때까지만 해도 모든 일이 순조로웠다. 그러나 그날 아침, 동쪽에서 끊임없이 불어오던 순풍이 갑자기 자취를 감췄다. 남쪽 하늘이 석탄처럼 까맣게 변하더니 한 시간 후에는 파도의 높이가 30센티, 1미터, 2미터로 급격히 솟구치고 태양은 쏜살같이 흐르는 구름 뒤로 사라졌다. 페로니아 호는 미친 듯이 요동치는 바다에 꼼짝없이 갇혀 버렸다. 5미터를 훌쩍 넘는 파도가 난간을 후려쳤고, 풍속은 50노트를 기록했다. 선원들은 돛대가 부러질까 봐 황급히 돛을 내렸다. 흠뻑 젖은 덮개 위로 폭우가 쏟아지기 시작했다. 무지막지한 돌풍이 몰아쳤다. 그 후로 몇 시간 동안 선원들은 갑판 위에서 폭풍우를 버텨야 했다.

아래층에서 사람을 먹는 괴물들이 따뜻하고 안락한 시간을 보내는 동안 그들은 대자연의 노여움에 무력하게 노출되어 있었다. 얼마 지나지 않아 새로운 논쟁이 발발했다. 이미 선원 한 명이 파도에 휩쓸려 배 밖으로 떨어진 상태였고, 폭풍우는 점점 더 흉포해져만 갔다. 큰 돛대 위로 번개가 번쩍이며 춤을 췄다. 바람은 비를 수평으로 흩뿌렸고, 한 발짝 뗄 때마다 목숨을 걸어야 했다. 더구나 시간이 길어질수록 기온이 떨어져 저체온증에 걸릴 위험이 있었다. 파수, 불침번, 순찰 따위는 더 이상 중요한 게 아니었다. 해가 떨어지자 페로니아 호의 선원들은 갑판 위에 한 덩어리로 모여 추위에 덜덜 떨었고, 대자연에 대한 공포는 그녀의 허기진 자식들에 대한 공포심을 누르기에 충분했다.

"누가 놈들을 처음 발견했는지는 모르오. 등불이 없었거든. 깜깜한 폭우 속에서 잠깐이나마 뭐가 보이는 때라곤 번개가 칠 때뿐이었지. 그때 누군가 소리쳤어. '뭔가 갑판 위에 있어!' 우리 모두는 숨을 죽인 채 다시 번개가 칠 때까지 기다렸소. 하지만 아무것도 보이지 않았지. 칠흑 같은 그림자와 장대 같은 빗줄기뿐이었어. 그러다 두 번째, 세 번째 번개가 번득였소. 또 다른 누군가가 외쳤지. '저기! 저기 보여? 뒷돛대 옆에!' 선원들은 장총을 들어 올렸지만 나는 총을 겨누지 말라고 명령했소. 그런 폭우 속에서는 아무리 명사수라도 솜씨가 형편없을 테니까. 내 맹세하지만, 나는 갑판 위에서 팔짝거리는 그림자가 갑판 아래에서 배회하고 있을 괴물들이라고는 생각하지 않았소. 그게 난간을 타고 넘어오는 걸 봤다는데, 아무리 놈들이 잘났더라도 어떻게 50노트의 강풍이 부는 가운데 페레니아의

미끌미끌한 바깥 선체를 기어올라 여기까지 왔겠소? 폭풍우에 수면으로 튀어 오른 상어나 돛새치일 거라고 생각했지. 그런 건 불가능하니까."

"아니." 워스롭이 나지막이 끼어들었다. "불가능하지 않습니다." 그는 침대 머리판 옆 벽에 기대서서, 가슴에 팔짱을 끼고 고개는 수그린 채 눈을 감고 그의 이야기를 듣고 있었다. 박사가 공동묘지에서 했던 말이 떠올랐다. 아주 잘 살펴봐야 한다, 윌 헨리. 놈들은 나무타기 명수니까.

"틀림없이 선창을 부순 걸 거요." 바너가 말했다. "그러고는 선측을 타고 기어오른 게지. 하지만 그것도 내 추측일 뿐이야. 난 베냉에서 놈에게 당한 희생자의 해골을 본 적이 있소. 뼈에 초승달 같은 손톱자국이 찍혀 있었지. 놈들의 손톱은 나무늘보만큼 길고 날카로운 데다 텅스텐만큼 단단하다오, 워스롭. 믿기는 힘들지만—그때는 불가능하다고 생각했어!—페로니아 호의 측면을 타고 올라온 게 틀림없어. 그 날카로운 손톱으로 벽을 찍어서 말이야. 왜 수놈이 하필 그런 위험한 때 안전한 둥지를 벗어나려고 했는지는 아직도 모르겠고."

"배가 고파 그랬겠죠. 과연 그래서일지는 의심스럽지만. 아니면 두려워서 그랬을 수도 있습니다. 어쨌든 그런 날씨는 놈들에게도 굉장히 생소했을 테니까……. 아니면 짝인 암컷이 무서워서였을 수도 있죠. 우리와 놈들에게는 공통점이 하나 있습니다. 극도의 스트레스 상태에 이르면 서로를 공격하지요."

"그날 밤에는 아니었소, 워스롭." 바너가 신음했다. "놈은 그저 사낭하기 쉬운 희생양을 고른 것뿐이야. 굶주림 때문이었든 두려움 때문이었든, 놈은 번개보다 빨리 우리를 덮쳤소. 12미터가 넘는 높이를 도약해서 우리들 한가운데 착지했지. 그다음부터는 지옥이었소. 놀란 선원들의 비명과 고함, 우리를 습격한 괴물의 포효와 으르렁거림, 사방에서 장총과 권총이 발사되는 소리, 폭풍우의 울부짖음과 파도가 철썩대는 소리, 천둥……. 그런데 그 정신없는 와중에 어느샌가 누가 나를 계단 아래로 밀치더니 선실로 끌고 가더군."

그것은 항법사인 번스였다. 최초의 공격에서 홀로 살아남은 인물. 그는 선장을 황급히 선장실로 끌고 가 문을 잠갔다. 갑판 위에서는 전투가 한창이었다. 열병에서 완전히 회복하지 못해 아직 허약했던 선장은 힘없이 바닥으로 쓰러졌고, 번스는 벽에서 튼튼한 옷장을 뜯어 문을 막았다. 그러고는 재빨리 선장 옆으로 돌아왔다. 만일 그가 선장으로부터 냉정한 판단력으로 신속한 조처를 취했다며 칭찬을 들을 요량이었다면 그런 헛된 기대에서 깨어나는 데에는 별로 시간이 걸리지 않았다. 바너 선장은 욕설을 퍼부으며 그를 원망했다. 억지로 끌려오는 와중에 권총을 잃어버렸기 때문이었다. 게다가 그들은 이제 쥐새끼처럼 선실에 갇혀 있었다. 갑판 위에 있는 다른 불쌍한 쥐새끼들보다는 그나마 나은 처지였지만 꼼짝없이 갇힌 신세라는 데에는 변함이 없었다. 번스는 묵묵히 선장의 비난과 질책을 견뎌 냈고, 상관을 침대 옆으로 끌고 가서는 그 자리에서 꼼짝도 하지 말라고 경고했다. 그 자리에서는 문을 정면으로 겨눌 수 있었고, 누가 침대 뒤에 있는 창을 통해 방을 엿본다 해도 들키지 않을 터였다.

“내 옷장!” 머리 위 갑판에서 들려오는 온갖 소란법석을 뚫고 선장이 고함을 질렀다. “빨리, 번스!”

번스는 등을 웅크린 채—몸을 똑바로 세우면 창 너머에 있는 누군가의 눈에 띌지 몰라 두려운 듯이—허둥지둥 옷장으로 향했고 그 안에서 코끼리용 대형 사냥총과 탄약을 발견했다. 바너는 재빨리 그것을 받아 들고는 총알을 장전하며 씁쓸하게 웃었다.

“아샨티 왕의 선물이지. 한 번도 사용해 본 적이 없는데. 부디 오늘 밤 이걸 쓸 일이 없길 바라자고, 번스!”

두 사람은 침대 발치에 나란히 앉아 기다렸다. 창밖으로 번개가 번득이자 길고 또렷한 그림자가 바닥을 가로질렀다. 폭풍우에 시달리는 바다 위에서 배는 속수무책으로 요동쳤고, 그사이에 머리 위 총소리는 점차 잦아들었다. 이제는 간혹 한두 방만 들릴 뿐이었다. 선원들의 울부짖음도 한꺼번에 뚝 그쳤다. 남은 소리라고는 부서지는 파도와 귀가 찢어지는 듯한 천둥소리, 그리고 구슬픈 바람 소리뿐이었다. 두 사람은 인기척을 더듬으며 두 귀를 쫑긋 세웠다. 모두들 저 끔찍한 학살극을 피해 도망치는 데 성공한 걸까? 갑판 아래로 흩어져 몸을 숨긴 걸까? 몇 명이나 살아남았을까? 아니면 설마 전멸한 걸까? 괴물은 어떻게 됐지? 죽었거나 아니면 적어도 큰 부상을 입었을 텐데. 아무리 크고 날랜 짐승이라도 저렇게 좁은 공간에서 무장한 선원을 스무 명이나 상대하고도 무사할 리가 없었다. 그렇지? 두 사람은 하얗게 번득이는 번갯불과 그 반려인 천둥이 세상을 뒤흔들며 쉼 없이 폭격을 퍼붓는 동안 숨을 죽인 채 초조하게 이런 대화를 주고받았다. 이는 덜덜거리고 피부는 땀에 푹 젖었으며 손가락은 신경질적으로 방아쇠를 만지작거렸다. 머릿속은 앞으로 무슨 일이 벌어질지에 대한 상상으로 가득했지만, 막상 뭘 어떻게 해야 할지는 전혀 알 수 없었다. 아무 일 없이 시간이 흐른다는 것은 곧 승리의 징후였다. 시곗바늘이 째깍거리는 매 순간이 승리의 순간이었다.

그렇지만 초침은 늘어지고 분침은 기어갔다. 마침내 두 사람은 해답 없는 질문에 지쳐 입을 다물었다. 침묵이 이어졌다. 이윽고 바너가 낮고 진지한 목소리로 번스에게 총알이 얼마나 있느냐고 물었다.

"위에서 두 발 쐈습니다." 항법사가 대답했다. "그러니 약실에 네 발이 남아 있을 겁니다."

"두 발은 끝까지 남겨 두게."

"두 발요?"

"총을 쏠 일이 생기면 두 발만 쏘고 마지막 두 발은 남겨 두라고. 한 발은 자네를 위해, 그리고 나머지 한 발을 날 위해서 말이네, 번스. 그게 좋을 걸세. 난 윌슨처럼 되고 싶지 않거든."

번스는 침을 꼴깍 삼켰다. 그가 대답하기까지는 시간이 좀 걸렸다. 어쩌면 그는 머릿속으로 신앙이나 이성에 호소한다든지 어떻게든 반박거리를 찾고 있었을지도 모르지만 실패한 게 틀림없었다. 한참 후에 이렇게 대답했기 때문이다. "네, 선장님."

"번스, 자네 기도 같은 거 하나?" 선장이 물었다.

"저 기독교인인데요."

바너는 킬킬거리며 무릎에 놓인 총을 움직였다. 코끼리 총의 엄청난 무게 때문에 다리가 저려 오고 있었다.

"나도 그래. 그렇지만 그 둘이 항상 일치하는 건 아니지. 그러니까, 자네 기도 같은 거 하나, 번스?"

"젊었을 땐 안 했습니다." 번스가 털어놓았다. "지금은 좀 하는 편이고요."

"잘 됐군." 선장이 말했다. "기도를 해 주게, 번스. 자네 선장을 위해 기도해 줘."

번스는 착실하게 고개를 숙이고 주기도문을 외기 시작했다. 천천히, 그리고 진심을 담아. 기도가 끝났을 때 두 사람은 깊은 감동을 받았고 바너는 「시편」 23편을 아느냐고 물었다.

"내가 제일 좋아하는 장일세." 바너가 말했다. "'내가 사망의 음침한 골짜기로 다닐지라도…….' 이 대목 아나, 번스? 날 위에 낭송해 주게."

번스도 「시편」 23편을 알고 있었다. 바너는 눈을 감고 그의 낭송을 들었다. "여호와는 나의 목자시니 내게 부족함이 없으리로다……." 왠지 마음이 평온해졌다. 그 문구는 어린 시절을 연상케 했다. 어머니의 얼굴, 설교 도중 손을 잡아 주던 어머니의 손길, 화창한 일요일 오후 마차를 타고 집으로 돌아오던 길, 가족들끼리 모여 앉아 밤늦게까지 이어지던 근사한 저녁 식사. "내 영혼을 소생시키시고……." 안온한 어린 시절은 왜 그렇게 쏜살같이 지나가는 걸까! 미래란 그토록 멀리 떨어져 있는 보이다가도 막상 때가 되면 독수리의 날개에 실린 듯 어떻게 그리도 신속하게 날아오는지 모를 일이었다! 교회 가족석에서 어머니 옆에 앉아 속눈썹을 깜박이던 통통한 작은 소년이 벌써 나이 먹은 중년 사내가 되어 어둠 속에 숨어 있었다……. "내 원수의 목전에서 내게 상을 차려 주시고……."

"훌륭해, 번스." 그는 중얼거렸다. "아주 멋지군."

"감사합니다, 선장님." 번스가 말했다. "저도 좀 낫네요."

번스의 다리가 경련하듯이 파득거렸다. 그의 머리가 갑자기 뒤로 젖혀지더니 쾅음을 내며 침대 발판에 충돌했다. 눈동자가 위로 말려 올라가고, 입에서 분출한 핏줄기가 셔츠 앞판 위로, 움찔거리는 다리 사이로 쏟아졌다. 그의 배가 마치 공기가 채워지는 풍선처럼 부풀어 오르기 시작했다. 셔츠 단추가 공중으로 튕겨져 나갔다. 그리고 다음 순간, 성인 남성의 두 배만 한 손이 피에 젖은 천을 뚫고 튀어나왔다. 푸르스름한 피부는 선홍빛으로 물들었고 길고 휘어진 갈고리손톱에는 창자 조각이 매달려 있었다. 그 뒤를 따라 근육질의 거대한 팔뚝이 나타나더니 직각으로 방향을 바꿔 큼지막한 손톱으로 번스의 머리통을 움켜쥐었다. 괴물은 구역질이 날 것 같은 파열음을 내며 번스의 머리를 목에서 잡아 뽑더니 아직도 헐떡이고 있는 그의 배 속으로 확 잡아당겼다.

바너는 비명을 지르며 엉거주춤 뒤로 물러났다. 다리를 펴서 일어날 틈도 없이 친구의 머리 없는 시체를 향해 커다란 총을 무작정 휘둘렀다. 온몸은 와들와들 떨리고 총이 무거워 팔에는 경련이 일었지만 요동치는 배 안에서 어떻게든 균형을 잡으려고 애썼다. 바너는 숨을 가다듬으며 팔딱거리는 심장을 달래려 했다. 빛이 암흑과 싸우고 있었다. 번개가 번쩍일 때마다 어둠이 잽싸게 반격했다.

하지만 침대 밑에 숨은 괴물은 인내심이 강했다. 암컷은 전투의 승리를 위해 어둠이 다시 오길 잠자코 기다렸다. 그녀는 사냥감이 가장 약할 때, 사냥감의 가장 중요한 감각이 사라진 순간을 노려 공격을 감행할 것이다. 수백만 년의 진화는 바로 이 순간을 위한 것이었다. 그녀는 대자연이 낳은 가장 솜씨 좋은 사냥꾼이었고, 고작 만 년 전에 등장해 그녀의 동족을 몰아내고 만물의 영장 자리를 차지한 먹잇감들과는 차원이 달랐다. 아프리카 해안가와 대초원이라는 오랜 고향에서 쫓겨나 토착 부족들에게 죽거나 의식용으로 사로잡히는 것을 피할 수 있었던 안트로포파기들은 땅 밑이나 콩고의 방대한 열대림, 또는 기니의 해안가로 숨어들었고 지난 세월 동안 점점 그 수가 줄어들었다. 그럼에도 인류의 성장은 그녀에게 커다란 도움이 되었다. 단순히 먹이가 풍부하다는 이유에서가 아니었다. 안트로포파기는 멸종의 위기에서 생존하기 위해 점점 더 크고, 빠르고, 강인하게 진화했다. 이집트 사막에 최초의 피라미드가 세워졌을 때, 수컷 안트로포파기의 평균 어깨 높이는 180센티미터 정도에 불과했다. 그러나 5000년의 진화 과정을 거치면서 이제 그들의 키는 2미터를 훌쩍 넘겼고, 손톱과 팔다리는 더욱 길고 굳세졌다. 인간이 그들을 어두운 밤 속으로, 아카시아 나무 그늘에서 서늘한 밀림 속으로, 또는 킨샤사와 아틀라스 산맥의 축축한 동굴 속으로 내몰면서 그들의 시력은 인간보다 세 배나 우월하게 발달했다. 대자연은 괴물이 침대 아래 숨게 설계했지만, 인간의 번성은 그녀를 완전하게 만들었다.

바너에게는 단 한 번의 기회밖에 없었다. 눈앞의 충격적인 장면에 허둥대다가 탄약 상자를 잃어버렸기 때문이다. 겨냥이 빗나가기라도 하면 눈 깜짝할 사이에 암컷의 희생양이 되고 말 것이다. 구멍 속에 알몸으로 떨어진 소녀, 그녀의 머리 없는 시체가 그녀 자신의 배설물과 진창 속에서 뒹굴던 모습이 머릿속을 스치고 지나갔다.

그리고 그때, 그 기억이 질문이라도 되는 듯이 암컷이 대답을 내놓았다. 괴물이 침대 밑에서 뛰쳐나온 것이다.

침대 발판이 두 쪽으로 쩍 갈라지면서, 암컷이 숨어 있던 곳에서 번개처럼 튀어나왔다. 나무가 쪼개지는 우렁찬 소리 덕분에 바너는 순간 정신을 차렸다. 그는 방아쇠를 당겼다. 총알은 빗나갔다. 뭔가가 그의 발을 광포하게 잡아당겼다. 암컷의 손톱이 그의 장화 뒤축에 박혀 있었다. 그녀가 발목을 배에 난 입으로 가져가려는 순간, 바너는 그녀의 둥근 어깨를 총신으로 후려갈겼다. 반대쪽 장화 앞부리를 암컷의 손에 잡힌 뒤꿈치에 가져다 댄 다음 있는 힘껏 발길질을 날렸다. 놈의 손아귀에서 발을 빼내는 데에는 성공했지만 그는 책상 위로 나동그라졌다. 바너는 삐거덕대는 나무판 위에서 허우적거렸다.

몇 년 전 그는 보르네오에서 내로라하는 한 말레이시아인 대장장이로부터 크리스 단검을 산 적이 있었다. 물결 모양의 날이 선 단검으로, 편지를 열거나 손에 잡히는 게 없을 때 이를 쑤시는 데 쓰곤 했다. 바로 그때 신의 섭리가 그에게 미소 지었다. 갑자기 눈앞이 환해지더니 번개의 눈부신 섬광이 책상 위에 놓여 있는 단검의 칼날에 반사돼 번쩍였던 것이다. 바너는 크리스를 움켜쥐고는 몸을 돌려 어둠 속에서 무작정 단검을 휘둘렀다.

"그게 뭔지는 모르오." 23년 후, 침대에 누운 노인이 거친 숨소리를 내며 말했다. "우연이었는지 운명이었는지, 운이 좋았는지 아니면 수호천사가 내 손을 인도했는지. 아무렇게나 휘두른 칼날이 그 염병할 괴물의 눈깔에 명중했지. 그래, 보지도 않고 휘두른 검이 그년 눈을 멀게 한 거요. 놈이 파도보다도, 천둥소리보다도 더 크고 우렁차게 괴로운 비명을 내지르더니 겁을 먹고 휘청거리며 뒤로 물러났소. 그러고는 부서진 침대 파편 위로 무거운 게 떨어지는 소리가 나더군. 가엾은 번스의 몸에 걸려 넘어졌나 했지. 어쨌든 정확히는 모르오. 그때쯤 나는 벌써 밖으로 도망쳤으니까."

우연인지 운명인지 알 수 없는 그것이 그에게 기회를 가져다주었다. 그는 공포심과 공포가 낳은 고마운 소산인 아드레날린 덕분에 그 기회를 붙잡을 힘을 끌어모을 수 있었다. 그는 젖 먹던 힘을 다해 문을 가로막고 있던 옷장을 옆으로 밀고 선실 문을 열어젖힌 다음, 억수같이 내리는 빗줄기 속으로 돌진했다.

"좌우를 살펴보지도 않았지. 파도에 휩쓸리거나 벼락을 맞을지도 모른다는 생각도 하지 않았소. 나는 구명보트로 직행했지."

하지만 페로니아 호와 구명보트를 연결하고 있던 밧줄은 끊임없이 몰아치는 바람과 폭우 때문에 막막할 정도로 엉키고 꼬여 있었다. 바너는 구명보트 바닥에 고인 얼음장 같은 물속에 쭈그리고 앉아 억센 비에 두들겨 맞으며, 잘 움직이지도 않는 손가락으로 매듭진 밧줄을 잡아당겨 풀기 시작했다.

그때까지도 고개를 숙인 채 눈을 감고 있던 워스롭이 부드럽게 말했다. "단검."

"그래, 워스롭! 나한테는 단검이 있었지. 심지어 그때 나는 입에 칼날을 문 채로 매듭을 풀고 있었어. 하도 이가 덜덜거려서 그러다

이가 다 빠져 버릴지도 모른다는 생각이 들었거든! 나는 하도 기가 막혀서, 이렇게 운이 좋을 수가 있나 미친 듯이 낄낄거리면서 밧줄을 자르고 바다로 나갔소."

한동안 아무도 입을 열지 않았다. 워스롭은 벽에 기대서 있었고, 바너는 우리가 도착한 이래 줄곧 시체처럼 누워 있던 자리에서 꼼짝도 않은 채 자줏빛 입술 새로 혀를 빠끔히 내밀고 시선은 천장을 방황하고 있었다. 나는 계속 문간에 서 있었다. 그렇게 서 있은 지 몇 시간은 흐른 것 같은 기분이었다. 만일 내가 엘리자 번튼이 놈의 품에 낯 뜨겁게 안겨 있던 모습을 보지 않았더라면, 에라스무스의 죽음을 눈앞에서 목격하지 않았더라면, 나 역시 바너의 이야기를 상상력의 산물, 치매에 시달리는 늙은 뱃사람의 환영일 따름이라고 치부했을 것이다. 인어나, 아니면 배와 선원들을 통째로 삼켜 버렸다는 전설의 괴물 레비아탄 같은 설화에 불과하다고 말이다. 이보다 더 잔인하고 아이러니한 일이 또 어디 있을까! 그런 끔찍한 일을 겪고 가까스로 구조된 후에도 사람들은 그가 사실을 말했다는 이유로 그를 정신병원에 가둬 놓았다. 왜냐하면 오직 미친 자만이 아이들이라면 모두 알고 있는 것이 진실임을 알고 있기 때문이다. 침대 아래에는 괴물이 있다.

"정말 운이 좋았군요." 마침내 박사가 정적을 깨고 말했다. "배에서 무사히 탈출했을 뿐만 아니라 구조될 때까지 살아 있었으니 말입니다."

"하지만 모든 걸, 선원들까지 모두 잃었지." 바너가 말했다. "그리고 이 끔찍한 곳에 23년 동안이나 갇혀 있었고. 최근 5년 동안은 침대 밖으로 나가지도 못했소. 삶의 동반자라곤 머릿속에 남은 이 기억과 열쇠를 짤랑거리는 못돼 처먹은 할망구뿐이지. 그런데도 나더러 운이 좋다고? 삶이라는 게 하나의 거대한 질문이라면 나는 내 대답이 뭔지 알아. 거기서 달아날 길은 없어. 운명을 속일 방법도 없지. 나는 선장이었소, 워스롭. 페로니아 호는 내 것이었고 나도 페로니아의 것이었지. 그렇지만 나는 내 배를 배신했소. 내 배를 배신하고 버렸지. 하지만 운명은 배신할 수도 없고, 버릴 수도 없어. 그저 뒤로 미루는 게 다지. 내 운명은 그년한테 먹히는 거였소. 나는 23년 전에 패를 접었는데 판돈은 계속 올랐고 이제 나는 그 값을 치르는 거요."

워스롭의 몸이 굳어졌다. 그는 선장의 퉁퉁 부은 얼굴과 초조하게 데굴거리는 축축한 눈동자, 그리고 꿈틀거리는 혀를 물끄러미 바라보았다. 그러더니 바닥에서 등불을 집어 들고 내게 손짓했다.

"이걸 들고 있어라, 윌 헨리." 박사가 말했다. "더 높이. 그리고 뒤로 물러서 있어라."

박사가 두 손으로 담요를 쥐었다. 바너는 눈동자가 흔들리더니 속삭였다. "안 돼." 하지만 움직이지는 않았다. 워스롭이 침대 커버를 벗겨 낸 순간, 나는 나도 모르게 헉 소리를 내며 뒷걸음질 쳤다.

헤제키아 바너는 어머니의 배 속에서 처음 이 세상에 나왔을 때처럼 완전한 알몸으로 누워 있었다. 지방이 흐물거리는 커다란 몸뚱이는 얼굴과 똑같이 창백한 잿빛이었고, 몸 여기저기에는 거즈가 더덕더덕 서툴게 붙어 있었다. 그는 내가 이제껏 살면서 본 것 중 가장 뚱뚱한 인간이었다. 그렇지만 내가 놀란 숨을 들이쉬며 뒷걸음질을 한 것은 그런 이유 때문이 아니었다. 바로 냄새 때문이었다. 한참 전부터 희미하게 느껴졌던 썩는 냄새가, 침대 밑에 쥐 시체라도 있나 의심하게 만들었던 바로 그 냄새가 갑자기 한꺼번에 열 배로 증폭되어 몰려왔다. 나는 박사의 얼굴을 올려다보았다. 그는 무서운 표정을 짓고 있었다.

"여기를 비춰 봐라, 윌 헨리. 내가 보는 동안 계속 그렇게 들고 있으렴."

나는 그의 말대로 했다. 입으로 숨을 쉬는데도 강력한 냄새에 수반되는, 예의 혀를 톡 쏘는 듯한 신맛이 느껴졌다. 내가 위에서 등불을 비추는 동안 박사는 몸을 앞으로 기울여 선장의 몸에 붙은 거즈 하나를 조심스러운 손길로 떼어 내기 시작했다. 바너는 신음 소리를 냈지만 막상 근육은 전혀 움찔거리지 않았다.

"하지 마. 손대지 말라고!"

워스롭은 선장의 애원에도 아랑곳하지 않았다. "보자마자 알아차렸어야 했는데. 저걸 설명할 길은 하나뿐이었으니까 말이다."

나는 고개를 끄덕였다. 한 손으로는 박사를 위해 등불을 쳐들고 있었고, 다른 한 손으로는 코와 입을 꼭 막은 채였다. 고개는 끄덕였지만 무슨 소리인지 알 수가 없었다. 저거라니? 워스롭이 거즈를 떼자 바너의 피부가 달라붙어서 주욱 늘어났다. 붕대는 그의 몸을 덮고 있는 다른 모든 것들과 마찬가지로 그의 잿빛 피부에 비하면 눈부실 정도로 하얗게 보였다. 거즈는 새것이었다. 스타 박사가 우리를 응접실에 잡아 두고 있는 사이 브래튼 부인은 굉장히 부지

런히 일했던 모양이었다. 방을 표백제로 문질러 닦고, 바너의 더러운 옷을 벗기고 거즈를 붙이고, 깨끗한 이부자리로 그를 꽁꽁 감싸고……. 그게 다 무엇을 감추기 위해서였을까? 욕창은 아니다. 바너와 같은 체구의 환자가 하루 종일 침대에 누워 있노라면 욕창이 생기는 건 당연한 일이니까. 그 대답은 우리 뒤에 있는 창가에서 쉴 새 없이 윙윙거리고 있는 파리 떼에 있었다.

웬 파리지?

"내 몸에 손대지 마!" 침대에 누워 있는 곤충의 먹잇감이 말했다.

바너의 몸에 붙은 거즈는 주로 그의 오른쪽 옆구리에 집중되어 있었다. 워스롭이 거즈를 떼어 낸 자리에는 파이 접시 크기의 상처가 있었다. 모양은 둥그스름하고, 들쭉날쭉한 가장자리는 염증 때문에 곪아 있었으며 갈비뼈가 보일 정도로 깊은 구멍이 파여 있었다. 깜박이는 등불 아래, 먹구름처럼 짙은 회색빛의 무언가가 번들거렸다. 상처 구멍에서 새어 나온 피고름이 뱃살 주름을 타고 곰팡이가 가득한 침대 시트 쪽으로 흘러갔다. 브래튼 부인은 시트를 벗겨 낼 시간까지는 없었던 것 같았다. 바너가 너무 뚱뚱했기 때문이다.

워스롭이 구시렁거리며 얼굴을 상처에 바짝 가져다 대더니 곪아서 헌 상처 속을 지그시 들여다보았다.

"아니야." 그가 고개를 가로저으며 말했다. "여기도 아니고……. 아하! 그래, 솜씨 좋은 브래튼 부인이 몇 군데를 놓쳤군. 보이느냐, 윌 헨리? 자세히 들여다봐라. 저기, 두 번째 늑골 아래, 보이니?"

나는 그의 손가락을 따라 시선을 옮겼다. 바너의 피폐한 몸뚱이가 만들어 낸 오물 속에서 놈들이 꾸무럭거리고 있었다. 감염된 살덩이 속에서 구더기 세 마리가 구불구불 발레를 췄다. 매끄러운 검은 머리가 구슬처럼 반짝거렸다.

"손…… 대지…… 마……."

"인간은 매우 근시안적인 생물이란다, 윌 헨리." 박사가 속삭였다. "우리의 악몽은 잘못된 육식동물로 채워져 있지. 이 점을 기억하렴. 하찮은 구더기가 실은 사자와 호랑이, 늑대를 모두 합친 것보다도 더 많은 고기를 먹는단다. 응? 저건 뭐지?"

박사는 나를 지나 침대 발치로 향했다. 나는 바너 선장이 완전히 발가벗었다고 생각했지만 그건 착각이었다. 그는 알몸이 아니었다. 그는 장화를 신고 있었다. 가죽은 말라서 갈라졌고 신발 끈은 거의 삭아 있었다. 박사는 오른쪽 장화 위로 부어올라 있는 불그스레한 피부에 조심스레 손가락을 가져다 댔다. 바너가 갑자기 고통스러운 울음소리를 냈다. 워스롭이 장화 뒤축과 매트리스 사이로 손을 넣자, 선장은 그 즉시 몸을 빳빳하게 경직시키며 울부짖었다.

"신이여 자비를, 당신에게 자비로운 마음이 있다면, 워스롭……!"

"발이 부은 데다 심하게 감염됐군. 왼쪽도 마찬가지겠지." 괴물학자가 선장의 말을 무시하며 중얼거렸다. "등불을 더 가까이 대라, 윌 헨리. 거기, 그렇지, 침대 발치에 서 있어. 칼이 있으면 잘라 냈을 텐데."

"신발은 안 돼! 신발만은 안 돼!"

워스롭은 두 손으로 썩은 신발을 붙들고 힘껏 잡아당겼다. 23년 전에 그의 목숨을 구한 바로 그 장화일까? 설마 그동안에 계속 저걸 신고 있었던 건 아니겠지? 미신 때문에 벗는 걸 거부했던 걸까? 장화를 붙잡고 용을 쓰는 박사의 목덜미에 힘줄이 섰다. 바너는 고통을 참지 못하고 흐느끼기 시작했다. 그는 욕을 퍼부었다. 신성모독적이고 저속한 욕설이 구슬픈 흐느낌에 뒤섞여 흘러나왔다.

마침내 장화가 선장의 발에서 벗겨졌다. 욕지기가 절로 나는 살 썩는 냄새가 온 방 안을 파도처럼 덮쳤다. 부츠가 벗겨지며 그 안에 갇혀 있던 피부가 드러나자 그동안 한 덩어리로 굳어 있었던, 마치 탁한 연못 바닥에 가라앉은 조류처럼 걸쭉하고 끈적거리는 고름 덩어리가 침대 시트 위로 꿀렁거리며 흘러내렸다.

워스롭이 질겁하며 뒤로 물러났다. "천벌 받아 마땅한 놈들." 그는 낮고 섬뜩한 목소리로 중얼거렸다.

"다시 신겨 줘!" 선장이 울부짖었다. "아파! 아프다고!"

"이미 늦었습니다." 워스롭이 말했다.

그는 눈물 자국이 난 내 얼굴을 보고는 속삭였다. "뼛속까지 감염됐다. 몇 시간도 못 버틸 거다. 하루도 안 될 수 있고."

박사는 망가진 신발을 바닥에 내려놓고 바너에게로 몸을 돌렸다. 그러고는 신기할 정도로 다정한 손길로 가엾은 노인의 이마를 쓰다듬으며 그의 눈을 들여다보았다.

"헤제키아, 헤제키아. 상태가 아주 나빠요. 최선을 다해 보겠지만 이건……."

"소원이 하나 있소." 바너가 속삭였다.

"말해 보십시오. 할 수 있는 건 다 하겠습니다."

순간의 찰나, 초인적인 의지가 비인간적인 환경을 극복했다. 노인이 베개에서 머리를 아주 약간 치켜세우더니 속삭였다. "죽여 주시오."

박사는 대답하지 않았다. 열에 달뜬 선장의 이마를 묵묵히 어루만질 뿐이었다. 그러더니 천천히 고개를 살짝 끄덕였다. 박사가 내게 말했다.

"윌 헨리, 너는 나가서 기다려라."

"나…… 나가서요?" 내가 더듬거리며 물었다.

"노파가 올라오거들랑 문을 두 번 두드리렴."

박사는 내가 여느 때처럼 그의 지시에 따르리라 확신하며 다시 죽어 가는 노인에게로 시선을 돌렸다. 한 손으로 바너의 머리를 받치고 다른 한 손으로 그 아래 있는 베개를 빼냈다. 그는 나를 쳐다보지도 않은 채 꽉 잠긴 목소리로 말했다. "시키는 대로 하렴, 윌 헨리."

나는 바닥에 등불을 내려놓았다. 침대 위로 드리운 어둠이 박사와 그가 받치고 있는 노인의 얼굴을 삼켰다. 은밀하고 어두운 일을 덮는 검은 장막. 나는 그 침울한 장면을 뒤로하고 방을 떠났다. 복도에 나가서 문을 닫고는 바다에 빠졌다가 거칠고 잔혹한 파도의 품에서 가까스로 벗어난 사람처럼 가슴 깊숙이 숨을 들이마셨다. 나는 바너와 그 이웃 방 사이의 벽에 등을 기대고 스르르 바닥으로 미끄러져서는 두 팔로 다리를 감싸 안고 눈물에 젖어 축축한 얼굴을 무릎 사이에 파묻었다. 옆방 문 뒤에서 뭔가를 긁는 소리가 나더니 전에도 들었던 거칠고 쉰 목소리가 말했다. "안녕, 꼬마야? 날 보러 온 거니? 부끄러워할 필요 없어. 네가 거기 있다는 거 다 알거든." 문 뒤에서 코를 킁킁거리는 소리에 온몸에 소름이 끼쳤다.

"냄새가 나거든. 이리 오렴, 착한 아가야. 문 좀 열어 줘. 우리 둘이 재미있는 거 하지 않을래? 내가 아주 잘해 줄게. 약속한다니까."

나는 무릎을 놓고, 두 손으로 귀를 틀어막았다.

복도에서 그런 비참한 기분으로 얼마나 오래 웅크리고 있었는지 모르겠다. 문 뒤에서는 정체를 알 수 없는 목소리가 제발 문을 열어 달라며 애원하고, 나는 지치고 절망해 있었으며 머릿속에서는 부산스럽게 날개를 떨며 창문에 달려드는 파리 떼와 헤제키아 바너의 꺽꺽거리는 울음소리가 떠나지 않았다. 신발은 안 돼! 신발만은 안 돼! 모틀리 힐 요양원 같은 곳에서는 시간이 다르게 흐른다. 불운으로 끝난 페로니아 호가 그랬듯이, 모틀리 힐에서 보낸 한 시간은 하루보다 길고 밤은 1년보다 더 길었다. 새로운 날이 밝는다고 해도 무슨 위안이 되겠는가? 하루하루가 지리한 일상의 반복이고, 늘 똑같은 시간의 연속에 불과하건만! 늘 똑같은 시간이 반복된다면 한 시간이 무슨 의미가 있을 텐가? 날이 바뀌고, 계절이 바뀌고, 해가 바뀌고, 또 바뀌고 바뀌어 그렇게 23년이 망각 속으로 흘러갔다. 헤제키아, 당신이 마지막 항해를 바로 어제 자비로운 대양에 몸을 던진 양 생생히 기억하는 것도 무리가 아니군요. 당신이 시간의 지평선 위에서, 파리 떼의 날갯짓만이 시간의 기준인 이곳에서 하릴없이 비틀거리는 사이 그 지옥 구멍이 모든 세월을 마치 블랙홀이 빛을 빨아들이듯 몽땅 삼켜 버렸으니.

에라스무스 그레이의 목숨을 빼앗았다는 이유로 박사를 힐난한 나는 어리석었다. 박사는 말했다, '살아 있는 한 희망은 있다.'라는 말처럼 어리석고 기만적인 충고도 없지. 페로니아 호의 선장 헤제키아 바너는 바로 그 산증인이었다. 그는 살아남았다. 그렇지만 희망은 어디 있는가? 그의 운명은 오바의 제물 구덩이에 바쳐진 어린 소녀의 운명과 별반 다를 바가 없었다. 아니, 그보다도 더 나빴다. 괴물은 겨우 몇 초 만에 그녀를 먹어 치웠지만 구더기는 그보다 훨씬 오랜 세월 동안 그의 몸을 갉아 먹었기 때문이다. 자신이 산 채로 먹히고 있다는 사실을 인지하는 것보다 더 끔찍하고 절망적인 최후가 어디 있겠는가? 에라스무스도 틀림없이 바너처럼 애원했으리라. 죽여 주시오. 그리고 박사가 말했듯이, 할 수만 있었다면 외려 그가 한 일에 감사했을 것이다.

그때 박사가 갑자기 문을 열고 나오는 바람에 나는 화들짝 놀랐다. 반대쪽 벽과 바닥 위로 등불이 만들어 낸 그의 길쭉한 그림자가 어른거렸다. 그는 내 옆에 서서 체념에 가까운 몸짓으로 허리를 굽히고는 피로로 거무죽죽해진 눈가에 주먹을 대고 꾹 눌렀다. "난 도저히 못 하겠구나, 윌 헨리."

그는 건조하게 웃었다. "어느 쪽인지 모르겠다. 의지의 승리인지 아니면 실패인지. 어쩌면 둘 다일지도 모르지. 이젠 내가 왜 도덕보다 과학을 중시하는지 이해할 수 있겠지, 윌 헨리? 사실은 사실이고, 가정은 가정일 뿐이니까 그렇다. 이들은 바너가 자기 체중에 눌려 염증이 생기고 살이 썩어 파리가 알을 슬 때까지 아무 조치도 취하지 않았다. 그리고 이젠 뼈까지 감염돼서 더 이상 손 쓸 도리가 없어. 그는 죽은 목숨이다, 윌 헨리. 회복할 가망이 없어."

"그런데 왜……?" 나는 속삭였다.

"왜냐하면 내 의도가 과연 순수한지 확신할 수가 없기 때문이다. 베개를 누르는 게 누구의 손인지 알 수가 없구나. 그의 손인지……

아니면 내 손인지."

박사는 고개를 서글프게 흔들며 자리에서 일어났다. "자, 가자, 윌 헨리. 아직 볼일이 하나 남았다. 우리가 여기 찾아온 것은 책임의 소재를 가늠하고 그에 알맞은 배상을 하기 위한 것이었다. 정말이지 웬 파리 떼냐! 구더기는 바너의 살을 파먹고 자랐다. 의심과 죄의식은 내 아버지의 영혼을 파먹었지. 세상에는 안트로포파기 같은 괴물이 있고, 그보다 훨씬 시시하고 평범한 괴물들도 있다. 그래도 사실은 사실이지. 앞으로도 그럴 거고."

그는 등 뒤로 눈길 한 번 주지 않고 성큼성큼 걸었고, 나는 드디어 이곳을 떠날 수 있다는 사실에 안도하며 서둘러 그의 뒤를 따랐다. 이 집에 감금된 "손님들"의 비명과 흐느낌, 벽 긁는 소리가 늦은 시각까지 요란하게 울리는 복도를 지나 좁고 삐걱거리는 계단을 내려가 드디어 1층에 이르자, 브래튼 부인이 여전히 음험하게 기다리고 있었다. 그녀는 마녀처럼 생긴 매부리코에 하얀 가루를 묻히고 앞치마를 두른 채 억지로 어색한 미소를 지어 보였다.

"볼일은 다 보셨소, 박사님?" 그녀가 물었다.

"아직 안 끝났소." 워스롭이 퉁명스럽게 대답했다. "거의 끝나긴 했지만. 스타 박사는 어디 있소?"

"주무시러 갔지요." 그의 말투가 못마땅한지, 그녀도 뻣뻣하게 대답했다. "워낙 늦은 시간이잖소."

괴물학자가 갑자기 신랄한 웃음을 터뜨렸다. "그렇겠지. 암, 그렇고말고! 그건 그렇고, 이 병원에서는 통증 완화용으로 뭘 씁니까?"

노파의 얼굴이 딱딱하게 일그러졌다. 방금 전의 미소보다는 훨씬 자연스러웠다. "통증이라굽쇼?"

"아편 팅크나 모르핀…… 뭐든 좋소."

노파가 고개를 가로저었다. "아스피린이 있습죠. 환자가 너무 힘들어하면 위스키 몇 모금을 주기도 하고요."

"둘 다 도움이 안 되겠군."

"많이 아프답디까?" 노파가 완벽하게 무표정한 얼굴로 물었다. "나한테는 아무 말도 안 하던데."

"내일까지 못 살 거요." 박사의 뺨이 붉게 상기되어 있었다. 그는 노파의 앙상한 목을 쥐고 조르고 싶은 충동을 억제하기 위해 무한한 자제력을 마지막 한 방울까지 발휘하는 중이었다. "위스키를 가져다주시오."

"박사님 허락이 있어야 하는데." 그녀가 항의했다. "주무시러 갈 때 절대로 방해하지 말라고 하셨다우."

"내가 그를 '방해해도' 좋다고 허락해 주겠소, 브래튼 부인." 워스롭이 으름장을 놓았다. "당신이 안 하겠다면 치안관을 부를 거요."

워스롭은 몸을 휙 돌려 계단으로 향했다. 나는 가슴이 철렁 내려앉았다. 그날 밤처럼, 영원히 여기 있어야 할지도 모른다는 생각이 들었다. 응접실을 지날 때 워스롭은 내게 벽난로 옆에 있는 작은 흔들의자를 가져오라고 말했다. 나는 의자를 들고 끙끙거리며 그의 뒤를 따랐다.

"브래튼 부인, 위스키!" 그가 어깨 너머로 소리쳤다. "그리고 아스피린 한 병도!"

우리는 바너의 방으로 돌아갔다. 워스롭이 이불을 덮어 놓았지만 살 썩는 냄새가 여전히 공기 중에 진동하고 있었다. 내가 침대 옆에 흔들의자를 내려놓자 워스롭이 거기에 자리를 잡았다. 그렇게 경야가 시작되었다. 브래튼 부인이 위스키와 아스피린을 들고 나타났지만 문지방을 넘기는 거부했고, 그녀가 박사를 표독한 얼굴로 쏘아보는 동안 내가 쟁반을 받아 왔다.

엄숙하고도 비통한 분위기 속에서 사람이 죽어 가고 있건만, 그녀는 기이할 정도로 천연덕스럽게 물었다. "크랜베리 머핀을 좀 구웠는데, 맛이라도 보겠우?"

"아니, 됐소." 박사가 대답과는 달리 침을 꿀꺽 삼켰다. "배고프지 않아요."

"맘대로 하시구랴." 그녀는 능청스럽게 대꾸했다. "달리 필요한 건 없우?"

박사는 그녀의 말을 못 들은 체했다. 그녀가 나를 쳐다보았다. 나는 고개를 돌려 버렸다. 노파가 떠났다.

"문을 닫아라, 윌 헨리." 워스롭이 조용히 말했다. 그는 바너의 고개를 쳐들어 아스피린 네 개를 헤벌어진 입안에 떨어뜨렸다. 그런 다음 핏기 없는 입술에 술병을 대고 기울였다. "마셔요, 헤제키아. 쭉 마셔요."

그 뒤로 한 시간 동안 바너 선장은 정신을 잃었다 깨어났다를 반복하면서 정신이 있을 때나 없을 때나 두서없는 말을 지껄이며 신음 소리를 내고 한숨을 쉬고 끙끙거리고 칭얼거렸다. 눈동자는 눈이 감겨 있을 때에도 그 아래에서 쉴 새 없이 움직이고 있었다. 스타 박사는 끝까지 모습을 드러내지 않았다.

"이번 사건은 가히 히드라와 같구나, 윌 헨리." 워스롭이 바너의 눈썹을 쓰다듬으며 말했다. "의문을 하나 풀 때마다 다른 의문이 두 개씩 생겨나고 있으니 말이다. 일단 우리는 안트로포파기 두 마리가 미국에 건너왔다는 것을 안다. 안트로포파기 한 쌍이 사고나 질병을 감안해도 1년에 평균 두 마리씩 새끼를 낳는다고 가정하면…… 때로는 수컷이 교미를 하다 죽는 경우도 있긴 하지만…… 두 마리 모두 페로니아 호가 난파한 후에도 살아남은 것 같구나. 우리가 만난 안트로포파기 무리는 그 한 쌍이 낳은 자손들이 틀림없어. 그러면 대충 서른 마리에서 서른다섯 마리…… 그보다 많지는 않을 거다."

박사는 한숨을 푹 내쉬었다. "문제는 왜냐는 거다. 선친은 왜 한 마리도 아니고 여러 마리의 안트로포파기를 원하셨을까? 야생 상태에서건 아니면 베냉에서 사육되고 있는 경우든, 연구용이었다면 왜 직접 아프리카에 가시지 않았을까? 어차피 어머니는 이미 세상에 안 계셨고, 나는 런던에서 학교를 다니고 있었는데. 그러니 언제고 뉴예루살렘을 비울 수 있었을 텐데 말이다. 전에는 호기심이 동할 때면 주저 않고 떠나시곤 했거든. 위험한 곳도 전혀 마다하지 않으셨고. 그런데도 왜 살아 있는 안트로포파기를 여기 데려오고 싶어 하셨던 걸까? 그것도 어마어마한 비용까지 지불하면서 말이야. 왜?"

그는 노인의 눈썹을 멍하니 어루만졌다. 마치 그를 정성스럽게 돌보면 대답을 얻을 수 있기라도 한 듯이. "왜?"

그러나 죽어 가는 환자도 나도 그가 납득할 만한 대답을 들려주지는 못했다. 바너 선장은 의식이 없었고, 나는 에너지가 바닥난 까닭이었다. 나는 바닥에 앉아 등을 기댄 채 하품이 새어 나오는 것을 가까스로 억누르며 무거운 눈꺼풀을 지탱하는 데 정신이 팔려 있었다. 간혹 박사의 얼굴이 사위에서 깜박깜박 사라지기도 하고, 작은 방에 고인 그림자 속으로 그의 목소리가 서서히 멀어져 갔다. 윙윙거리는 파리 소리, 선장의 꺼질 듯한 숨소리, 규칙적으로 삐걱거리는 흔들의자 소리, 그리고 심지어 복도에서 나는 병자들의 희미한 교향곡까지, 그 모든 게 한데 뭉쳐 내게는 자장가처럼 들렸다. 새벽녘이 되자 나는 깜박 잠이 들었지만 박사는 끝까지 자리를 지켰다. 잔뜩 웅크린 어깨 위에는 선친이 물려준 무거운 짐을 이고 있었다. 그는 잠들지 않았다. 그는 죽어 가는 자의 머리맡을 지켰다. 몸은 꿈쩍도 하지 않았지만 그의 예리한 지성만은 활발하게 움직이고 있었다.

나는 눈을 떴다. 목은 뻣뻣했고, 지독한 두통이 엄습해 왔다. 지저분한 유리창 밖으로 아름다운 아침 햇살이 비쳐 들었지만 먼지와 땟국의 방파제에 부딪쳐 파도처럼 산산이 흩어졌다. 아침 여명 속에서 작은 흔들의자에 앉은 박사가 턱을 괸 채 핏발 선 눈으로 침대 위에서 꿈쩍도 않는 형체를 응시하고 있는 모습이 눈에 들어왔다. 선장의 얼굴에는 침대 커버가 덮여 있었다.

헤제키엘 바너는 더 이상 이 세상에 존재하지 않았다.

나는 후들거리는 다리로 벽에 무게를 실어 간신히 일어났다. 박사는 내 쪽을 쳐다보지도 않고 크게 한숨을 내쉬며 얼굴을 문질렀다. 손바닥이 면도하지 않은 뺨에 긁혀 버석 소리를 냈다.

"다 끝났다, 윌 헨리." 그가 말했다.

나는 소심하게 웅얼거렸다. "네, 정말 유감이에요."

"유감이라고? 그래, 나도 유감이다. 진짜 유감스러운 건……." 그는 침대 주위를 손짓했다. "이것들이지. 안 그러냐, 윌 헨리?"

워스롭이 의자를 밀치고 일어나려다 순간 휘청거렸다. 그도 나 못지않게 다리에 힘이 빠진 모양이었다. 나는 그를 따라 방을 나섰다. 우리는 엄숙한 분위기 속에서 어젯밤보다도 더욱 애처롭고 괴로운 울음소리로 채워진 긴 복도를 따라 걸었다. 계단 아래에서 브래튼 부인이 우리를 기다리고 있었다. 그녀는 무심하게 박사에게 고개를 까딱였다.

"선장은 좀 어떠우, 워스롭 박사님?" 그녀가 물었다.

"죽었소." 워스롭이 대답했다. "스타는 어디 있소?"

"스타 박사님은 급한 볼일이 있어 출타하셨다우."

괴물학자는 한참 동안 그녀를 쳐다보더니 기가 막히다는 듯 웃음을 흘렸다. "그래, 당연히 그러셨겠지!" 그가 외쳤다. "그가 없으니 당신이 상당히 바빠지겠구려, 브래튼 부인. 내가 주 경찰에게 신고한 후에는 할 일이 아주 많아질 테니까. 안 그렇소, 브래튼 부인?"

그녀는 경직된 표정으로 대꾸했다. "그게 무슨 말씀인지 도통 모르겠는뎁쇼."

"아, 애석하게도 그럴 거요." 박사가 얼음장처럼 차갑게 말했다. "그 말이 진실이라면 차라리 훨씬 설득력이 있을 텐데! 환자들에게 인도적이고 적절한 조처를 취해야 할 책임을 이리도 방기하다니 너무나도 개탄스럽소! 이렇게 비인간적이라니. 당신 주인에게 내 볼일이 아직 덜 끝났다고 전해 주시오. 암, 아직 안 끝났지. 하지만 모틀리 힐은 이제 끝장이오. 내가 개인적으로라도 반드시 스타 박사가 헤제키엘 바너를 살해한 죄로 법의 심판을 받도록 만들고야 말 테니까."

워스롭이 노파를 향해 한 발짝 다가섰다. 그녀는 움찔거리더니 의분에 불타 험악한 그의 표정을 보고는 흠칫 뒤로 물러섰다.

"그리고 부디 바라건대, 법이 그와 당신에게 당신네들이 그 가엾은 영혼에게 베푼 것과 똑같은 자비심을 베풀어 주길!"

그는 대답을 기다리지도 않고 겁을 먹고 움츠러든 노파의 옆을 성큼성큼 지나쳤다. 커다란 문을 열더니 건물 전체가 떠나갈 듯이 무시무시한 소리를 내며 벽에다 쾅 밀어젖혔다. 잔디가 무성하게 자란 앞뜰을 반쯤 가로질렀을 때, 박사는 말의 고삐를 잡고 몸을 반쯤 돌려 밝은 햇살 아래 도사리고 있는, 칠은 다 벗겨지고 지붕은 꺼진 낡은 건물을 바라보았다.

"바너 선장의 삶에 대해서는 뭐라 할 수 있을지도 모르겠지만……." 박사가 말했다. "그의 죽음에 대해서만큼은 진실로 할 말이 없구나, 윌 헨리. 그의 죽음을 헛되이 해서는 안 된다. 헤제키아 바너도, 그리고 저 가증스러운 벽 안에 갇혀 고통받고 있는 모든 이들도 정의를 얻게 될 거야. 그 광경을 내 두 눈으로 똑똑히 목격하고야 말겠다. 신께 맹세코, 반드시 보고야 말겠어!"

M

2권

잔재

7장

"너한테 실망했다."

해링턴 레인 425번지로 돌아갈 때, 나는 허기진 위장을 채울 것과 지친 머리를 누일 베개 외에는 아무것도 기대하지 않았다. 그 전날 특급송달로 부친 짧은 호출 서한을 생각하면 박사가 본격적으로 안트로포파기를 추격하기 전에 존 컨스가 도착하기를 기다리고 있다는 생각이 들긴 했지만 차마 물어보지는 못했다. 그가 금세 평소의 뚱한 상태에 접어들어 평소보다도 말수가 줄었기 때문이다.

워스롭은 말을 마구간에 넣으라고 지시하고는 집 안으로 사라졌다. 나는 말들에게 여물과 물을 주고 털을 빗어 긴 여행길 중에 쌓인 흙먼지를 털어 준 다음, 잠깐 베스에게 들른 후에야 고단한 몸을 끌고, 어쩌면 식탁 위에 먹을 것이 기다리고 있을지도 모른다는 실낱같은 희망을 품고 안으로 들어갔다. 하지만 부질없는 희망이었다. 지하실 문은 활짝 열려 있었고 그 사이로 환한 불빛이 새어 나오고 있었다. 서랍을 거칠게 여닫고 돌바닥 위에서 무거운 물건을 질질 밀고 끄는 시끄러운 소리가 좁다란 계단통을 가득 메우고 있었다. 한참 동안 격렬한 소란을 벌인 후에야 워스롭이 지하실에서 올라왔다. 숨은 거칠고 뺨은 붉게 상기되어 있었다. 그는 나를 본체만체 빠른 걸음으로 복도를 지나 서재로 향했고, 또다시 서랍을 뒤엎는 대소동이 벌어졌다. 문간에서 보니 그는 책상에 앉아 서랍을 휘젓고 있었다.

"반드시 뭔가 있을 거야." 그가 중얼거렸다. "편지라든가, 선하증권, 계약서 같은 뭔가가 반드시……."

박사가 서랍을 쾅 닫는 바람에 나는 화들짝 놀라 움찔했다. 그는 나를, 그의 인생의 유일한 동반자를 여기서 발견하리라고는 상상도 하지 못한 것처럼 깜짝 놀란 표정으로 쳐다보았다.

"뭐냐? 왜 거기서 서성대고 있는 거냐, 윌 헨리?"

"저는 다만……."

"그래그래, 말해 봐라."

"네, 박사님. 저, 혹시, 저기 시장에 다녀와도 되는지 여쭤보려고요."

"시장? 뭐 하러?"

"먹을 것을 구해 오려고요. 집에 먹을 게 아무것도 없어요. 박사님도 지금까지 아무것도……."

"세상에, 네 머릿속에는 온통 먹을 것뿐이냐?"

"아뇨, 박사님."

"그럼 뭐가 들었느냐?"

"네?"

"머릿속에 그것 말고 뭐가 들었냐고. 먹는 것 말고 생각이라는 걸 하긴 하는 거냐?"

"어……. 생각은 많은데요."

그는 가느다란 손가락으로 번들거리는 책상을 초조하게 두드리며 나를 매섭게 쏘아보았다.

"탐식(貪食)이라는 게 뭔지 아느냐, 윌 헨리?"

"네, 박사님. 그리고 배고픈 게 뭔지도 알고요."

그는 미소를 짓지 않으려고 안간힘을 썼다. 적어도 나는 그렇다고 믿었다. 어쩌면 그는 손에 잡히는 것을 내 머리에 집어던지지 않으려고 안간힘을 쓰고 있었는지도 모른다.

"그래서?"

"네?"

"또 무슨 생각을 하느냐?"

"저는 어…… 이해하려고 노력 중이에요."

"뭘 이해해?"

"제가 무엇이…… 그러니까…… 박사님이 저한테 왜 그런 것들을 가르치시는지요. 하지만 보통은요, 솔직히 말하자면, 거짓말은 제일 저열한 짓이니까요, 제가 생각하는 거 말고 다른 것들은 생각하지 않으려고 노력해요. 어, 이게 말이 된다면요."

"말이 안 되는구나, 윌 헨리. 전혀."

그는 귀찮다는 듯 손을 휘휘 저으며 말했다. "돈이 어디 있는지는 알지? 정 갔다 오고 싶으면 갔다 오거라. 하지만 볼일만 보고 곧장 돌아와야 한다. 아무하고도 말하지 말고, 누가 말을 걸거들랑 다 괜찮다고 해. 내가 논문 때문에 바쁘다든가, 제일 그럴싸한 핑계를 대. 진실만 아니면 된다. 명심해라, 윌 헨리. 어떤 거짓말은 어리석음이 아니라 필요의 산물일 때도 있단다.”

나는 훨씬 가벼워진 마음으로 방을 나섰다. 잠깐이나마 숨을 돌릴 시간이 생겨 기뻤고—워스롭 박사처럼 불같은 성격을 가진 괴물학자의 제자가 된다는 건 정말 쉬운 일이 아니다.—평범하고 일상적인 일을 할 수 있다는 게 두 배는 반가웠다. 대부분의 평범한 이들이라면 그런 것을 귀찮게 여기겠지만 나는 그런 근시안적인 사고방식이 너무나도 안타까웠다. 낮 시간을 잡아먹는 간단한 집안일과 심부름이란 나에게, 한밤중에 찾아오는 뜻밖의 방문객들과 정체를 알 수 없는 꾸러미, 밤새 실험실에서 보내야 하는 시간, 그리고 아직 캄캄한 어둠 속에 도사리고 있는 것들의 무서움을 잊을 만큼 문명화되지 않은 야만인들이 살고 있는 알 수 없는 지역으로의 순례로부터 일시적으로나마 벗어날 수 있는 기꺼운 기회였다. 평범한 사람들이 힘들고 지겹다고 생각하는 일들도 내게는 전혀 그렇게 느껴지지 않았다. 끔찍한 악몽 속에서 튀어나온 듯한 괴물의 내장을 정리하고 분류한 후에 하는 부엌 설거지는 기실 꽤 즐거운 일이었다.

그래서 나는 신이 나서 계단을 뛰어 올라가 얼굴을 씻었다. 셔츠도 갈아입었다(표백제와 부패의 악취가 섞인, 바너 선장의 방에서 나던 냄새가 아직도 어렴풋이 배어 있었다.). 하지만 한 가지가 빠져 있었다. 나는 시장에 가기 전에 다시 워스롭 박사를 보러 내려갔다. 그는 서고에 있었는데, 책장 여기저기서 책을 빼내 황급히 훑어보고는 마룻바닥에 내팽개치는 일을 반복하고 있었다.

"갔다 왔느냐? 잘 됐다. 네 도움이 필요해. 책장 저쪽 끝에서부터 시작하자."

"아직 안 갔다 왔어요, 박사님."

"무슨 소리를 하는 거냐, 윌 헨리. 네가 안 보인 지 한참이나 됐는데."

"씻고 온 것뿐인데요."

"뭐라고? 어디가 더러워서?" 그는 대답을 기다리지 않았다. "그러면 배는 안 고팠던 거냐?"

"아뇨, 박사님."

"배가 안 고프다고?"

"아뇨, 배고파요."

"그런데 왜 아니라고 한 거지?"

"네?"

"방금 배가 안 고픈 거냐고 물었더니 아니라고 했잖느냐. 내가 잘못 기억하고 있는 거냐?"

"아뇨, 어, 제 말은, 그게 맞다고요. 전 그냥……. 어, 혹시 제 모자가 어디 있는지 아실까 해서요."

박사는 도대체 무슨 소리냐는 듯이 나를 멍하니 쳐다보았다. 마치 내가 외국어라도 한 것처럼 말이다.

"모자?"

"네, 박사님. 제 모자요. 아마 공동묘지에서 잃어버린 것 같아요."

"너한테 모자가 있어?"

"네, 있어요. 그날 밤에 묘지에 갈 때 쓰고 갔거든요. 그런데 놈들이……. 어, 거기서 벗어날 때 벗겨졌나 봐요. 그래서 혹시…… 나중에 정리하러 가셨을 때 제 모자를 발견하셨나 해서요."

"그런 건 못 봤다. 너한테 태워 버리라고 준 거라면 모르지만. 언제 모자 같은 걸 산 거냐, 윌 헨리?"

"원래부터 갖고 있던 거예요."

"원래부터 언제?"

"처음 여기 살러 왔을 때요, 박사님. 그건 제 모자예요. 아버지가 주신 거예요."

"그래, 알겠다. 너희 아버지 모자냐?"

"아뇨, 제 건데요."

"아, 그러니까 일종의 감정적 의미가 있는 물건이로구나."

"네, 박사님. 그랬어요, 아니 그래요."

"왜? 그 모자가 뭐가 그렇게 특별한 거냐, 윌 헨리?"

"아버지가 주신 거니까요." 나는 다시 말했다.

"네 아버지란 말이지. 윌 헨리, 내가 충고 하나 해도 되겠느냐?"

"네, 그럼요."

"물질적인 것에 너무 큰 가치를 부여하지 마라."

"안 그럴게요."

"물론 그 말은 원래 다른 사람이 한 말이다. 어쨌든 어떤 모자보다도 더 값어치 있는 말이지. 그래, 네가 궁금해하던 답을 얻었느냐, 윌 헨리?"

"네, 박사님. 영영 잃어버린 것 같네요."

"이 세상에 영영 잃어버리는 것 같은 건 없다, 윌 헨리. 이 추악한 사건과 관련해 내 부친이 어딘가에 남겨 뒀을 게 분명한 단서만 아니라면 말이다. 아니면 내가 그걸 찾는 동안 네가 거기 쓸데없이 서 있는 이유도 마찬가지겠지."

"네?" 나는 그가 무슨 말을 하는지 알 수가 없었다.

"시장에 갔다 오든지 아니면 이리 와서 나나 도와라, 윌 헨리! 어서 냉큼! 너 같은 애 때문에 내가 왜 철학적 갈림길에서 방황해야 하는지 모르겠구나."

"전 그냥 제 모자를 찾으셨는지 알고 싶었던 것뿐인데요."

"내가 대답해 주마. 아니, 못 찾았다."

"그걸 알고 싶었던 거예요."

"혹시 새 모자를 사도 되는지 내 허락을 구하는 거라면 상점에 가거라, 윌 헨리, 오늘 중에 다녀오는 게 좋겠다."

"전 새 모자를 갖고 싶은 게 아니에요, 박사님. 저는 옛날 모자가 좋아요."

그는 한숨을 내쉬었다. 나는 그가 또다시 뭐라고 쏘아붙이기 전에 재빨리 방에서 뛰쳐나왔다. 나한테는 아주 단순한 문제였다. 그는 묘지에서 내 모자를 발견했거나 발견하지 못했을 것이다. 아니, 못 찾았다, 윌 헨리. 나는 이런 대답만으로 충분했다. 우리의 대화가 이렇게 빙빙 도는 이유는 내 잘못이 아니었다. 때때로 박사는, 미국에서 태어나 영국에서 교육을 받았음에도 대화에 대한 일반적인 개념을 혼란스럽게 만들었다.

나는 모자는 없었지만 명랑한 기분으로 시내에 도착했다. 지금부터는 적어도 얼마 동안은 괴물들에 관한 일을 잊고 자유를 만끽할 수 있을 터였다. 특히 지난 이틀은 정말 힘들었다. 도굴꾼 에라스무스가 그 섬뜩한 꾸러미를 들고 우리 집 현관에 나타난 지 정말로 이틀밖에 되지 않았단 말인가? 스무 날의 두 배는 되는 것 같은데. 나는 뉴예루살렘의 중심가를 가로지르는 시끌벅적한 자갈길 위에서, 신선하고 깨끗한 이른 봄날의 공기를 마시며 생각했다. 이대로 도망쳐 버릴까? 내가 그와 함께 살게 된 후로 몇 번이나 떠올린 생각이었다(나 같은 처지에 있다면 누구나 그랬을 거다.).

박사는 창문에 창살을 달지 않았다. 새장에 갇힌 새처럼 나를 작은 다락방에 가둬 놓지도 않았고, 낮 동안에 발에 족쇄를 채우지도 않았다. 사실 그는 "없어서는 안 될" 내 봉사가 필요하지 않을 때면 거의 무관심으로 일관했다. 만일 그가 우울증의 늪에 빠져 있는 사이 도망친다면 내가 사라졌다는 사실을 알기까지 한 달은 족히 걸릴지도 모른다. 옛 남부의 면화 농장에서 일하던 흑인 노예들처럼, 나는 어디로 도망칠지 어떻게 도망칠지 혹은 도망친 뒤에는 무엇을 할지 걱정하지 않았다. 그런 것들은 사소한 문제에 불과했다. 자유의 핵심은 바로 그런 자유를 누릴 수 있다는 데 있으니.

지난 세월 동안 나는 종종 스스로에게 묻곤 했다. 왜 도망치지 않는 거지? 인간이라면 누구나 걸리기 쉬운 타성과 무력감 외에 또 무엇이 나를 그에게 묶어 두고 있는가? 나는 혈연으로 엮인 것도 아니요, 맹세에 묶여 있는 것도 아니었다. 법적인 책임도 없었다. 하지만 내 의식 속에 탈출에 대한 충동이 일 때마다 이상하게도 그것은 마치 윌오더위스프*처럼, 내 머릿속 늪지를 떠다니는 도깨비불처럼 순

* 밤에 무덤 등지에 나타나 행인을 홀리는 도깨비불의 일종.

식간에 나타났다 사라져 버렸다. 사실 그를 떠난다는 생각은 그리 터무니없는 것이 아니었다. 그리고 솔직히 그런 상상을 꽤 자주 했음을 여기 고백하는 바다. 그러나 그에게서 멀리 떠난다는 것은 도저히 상상도 할 수 없는 일이었다. 내가 그의 곁에 남은 것은 두려움 때문이었을까? 미지에 대한 두려움, 홀로 정처 없이 떠도는 삶에 대한 두려움, 괴물학자를 위해 하던 일보다도 더 끔찍한 운명을 만나게 될지도 모른다는 두려움 때문이었을까? 아무리 불쾌하고 달갑지 않더라도 차라리 "아는 것"이 예측할 수 없는 "모르는 것"보다는 낫기 때문에?

어쩌면 그것이 원인이었을지도 모른다. 적어도 부분적으로는 그런 두려움 때문이었을지도 모른다. 그러나 그것이 전부는 아니었다. 나는 내 생애의 첫 11년 동안 사랑하는 아버지가 그에게 바친 존경, 아니 깊고도 무한한 경의를 목도했다. 나는 펠리노어 워스롭을 직접 대면하기 훨씬 전부터 마음속에서 수도 없이 그를 만났다. 우리 가족에게 무수한 은혜를 베풀고 있는 크나큰 존재, 우리의 머리 위에는 그의 긴 그림자가 늘 맴돌고 있었다. 워스롭 박사님은 훌륭한 일을 하는 훌륭한 분이오. 그리고 나는 그분을 절대로 배신하지 않을 거고……. 내 아버지가 그를 맹신에 가깝게 숭배하며 흠모했다는 사실은 전혀 과장이 아니다. 그리고 그 사랑이 아버지를 극한의 희생으로 이끌었다는 사실 또한 허풍이 아니다. 내 아버지는 펠리노어 워스롭을 위해 죽었다. 박사를 향한 사랑이 내 아버지의 목숨을 앗아 갔다.

어쩌면 그때, 내가 그의 곁에 머무른 것은 사랑 때문이었는지도 모른다. 박사를 향한 사랑이 아니라 내 아버지를 향한 사랑 말이다.

나는 그의 곁에 머무름으로써 아버지를 추모했다. 박사를 떠나는 것은 내 아버지의 가장 소중한 신념, 다시 말해 내가 괴물학자에게 계속 봉사할 수 있었던 유일한 이유—그리고 그로 인해 치러야 했던 끔찍한 대가—를 부인하는 것이었다. 그것은 바로 워스롭 박사는 "훌륭한 일"을 하는 분이며, 그의 조수가 된다는 것은 나 역시 그 훌륭함의 일부가 되는 것이고 내가 없다면 그의 "일"은 그처럼 탁월한 경지에 이를 수 없다는 신념이었다. 여기서 도망친다는 것은 내 아버지의 죽음이 헛된 것이었음을 암묵적으로 인정하는 것과 같았다.

"어이쿠야, 이게 누구야!" 문에 걸린 종이 딸랑이자 플래너건이 득달같이 달려왔다. "부인, 오늘 무슨 바람이 불었나 좀 보오!"

"전 바빠요, 미스터 플래너건!" 플래너건 부인이 뒷방에서 투덜거리며 대꾸했다. "누가 왔는데요?"

사과처럼 빨간 뺨을 한 식료품상이—여러 가지 종류의 채소와 과일, 그중에서도 사과를 파는—내 어깨에 손을 올리고는 반짝이는 녹색 눈으로 내 얼굴을 이리저리 뜯어보았다. 그의 몸에서는 계피와 바닐라의 향기가 났다.

"꼬맹이 윌 헨리라오!" 그가 어깨 너머로 외쳤다. "아이구, 성모 마리아님. 네 얼굴을 못 본 게 한 달은 되는 것 같구나." 플래너건의 천사같이 통통한 얼굴이 기쁨으로 환히 빛나고 있었다. "얘야, 그동안 어떻게 지냈니?"

"누가 왔다고요?" 플래너건 부인이 가게 안쪽에서 소리쳤다.

플래너건이 내게 찡긋 윙크를 하더니 몸을 돌리고 큰 소리로 외쳤다. "해링턴 레인 425번지의 주인님이라오!"

"해링턴 레인!" 부인이 탄성을 지르며 한달음에 문간으로 튀어나왔다. 커다란 손에는 무거운 고기 써는 칼이 들려 있었다. 플래너건 부인은 남편보다 몸집은 두 배나 되고 목소리는 세 배나 우렁찼다. 그녀가 말을 할 때면 유리창이 파르르 떨릴 정도였으니까.

"오, 미스터 플래너건!" 부인은 나를 보자마자 활짝 웃으면서 말했다. "그냥 윌 헨리잖아요."

"그냥 윌 헨리라니. 뭐라는 거요, 부인." 그는 내게 씨익 웃어 보였다. "저런 말에 신경 쓰지 마라."

"네, 아저씨." 습관처럼 예의 바른 대답이 튀어나왔다. 그러고는 손에 커다란 칼을 쥔 여전사 부인의 마음이 상했을까 봐 재빨리 덧붙였다. "안녕하세요, 플래너건 부인. 그동안 잘 계셨어요?"

"저 인간이 사사건건 방해만 하지 않았더라면 아주 좋았을 거다." 그녀가 포효하듯 으르렁거렸다. "돌아가신 어머니께서 늘 이이랑 결혼하면 안 된다고 하셨는데. 그랬다간 하루 종일 한심한 농담과 터무니없는 수수께끼를 들어 줘야 할 거라고 말이야."

"오늘 우리 부인 심기가 좀 불편하단다." 식료품상이 속삭였다.

"나야 항상 심기가 불편하죠!" 그녀가 큰 소리로 대꾸했다.

"48년에 감자기근이 든 후로 계속 이래." 플래너건이 또 속삭였다.

"다 들린다우!"

"40년이다, 윌 헨리. 자그마치 40년 동안 이랬다니까." 플래너건이 연극조로 한숨을 푹 내쉬며 말했다. "하지만 난 그녀를 사랑한단다. 사랑하오, 부인!" 그가 외쳤다.

"아이고, 작작 좀 해요. 당신이 뭐라고 하는지 다 들린다니까 그러네. 윌 헨리, 너 살이 빠진 거니? 그런 거지? 자, 정직하게 털어놓으렴."

"아니에요, 플래너건 부인." 내가 말했다. "키가 큰 거예요."

"그래요, 부인." 플래너건이 끼어들었다. "살이 빠진 게 아니라 골고루 퍼진 거요. 하! 그렇지?"

"말도 안 돼요." 그녀가 구시렁거렸다. "이래 봬도 내 눈은 아직 멀쩡하다우! 얘 좀 봐요, 미스터 플래너건. 쑥 들어간 볼따구니하며 툭 튀어나온 이마 좀 보라고요. 손목은 닭 모가지처럼 빼빼 말라서는. 기근이라고 했우? 해링턴 레인의 그 끔찍한 집에서도 기근이 일어났나 보오!"

"기근보다 더할 거요. 내가 주워들은 소문이 사실이라면 말이지." 플래너건이 눈썹을 장난스럽게 치키며 말했다. "윌 헨리, 그 집에 대해 무슨 소문이 횡행한지는 알지? 수상쩍은 사람들이 들락거리고 이상한 꾸러미가 은밀하게 오고가고, 한밤중에 손님들이 찾아왔다가면 네 주인이 갑자기 오랫동안 집을 비우고…… 너도 알지, 응?"

"박사님은 저한테 일 얘기는 전혀 안 하세요." 나는 박사의 충고를 떠올리며 주의 깊게 대답했다. 어떤 거짓말은 어리석음이 아니라 필요의 산물일 때도 있단다.

"박사님이라, 그래. 하지만 대체 무슨 박사라더니?" 플래너건 부인은 섬뜩하게도 에라스무스 그레이와 똑같은 말을 했고, 나도 그때와 똑같이 소심하게 대답했다.

"과학철학요."

"하긴 생각이 많은 사람이긴 해." 플래너건이 엄숙하게 고개를 끄덕이며 말했다. "그런 사람은 많을수록 좋지!"

"그 사람은 괴상한 짓을 하는 괴상한 사람일 뿐이에요." 플래너건 부인이 남편을 칼끝으로 가리키며 쏘아붙였다. "그 사람 부친도 그랬고, 그 사람 부친의 부친도 그랬잖우. 워스롭 가문 사람들은 하나같이 다 괴상하다니까."

"난 그 부친은 꽤 좋아했더랬어." 남편이 말했다. "훨씬 더…… 어, 뭐라고 해야 할까? 펠리노어보다는 더 호감이 가는 사람이었거든. 속내를 드러내는 법도 없고 그래, 사실 좀 냉담하긴 했지만 그래도 거만하거나 으스대는 구석은 없었어요. 교양 있고 예의 바른 인물이었지. 좋은 가문 출신에."

"그래요, 남편 양반, 당신 좋을 대로 말하구려. 하지만 앨리스테어 워스롭도 다른 워스롭 남자들이랑 똑같았우. 쩨쩨하고 거만하고 쌀쌀맞고, 그 집 앞을 더럽히는 불미스러운 손님들을 제외하곤 친구 하나 없었어."

"아하, 헛소문이에요, 부인. 근거 없는 유언비어라니까."

"그 사람은 남부동맹 동조자였어요. 헛소문이 아니라고요."

"저 사람 말 듣지 마라, 윌." 플래너건이 내게 타일렀다. "아무렇게나 떠드는 걸 좋아하거든."

"다 들린다니까! 난 아직 귀도 눈도 말짱하다고요, 미스터 플래너건!"

"당신이 듣든 말든 상관없어요!" 그가 고함을 질렀다.

부부의 티격태격은 점점 심해졌다. 어떻게 해야 할지 당황한 나는 옆에 있는 자루에서 사과 하나를 집었다. 내가 물건을 사면 두 사람의 장사꾼 기질 때문에라도 싸움이 끝날지 몰랐다.

"사람들이 그치에 대해 묻고 다녔단다." 플래너건 부인이 다시 끼어들었다. 넙데데한 얼굴이 내 손에 잡혀 있는 레드 딜리셔스 사과처럼 새빨개져 있었다. "당신도 기억하잖아요, 미스터 플래너건."

플래너건은 대답하지 않았다. 아일랜드인 특유의 유쾌한 눈동자가 뿜던 반짝거림도 이제는 사라졌다. 그의 입술은 아플 정도로 꽉 다물어져 있었다.

"무슨 사람들요?" 나도 모르게 질문이 튀어나왔다.

"그런 사람들 없다." 플래너건이 성난 목소리로 대답했다. "부인은……."

"핑커튼 사람들이었어!"

"……찻잔 속 폭풍을 휘젓고 있어!" 그의 말은 고함으로 끝났다.

"핑커튼이 누군데요?" 내가 물었다.

"탐정들이야!" 그녀가 대답했다. "떼거지로 왔다 갔지."

"두 명이었어." 플래너건이 말했다.

"워싱턴에서부터 찾아왔다지." 그녀는 남편을 무시했다. "61년 봄에 있었던 일이야."

"62년 봄이었어." 그녀의 남편이 말했다.

"육군성에서 지시가 내려왔대. 스탠튼 국방장관한테서 직접 말이야!"

"스탠튼이었을 리가 없어."

"분명히 스탠튼이었어요!"

"그러면 61년 봄이었을 리가 없어, 여보. 스탠튼이 장관이 된 건 62년 1월이니까."

"나한테 그런 거 따지지 마요, 미스터 플래너건. 내가 직접 명령서를 봤다니까 그러네."

"정부에서 일하는 비밀요원이 왜 당신 같은 식료품점 여편네한테 명령서를 보여 준단 말이오?"

"그 사람들이 알고 싶은 게 뭐였는데요?" 내가 물었다. 그 일이 일어난 시기는 바너 선장이 베냉에 갔던 때와 거의 일치했다. 북부 연합의 수사관들이 찾아온 지 겨우 2년 후에 페로니아 호가 항해를 떠난 게 단순한 우연의 일치일까? 미국 정부가 안트로포파기를 미국에 데려오려는 선대 워스롭 박사의 계획을 어떻게든 알아차린 건 아닐까? 갑자기 심장이 달음박질치기 시작했다. 이 우연의 일치처럼 보이는 사건들이 어쩌면 워스롭 박사를 계속 괴롭히고 있는 수수께끼, 죽어 가는 선장의 침대 옆에서까지 곱씹었던 왜라는 의문을 풀 열쇠일지도 몰랐다. 만일 내가 그 난제에 대한 해답을 갖고 돌아간다면, 그가 뭐라고 할까? 방금 전까지 내 양쪽 귀 사이가 텅 비었다고, 내가 아주 간단한 질문에도 말문이 막혀 대답도 제대로 못 하는 어리석고 머저리 같은 어린애라고 잔뜩 야단을 쳤는데 말이다. 내가 해답을 갖고 가면 그도 나를 다시 보지 않을까? 진짜로 "없어서는 안 되는" 존재로 인정받을 수 있지 않을까?

"그 사람들은 워스롭 박사가 진짜 연방주의자인지 알고 싶어 했다. 실제로 연방주의자가 맞았고." 플래너건이 흥분한 아내보다 먼저 대답했다. "그리고 그 사람들이 뒷조사를 하고 다녔던 건 워스롭 박사가 아니었어요, 여보. 기억할지 모르겠지만 그 두 캐나다인이었지. 너무 오래돼서 이름이 기억이 안 나네. 거의 26년 전에 있었던 일이라……."

"슬리델과 메이슨이었어요." 그녀가 잽싸게 대꾸했다. "그리고 그 사람들은 캐나다 사람이 아니었우. 반란군 스파이였지."

"핑커튼 사람들은 자세한 얘기는 전혀 안 해 줬단다." 플래너건이 내게 윙크를 보내며 말했다.

"두 사람 다 그 집에 찾아간 적이 있었지." 그녀가 말했다. "해링턴 레인에 있는 집 말이야. 한 번도 아니고 여러 차례나."

"그런 걸로는 아무것도 입증하지 못해." 그가 말했다.

"그 사람이 반역자랑 선동가들이랑 연관돼 있다는 증거잖아요!" 그녀가 소리 질렀다. "그치가 남부 동조자라는 증거라니까요."

"그건 당신 생각이고, 여보. 그때도 모두들 그렇게 속닥거렸지만, 그렇다고 그게 사실로 밝혀진 건 아니잖아요. 핑커튼 사람들은 결국 떠났고, 워스롭 박사는 그 뒤로도 계속 여기 살았거든, 안 그래요? 증거 같은 게 있었으면 당장 그 사람을 체포했을 거요. 지금도 이렇게 수군거리긴 하지만…… 내가 아는 한 남들한테 해를 끼친 적도 없는 좋은 사람을! 그게 다잖소. 그냥 소문일 뿐이에요. 그러면 안 돼요, 여보. 죽은 사람 험담을 하다니."

"그 사람은 반란군 동조자였다니까요!" 부인은 계속 우겼다. 목소리가 워낙 커서 귀가 웅웅 울릴 지경이었다. "전쟁이 끝나곤 사람이 완전히 달라졌잖아요. 당신도 알잖우, 미스터 플래너건. 몇 주일 동안이나 집 안에 틀어박혀 있다가, 간혹 밖에 나올 때도 절친한 친구를 잃은 사람처럼 넋이 나가 있었지. 길에서 바로 옆을 지나갈 때도 '안녕하십니까' 소리 한 번 하지도 않고, 뭐에 그리 상심했는지 얼이 빠져 있었잖아요."

"그건 그랬지요, 여보." 플래너건이 깊은 한숨을 내쉬며 말했다. "하지만 그게 꼭 전쟁 때문이라고 할 수는 없어요. 남자의 마음도 아주 복잡한지라, 물론 여자들만큼은 아니겠지만 우리도 아주 복잡한 사람들이라오. 어쩌면 당신 말대로 정말로 상심할 만한 일이 있었는지도 몰라요. 그렇지만 그게 무슨 일이었는지는 아무도 모르는 거요."

그건 사실이었다. 하지만 나는 짐작 가는 데가 있었다. 전쟁이 끝날 무렵, 앨리스테어 워스롭의 손은 피에 물들어 있었다. 전장에 흩뿌려진 피가 아니라 페로니아 호의 갑판에 흩뿌려진 피였다. 그 피는, 그리고 앞으로 그가 고국으로 들여오기 위해 그토록 애썼던 괴물의 희생자가 될 이들의 피는, 모두 그가 연구하는 "과학철학"의 제단에 바쳐진 것이었다.

워스롭 박사는 서재에서 그가 가장 좋아하는 창가 의자에 앉아 있었다. 블라인드가 내려져 있어 꽤 어두웠던지라 안을 들여다보고도 그를 못 보고 지나칠 뻔했다. 내가 그를 찾아서 가장 먼저 들른 곳은 지하실이었다. 박사는 없었지만 아무렇게나 뒤집힌 상자와 파일 들이 작업대에 흩어져 있었다. 그다음은 서고로 향했는데, 그곳 역시 지하실과 비슷한 모양새였다. 책들은 책장 밖에 팽개쳐져 있고 오래된 신문과 간행물이 바닥에서 난잡하게 뒹굴었다. 서재도 서고보다 나을 바가 없었다. 서랍이란 서랍을 모조리 뒤집어 내용물을 바닥에 지저분하게 흩어 놓은 탓에 발 디딜 틈이 하나도 없을 정도였다. 집 안 전체에 강도라도 든 것 같았다.

"윌 헨리." 그가 말했다. 말도 하기 힘들 만큼 지친 것 같았다. "적어도 너는 목적을 완수했길 빈다."

"네, 박사님." 나는 숨을 헐떡이며 대답했다. "좀 더 일찍 오려고 했는데, 빵집에 들르는 걸 깜박한 거예요. 그 집 라즈베리 스콘을 좋아하시잖아요. 그래서 다시 가서 마지막 스콘을 집어 왔어요."

"스콘?"

"네, 박사님. 그리고 정육점에도 다녀왔어요. 플래너건 씨 가게에도 갔고요. 박사님한테 안부 전해 달래요."

"그런데 왜 그렇게 헐떡거리고 있느냐? 어디 아프니?"

"아뇨, 박사님. 뛰어와서 그래요."

"뛰어왔다고? 왜? 누가 쫓아오기라도 하더냐?"

"플래너건 부인이 말한 것 때문에요." 가슴이 터질 것만 같았다. 내가 알게 된 사실을 들려주면 박사의 침울한 기분은 씻은 듯이 사라질 것이다. 나는 확신했다.

그는 툴툴거렸다. "필시 나에 관한 얘기렷다. 그 여자랑 이야기 같은 걸 하면 안 돼, 윌 헨리. 원래 여자와 말을 섞는다는 것 자체가 위험하긴 하지만 그 여자는 특히 더 위험하지."

"아뇨, 박사님 얘기가 아니었어요. 적어도 진짜 중요한 부분은요. 박사님 아버님 이야기였어요."

"내 아버지?"

나는 가쁜 숨을 몰아쉬며 그에게 모조리 털어놓았다. 슬리델과 메이슨에 관한 이야기, 핑커튼 탐정들이 마을에 찾아와 그의 부친에 대해 캐묻고 다녔다는 내용(정육점 주인 누난과 빵집 주인 태너도 확인해 주었다.), 남부의 패배에 대한 부친의 기이하고 우울한 반응, 이 모든 게 페로니아 호의 탐험 여행과 거의 비슷한 시기에 발생했다. 박사는 중간에 딱 한 번 끼어들었을 뿐이었다. 그는 그의 부친이 내통했다는 두 남자의 이름을 물었다. 그 외에는 표정 하나 바뀌지 않은 채 두 손 위에 얼굴을 괴고 묵묵히 나를 관찰했다. 나는 숨을 죽이고 내 이야기의 결말을 기다렸다. 그는 의자에서 벌떡 일어나 두 팔로 나를 끌어안으며 '고르디아스의 매듭'*을 풀어 줘서 고맙다고 칭찬하리라.

하지만 애석하게도, 박사는 고개를 가로젓더니 조용히 말했다.

"그게 다냐? 그 이야기를 하려고 이렇게 뛰어온 거냐?"

"벌써 다 알고 계셨어요?" 나는 풀이 죽었다.

"내 부친은 많은 점에서 유죄긴 하지만 반역자는 아니다. 그래, 그분이 그 사람들을 만났을 수는 있다. 그리고 그들이 진짜 선동꾼이었을 수도 있어. 교활한 음모를 꾸미고 있었을 수도 있고. 선친의 독특한 직업은 어떤 사람들 사이에서는 아주 잘 알려져 있었으니까 말이다. 그렇지만 그들이 무슨 제안을 했든 아버지는 거절하셨을 거다."

"하지만 그걸 어떻게 아세요? 그때 박사님은 여기 안 계셨잖아요."

---

* 아무리 애를 써도 해결하기 어려운 문제를 비유한다.

그는 얼굴을 찌푸렸다.

"내가 여기 없었는지 네가 어떻게 아느냐?"

나는 고개를 푹 숙이고는 그의 노려보는 눈빛을 피했다.

"전쟁 때 아버지가 멀리 있는 학교에 보냈다고 하셨으니까요."

"나는 그런 말을 한 적이 없다, 윌 헨리."

그건 사실이었다. 내가 낡은 트렁크 속에 있던 편지를 몰래 뜯어 보고는 유추한 내용이었으니까. 그렇지만 어떤 거짓말은 반드시 필요한 법이다.

"옛날에 그러셨어요." 나는 소심하게 중얼거렸다.

"그래, 기억이 안 나는 걸 보니 그런 것 같구나. 어쨌든 두 사건이 비슷한 시기에 발생했다고 해서 그 두 가지가 꼭 무슨 관련이 있다는 뜻은 아니다, 윌 헨리."

"그렇지만 그럴 수도 있잖아요." 나는 물러서지 않았다. 나는 내 뛰어난 추리력으로 그를 감명시키고 싶었다. "만약에 그 사람들이 남부 스파이였다면 박사님 아버지가 바너 선장과 계약을 하면서 아무 기록도 남기지 않은 것도 당연해요. 그래서 박사님이 아무것도 찾지 못하신 거예요! 그분이 놈들을 여러 마리나 데려온 것도 그런 이유에서고요. 박사님이 그러셨잖아요. 연구용이 아니라면 대체 왜 놈들을 데려온 건지 모르겠다고요. 어쩌면 놈들은 그 사람들을 위한 걸지도 몰라요. 슬리델이랑 메이슨 말이에요. 어쩌면 박사님 아버지가 아니라 그 사람들이 안트로포파기를 원했던 것일지도 모른다고요!"

"그들이 왜 안트로포파기를 손에 넣고 싶어 했겠니?" 그는 내가 발을 동동거리는 걸 쳐다보며 물었다.

"저도 모르죠. 새끼를 치려고 그런 게 아닐까요? 그래서 군대 같은 걸 만들려고요! 남부군에 그런 놈들이 수백 마리씩 있다고 상상해 보세요! 한밤중에 놈들을 적군에게 풀어 놓으면 어떻게 되겠어요?"

"안트로포파기는 1년에 새끼를 한두 마리밖에 낳지 않는다. 백 마리가 되려면 꽤 많은 시간이 필요할 거다."

"겨우 두 마리 만으로도 페로니아 호에 타고 있던 사람들이 전부 죽었잖아요."

"그건 극도로 운이 좋았던 경우고. 내 말은, 안트로포파기한테 말이다. 전장에서 뼈가 굵은 숙련된 군인들이었다면 그렇게 어이없게 당하지는 않았을 거다. 매우 흥미로운 가설이긴 하구나, 윌 헨리. 그렇지만 네 주장을 뒷받침하는 증거는 하나도 없어. 설사 그 의문의 방문객들이 선친에게 적들을 학살하거나 겁에 질리게 할 괴물을 손에 넣게 해 달라고 부탁했더라도 부친은 그 정도 비용이나 위험을 무릅쓰면서까지 안트로포파기 한 쌍을 구해 오기보다 훨씬 더 유용한 방법을 무수히 알고 있었을 거다. 무슨 뜻인지 알겠느냐, 윌 헨리? 만일 그들의 목적이 그런 거였다면 내가 아는 아버지라면 그 부탁을 거절했을 거라는 얘기다. 그리고 설령 수락했다고 해도 하필 안트로포파기를 고르지는 않았을 거라는 뜻이야."

"하지만 박사님도 확실히는 모르잖아요." 나는 단념하지 않았다. 나는 내가 옳기를 바랐다. 박사가 틀렸다는 것이 아니라 내가 옳다는 것을 증명하고 싶었다.

반응은 즉각적이었다. 그는 의자에서 벌떡 일어났다. 홀쭉한 얼굴은 노기로 일그러져 있었다. 나는 깜짝 놀라 주춤거렸다. 그가 이렇게까지 화가 난 모습은 처음이었다. 금방이라도 내 뺨을 후려갈길 기세였다.

"어떻게 감히 그런 말을 하는 거냐?" 그가 노성을 질렀다. "네가 뭐길래 감히 내 아버지의 명예를 의심해? 감히 네가 우리 가문의 이름을 더럽히는 거냐? 마을 전체가 나를 중상모략하는 것도 모자라 내 조수가, 내가 몸소 연민과 호의를 베풀어 내 집에 들이고 내가 하는 일을 가르치고 내 소중한 권리인 사생활까지 포기하면서까지 희생을 감수했건만, 그런 네가 감히 저런 하찮은 인간들과 똑같이 나를 모욕해? 그것도 모자라 내 은혜를 입고 사는 녀석이, 내가 아니면 먹고 살지도 못할 녀석이, 내가 딱 한 가지 이것만은 꼭 유념하라고 지시한 것도 제대로 지키지 못한 주제에! 그게 뭐였지, 윌 헨리? 내가 뭐라고 했는지 기억이나 하느냐? 아니면 스콘에 눈이 멀어 까맣게 잊어버린 거냐? 네가 시장에 간다고 했을 때 내가 뭐라고 했지?"

나는 박사의 사납고 잔인한 어조에 놀라 말문이 막혀 버렸다. 그는 잔뜩 움츠린 내 앞에서 거인처럼 나를 내려다보며 고함을 빽 질렀다. "내가 뭐라고 했느냐?"

"아…… 아무하고도 말하지 말라고요." 나는 울먹이며 대답했다.

"그것 말고 또!"

"누가 말을 걸더라도 다 괜찮다고 대답하라고요."

"그런데 네가 마을 사람들한테 뭘 어떻게 하고 다녔는지 봐라, 윌 헨리. 남부 스파이와 정부 요원, 그리고 워스롭 가문에 대해 떠들고 다녀? 그걸 보고 사람들이 무슨 생각을 했겠니? 응? 어디 설명해 봐라."

"전 그냥……. 다만……. 애초에 제가 그런 게 아니에요, 박사님. 플래너건 부부가 그랬어요!"

그는 잇새로 거칠게 말을 내뱉었다. "너한테 실망했다, 윌 헨리." 그러고는 등을 획 돌리더니 방 저편으로 걸어가며 바닥에 쌓여 있는 종이 무더기를 발로 세게 걷어찼다. "최악은, 네가 나를 배신했다는 거다." 그는 나를 돌아보며 침울하게 말했다. "도대체 뭣 때문에? 아마추어 탐정 놀이로 네 밑 빠진 호기심을 채우고 싶어서 그런 거냐? 내 아버지를 세상에서 고립시켜 비참하고 망가진 노인네로 삶을 마감하게 만든 범인들의 중상과 모함에 가담해 나를 모욕하고 싶어서? 네가 나를 궁지에 몰아넣는구나, 윌 헨리. 왜냐하면 이제 나에 대한 네 충성심이 오직 네 이기심이 허락하는 한도까지만 존재한다는 사실을 알게 되었으니까 말이다. 내가 너한테 바란 필수적이고 유일한 자질은 완전하고 맹목적이고 절대적인 충정뿐이었다. 네 처지가 그렇게 되고 난 뒤에 나한테 너를 맡으라거나 내 일을 가르치라고 부탁한 사람은 아무도 없었다. 아무리 내가 네 아버지에게 의무감을 느낀다 한들 이럴 필요까지는 없었지. 그래도 나는 너를 맡았다. 그런데 이게 내가 받는 보답이냐? ……뭐야, 지금 나 때문에 화가 난 거냐? 내가 네 마음을 상하게 했어? 어디 말 좀 해 봐라!"

"절 맡아 달라고 부탁한 적 없어요!"

"나도 너 같은 애가 생기길 바란 적 없다!"

"박사님만 아니었으면 그럴 일이 생기지도 않았을 거예요!"

그가 내게 바짝 다가섰다. 해가 져서 어둑한 까닭에 얼굴이 제대로 보이지 않았다. 우리 사이에 그림자가 내려앉았다.

"네 아버지는 위험하다는 걸 알고 있었다." 그가 다소 누그러진 목소리로 말했다.

"어머니는 몰랐어요! 저도 몰랐고요!"

"내가 어떻게 해 주길 바라니, 윌 헨리? 네 부모님을 무덤에서 일으켜 세우기라도 하랴?"

"난 이 집이 싫어요!" 나는 괴물학자의 그림자를 향해, 내 스승이자 내 고통의 근원에게 악을 질렀다. "난 이 집이 싫어요! 날 여기 데려온 박사님도 싫어요! 난 당신이 미워!"

나는 방을 뛰쳐나갔다. 복도를 지나, 계단을 뛰어올라, 사다리를 타고, 내 작은 다락방에 도착해 등 뒤로 문을 쾅 닫았다. 침대에 몸을 던지고 베개에 얼굴을 파묻고 가슴이 터지도록 엉엉 울었다. 화가 나서, 서글퍼서, 그리고 부끄러워서. 그렇다, 나는 부끄러웠다. 왜냐하면 내게는 그 사람밖에 없었는데, 내가 그를 실망시켰기 때문이다. 박사에게는 일이 있었다. 내게는 그가 있었다. 우리 각자가 가진 것이라고는 그것뿐이었다.

머리 위 4월의 남청색 하늘 위로 구름이 종종걸음 쳤다. 구름의 폭신한 아랫배를 황금빛으로 물들이며 태양이 지평선 아래로 가라앉고 있었다. 한바탕 눈물을 쏟은 나는 침대에 등을 대고 누워 바깥세상에서 스며드는 빛줄기를 멀거니 바라보았다. 지친 육신이 음식과 휴식을 부르짖고 있다면 내 영혼은 그보다 훨씬 길고 영구한 평화를 갈구했다. 음식을 먹고 잠을 잘 수는 있어도, 이 가슴에 사무치는 외로움과 돌이킬 수 없는 서글픔, 치유할 수 없는 불안감을 덜

수 있는 방법은 없었다. 에라스무스 그레이가 구덩이 속 괴물의 손아귀에서 벗어날 수 없었듯이, 헤제키아 바너가 썩어 문드러진 몸뚱이 속에서 죽어 갔듯이, 나도 이젠 구원의 손길을 받기에 너무 늦은 걸까? 안트로포파기가 에라스무스를 집어삼키고 구더기가 바너 선장을 빨아 먹은 것처럼, 부모님을 앗아 간 화재가 내 모든 희망도 함께 집어삼켜 버린 것일까? 죽음은 두 사람의 고통을 끝내 주었다. 그러니 내 고통을 끝낼 방법도 그 검은 천사의 방문을 받는 길밖에 없지 않을까?

나는 죽음의 다소 온화한 형제인 잠이 나를 데려가기를 기다렸다. 그 조용하고 보이지 않는 은총이 내리길 갈구했다. 그러나 평화는 나를 비켜 갔고, 나는 침대에서 일어났다. 짭짤한 눈물의 홍수를 맞은 탓에 머리는 지끈거리고 배 속은 따끔거렸다. 나는 뚜껑문을 열고 발뒤꿈치를 든 채 사다리를 내려갔다. 내가 향한 곳은 부엌이었다. 지하실 문은 닫혀 있었다. 그는 틀림없이 저 아래 있을 것이다. 내 작은 다락방이 나한테 도피처였듯이, 지하실은 그의 도피처였다. 나는 최대한 빨리 그리고 조용히 냄비에 물을 올리고 정육점 주인 누난이 각별히 신경 써서 골라 준 양고기 두 덩이로 미쳐 날뛰는 허기를 달랠 만한 것을 만들기 시작했다. 나는 음식을 차렸을 때와 똑같이 부리나케 접시를 비웠다. 맛을 느낄 정도로 입안에 오래 머물지도 않았지만 지금껏 내가 먹어 본 것 중에 가장 맛있고 근사한 식사였다. 어쩌면 내가 직접 요리를 해서 더 그렇게 느껴졌는지도 모른다. 빵집의 태너한테 받아 온 신선한 빵 조각으로 접시의 육즙을 싹싹 닦아 먹고 있을 때, 지하실 문이 벌컥 열리더니 박사가 모습을 드러냈다.

"요리를 했구나."

"네." 나는 일부러 박사님이라는 호칭을 붙이지 않았다.

"무슨 요리를 했니?"

"양고기요."

"양고기?"

"네."

"양갈비?"

나는 고개를 끄덕였다. "콩이랑 당근도 넣었어요."

나는 접시를 개수대로 가져갔다. 접시를 씻는 내내 등에 그의 시선이 따갑게 느껴졌다. 나는 컵과 접시를 시렁에 얹은 다음 몸을 돌렸다. 그는 아직도 지하실 문 앞에서 꼼짝도 하지 않고 서 있었다.

"뭐 필요한 거 있으세요?"

"아니, 난……. 아니, 괜찮다."

"그럼 전 방으로 올라갈게요."

그는 내가 옆을 지나칠 때도 아무 말도 하지 않았다. 내가 계단참에 이르렀을 때에야 한 발짝 옆으로 나와서는 복도 끝에서 나를 불렀다. "윌 헨리?"

"네?"

그는 잠시 머뭇거리더니 힘없이 말했다. "잘 자라, 윌 헨리."

한참 뒤 박사는 내가 몇 시간 동안 뒤척이다 겨우 잠들었을 때에만 나를 방해하는 예의 그 신비한 능력을 발휘해 내 이름을 큰 소리로 불러 대기 시작했다. 높고 날카로운 목소리가 내 작은 성소를 뒤흔들며 메아리쳤다.

"윌 헨리! 윌 헨리이이이이이이!"

짧게나마 잠의 달콤함에 취해 몽롱한 상태였지만 나는 체념의 한숨을 쉬며 침대에서 빠져나왔다. 나는 그 소리가 무슨 뜻인지 잘 알고 있었다. 전에도 몇 번이나 들어 봤으니까. 나는 사다리를 타고 2층으로 내려갔다.

"윌 헨리! 윌 헨리이이이이이이!"

그는 복장을 완전히 갖춰 입은 채 침대 위에 누워 있었다. 문 앞에 내 윤곽이 나타난 걸 보더니 정신없이 손목을 휘저으며 들어오라고 손짓했다. 저녁에 있었던 말다툼 때문에 아직 기분이 언짢았던 나는 그의 침대 옆으로 다가가지 않았다. 방 안으로 딱 한 발짝 내디딘 다음 멈춰 섰을 뿐이다.

"윌 헨리, 너 뭐 하는 거냐?"

"박사님이 부르셨잖아요."

"아니, 지금 말고 아까 저 밖에서 뭘 하고 있었니?" 그가 복도 쪽으로 손을 까딱이며 저 밖을 설명했다.

"전 제 방에 있었는데요, 박사님."

"아니야, 네가 부엌에서 시끄러운 소리를 내는 걸 분명히 들었다."

"전 제 방에 있었어요." 나는 방금 한 대답을 되풀이했다. "쥐가 있었나 보죠."

"쥐가 냄비랑 팬을 달그락거린다고? 사실대로 말해라, 윌 헨리. 또 요리를 하고 있었니?"

"사실대로 말씀드린 거예요. 제 방에 있었다니까요."

"지금 내가 환청을 들었다는 거냐?"

"아뇨, 박사님."

"난 바보가 아니야."

"그럼 내려가서 확인해 볼게요."

"아니야, 안 돼! 그냥 여기 있어라. 내가 잘못 들었나 보다. 꿈을 꿨나 보지. 나도 모르겠다."

"네, 박사님. 하실 말씀은 그게 다인가요?"

"너도 알겠지만, 난 이런 일은 익숙하지가 않단다."

그는 입을 다물었다. 내가 먼저 물어봐 주길 기다리는 눈치였으나 나는 이 지겨운 연극에 동참하고픈 마음이 없었다. 또다시 찾아온 우울증이 그의 괴벽을 압도한 것 같았다. 이럴 때 내가 할 일은 명백했고, 사실 대개는 그에게 최대한 맞장구를 쳐 주곤 했다. 그렇지만 나는 지난 며칠 동안 일어난 일 때문에 완전히 지쳐 있었다. 그냥 내키지가 않았다.

"누군가와 같이 산다는 건 말이다." 내가 입을 열지 않자 이윽고 그가 말했다. "내 방에 방음처리라도 할까 생각 중이다. 아주 사소한 소리도……."

"네, 박사님." 나는 일부러 큼지막하게 하품을 했다.

"내가 잘못 들었나 보구나." 마침내 그가 수긍했다. "적당한 휴식을 취하지 못하면 정신이 스스로를 속일 수도 있지. 내가 잠을 잔 게 언제인지 기억도 나지 않는구나."

"적어도 사흘은 됐어요."

"언제 식사를 했는지도 모르겠고."

나는 아무 말도 하지 않았다. 그가 먼저 말을 꺼내지 않는 이상, 내가 먼저 뭔가를 권하거나 제안할 일은 없을 것이다. 그가 고집을 부린다면 나도 그럴 수 있다.

"내가 어렸을 때는, 윌 헨리, 빵 한 덩이만으로 잠도 자지 않고 일 주일은 가뿐하게 버틸 수 있었지. 한번은 주머니에 사과 한 알만 가지고 안데스 산맥을 오른 적도 있다. 네가 아래층에 있지 않았던 게 확실하니?"

"네, 박사님."

"내가 널 부르니까 소리가 멈췄는데. 어쩌면 너한테 몽유병이 있는지도 모르잖니."

"아니에요, 박사님. 전 침대에서 자고 있었어요."

"그래, 당연히 그랬겠지."

"말씀하실 건 그게 다인가요?"

"다라니?"

"또 필요하신 거 있으세요?"

"혹시 스콘 때문에 그러는 거냐?"

"스콘요?"

"나 몰래 야식으로 먹어 버린 거 아니냐? 내가 스콘을 얼마나 좋아하는지 알면서."

"아니에요, 스콘은 아직 있어요."

"오, 그래, 그것 참 잘 됐구나."

더 이상은 피할 방도가 없었다. 그는 절대로 직접 부엌으로 내려가지 않을 거고 그렇다고 나한테 부탁을 하지도 않을 터였다. 여기서 내가 다시 잠자리로 돌아간다면 그는 내가 잠이 들 때까지 기다렸다가 또다시 집 안이 쩌렁쩌렁 울리도록 내 이름을 불러 댈 것이다. 윌 헨리이이이이이이이! 결국 내가 굽힐 때까지 말이다. 그래서 나는 아래층으로 내려가 주전자에 물을 올리고 접시에 스콘을 담았다. 차를 우리는 동안 개수대에 몸을 기대고 연신 하품을 했다. 나는 쟁반에 차와 스콘을 올려 그의 방으로 가져갔다.

박사는 그새 침대에서 일어나 앉아 있었다. 가슴에 팔짱을 끼고 고개를 숙인 채 등을 침대 머리판에 기대고 생각에 잠겨 있었다. 내가 침대 옆 작은 탁자에 쟁반을 내려놓자 그가 고개를 들었다.

"그게 뭐냐? 차와 스콘이잖아! 정말 사려 깊은 아이로구나, 윌 헨리."

그는 내게 의자에 앉으라고 손짓했다. 나는 속으로 한숨을 쉬며 주저앉았다. 여전히 피할 방도가 없었다. 설령 내가 방으로 돌아간다고 해도 그라면 다시 나를 불러서 여기 앉힐 테니까. 내가 꾸벅꾸벅 졸기라도 한다면 그는 목소리를 높이고 손가락을 튀기며 나더러 피곤하냐고 천진난만한 말투로 물을 것이다.

"맛있구나." 그가 우아하게 스콘을 한 입 베어 물며 말했다. "맛있긴 한데 두 개 다는 못 먹겠다. 너도 하나 먹으련, 윌 헨리?"

"아뇨, 괜찮아요, 박사님."

"이렇게 맛있는 걸 마다하는 걸 보니 아무래도 진짜로 네가 부엌에 있었던 것 같구나. 그건 그렇고 부엌에서 뭘 보진 못했고?"

"못 봤어요."

"정말로 쥐새끼였나 보다. 쥐덫은 놨니?"

"아뇨, 박사님."

"지금 당장 할 필요는 없다." 나는 움직일 생각도 하지 않았건만 박사가 지레 말했다. "아침에 해도 된다." 그가 차를 홀짝였다. "그렇게 요란한 소리를 내다니, 대단한 녀석이야! 네가 부엌에 있는 동안 생각해 봤는데, 어쩌면 프로테우스처럼 몸을 변신할 수 있는 능력을 가진 놈이었는지도 몰라. 쥐에서 사람으로 변신했던 거지. 자기 가족한테 먹이려고 치즈 소스를 만들고 있었다거나! 하! 아주 우스운 생각이 아니냐, 윌 헨리?"

"네, 박사님."

"너도 알겠지만, 난 천성이 그리 명랑한 사람은 아니다, 윌 헨리. 아주아주 피곤할 때가 아니라면 말이다. 그런데 지금은 대단히 피곤하구나, 윌 헨리."

"저도 피곤해요, 박사님."

"그런데 왜 여기서 이러고 있는 거냐, 지금 당장 자러 가렴!"

"네, 박사님. 그럴게요."

나는 그에게 잘 자라는 인사를 하며 일어났지만 속으로는 그럴 리가 없다고 이미 체념하고 있었다. 방을 나와서도 내 방으로 돌아가지 않고 복도에 서서 기다렸다. 나는 숫자를 세기 시작했다. 15까지 셌을 무렵, 그가 다시 내 이름을 불렀다.

"생각이 꼬리를 물고 이어지는구나." 그는 다시금 나를 의자로 손짓해 부르며 설명했다. "그 미지의 쥐 때문에 프로테우스 앙귀누스(Proteus anguinus)가 떠올랐다."

"아뇨, 박사님, 아까는 그냥 프로테우스라고 하셨어요."

내 지적에 그는 내가 너무 무식하다는 듯 고개를 절레절레 저었다. "프로테우스 앙귀누스는, 월 헨리, 카르파티아 산맥에서 발견된 눈이 없는 양서류다. 그러다 보니 거기서 다시 프랜시스 골턴과 우생학으로 생각이 이어졌지."

"네, 박사님." 물론 나는 그의 복잡한 사고방식을 도저히 따라갈 수가 없었다. 나는 프로테우스 앙귀누스는 물론, 골턴이나 우생학에 대해서도 들어 본 적이 없었다.

"아주 흥미로운 생물이란다. 자연선택설을 증명하는 훌륭한 사례기도 하고. 그것들은 아주 깊고 깜깜한 동굴에 서식하는데 그래서 눈이 퇴화해 흔적만 남아 있지. 그 생물 표본을 최초로 영국에 가져온 게 골턴이야. 아델스베르그 동굴을 탐험하러 갔다가 발견했지. 그는 내 부친의 친구이자 다윈의 친구이기도 했다. 선친은 그의 연구를 열렬하게 지지했어. 특히 우생학에서 말이야. 지금도 서고에 가면 『유전적 천재』의 서명본이 있을 거다."

"그래요?" 나는 기계적으로 대꾸했다.

"두 분은 정기적으로 서신을 주고받았지. 비록 선친이 일기장과 마찬가지로 평생에 걸쳐 주고받은 서한을 모두 다 처분하긴 했지만 말이다."

거의 모든 편지겠지. 나는 속으로 생각했다. 나는 아들이 아버지에게 보낸 편지의 꾸러미를, 노랗게 바랜 양피지에 잉크가 희미하게 흐려진 글씨와 봉인이 뜯기지도 않은 채 낡고 잊힌 트렁크 바닥에 흩어져 있던 편지들을 떠올렸다. 답장을 보내 주시겠어요?

"83년에 선친의 장례를 치르러 프라하에서 돌아왔을 때 남아 있는 것이라곤 장서를 제외하면 거의 없었다. 그저 낡은 트렁크 하나와 그분이 특히 흥미를 갖고 있던 몇몇 종들에 대한 짧은 기록들뿐이었지. 그건 차마 태우지 못하신 것 같았어. 사적인 물건은 거의 완전히 없애 버리셨지. 신발 끈과 양말까지 전부 말이다. 아마 기회만 됐다면 그 트렁크도 처분하셨을 거다. 지하실 계단 아래 처박아 뒀다는 걸 기억만 하셨다면 말이다. 말년쯤엔 당신이 존재했다는 증거를 모조리 없애고 싶어 하신 것 같았다. 그땐 그게 그분의 병적인 자기혐오 때문이라고 생각했지. 나이 든 노인네의 이유 없는 회한과 종교적 광신이 뒤섞여 만들어 낸 자기혐오 말이다. 종국에는 그분의 삶이 둥글게 완성되었다고도 할 수 있겠구나. 그분은 어느 날 아침 침대에 누운 채로 가정부에게 발견되었단다. 실오라기 하나 걸치지 않고 발가벗은 채로 태아처럼 몸을 둥글게 말고 있었다지."

박사는 숨을 길게 내쉬었다. "처음 그 소식을 들었을 때는 깜짝 놀랐다. 그때까지 그분의 총기가 얼마나 떨어졌는지 몰랐으니까." 그는 눈을 지그시 감았다 떴다. "한창때는 무척 당당하고 위엄이 넘치는 분이셨다, 윌 헨리. 외모를 가꾸는 데 아주 까다로우셨지. 거의 허영심에 가까울 정도로 말이야. 그랬던 그분이 그런 품위 없는 모습으로 삶을 마무리한다는 건 상상조차 못 할 일이었다. 적어도 내게는 그랬지."

그는 묵묵히 천장을 응시했고, 나는 그 점에 있어 선택권이 없었던 헤제키아 바너를 떠올렸다.

"하지만 그는 호박 속의 곤충처럼 내 기억 속에 영원히 박제되어 있었다. 내가 선친을 뵌 지도 거의 10년이나 흘러 있었고, 그때의 앨리스테어 워스롭은 완전히 다른 사람이었지. 5년 전에 내가 본 아버지와 전혀 다른 사람이었어."

워스롭은 우울한 상념을 떨쳐 버렸다.

그는 내 쪽으로 몸을 굴리더니 손으로 얼굴을 감싸 쥐었다. 등불 아래 검은 눈동자가 반짝였다.

"중간에 또 새고 말았구나. 그렇지, 윌 헨리? 너도 『유전적 천재』를 반드시 읽어 봐야 해. 물론 『종의 기원』을 먼저 읽고 나서, 『유전적 천재』, 다음에는 『인간의 유래』를 읽어야지. 주제로 보나 순차적으로 보나 그 순서가 옳아. 『인간의 유래』를 보면 그 책이 『유전적 천재』에서 얼마나 큰 영향을 받았는지 알 수 있단다. 유기체의 신체적 특성뿐만 아니라 정신적 특성까지 자손에게 유전된다는 발상은 가히 혁신적이었지. 선친도 얼마나 큰 감명을 받았는지 나한테까지 편지를 보내셨고. 그분이 보낸 몇 안 되는 편지 중 하나였다. 찾아보면 어딘가 아직 있을 거야. 골턴은 아버지에게 초고를 보여 주었고, 아버지는 그 이론을 당신의 연구 분야에도 적용할 수 있다고 믿었단다. 인간에게 유해한 종을 포획하거나 근절하는 것보다 더 흥미로운 대안이 있을 수도 있다는 걸 깨달은 거야. 예를 들어 우리 친구인 안트로포파기처럼 말이다. 선택 교배를 통해서 바람직한 특성을 남기고 그렇지 않은 특성을 제거한다면 인간에게 유해한 종도 우리 입맛에 맞게 길들일 수 있지 않을까? 선친은 인류가 사나운 야생 늑대를 충직한 개로 바꾼 것처럼 괴물들을 '길들일' 방법을 찾지 못한다면, 인류의 인구가 너무 늘어 우리가 연구하는 학문이 사라질지도 모른다고 믿으셨다. 그리고 우생학이야말로 그것을 막을 열쇠라고 생각하셨고."

그는 내 반응을 기다리며 잠시 말을 멈췄다. 하지만 내가 아무 말도 하지 않자 몸을 벌떡 일으키더니 갑자기 흥분해서 고함을 질렀다. "아직도 모르겠니, 윌 헨리? 그게 바로 수수께끼의 해답이다! 그래서 아버지가 새끼를 낳을 수 있는 안트로포파기 한 쌍을 원한 거야. 골턴의 이론을 실천하기 위해서, 그 흉악하고 인간을 잡아먹는 종을 개량하기 위해서 말이다. 어마어마하게 버거운 일이었을 거다. 연구 규모와 비용도 그분이 감당하기 힘들었을 테고. 그래서 62년에 그 정체 모를 남자들을 만난 걸 거야. 물론 이건 다 내 추측일 뿐이다. 입증할 방법도 없겠지. 그 사람들을 찾아보지 않는 한, 만약에 살아 있다면 말이지만, 아니면 과연 정말로 있기나 한지 모를 선친과 그 사람들의 계약서나 기록이라도 발견하지 않는다면 말이다. 어찌 됐든 내가 생각해 낼 수 있는 선친이 그 사람들을 만난 이유는 이것뿐이다. 그들의 음흉한 목적이 그분의 정당한 목적에 도움이 된다고 여기셨던 게지."

그는 다시금 내 대답을 기다리듯 말을 멈췄다. 그러고는 손바닥으로 매트리스를 치며 말했다. "여기 앉지 그러니. 어디 네 생각은 어떤지 말해 보렴!"

"글쎄요, 박사님." 나는 천천히 말을 꺼냈다. 실은 뭐라고 해야 할지 난감했다. "박사님은 그분을 잘 아셨지만 전 모르니까요."

"아니, 나도 그분을 안다고는 할 수 없다." 그가 덤덤하게 말했다. "평범한 부자관계에 훨씬 못 미쳤지. 그렇지만 여러 가지 사실을 고려하면 이 가설은 꽤나 그럴싸해. 그분이 반역자들과 손을 잡았다면 그건 오직 학문에 대한 열정 때문이었을 거다. 그분께는 그것밖에 없었으니까. 그 외에는 아무것도 사랑하지 않았지. 아무것도 말이다."

그는 다시 침대에 드러누웠다. 두 손으로 머리를 감싼 채 멀뚱하니 머리 위의 캔버스를 응시했다. 그 위에 그려지는 그림은 오로지 그의 풍부한 상상력에 달려 있으리라. 지인들에 대한 무지와 거리감은 격렬히 날뛰는 상상력의 문을 활짝 열어 주기 마련이다. 설사 그 사람이 우리의 친아버지라 할지라도 말이다. 그 실존적 공백 위로 우리의 소망과 의심, 갈망과 회한이 몰려들었다. 아버지가 그랬어, 아버지라면 그랬을지도 몰라. 내 아버지는 박사의 부친만큼 차갑고 쌀쌀맞은 사람은 아니었지만 한 가지 면에서 우리는 형제나 다름없었다. 우리의 부친들은 우리에게 추억 말고는 아무것도 남겨 주지 않았다.

화재는 내게서 그 작은 모자를 제외하고는 손으로 만질 수 있는 모든 것을 앗아 갔고, 앨리스테어 워스롭은 펠리노어가 가져야 했던 거의 모든 것을 앗아 갔다. 그들이 세상에 남긴 것은 우리들뿐이었다. 그리고 우리가 이 세상에서 사라진다면 그들 역시 사라질 것이다. 우리는 그들의 삶이 적힌 석판이었다.

"아무것도." 괴물학자가 말했다. "아무것도 말이다."

그날 밤 나는 줄곧 그의 곁을 지키며 박사가 얕은 잠에 들었다 깨었다를 반복하는 동안 전날 밤만큼이나 힘들고 피곤하게 밤을 새웠다. 하지만 어느 순간 나도 모르게 꾸벅꾸벅 졸음에 빠질라치면 별안간 그가 눈을 번쩍 뜨고는 당혹한 목소리로 소리치곤 했다. "윌 헨리! 윌 헨리! 너 자니?"

그러면 나는 이렇게 대답했다. "아뇨, 박사님. 깨어 있어요."

"아." 그러면 그는 이렇게 말하곤 했다. "너도 좀 쉬어야지. 곧 튼튼한 체력이 필요해질 테니까. 지금쯤이면 그 친구가 내 서신을 받았을 게다. 내가 아는 존 컨스라면 지금쯤 첫 기차를 잡아타고 달려오고 있을 거야."

"존 컨스가 누군데요? 그 사람도 괴물학자인가요?"

그는 씁쓸하게 웃었다. "엄밀히 말하자면 아니다. 직업으로 말하자면 그는 외과의사야. 그것도 꽤 실력이 좋은 의사지. 기질을 말하자면 평범한 사람은 아니지. 원래라면 헨리 스탠리를 불렀을 텐데, 지금 어디 있는지 알 수가 없어서 말이다. 스탠리나 그나 안트로포파기를 야생에서 사냥한 경험이 있다. 그리고 스탠리는 아주 전형적인 구식 신사란다. 컨스와는 많이 다르지."

"그럼 사냥꾼인가요?"

"그렇게 말할 수도 있겠구나. 나보다 경험이 풍부한 건 확실해. 나는 안트로포파기에 대해서는 아무 경험도 없거든. 다만 이 점을 명심하렴, 윌 헨리." 그가 갑자기 엄숙하게 말했다. "존 컨스의 사고방식에 말려들지 마라. 최대한 피해 다녀."

"왜요?" 나는 어린애 특유의 호기심이 동했다. 원래 애들이란 하지 말라면 더 궁금해지기 마련이다.

"아는 게 너무 많거든." 이상한 대답이었다. "아니면 아는 게 충분하지 않다고 해야 할지도 모르겠구나. 어느 쪽이 더 정확한지는 나도 모르겠다. 어쨌든 존 컨스 박사한테서는 멀리 떨어져 있어라, 윌 헨리! 그는 아주 위험한 사람이야. 하지만 지금은 그런 위험한 사람이 필요한 때고, 우리는 가능한 한 모든 수단을 동원해야 한다. 놈들이 배를 채운 지 벌써 이틀이나 지났어. 머지않아 곧 사냥에 나설 거다."

"만약에 벌써 사냥에 나섰으면요?" 내가 물었다. 그 생각을 하니 갑자기 정신이 번쩍 들었다. 방이 쪼그라들면서 무시무시한 그림자가 피어오르는 것 같았다.

"장담컨대 그런 일은 없을 거다. 가엾은 그레이 씨가 앞으로 하루 이틀은 놈들을 만족시켜 줄 거야."

순간 머릿속에 불쑥 생각이 떠오르긴 했지만 차마 입 밖으로 낼 수가 없었다. 그렇지만 박사님이 틀렸으면 어떻게 해요? 전에도 이 방법을 써 봤지만 혹독한 대가를 치렀을 뿐이다.

그래서 나는 입을 다물었다. 신이여, 저를 용서하소서. 나는 왜 그때 아무 말도 하지 않았던가. 만일 내가 고집을 부렸다면 그는 잠시나마 그의 가설을 검토했을지도 모른다. 만일 내가 그에 대한 신뢰와 존경심을 등한시하고 의혹을 누그러뜨리지 않았다면 여섯 명의 결백한 이들이 상상조차 할 수 없는 그 끔직한 죽음의 고통을 겪지 않았을지도 모른다. 왜냐하면 그가 이처럼 나를 안심시키고 있던 바로 그때, 한 가족이 무참히 학살되고 있었기 때문이다. 우리가 그날 밤에 께느른한 시간을 즐기는 동안, 괴물들은 피로 목욕하느라 바쁜 시간을 보내고 있었다.

8장

"나는 과학자다."

나는 동이 틀 즈음에야 간신히 비틀거리며 침대로 올라갔다. 옷을 벗은 다음 이불 아래로 기어 들어갔지만, 눈을 붙인 시간은 턱없이 부족했고 그나마 식욕 왕성한 벌레들이 나오는 생생한 악몽으로 꽉 차 있었다. 꿈틀거리는 구더기와, 어둡고 축축한 동굴이나 썩은 통나무 아래 사는 이름도 없고 색깔도 없고 눈도 없는 이상한 생물들. 나는 베개에 머리를 뉘었을 때보다 더 피곤한 상태로 눈을 떴다. 입맛은 시큼하고 가슴은 한없이 무겁고 답답했다. 머리 위에는 해가 중천에 떠 있고 하늘은 구름 한 점 없이 맑고 푸르렀다. 내 어둡고 우울한 기분을 비웃기라도 하듯이 화창한 봄날이었다. 하지만 아무리 용을 써도 저 지평선 너머 뭔가 끔찍한 것이 몸을 숨기고 기다리고 있다는 생각을 떨칠 수가 없었다. 하지만 박사에게는 이런 불길한 예감을 말하지 않는 게 좋겠다는 생각이 들었다. 그라면 그저 웃어넘기며 미신에 관한 설교를 늘어놓을 것이다. 예감이란 그저 인간이 원시시대에 포식자들로 가득한 환경에서 살아남기 위해 발달시킨 반응체계의 반향에 불과하며, 우리의 불안감을 기꺼워하는 것은 오직 그러한 포식자들뿐이라고 말이다.

나는 축 처진 몸을 끌고 미적미적 부엌으로 내려갔다. 지하실 문이 열려 있고 그 안에서 빛이 새어 나오고 있었다. 차를 끓일 물을 올려놓고 조리대에 기대 육체적 피로와 정신적 피로라는 두 쌍둥이 악마와 씨름을 했다. 인간의 정신과 육체가 그 쌍둥이에게 어떻게 그렇게 조용히 장악당할 수 있는지 아는 인정 많은 이들이라면 나를 너그럽게 용서해 줄 것이다. 그들이라면 불 옆에서 꾸벅거리며 물이 끓기를 기다리던 내가 왜 그토록 다급하게 문을 두드리는 소리를 듣지 못했는지 이해할 것이다. 그러고는 잠시 후, 바로 옆에서 나는 노크 소리가 아니라 아래층 지하실에서 터져 나온 박사의 고함 소리에 깜짝 놀라 작은 비명을 지른 이유도 충분히 이해할 것이다.

"윌 헨리! 냉큼 나가 봐라! 손님이 찾아왔잖아!"

"네, 박사님! 지금 가요!"

나는 몸을 돌려 문을 열어젖혔다. 키가 크고 호리호리한 형체가 현관 계단에 구부정하니 서 있었다. 머리는 입에 문 해포석 파이프에서 한가로이 피어오르는 향긋한 연기 구름에 감싸여 있었고, 가냘픈 몸은 지팡이에 위태롭게 기대서 있었다. 아침 햇살이 그의 코안경에 부딪쳐 흩어졌고, 완벽한 달걀형 얼굴과 무성한 콧수염이 결합해 올빼미 같은 인상을 주었다.

"오, 윌 헨리로구나. 잘 됐다, 잘 됐어!" 모건 치안관이 다정하게 말하며 부들부들 떨리는 걸음걸이로 문지방을 넘어 왔다. "워스롭은 어디 있니? 지금 당장 그를 만나봐야겠다!"

박사가 지하실 문 앞에 나타났다. 무표정한 얼굴이었다. 마을에서 가장 높은 법 집행관의 갑작스러운 방문도 그를 당혹시키지는 못했다.

"무슨 일인가, 로버트?" 박사가 조용하고 침착한 목소리로 물었다. 그의 차분한 태도는 치안관의 눈에 띄게 초조하고 불안한 모습과 완벽한 대조를 이루고 있었다.

"극악무도한 일이야!" 치안관이 대답했다. 그의 입술에서 침이 튀겨 콧수염에 묻었다. "달리 표현할 말이 없군. 정말 추악하고 극악무도한 일일세. 내 식견으로는 도저히 감당할 수가 없어."

"하지만 자네가 추측하기에 내 식견으로는 가능할 거라는 말이로군."

치안관이 고개를 크게 끄덕이고는 숨을 몰아쉬며 말했다.

"사건이 발생했네. 자네가 당장 필요해."

잠시 후, 우리는 뉴예루살렘의 좁은 자갈길을 난폭하게 질주하는 치안관의 마차 안에 앉아 있었다. 두 사람은 덜컹거리는 바퀴 소리와 우렁찬 말발굽, 그리고 열려 있는 창문 사이로 비명을 질러 대는 바람 소리에 뒤질새라 앞다퉈 목소리를 높이며 대화를 나누고 있었다.

치안관의 목적은 오늘 아침에 발견된 끔찍한 사건의 이해할 수 없는 면모에 대해 박사로부터 대답을 쥐어짜 내는 것이었지만, 이 내 그는 비슷한 목적으로 박사를 찾아왔던 수많은 사람들처럼 곧 외려 자신이 심문 대상이 되어 있음을 깨달았다. 그는 박사의 예리하고 꼬장꼬장한 질문 공세에 휘말려 뒹굴고, 궁지에 몰리고, 패대기쳐졌다. 그와 비슷한 급류에 휩쓸려 본 적이 있는 나로서는 혼란에 빠져 어리둥절한 치안관을 동정하지 않을 수가 없었다. 박사는 대장장이가 망치를 휘두르듯이 빠르고 강하게 치안관에게 질문을 퍼부었다.

박사. "신고는 언제 들어왔나?"

치안관. "오늘 아침, 동이 튼 직후에."

"목격자는?"

"있네. 한 명인데, 유일한 생존자이기도 하지. 합리적인 사고를 하는 사람이라면 그렇듯이 나도 현장을 직접 보기 전까지는 당연히 그 녀석이 유일한 목격자 겸 범인이라고 생각했네. 워낙 허황된 소리만 해 대서 당연히 거짓말이라고 생각했거든."

"체포했나?"

치안관은 고개를 끄덕이며 두 발 사이에 있는 바닥을 지팡이 끝으로 초조하게 두드렸다. 옆에 앉아 있는 그의 옷에서 역겨운 냄새가 먹구름처럼 뭉게뭉게 피어오르고 있었다. 이제는 너무나도 익숙해진 죽음의 냄새였다. 그의 파이프에서 뿜어져 나오는 담배 연기로도 감출 수가 없었다.

"아직 우리가 데리고 있네." 치안관이 말했다. "기소를 하려고 그러는 게 아니야. 녀석의 안전을 위해서일세, 워스롭. 사건 현장을 보고 나니…… 인간이라면 도저히 그런 잔악한 범죄를 저지를 수가 없을 것 같더군. 게다가 뭘 봤는지 정신이 완전히 나가 버린 것 같고."

"뭘 봤는데?"

"그건 그 녀석에게 직접 듣도록 하게. 하지만 내가 그 집에서 본 광경은 그의 말과 일치하네. 그건…… 도저히 말로 형용할 수가 없어, 워스롭. 불가능하다고!"

박사는 아무 말도 하지 않았다. 그는 고개를 돌려 주변 풍경을 바라보았다. 초록빛 구릉과 색색의 봄꽃이 산발한 들판 위로 금색으로 빛나는 햇살이 넘실대고 있었다. 에라스무스 그레이를 발견한 거야……. 아니면 먹다 남은 그의 잔해라든가. 아니면 그 여자애나 그녀의 잔해를 찾은 걸지도 몰라. 나는 생각했다. 박사가 나와 똑같은 생각을 하고 있을지 궁금했다. 우린 지금 묘지로 가는 거야.

그래서 나는 마부가 올드힐 공동묘지로 이어지는 작은 길을 지나쳤을 때 깜짝 놀랐다. 비록 묘지의 서쪽 담장이 여전히 시야를 따라오긴 했지만, 우리는 점점 좁아지는 길을 따라 느릿느릿 전진하며 오르막길을 올랐다. 해가 높이 떠오르면서 날이 따뜻해졌고 창문 사이로 부드러운 봄바람이 불어왔다. 덕분에 옆에서 풍기던 속이 뒤집히는 듯한 악취가 다소나마 사그라졌다. 인동나무 냄새가 코끝을 스쳤다. 나는 안도하며 숨을 깊이 들이마셨다.

그러나 안도의 순간은 짧았다. 언덕 꼭대기에 이르자 마부가 고삐를 당겼다. 워스롭은 마차가 완전히 멈추기도 전에 바닥으로 뛰어내렸다. 나도 의무감이라기보다는(어쨌든 그에게 내 봉사는 없어서는 안 되는 것이었으니까.) 치안관이 "극악무도한 행위"라고 부른 것을 빨리 보고 싶어서 그 뒤를 종종걸음 치며 따라갔다. 언덕 꼭대기에는 교회가 있었고 돌멩이를 던지면 닿을 거리에 목사관이 있었다. 석조 건물에 박공지붕이 얹혀 있고 화단에는 흰색과 분홍색, 파란색, 황금색 구근식물이 피어 있는, 정취 있으면서도 이상하게도 불쌍한 헨젤과 그레텔이 산 채로 잡아먹힐 뻔한 과자 집처럼 불길한 느낌을 주는 집이었다. 문 앞에는 두 명의 장정이 팔에 장총을 안은 채 서 있었다. 우리가 다가가자 그들은 몸을 긴장시키며 방아쇠에 손가락을 걸쳤지만 뒤에서 따라오는 치안관을 보고는 재빨리 자세를 고쳤다. 하지만 이내 박사를 알아보고는 이번에는 불신과 두려움으로 얼굴이 굳어졌다. 워스롭은 뉴예루살렘에서 그리 환영받는 인물이 아니었다. 옛날이라면 악마와 내통한다며 산 채로 화형을 당했을 것이다.

"오늘이 일요일이 아니라 어찌나 다행인지!" 모건이 숨이 차서 헐떡거리면서 말했다. "이런 불경한 날에는 목사님의 양 떼들이 하느님의 섭리를 간증하기가 어려울 테니까 말이야."

아무리 봐도 올빼미와 똑같은—다만 올빼미처럼 뛰어난 사냥꾼이 지닌 차분한 우아함이 부족했다.—안경 뒤에 숨은 눈이 나를 힐긋 보더니 말했다. "워스롭이야 여기저기 다니면서 별별 험한 꼴을 다 봤겠지만 넌 아직 어린애잖니, 윌 헨리. 이런 광경은 익숙하지 않을 게다. 넌 안 들어가도 된다."

"그 애도 같이 갈 걸세." 박사가 재빨리 대꾸했다.

"아니, 왜? 그럴 이유가 뭐가 있다고?"

"윌 헨리는 내 조수야. 이런 광경에 익숙해져야지."

박사를 잘 알고 있는 치안관은 더 이상 고집부리지 않았다. 그저 한숨을 크게 내쉬고 악취를 막는 연고를 꺼내 코 밑에 바른 다음, 입에서 파이프를 떼어 옆에서 불안하게 서 있는 부하에게 건네주고, 마지막으로 주머니에서 손수건을 꺼내 코와 입을 막았다.

내 존재가 그를 불편하게 만들고 있는 것 같았다. 그는 한참 동안 내 얼굴을 응시하더니 입을 가린 손수건 때문에 잘 알아듣기 힘든 목소리로 조용히 말했다. "말로는 도저히 설명할 수가 없는 광경이란다, 윌 헨리. 정말 끔찍해."

모건이 문을 밀어젖혔다. 문에는 팻말이 하나 걸려 있었는데 거기 새겨진 문구는 마치 곧 우리 앞에 펼쳐질 시체안치소에 대한 역설적인 서문 같았다. '주님은 나의 목자시니.'

문에서 1.5미터쯤 떨어진 곳에 시체 하나가 얼굴을 바닥에 묻은 채 누워 있었다. 두 팔은 넓게 벌리고 너덜너덜한 잠옷은 피에 젖었다. 그리고 다리가 둘 다 없었다. 손가락도 다섯 개나 사라졌다. 왼손가락 두 개, 오른손가락 세 개. 한쪽 팔 위로 꺾어진 머리는 몸과 거의 직각을 이루고 있었는데, 어깨에서 반쯤 뜯겨져 척추가 드러나 있었다. 구불구불한 혈관과 지저분하게 찢긴 힘줄이 보였다. 머리 뒤쪽은 뭉개져 뇌가 파내져 있고, 상처 가장자리에는 깨진 그릇에 뭐가 엉겨 붙은 것처럼 으깨진 회색 뇌 조직이 달라붙어 있었다. 해부를 할 때 박사는 그 냉정하고 삭막한 어조로 안트로포파기가 자연이 설계한 것 중 으뜸이자 인간의 가장 고결한 장기인 뇌를 선호한다고 말했다.

사방에 피비린내가 진동하고 공기 중에는 묘지에서 맡은 것과 같은 역겨운 과일 썩은 내가 감돌았다. 그 두 냄새는 서로 충돌하기는

커녕 뭉근하게 뒤섞여 있어, 나는 속이 뒤틀리고 콧구멍과 눈은 불이 난 것처럼 쓰라렸다. 치안관이 이 작은 모험을 시작하기 전에 손수건부터 챙긴 것도 무리가 아니었다.

모건과 나는 문 앞에서 주춤하며 빛과 어둠의 세계 사이에서 망설였지만 워스롭은 그런 나약한 감정 따위에 연연하지 않았다. 그는 재빨리 시체 옆으로 달려가 작은 해자처럼 주위에 둘린 끈적끈적한 피구덩이에 발자국을 남기며 머리 옆에 쭈그려 앉더니 허리를 굽히고 상처를 자세히 조사했다. 만져 보기도 하고, 엄지와 검지로 뇌 조각을 집어 비벼 보기도 했다.

그는 한참 동안이나 꼼짝도 하지 않고 무릎에 팔을 괸 채 눈앞에 놓인 시신의 잔해를 살펴보았다. 몸을 낮게 기울여 상체를 거의 휘청거리시다시피 하면서 희생자의 얼굴, 아니 남아 있는 얼굴을 꼼꼼히 관찰했다.

"스티넷인가?" 박사가 물었다.

"목사님이 맞네." 모건이 시인했다.

"다른 사람들은? 가족들은 어디 있지?"

"둘은 응접실에 있네. 목사 부인과 막내 세러지. 한 아이는 복도에 누워 있고, 네 번째 시신은 침실에서 발견됐네."

"그리고 생존자가 하나 있다고 했으니, 한 명이 비는데."

"아닐세, 워스롭. 그 애도 여기 있네."

"어디?"

"자네 주위에." 치안관이 연민과 혐오감이 가득 잠긴 목소리로 대답했다.

사실이었다. 이 학살 현장에서 그나마 멀쩡한 목사의 시신이 시선을 먼저 잡아끌었을 뿐, 우리 주변에는 누가 원심분리기라도 작동시킨 듯이 벽과 바닥, 심지어 머리 위 천장까지도 형체를 알아보기 힘든 인간의 살점과 파편이 다닥다닥 붙어 있었다. 깨끗하고 멀쩡한 지점을 찾아보기가 힘들 지경이었다. 머리카락, 내장, 뼈, 근육 조각들. 벽의 어떤 곳은 문자 그대로 피칠갑이 되어 있었다. 마치 어린애를 믹서기에 욱여넣어 온 사방에 흩뿌려 놓은 것 같았다. 박사의 오른발 옆에 작은 발이 하나 놓여 있었는데, 그것이 안트로포파기의 습격에 희생된 소년의 몸 중 유일하게 살아남은 부위였다.

"이름은 마이클이었네." 치안관이 말했다. "겨우 다섯 살이었지."

박사는 대꾸하지 않았다. 그는 고개를 들고 허리춤에 손을 올린 채 찬찬히 대학살의 현장을 돌아보았다. 방금 전까지 눈앞의 광경에 매료되어 들떠 있던 얼굴에 냉랭하고 무심한 표정이 깃들었다. 그는 경악이나 공포와 같은 감정을 뒤로 밀치고 안트로포파기의 잔혹성에 순수하게 감탄하며, 머리와 가슴 그리고 지성과 이성을 분리하는 철저한 과학자의 눈으로 자신의 동족들을 냉철하게 관찰했다. 말 그대로 갈기갈기 찢긴 시신들의 파편 한복판에 살아 있는 신전인 양 우뚝 서 있는 그를 보고 있노라니, 저 머릿속에서 도대체 무슨 일이 벌어지고 있는지 짐작조차 가지 않았다.

1분 1초가 시급한 상황에서 박사가 계속 침묵을 지키자 초조해진 치안관이 방 안으로 한 발짝 들어오며 말했다. "어때? 다른 시신도 보겠나?"

무시무시하고 끔찍한 여정이 시작되었다. 우리가 처음 들른 곳은 나이 많은 아이들이 자고 있던 침실이었다. 동생처럼 갈가리 찢긴 소녀—치안관에 따르면 이름이 엘리자베스라고 했다.—의 잔해가, 비록 내장이 뽑힌 몸뚱이는 남아 있었지만 깨진 유리창 파편 위에서 뒹굴고 있었다. 그녀의 피가 점점이 얼룩져 있는 레이스 커튼이 아직 유리 조각이 남아 있는 창틀 위로 봄바람에 살랑거리자 창밖으로 아침 햇살 아래 아름답게 펼쳐진 푸른 들판이 내다보였다.

"여기로 침입한 걸까?" 모건이 물었다.

"그럴 수도 있지." 박사는 몸을 굽혀 창틀과 그 아래 널브러진 유리 파편을 살폈다. "하지만 내 생각은 달라. 내가 보기엔 목격자가 도망친 길인 것 같군."

다음으로 모건은 우리를 현관 복도로 데려갔다. 우리는 구석에서 네 번째 피해자를 발견했다. 다른 피해자들과 마찬가지로 사지가 절단되고 배는 갈라지고 두개골은 으깨지고 뇌 속은 파헤쳐졌다. 바닥에는 조각난 장기들이 흩어져 있고 벽에는 선혈이 뿌려져 있었다. 그리고 그 피투성이 바닥에서, 우리는 안트로포파기의 존재를 입증하는 최초의 증거를 발견했다. 반쯤 굳은 희생자의 피 웅덩이에 발자국이 남아 있었던 것이다. 발자국을 발견한 박사는 기쁜 듯이 외마디 탄성을 지르더니 바닥에 무릎을 대고 흥분을 감추지 못한 채 한참 동안 단서를 조사했다.

"여덟 마리에서 열 마리는 되겠군." 워스롭이 중얼거렸다. "암놈이야. 이것과 이건 아직 어린 수놈일지도 모르겠지만."

"암놈? 암놈이라고? 발자국이 성인 남성보다 훨씬 큰데?"

"다 자란 암놈은 어깨 높이가 2미터는 된다네."

"무엇의 다 자란 암놈이란 말인가, 워스롭?"

박사는 잠시 망설이다가 대답했다. "인간을 잡아먹는 사람과(人科)의 직립보행 동물로, 안트로포파기라고 한다네."

"안트로…… 포…… 피……."

"안트로포파기." 박사가 고쳐 주었다. "플리니우스는 '블레미아이'라고 불렀지만, 보통은 안트로포파기라고 통칭되지."

"도대체 어디서 온 놈들인가?"

"원래는 아프리카와 마다가스카르 연안에 있는 섬에 서식한다네." 박사는 신중하게 대답을 골랐다.

"뉴잉글랜드와는 정반대쪽이잖아." 치안관이 무뚝뚝하게 대답하며 눈을 가늘게 뜨고 박사의 대답을 기다렸다.

"로버트, 과학자로서 그리고 신사로서 내 맹세하네만 나는 놈들이 우리 마을에 나타난 일과는 아무 관련도 없네."

"그리고 나도 법 집행관으로서 맹세하네만 워스롭, 이 대학살극에 책임이 있는 자를 찾아내는 게 바로 내 의무라네."

"난 이 일에 책임이 없어." 박사가 단호하게 말했다. "나도 놈들이 여기 나타났다는 데 자네만큼이나 놀란 사람이니까. 그리고 반드시 그 원인을 밝혀내고야 말 걸세. 그것만은 믿어도 좋아, 로버트."

모건은 고개를 끄덕였지만 여전히 확신하지는 못하고 있었다. "너무나도 이상하단 말이야, 펠리노어. 이런 끔찍한 괴물이 우리나라에서 아니 세계에서 으뜸가는 그 분야의 전문 학자가 살고 있는 마을에 나타났다는 사실 자체가 말일세."

비록 최대한 정중하게 돌려 말하긴 했지만, 치안관의 말을 들은 박사의 몸이 순간 경직되더니 그의 눈이 노기로 이글거렸다.

"지금 내가 거짓말을 하고 있다는 건가, 로버트?" 그가 낮고, 위협적인 어조로 말했다.

"친애하는 워스롭." 모건이 입을 열었다. "우리는 평생 알고 지낸 사이가 아닌가. 비록 자네는 내가 아는 한 세상에서 제일 비밀스러운 사람이고 자네가 하는 일도 대부분은 의문투성이지만, 나는 이제껏 한 번도 자네가 의도적으로 거짓말을 하는 것을 본 적이 없네. 그래, 자네가 놈들이 여기 나타나서 나만큼 충격을 받았다고 말했으니 나는 그 말을 믿네. 그렇지만 이게 우연의 일치라고 하기에는 너무 이상하다는 내 생각 자체를 바꿀 수는 없어."

"나도 이게 아주 얄궂은 상황이라는 건 잘 알고 있다네, 로버트." 박사가 시인했다. "혹자는 내가 연구하는 학문이야말로 기이함의 대명사라고 할 테지만, 그걸 감안하더라도 이 사건은 너무 지나칠 정도야." 그러더니 그는 치안관이 그 문제를 더 파고들기 전에 재빨리 화제를 바꿨다. "다른 희생자를 보러 가세."

우리는 복도를 따라 집 앞쪽으로 향했다. 그리고 그곳, 목사의 가족들이 밤이면 피아노 주위에 모여 유쾌한 노래를 부르거나 밖에서 매서운 북풍이 휘몰아치는 동안 따뜻한 불가에 놓인 소파나 속을 빵빵하게 채운 의자에 앉아 행복한 시간을 보냈을 아늑한 응접실에서, 우리는 이 지독한 학살극의 마지막 장면을 마주했다. 방 한가운데 머리 없는 시체가 몸을 웅크리고 있었는데 그 품에는 죽은 갓난아이가 안겨 있었다. 한때 흰색이었을 실내복은 더 이상 흰색이 아니었고, 치마 아래 다리가 있어야 할 곳에는 아무것도 없었다. 반쯤 남은 한쪽 다리는 목사관으로 들어오는 작은 샛길이 내다보이는 창문 아래 버려져 있었고, 다른 쪽 다리는 박사의 지시로 내가 바닥을 기며 가구 아래까지 샅샅이 뒤졌지만 그녀의 머리와 마찬가지로 집 안 어디에서도 찾을 수가 없었다. 박사가 어머니의 시신을 검사하는 동안 모건은 문간에 서서 임시로 만든 마스크 속에서 숨을 몰아쉬고 있었다.

"양쪽 어깨가 모두 탈구됐군." 박사가 말했다. 박사는 시신의 팔을 손으로 쓸며 아직도 부드러운 피부를 손가락으로 쿡쿡 찔러 보았다. "상완골이 부러졌고." 다음은 갓난아이의 시체를 세게 움켜쥐고 있는 손이었다. "손가락은 다섯 개가 부러졌어. 오른손 두 개, 왼손 세 개."

박사는 그녀의 손에서 갓난아이의 시체를 빼내려고 안간힘을 썼지만 사후경직 때문에 모든 노력이 수포로 돌아가자 하는 수 없이 모친의 팔에 안겨 있는 채로 아기를 검사했다.

"자상과 열상이 다수 있군. 그렇지만 다른 신체적 손상은 없어. 출혈로 죽었거나 아니면 폐가 짜부라진 거야. 모친의 가슴에 눌려 질식했을 수도 있고. 그런 경우라면 비극적인 아이러니겠지만.

모성애란 정말 얼마나 위대한 것이냐, 윌 헨리! 놈들이 어깨를 잡아 빼고 아기를 안고 있는 팔까지 부러뜨렸는데도 그녀는 아이를 포기하지 않았어. 끝까지 자식을 붙들고 있었지. 심지어 놈들이 팔을 부러뜨리고 머리를 잡아 뽑은 후에도 말이야. 이토록 강하고 매서운 힘으로! 자신도 모르게 자기 자식들을 잡아먹은 괴물들과 똑같은 짓을 하고 있으면서도 끝끝내 자식을 놓지 않았어. 정말이지

경이롭지 않니."

"미안하지만 워스롭, 나는 여기서 일어난 일이 전혀 경이롭게 보이지 않는군." 치안관이 역겹다는 듯이 대꾸했다.

"내 말을 오해하고 있군. 그리고 자네는 자네에게 생소하다는 이유로 너무 성급한 판단을 내리고 있어. 자네는 늑대나 사자가 나쁘다고 생각하나? 악어가 자연의 설계에 충실히 따르는 것을 비난할 수 있나?"

박사는 이렇게 말하면서 발치에 누워 있는 피에 젖은 피에타를 바라보았다. 그는 이제 완전히 차갑고 냉정한 태도로 돌아가 있었고, 얼굴은 감정 없는 가면을 쓴 것 같았다. 저 얼음장 같은 얼굴 아래 얼마나 격렬한 분노가, 폭풍우가 감춰져 있는 것일까. 그는 자기가 고작 몇 시간 전에 무슨 말을 했는지 기억하고 있을까? 가엾은 그레이 씨가 앞으로 하루이틀은 놈들을 만족시켜 줄 거야. 자기확신이 담긴 말은 종종 오만함의 표출로 오해받는다. 아니, 어쩌면 오해가 아닐지도 모른다. 내가 그를 이해한다고 말한다면 그것은 거짓말이리라. 부모를 잃고 집도 절도 없는 나를 거둬 지금과 같이 키워 준 은인. 그러나 우리가 믿고 따르는 어른들이 시시한 변덕이나 계획적인 의도, 또는 양쪽 모두를 통해 우리를 구원하거나 또는 망쳐 놓는 경우가 세상에는 얼마나 많은가? 고백컨대, 나는 그를 이해하지 못한다. 그토록 긴 세월과 관점을 공유했음에도 나는 아직도 펠리노어 이그재비어 워스롭을 이해하지 못한다. 그는 이 무고한 여섯 명의 목숨을 앗아 간 끔찍한 사건에 자신이 책임이 없다는 말을 진심으로 믿고 있는 것일까? 얼마나 비틀리고 난해한 사고를 거쳤기에 그의 손에 묻은 스티넷 가의 혈흔이 의미하는 바를 무시할 수 있단 말인가? 혹시 그는 열두 살 소년도 명백하게 내다볼 수 있는 결론으로 이어지는 사실들을 엘리자 번튼 때와 똑같이 냉담하고 무자비한 시선으로 바라본 걸까? 어느 쪽이든 가능한 일이다. 그의 무표정한 얼굴에서는 아무것도 알아낼 수가 없었다. 그의 발밑에서 피에 굶주린 야만인 신에게 바쳐진 제물처럼 뒹굴고 있는 머리 없는 모친과 그녀의 품에서 으스러진 갓난아기를 묵묵히 조사하는 와중에도, 그는 아무런 감정도 내비치지 않았다.

"목격자는 어디 있나?" 박사가 물었다.

우리는 뒤뜰에서 잠깐 발을 멈췄다. 우리가 허파에 차 있는 죽음의 냄새를 몰아내는 동안 치안관은 파이프에 담배를 채웠다. 얼굴은 붉게 달아올랐고 해포석에 성냥불을 가져다 대는 손가락은 부들부들 떨리고 있었다.

"솔직히 말하겠네, 워스롭. 이 사건은 내 능력으로는 감당이 안 되네."

모건의 시선이 목사관 문에 걸려 있는 팻말을 훑었다. 주님은 나의 목자시니. 하지만 그는 위안을 느끼는 것 같지 않았다. 그보다는 오히려 심적으로 동요하고 있는 듯했다. 치안관인 그는 소소한 도둑질에서 고의적인 폭행에 이르기까지 인간이 다른 인간에게 저지를 수 있는 온갖 흉악한 만행을 골고루 보아 왔지만 그 무엇도 이 일과는 비견할 수 없었다. 불쾌하고 불만스러운 만고의 진리, 우리 인간이 스스로에게 헌상한 모든 영예와 칭송에도 불구하고 실은 우리가 누군가의 먹잇감에 불과하며, 우리와 마찬가지로 신의 피조물인 보다 우월한 종이 보기에는 단순히 고깃덩어리일 뿐이라는 끔찍한 사실을 무방비 상태로 맞닥뜨리는 경험 말이다. 치안관처럼 경험이 한정되어 있고 감성적인 사람에게 인간의 욕망과 터무니없는 야망과 허세, 우쭐대는 자만심을 잔인한 형태로 조롱하는 안트로포파기와 마주한다는 것은 결코 기분 좋은 일이 아니었다.

"그 애는 교회에 있네." 모건이 말했다. "이쪽이야."

우리는 그의 뒤를 따라 작은 교회로 이어지는 자갈길을 걸었다. 교회는 올드힐 묘지로 이어지는 오솔길과 마주하고 있었다. 문 앞에 서 있던 보초가 아무 말 없이 한 발짝 물러나 우리를 들여보내주었다. 교회 안은 어둡고 선선했다. 스테인드글라스에 부딪쳐 파란색과 녹색, 붉은색 빛살로 부서진 아침 햇살 속에서 먼지가 공중에서 춤을 췄다. 낡은 마룻바닥 위에 우리의 발소리가 울렸다. 신자석 맨 앞줄에 그림자 두 개가 수그리고 앉아 있었다. 우리가 다가가자 그림자 하나가 손에 장총을 들고 일어났다. 다른 하나는 고개만 살짝 쳐들 뿐 움직이지 않았다.

치안관이 나지막한 목소리로 장총을 든 사나이에게 곧 영구차가 도착할 테니 밖에 나가 희생자의 시신을 옮기는 것을 도우라고 지시했다. 사내는 별로 내키지 않는 표정으로 짧게 고개를 끄덕이더니 자리를 떴다.

감시인의 발소리가 사라졌다. 이제 교회 안에는 우리와 목격자뿐이었다. 의자 깊숙이 주저앉아 두 팔로 가슴을 감싸고 손으로는 알몸을 두른 담요를 꽉 움켜쥐고 있는 것은 고작 열대여섯 살 정도밖에 되어 보이지 않는 소년이었다. 검은 머리칼, 커다란 푸른 눈이 홀쭉한 얼굴에 비해 무척 커 보였다. 앉아 있긴 했지만 나이치고는 키가 꽤 클 것 같았다. 다리가 신자석 밖으로 족히 1킬로미터는 삐져나와 있는 것 같았다.

"말라키." 치안관이 상냥하게 말을 걸었다. "말라키, 이분은 워스롭 박사시다. 그러니까……." 그는 박사를 뭐라고 설명해야 할지 몰라 잠시 망설였다. "어, 널 도와주러 오신 분이지."

정적이 흘렀다. 말라키는 대답하지 않았다. 그의 도톰한 입술이 소리 없이 움직였다. 그는 마치 동방의 마술사처럼 우리는 알 수 없는 미지의 공간을 초점 없는 눈으로 멍하니 바라보고 있었다.

"난 다친 데 없어요." 마침내 그가 속삭이다시피 조그맣게 중얼거렸다.

"이분은 그런 박사가 아니란다." 치안관이 말했다.

"나는 과학자다." 워스롭이 말했다.

말라키의 새파란 눈동자가 갑자기 내 얼굴로 향하더니 깜박이지도 않고 한참 동안 그대로 머물렀다. 숨이 막힐 정도로 어색한 몇 초가 지나갔다.

"넌 누구야?" 그가 물었다.

"이 아이는 윌 헨리다." 박사가 말했다. "내 조수지."

말라키의 시선은 여전히 내 얼굴에 못 박혀 있었지만, 그는 더 이상 나를 보고 있지 않았다. 무언가를 보다가 보지 않는 것으로 넘어가는 순간은 누구라도 구분할 수 있을 것이다. 눈동자의 초점이 사라지고, 아니 그보다는 다른 것에, 오직 그만이 볼 수 있는 무언가에 초점이 맞춰진다는 편이 정확할 것이다. 우리는 그의 관심을 얻기 위해 보이지 않는 미지의 것과 경쟁해야 했다. 다른 사람들이 무슨 생각을 하고 있었는지는 모른다. 나는 그저 말라키의 상태가 궁금했다. 그는 정신적으로는 엄청난 충격을 입은 것 같았지만 신체적으로는 긁힌 상처 하나 없이 멀쩡해 보였다. 어떻게 그럴 수가 있지?

박사가 그의 앞에 한쪽 무릎을 꿇었다. 하지만 그의 행동도 소년의 관심을 끌지는 못했다. 말라키는 속눈썹 하나 까딱하지 않은 채 여전히 나를 뚫어져라 응시하고 있었다. 워스롭이 소년의 힘없는 허벅지에 손을 올리고 부드러운 목소리로 그의 이름을 부르며 축 늘어진 근육을 천천히 쥐었다. 마치 아주 멀리 떨어져 손을 댈 수 없는 장소로부터 소년을 불러오려는 듯이.

"말라키, 무슨 일이 있었는지 말해 줄 수 있느냐?"

소년의 입술이 또다시 달싹거렸지만 아무 소리도 나오지 않았다. 말라키의 시선은 나를 불안하게 만들었지만, 마찬가지로 끔찍한 경험을 겪은 적이 있는 사람으로서 나 역시 그의 잡아끄는 듯한 눈길로부터 눈을 떼지 않았다.

"말라키!" 박사가 조용히, 그러나 소년의 다리를 흔들며 불렀다. "네가 말을 하지 않으면 도울 수가 없잖니……."

"그거 못 봤어요?" 말라키가 울부짖었다. "못 봤냐고요!"

"그래, 말라키." 박사가 대답했다. "나도 봤다."

"그런데 왜 물어봐요?"

"왜냐하면 네가 뭘 봤는지 알고 싶기 때문이다."

"내가 뭘 봤냐고요?"

소년의 눈동자가, 크고 푸르고 카리브디스*가 만든 소용돌이처럼 끝없이 깊은 눈동자가 나를 그 거센 물살로부터 놔주길 거부했다. 소년은 박사에게 대답했지만, 실은 내게 말을 걸고 있었다.

"지옥의 입이 열려서 사탄의 자식들이 쏟아져 나왔어요! 그게 내가 본 거예요!"

"말라키, 네 가족을 살해한 건 그런 초자연적인 존재가 아니다. 실제로 존재하는 육식동물일 뿐이야. 사자나 늑대처럼 말이다. 그리고 불행히도 우린 놈들의 사냥감이고."

소년은 박사의 말을 무시했다. 그의 말을 이해했는지 아닌지도 알 수가 없었다. 교회 안은 따뜻했건만 그는 담요 아래서 사시나무 떨듯 오들오들 떨고 있었다. 소년의 입이 열리더니 이번에는 나를 향해 말했다. "너도 봤어?"

나는 주저했다. 박사가 재빨리 내 귀에 속삭였다. "대답해라, 윌 헨리!"

"응." 나는 무심결에 대답했다. "나도 봤어."

"난 다친 데 없어." 말라키는 내가 그의 말을 못 알아듣기라도 한 것처럼 방금 한 말을 똑같이 되풀이했다. "난 아무 데도 안 다쳤어."

"네가 겪은 시련을 생각하면 신기할 정도로 운이 좋은 일이지." 박사가 끼어들었지만 이번에도 그의 말은 묵살당했다. 워스롭은 좌절감에 콧방귀를 뀌더니 내게 더 가까이 오라고 손짓했다. 아무래도 말라키는 나한테만 말을 할 모양이었다.

"몇 살이야?" 그가 나에게 물었다.

---

* 하루 세 번 바닷물을 들이켰다 내뱉을 때 커다란 소용돌이를 일으켜 배를 난파시킨다는 그리스 신화의 괴물.

"열두 살."

"내 동생이랑 똑같네. 엘리자베스 말이야. 내 동생들 이름은 새러, 마이클, 매튜, 그리고 엘리자베스야. 내가 첫째였어. 너도 형제자매가 있니, 윌 헨리?"

"아니."

"윌 헨리는 고아란다." 워스롭 박사가 끼어들었다.

"어쩌다 그렇게 됐어?" 말라키가 내게 물었다.

"불이 났어."

"너도 거기 있었어?"

"응."

"어떻게 했어?"

"도망쳤어."

"나도 도망쳤어."

그의 표정은 전혀 변하지 않았다. 여전히 무미건조한 표정이었다. 하지만 그의 야윈 뺨 아래로 눈물 한 방울이 주르륵 흘러내렸다. "하느님이 우릴 용서해 주실까, 윌 헨리?"

"나…… 난 모르겠어." 나는 솔직하게 대답했다. 겨우 열두 살이고 신학에는 초보자였으니까.

"아버지는 늘 이렇게 말씀하셨지." 말라키가 속삭였다. "회개하면 된단다. 용서를 구하기만 하면 된단다."

그의 눈길이 내 뒤쪽 벽에 걸린 십자가로 향했다.

"난 기도했어. 하느님한테 용서해 달라고 기도했어. 그렇지만 아무것도 안 들려. 아무것도 안 느껴져!"

"인간의 자기보호본능은 우리의 의무이자 아무도 박탈할 수 없는 기본 권리다, 말라키." 박사가 다소 안달하며 끼어들었다. "그 권리를 행사했다고 해서 너를 비난할 수 있는 사람은 없어."

그는 말라키가 앉아 있는 신자석으로 몸을 기울여 소년의 좁은 어깨를 감싸 안았다.

"네가 살아남은 데에는 이유가 있는지도 모른단다, 말라키." 치안관이 말했다. "그런 생각은 안 해 봤니? 모든 일에는 이유가 있다……. 그게 바로 우리 신앙의 토대가 아니더냐? 넌 살아 있다. 우리도 모두 살아 있고. 왜냐하면 우리 모두가 이 세상을 창조하신 그분의 계획에 속하기 때문이지. 그 계획 속에서 각자의 역할을 수행하는 것이 우리의 소박한 의무이고. 우리가 각자 무슨 역할을 맡고 있는지 알은체하지 않으마. 그렇지만 네가 살아남은 것은 더 이상 다른 이들의 희생을 막으려는 보다 거대한 계획의 일부일 수도 있단다. 만약에 네가 집에 남아 있었더라면 너도 가족들과 함께 희생되었을 테고, 그랬다면 우리에게 경고를 해 줄 사람이 아무도 없었겠지. 네가 스스로 목숨을 구한 덕분에 다른 많은 사람들이 목숨을 구할 수 있게 된 거야."

"하지만 왜 하필 나예요? 왜 하필 내가 살아남은 건데요? 아버지나 어머니나 동생들이 아니라 왜 나냐고요!"

"그 질문에 답할 수 있는 사람은 없단다." 모건이 말했다.

박사가 코웃음을 치더니 연민이라는 가식을 아예 벗어 던지고는 죄의식에 고통받고 있는 소년에게 매몰차게 쏘아붙였다. "자기 연민에 빠져 있다 보니 신앙심도 희석되나 보구나, 말라키 스티넷. 네가 이렇게 징징대는 동안 시간은 계속 가고 있다. 중세 유럽에서는 그 시대 최고라는 석학들이 바늘 끝에서 천사들이 몇 명이나 춤을 출 수 있는지 토론하는 동안 역병이 2000만 명의 목숨을 빼앗아 갔지. 지금은 신의 변덕이 어쩌고 하면서 난해한 종교 얘기를 할 때가 아니다! 자, 말해 봐라. 네 가족을 사랑했니?"

"당연하죠!"

"그렇다면 죄책감 따위는 던지고 슬픔은 묻어라. 그들은 죽었다. 아무리 후회하고 슬퍼해도 그들은 돌아오지 않아. 네게 선택권을 주마, 말라키 스티넷. 언젠가는 이 세상 모든 사람들이 마주해야 할 선택이다. 너는 바벨론 강가에 누워* 훌쩍거릴 수도 있고, 아니면 무기를 집어 들고 적에게 돌진할 수도 있다! 네 가족들은 악마의 공격을 받은 것도 아니요, 신의 노여움을 산 것도 아니다. 네 가족들은 식인종의 공격을 받아 놈들에게 잡아먹힌 것뿐이야. 그리고 놈들은 내일 아침 해가 동쪽에서 뜨는 것처럼 또다시 습격을 해 올 거다. 그러면 더 많은 사람들이 네 가족과 똑같은 운명을 맞이하게 되겠지. 네가 나한테 입을 열지 않는다면 말이다. 그러니 지금 당장 무슨 일이 있었는지 털어놔라."

박사는 이렇게 말하면서 말라키를 향해 점점 더 몸을 기울였고, 이윽고 신자석에 웅크리고 있는 소년은 그의 두 팔 사이에 거의 갇혀 버렸다. 워스롭의 얼굴은 소년과 맞닿으리만큼 가까웠고 그의 눈은 이글이글 타오르고 있었다. 그들은 같은 짐을 지고 있었으되

---

* 「시편」 137편 1절에서 유래한 표현이다. "우리가 바벨론의 여러 강변 거기에 앉아서 시온을 기억하며 울었도다."

그 사실을 아는 것은 워스롭뿐이었으며, 그렇기 때문에 악귀를 물리칠 수 있는 사람도 오로지 그 자신뿐이었다. 그리고 물론 나도 알고 있었다. 이제, 나이가 들 대로 든 지금에서야 나는 열두 살짜리 꼬마의 눈을 통해 그 장면에 깃든 이상하고도 끔찍한 역설을 볼 수 있다. 문자 그대로 손에 죄 없는 자들의 피를 묻히고도 아무런 후회도 책임감도 느끼지 못하는 자가 자기 피붙이의 피를 뒤집어쓴 순수하고 무고한 소년을 질책하고 있었던 것이다!

"전 아무것도 못 봤어요." 소년이 갈라진 목소리로 대답했다. "도망쳤는걸요."

"하지만 습격이 시작되었을 때에는 집 안에 있었겠지?"

"네. 그럼 어디 있었겠어요? 전 잠을 자고 있었어요. 식구들 다요. 그런데 갑자기 뭐가 깨지는 소리가 났어요. 놈들이 유리창을 깨고 집 안에 들어온 거였죠. 유리창에 얼마나 세게 부딪쳤는지 벽이 다 흔들릴 정도였어요. 어머니가 비명을 지르는 걸 들었어요. 내 방 문 앞에 그림자가 나타나더니 갑자기 엄청난 악취가 진동해서 숨이 턱 막혔어요. 숨을 쉬기가 어려웠죠. 그림자가 문 앞을 막아섰는데…… 커다랗고 머리가 없었어요……. 돼지처럼 킁킁거리면서 냄새를 맡는 거예요. 전 꼼짝도 할 수가 없었어요. 그런데 그림자가 지나쳐 가 버리더라고요. 그냥 가 버렸어요. 왜 그랬는지는 저도 몰라요.

그러더니 집 안이 온통 비명 소리로 가득 찼어요, 우리가 지르는 소리, 놈들이 내는 소리. 엘리자베스가 침대로 뛰어들었어요. 난 꼼짝도 할 수 없었어요! 문을 막았어야 했는데. 바로 옆에 있는 창문을 깨고 도망칠 수도 있었는데! 그렇지만 난 아무것도 안 했어요!

그냥 엘리자베스를 붙들고 침대에 누워 있었어요. 손으로 동생 입을 틀어막은 채로요. 걔 울음소리 때문에 그놈들한테 들킬까 봐 겁이 났거든요. 문 너머로 놈들이 지나가는 게 보였어요. 머리 없는 그림자, 팔은 엄청 길어서 바닥에 끌릴 것 같았고, 문 앞에서 두 놈이 실랑이를 벌였어요. 화가 난 것처럼 씩씩대고 으르렁거리면서 남동생의 시체를 두고 서로 다투고 있었죠. 아마 매튜였을 거예요. 마이클치고는 너무 컸으니까.

놈들이 내 눈앞에서 매튜를 찢어발겼어요. 산산조각 내서는 팔다리가 없는 몸뚱이를 복도 쪽으로 내던졌어요. 텅 하고 바닥에 떨어지는 소리가 나더니 사방에서 으르렁거리면서 놈들이 몰려들었어요. 그제야 난 엘리자베스가 품 안에서 축 늘어졌다는 걸 알았죠. 실신해 버린 거예요.

그때쯤엔 더 이상 비명 소리도 들리지 않았어요. 현관이랑 복도에서 괴물들이 으르렁거리는 소리는 들렸지만. 쉭쉭거리는 숨소리랑, 쩝쩝 우걱거리는 그 소름 끼치는 소리랑 뼈가 부서지는 소리도요. 그래도 난 움직일 수가 없었어요. 그러다 내가 움직이는 소리를 듣기라도 하면 어떻게 해요? 놈들은 정말 빨랐어요. 설령 창문까지 간다고 해도 문을 열기도 전에 들킬걸요……. 그리고 저 밖에 또 뭐가 기다리고 있을지 누가 알아요? 앞뜰에서 망보는 놈들이 있으면요? 침대에서 나와야 한다는 건 알고 있었어요, 그렇지만 그럴 수가 없었어요. 그럴 수가 없었어요. 할 수가 없었다고요."

말라키가 조용해졌다. 그는 다시금 자신의 내면에 틀어박혔다. 치안관이 신자석에서 일어나 발을 질질 끌며 스테인드글라스 앞에 섰다. 그는 목자인 예수가 양 떼를 인도하는 장면을 가만히 응시했다.

"그렇지만 너는 침대에서 빠져나왔지." 박사가 말했다.

말라키가 천천히 고개를 끄덕였다.

"창문을 열지는 못했고." 워스롭이 추궁했다.

"네! 어떻게 아셨어요?"

"그래서 창문을 깨뜨렸지."

"그럴 수밖에 없었어요!"

"그리고 놈들이 그 소리를 들었겠지."

"그랬을 거예요, 네."

"그런데도 넌 도망치지 않았어. 겨우 1미터도 안 되는 곳에 안전과 자유가 있었는데 말이야."

"동생을 놔두고 갈 수가 없었으니까요."

"그래서 다시 침대로 돌아갔느냐?"

"놈들이 오고 있었어요."

"소리가 들렸겠지."

"엘리자베스를 안아 올렸어요. 죽은 사람처럼 의식이 없었죠. 개를 안고 비틀거리면서 창가로 갔는데, 손이 미끄러져서 떨어뜨리고 말았어요. 그래서 동생을 다시 들어 올리려고 몸을 숙였는데, 그 때……."

"놈을 봤구나."

말라키가 격렬하게 고개를 주억거렸다. 이제 그의 눈은 놀라서 왕방울만 하게 커져 있었다.

"어떻게 아셨어요?"

"암컷이었니, 수컷이었니? 분간이 가더냐?"

"오, 이런 빌어먹을 하느님 맙소사, 펠리노어!" 그의 무신경함에 경악한 치안관이 버럭 고함을 질렀다.

"알겠다." 박사가 한숨을 내쉬었다. "동생을 버리고 도망쳤구나."

"아니에요! 아니에요! 절대로 그런 짓은 안 했어요!" 말라키가 울부짖었다. "난 절대로 동생을 거기…… 그것들에게…… 버리지 않았어요. 난 엘리자베스의 팔을 잡고 창문까지 끌고 갔어요. 그런데……."

"너무 늦었군." 박사가 중얼거렸다. "놈들이 널 덮친 거야."

"엄청나게 빨랐어요. 그 자리에서 훌쩍 뛰어올랐는데 벌써 이쪽에 착지해서 엘리자베스의 발목을 움켜쥐었어요. 그러더니 어른이 어린애한테서 인형을 뺏듯이 순식간에 그 애를 낚아채 갔어요. 그게 엘리자베스를 위로 휙 잡아당기는 바람에 그 애의 머리가 천장에 부딪쳤고…… 토할 것 같은 으드득 소리가 났어요. 머리가 깨지는 소리가 들리더니 내 머리 위로 그 애 피가 줄줄 흘러내렸어요. 내 머리 위로 내 동생 피가 쏟아졌다고요!"

이제 소년은 완전히 평정을 잃고 두 손으로 얼굴을 감쌌다. 가슴이 찢어질 것 같은 괴로운 흐느낌이 폭발하면서 온몸이 거칠게 뒤틀렸다.

박사는 기다렸다. 그러나 그것도 아주 잠시에 불과했다.

"말해 봐라, 말라키." 박사가 재촉했다. "놈은 어떻게 생겼더냐?"

"키는 2미터에…… 어쩌면 더 클 거예요. 팔은 길고 다리는 굵고 튼튼하고 색깔은 시체처럼 희멀갰어요. 머리가 없는데, 눈은 어깨에 달렸고요. 눈이 하나였던 것 같아요…… 한쪽 눈이 없었어요."

"한쪽 눈이 없었다고?"

"그러니까 어…… 눈이 있어야 할 자리가 비었더라고요."

박사가 나를 힐끗 쳐다보았다. 말을 할 필요도 없었다. 우리 둘은 똑같은 생각을 하고 있었다. 우연이었는지 운명이었는지…… 아무렇게나 휘두른 칼날이 그 염병할 괴물의 눈깔에 명중했지.

"하지만 놈은 너를 쫓아오지 않았구나." 박사가 말라키에게 말했다.

"네, 전 깨진 창틈으로 기어 나왔어요. 한 군데도 긁히지 않고요. 단 한 군데도요! 그러고는 죽어라 말을 타고 치안관님 댁에 갔어요."

워스롭은 소년의 가족들의 피가 묻은 손으로 말라키의 어깨를 잡았다.

"잘 했다, 말라키. 아주 잘 해 줬어."

"뭘요?" 말라키가 울부짖었다. "도대체 뭘 잘 했다는 거예요?"

박사는 내게 말라키와 함께 예배당에 남아 있으라고 지시하고는, 구석에서—중간중간 귀에 들리는 바에 따르면—모건과 앞으로 무엇을 해야 할지 의논했다.

치안관은 말했다. "적극적이고 즉각적인…… 뉴예루살렘의 신체 건장한 장정들을 모아……."

그다음은 박사 차례였다. "경솔하고 불필요한…… 공황을 일으킬 것……."

두 사람이 열띤 토론을 벌이는 사이 말라키는 조금씩 안정을 되찾았다. 격렬한 흐느낌은 점차 잦아들어 자그만 훌쩍임으로 변했고, 공포에 마비되어 있던 몸은 강진이 지난 후 찾아오는 여진처럼 간간이 몸서리를 쳤다.

"정말 이상한 사람이야." 말라키가 박사를 두고 말했다.

"이상한 사람 아니야." 나는 다소 방어적인 태도로 대꾸했다. "그의 직업이…… 이상한 거지."

"직업이 뭔데?"

"박사님은 괴물학자야."

"괴물들을 사냥하는 거야?"

"박사님은 괴물이라고 부르는 걸 좋아하지 않으셔."

"그럼 왜 자기를 괴물학자라고 하는데?"

"그분이 단어를 만든 게 아니거든?"

"난 그런 사람들이 있다는 것도 몰랐는데."

"전 세계에 몇 명 안 돼. 박사님 아버지도 괴물학자였고, 괴물학협회도 있어. 그렇지만 숫자는 별로 안 많은 것 같아."

"왜 그런지 알 것 같은데." 말라키가 말했다.

예배당 한쪽 구석에서는 두 사람의 목소리가 화산 밑바닥에서 부글부글 끓어오르는 용암처럼 불쑥불쑥 솟구쳤다 가라앉았고 있었다.

모건의 목소리. "……대피해야 해! 지금 당장! 주민들을 모두 대피시켜야 한다고!"

워스롭의 목소리. "……바보 같은 생각이야, 로버트. 어리석고 무모하군! 그런 정보를 유출할 경우 도움이 되기는커녕 오히려 골치 아픈 아수라장이 빚어질 걸세! 이 일은 재제와…… 통제가 가능해…… 아직 늦지 않았어……."

"난 괴물 같은 거 안 믿었어." 말라키가 말했다.

또다시 그의 시선이 그의 내면을 향했고, 나는 어린애 특유의 본능으로 그가 하늘에서 추락한 이카로스처럼 현실 감각을 잃고 그날 밤의 피투성이 기억 속으로 추락하고 있다는 사실을 깨달았다. 이제 말라키가 사랑하는 가족들은 그의 기억 속에서 마치 단테의 꿈속에 나오는 영혼들처럼 끊임없이 놈들에게 잡아먹히고 영원히 소화되지 않은 채 죽음의 고통 속에서 끝없이 몸부림칠 것이고, 그동안 말라키는 공포로 온몸이 마비되어 그가 구해 주길 바라며 달려온 여동생이 실신하여 오라비의 사랑으로도 구출받지 못하고 무자비하게 살해당하는 장면을 지켜봐야 할 것이다.

스테인드글라스가 비추는 형형색색의 빛 조각 아래, 두 어른의 갈등과 대립은 점점 절정으로 치닫고 있었다. 박사는 말끝마다 손가락으로 치안관의 가슴을 쿡쿡 찔러 댔고, 휑뎅그렁한 공간에 그의 날카롭고 집요한 목소리가 쩌렁쩌렁 울렸다. "대피는 안 돼! 추격대도 안 되고! 여기선 내가 전문가야! 이번 일로 결정을 내릴 자격이 있는 건 오직 나 하나뿐이라고!"

모건은 인내심 강한 부모가 반항심에 날뛰는 어린애를 다루듯이 또는 미치광이를 달래듯이 침착하게, 그러나 권위 있는 목소리로 타일렀다.

"워스롭, 내가 자네의 전문지식에 조금이라도 의문을 품었다면 자넬 부르지도 않았을 걸세. 자네라면 이런 잔인하고 악랄한 사건에 대해 누구보다 잘 알고 있을 테지. 하지만 자네가 그 특이한 천직 때문에 이런 사건들을 이해하는 것처럼, 나 역시 마을 사람들의 생명과 재산을 보호해야 할 의무가 있네. 그리고 지금은 그 의무가 나더러 한시도 지체하지 말고 지금 당장 움직이라고 촉구하는군."

박사는 남은 인내심을 마지막 한 방울까지 짜내 꼭 다문 잇새로 거칠게 내뱉었다. "로버트, 내가 장담하건대, 학자로서의 내 이름과 명성을 걸고, 놈들은 오늘이나 오늘 밤, 또는 앞으로 며칠 밤낮은 마을을 습격하지 않을 걸세."

"하지만 그걸 어떻게 아나?"

"알 수 있고말고! 3000년 동안 축적된 연구가 내 말을 입증하네! 방금 그 말은 심히 모욕감이 느껴지는군."

"그럴 의도는 아니었네, 펠리노어."

"몇 초 전까지 이 사건은 내 전문 분야라면서 그다음에는 내 말을 무시해? 조언을 구한다며 찾아와 놓고 면전에서 내 의견을 묵살하는 건가? 주민들이 공황에 빠져 우왕좌왕하는 사태를 피하고 싶다면서 자기 멋대로 결론을 내리는군!"

"인정하겠네. 하지만 이 경우에는 주민들이 겁을 먹고 도망치는 것이야말로 오히려 유익하지 않겠나?"

박사의 얼굴이 진홍색으로 물들었다. 그는 등을 대쪽처럼 꼿꼿이 세우고, 두 손은 손가락 마디가 새하얗게 질리도록 꼭 주먹을 쥐었다.

"알겠네. 내 의견을 거부하겠다는 거로군. 아주 위험한 선택일세, 로버트. 하지만 물론, 그것도 자네의 견해일 뿐이지. 자네 말마따나 자네에겐 의무가 있고, 그러므로 자네의 선택도 오롯이 자네 책임일세. 그렇지만 이런 어리석은 선택 때문에 자네가 파멸에 치달았을 때, 심지어 그 대가로 자네와 자네 부하들의 목숨을 치러야 할지라도 그때가 되어 날 비난할 생각은 하지 말게. 난 그런 건 책임지지 않겠어. 내 손은 깨끗한 걸세."

당연히 그의 손은 깨끗하지 않았다. 깨끗한 것과는 거리가 멀어도 한참 멀었다. 은유적으로든 문자 그대로든, 박사의 손에는 안트로포파기에게 희생당한 이들의 피가 범벅되어 있었다. 가엾은 도굴꾼 에라스무스 그레이와 스티넷 일가. 그는 머리 꼭대기에서 발끝까지 그들의 피로 담뿍 적셔져 있었다.

"가자, 윌 헨리!" 박사가 고함을 질렀다. "이 사람들은 우리에게 도움을 요청하면서 우리 의견은 듣질 않는구나! 좋은 하루 되시게, 치안관, 그리고 행운이 함께하길. 혹시 내가 필요한 일이 생기걸랑 어디로 찾아와야 하는지는 알고 있겠지?"

워스롭은 중앙 통로를 따라 문을 향해 발을 내디디며 오래된 마룻바닥이 울리도록 우렁찬 목소리로 외쳤다.

"윌 헨리! 냉큼 따라오너라!"

나는 신자석에서 일어났다. 말라키가 자리에서 벌떡 일어나더니 황급히 손을 뻗어 내 손목을 붙들고 끌어당겼다.

"어디 가는 거야?" 그가 절박하게 물었다.

나는 고갯짓으로 박사를 가리켰다. "박사님이랑 같이 가야지."

"윌 헨리이이이이이이!" 박사가 또다시 소리를 질렀다.

"나도 같이 가도 돼?" 말라키가 물었다.

치안관이 우리 옆에 나타났다. "걱정하지 마라, 말라키. 일단은 우리 집에 묵으면 되니까. 네가 살 곳이……." 그는 단어를 고르다가 결국 어깨를 으쓱하더니 말했다. "결정될 때까지 말이다."

나는 문 앞에서 몸을 돌려 두 사람을 바라보았다. 벽에 걸린 십자가를 배경으로, 신자석 맨 앞줄에 모건과 말라키의 실루엣이 비쳤다. 한 사람은 의자에 웅크리고 앉아 있고 다른 한 사람은 소년의 어깨에 손을 올려놓고 있었다.

교회 밖에서 박사는 사람들이 마음을 진정시키기 위해 아편 팅크를 마시듯 따뜻한 봄기운을 가슴 깊이 들이마셨다. 그런 다음 그가 나타나자 눈에 띄게 표정이 어두워진 문 앞의 두 사내를 무시한 채 곧장 치안관의 마차로 성큼성큼 걸어갔다. 마부는 따분한 듯이 손가락으로 리볼버 약실을 빙그르르 돌리며 시간을 때우고 있었다.

"해링턴 레인으로!" 박사는 마부에게 퉁명스럽게 지시하고는 문을 획 열고 마차로 들어갔다. 그가 손가락을 신경질적으로 딱딱 튀겨 대자 나도 서둘러 그 옆에 앉았다.

우리가 탄 마차가 검은 영구차 세 대가 지나갈 수 있도록 좁은 오솔길 한쪽으로 붙어 섰다. 한번은 수레가 지나갈 수 있게 멈춰 서야 했는데, 수레에는 장총을 든 장정들과 한 무리의 사냥개가 타고 있었다. 주인들은 흥분해서 목줄을 마구 잡아당기며 시끄럽게 짖어 대는 개들을 진정시키느라 안간힘을 쓰고 있었다. 박사가 고개를 가로저으며 비웃듯이 중얼거렸다. 그는 이를 앙다문 채 으르렁거리며 말했다. "네가 무슨 생각을 하는지 나도 안다, 윌 헨리. 하지만 스티넷 가족이 믿던 종교조차도 실수는 죄악이 아니라고 가르치지. 잘못된 추정은 부주의한 과실이 아니고, 신중한 판단은 범죄가 아니다. 나는 과학자다. 나는 확률과 증거에 기반해 행동하지. 과학을 통제의 학문이라고 부르는 데에는 다 이유가 있어! 모자란 사람들은 겁을 먹고 달아나거나 장작 더미를 쌓아 마녀를 화형한다! 춤추는 요정을 본 적이 없다고 해서 그것들이 존재하지 않는 건 아니라는 주장은 멍청한 거야! 증거가 모이면 이론을 낳고, 이론이 발전하면 새로운 증거가 발견되게 되어 있다. 3000년 동안 축적된 연구 조사와 목격담, 중대한 과학적 탐구…… 이 모든 것을 단순한 추측과 의구심 때문에 다 갖다 버리란 말이냐? 이성을 포기하거나, 아니면 심지어 원시적 본능의 쿠데타에 굴복해야 할 상황이란 게 어디 있단 말이냐? 우리는 인간이지 깡충깡충 뛰는 영양 떼가 아니야! 앞에 놓인 사실들을 공명정대하게 가늠한다면, 사리분별이 있는 사람이라면 누구나 내가 잘못하지 않았다는 결론에 이를 거다. 나는 그저 매우 신중하고 사려 깊게 행동했을 뿐이야. 저 멍청한 작자들은 아무도 본 적도 없는 요정을 찾느라 에너지나 낭비하겠지."

그는 자줏빛으로 상기된 주먹으로 자기 허벅지를 내리쳤다.

"그러니 네 유치한 비난 따위는 집어치워라, 윌리엄 제임스 헨리. 나는 비극을 목격한 소년만큼이나 이 사태에 책임이 없다. 아니, 똑같이 엄격한 기준을 들이댄다면 심지어 그보다도 더 적지!"

나는 그가 격정적으로 무죄를 토로하는 동안에도 아무 반응도 보이지 않았다. 왜냐하면 그는 내가 아니라 자신의 양심을 괴롭히는 악마를 향해 말하고 있었기 때문이다. 나는 그의 엑소시즘을 목격하는 제삼자일뿐이었다. 나도, 그리고 어쩌면 그도, 우리가 입은 옷에서 스멀거리는 역겨운 냄새와 피부와 머리칼에 달라붙어 떨어지지 않는 죽음의 기운, 그리고 혀끝 아리는 시큼한 맛에 몸서리치고 있었다.

해링턴 레인에 도착한 후, 박사는 곧장 지하실로 내려가 천장에 매달린 안트로포파기의 시체를 꼼짝도 하지 않고 응시했다. 아니면, 그가 미동도 하지 않고 있다는 건 내 착각일 뿐일까? 저 침착하고 고요해 뵈는 얼굴 아래 실은 폭풍 같은 분노가 휘몰아치고 있는 건 아닐까?

색색의 유리창을 통과해 작은 교회 안으로 조각조각 쪼개져 들어온 햇빛처럼, 워스롭의 정신도 여러 갈래로 쪼개져 그 일부는 아직도 오늘 아침에 봤던 학살 현장에, 사람 좋은 스티넷 목사의 텅 빈 두개골 앞에 무릎을 꿇고 있는 건 아닐까? 박사는 마차 안에서부터 줄곧 중얼거리던 다양한 가설과 추측들을 입 밖으로 되뇌고 있었다. 마치 작곡가가 음악을 만들다 어려운 대목에 이르러 자꾸만 밑에서 비집고 올라오는 후회라는 상충하는 화음을 다듬어 조화로운 선율을 만들 방법을 찾아 고심하는 것처럼 말이다.

그의 웅얼거림은 조금씩 누그러들다가 차츰 사라졌다. 그러고는 한참 동안 묵묵히 침묵을 지켰다. 마치 크고 격렬한 소용돌이에 둘러싸인 거대한 폭풍의 눈처럼.

"그 암컷이야." 이윽고 그가 놀라움에 벅찬 목소리로 말했다. "바너가 눈을 찌른 우두머리 암컷 말이다. 무슨 운명의 장난인지 놈이 이 마을에 온 거다, 윌 헨리. 이건 마치……."

그는 생각을 내놓길 머뭇거렸다. 그것은 그가 믿었던 모든 것을 반박하고 있었다.

"마치 그를 찾고 있는 것처럼."

나는 누구를 말하는 것이냐고 묻지 않았다. 물을 필요가 없었다. 나도 알고 있었으니까.

그는 깊은 생각에 잠겨 눈앞에 걸려 있는 괴물의 시신을 두고 말했다.

"놈이 아들로 만족할지 모르겠구나."

9장

"자네한테 보여 줄 게 있네."

그날 오후, 치안관이 해링턴 레인을 방문했다. 박사는 그가 찾아오리라는 것을 일찍이 예상하고 있었다.

"정리를 좀 해 둬야겠다, 윌 헨리. 곧 치안관이 우리의 도움이 필요하다며 애원하러 올 거다. 두 번째로 말이야. 불쌍한 사냥개들이 낙담하거나 기대해 마지않던 사냥꾼들이 두 손을 들면 틀림없이 우리를 찾아오겠지."

전날에 박사가 온 집 안을 헤집어 놓은 탓에 "정리"할 게 엄청나게 많았다. 그는 서재를 맡았고, 나는 서고에서 바닥에 흩어진 책을 서가에 꽂고, 신문 더미를 정리하고, 도굴꾼의 낡은 모자가 남긴 재를 치우고, 미처 타지 못하고 화염 밖으로 삐져나와 열기에 뒤틀린 박사님 아버지의 일기장 책등을 버렸다. 나는 범죄 현장을 숨기는 악당이 된 듯한 기분이 들었다. 어떤 의미에서 그것은 정말로 범죄 현장이었기 때문이다. 내가 서고에서 열심히 청소를 하는 동안, 서재에서는 바스락거리는 소리 하나도 들려오지 않았다. 그래서 영 수상하다는 생각이 들었는데, 청소를 마치고 박사에게 끝났다고 말하려 방 안을 빠끔히 들여다본 순간 내 의심은 사실로 드러났다. 역시 박사는 전혀 청소를 하지 않았다. 그는 바다 위에 고고히 떠 있는 섬처럼 난장판 한가운데 놓인 의자에 앉아 골똘한 상념에 잠겨 있었다. 나는 그의 시선을 받으며 묵묵히 그 더러운 방을 치우기 시작했다. 나를 뚫어져라 쳐다보는 그의 눈빛은 외부 세계를 차단하고 내면에만 틀어박힌 말라키 스티넷과 별반 다를 바가 없었지만, 그는 말라키와 완전히 다른 것을 보고 있었다.

3시 15분쯤 현관문을 두드리는 소리가 났다. 박사가 일어나며 말했다. "나머지는 나중에 하려무나, 윌 헨리. 일단은 문만 닫아 놔라. 그리고 치안관에게 서고에서 만나자고 하렴."

모건은 혼자가 아니었다. 그의 뒤에서는 마부가 옷깃에 찬 은배지를 빛내며 옆구리에는 보란 듯이 리볼버를 차고 있었다. 말라키 스티넷도 있었다. 실의에 빠져 어두웠던 얼굴이 나를 보자 눈에 띄게 밝아졌다.

"박사님 집에 계시냐, 윌 헨리?" 치안관이 엄숙한 말투로 물었다.

"네, 치안관님. 지금 서고에서 기다리고 계세요."

"날 기다린다고? 아, 그래 물론 그렇겠지."

나는 그들을 서고로 안내했다. 워스롭은 긴 탁자 앞에 서 있었는데, 탁자 위에는 내가 청소를 하다 남겨 둔 지도가 펼쳐져 있었다. 지도 곳곳에 밝은 색의 선들과 황급히 표시한 동그라미와 별표, 사각형 등이 그려져 있었다. 너무 서두르다가 지도를 말아 치워 놓는 것을 깜박 잊어버린 것이다. 하지만 박사는 지도가 펼쳐져 있는 것을 잊었거나 아니면 아예 신경조차 쓰지 않는 듯 보였다.

우리가 들어가자 박사는 흠칫 놀라며 모건에게 말했다. "로버트, 이거 놀랐는걸."

"그래?" 모건은 냉랭하게 대꾸했다. 굳이 경멸감을 숨기려 하지도 않았다. "윌 헨리는 자네가 날 기다렸다고 하던데."

박사는 치안관보와 대학살의 유일한 생존자를 가리키며 고갯짓을 했다. "자네야 기다리고 있었지. 하지만 저 두 사람은 뜻밖이야."

"말라키가 같이 가고 싶다고 했네. 그리고 오브라이언한테는 내가 부탁했고."

치안관이 뭔가를 탁자 위로 휙 던졌다. 그것은 지도 위로 죽 미끄러지더니 워스롭의 손가락 옆에서 멈췄다.

그것은 내가 아끼던 작은 모자였다. 묘지에서 잃어버린 그 모자 말이다.

"자네 조수의 물건이 아닌가 생각하네만."

워스롭은 아무 말도 하지 않았다. 그는 모자를 보고 있지 않았다. 그는 말라키를 보고 있었다.

"윌, 저 안에 적힌 게 네 머리글자가 아니냐? W. H. 맞지?" 치안관이 물었다. 그는 워스롭에게서 여전히 시선을 거두지 않고 있었다.

"윌 헨리, 말라키를 부엌으로 데려가지 않으련?" 박사가 조용한 목소리로 말했다.

"아무도 여기서 못 나가!" 모건이 버럭 소리쳤다. "오브라이언!"

몸집 건장한 치안관보가 씨익 웃으면서 문 앞을 가로막고 섰다.

"내 생각엔 말라키한테는……."

박사가 입을 열려는데 모건이 가로챘다. "뭐가 좋을지는 내가 결정하네. 언제부터 알고 있었나, 워스롭?"

박사는 잠시 주저하다 대답했다. "15일 아침부터."

"15일……." 모건은 아연실색했다. "나흘 동안이나 알고 있었으면서 아무한테도 안 알렸다고?"

"사태가 이리 될 줄은……."

"이리 될 줄 몰랐다고!"

"내 판단에 따르면……."

"자네 판단!"

"내가 알고 있는 모든 증거와 자료에 근거해 나는…… 이 사태를 차분하고 이성적인 방법으로 해결해야 한다고 판단했네. 불필요한 공황이나…… 비이성적이고 부적절한 무력을 사용하지 않고 말일세."

"내가 오늘 아침에 자네에게 물었지." 모건은 박사의 자기합리화에 별로 깊은 감명을 받은 것 같지 않았다.

"그리고 난 사실을 말했네, 로버트."

"놈들이 여기 나타났다는 사실에 놀랐다고 했잖아!"

"사실이네. 실은 지금도 그래. 어젯밤 습격은 내게도 큰 충격이었네. 그런 점에서 난 거짓말을 하지 않았어. 그래서, 날 체포할 건가?"

안경 뒤에서 치안관의 눈이 번득였다. 그의 콧수염이 파르르 떨리고 있었다. "자네가 놈들을 여기 데려왔군."

"그건 아니네."

"하지만 범인을 알고 있겠지."

박사는 대답하지 않았다. 그럴 겨를도 없었다. 두 사람의 대화를 들으며 시시각각 경악하던 말라키가, 치안관이 왜 이 집을 방문하는지 이유도 모른 채 따라가겠다고 고집했던 소년이, 자기 눈앞의 사내가 입을 다묾으로써 사랑하는 가족이 죽었다는 것을 알게 되자 갑자기 문제의 당사자가 아니라 오브라이언에게 달려들었던 것이다. 그는 무방비 상태로 느긋하게 대기하고 있던 치안관보의 총집에서 순식간에 총을 잡아 뽑아 든 다음, 워스롭을 덮쳐 바닥에 쓰러뜨렸다. 그러고는 리볼버 총구를 그의 이마에 가져다 댔다. 찰칵, 공이치기가 움직이는 소리가 방 안 가득 크게 울려 퍼졌고, 곧이어 모두의 충격 속에서 정적이 이어졌다.

말라키는 박사를 깔고 앉아 워스롭의 면전에 얼굴을 바짝 가져다 댄 채 한마디를 내뱉었다. "당신이!"

놀란 오브라이언이 황급히 앞으로 달려들었지만 치안관이 그의 가슴을 손바닥으로 막으며 저지했다. 그는 주체할 수 없는 비탄에 짓눌린 소년의 이름을 불렀다. "말라키, 말라키, 그래 봤자 해결되는 건 아무것도 없다!"

"해결 따윈 필요 없어요!" 격분한 말라키가 험악한 목소리로 외쳤다. "난 정의가 실현되는 걸 바란다고요."

치안관이 그를 향해 조금씩 다가갔다. "그건 정의가 아니란다, 얘야. 살인이야."

"살인자는 이 자식이죠. 눈에는 눈! 이에는 이!"

"그를 심판하는 건 신께서 하실 일이지 네가 할 일이 아니다."

모건은 이렇게 말하며 천천히 말라키에게 다가갔고, 말라키는 워스롭의 이마에 총구를 더욱 세게 밀어붙이는 것으로 그에게 대답했다. 소년의 몸이 감정을 주체하지 못해 부들부들 떨리고 있었다.

"한 발짝만 더 와 봐요. 쏴 버릴 거야. 진짜로 쏴 버릴 거라고!"

그의 떨림이 어찌나 격렬한지 워스롭의 이마에 총 끝이 부딪쳐 생채기가 났다. 부드러운 살갗이 찢겨 피가 고이기 시작했다.

나는 생각할 겨를도 없이—조금이라도 생각이 있었더라면 우리 두 사람의 목숨을 걸지는 않았을 것이다.—순식간에 모건의 옆을 지나 비통함에 가득 찬 말라키와 바닥에 깔려 있는 워스롭 앞에 무릎을 꿇었다. 말라키가 눈물로 얼룩지고 노여움과 당혹감에 일그러진 얼굴을 들어 간청이라도 하듯 내 눈을 들여다보았다. 마치 내 눈 속에서 누구에게도 물을 수 없고 아무도 대답할 수 없는 질문에 대한 해답을 찾는 것처럼. '왜? 도대체 무엇 때문에?'

"이 사람이 나한테서 모든 걸 빼앗아 갔어." 말라키가 속삭였다.

"그리고 넌 나한테서 모든 걸 빼앗아 가겠지." 내가 대답했다.

나는 총을 향해 손을 내밀었다. 그가 움찔거렸다. 방아쇠에 걸린 손가락에 힘이 들어갔다. 나는 얼어붙었다.

"박사님은 내 전부야." 내가 말했다. 그것은 사실이었다.

나는 한 손으로 그의 덜덜 떨리는 손목을 잡고 다른 한 손으로 그의 손가락에서 권총을 천천히 빼냈다. 모건이 두 달음에 내 옆으로 달려와 무기를 낚아채더니 옆에서 겸연쩍게 서 있는 오브라이언에게 건네주었다.

"다음부턴 좀 조심하게." 모건이 퉁명스럽게 말했다.

나는 이제 말라키와 똑같은 증상을 겪고 있는 손을 그의 어깨에 올려놓았다. 그는 박사를 팽개치고는 내 품 안에 얼굴을 묻었다. 울음이 터져 나오면서 그의 가녀린 어깨가 들썩거렸다. 박사는 힘겹게 일어나 앉아 탁자에 등을 기댄 채 손수건을 꺼내 이마의 상처를 세게 눌렀다. 창백한 얼굴 군데군데 핏방울이 튀어 있었다. 박사가 중얼거렸다. "내가 알았더라면……."

"자네는 알고 있었어." 모건이 매몰차게 대꾸했다. "지금부터 아는 걸 모조리 털어놓게, 펠리노어. 하나도 빠짐없이 전부! 그렇지 않으면 정말로 자네를 체포하겠네. 오늘 밤 당장 말이야."

박사는 고개를 끄덕였다. 그의 시선이 내 품에 안겨 울고 있는 가엾은 말라키 스티넷에게 닿았다. "자네한테 보여 줄 게 있네." 그가 모건에게 말했다. "하지만 오직 자네만 봐야 해, 로버트. 나는……." 그는 갑자기 말을 삼켰다. "내 생각엔……." 그는 다시 목청을 가다듬더니 말했다. "말라키는 보지 않는 편이 좋을 걸세."

나는 그들이 어디로 향하는지 알고 있었다. 그래서 박사의 말에 전적으로 동의할 수밖에 없었다. 말라키는 박사의 지하실 천장에 걸려 있는 것을 보지 않는 편이 나을 터다. 우람한 덩치의 오브라이언이 두 사람의 뒤를 따라가려 했지만 모건은 그에게 우리와 함께 있을 것을 명령했다. 그래서 그는 문 앞을 지키고 서서 마뜩잖은 표정으로 내가 모든 일의 원흉이라도 되는 양 방 반대편에 있는 나를 부루퉁하게 쏘아보고 있었다. 어쩌면 부분적으로나마, 정말로 그럴

지도 모른다. 그리고 그때만 해도 나도 그런 기분이 들었다. 박사가 드리운 죄책감의 그림자는 크고 길었고, 묘지에서 도망쳤던 날 밤 그에게 대들기는 했어도 나는 그 문제를 두고 그를 심하게 다그치지는 않았다. 박사는 나를 방에 가두지도 않았고 기둥에 묶어 두지도 않았다. 그날 밤 곧장 치안관을 찾아가 앞으로 있을 일을 경고할 수도 있었건만 그리 하지 않았다. 남들의 비난을 피할 수 있는 변명은 수도 없이 많았지만—나는 어렸고, 종속적인 위치에 있었으며, 어른인 박사의 뛰어난 지성과 그의 판단력에 반박하기가 힘들었다.—말라키의 고통과 말로 이루 표현할 수 없는 상실감에 비하면 모든 것이 빈약해 보였다.

고개를 들자, 말라키의 고통과 비탄은 물론, 고백컨대 내 스스로가 너무나도 안쓰러운 마음에 눈물이 고여 눈앞이 부연 와중에도 오브라이언이 나를 노려보고 있다는 것을 알 수 있었다. 그는 조롱하듯이 윗입술을 말아 올렸다.

"이참에 저 친구를 교수형에 처해 버리면 좋겠군."

나는 고개를 돌렸다. 나는 접시처럼 크고 붉게 충혈된 말라키의 눈과 마주쳤다. 그가 속삭였다. "너도 알고 있었어?"

나는 고개를 끄덕였다. 박사는 내게 거짓말은 가장 저열한 말장난이라고 했다.

"응."

아주 오랜 시간이 흐른 것처럼 느껴질 때 즈음이 되어서야 두 사람이 돌아왔다. 하지만 정말로 두 사람이 자리를 비운 것은 5분도 채 되지 않았을 것이다. 모건의 올빼미 같은 얼굴은 핏기가 가셔 창백했고, 뻣뻣하고 어색한 걸음걸이로 의자로 걸어가 앉는 모습은 흡사 참전 후유증에 시달리는 군인의 움직임을 연상시켰다. 그는 덜덜 떨리는 손으로 파이프를 찾아 불을 붙이려고 시도했다. 워스롭도 불과 몇 분 전에 죽음의 심연을 마주했다가 가까스로 벗어난 지라 상당히 동요하고 있는 것 같았다. 눈과 눈 사이, 카인의 낙인처럼 이마 한가운데 선명하게 나 있는 동그란 상처 자국에는 아직도 피가 말라붙어 있었다.

"윌 헨리." 박사가 조용하게 말했다. "말라키를 위층 빈 방에 데려다줘라."

"네, 박사님." 나는 즉시 대답했다. 나는 말라키를 부축해 일으켜 세웠다. 내 어깨에 그의 팔을 두르고, 그는 내게 몸을 기댄 채 우리 둘은 방을 빠져나왔다. 말라키의 무게를 지탱하느라 무릎이 후들거렸다. 그는 나보다 머리 하나는 족히 컸다. 나는 그를 계단 위로 데려가 가장 가까운 방으로 안내했다. 5년 전, 앨리스테어 워스롭이 알몸으로 숨을 거둔 채 발견되었던 방이었다. 나는 그를 매트리스에 눕혔다. 그는 괴물학자의 아버지처럼 무릎이 거의 뺨에 닿도록 온몸을 둥글게 말았다. 나는 문을 닫고 침대 옆에 있는 의자에 쓰러지다시피 주저앉았다.

"여기 따라오지 말았어야 했어." 말라키가 말했다.

너무나도 당연한 말에 나는 고개를 주억였다.

"그분이 자기 집으로 가자고 했어." 모건을 두고 하는 말이었다. "달리 갈 데가 없었거든."

"다른 가족은 없어?" 내가 물었다.

"우리 가족은 다 죽었어."

나는 다시 고개를 끄덕였다. "미안해, 말라키."

"넌 그 사람을 위해서라면 뭐든지 하는구나? 그렇지? 심지어 사과도 네가 하네?"

"그런 일이 생길 줄은 몰랐어."

"그 사람은 아무 일도 안 했어. 다 알았으면서 아무것도 안 한 거야. 왜 그 사람 편을 드는 거야, 윌? 그 사람이 너한테 뭔데?"

"그런 게 아냐. 내가 그 사람한테 뭔지가 중요한 거지."

"그게 무슨 뜻이야?"

"난 그분 조수야." 나는 자부심을 담아 말했다. "내 아버지처럼. 아버지가…… 집에 불이 난 뒤에 박사님이 날 받아 줬어."

"입양한 거야?"

"아니, 그냥 받아 주신 거야."

"왜 그랬데? 왜 널 데려온 건데?"

"그럴 사람이 아무도 없었거든."

"아니, 내 말은 그게 아니라. 그 사람이 왜 너를 데려오기로 한 건데?"

"나도 몰라." 나는 다소 당황했다. 거기에 대해서는 이제껏 한 번도 생각해 본 적이 없었다. "물어본 적이 없거든. 아마 그게 옳은 일이라고 느꼈나 보지."

"네 아버지가 박사를 위해 일했으니까?"

나는 고개를 끄덕였다. "우리 아버지는 박사님을 정말 좋아했어." 나는 목청을 가다듬었다. "그는 정말 대단한 분이야, 말라키." 내 입에서 아버지에게서 자주 들었던 말이 흘러나왔다. "그분을 모시는 건 굉장히 영광스러운 일이야."

나는 자리를 떠야 했다. 그 말을 하고 나니 박사의 옆을 지켜야 한다는 생각이 났기 때문이다. 말라키는 내가 그의 목을 조르겠다고 협박이라도 한 양 화들짝 놀랐다. 그는 내 손목을 움켜쥐더니 제발 가지 말라고 빌었고, 나는 그의 간청을 도저히 거절할 수가 없었다. 순전히 내 고질적인 저주 때문에 그런 것은 아니었다(아무래도 나는 삶의 상당 부분을 고통받는 이들의 침대 옆에서 보내는 저주를 타고난 것 같다.). 그것은 말라키가 가족을 잃은 또 다른 소년에 대한 가슴 아픈 기억을 떠올리게 했기 때문이었다. 밤이면 밤마다 낯선 침대에 누워, 마치 먼 친척이 물려준 밖에다 내놓기는 너무 촌스럽지만 그렇다고 버리기에는 너무 값진 오래된 가보처럼 조그만 다락방에 처박혀 잊힌 소년 말이다. 내가 처음 이 집에 들어와 괴물학자를 위해 일하기 시작했을 때, 그는 밤마다 내가 대성통곡을 하며 흐느끼는 소리를 알아차리지 않을 수 없었을 것이다. 하지만 그럼에도 그는 아무것도 하지 않았다. 그는 내 부모님에 대한 이야기를 꺼내지도 않았고, 두 분이 돌아가신 날에 대해서도 말하는 법이 없었다. 아주 드물게 그런 일이 생기더라도 대개는 묘지에 갔던 그날처럼 나를 꾸짖을 때나 사용했다. 네 아버지라면 이해했을 거다.

그래서 나는 말라키의 옆을 지켰다. 앨리스테어 워스롭이 숨을 거둔 침대에 걸터앉아 말라키의 손을 잡아 주었다. 그는 워낙 힘든 시련을 겪은 탓에 기진맥진해 있었고, 그래서 나는 그에게 눈을 좀 붙이라고 말했다. 하지만 그는 모든 게 궁금해 견딜 수가 없었다. 우리가 어떻게 그의 가족을 학살한 그 괴물들을 발견했는지, 그 사실을 알아내고 놈들이 그의 집을 습격하기까지 그사이에 박사가 무엇을 했는지. 나는 에라스무스 그레이가 한밤중에 섬뜩한 짐 꾸러미를 싣고 우리 집에 찾아온 일과 묘지에 갔던 일, 그리고 아슬아슬했던 탈출기를 들려주었고, 데덤을 방문한 것과 헤제키아 바너가 해 준 이야기를 설명했다. 나는 안트로포파기가 뉴저지에 나타난 데 대해 워스롭의 부친이 관련되어 있을지도 모른다는 사실을 일부러 빠뜨렸고, 워스롭은 아무 잘못도 없다고 힘주어 말했다. 그리고 그가 '놈들이 어떻게 여기까지 오게 되었는가'라는 중요한 질문에 대한 해답을 찾기 위해 노력하고 있다고도 했다.

말라키는 내가 박사의 편을 드는 것을 좋아하지 않았다.

"개가 광견병에 걸려서 미쳐 날뛰고 있는데 어떤 바보가 원인부터 찾는데? 일단 개부터 쏴 죽인 다음에 어쩌다 그랬는지 알아보는 게 순서 아냐?"

"박사님은 시간이 충분하다고 생각하셔서……."

"그럼 잘못 생각한 거네, 안 그래? 그래서 우리 가족이 죽었어. 나도 마찬가지고." 그는 아무런 과장도, 자기연민도 섞이지 않은 건조한 어조로 말했다. "나도 죽었어. 난 네 손을 만질 수 있어. 네가 거기 앉아 있는 것도 보여. 숨도 쉬고 있어. 그렇지만 이 안에는 아무것도 없어."

나는 고개를 끄덕였다. 그렇다. 그게 어떤 건지 나도 너무나도 잘 알고 있었다! 나는 그의 손을 꼭 쥐었다.

"시간이 지나면 나아질 거야." 나는 그를 달래듯이 말했다. "나도 그랬어. 옛날로 돌아가진 않지만 그래도 조금씩 괜찮아져. 그리고 박사님이 틀림없이 그놈들을 싹 잡아 죽일 거야. 마지막 한 마리까지 몽땅."

말라키는 고개를 가로저었다. 그의 눈이 이글거렸다. "그 사람은 네 스승이고, 네가 고아원에 가지 않게 구해 줬지." 말라키가 속삭였다. "나도 이해해, 윌. 너는 그 사람 편을 들거나 용서해 줘야 한다고 생각할지 몰라. 하지만 난 그럴 수 없어. 난 절대로 그를 용서하지 않을 거야. 이…… 이…… 그 사람 직업이 뭐라고?"

"괴물학자."

"그래, 괴물학자. 괴물 사냥꾼…… 그 사람은 자기가 잡는 괴물들만큼이나 괴물이야."

그는 이런 저주의 말을 늘어놓고는 침묵에 빠졌다. 눈꺼풀이 파르르 떨리더니 슬금슬금 아래로 처지다 이윽고 굳게 닫혔다. 하지만 피곤함에 곯아떨어지면서도 여전히 내 손만은 꽉 붙들고 있었다. 나는 그의 손가락을 하나씩 푼 다음 슬며시 방을 빠져나왔다.

계단을 내려가다가 화들짝 놀랐다. 갑자기 현관문을 쾅쾅 두들기는 소리에 저녁녘의 어스름한 고요가 깨지면서 나더러 빨리 문을 열어 주라는 박사의 고함이 들려왔다. 무슨 일이지? 궁금증이 일었다. 설마 놈들이 또 누군가를 습격한 건가? 밖에는 밤이 내려앉고 있었다. 어쩌면 벌써 피의 광란이 시작된 것일지도 모른다. 아니면 스티넷 일가의 소식이 퍼지면서 동네 사람들이 워스롭에게 뜨거운 타르와 깃털을 퍼부으러 쳐들어온 것일지도 모른다.

그 사람은 괴물이야. 말라키는 말했다. 나는 말라키의 말을 믿지 않았다. 그렇지만 그가 왜 그렇게 말했는지는 이해할 수 있었다. 그리고 일단 안트로포파기의 습격 사건을 알게 된다면 마을 사람들도 그와 똑같이 생각하리라.

나는 박사가 괴물을 사냥하는 괴물이라고는 믿지 않았다. 하지만 머지않아 정말로 그런 인물을 만날 예정이었고, 그렇게 그 사람을 만났다.

10장

"이 일에 최적임자야."

그는 키가 꽤 컸다. 1미터 80센티미터는 거뜬히 넘어 보였다. 현관문 앞에 서 있는 그는 운동선수 같은 몸매와 소년처럼 매끈하고 잘생긴 용모를 지녔으며, 밝은 금빛의 머리칼을 길게 늘어뜨리고 있었다. 눈은 묘한 느낌을 주는 회색이었다. 깜박이는 등불 아래에서는 거의 검은색에 가까워 보였지만 나중에 밝은 햇빛 아래에서 보니 그보다 밝아 보였다. 석탄재나 강철 군함 같은 잿빛이었다. 어깨에는 여행용 망토를 걸치고 손에는 장갑을 끼었으며, 승마용 장화를 신고 머리에는 챙이 넓은 신사용 중절모를 비스듬히 올려놓았다. 콧수염은 작고 단정하게 다듬었는데 머리칼처럼 금빛이었고, 그의 육감적이고 통통한 입술 위에 거의 투명하게 걸려 있었다.

"이게 누구야." 그는 다소 놀랐다는 듯이 말했다. "안녕하신가, 젊은이." 그는 매우 세련된 영국식 억양으로, 사자가 목을 울리듯 나긋나긋하고 듣기 좋은 어조로 말했다.

"안녕하세요, 선생님." 내가 말했다.

"나는 내 소중한 친구의 집을 찾고 있단다. 그런데 아무래도 마부가 길을 잃은 것 같구나. 그의 이름은 펠리노어 워스롭이라고 하지." 그는 눈을 반짝이며 덧붙였다. "내 친구 말이다. 마부가 아니라."

"여기가 펠리노어 워스롭 박사님 댁이에요."

"오, 이젠 워스롭 '박사'가 됐단 말이냐? 그래?" 그는 슬며시 키득거렸다. "그러면 넌 누구냐?"

"전 조수, 아니 제자예요." 나는 재빨리 고쳐 말했다.

"조수 아니 제자라! 그 친구는 좋겠구나. 그리고 네게도 잘 된 일이고. 자, 그럼 말해 보렴, 조수 아니 제자야……."

"윌이에요. 제 이름은 윌 헨리예요."

"헨리? 어째 이름이 익숙한데."

"저희 아버지가 오랫동안 박사님 밑에서 일했어요."

"너희 아버지 이름이 벤자민이던가?"

"아뇨, 선생님 그분 이름은……."

"패트릭!" 그가 돌연 손가락을 튀기며 말했다. "아니, 패트릭 아들이라고 하긴 넌 너무 어린데. 혹시 패트릭 아들의 아들이려나. 그 친구한테 아들이 있었다면 말이다."

"저희 아버지 이름은 제임스예요."

"그래? 정말 벤자민이 아닌 게 확실하니?"

안쪽에서 박사가 커다랗게 외쳤다. "윌 헨리! 누가 온 거냐?"

망토를 걸친 사내가 몸을 기울여 나와 눈높이를 맞추고는 속삭였다. “가서 말해 주렴.”

“하지만 아직 성함을 말씀해 주지 않으셨잖아요.”

“그럴 필요가 있을까, 윌 헨리?” 그가 주머니에서 편지를 꺼내더니 내 눈앞에서 팔락였다. 나는 거기 적힌 필체를 알아보았다. 그것은 내가 쓴 글씨였다. “이건 펠리노어가 쓴 게 아니다. 말투야 맞지. 하지만 그 친구가 적었을 리는 없어! 펠리노어의 글씨는 끔찍하거든.”

“윌 헨리!” 등 뒤에서 박사가 신경질적으로 외쳤다. “누구냐고 내가…….” 그는 문 앞에 서 있는 키 큰 영국인을 보고는 굳어 버렸다.

“컨스 박사님이에요, 박사님.”

“친애하는 펠리노어.” 컨스가 상냥한 목소리로 말하며 나를 지나쳐 박사의 손을 붙잡았다. 그는 워스롭의 손을 잡고 격하게 흔들었다. “이게 도대체 얼마 만이지, 친구? 이스탄불에서 본 뒤로 처음인가?”

“탄자니아일세.” 박사가 딱딱하게 대답했다.

“탄자니아! 그렇게 오래됐어? 그리고 자넨 이마에다 뭔 짓을 한 건가?”

“사고가 있었네.” 괴물학자가 중얼거렸다.

“아, 다행이군. 난 자네가 빌어먹을 힌두교도가 된 건 아닌가 걱정했다네. 어디 보자, 워스롭. 몰골이 정말 형편없군. 마지막으로 잠을 잔 게 언젠가? 제대로 식사를 한 건? 무슨 일이 있었던 거야? 하녀나 요리사를 해고한 건가? 아니면 그 사람들이 자진해서 그만둔 건가? 그리고 박사는 언제 된 거야?”

“급하게 연락했는데 이렇게 빨리 와 줘서 고맙네, 컨스.” 박사는 컨스의 질문 세례를 무시하고 여전히 딱딱하고 어색한 목소리로 대답했다. "상황이 더 악화됐어."

"그럴 줄 알았네."

워스롭은 목소리를 낮췄다. "마을 치안관이 와 있네."

"그 정도로 나빠진 건가? 나한테 편지를 보낸 뒤로 그 악동들이 몇 명이나 잡아먹었는데?"

"여섯 명."

"여섯이라고? 고작 사흘 만에? 거참 특이하군."

"내 생각도 그러네. 그 종으로서는 대단히 보기 드문 행동양식이지."

"안트로포파기인 건 확실한가?"

"의심의 여지가 없어. 지금 우리 집 지하실에 한 마리가 걸려 있으니 만일 자네가……."

바로 그때, 모건 치안관이 서고 문 앞에 나타났다. 그의 둥그런 눈이 안경 뒤에서 뭔가 수상하다는 듯이 가늘어졌다. 컨스가 박사의 어깨 너머로 그를 훔쳐보더니 잘생긴 얼굴을 활짝 폈다. 그의 치아는 영국인치고는 놀랍도록 희고 가지런했다.

"아, 로버트, 어서 오게." 워스롭이 말했다. 치안관이 등장해 무거운 짐을 벗게 되었다는 듯이 안도한 얼굴이었다. "여긴 모건 치안관일세, 그리고 이쪽은……."

"코리 박사요." 컨스가 힘차게 손을 내밀며 말했다. "리처드 코리라고 합니다. 안녕하시오."

"별로 안녕하지 못하오." 치안관이 대답했다. "아주 길고 고된 날이었거든, 코리 박사."

"리처드라고 불러 줘요. '박사'는 일종의 명예직이라."

"오?" 모건이 턱을 살짝 치켜 올렸다. 그의 안경이 번뜩였다. "워스롭은 당신이 의사라고 하던데."

"그냥 조금 아는 정도죠. 지금은 취미에 가까워요. 요 몇 년간은 사람 몸에 칼을 댄 적이 없으니까."

"그래요?" 치안관은 정중하게 대꾸했다. "어쩌다 그렇게 된 거요?"

"솔직히 말하자면, 시간이 좀 지나니 지겨워지더이다. 그래요, 난 쉽게 싫증을 내는 사람이라오, 치안관. 그래서 펠리노어의 초청을 받자마자 만사를 제치고 달려왔죠. 지독하게 신나는 일이거든요, 이게."

"지독한 일이긴 하지. 하지만 신난다고 하긴 힘들 것 같소."

"크리켓이나 스쿼시 정도는 아니라도 여우사냥이나 메추라기 사냥보다는 훨씬 낫지요. 정말요, 모건, 비교도 안 되지!"

그는 박사를 쳐다보았다. "집 앞에서 마부가 기다리고 있네. 요금을 줘야 하거든. 내려야 할 짐도 좀 있고."

워스롭은 한참 후에야 그 의미를 알아차렸다. "여기 묵을 생각인가?"

"그러는 게 현명할 것 같지 않나. 최대한 마을 사람들의 눈에 띄지 않는 편이 좋을 테니까."

"그건 그렇지." 박사는 잠시 후에야 깨달은 듯 주머니에 손을 넣어 지갑을 꺼내며 내게 말했다. "맞아, 그렇지. 받아라, 윌 헨리. 커…… 아니 코리 박사의……."

"리처드." 컨스가 끼어들었다.

"……마부에게 돈을 주렴." 워스롭이 문장을 끝마쳤다. "이 친구

짐은 비어 있는 방에 가져다 두고."

"빈방요, 박사님?"

"내 어머니가 쓰시던 방 말이다."

"이런이런 펠리노어. 이렇게 영광스러울 데가 있나."

"냉큼 서둘러라, 윌 헨리. 밤늦게까지 깨어 있을 테니 차와 먹을 것도 필요해."

컨스는 장갑과 망토를 벗더니 모자와 함께 내 팔에 떨어뜨렸다.

"작은 여행가방 두 개와 궤짝 세 개, 그리고 커다란 나무상자가 하나 있을 거다, 헨리. 여행가방은 너도 들 수 있을 테지만 궤짝과 상자는 힘들 거야. 하지만 적당한 액수를 쥐여 주면 마부의 손을 빌릴 수 있을 거야. 궤짝은 마차 차고에 두는 편이 좋겠구나. 그렇지만 가방과 나무상자는 반드시 내 방에 올려다 놔야 한다. 상자를 옮길 때 특히 조심하렴. 아주 예민한 게 들어 있거든. 그리고 마실 차를 준비해 준다면 대단히 고맙겠다. 여기서는 기차에서 차를 안 준다는 걸 알고 있니? 미국은 신기할 정도로 아직 문명화가 덜 된 나라야. 내 차에는 크림과 각설탕 두 개를 곁들여 주렴. 그래야 착한 아이지."

컨스는 내게 한쪽 눈을 찡긋하며 손바닥으로 내 머리를 마구 헝클어뜨리더니 갑자기 양손으로 손뼉을 짝 치며 말했다. "자, 그럼 신사 여러분, 지금부터 일을 시작해 볼까요? 아주 길고 고된 날을 보냈다고 했는데, 로버트, 밤은 그보다도 더 길 거요, 내 장담하리다!"

어른들은 서고로 사라졌고 마부는—손바닥에 좀 기름칠을 해 주었더니—나와 함께 손님의 짐을 나르기 시작했다. 컨스가 말한 나무상자는 제일 크고 번거로운 물건이었다. 차고로 옮겨 놓은 궤짝만큼 무겁지는 않았지만 길이가 1.8미터는 되는 데다 매끄러운 천에 둘둘 감싸여 있어 손으로 잡기가 힘들었다. 특히 계단에서 방향을 트는 게 고역이라, 결국에는 한쪽 끝을 바닥에 내려놓고 반대쪽을 돌리기로 합의를 볼 수밖에 없었다. 마부는 일을 하는 내내 끊임없이 욕설을 중얼거렸는데 땀을 뻘뻘 흘리면서 등과 손, 다리가 아프다느니, 자기는 짐말을 모는 사람이지 짐을 나르는 말이 아니라느니 하며 한시도 쉬지 않고 투덜거렸다. 우리 둘은 손가락이 계속 미끄러지는 반들반들한 덮개만 없었더라도 상자를 나르기가 한층 쉬울 거라고 생각했고, 그래서 마부는 큰 소리로 누가 나무상자를 침대보로 포장하느냐고 구시렁거렸다.

짐을 옮기는 일이 끝나자 나는 부엌에 가서 차와 케이크를 준비해 쟁반에 받쳐 들고 서고로 갔다. 방 안에 들어가자마자 찻잔이 세 개밖에 없다는 사실을 깨달았다. 부엌에 돌아가 찻잔을 더 가져오려고 생각한 순간, 나는 오브라이언이 없다는 사실을 깨달았다. 아마도 모건이 그들의 비밀모의를 아는 사람을 한 명이라도 더 줄이기 위해 일부러 집에 보낸 것 같았다.

세 사람은 작업대 위에 몸을 수그리고 지도를 주시하고 있었다. 워스롭이 해안을 따라 표시해 놓은 지점들을 가리켰다.

"여기가 페로니아 호가 좌초한 곳이야. 놈들이 정확히 어느 지점에 상륙했는지 짚어 내기는 불가능하지만 여기, 이걸 보게." 워스롭은 신문 더미에서 가장 위에 놓인 종이를 집어 들었다. "여기 한 소년의 행방불명 기사가 있네. 치안당국은 소년이 배를 타고 도망쳤다고 생각했지만 페로니아 호가 난파한 지 2주일 뒤, 약 내륙 쪽으로 약 30킬로미터 떨어진 곳에서 발생한 사건이야. 그리고 여기, 여기, 여기." 그는 지도 위에 친 동그라미를 하나씩 손가락으로 짚으며 말했다. "놈들의 짓일 가능성이 큰 사건들을 표시해 놨어. 대부분 실종신고가 되거나 며칠 또는 몇 주일 뒤에 시신으로 발견되었는데 야생동물의 짓으로 추정되는 상처가 나 있었지. 동그라미마다 사건의 날짜를 적어 놨네. 자, 보다시피 모든 사건이 우리의 초대받지 않은 손님이 식사를 한 것이라고는 단언할 수는 없네. 그렇지만 여러 자료를 취합해 보면 놈들이 부채꼴로 분포돼서 점진적으로 여기 뉴예루살렘으로 향하고 있는 것 같아."

아무도 대꾸하지 않았다. 모건은 한참 전에 꺼진 파이프를 빽빽 빨며 낮게 걸린 코안경 아래로 묵묵히 지도를 살폈다. 컨스는 애매한 콧소리를 내더니 거의 보이지도 않는 옅은 콧수염을 엄지와 검지로 쓰다듬었다. 워스롭은 계속해서 내게 익숙한 무미건조한 어조로 강의를 늘어놓았다. 그는 안트로포파기가 24년 동안이나 이곳에 서식했다면 마을 사람들의 기이한 실종이나 죽음을 누군가 눈치채지 못했을 리가 없다는 사실을 인정하지 않을 수 없지만, 그럼에도 그 외에는 놈들의 출현을 달리 설명할 방도가 없다고 말했다. 그러므로 이렇게 된 게 틀림없었다.

그때 컨스가 그의 말을 중단시켰다. "하나 더 있네."

워스롭이 지도에서 눈을 들었다. "뭐가 하나 더 있다는 거지?"

"다른 합리적인 설명 말이야."

"어디 꼭 한번 들어 보고 싶군." 박사가 전혀 진심이 담겨 있지 않은 말투로 말했다.

"내 무례함을 용서하게, 펠리노어. 그렇지만 자네 이론은 순 엉터리야. 터무니없고, 편파적이고, 우스꽝스러울 정도로 허황된 헛소리일세. 우리 포피들이 여기까지 두 발로 걸어왔을 리가 없어."

"그럼 자네 견해는 뭔가? 놈들이 기차를 타고 왔다고?"

"기차를 타고 온 건 나지, 펠리노어. 놈들은 그보다 훨씬 은밀하고 눈에 띄지 않는 수단을 이용했을 걸세."

"난 도통 무슨 소린지 모르겠군." 모건이 끼어들었다.

"누가 봐도 명백하지 않습니까, 치안관." 컨스가 싱글거리며 말했다. "어린애라도 알 수 있을 거요. 윌이라면 알고 있을 거라고 내 장담하지요. 어떠냐, 윌, 너는 이 까다로운 수수께끼의 답이 뭐라고 생각하니?"

"제…… 제 생각을 물으시는 거예요?"

"넌 똑똑한 아이잖니. 그렇지 않았다면 워스롭이 너를 조수 제자로 고용했을 리가 없어. 어디 네 생각을 좀 들어 보자꾸나."

나는 귀까지 벌겋게 달아올랐다. "어, 저는…… 제 생각엔……." 어른 세 명이 모두 나를 주시하고 있었다. 나는 침을 꿀꺽 삼키고는 과감하게 대답했다. "놈들이 여기 와 있는 걸 보면, 어, 그러니까 어떻게든 여기 온 게 확실하잖아요, 그러니까 아무한테도 안 들키고 여기까지 왔거나, 아니면…… 아니면……."

"그래, 그래, 잘 하고 있다, 윌 헨리. 그게 아니면?" 컨스가 물었다.

"아니면 누군가는 알고 있었다는 거죠." 나는 바닥을 내려다보았다. 박사의 시선이 따갑게 느껴졌다.

"바로 그거야." 컨스가 고개를 끄덕였다. "그리고 그 사람이 포피의 존재를 알고 있었던 건 바로 그자가 놈들을 여기로 데려왔기 때문이지. 아프리카에서 뉴잉글랜드까지 말이야."

"무슨 말을 하고 싶은 건가, 컨스?" 워스롭이 대화가 위험한 방향으로 흐르고 있다는 사실을 잊어버리고 물었다.

"컨스라고?" 모건이 말했다. "코리라고 하지 않았나?"

"컨스는 내 가운데 이름이오." 전직 의사가 솜씨 좋게 받아넘겼다. "어머니 쪽 성이지."

"그건 방금 자네가 내 이론에 대해 한 말마따나 터무니없는 소리로군. 누군가 놈들을 여기로 데려왔다고? 아무도 모르게 슬며시 들여와서 가둬 두고 사육했단 말인가? 어떻게? 그리고 누가?"

"다시 한 번 말하지만, 친애하는 워스롭. 너무나도 자명한 해답이 있지 않은가. 어떠냐, 윌 헨리. 너도 그렇게 생각하지 않니? 너무 잘 보여서 거의 우스울 지경이야. 난 자네가 왜 이 문제에 대해 그렇게 근시안적 태도로 일관하는지 이해한다네, 펠리노어. 사실을 인정하기가 너무 고통스럽기 때문일 테지. 그래서 자네는 사실을 지지고 볶고 증거를 씹고 또 곱씹은 거야. 위아래가 바뀌고 흑백이 바뀌고 네모가 동그라미가 될 때까지 말일세."

"나를 모욕하는 건가, 존." 워스롭이 사납게 으르렁거렸다.

"존? 하지만 아까는 이름이 리처드라며?" 모건이 또 끼어들었다.

"별명이오. 노예해방론자인 존 브라운의 이름을 딴 거지. 내 모친은 미국인이었는데 상당히 열렬한 노예폐지론자였지요."

"난 과학자야. 나는 사실이 인도하는 길을 따른다고."

"자네의 연약한 심금(心琴)에 걸려 더 이상 못 움직일 때까지 말이지. 이보게, 펠리노어. 자네 정말로 그 말도 안 되는 이론을 믿고 있나? 녀석들이 해안가를 배회하면서 아무에게도 들키지 않고 자그마치 24년이나 이 좁은 동네에서 남몰래 배를 채우면서 작고 귀여운 새끼들을 낳아 길렀다고? 증거도, 생존자도, 심지어 목격자도 없이? 그러다 무슨 기적처럼 애초에 놈들을 원했던 사람이 살던 문 앞에 펑 하고 나타났다고? 자네는 무슨 수도원에 갇혀 사는 수도사라도 되나? '하루살이는 걸러 내고 낙타는 삼키는도다.'*"

"그건 불가능한 일이 아니야! 발견된 증거와도 일치한다고!" 박사는 포기하지 않았다.

"어떻게?"

"순응, 자연선택, 그리고 약간의 운, 그래, 그건 나도 인정하네. 하지만 분명히 가능한……."

"오, 펠리노어." 컨스가 말했다. "그런 식이라면 달도 블루치즈로 만들어졌을 수 있다네."

"그건 못 믿겠는데." 모건이 말했다.

"그게 틀렸다는 걸 증명할 수 없으니까요." 컨스가 응수했다. 그가 워스롭 박사의 어깨에 손을 올리자 박사는 즉시 어깨를 들썩여 손을 떨쳐 냈다. "그분이 언제 돌아가셨지? 4년 전? 5년 전? 여기 동그라미를 보게. 자네가 직접 표시했잖나. 특히 저기와 저기 집중되어 있는 게 보이나? 이곳과 이곳의 간격은 20킬로미터지만, 묘지에

---

* 「마태복음」 23장 24절. 작은 일에 집착하다 큰일을 소홀히 한다는 뜻.

서는 겨우 500미터밖에 떨어져 있지 않아. 여기, 83년 후반에 시작해 이 20킬로미터 반경 내에서 일어난 사건들이 놈들의 짓일세. 나머지는 자네의 희망 사항에 불과하고. 놈들은 난파한 배에서 붙잡혀서 여기로 보내진 게 틀림없네. 한동안은 철저하게 보호받으면서 사육됐겠지. 주인이 식량을 공급해 주던 때까지는 말이야."

워스롭이 컨스의 뺨을 갈겼다. 살갗과 살갗이 부딪치는 소리가 엄청나게 크게 울려 퍼졌고, 한동안은 아무도 입을 열지 않았다. 컨스의 표정은 거의 변함이 없었다. 그는 해링턴 레인 425번지에 발을 들여놓은 순간부터 얼굴에 띄워져 있던 빈정거리는 듯한 미소를 아직도 희미하게 짓고 있었다. 모건은 신경질적으로 파이프를 빽빽 빨았고 나는 찻잔을 만지작거렸다. 차는 진작 차갑게 식어 있었다.

"줄곧 자네 눈앞에 있었어." 컨스가 부드럽게 말했다. "눈만 뜨면 보일 걸세."

"존 리처드 컨스 코리 씨의 말에 일리가 있네, 펠리노어." 모건이 말했다.

"딕이라고 해도 됩니다." 컨스가 재빨리 말했다. "리처드 대신 딕이라고 불러도 되거든요. 어떤 사람은 존이 아니라 잭이라고 부르기도 하고."

"그런 짓을 할 분이 아니야." 워스롭이 말했다. "내가 아는 한 그분이 그랬을 리가 없어."

"그러나 말년의 그분은 자네가 알던 부친이 아니었지."

"내 말은 눈을 뜨라는 대목 말일세." 모건이 말했다. "지금은 목전에 있는 문제를 해결하는 게 급선무네. 놈들이 어떻게 이 마을에 오게 됐느냐는 우리가 여기 모인 이유가 아니야. 우리는 결정을 내려야 하네. 그것도 한시라도 빨리. 어떻게 해야 놈들을 궤멸시킬 수 있을지 결정해야 해."

"벌써 결정된 것 아니었습니까?" 컨스가 말했다. "아니면 나를 부른 다른 이유라도 있는 건가?"

"아침이 되면 주지사를 찾아가서 주방위군을 투입해 달라고 요청할 걸세." 모건이 단언했다. "마을 주민들한테는 대피 명령을 내릴 거고. 적어도 여자들과 아이들은 내보내야지."

"전적으로 쓸데없는 짓이오." 컨스가 손을 휘휘 내저으며 말했다. "몇 마리나 된다고 했나, 펠리노어? 서른 마리? 서른다섯 마리? 평범한 한 가족 무리인가?"

워스롭이 고개를 끄덕였다. 그는 아직도 컨스와의 언쟁에서 헤어나지 못하고 있었다.

"그래." 박사가 힘없이 중얼거렸다.

"명사수 대여섯만 있으면 충분할 거요, 모건. 최대한 입이 무거운 작자들로, 군 경험이 있으면 더 좋고 두셋 정도는 망치와 톱을 잘 쓸 줄 알면 더욱 좋겠군요. 뭐가 필요한지 목록을 적어 주겠소. 될 수 있는 한 몰래 구해 와요. 나머지 준비물은 내가 가져왔으니까 걱정하지 말고. 동이 틀 때쯤 착수하면 밤까지 준비를 끝낼 수 있을 거요."

"대여섯 명이라고 했소?" 모건이 도저히 못 믿겠다는 듯 탄성을 질렀다. "그놈들이 무슨 짓을 저지를 수 있는지 알기나 하는 거요?"

"그래요." 컨스는 짧게 대답했다. "나도 본 적이 있소."

"존은 아프리카에서 놈들을 전문적으로 사냥했네." 워스롭이 긴 한숨을 내쉬며 말했다.

"잭." 컨스가 말했다. "난 잭이 더 좋아."

"아침까지 기다릴 수는 없소. 반드시 오늘 밤에 움직여야 하오. 놈들이 다시 습격하기 전에." 모건이 주장했다.

"오늘 밤에는 습격하지 않을 거요." 컨스가 말했다. 치안관은 워스롭을 쳐다봤지만 그는 시선을 피해 버렸다.

모건은 컨스에게 물었다. "그걸 어떻게 장담하는 거요?"

"배를 채운 지 얼마 안 됐으니까. 야생 포피들은 한 번 배를 채우고 나면 한 달은 움직이지 않아요. 남는 시간은 약에 취한 몽상가들처럼 하루 종일 노닥거리지. 이제 만족했습니까, 치안관?"

"아니, 전혀."

"뭐, 어쨌든 중요한 건 그게 아니니까. 자, 그럼 본격적으로 일에 착수하기 전에 먼저 합의할 조건들이 몇 가지 있는데."

"무슨 조건 말이오?" 모건이 물었다.

"내가 하는 봉사의 대가죠. 펠리노어가 말해 주지 않았소?"

"펠리노어는 내게 아무것도 말해 주지 않았소."

"흠, 그렇다고 저 친구를 비난할 수는 없지. 안 그래요? 어쨌든 부대 비용은 이 친구가 전부 대겠다고 했소만, 아직 보수 문제가 남아 있지."

"보수라고?"

"5000달러요, 모조리 현금으로. 계약이 완료된 시점에 지불하면 돼요."

모건이 입을 쩍 벌렸다. 그는 박사에게 몸을 돌리고 말했다. "이 사람한테 돈을 줘야 한다는 소리는 한마디도 하지 않았잖나!"

"그 비용도 내가 낼 걸세." 박사가 지친 목소리로 말했다. 탁자에 몸을 힘없이 기댄 채, 안색은 창백한 납빛이었다. 문득 그가 졸도할지도 모른다는 생각이 들었다. 나는 저도 모르게 그를 향해 다가가려 했다.

"그럴 만도 하지." 컨스가 말했다.

"제발, 잭." 박사가 애원했다. "제발."

"좋아! 그럼 그건 해결됐고. 또 다른 문제는 당신만이 해 줄 수 있는 거요, 치안관. 놈들을 사냥하는 도중에 누군가 죽거나 아니면 팔다리를 잃더라도, 아니면 그 와중에 내가 법을 위반하거나 그에 저촉되는 행동을 하더라도, 법의 테두리 안에서든 밖에서든 어떤 경우에도 나한테는 아무 책임도 없는 거요, 알겠습니까?"

"그게 무슨 뜻이오, 코리인지 컨스인지, 빌어먹을 이름도 뭔지 모를 양반아!" 모건이 발끈하며 외쳤다.

"코리요. 아까 내가 분명히 밝힌 것 같은데."

"당신 이름이 존 제이콥 징글하이머 슈밋이라도 상관없어!"

"아, 제이콥은 내 세례명이지."

"당신이 워스롭과 어떤 계약을 맺었든 나는 법 집행관이오……."

"사면권을 주지 않으면 소탕 작전도 없을 거요, 로버트. 아, 밥이라고 불러도 됩니까?"

"당신이 날 뭐라고 부르든 관심 없소. 어쨌든 난 그런 건 보장할 수 없어!"

"뭐, 그럼 어쩔 수 없지. 바비라고 부르면 되겠군. 거꾸로 해도 똑같은 이름은 별로 안 좋아하거든."

이번에는 모건이 금방이라도 컨스의 얼굴을 후려칠 기세였다. 하지만 그런 사태가 발생하기 전에 워스롭이 재빨리 두 사람 사이에 끼어들었다. "선택의 여지가 없네, 로버트. 컨스는 이 일에 최적임자야. 그렇지 않았다면 이 친구를 부르지도 않았을 걸세."

"사실." 컨스가 입을 열었다. "난 이 일을 해결할 수 있는 유일한 사람이지."

세 사람은 밤늦게까지 논의를 계속했다. 모건과 컨스가 서로의 주위를 빙빙 돌며 상대의 공격을 잽싸게 피하고 막아 내며 약점을 찾아 탐색하는 사이, 워스롭은 혼자 한쪽 구석에 우울하게 앉아 있었다. 그는 두 사람의 대화에 끼지도 않았고, 설령 간혹 정신을 차리고 상념에서 깨어나더라도 그를 끊임없이 괴롭히는 화제를 다시 꺼내는 게 고작이었다. 이 식인종들을 어떻게 몰아낼 것인가가 아니라 이들이 어떻게 여기 오게 되었는가. 그래서 대개 그의 의견은 묵살되었다.

컨스는 치안관에게 이번 작전의 지휘권을 완전하게 넘겨 달라고 요구했다. "작전이 성공하려면 지휘관이 한 사람이어야 합니다. 사람들이 내 지시에 두말 없이 따른다는 보장이 없으면 성공을 장담할 수가 없어요. 한 명이라도 지휘 계통에 혼란을 느끼면 작전은 실패할 거요."

"맞는 말이오. 나도 그건 알아요." 모건이 받아쳤다.

"어느 부분 말입니까? 확실한 명령체계가 갖춰져야 한다는 거? 아니면 내가 그 명령체계의 꼭대기에 있어야 한다는 거?"

"나도 군에서 복무한 경험이 있소, 코리." 모건은 이제 컨스의 다른 이름들은 잊어버리기로 결심한 것 같았다. "나를 무식한 시골뜨기 취급 하지 마시오."

"그럼 동의한 거요? 당신 부하들에게 누구의 지시를 따라야 하는지 확실히 주지시킬 겁니까?"

"그래요, 그럽시다."

"그리고 내가 하는 말은 한 치의 어긋남도 없이 정확하게 따라야 한다고도 말해 둬요. 아무리 괴상하고 터무니없게 느껴져도 말이오."

모건은 불안한 듯 입술을 축이고는 워스롭을 힐끗 바라보았다. 박사가 고개를 끄덕였다. 치안관은 대답이 그리 내키지 않는 듯 보였다. "꼭 파우스트가 된 기분이지만, 그래, 그렇게 일러두겠소."

"아, 문학 애호가로군! 그럴 줄 알았지. 이 일이 끝나면 바비, 우리 둘이서 따뜻한 벽난로 앞에서 브랜디를 들고 즐거운 시간을 보냅시다. 괴테와 셰익스피어에 대해 토론도 하고. 혹시 니체 읽어 봤소?"

"아니, 읽어 보지 못했소."

"오, 꼭 읽어 봐야 해요. 그 친구는 진짜 천재인데, 완전한 우연은 아니지만 내 좋은 친구이기도 하지. 내 작은 발상들을 몇 개 빌려 갔는데, 차마 '훔쳤다'고 하긴 좀 그렇고. 어쨌든 아주 비범한 친구요."

"난 처음 듣는 이름인데."

"『선악의 피안』을 빌려 줄까요? 독일어는 읽을 줄 압니까?"

"도대체 그게 지금 무슨 상관이오?" 마침내 모건이 평정을 잃고 발끈 성을 냈다. "워스롭, 대체 왜 이런 작자를 데려온 건가?"

"이유는 벌써 말해 줬잖소." 컨스가 방금 전까지 쓰고 있던 명랑한 가면을 벗어던졌다. 잿빛 눈동자의 밝은 빛이 돌연 훅 꺼지더니 상어처럼 감정 한 점 없는 새까만 눈동자로 변했다. 방금 전까지 윙크를 날리고 실실거리며 유쾌하게 떠들던 생기발랄한 얼굴도 이제는 그 눈처럼 텅 비어 있었다. 가면처럼 미동도 하지 않는 얼굴. 아니, 그보다는 오히려 지금까지 쓰고 있던 가면이 벗겨져 그 아래 있던 진짜 얼굴이 드러난 것 같은 느낌이었다. 그 얼굴에는 인격이라는 것이 없었다. 쾌활하지도 않고 음침하지도 않았다. 그와 똑같은 눈을 한 육식동물처럼 아무 감정도, 어떤 죄책감이나 거리낌도 없어 보였다. 그 짧은 찰나의 순간, 존 컨스는 평소에 쓰고 있던 가면을 벗어던졌고 그 아래 드러난 것은 내 등골을 오싹하게 만들었다.

"어…… 당신을 모욕하려고 한 건 아니오." 모건이 쭈뼛거리며 말했다. 그도 컨스의 눈에서 뭔가 비인간적인 것을 발견한 게 틀림없었다. "그저 나와 내 부하들의 목숨을 정신적인 문제가 있는 사람에게 맡기고 싶지 않은 것뿐이오."

"분명히 말하지만 모건 치안관, 나는 제정신이오. 그리고 내가 그 단어의 뜻을 제대로 이해하고 있다면 아마 난 이 방에서 제일 제정신인 사람일 거요. 왜냐하면 난 환상 같은 게 없거든. 보다시피 난 대다수 인간들이 지고 있는 가식이라는 짐에서 자유로운 사람이오. 우리의 사냥감처럼. 난 실제로 존재하지도 않는 규율 따위에 얽매이지 않아요. 세상에 뭐 거창한 게 있는 척하지도 않고, 우리가 놈들보다 우월하다는 생각도 하지 않지. 그게 바로 놈들의 매력이에요,

모건. 그 원시적인 순수성! 경탄스러울 정도지."

"놈들이 경탄스럽다고! 그런데도 제정신이라는 거요?"

"우리는 안트로포파기한테 배울 점이 많아요. 나는 놈들의 적이지만 동시에 놈들에게서 배우는 학생이기도 하지."

"이제 됐나?" 모건은 워스롭에게 말했다. "우리가 할 일은 다 끝났나? 아니면 저런 허튼소리를 얼마나 더 참고 들어줘야 하나?"

"로버트 말이 맞아, 시간이 늦었네." 괴물학자가 말했다. "할 말이 더 있다면 모르겠지만, 존."

"할 말이야 많지. 하지만 나중으로 미뤄도 되네."

모건이 문 앞에서 몸을 돌렸다. "그러고 보니 깜박했군. 말라키가……."

"윌 헨리." 박사가 위층을 손짓했다.

모건은 잠시 생각에 잠겼다. "아니, 자고 있을 테니 깨우지 말지. 아침에 사람을 보내겠네." 그의 시선이 박사의 이마에 난 상처로 향했다. "혹시 자네가……."

"난 괜찮아." 워스롭은 더 이상 신경 쓰이지 않는 것 같았다. "오늘 밤은 여기서 자라고 하지."

모건은 고개를 끄덕이며 신선한 밤공기를 허파 가득 들이마셨다. "정말 별난 작자로군. 저 영국인 말일세, 워스롭."

"그래, 굉장히 별난 작자지. 하지만 이 일에는 적임자일세."

"자네 말이 옳길 바라네. 우리 모두를 위해서라도."

우리는 치안관과 밤 인사를 나눴다. 나는 박사를 따라 다시 서고로 향했다. 컨스가 워스롭의 의자에 앉아 차갑게 식은 차를 홀짝이고 있었다. 우리를 보자 그는 활짝 웃으며 찻잔을 들어 보였다. 가면이 다시 제자리로 돌아와 있었다.

"거참 입살스러운 참견쟁이로군. 안 그래?" 치안관을 지칭하는 것이리라.

"겁을 먹은 거야." 워스롭이 말했다.

"응당 그래야지."

"자네 추측은 틀렸네. 내 아버지에 관한 이야기 말일세."

"왜지, 펠리노어? 내가 자네가 틀렸다는 걸 증명할 수 없어서?"

"그분의 성품에 관한 건 차치하고라도 자네 가설은 내 것만큼이나 허점이 많아. 그분이 어떻게 그토록 오랫동안 놈들의 존재를 숨길 수 있었지? 그 끔찍한 식량은 어떻게 조달했고? 선친이 그렇게 무자비하고 비인간적이었다는 터무니없는 추측이 사실이라 하더라도 그분이 희생자들을 어디서 구해 왔겠나? 어떻게 그분이 20년 동안, 한 번도 들키거나 심지어 눈곱만큼의 의심도 받지 않고 인간을 먹이로 조달할 수 있었단 건가?"

"자네는 사람의 목숨을 과대평가하는군, 펠리노어. 그래, 자네는 항상 그랬지. 동해안 쪽에만 가도 인간쓰레기들이 바닥에 널려 있어. 유럽의 빈민가에서 쓸려 나온 이민자들 말이야. 그런 작자들을 일자리를 주겠다는 식의 감언이설로 꾀는 건 일도 아니야. 아니면 자네와는 달리 낭만주의적 이상의 방해받지 않는 다른 누군가의 도움을 받아 빈민가에서 몰래 납치해 오는 것도 별로 어렵지 않지. 세상에 그런 사람들이 얼마나 흔한지 알면 깜짝 놀랄걸! 그리고 물론, 가능성은 희박하다고 보지만, 자네 말대로 자네 부친이 그분 애완

동물에게 더 저급한 먹이로 만족하라고 설득한 것도 가능한 일이긴 하지. 그게 정말 그분의 목적이었다면 말이야. 포피들이 닭고기에 입맛을 들였을 수도 있지. 가능성은 아주아주 희박해도 아주 불가능한 일은 아냐."

워스롭은 고개를 저었다. "난 못 믿겠네."

"나야 어쨌거나 별 상관없는 문제지. 하지만 궁금하긴 하군. 왜 자네가 제시한 것보다 훨씬 더 증거와 완벽하게 일치하는 가설을 받아들이길 거부하는 거지? 녀석들이 제 발로 여기까지 걸어와서 자네 뒷마당에 살고 있다는 게 완전히 우연일 가능성을 한번 생각해 보게! 아니, 자네는 처음부터 진실을 알고 있었어. 하지만 인정하고 싶지 않았던 거야. 왜? 선친을 나쁘게 여기기가 싫어서? 그 사람이 자네에게 어떤 존재였나? 아니, 그보단 자네는 그 사람에게 어떤 존재였지? 자네는 지금 자네의 존재 자체를 견디지도 못했던 작자를 옹호하고 있어."

컨스의 소년 같은 얼굴이 갑자기 밝아졌다.

"아, 그런 건가? 혹시 아직도 그의 사랑을 받을 자격이 있다는 걸 증명하려고 애쓰고 있는 거야? 세상을 뜬 지 오래라 자네가 바라는 걸 주지도 못하는데? 그러면서 잘도 자기를 과학자라고 부르는군!

자네는 위선자야, 펠리노어. 어리석고, 감수성만 예민한 위선자지. 자넨 정이 너무 많아서 탈이야. 나는 늘 자네가 왜 하필 이 직업을 택했는지 궁금했어. 자네는 아주 점잖고 훌륭한 친구야. 하지만 괴물학은 어둡고 더러운 일이 아닌가. 자네는 그런 일이 어울리는 부류로는 전혀 보이지 않았거든. 혹시 그것도 부친과 관련이 있나? 그분을 기쁘게 하려고 그런 거야? 그렇게라도 인정을 받고 싶어서?"

"더 이상 한마디도 하지 말게, 컨스." 컨스의 지적이 외과의사의 메스처럼 너무 정확하게 정곡을 찌르는 바람에 나는 박사가 발끈하여 컨스를 또다시 때릴지도 모른다고 생각했다. 이번에는 손보다 더 단단한 것으로, 예를 들면 옆에 있는 불쏘시개 같은 것으로 말이다. "그런 말이나 듣자고 자네를 부른 게 아니야."

"나더러 용을 사냥해 달라고 불렀지. 그래, 그게 지금 내가 하려는 일일세."

두 사람의 열띤 언쟁이 시작되고 얼마 지나지 않아 나는 방을 몰래 빠져나왔다. 그 광경을 지켜보는 자체가 너무나도 가슴 아픈 일이었기 때문이다. 그것은 수십 년이 지난 지금도 세세한 부분까지 생생하게 내 기억 속에 남아 있다. 나는 2층으로 연결된 계단을 오르며 박사의 말을 떠올렸다. 다른 환상은 품지 말기 바란다. 너는 불운한 처지 때문에 내 조수가 된 것뿐이야. 그때 나는 내가 왜 하필 이 말을 떠올렸는지 알지 못했다. 그러나 지금 생각해 보면 그 이유는 자명하다.

나는 말라키의 방문 앞에서 발을 멈추고 안을 훔쳐보았다. 그는 내가 방을 나왔을 때와 똑같은 자세로 꼼짝도 않고 자고 있었다. 그가 자는 모습을 한참 동안 지켜보다가 문을 닫았다. 그런 다음 다락방에 올라가 잠시나마 눈을 붙이려고 했지만 한 시간도 안 돼 일어나야 했다. 아래층에서 날카롭고 새된 목소리로 내 이름을 부르는 소리가 들렸기 때문이다. 아직 비몽사몽인지라 나는 그게 박사의 목소리인 줄만 알았다. 그렇지만 아래층에 이르자 나는 그것이 말라키의 방에서 나는 소리라는 것을 알 수 있었다. 말라키의 방으로 가려면 잭 컨스가 묵고 있는 방을 지나쳐야 했는데, 나는 그 앞에서 순간 발을 멈췄다. 왜냐하면 문이 열려 있고 그 안에서 빛이 어두운 복도로 새어 나오고 있었기 때문이다.

컨스가 기다란 나무상자 앞에 무릎을 꿇고 있는 것이 보였다. 나무상자 위에 덮여 있던 천과 뚜껑은 옆 바닥에 놓여 있었다. 상자 표면에는 동전만 한 구멍이 몇 개 뚫려 있었다. 컨스가 옆에 있는 여행가방에 손을 집어넣더니 유리로 만들어진 것처럼 보이는 가느다란 연필 모양의 물체를 꺼냈다. 그는 그것을 손가락으로 톡톡 두 번 튕기더니 상자 쪽으로 몸을 수그렸다. 그의 등이 시야를 가로막아 더 이상 아무것도 보이지 않았다. 보고 싶지도 않았다. 나는 재빨리 말라키의 방으로 가서 문을 닫아 버렸다.

말라키는 일어나 앉아 있었다. 등은 침대 머리판에 기댄 채, 밝은 파란색 눈에는 불안감이 번득이고 있었다.

"깼더니 네가 없잖아. 어딜 갔던 거야?" 말라키가 나를 책망하듯 말했다.

"박사님이 부르셨어." 내가 말했다.

"지금 몇 시야?"

"몰라. 한밤중이야."

"꿈을 꿨는데, 큰 소리가 나서 깼어. 하마터면 창밖으로 뛰어내릴 뻔했다고."

"여긴 2층이야. 그랬다간 다리가 부러졌을걸."

"내가 들은 소리는 뭐야?"

나는 고개를 저었다. "나도 몰라. 나는 못 들었거든. 컨스 박사님이 아니었을까?"

"컨스 박사는 또 누군데?"

"그 사람은……." 사실 나는 그가 누군지 알지 못했다. "우리를 도와주러 오신 분이야."

"다른 괴물 사냥꾼이야?"

나는 고개를 끄덕였다.

"언제 잡으러 갈 거래?"

"내일."

말라키는 한동안 아무 말도 하지 않았다.

"나도 같이 갈 테야."

"허락 안 해 주실걸."

"상관없어. 나도 같이 가겠어."

나는 고개를 끄덕였다. 아마 나도 같이 갈 것 같아. 나는 생각했다.

"엘리자베스가 꿈에 나왔어. 사방이 컴컴한 곳에 있었는데, 그 애를 찾을 수가 없었어. 엘리자베스가 내 이름을 부르고 또 불렀는데, 아무리 찾아도 찾을 수가 없었어. 아무리 뒤져도 엘리자베스가 없는 거야."

"그 앤 지금쯤 더 좋은 곳에 있을 거야, 말라키."

"정말로 그랬으면 좋겠어, 윌."

"우리 부모님도 거기 계시겠지. 나도 언젠가는 그분들을 다시 만날 거고."

"너는 왜 그런 말을 믿는 거야? 왜 우리가 그런 걸 믿어야 하지? 그랬으면 좋겠어서?"

"나도 몰라." 나는 솔직하게 대답했다. "그래야 하기 때문일 거야."

나는 복도로 나가 등 뒤로 문을 닫았다. 다락방으로 돌아가려는데 하마터면 컨스와 부딪칠 뻔했다. 그는 자기 방 밖에 서 있었다. 놀라서 뒤로 나자빠질 뻔한 나를 보고 컨스가 씨익 웃더니 상냥하게 물었다.

"윌 헨리, 그 방에 누가 있니?"

"무슨 방요?"

"네가 방금 나온 방."

"말라키요, 박사님. 그 애는 어…… 걔 가족이……."

"아, 스티넷 집안 아이로군. 처음엔 너더니 이번엔 또 다른 애를 데려온 건가. 이러다 펠리노어가 자선사업가가 되는 건 아닌지 모르겠다."

"네, 박사님. 그럴지도요."

나는 속내를 짐작할 수 없는 그의 시선을 피하며 박사가 한 말을 떠올렸다. 존 컨스 박사한테서는 멀리 떨어져 있어라, 윌 헨리!

"헨리. 그 이름이 왜 그렇게 익숙한가 했다. 네 아버지가 누군지 알겠구나, 윌. 그리고 네 말이 맞다. 제임스였어, 벤자민이 아니라."

"제 아버지를 아셨어요?"

"한 번 만난 적이 있다. 아마조니아에서였지. 펠리노어가 으레 그렇듯이 돈키호테 같은 허황된 모험을 하고 있을 때였는데, 아마 환상의—내 생각엔 전설상의라고 불러야 할 것 같지만—기생생물인 비미니어스 아라와쿠스(Biminius arawakus)를 찾고 있을 때였을 거다. 네 부친은 그때 몸이 아주 안 좋았지. 말라리아였던가, 어쨌든 그런 열대병 때문이었을 거야. 안트로포파기 같은 녀석들이 나타나면 다들 호들갑을 떨어 대지만 사실 이 세상은 우리를 호시탐탐 노리는 것들로 가득하단다. 칸디루(candiru)가 뭔지 아니? 아마존에 사는 메기의 일종인데 비미니어스 아라와쿠스와는 다르게 꽤 흔히 마주칠 수 있는 생물이지. 특히 네가 운이 더럽게 없거나 놈들이 숨어 있는 곳에서 소변을 볼 정도로 어리석다면 말이다. 조그만 뱀장어처럼 생겼는데 지느러미를 따라 날카로운 가시가 나 있어서, 일단 숙주의 몸에 들어가 자리를 잡고 나면 가시를 우산처럼 활짝 편단다. 보통은 인간의 소변 냄새를 맡고 요로도 타고 올라가 거기 들어앉아서는 몸속에서부터 너를 먹어 치우는 거다. 때로는 항문으로 파고 들어가서 내장을 먹어 치우기도 하고. 놈들이 네 몸속에서 네 고기로 배를 채워서 덩치가 점점 커지면 말로 표현할 수도 없는 어마어마한 고통을 느끼게 된다. 어찌나 지독한지 그 지방에서 가장 흔한 민간요법이 성기를 자르는 거야. 그래, 어떻게 생각하느냐?" 그가 얼굴 가득 미소를 지으며 물었다.

"뭘 어떻게 생각해요?" 나는 몸서리를 치며 대답했다.

"이 얘기를 들으니 무슨 생각이 드느냐고. 이걸로 뭘 알 수 있지? 아니면 스피로메트라 만소니(Spirometra Mansoni)는 어떠냐? 보통 고충(孤蟲)이라고도 하는데, 길이가 35센티미터까지 자라고 사람의 머리 속에 살면서 천천히 뇌를 파먹어서 결국 식물인간이 되게 하지.

아니면 부케레리아 반크로프티(Wuchereria bancrofti)는 어때? 림프절에 침범하는 기생충인데 수컷 숙주의 고환을 대포알처럼 크게 붓게 만들지. 이놈들에 대해선 어떻게 생각하느냐, 윌 헨리? 그 외에 다른 수많은 기생충은? 여기서 무슨 교훈을 배울 수 있을까?"

"어…… 잘 모르겠어요, 박사님."

"겸허함이란다, 윌 헨리! 우리 인간도 이 거대한 대자연의 일부에 지나지 않다는 사실 말이야! 우리는 전혀 우월한 존재도 아니고, 잘난 체하는 것처럼 무슨 도덕성을 갖춘 천사도 아니야. 우리가 피라미드를 만들든 말든 셰익스피어가 뭘 썼든 칸디루는 콧방귀도 뀌지 않을 거다. 놈들한테 우린 그저 맛있는 먹이일 따름이거든……. 왜 그러냐, 윌? 어째 얼굴이 창백하다? 뭐가 잘못됐니?"

"아뇨, 그냥 좀 피곤해서요."

"그럼 가서 자야지! 내일은 아주 길고 힘든 하루가 될 테니까. 잘 자라, 윌 헨리. 빈대에 물리지 않게 조심하고!"

M

3권

학살

11장

"선택의 여지가 없소."

잔뜩 흐린 아침이었다. 동이 터 오는 하늘은 쉴 새 없이 부는 편서풍이 몰아온 두터운 먹구름에 숨 쉴 구멍 하나 없이 덮여 있었다. 밤새 설치다 잠에서 깼을 때(그건 잠이라고 부르기도 힘든 것이었다.), 해링턴 레인은 처마 끝을 스치는 바람 소리와 낡은 집채가 삐거덕거리는 신음 소리를 빼면 적막함에 잠겨 있었다. 워스롭 박사와 컨스의 방은 둘 다 굳게 닫혀 있었고 말라키의 방문은 열려 있었지만 침대는 비어 있었다. 서둘러 아래층으로 내려갔더니 지하실 문이 열려 있고 불빛이 일렁이고 있었다. 나는 당연히 박사가 있을 것이라고 생각했다. 하지만 내가 발견한 것은 말라키였다. 그는 차가운 돌바닥에 양말만 신은 채 다리를 꼬고 앉아 천장에 거꾸로 매달려 있는 괴물의 시체를 뚫어져라 응시하고 있었다.

"말라키." 내가 입을 열었다. "너 여기 있으면 안 돼."

"집에 아무도 없더라고." 말라키는 눈길을 거두지 않은 채 대답했다. 그는 고갯짓으로 안트로포파기의 시체를 가리키며 덤덤히 말했다. "엄청나게 놀랐어. 눈 하나가 없던 놈. 그 암컷인 줄 알았거든."

"올라가자. 아침밥을 차려 줄게."

"계속 생각해 봤는데 말이야, 윌. 이번 일이 끝나면 우리 같이 도망가자. 우리 둘이서 말이야. 군에 입대하는 거야."

"난 너무 어려서 안 돼. 제발 말라키, 박사님이 알면……."

"아니면 고래잡이배를 타지 뭐. 서쪽으로 가는 거야. 근사하지 않아? 카우보이가 돼서 목장을 떠돌 수도 있어, 윌 헨리. 아니면 인디언들이랑 싸우거나 무법자가 되는 건 어때? 제시 제임스처럼 말이야. 넌 갱단에 들어가고 싶지 않아, 윌?"

"내가 있을 곳은 여기야. 박사님 곁에 말이야."

"하지만 그러다 박사님이 가 버리면?"

"나도 같이 가지, 뭐."

"아니, 내 말은 박사님이 오늘 살아남지 못하면 말이야."

나는 그 말에 깜짝 놀랐다. 나는 워스롭이 죽을 수도 있다는 생각은 한 번도 해 본 적이 없었다. 내가 언제까지고 영원히 내 옆에 있으리라 여겼던 부모님을 하룻밤에 잃은 천애고아라는 점을 고려하면, 가장 먼저 그 생각을 떠올렸어야 했다. 하지만 나는 그런 생각을 해 본 적이 없었다. 적어도 지금까지는 말이다. 갑자기 몸서리가 쳐졌다. 만약에 박사님이 죽으면 어떻게 하지? 자유, 그렇다. 나는 컨스가 "어둡고 더러운 일"이라고 말한 것에서 벗어나 자유의 몸이 될 수 있었다. 하지만 그래 봤자 뭘 어떻게 한단 말인가? 결국엔 고아원에 가게 되겠지. 아니면 낯선 집에서 더부살이를 하게 되거나. 어느 쪽이 더 나쁠까? 워스롭 박사 같은 사람과 함께 사는 것, 아니면 모든 것을 잃고 고아원에서 비참하고 외로운 삶을 사는 것?

"박사님은 안 죽어." 나는 말라키보다 나 자신에게 말했다. "옛날에도 이런 일을 겪은 적이 있는걸."

"그건 나도 그래. 하지만 과거가 미래를 보장해 주지는 않아, 윌." 나는 말라키의 소매를 붙들고 위층으로 끌어당겼다. 우리가 여기 있다는 걸 알게 되면 박사가 뭐라고 반응할지 알 수가 없었고, 알고 싶지도 않았다. 말라키가 나를 밀쳤다. 그의 손이 내 다리에 부딪치는 바람에 주머니에서 뭔가가 달그락거렸다.

"그게 뭐야? 주머니에 든 거."

"나도 몰라." 나는 정직하게 대답했다. 까맣게 잊어버리고 있었기 때문이다. 나는 주머니를 비웠다. 주머니에 든 물건들이 손바닥 위로 잘그락거리며 떨어졌다.

"도미노 같은 거야?"

"뼈야."

말라키가 하나를 집어 들더니 찬찬히 돌려보았다. 그의 밝은 푸른 눈이 흥미롭다는 듯 반짝였다.

"어디다 쓰는 건데?"

"점을 치는 거래."

"점을 친다고? 미래를 예언하는 거야?" 말라키는 조심스럽게 뼈에 새겨진 해골 모양을 문지르며 말했다. "어떻게 하는 건데?"

"나도 몰라. 박사님 거거든. 아니면 그분 아버님 거라고 해야 하

나. 바닥에 던져서 떨어진 모양으로 알 수 있다고 들었어."

"뭘 알 수 있는데?"

"미래가 어떻게 될까 그런 거. 그렇지만……."

"내가 알고 싶은 게 그거야! 과거는 하나도 안 중요하다고! 그거나 줘 봐!"

말라키는 내가 쥐고 있던 남은 골패 다섯 개를 낚아채더니 두 손을 둥그렇게 모아 안쪽에 넣고 힘차게 흔들었다. 차갑고 습한 지하실에 뼛조각들이 부딪치는 소리가 울려 퍼졌다. 안트로포파기의 까맣고 번들거리는 눈동자에 부산하게 움직이는 그의 두 손이 비치고 있었다.

말라키가 공중에 골패를 집어던졌다. 해골 조각들이 공중에서 빙글빙글 돌다 시멘트 바닥 곳곳에 떨어졌다. 말라키가 고개를 숙이더니 점괘를 골똘히 보며 중얼거렸다.

"다 위쪽이네. 해골 여섯 개. 그게 무슨 뜻이야, 윌?"

"나도 몰라. 박사님이 안 가르쳐 줬어."

그렇게, 나는 최악의 저열한 말장난을 했다.

나는 말라키를 구슬려 부엌으로 데려와 뭔가를 먹이는 데 성공했다. 불 위에 물주전자를 올리는데 뒷문이 벌컥 열리더니 박사가 초췌한 얼굴 가득 걱정스러운 표정으로 부엌에 들어왔다.

"녀석은 어디 있지?" 박사가 외쳤다.

그때 컨스가 현관 복도 쪽에서 들어왔다. 동요한 박사와는 대조적으로 그는 묘하게 차분했다. 박사의 머리와 옷매무새가 부스스하다면 그의 차림은 눈에 띄게 단정하고 깔끔했다.

"누가 어디 있어?" 그가 물었다.

"컨스! 도대체 어디 있었나?"

"'땅을 두루 돌아 여기저기 다녀왔나이다.'* 왜 그러나?"

"벌써 30분 이상 지체됐잖아. 사람들이 우리를 기다리고 있어."

"지금이 몇 시인데?" 컨스가 번개 같은 동작으로 조끼 주머니에서 회중시계를 꺼내 뚜껑을 열었다.

"10시 반!"

"정말인가? 벌써 그렇게 됐어?" 컨스는 시계를 귀에 대고 흔들었다.

"지금 출발하지 않으면 늦을 걸세."

"하지만 아직 아무것도 못 먹었는데." 컨스가 내 쪽을 쳐다봤다가 식탁에 앉아 있는 말라키가 입을 헤벌린 채 자신을 빤히 쳐다보고 있는 것을 발견했다.

"이런, 잘 잤니? 네가 그 가엾은 스티넷네 집 아이로구나. 진심으로 조의를 표한다, 얘야. 조물주를 만나는 별로 흔한 방법은 아니지만 어떤 길을 택하든 결국엔 똑같은 곳에 도달하게 되어 있지! 다음에 워스롭의 머리에 총을 겨눌 때는 그 점을 명심하렴. 나도 항상 그걸 기억하려고 노력하니까."

"아침 먹을 시간 따윈 없네." 워스롭이 새빨개진 얼굴로 말했다.

"아침밥 먹을 시간도 없다니! 난 절대로 빈속으로 사냥하지 않아, 펠리노어. 윌, 지금 만들고 있는 게 뭐냐? 달걀 요리니? 나도 좀 부

---

*「욥기」1장 7절. 하느님이 사탄에게 어디에서 왔느냐고 묻자 사탄이 대답한 말.

탁한다. 수란 두 개, 토스트 약간과 커피. 커피는 아주 진하게 끓여야 한다. 네가 할 수 있는 한 한껏 진하게!"

컨스는 말라키의 맞은편에 앉더니 눈부신 치아를 드러내며 워스롭에게 말했다. "자네도 좀 먹어야 해, 펠리노어. 윌 헨리, 이 친구한테 뭘 먹이긴 하니?"

"노력은 하는데요."

"이 친구 배 속엔 기생충이 살고 있을지도 몰라. 만약에 그런대도 난 절대 놀라지 않을 거다."

"난 밖에서 기다리지." 박사가 이를 갈며 말했다. "설거지는 신경 쓰지 마라, 윌 헨리. 치안관과 부하들이 우리를 기다리고 있으니까."

워스롭은 문을 쾅 닫고 나갔다. 컨스가 내게 윙크를 보냈다.

"심각하게 굴기는." 컨스는 어두운 눈을 말라키에게 돌렸다. "얼마나 가깝게 갔니?"

"가깝게 가요?" 말라키가 사냥꾼의 성격과 분위기에 압도당한 것처럼 멍하니 되물었다.

"얼마나 아슬아슬하게 저 친구의 머리를 날려 버릴 뻔했냐는 얘기야."

말라키는 시선을 접시 위로 떨어뜨렸다. "모르겠어요."

"그래? 그럼 이런 식으로 말해 보마. 저 친구 이마에 총구를 가져다 댄 순간, 네가 손가락 하나만 까딱하면 총알이 저 친구 머리를 박살 낼 수 있다는 사실을 안 바로 그 순간, 어떤 느낌이 들었니?"

"무서웠어요."

"그래? 흐음……. 그래, 그랬겠지. 하지만 혹시…… 뭐라고 설명해야 하려나? 가슴이 두근거리고 기대감이 들지는 않더냐?"

말라키는 당황해서 황급히 고개를 가로저었지만, 내가 보기에는 이상하게도 마지못해 그러는 것 같았다.

"무슨 뜻인지 모르겠어요."

"오, 알다마다. 넌 알고 있어. 남의 목숨이 내 손에 달려 있을 때 느껴지는 그 희열을 말하는 거다." 그는 우리 쪽으로 손바닥을 쳐들었다. "이젠 다른 사람이 아닌 네가 남들의 운명을 좌지우지하는 거다. 눈에 보이지도 않고 무슨 동화책에 나오는 전설적인 존재가 아니라 바로 너, 네가 말이다. 안 그래? 글쎄, 난 결국 가장 중요한 건 의도라고 생각한다. 일을 치르려면 의지가 있어야 하지. 넌 사실 그의 머리를 날릴 의도가 없었던 거야."

"그땐 그랬다고 생각했어요. 하지만……." 말라키가 눈길을 돌리며 말끝을 흐렸다.

"그래 봤자 낭만적인 정의감 정도였겠지. 너희 집 일이 전적으로 펠리노어한테 책임이 있는 것도 아니야. 만약에 그날 밤 펠리노어가 너희 집에 가서 '빨리 도망치시오! 머리 없는 괴물들이 돌아다니고 있소!'라고 경고했더라면 너희 아버지는 당장 문을 걸어 잠그고 그 친구를 가까운 정신병원에 처넣었을걸?"

"그건 바보 같은 질문이에요. 왜냐하면 그는 경고하지 않았으니까요. 아무한테도 말을 안 했다고요."

"아니, 그건 철학적인 질문이지. 쓸데없긴 하지만 바보 같은 건 아니야."

마침내 우리가 집을 나섰을 즈음, 박사는 뒤뜰을 거닐고 있었다.

근처에는 오브라이언이 커다란 짐마차 옆에 서 있었는데, 컨스의 궤짝이 이미 실려 있었다. 영국인이 그걸 보고 손뼉을 짝 치며 소리쳤다.

"아차! 내가 왜 이러지? 하마터면 깜박할 뻔했군. 윌, 말라키, 잽싸게 위층에 올라가서 내 상자와 가방을 가져오너라. 작은 검은색 가방이다. 자, 어서! 그리고 상자는 가지고 내려올 때 각별히 조심하도록 하고. 아주 예민한 게 들어 있거든."

위층에 올라가 보니, 상자에는 다시 뚜껑과 천이 덮여 있고 그 위에는 전처럼 가느다란 밧줄이 칭칭 감겨 있었다.

내가 상자 위에 검은 가방을 올려놓자 말라키가 말했다. "안 돼, 윌. 계단을 내려갈 때 상자가 기울어지면 떨어질 거야. 그건 내 팔 사이에 끼울게. 생각보다 가볍네." 우리는 함께 나무상자를 맞들고 계단을 내려갔다.

"안에 뭐가 든 거야?"

나는 모른다고 고백했다. 사실이었다. 나는 그 안에 뭐가 들어 있는지 몰랐다. 그저 짐작만 할 뿐이었다. 섬뜩한 내용물이었다. 감히 상상하기조차 힘든 물건이었다. 그렇지만 우리는 괴물학에 종사하고 있었다. 상상하기조차 힘든 학문 말이다.

우리는 컨스의 잔소리를 들으며 궤짝 옆에 상자를 실었다. "조심해서 올려라, 좀 더 위로! 얘들아, 그렇게 거칠게 다루면 안 돼! 부드럽게! 조심해서!" 컨스는 우리가 한 일을 검사하더니 흔쾌히 고개를 끄덕이고는 목을 죽 빼서 하늘을 올려다보았다. "구름이 걷히길 바라자고, 펠리노어. 오늘 밤에는 보름달이 필요하니까."

박사와 컨스는 오브라이언과 함께 수레에 탔고, 말라키와 나는 말 등에 올라 그 뒤를 따랐다. 말라키는 박사의 수말을 탔고 나는 내 작은 암말에 탔다. 말라키의 가족이 살해된 현장에 가까워질수록 그는 점점 더 침울해졌다. 눈빛은 으스스했고, 처음 교회에서 봤을 때처럼 어딘지 모를 먼 곳을 응시하고 있었다. 그때 그는 알고 있었을까? 그날 밤, 죽은 자들의 땅 아래에서, 빛 한 점 없는 시커먼 구멍 속에서 어떤 운명이 그를 기다리고 있는지? 무언의 진리가 살고 있는 뼛속 깊이, 점괘가 이미 전조를 말해 주었으며 지금 그가 컨스가 암시한 어두운 길을 따라 가고 있다는 사실을 알았을까? 설령 알았다손 치더라도 그는 눈앞의 운명을 외면하지 않았다. 똑바로 치켜든 머리, 전방을 굳게 주시하는 시선, 말라키 스티넷은 당당하고 꼿꼿한 자세로 자신의 종말을 향해 말을 몰았다.

모건과 그의 부하들을 스티넷 가에서 만난 것은 거의 정오가 다 되어서였다.

박사와 컨스 사이에 그날의 두 번째 논쟁이 격렬하게 오갔다. 컨스는 전날 밤 학살이 발생한 사건 현장을 보고 싶어 했고, 워스롭은 지금 당장 오늘 밤을 위한 준비를 시작해야 한다고 주장했다.

"관음증 같은 게 아니라고, 워스롭. 뭐 어쨌든 온전히 그런 건 아니지. 자네가 못 보고 놓친 점이 있을까 해서 그러네."

"예를 들면?" 박사가 물었다.

컨스는 모건에게로 시선을 돌렸다. 치안관의 핼쑥한 얼굴과 붉게 충혈된 눈이 어젯밤 얼마나 잠을 설쳤는지 말해 주고 있었다.

"치안관, 이건 당신 관할 구역에서 일어난 범죄요. 내가 현장을 봐도 괜찮겠습니까? 네?"

"꼭 그래야 한다면 그러시오." 모건이 성마르게 대꾸했다. "당신 판단에 따른다고 약속했으니까."

컨스는 모자를 한쪽으로 깊숙이 눌러쓰더니 윙크를 하고 집 안으로 사라졌다. 치안관이 워스롭을 돌아보며 험악하게 말했다. "자네가 저 사람의 신원을 보증해 주지 않았다면, 워스롭, 난 저치가 사기꾼이라고 생각했을 걸세. 이런 무시무시한 일을 하는 사람치고는 너무 명랑하지 않나."

"저 가벼운 성격 때문에 이 일에 적합한 걸세." 박사가 대답했다.

모건은 오브라이언에게 문 앞에서 컨스를 기다리라고 말했고, 우리는 교회로 갔다. 모건은 사냥을 위해 여섯 명을 모집했다. 그들은 신자석 첫 줄에 나란히 앉아 있었는데, 요전 날 말라키가 앉아 있던 바로 그 자리였다. 그들은 장총을 세워서 옆에 든 채로 모건이 괴물학자를 소개하는 동안 눈썹 하나 까딱하지 않고 무뚝뚝한 표정으로 그를 쏘아보았다.

"이쪽은 워스롭 박사네. 이 중에 모르는 사람이 있을지도 모르지만 그는…… 이런 방면의 전문가라네."

박사는 진지한 표정으로 사내들에게 고개를 끄덕여 보였지만 그의 인사를 받아 주거나 인사를 건네는 사람은 아무도 없었다. 우리는 무거운 침묵 속에서 컨스가 조사를 마치고 나오길 기다렸다. 한 남자가 장총을 집어 들어 분해하기 시작했다. 무기의 상태가 완벽하다는 확신이 들자 그는 다시 기계적으로 총을 조립하기 시작했다. 내 옆에는 말라키가 꼼짝도 않고 조용히 벽 높이 걸려 있는 십자가를 멀거니 쳐다보고 있었다.

모건이 우리 쪽으로 힐긋 눈길을 주더니 윈스롭에게 속삭였다. “설마 이 녀석들도 데려갈 건 아니겠지?” 박사가 고개를 저으며 뭐라고 대답했지만 잘 들리지 않았다.

30분 뒤, 문이 열리고 컨스가 오브라이언과 함께 걸어 들어왔다. 마치 주변에 세찬 파도라도 끌고 다니는 양 힘찬 걸음걸이였다. 그는 우리한테는 눈길도 주지 않고 지나쳐 등을 돌린 채 설교단 앞에서 십자가를 응시했다. 적어도 그를 모르는 사람은 그렇게 여길 것이었다. 한참 동안 묵묵히 기다리던 모건이 더 이상 참지 못하고 자리에서 일어나 고함을 내질렀다. 그의 목소리가 텅 빈 교회 안에 메아리쳤다. “다 됐소? 뭘 기다리고 있는 거요?”

컨스가 가슴 앞에 팔짱을 끼더니 고개를 숙였다. 잠시 후 몸을 돌렸을 때, 그의 얼굴에는 혼자만 아는 우스갯소리라도 생각났다는 듯이 작은 미소가 떠올라 있었다.

“안트로포파기가 틀림없소. 그것만은 분명하군.” 그가 말했다.

“처음부터 의심의 여지가 없었네.” 윈스롭이 응수했다. “어서 시작하세, 컨스.”

“내 이름은 코리야.”

“이젠 한계야.” 모건이 중얼거렸다. “더 이상은 못 참겠군.” 그는 신도석에 앉아 있는 사수들에게 말했다. “윈스롭 박사가 이…… 사람을 고용했다네. 이런 일에 경험이 있는…….”

“경험이 아주 많은.” 컨스가 지적했다.

"놈들을 죽인 경험이 아주 많은 사람이지. 이름을 말해 줄 수도 있지만 지금으로서는 자기 이름을 아는지도 의문이야. 아니, 이름이 있기나 한지도 모르겠군."

"아니죠, 치안관. 그 반대로 헤아릴 수 없을 정도로 많은 이름이 있는 거요." 컨스가 씨익 웃으며 말했다. 그러나 그의 매력적인 미소는 그리 오래가지 않았다. "어쨌든 고마워요, 치안관. 이렇게 따스하고 친절한 소개와 감동적인 찬사라니. 실망시켜서는 안 되겠군."

컨스가 칠흑 같은 검은 눈을 들어 형형색색의 빛줄기 아래 모여 기다리고 있는 장정들을 바라보았다. 그는 바지 주머니에 손을 넣더니 표면이 움푹 들어간 50센트만 한 크기의 짙은 회색 물체를 꺼내 들었다. "이게 뭔지 아는 사람 있습니까? 펠리노어, 자네는 대답하면 안 돼. 없어요? 아무도? 그럼 내가 힌트를 드리지. 이건 내가 방금 우리 훌륭하신 목사님 댁에서 발견한 거요. 짐작 가는 사람도 없고? 좋소. 이건 말입니다, 신사 여러분, 측두골 파편이오. 대략 40세에서 45세 사이의 성인 남성에게서 나온 거지. 해부학 지식이 없는 사람들은 잘 모르겠지만, 측두골은 두개골의 일부요. 우리 몸에서 가장 단단한 뼈이기도 하고. 겉보기엔 이래도 여기 가운데에 있는 커다란 둥근 구멍은……."

컨스가 뼛조각을 눈높이로 들어 올려 마치 열쇠구멍을 엿보듯 그 사이로 넋을 놓고 귀를 기울이고 있는 관객들을 바라보았다.

"수술도구에 의한 자국이 아니오. 턱 힘이 2000파운드가 넘는 생물의 이빨에 뚫린 구멍이지. 이게 바로 우리 몸에서 가장 단단한 뼈에 1톤의 압력이 가해졌을 때 일어나는 일이오, 여러분. 그러니 이

보다 더 약한 부위는 어떻게 될지 짐작이 가겠죠."

그는 뼛조각을 다시 주머니에 넣었다. "놈들이 이런 가공할 만한 턱 힘을 지니게 된 건 안트로포파기에게는 어금니가 없기 때문이오. 중앙에 있는 중심 이빨은 좀 더 크고, 그 앞뒤로 약간 작은 이빨들이 두 겹으로 둘러싸고 있지요. 앞쪽에 있는 첫 줄은 먹이를 물고 고정시키는 용도요. 그리고 나머지, 약 3000개의 이빨은 살점을 자르고 동강 내는 용도고. 간단히 말해 이놈들은 먹이를 씹지 않아요. 통째로 삼키지.

그리고 우리는, 신사 여러분, 귀여운 코알라가 유칼립투스 이파리를 먹듯이, 놈들의 주식이오. 안트로포파기는 문자 그대로 우리를 잡아먹기 위해 태어난 놈들이란 말이오. 그러다 보니 자연스레 우리와 놈들 사이에는 팽팽한 긴장감이 흐를 수밖에 없지. 놈들은 배를 채우고 싶어 하고, 우리는 놈들이 그러지 않길 바라고. 문명의 발전과 그 결실, 다시 말해 창과 총 덕분에 저울추가 우리 쪽으로 기울자 놈들은 결국 우리를 피해 숨어 다니면서 새로운 환경에 적응할 수밖에 없었소. 그래서 어젯밤 같은 사건이 발생한 거요. 안트로포파기는 영역 의식이 강한 생물이라 마지막 한 마리, 아직 빌빌거리며 기어 다니는 새끼들이라고 할지라도 끝까지 자기들 서식처를 지키려고 할 거요. 간단히 말해서, 신사 여러분, 놈들은 사냥을 할 때처럼 잔인하고 인정사정없이 자기네 영역을 지키려고 할 거라는 뜻이오.

그리고 오늘 밤 우리는 바로 이런 놈들과 맞대결을 펼쳐야 하오. 그것도 우리가 유리한 곳도 아니고 놈들의 영역에서 부딪쳐야 하지. 시간은 우리가 정할 수 있지만 장소는 아니오. 우리가 놈들과 싸우기로 결정했으니 놈들은 기꺼이 우리를 상대해 줄 거요.

그리고 싸움이 시작되면 여러분은 두 살짜리 어린애가 마음에 안 든다고 마구 짜증을 부리는 것과 비슷한 상황을 마주하게 될 거요. 다만 그 어린애가 키는 2미터가 넘고 몸무게는 100킬로그램이 넘으며 가슴에는 3000개의 날카로운 이빨이 달려 있다는 게 문제지."

컨스는 씨익 웃었다. 밝고 흥겨운 표정이 그의 입에서 나오는 내용과 확연한 대조를 이루고 있었다.

"오늘 밤 여러분은 무시무시한 악몽에서 뛰쳐나온 것 같은 괴물과 마주하게 될 거요. 등골이 오싹하고 오금이 저리는 장면도 보게 될 거요. 하지만 내가 하라는 대로만 한다면 살아서 내일 아침 떠오르는 태양을 볼 수 있어요. 다시 말하지만 이건 내가 시키는 대로 했을 때만 가능한 일이오. 그것만 명심한다면 여러분은, 한 명도 빠짐없이 미래의 손자손녀들에게 오늘 밤 여러분이 무슨 일을 했는지 무용담을 들려줄 수 있어요. 하지만 내 지시를 따르겠다고 약속할 수 없다면 그 총을 들고 지금 당장 집으로 돌아가시오. 그럼 지금까지 들어줘서 고맙소이다. 부디 살아남으시길."

이 작은 회합에 모인 사람들의 머리 위로 정적이 내려앉았다. 컨스는 평결을 기다렸다. 강의는 더 이상 필요치 않았다. 이들은 모두 인간이 안트로포파기의 습격을 받으면 어떻게 되는지 알고 있었다. 그들은 앞으로 무엇을 보게 될지도 알고 있었다. 그들은 컨스의 말을 이해했고, 아무도 움직이려 하지 않았다. 아무도 떠나려 하지 않았다.

한 사람이 목청을 가다듬더니 낮게 으르렁거렸다. "자기 영역을 지키고 싶은 건 저 빌어먹을 것들뿐만이 아뇨. 우리가 뭘 어떻게 해야 합니까?"

컨스는 잠시도 지체하지 않고 그들을 당장 임무에 투입했다. 앞뜰에 쌓여 있는 통나무를 이용해 가로 1.2미터, 깊이 2.5미터 크기의 네모난 받침대를 만드는 일이었다. 완성된 받침대는 묘지로 옮겨, 거기서 밧줄과 도르래를 사용해 묘지의 서쪽 경계에 있는 숲에서 가장 높은 나무 위 3미터 높이에 매달 예정이었다.

"왜 하필 3미터지?" 워스롭 박사가 귀가 멍멍할 정도로 울리는 망치와 톱질의 소음 위로 소리쳤다. "그 정도는 놈들도 쉽게 뛰어오를 텐데."

"3미터면 충분해." 컨스가 아리송하게 대답했다. 그가 염려하는 것은 날씨였다. 그는 궤짝과 정체 모를 나무상자가 실려 있는 수레 뒤를 어정거리며 시시때때로 하늘을 쳐다보았다. 마지막 망치질이 끝난 오후 3시쯤 이슬비가 떨어지기 시작했다. 치안관의 안경에 빗방울이 송골송골 자국을 남기자 치안관은 2분마다 한 번씩 안경을 벗어 조끼에 문질러 닦았다. 비는 그의 기분은 물론 담배까지 눅눅하게 만들고 있었다. 아무리 용을 써도 파이프의 불이 자꾸만 꺼졌다.

컨스가 그걸 보고 말했다. "일이 끝나고 나면 최고급 페리큐 담배를 1파운드 보내 주지요, 모건. 당신이 피우는 그 토끼 똥보다 훨씬 좋을 거요."

치안관은 그의 말을 무시했다. "펠리노어, 난 애들이 걱정일세."

그는 나와 말라키를 향해 고개를 까딱였다. "교회에 두고 가거나 아니면 자네 집으로 돌려보내지. 저런 어린애들은 있어 봤자……."

"아니, 그 반대요." 컨스가 잽싸게 참견했다. "오히려 내 목적에 안성맞춤인데."

"자네 말이 맞는 것 같군, 로버트." 워스롭 박사가 마지못해 말했다.

"난 안 가요." 말라키가 성을 내며 우겼다. "난 어린애가 아니에요. 그리고 집에 가지도 않을 거예요."

"나도 내 양심에 위배되는 일은 하지 않을 거다, 말라키." 치안관은 인내심을 잃지 않았다.

"아저씨 양심이라고요?" 말라키는 거의 고함을 지르다시피 하고 있었다. "내 양심은 어쩌고요?"

"그렇고말고!" 컨스가 웃음을 터뜨렸다. "넌 도망치지 말았어야 했어. 그 괴물이 네 어린 여동생의 뼈를 하나도 남김없이 부러뜨린 다음에 네 머리를 잡아 뽑아 죽일 수 있게 말이지. 뭔 놈의 오빠가 그 모양이냐?"

말라키가 괴성을 지르며 컨스에게 달려들었다. 하지만 말라키의 주먹은 힘없이 빗나갔고 워스롭 박사가 재빨리 말라키의 몸을 팔로 감싸 안았다.

"너는 옳은 선택을 했다, 말라키." 워스롭이 그의 귀에 대고 속삭였다. "너는 도덕적 명령을……."

"내가 자네라면 도덕적 명령 같은 소리는 꺼내지 않겠네, 펠리노어." 컨스가 재미있다는 듯 눈을 반짝이며 말했다. "게다가 도덕의 불변성 같은 건 어차피 인간이 발명한 개념이야. 집단생활에 필요해서 만든 번지르르한 말이지. 도덕성이란 그 순간의 도의를 제외하면 모두 허구에 불과해."

"당신이 왜 놈들을 사냥하는 걸 즐기는지 알겠군." 모건이 역겹다는 듯이 말을 뱉었다. "놈들과 똑같으니까."

말라키는 어젯밤 그가 죽이려 했던 사람의 품에 안겨 축 늘어졌다. 다리는 후들거리고 있었고, 그가 젖은 바닥에 쓰러지지 않은 것은 오로지 박사의 팔이 그를 지탱하고 있는 덕분이었다.

"맞는 소리요, 치안관. 그건 사실이지." 컨스가 말했다. "우리는 놈들과 아주 많이 닮았어요. 둘 다 무자비한 사냥꾼에, 알지도 못하고 이해하지도 못하는 욕구의 지배를 받고 있고, 영역의식은 무식할 정도로 강한 데다 시기심도 강해 살인까지 불사하죠. 우리가 놈들과 다른 점이 있다면 그건 우리가 위선이라는 놀라운 자질을 완벽하게 갖췄다는 데 있지. 뛰어난 지성이 우리 인간이 서로를 학살할 수 있게 준 선물이랄까! 우리가 이른바 하느님의 후원을 받기 전보다도 훨씬 더 자주 많이 죽일 수 있게 말이오." 그는 말라키를 돌아보았다. "그러니 낙담하지 말렴, 얘야. 너는 복수를 할 수 있을 거다. 네 영혼을 괴롭히는 그 '도덕적' 선택을 되돌릴 수 있을 거야. 그리고 오늘 밤, 혹시나 신을 만나걸랑 그의 눈을 똑바로 들여다보며 이렇게 말하렴. '뜻이 이루어졌도다!'"

컨스는 몸을 빙글 돌려 순식간에 멀어져 갔다. 모건이 고개를 틀더니 바닥에 침을 탁 뱉었다. 워스롭은 말라키를 달래고 있었다. 그는 지금은 죄책감이나 자기연민에 빠질 때가 아니라고 말했다.

"날 억지로 보내지는 못할걸요." 말라키가 말했다. "아무도 날 막진 못해요."

워스롭은 고개를 끄덕였다. "아무도 안 막을 거다." 그는 소년의 어깨 너머로 치안관에게 말했다. "아이에게 장총을 주지. 그리고 있을 곳도 찾아보고."

"윌 헨리는 어쩔 건가? 설마 이렇게 어린애도 데려갈 생각은 아니겠지?"

그때 내가 나섰다. 내 입에서 그런 말이 절로 나올 거라고는 나 스스로도 몰랐다. 마치 내 안에 살고 있던 다른 용감한 영혼이 말하고 있는 것만 같았다. "저를 쫓아내지 마세요. 제발요, 박사님."

박사는 작고 서글픈 미소를 지으며 대답했다.

"오, 윌 헨리. 우리가 이제껏 같이 겪은 일을 생각하면 어떻게 너를 보낼 수 있겠니? 이렇게 중요한 순간에 말이다. 너는 내게 없어서는 안 되는 존재란다."

통나무 받침대는 짐수레로 옮기기에는 너무 크고 무거웠기 때문에 모건의 부하들은 이슬비 때문에 평소보다 일찍 어두워진 하늘 아래서 그것을 직접 지고 올드힐 묘지로 이어지는 긴 길을 따라 옮겨야 했다. 거기서 다시 800미터쯤 올라가 묘지 정문에서 잠시 다리를 쉬었다가 남은 힘을 쥐어짜 마침내 최종 목적지에 도착했다. 이 기괴한 사건이 시작된 곳이자, 이 일의 산파나 다름없는 도굴꾼이 자신이 직접 판 구덩이에서 최후를 맞이한 장소. 그곳에 도착하고 보니 그날 아침 컨스가 어디에 다녀왔는지 알 수 있었다. 그는 신기하게도 주변 지형을 벌써 잘 알고 있었고 어떤 나무에 나뭇단을 올려 맬 것인지도 정해 두었으며 커다란 종이에 각 묘비의 위치까지 표시한 아주 상세하고 정확한 지도를 그려 놓았다. 그는 엘리자 번튼의 무덤과 나무숲 사이에 있는 들판에 빨간색으로 동그라미를 그린 다음 화려한 필체로 이렇게 적어 놓았다. 도살장.

장정들은 받침대를 내려놓고 머리 부분을 천으로 감싼 망치로 나무에 고정 못을 박았다. 대화는 줄곧 나지막한 속삭임과 손짓으로만 이뤄졌다. 컨스가 교회를 떠나기 전에 엄격한 지시를 내려 놓았기 때문이었다. 최대한 조용히 일할 것. 반드시 필요한 일이 아닌 이상 절대로 소리를 내지 말 것.

"놈들은 잠을 깊이 자는 편이지만…… 식사와 짝짓기를 안 할 때는 말이오. 어쨌든 그 두 가지가 놈들이 가장 많이 하는 짓거리지. 놈들이 가진 가장 탁월하고 예리한 감각은 청각이오. 심지어 땅속 몇 미터 아래서도 우리의 존재를 감지할 수 있어요. 비가 와서 한 가지 좋은 점이 있긴 해요. 바닥이 젖어서 우리가 내는 소리를 덮어 줄 거요."

세 명이 받침대에 밧줄을 매어 지지대로 쓸 나무 위로 끌어 올리자 나머지 사람들이 그 밑에 고정쇠를 촘촘히 끼워 넣었다. 받침대를 매달아 만든 망루의 양쪽에 있는 나무의 줄기에는 나뭇조각을 차례대로 못질해 임시 사다리로 쓸 작정이었다. 그때 컨스가 오브라이언과 말라키, 그리고 내게 수레에서 궤짝을 내리라고 지시했다.
"상자와 가방은 놔둬라. 지금은 필요하지 않으니까. 아, 이 빌어먹을 날씨!"

워스롭이 컨스를 치안관의 귀가 닿지 않는 곳으로 끌고 갔다. 치안관의 표정이 1분 1초가 지날수록 점점 더 험악하게 일그러지고 있었다.

"후회할 게 뻔하지만 물어봐야겠네." 워스롭 박사가 컨스에게 속삭였다. "저 상자 안에 뭐가 들었나?"

컨스는 짐짓 놀란 표정을 지어 보였다. "이럴 수가, 펠리노어. 저 안에 뭐가 있는지는 자네도 잘 알잖나."

그는 궤짝 중 하나로 다가가더니 뚜껑을 확 열었다. 궤짝 안쪽은 칸막이로 나뉘어 있었는데 각각의 공간에는 검은색 금속 통 열 두 개가 들어 있었다. 모두 작은 파인애플만 한 크기로, 지푸라기에 싸여 있었다. 컨스가 하나를 집어 들더니 나를 불렀다. "헨리 군! 받아 보렴!" 그는 손을 아래쪽으로 크게 휘둘러 금속 통을 내게 던졌는데 하필 내 배에 명중하고 말았다. 나는 우스꽝스럽게 허우적대다 통이 바닥에 떨어지기 직전에야 가까스로 그 매끄러운 표면을 붙잡는 데 성공했다.

"조심해라, 윌. 떨어뜨리면 안 돼!"

"이게 뭔데요?" 내가 물었다. 통은 크기에 비해 꽤 무거웠다.

"그게 뭐냐고? 그러면서도 네가 괴물학자의 제자란 말이냐? 이건 그쪽 일을 하는 데 절대적인 필수품이라네, 헨리 군. 뭐긴 뭐겠니. 수류탄이지. 거기 있는 작은 핀을 당겨 보렴."

"저 친구가 장난하는 거다, 윌 헨리." 박사가 조용히 말했다. "절대로 빼면 안 돼!"

"재미없는 친구로구먼." 컨스는 박사를 나무랐다. "어떠냐, 윌? 이걸 너한테 맡기마. 네가 내 척탄병이 되는 거야! 근사하지 않니? 자,

그러니 얌전하게 굴렴. 그리고 망루가 완성되면 너와 말라키는 그 위에 올라가 있어."

그는 두 번째 궤짝의 뚜껑을 활짝 열어젖혔다. 이번에 그가 꺼낸 것은 길고 튼튼한 밧줄이었다. 밧줄의 한쪽 끝에는 두꺼운 쇠사슬이 연결되어 있었고 쇠사슬 끝에는 갈고리가 달려 있었다. 그는 다시 궤짝에 손을 넣어 쇠막대를 꺼냈다. 길이는 1.2미터 정도에 지름은 5센티미터가량이었는데, 한쪽 끝은 뾰족하고 반대쪽은 둥그렇게 말려 꼭 바늘귀 같은 모양이었다. 정말로 엄청나게 커다란 바늘 같았다. 마지막으로 꺼낸 것은 철로에 대못을 박을 때 사용하는 것 같은 큼지막한 나무망치였다. 컨스는 한쪽 어깨에 밧줄 꾸러미를 걸치고 망치와 쇠말뚝을 집어 든 다음 내게 따라오라고 말했다.

그의 뒤를 졸래졸래 따라가는데 치안관이 중얼거리는 소리가 들렸다. "도대체 저건 어디다 쓰려는 거지?"

워스롭이 혐오감이 잔뜩 서린 목소리로 대답했다. "미끼를 잡아두려는 거네."

컨스는 숲에서 20미터쯤 떨어진 곳에 멈춰 서더니 젖은 바닥에 한쪽 무릎을 대고 회색 안개 너머 나무 위에 완성된 망루를 가늘게 뜬 눈으로 노려보았다.

"그래, 이쯤이면 되겠다. 이렇게 말뚝을 잡아라, 윌 헨리. 두 손을 다 써야지. 내가 망치질을 하는 동안 움직이면 안 된다! 잘못하면 네 팔이 산산조각 날 수도 있어!"

나는 바닥에 무릎을 댄 다음 말뚝의 날카로운 끝을 땅속에 밀어 넣었다. 그가 망치를 머리 위로 높이 쳐들더니 순식간에 내리쳤다.

네모난 망치 머리가 강철 고리에 부딪치자 미세한 금속 가루가 사방으로 튀었다. 묘지 가득 육중한 메아리가 퍼져 나갔다. 받침대 밑에 가로대를 박고 있던 사람들이 깜짝 놀라 고개를 쳐들었다. 컨스는 망치를 세 번 들어 올려, 세 번 내리쳤다. 망치와 말뚝이 부딪칠 때마다 내 팔은 떨어져 나가기라도 할 것처럼 무섭게 진동했고, 그때마다 혀라도 깨물까 두려워 이를 악물어야 했다.

"됐다. 한 번만 더 하면 되겠어." 컨스가 중얼거렸다. "한번 해 보겠니, 윌?" 그가 커다란 망치를 내밀며 말했다.

"전 들 수도 없을 것 같은데요, 박사님." 나는 솔직하게 말했다. "크기가 거의 저만 하잖아요."

"하긴, 넌 네 나이치고는 몸집이 작은 편이지. 몇 살이냐? 열 살?"

"열두 살요."

"열두 살? 펠리노어한테 뭐라고 해야겠군. 그 친구가 널 제대로 먹이지도 않는 모양이구나."

"요리는 제가 하는데요, 박사님."

"어째 놀랍지도 않구나."

컨스는 다시 한 번 말뚝을 후려치더니 망치를 놓고 두 손으로 끙끙거리며 말뚝을 잡아당겨 보았다.

"그래, 이 정도면 될 거야." 그는 생각에 잠겨 말했다. "너 몸무게가 얼마나 되지?"

"정확히는 잘 몰라요. 35, 36킬로그램 정도요?"

그는 머리를 가로저었다. "정말로 펠리노어한테 뭐라고 해야겠군. 자." 그는 쇠사슬이 달리지 않은 쪽 밧줄 끄트머리를 고리에 끼워 넣은 다음 복잡한 매듭을 지었다. 그러고는 쇠사슬이 달린 다른 쪽 끝을 내게 쥐여 주고는 숲이 있는 쪽으로 밧줄이 팽팽해질 때까지 걸어가라고 지시했다.

"이제 세게 잡아당겨 봐라, 윌!" 그가 조심스럽게 외쳤다. "할 수 있는 한 힘껏 잡아당겨!"

그는 한 손을 허리에 올리고 다른 한 손으로는 콧수염을 매만지며 말뚝이 내 힘을 얼마나 잘 버티는지 지켜보았다. 미끄러운 흙바닥 위에 내 헛발질 자국이 남았다. 그는 내게 그만하라고 손짓을 하더니 망치를 들어 또다시 쇠막대를 힘차게 내리박았다. 그러고는 돌아오라고 손짓했다.

"좀 긴 것 같다." 컨스가 말했다. 그는 매듭을 풀고 밧줄을 바지 기장만큼 잡아끈 다음 허벅지에 찬 칼집에서 보위나이프를 꺼냈다. 그는 밧줄을 50센티미터가량 잘라 냈다. 두툼한 밧줄이 재봉용 실이라도 되는 듯 쓱 잘려 나갔다. 그는 밧줄을 다시 쇠말뚝에 묶었다. "이걸 꺼낸 궤짝에 보면 나무말뚝 세 묶음이 있을 거다. 가서 좀 가져다주지 않으련?"

나는 고개를 끄덕이고는—아까 하도 힘을 쓴 탓에 숨이 찼다.—수레로 충직하게 달려갔다. 워스롭과 모건이 낮은 목소리로 열띤 말다툼을 벌이고 있었다. 모건은 말끝마다 파이프 끝으로 박사의 가슴을 찔러 대며 자신의 말을 강조하고 있었다.

"완벽한 수사를! 철저하게 심문할 거네! 난 그런 협박 속에서 한 약속 따위는 지킬 수 없어, 워스롭!"

내가 컨스에게 돌아갔을 때, 그는 축축해진 지도를 노려보면서 발걸음으로 "도살장"의 넓이를 가늠하고 있었다. 그는 내게 어디다 나무말뚝을 박아야 할지 지시했다. 1.2미터 간격으로 나무말뚝을 박다 보니 둘레가 12미터가량 되는 거의 완벽한 원이 만들어졌다. 정중앙에는 방금 박은 쇠말뚝이 박혀 있었고, 원의 서쪽 가장자리는 망루에서 5미터쯤 떨어져 있었다. 컨스는 흡족한 눈길로 결과물을 보며 내 어깨를 다독였다.

"훌륭하다, 윌 헨리. 이 방법을 고안한 마오리족도 이렇게 훌륭한 덫은 못 만들 거다."

사냥꾼들은 수레 뒤쪽에 모여 삽으로 무장하고 있었다. 컨스가 손짓하자 그들이 주위로 몰려들었다. 험악한 표정에 가슴은 거친 숨으로 들썩이고, 몸은 벌써 피곤에 지쳐 있었다. 컨스가 낮고 긴박한 목소리로 말했다. "예상한 것보다 일찍 밤이 찾아오고 있소. 서두릅시다, 여러분. 어서 움직여요! 그렇지만 최대한 조용히 해야 합니다. 자, 땅을 파시오, 신사 여러분! 땅을 파요!"

장정들은 말뚝을 기준 삼아 매우 질서정연하고 체계적으로 얕은 도랑을 팠다. 삽날이 땅에 박힐 때마다 자갈과 젖은 흙이 격렬하게 부딪쳤지만 바람 한 점 불지 않는 하늘에서 꾸준히 떨어지고 있는 수천 개 빗방울의 자그마한 북소리가 삽질의 소음을 가려 주고 있었다. 흠뻑 젖은 머리카락이 머리에 달라붙었다. 내가 왜 모자를 집에 두고 왔을까? 뿌연 빗줄기 아래서 열심히 바닥을 파는 사람들은 으스스한 회색의 유령 무리처럼 보였다.

"펠리노어." 컨스가 말했다. "손 좀 빌려 주게."

“드디어 이 상자군.” 두 사람이 수레 뒤에서 상자를 내리는 것을 보며 모건이 구시렁거렸다. “도대체 그 안에 뭐가 들었는지 궁금하오, 코리.”

“좀 참아요, 치안관. 조금 있으면 알게 될 테니까…… 조심하게, 펠리노어. 살살 내려놔야지! 윌 헨리, 저기 내 가방 좀 가져와라!”

컨스는 상자 위에 덮여 있는 비단 천을 벗겨 내고 뚜껑을 열었다. 박사가 체념의 한숨을 내쉬며 한 발짝 뒤로 물러났다. 그는 컨스가 상자를 열기 전부터 무엇이 들어 있는지 알고 있었지만, 아는 것과 직접 보는 것은 완전히 다른 일이다. 모건이 앞으로 나서서 상자 안을 들여다보고는 목이 졸린 듯한 소리를 냈다. 얼굴에 핏기가 가셨다. 그는 씩씩거리며 뭐라 알아들을 수 없는 말을 내뱉었다.

상자 안에는 한 여자가 누워 있었다. 새하얀 실내복을 입고 시체처럼 눈을 감고 팔은 가슴 위에 십자로 포개져 있다. 마흔은 족히 넘어 보였는데 한때는 미인이었을 법하지만 지금은 얼굴에 살집이 붙었고 마마에 걸린 적이 있는지 얽은 자국이 가득했으며 아주 큼지막한 코는 피부 아래의 모세혈관이 붉게 부풀어 있었다. 아마도 알코올중독 때문이리라. 그녀가 걸친 것이라고는 속이 비치는 얇은 실내복뿐이었다. 반지나 팔찌 같은 장신구는 하나도 걸치지 않았고 목에 구릿빛의 금속 고리가 하나 둘려 있었다. 넙데데한 턱 아래에서 금속 고리가 그녀의 목을 단단히 죄고 있었다.

경악스러운 침묵이 흐르고 한참 뒤, 마침내 모건이 목소리를 냈다. “이게 미끼요?”

“그럼 내가 뭘 사용할 거라고 생각한 겁니까, 치안관?” 컨스가 장난기 어린 말투로 물었다. "염소 새끼?"

"면책권을 요구할 때 살인할 거란 소리는 안 했잖소!" 모건이 역정을 내며 말했다.

"난 이 여잘 죽인 게 아니오만."

"그럼 도대체 어디서……!"

"이 여잔 거리의 여인이오, 모건." 컨스가 그의 말을 잘라 끊었다. 치안관의 반응에 짜증이 난 것 같았다. "볼티모어에 가끔 물이 불면 하수구에 살던 부랑자들이 자주 시체가 되어 올라오지. 술독에 빠지거나 병에 시달려 죽느니 차라리 그런 비참한 삶에서 이룩할 수 있는 것보다 훨씬 고귀한 목적에 쓰이는 게 낫지 않겠소. 이 여자를 미끼로 쓰는 게 당신의 도덕적 기준에 어긋난다면 가서 자원하겠다는 사람이나 구해 오시지."

모건은 이제 워스롭에게 호소하기 시작했다. "펠리노어, 아무리 그래도 다른 방도가 있지 않겠나……."

박사는 고개를 저었다. "어차피 이 여자는 고통을 느끼지 않을 걸세, 로버트. 이젠 선택의 여지가 없어. 할 수밖에 없네."

박사는 컨스가 그녀의 움직이지 않는 몸을 임시로 만든 관에서 들어 올리는 모습을 지켜보았다. 순간, 그의 눈빛에 의아한 기색이 떠올랐다. 그녀의 머리가 뒤로 젖혀지고, 팔이 가슴에서 미끄러져 옆구리에서 달랑거렸다. 컨스는 그녀를 도살장 중앙으로 옮겼다.

"윌 헨리!" 그가 어깨 너머로 나를 부드럽게 불렀다. "내 가방 가져와라!"

사내들은 컨스가 다가오는 것을 보고 동작을 멈췄다. 그들은 벌린 입을 다물지 못했다. 그들이 모건을 쳐다보자 모건은 손을 들어 계속해서 파라는 신호를 보냈다. 컨스는 그녀를 조심스럽게 쇠말뚝 옆에 뉘고 손으로 머리를 들어 받쳤다. 그가 밧줄을 고갯짓으로 가리켰다. 나는 가방을 내려놓고 쇠사슬이 연결된 밧줄 끝을 건네주었다. 그가 그녀의 목에 걸린 고리에 갈고리를 연결했다.

"왜 그렇게 화를 내는지 모르겠군." 그가 말했다. "마오리족은 노예 중에 처녀를 이용하는걸. 10대 여자애들 말이다, 윌 헨리. 야만족들은 아주 잔인하지."

그는 사슬을 당겨 보았다. 그의 무릎 위에서 여자의 머리가 들썩였다.

"됐구나." 그는 여자의 머리를 바닥에 내려놓고 자리에서 일어나 주변을 한 바퀴 둘러보았다. 나는 망루가 있는 오른쪽을 쳐다보았다. 그 위에 그림자 하나가 서 있었다. 팔에 장총을 안고 파수꾼처럼 꼼짝도 하지 않은 채 우리를 내려다보고 있는 그 인영(人影)은 바로 말라키였다.

단조로운 빗소리가 끊임없이 중얼거리고 무정한 밤의 도착을 알리는 회색빛은 사그라질 줄을 모르건만, 이상하게도 시간은 쏜살같이 흐르는 것처럼만 느껴졌다. 시곗바늘을 빙빙 돌리는 것처럼, 전장을 향해 행진하는 군인들의 발걸음이 점점 더 빨라지듯이. 수레에서 커다란 나무통 두 개가 내려졌고 그 안에 든, 등유와 원유를 섞은 고약한 냄새를 풍기는 검은 혼합물이 희생양의 주위를 둘러싼 갓 판 도랑에 부어졌다. 컨스는 망루에 있는 모든 이들에게 소위

"마오리족 방식"에 대해 다시 한 번 설명했다.

"첫 발은 내가 쏠 겁니다." 그는 비에 젖은 흙투성이 사내들에게 또다시 일깨웠다. "여러분은 내 신호를 기다렸다가 사격을 개시해요. 입 바로 아래, 즉 허리 쪽을 겨냥해요. 다른 부위는 맞아 봤자 별 타격을 입지 않으니까."

"시간이 얼마나 걸릴까요?" 한 명이 물었다.

"이런 날씨라면 적어도 10분 안에는 끝내야 합니다. 그래도 일을 끝내기엔, 아니 적어도 이번 단계를 완수하기엔 충분한 시간이지. 하지만 그 10분이 꼭 영원처럼 느껴질 거요. 명심해요. 우리가 이 망루를 버리는 건 딱 두 가지 경우뿐이오. 우리가 임무를 완수하거나, 아니면 방어막이 뚫리거나. 도랑은 누가 맡기로 했습니까?"

브록이라는 이름의 초췌한 얼굴의 사나이가 손을 들었다. 컨스가 고개를 끄덕였다.

"내 옆에 붙어서 명령을 기다려요. 내가 지시를 내리기 전에는 아무것도 하지 말고! 타이밍이 생명이오, 여러분. 일단 정찰병을 처리하고 나면……. 좋아, 질문 있습니까? 마지막으로 하고 싶은 말이라든가? 여기서 물러나고 싶은 사람은? 지금밖에 기회가 없어요. 왜냐하면 이젠 때가 됐으니까."

그는 고개를 들어 흐느끼는 하늘을 바라보았다. 어두운 눈을 감고, 한숨을 길게 내쉬었다. 그의 도톰한 입술에 미소가 피어올랐다.

"피를 볼 시간이오."

우리는 받침대 가장자리에 모여 어둠 속을 주시했다. 컨스가 원

중앙에 있는 시체 옆에 무릎을 꿇더니 내가 놓고 온 가방을 뒤졌다. 그는 여자 위로 몸을 굽혔다. 그의 등에 가려서 우리는 그가 무엇을 하고 있는지 볼 수가 없었다.

"하느님 맙소사, 이번에는 또 무슨 짓을 하는 거지?" 모건이 의아해했다.

"나도 모르겠군." 워스롭이 중얼거렸다. "하지만 하느님과는 아무 관련도 없을 것 같네."

바로 그때, 소스라치게도 시체가 갑자기 격렬하게 꿈틀거리기 시작했다. 다리가 허공을 박차고 손은 바닥의 진흙과 잔디를 움켜쥐었다. 컨스가 뒤로 물러나 찬찬히 그녀를 지켜보았다.

옆에서 박사가 가냘프게 내뱉는 소리가 들렸다. "오, 안 돼."

컨스가 오른손에 보위나이프를 쥐더니 왼손가락 끝으로 여자의 목을 지그시 눌렀다.

"워스롭." 모건이 으르렁거렸다. "워스롭!"

컨스는 물이 흐르듯 유려한 동작으로 버둥거리는 희생자의 몸통 위로 칼을 휘둘러 날카로운 칼날로 그녀의 배를 갈랐다. 그런 무자비하고 잔혹한 행위에 응답하듯이 섬뜩한 고통의 비명 소리가 어스름이 덮인 정적을 청천벽력처럼 갈랐다. 날카로운 메아리가 빽빽한 숲과 조용히 묘지를 수호하는 묘비들 사이를 가로질러 퍼져 나갔다. 그녀의 비명은 무거운 정적을 가득 메우고 시시각각 그 강도와 크기를 더하며 끝내 흘러넘치기 시작했는데 거기 도달하는 1초가 한 시간보다도 더 길게 느껴질 지경이었다. 그녀가 컨스에게 몸을 돌리더니 방금 자신의 배를 가른 사내를 향해 간청하듯 팔을 들어 올렸다. 그러나 그는 이미 피투성이 칼을 쥔 채 우리를 향해 달려오고 있었다. 나무에 다다르자 칼날을 입에 문 채로—그는 그렇게 그녀의 피를 맛본 셈이다.—임시 사다리를 오르더니, 안전한 망루에 발을 내려놓자 입에서 칼을 뱉어 떨어뜨렸다. 그러나 우리는 그를 알아차리지도 못하고 있었다. 방금 아래에서 벌어진 일에 넋이 나가 충격과 공포에 얼어붙어 있었으니까. 그녀는 손과 무릎과 발로 기며 우리를 향해 다가오고 있었다. 도살장에 끌려온 돼지처럼 자기 피에 목이 막혀 꺽꺽거리며 새된 소리를 지르고 있었다. 하지만 밧줄이 제 기능을 톡톡히 해냈다. 그녀의 목에 연결된 사슬이 팽팽하게 당겨지며 그녀를 잡아 두고 있었다. 컨스가 장총을 집어 들더니 어깨에 개머리판을 대고 북쪽에서 남쪽으로, 그러고는 다시 반대쪽으로 천천히 총구를 움직이며 주변을 주시했다. 이런 날벼락 같은 일에 우리가 얼마나 놀라고 경악했는지는 관심도 없고, 심지어 주위가 떠나가라 울리는 고통과 혼란, 두려움이 뒤섞인 비명 소리도 귀에 들어오지 않는 것 같았다.

비명 소리의 주인은 겨우 몇십 센티미터밖에 안 되는 밧줄에서 벗어나려고 발버둥 치다 이제는 무릎을 세운 채 우리를 향해 두 팔을 내밀고 있었다. 얼굴은 상상조차 힘든 극심한 통증으로 일그러지고 한때 티끌 한 점 묻지 않았던 옷은 피와 진흙으로 얼룩져 있었다. 그녀가 어떻게든 탈출을 꿈꾸며 앞으로 몸을 던질 때마다 쇠사슬이 절그럭거리며 그녀를 뒤로 잡아챘다.

"어떻게 이렇게 인간이 악랄할 수 있는 거요, 코리!" 모건이 고함을 질렀다. "저 여자 아직 살아 있잖아!"

"죽었다는 소리는 안 했는데." 컨스가 태연하게 대답했다. "감시인! 뭐 보이는 거 있소? 정신 바짝 차려요! 헨리, 너도 마찬가지다. 지금부터 잘 봐야 한다."

나는 아래의 끔찍한 장면에서 눈을 떼고 야트막한 들판과 낮게 웅크린 묘비들 사이에 뭔가 움직이는 기색이 있는지 둘러보았다. 사방에는 온통 검은 장막이 드리워져 있었고 땅과 나무, 돌과 그림자 외에는 아무것도 눈에 띄지 않았다. 그러다 갑자기 시야 가장자리에서 검은 형체 하나가 묘비 사이로 움직이는 게 보였다. 몸을 구부정하게 움츠린 채 갈지자를 그리며 우리 쪽으로 접근하고 있었다. 나는 컨스의 소매를 세게 잡아당기며 손가락으로 가리켰다.

"어디?" 컨스가 속삭였다. "아, 잘했다. 나도 보인다. 자자, 침착하시고, 여러분. 조용. 첫 발은 내 거요." 그는 허리를 곧게 세우더니 다리를 벌려 자세를 잡고는 손가락으로 방아쇠를 어루만졌다. "어서 오너라, 귀염둥이야." 그가 중얼거렸다. "와서 밥 먹어야지."

안트로포파기 정찰병은 도랑 가장자리에서 잠시 머뭇거렸다. 우윳빛 피부는 비에 젖어 번들거리고, 이렇게 멀고 어두침침한데도 놈의 입이 열렸다 닫히는 게 보였다. 깊숙한 구멍 속에서 날카로운 이빨이 사악한 빛을 흘리고 있었다. 커다란 팔은 너무 길어 서 있을 때에도 바닥에 닿을 정도였고 우리가 만든 함정 가장자리에 서 있는 다리는 약간 휘어 있었다.

놈은 설령 우리의 존재를 감지했더라도 피에 굶주린 충동이 경계심을 압도했거나 아니면 그냥 무시하기로 한 것 같았다. 갑자기 뼛속까지 얼어붙는 듯한 포효를 내지르며 쏜살같은 속도로 상처 입은 여인에게 달려들었기 때문이다. 놈이 그 무시무시한 입을 활짝 벌린 채 흉측한 손톱을 내두르며 10미터가 넘는 거리를 단숨에 뛰어오른 순간, 컨스의 총이 불을 뿜었다.

컨스가 발사한 총알이 둥글납작한 검은 눈동자 바로 아래 명중하자, 괴물의 몸이 공중에서 갑자기 뒤틀렸다. 녀석의 몸뚱이가 바위처럼 육중한 소리를 내며 바닥으로 떨어졌고, 배 속 깊은 곳에서 터져 나온 우렁찬 울음소리는 놈의 사냥감이 될 운명이었던 여자의 비명 소리까지도 압도했다. 놈은 몸을 일으키더니 이빨을 드러내고 쉭쉭, 그르렁거리며 비틀거리는 걸음걸이로 끈질기게 앞으로 전진했다. 인간 같지 않은 짐승의 울부짖음을 들은 여자가 고개를 돌려 놈을 발견하고는 온몸이 마비된 듯 얼어붙었다가 다음 순간 미친 듯이 우리 쪽으로 기어오기 시작했다. 쇠사슬이 그녀의 목을 똑같이 엄청난 힘으로 잡아당겨 뒤로 잡아채는 바람에 나는 그녀의 목이 부러졌을 것이라고 생각했다. 컨스가 약실에 탄약을 장전하고 노리쇠를 당긴 다음, 두 번째 총알을 발사했다. 두 번째 총알은 허벅지에 명중했다. 놈은 휘청거리면서도 재차 몸을 일으켰다. 5미터…… 3미터…… 컨스가 총을 재장전하고 다시 방아쇠를 당겼다. 세 번째 총알이 반대쪽 다리에 명중하자 안트로포파기가 날카로운 소리를 내지르더니 흙바닥 위에 쓰러져 고통스럽게 몸부림쳤다. 컨스가 윈체스터를 내렸다.

모건이 그를 향해 고함을 질렀다. "하느님 맙소사, 지금 뭐 하는 짓이오! 어서 쏴요! 아직 안 죽었잖아, 어서 쏘라고!"

"멍청이." 컨스가 쏘아붙였다. "난 놈을 죽이려는 게 아니오."

우리 발밑에는 여자가 널브러져 있었다. 정말로 목이 부러졌거나 아니면 피를 너무 많이 흘려서 정신을 잃은 것일지도 모른다. 박사가 컨스를 옆으로 밀치더니 아까 그가 바닥에 떨어뜨린 보위나이프를 주워 들었다.

"윌 헨리!" 박사가 내 이름을 불렀다. "냉큼 따라와라!"

박사가 긴 다리로 성큼성큼 받침대 끝으로 걸어가더니 훌쩍 뛰어내렸다. 나는 그보다 멀리 돌아가는 길을 택했다. 사다리를 타고 나무 밑으로 내려가니 여자 옆에 서 박사가 서 있는 게 보였다. 나는 아직도 고막이 찢어지는 듯한 괴성을 지르며 발악하고 있는 괴물을 어깨 너머로 힐끔거렸다. 금방이라도 놈이 갑자기 우리한테 덤벼들어 거대한 발톱을 휘둘러 우리 머리를 댕강 잘라 버릴 것만 같았다. 하지만 박사는 그런 걱정을 전혀 하지 않고 있는 것 같았다. 그의 관심은 오로지 여자에게만 쏠려 있었다. 그는 그녀를 굴려 바로 눕히더니 아래턱에 손가락을 가져다 댔다.

"아직 안 늦었다, 윌 헨리." 박사는 상처 입은 안트로포파기의 비명 소리를 뚫고 내가 들을 수 있도록 목소리를 높였다. 그는 칼을 휘둘러 밧줄을 끊은 다음, 내게 나이프를 건네고 그녀를 안아 올렸다. "따라와라!" 우리는 달렸다. 진흙탕에 발이 미끄러지며, 기름 냄새가 나는 도랑을 뛰어넘어, 우리의 은신처인 망루를 향해, 컨스와 다른 이들의 발밑으로 찾아 들어갔다. 그는 정신을 잃은 그녀를 나무 둥치에 기대 세우더니 배에 입은 상처를 자세히 들여다보았다.

머리 위에서 컨스가 말했다. "나라면 거기 너무 오래 안 있겠네, 펠리노어."

박사는 그의 말을 못 들은 체했다. 그는 재킷을 벗고 셔츠를 찢은 다음—단추가 사방으로 날아갔다.—솜처럼 뭉쳐 상처를 막았다. 그는 내 손을 잡고 셔츠를 누르게 했다.

"잘 누르고 있어야 한다, 윌 헨리. 너무 세게 누르지는 말고."

다음 순간, 나는 모건의 크고 당황한 고함 소리를 들었다. "저기! 저거 보이오? 저게 뭐지?"

박사가 내 어깨를 붙들더니 얼굴을 바짝 들이대고 내 눈을 지그시 들여다보았다. "할 수 있겠니, 윌 헨리? 할 수 있겠어?"

나는 고개를 끄덕였다. "네, 박사님."

"자, 받아라." 그는 내 손에 리볼버를 쥐여 주고 몸을 돌렸다. 순간, 그의 몸이 얼어붙었다. 나는 드디어 모든 게 끝났다고 생각했다. 안트로포파기 한 마리가 나무 뒤를 돌아와 우리를 덮치러 왔다고 말이다. 나는 박사의 시선을 따라갔다. 그러고는 장총을 든 키가 크고 마른 형체가 어둠에 저항하듯 밝은 눈을 빛내고 있는 것을 발견했다.

"제가 윌 헨리랑 같이 있을게요." 말라키가 말했다.

말라키가 내 옆에 있었다. 그리고 안트로포파기들이 몰려왔다. 고통과 분노로 가득한 형제의 부름에 응답이라도 하듯이 그들이 몰려왔다. 땅바닥이 아가리를 벌려 그들을 쏟아 냈다. 놈들은 수개월 동안 땅굴을 팠고, 새끼를 치고 무리가 늘어남에 따라 계속해서 영역을 늘려 나갔다. 뉴잉글랜드의 단단한 지반을 뚫고, 죽은 자들의 안식처 아래 미로처럼 복잡한 통로와 방들을 만든 것이다. 이제 영역을 침범당해 분노한 그들이, 부상당한 동지의 울음소리에 눈에 뒤집힌 이들이, 드디어 일어났다. 그들은 우리가 만들어 놓은 도살장의 동쪽에서부터 몰려왔다. 희끄무레한 덩어리로 뭉쳐 쉭쉭거리고 으르렁거리고 깩깩대는 파도가 원의 가장자리로 밀려오다가…… 우뚝 멈췄다.

뭔가 마뜩잖은 냄새를 맡은 것인지 모른다. 아니면 수천 년에 걸쳐 먹이 사냥을 통해 진화한 본능이 불길한 예감을 느꼈을 수도 있다. 어쨌든 그들의 주 먹이인 야심만만한 이족보행 포유류는 느긋하고 우둔한 영장류에서 그들을 위협하는 사냥꾼으로 진화했고, 자기방어를 넘어 안트로포파기를 지상에서 몰아냈던 것이다. 이 얼마나 끔찍한 아이러니란 말인가. 그들이 번성하려면 먹이인 우리 역시 번성해야 했다. 그러나 그 대가는 바로 그들 자신의 멸종이었다!

머리 위에서 컨스가 외치는 소리가 들렸다. "준비해요, 친구들. 침착하고. 내 신호를 기다려야 합니다! 브록, 준비됐소?"

브록이 대답처럼 뭔가를 중얼거렸다. 내 옆에서 말라키가 한쪽 무릎을 꿇고 장총을 들어 올렸다. 그는 거친 숨소리와 모직 재킷에서 나는 축축한 냄새가 느껴질 정도로 나와 가까이 붙어 있었다. 그리고 그 반대쪽에는 이름을 알 수 없는 컨스의 피해자가 살기 위해 안간힘을 쓰고 있었다. 그녀는 내 손목을 붙들고 당혹스러운 표정으로 내 얼굴을 바라보았다.

"넌 누구니?" 그녀가 잔뜩 갈라진 목소리로 물었다. "천사야?"

"아뇨." 나는 대답했다. "전 윌 헨리예요."

갑자기 컨스의 목소리가 공기를 가르며 울려 퍼졌다. 그는 쩌렁쩌렁한 목소리로 고함을 질렀다. "안녕, 안녕, 우리 귀염둥이들아! 누구누구 숨었나! 파티는 이쪽이란다!"

반응은 즉각적이었다. 놈들은 깡충깡충 무리 지어 도랑을 넘어 도살장으로 들어왔다. 스무 마리가 넘는 괴물들이 벌 떼처럼 우글거리며 망루를 향해 넓은 부채꼴을 그리며 흩어졌다. 검은 눈동자를 번득이고 입을 쩍 벌린 채. 컨스의 도발이 그들의 본능을 능가했던 것이다.

마지막 한 마리가 동쪽 경계를 넘자마자 컨스가 "불!"이라고 외쳤고, 그 즉시 브록이 기름 적신 천 조각에 불을 붙여 도랑 안에 떨어뜨렸다. 거의 2미터에 가까운 화염이 하늘 높이 솟구쳤다. 불길이 석유와 등유를 삼키며 얕은 참호를 타고 퍼져 나가자 뺨에 열기가 확 느껴졌다. 매캐한 검은 연기가 뭉게뭉게 피어올랐다. 놈들은 화염벽에 가로막혀 황급히 멈춰 섰고, 원시적 공포와 충격으로 새된 비명을 질러 댔다. 인간이 불을 길들인 것은 놈들에게 멸종의 전조였다.

들끓는 지옥문이 닫히듯이, 서로 반대쪽으로 향했던 두 가닥 불길이 도랑의 한 점에서 만나 완전한 원이 완성되자 놈들은 꼼짝없이 갇힌 신세가 되었다.

"자, 여러분, 마음껏 쏘시오!" 불꽃이 타닥거리는 소리, 그 위로 빗방울이 떨어져 피시식 꺼지는 소리, 안트로포파기의 겁에 질린 비명 소리를 가르며 컨스가 큰 소리로 외쳤다. 내 머리 위에서 총성이 폭발했다. 통나무 받침대가 어찌나 맹렬하게 흔들리는지, 조금 있으면 망루 전체가 우리 머리 위로 무너질 거라는 생각이 들었다.

완연한 밤하늘 아래 대지가 매캐한 주황빛을 뿜어내고 있었다. 수많은 그림자들이 우왕좌왕하는 가운데 머리 위는 총성이, 아래쪽은 죽음의 단말마로 가득 찼다. 그 끔찍하고 불쾌한 소란 속에서 컨스가 흥에 겨운 목소리로 말했다.

"이거야 식은 죽 먹기구먼!"

야구공의 두 배쯤 될 법한 물체가 도살장 한가운데로 날아갔다. 그러고는 다음 순간, 수류탄이 터지고 지축이 뒤뚱거렸다. 무지막지한 화염과 함께 뜨겁게 달아오른 파편들이 사방으로 흩어지고, 찢기고 조각난 살덩이들이 공중을 날았다.

"안 보여! 안 보인다고!" 말라키가 구시렁거리며 장총을 이리저리 겨냥했다. 그는 금세라도 넘실대는 불꽃을 뚫고 들어가 도랑을 뛰어넘어 가족을 학살한 놈들과 주먹다짐이라도 하려는 듯이 몸을 앞으로 기울였다. "딱 한 마리만, 제발 하느님, 딱 한 마리만!"

바로 그때, 그의 소원이 성취되었다.

안트로포파기는 태어날 때부터 인육을 즐기는 게 아니다. 고독한 상어나 고귀한 독수리처럼, 처음부터 숙련된 사냥꾼으로 태어나는 것도 아니다. 그들은 늑대나 사자처럼 그리고 인간처럼, 부모나 가족 구성원으로부터 복잡한 행동 양식을 배운다. 안트로포파기는 열세 살이 돼서야 성체가 되는데 그때까지 어른들로부터 많은 것을 배우고 익힌다. 새끼들은 같은 무리에 있는 연장자들이 배를 채운 후에야 먹이를 먹을 수 있다. 어린 시절은 관찰과 모방, 시행착오를 통해 배우는 기간이다. 이 종족의 포악한 성질을 생각하면 믿겨지지 않을지 모르지만, 안트로포파기의 놀라운 특성 중 하나는 새끼들을 거의 맹목적으로 아끼고 사랑한다는 것이다. 아주 극한적인 상황이 아닌 이상—예를 들어 기아처럼—그들은 결코 제 새끼를 버리지 않는다.

바너 선장이 말한 페로니아 호에서 있었던 불운한 사건도, 월터 롤리 경과 셰익스피어가 안트로포파기를 '식인종'이라고 불러 놈들이 동족을 잡아먹는다는 잘못된 인식이 퍼진 원인이 된 것도, 아마 틀림없이 그런 극한 상황에 해당되었을 것이다. (그런 식이라면 우리 인간도 응당 식인종이라고 불려야 마땅하다. 우리도 지독한 굶주림에 시달릴 때면 놈들과 똑같이 그런 끔찍하고 극악무도한 짓을 저지르곤 했기 때문이다.) 또 어미가 새끼를 품듯이, 위험이 닥치면 무리의 모든 구성원이 새끼를 보호한다. 아직 어린 새끼들은 땅굴 깊숙한 곳에 숨기고 아직 성체가 되지 않은 청소년은 공격대에서 가장 안전한 후방에 배치한다. 사냥을 할 때든, 아니면 1888년의 어느 봄날 밤 그들의 영역을 지키기 위해 나섰을 때든 말이다.

내 나이 또래의 어린 안트로포파기 하나가—키는 50센티나 더 크고 체중은 훨씬 더 나갔지만—컨스의 총에 맞은 동료의 부름에 답하러 속도를 늦췄다가 불 안에 갇힌 나머지 무리와 떨어진 모양이었다. 어쩌면 아직 나이가 어린 탓에 무리와 함께 도살장에 들어가는 대신 충동적으로 화염을 피해 빙 돌아가는 길을 택한 것인지도 모른다. 녀석은 전투의 혼란스러운 와중에서 누구에게도 들키지 않고 우리가 숨어 있던 작은 수풀로 접근했다.

놈의 공격은 어설펐고 안트로포파기치고는 매우 조잡했다. 경험이 부족한 탓인지 너무 흥분한 탓인지, 아니면 그 둘 다인지도 몰랐다. 우리는 놈이 검은 나무 그림자 속에서 뛰쳐나오기 겨우 몇 초 전에야 발소리와 부스럭거리는 소리를 들었지만, 말라키가 행동을 취하기에는 그 짧은 시간으로도 충분했다.

말라키가 몸을 홱 돌리더니 우리 뒤에 있는 숲을 향해 겨냥도 않고 무작정 총을 발사했다. 그러기가 천만다행이었다. 만일 그가 그때 총을 쏘지 않았더라면 그도 나도 목숨을 잃었을 테니까. 탄환은 정확하게 괴물의 가슴에 명중했다. 두 개의 검은 눈 사이, 인간이라면 치명상을 입을 자리였다. 하지만 박사가 설명한 대로 안트로포파기는 우리 인간과 달리 가장 중요한 기관이 미간에 있지 않다. 총알은 놈의 속도를 늦추지 못했고, 말라키는 총을 다시 장전할 시간이 없었다. 그는 생각할 틈도 없이 장총을 휘둘러 개머리판으로 놈의 입을 후려갈겼다. 그 즉시 반응이 나타났다. 녀석의 입이 텁 하고 닫히면서 쩍 하는 소리와 함께 개머리판이 부서져 나갔고 무시무시한 턱 힘에—컨스는 2000파운드라고 했다.—말라키는 손에서 총을 놓치고 말았다. 괴물의 상처에서 피가 쏟아져 가슴에 달린 입을 적시고 놈의 이빨을 검붉게 물들였다. 놈은 다 큰 안트로포파기처럼 두 팔을 쫙 벌리고 손톱을 길게 내민 채 말라키에게 달려들었다. 머리 위로 한껏 처든 팔, 위로 말려 올라간 검은 눈동자, 앞으로 삐죽 튀어나온 길고 거대한 갈고리발톱…….

말라키가 뒷걸음질을 치다…… 중심을 잃고…… 넘어졌다……. 다음 순간, 놈이 말라키의 몸을 덮쳤다. 하지만 나는 겨우 1미터 밖에 있었고, 총알은 1초도 안 되는 시간에도 먼 거리를 날아갈 수 있다. 내가 쏜 총알이 놈이 말라키의 머리를 향해 내리치던 팔의 삼두근을 꿰뚫었다. 10센티미터 길이의 손톱이 그의 뺨을 아슬아슬하게 스치고 지나갔다. 내가 총을 쏜 것은 그때가 처음이자 마지막이었다. 머리 없는 괴물이 말라키를 팽개치고 나를 향해 돌진하기 시작했다. 거미처럼 네 다리로 젖은 낙엽과 진흙땅을 박차며 순식간에 내 눈앞에 도달했다. 내가 눈을 깜박이기도 전에 놈은 내 손에 들린 박사의 리볼버를 쳐서 떨어뜨리고, 다른 한 손으로 목을 움켜쥔 다음 가슴에서 쩝쩝거리고 있는 커다란 입 속에 내 머리를 쑤셔 넣었다. 그토록 오랜 시간이 지난 지금까지도 나는 그 순간을 잊을 수가 없다. 침이 줄줄 흐르는 식도에서 피어오르는 고약한 냄새, 피투성이 이빨, 그리고 그 깊숙한 목구멍 너머의 장관까지도. 말라키가 아니었다면 나중에 진짜 장관도 볼 수 있었을 것이다. 그는 괴물의 등을 향해 황급히 온몸을 날렸다. 그때 박사의 말이 머릿속에 메아리쳤다. 그리고 그 말이 우리 둘의 목숨을 구해 주었다.

제일 먼저 눈을 노려라. 거기가 약점이야.

나는 벨트에서 보위나이프를 빼어 들어 새까맣게 번들거리고 있는 눈꺼풀 없는 눈동자에 손잡이까지 깊이 박아 넣었다. 안트로포파기가 고통에 못 이겨 온몸을 뒤틀며 몸부림을 치는 바람에 말라키는 공중으로 날아가고 하마터면 손에서 나이프도 놓칠 뻔했다. 하지만 나는 칼을 놓지 않았다. 도리어 칼날을 반쯤 비틀어 빼낸 다음 이번에는 다른 쪽 눈을 세게 찔렀다. 장님이 된 놈의 눈에서 피가 분수처럼 철철 흘렀다. 배배 꼬인 팔다리를 붉게 적시고, 나를 붉게 적시고, 놈은 털썩 바닥에 무릎을 꿇더니 몸을 앞뒤로 흔들며 술래잡기 놀이라도 하듯 두 팔을 마구 휘저었다.

나는 안트로포파기의 시체를 해부하던 그 기나긴 밤에 내 운명을 저주했다. 박사의 끝없는 설교를 억지로 들어야 했고 워스롭의 "가장 큰 의문점"을 풀기 위한 그 역겨운 해부 장면을 억지로 봐야 했다. 목소리도 나오지 않을 정도로 무섭고 두려웠지만, 그래도 나는 그의 말에 귀를 기울였다. 언젠가 그는 내 머릿속에 뭐가 들었느냐고 물었다. 먹는 것 말고 생각이라는 걸 하긴 하느냐고 물었다. 나는 사실을 대답했다. 나는 지켜봤다. 나는 이해하려고 노력했다. 어린 안트로포파기처럼 어른들을 보면서 배웠다. 그래서 나는 놈의 뇌가 정확히 어디에 있는지 알고 있었다.

나는 두 손으로 칼 손잡이를 붙잡고 온 힘을 다해, 놈의 가랑이 바로 위쪽에 칼날을 찔러 넣었다. 회심의 일격이었다. 놈이 갑자기 널빤지처럼 빳빳하게 굳더니 양팔을 옆으로 축 늘어뜨렸다. 입이 헤 벌어지고 몸이 뒤로 훽 꺾어지더니 한동안 망각의 벼랑 끝에 매달려 휘청거리다가 마침내 밑으로 추락했다.

나도 그 위로 쓰러졌다. 방금 내가 죽인 괴물의 옆에, 피가 뚝뚝 떨어지는 칼을 손에 쥔 채, 영원처럼 느껴지지만 실은 찰나에 불과했던 공포의 순간이 지나간 후에 찾아오는 여파에 몸서리치며, 그렇게 누워 있었다. 갑자기 손 하나가 내 어깨를 건드렸다. 나는 본능적으로 칼을 들어 올렸지만, 내가 본 것은 말라키였다.

그의 얼굴은 진흙투성이였고 왼쪽 뺨에는 놈의 갈고리발톱이 만든 세 줄의 붉은 상처가 나 있었다. "윌, 다쳤니?"

나는 고개를 저었다. "아니, 하지만 저놈은 죽었어. 내가 죽였어,

말라키." 나는 숨을 헐떡이며 힘주어 말했다. "내가 저 망할 것을 죽였다고!"

그는 미소를 지었다. 지저분한 얼굴 한가운데 그의 치아가 하얗고 눈부시게 빛났다.

컨스의 예측은 옳았다. 사냥은 10분도 되지 않아 끝났다. 머리 위에서 들리던 우레 같은 사격 소리가 점차 뜸해지더니 이윽고 간헐적으로 한두 발씩 울리는 수준으로 줄어들었다. 연료를 대부분 소진한 불길은 빗방울의 끊임없는 공격으로 조금씩 수그러들다 희미한 불씨와 검은 연기 구름만 남았다. 도살장 안에서는 놈들이 숨을 거두는 소리와 치명상을 입고 괴로워하는 신음 소리 외에는 아무것도 들리지 않았다. 가장 먼저 모습을 드러낸 것은 워스롭 박사였다. 우리 발치에 죽어 널브러져 있는 어린 안트로포파기를 발견한 그의 얼굴에 경악의 표정이 퍼져 나갔다.

"어떻게 된 거냐?" 그가 물었다.

"윌 헨리가 죽였어요." 말라키가 대답했다.

"윌 헨리가?" 그가 깜짝 놀란 얼굴로 나를 바라보았다.

"윌이 제 목숨을 구했어요." 말라키가 신이 나서 떠들었다.

"너만 구한 게 아니다." 워스롭이 말했다. 그는 여자 옆에 무릎을 꿇고 앉아 맥박을 확인한 다음 일어섰다. "의식이 없고 피도 많이 흘렸다. 지금 당장 병원에 데려가야 해."

박사는 여자를 병원으로 데려갈 채비를 하러 갔다. 말라키는 부서진 장총을 집어 들고 아직 연기가 피어오르고 있는 도살장을 기웃거렸다. 모건과 그의 부하들이 하나둘 그 주위로 모여들고 있었다. 컨스의 모습은 보이지 않았다. 잠시 후 박사가 오브라이언과 함께 돌아왔고, 두 사람이 그녀를 들어 수레 뒤에 싣는 사이 나는 옆에서 강중거리며 지혈대로 여자의 배를 꽉 누르고 있었다.

"의사한테는 뭐라고 하죠?" 오브라이언이 물었다.

"사실대로 말하시오." 워스롭이 말했다. "숲에서 다쳐 쓰러져 있는 걸 발견했다고 해요."

우리는 망루와 검게 탄 도랑 사이의 무인지대에서 다른 사람들과 합류했다. 입을 여는 사람은 아무도 없었다. 모두가 뭔가를 기다리고 있었지만, 정확히 무엇을 기다리고 있는지 아는 사람은 없었다. 다들 아직 충격에서 헤어나지 못한 것 같았다. 여기저기서 가쁘게 몰아쉬는 숨소리, 붉게 달아오른 뺨. 모건이 경련이 이는 손가락으로 파이프에 불을 붙이자 성냥불 아래로 안경알에 뿌연 김이 서린 것이 보였다. 워스롭이 내게 따라오라고 말하더니 현장을 가득 덮은 연기 장막 속으로 걸어 들어갔다. 그곳에서 우리는 컨스를 발견했다. 그는 어지럽게 얽혀 있는 머리 없는 시체와 희멀건 팔다리들 사이를 거닐며 일일이 주의 깊게 살펴보고 있었다. 시체에서 피어오르는 김이 따뜻하고 축축한 공기 속으로 녹아 사라졌다.

"워스롭, 리볼버 좀 빌려 주게."

나는 컨스에게 권총을 건네주었다. 그는 안트로포파기 하나를 발로 차서—몸집이 커다란 암컷이었다.—몸을 뒤집었다. 놈의 몸이 꿈틀거렸다. 손톱 하나가 힘없이 움찔거리며 그의 발을 할퀴려 했다. 컨스가 총구를 놈의 배에 가져다 대더니 방아쇠를 당겼다. 그는 옆에 누워 있는 다른 시체로 관심을 돌려 발끝으로 놈의 옆구리를 툭툭 찔러 보더니 이번에도 신중을 기해 확인사살 했다. 그는 귀를 쫑긋 세우고는 아직 살아 있는 놈이 있나 귀를 기울였다. 그러나 들리는 것이라곤 남은 불똥이 타닥거리며 죽어 가는 소리와 속삭이듯 떨어지는 빗소리뿐이었다. 컨스는 흡족하다는 듯이 고개를 끄덕이고 권총을 박사에게 돌려주었다.

"숫자를 세 보게, 워스롭. 너도, 윌. 수가 맞는지 확인해야 하니까."

내가 센 안트로포파기는 모두 스물여덟 마리였다. 모두 총과 수류탄 파편에 맞아 죽었다. 박사의 결론도 나와 같았다. 그가 센 것도 스물여덟 마리였다.

"나도 그래." 컨스가 말했다.

"한 마리 더 있어요." 내가 말했다. "망루 아래요."

"망루 아래?" 컨스가 화들짝 놀라며 물었다.

"제가 죽였어요."

"네가 죽였다고?"

"네, 제일 먼저 총으로 쏜 다음에 눈을 찔렀고요, 그다음엔 뇌가 있는 데를 찔렀어요."

"뇌가 있는 곳을 찔렀다고!" 컨스가 너털웃음을 터뜨렸다. "아주 잘했다. 조수 제자 괴물학자 군! 아주 잘했어. 워스롭, 협회에서 이 녀석한테 훈장이라도 줘야 하는 거 아닌가?"

컨스의 얼굴에서 미소가 사라지더니 잿빛 눈이 스르륵 어두워졌다.

"그렇다면 스물아홉 마리란 말인데, 어린 새끼 서너 마리가 아직 어딘가에 숨어 있단 말이렷다. 다 해서 서른두세 마리겠군."

"우리가 계산한 바에 따르면 그렇지." 워스롭이 끼어들었다.

"그래, 다만……." 컨스가 그로서는 보기 드물게 심각한 얼굴로 말했다. "불을 비춰서 일일이 확인해 봐야겠지만, 내 눈에는 자네가 말한 그 우두머리 암컷이 안 보이네, 워스롭. 그 여왕은 여기 없어."

마침내 기력을 어느 정도 되찾은 모건이 김 서린 시체들 사이에서 있는 우리에게 다가왔다. 지난 이틀간 있었던 사건 때문에 거의 한계에 달한 데다 더 이상 회복할 기력도 없건만, 그래도 아직 치안관으로서의 권위를 피력할—어쨌든 시도는 해 볼—기운은 남은 것 같았다. 모건이 강경하고 단호한 말투로 컨스에게 말했다.

"당신을 체포하겠소."

"무슨 죄목으로?" 컨스가 재미있다는 듯 두 눈을 깜빡이며 물었다.

"살인죄!"

"그 여자는 아직 안 죽었네, 로버트." 워스롭이 말했다. "어쨌든 여길 떠날 때까진 살아 있었어."

"그럼 살인미수로 하지! 납치! 중과실치사! 그리고, 그리고……."

"비사냥 시즌에 머리 없는 괴물을 사냥한 죄는 어떻소." 컨스가 거들었다.

모건은 박사에게 공격의 화살을 돌렸다. "워스롭, 난 이 문제에 대해 전적으로 자네의 판단을 따랐네. 자네의 전문가적 의견에 따랐다고!"

"그래서." 컨스가 입을 열었다. "덕분에 이 빌어먹을 괴물들을 다 죽였잖소. 안 그래요?"

"그런 변명은 재판을 받을 때를 위해 남겨 두시오, 미스터 컨스."

"박사요." 컨스가 말했다.

"컨스 박사."

"코리라고 불러요."

"컨스인지 코리인지 내가 알 게 뭐요! 펠리노어, 이 사람이 그런 짓을 할 걸 알고 있었나? 상자 안에 뭐가 들었는지 알고 있었냐고!"

"내가 자네라면 대답하지 않겠네, 워스롭." 컨스가 말했다. "워싱턴에 실력 있는 변호사를 하나 아는데, 원한다면 소개시켜 주지."

"아니." 박사는 모건에게 대답했다. "몰랐네. 하지만 의심은 했지."

"놈들이 여기 온 게 내가 책임질 일이 아닌 것처럼, 놈들이 뭘 잡아먹든 내가 책임질 일이 아니오. 하지만 당신 처지도 이해는 해요, 치안관. 고맙다는 인사를 이런 식으로 하는군. 당신은 법을 집행하는 사람이고 나는……." 컨스는 상대방이 알아서 문장을 끝맺을 수 있도록 말끝을 흐렸다. "당신이 나를 고용했고 일을 완수하는 조건으로 몇 가지 약속을 해 주었지. 그러니 계약을 파기하기 전에 먼저 내가 일을 완벽하게 끝낼 수 있게 해 주시오."

"우린 계약 같은 거 한 적 없어!" 모건이 고함쳤다. 그러더니 문득 컨스가 무슨 말을 했는지 깨달았다. "일을 완벽하게 끝내다니, 그게 무슨 뜻이오?"

"아직 몇 마리가 더 있을 가능성이 있네." 워스롭이 신중하게 대답했다.

"더 있다고? 얼마나 많이? 어디에?" 모건이 눈을 휘둥그레 뜨며 물었다. 금방이라도 어둠 속에서 안트로포파기 무리가 튀어나와 우리를 덮칠까 봐 무서운 모양새였다.

"그건 가 봐야 알지요." 컨스가 대답했다.

"가 봐야 알다니, 어디에?"

"집, 집, 즐거운 우리 집 말이오, 치안관. 아무리 누추해도 즐거운 우리 집이 최고 아닙니까."

컨스는 더 이상 자세히 설명하지 않았다. 그는 사냥에 지원한 충직한 사내들을 불러 위험하고 충격적인 상황에서도 거침없이 활약한 그들의 용맹을 치하하고 워털루 전투에서 싸운 웰링턴 장군의 병사들에 비유한 다음 안트로포파기의 시체들을 처리하라고 지시했다. 말라키와 나도 그 소름 끼치는 작업을 거들었다. 우리는 망루 아래 누워 있는 어린 수컷을 질질 끌어다가 모닥불에 던져 넣었다. 시체 더미에는 이때를 위해 일부러 남겨 둔 80리터의 기름을 부었다.

성냥을 긋기 전, 컨스가 중얼거렸다. "레퀴에스캇 인 파케."* 그러고는 시체 더미 한가운데 불붙은 성냥을 던졌다. 검은 밤하늘 위로 불길이 확 치솟았고, 곧 살 타는 냄새가 우리의 후각을 자극했다. 나한테는 별로 낯선 냄새가 아니었다. 눈에 뜨거운 눈물이 고였다. 연기와 냄새 때문이 아니라, 아직도 생생히 남아 있는 옛 기억 때문이었다.

어깨에 누군가의 손이 느껴졌다. 말라키였다. 밝은 푸른 눈에 붉은 불꽃이 반사되어 너울거렸다. 상처 자국이 난 뺨에 눈물이 흐르고 있었다. 모닥불은 유혹적이리만큼 따뜻했지만, 그의 비탄은 우리를 둘러싼 무덤만큼이나 차가웠다.

---

* 라틴어로 '망자가 평온히 잠들기를'이라는 뜻.

가엾은 말라키! 그 흉악한 괴물들의 시체가 불타오르는 모습을 보며 그는 무슨 생각을 했을까? 그의 가족들, 마이클과 그의 아버지, 숨을 거둘 때까지 갓난애를 품에 꼭 안고 있었던 그의 어머니, 부디 구해 달라고 그에게 달려왔건만 결국 자기 대신 희생된 사랑스러운 동생 엘리자베스. 과연 그는 안도감을 느꼈을까? 드디어 정의가 실현되었다고 느꼈을까? 나도 죽었어……. 이 안에는 아무것도 없어. 그는 내게 이렇게 말했다. 나는 그가 지금도 똑같은 심정일지 궁금했다. 아무렇게나 쌓아 올린 죽은 몸뚱이와 뒤엉킨 팔다리에 기름을 붓고 불을 지른다고 그의 꺼진 영혼도 다시 살아날 수 있을까?

나는 그의 괴로움을 가슴 깊이 공감할 수 있었다. 왜냐하면 나와 말라키는 이 금지된 왕국에 함께 있는 동지였기 때문이다. 모든 갈림길이 무한한 슬픔과 끝없는 죄책감이라는 무저갱으로 이어지는 곳. 우리는 이 황무지에 와 본 적이 있었다. 우리의 게걸스러운 갈증을 채울 오아시스 하나 없는 이 무자비한 풍경을 알고 있었다. 신이든 인간이든 누가 만든 어떤 마법의 영약이 우리의 고통을 끝낼 수 있으랴. 내 부모님이 돌아가신 지도 벌써 1년이 흘렀건만 그때의 기억과 비탄과 괴로움은 아직도 내 영혼의 사막을 지배하고 있었다. 그날 밤 우리 집이 잿더미가 된 후로 시간이 전혀 흐르지 않은 것처럼. 그로부터 거의 80년이 지난 후까지도 두 분은 여전히 까맣게 탄 잔해 속에 누워 있다. 검게 그을리고 뒤틀린 부모님의 시신. 나는 지금도 종이에 펜이 긁힐 때마다, 책상 위 선풍기가 돌아가고 창밖에서 메추리가 울 때마다 두 분의 비명 소리를 듣는다. 저 벽에 걸린 달력처럼, 그 위에 표시된 날짜처럼, 잔디밭 위로 내리쬐는 햇볕과 그 속을 춤추는 나비와 잠자리처럼, 아버지의 마지막 순간이 눈앞에 생생하게 보인다.

그분은 거의 일주일이나 침대에 누워 있었다. 밀물처럼 순식간에 밀려왔다 썰물처럼 급격히 빠져나가는 극심한 열 때문에 온몸이 쇠약해져 있었다. 불이라도 난 것처럼 뜨거운 열에 시달리다가도 몇 분 후면 오한이 찾아와 이를 덜덜거리며 떨었고 그럴 때면 아무리 두꺼운 담요로 꽁꽁 싸매도 별 소용이 없었다. 먹는 족족 토했고, 침대에 유폐된 지 사흘째가 되자 온몸에 50센트 동전 크기의 붉은 반점들이 나타나기 시작했다. 어머니는 아버지의 항의를 묵살하고("열이 좀 있는 것뿐이야, 그게 다라고.") 의사를 불렀는데 의사는 대상포진이라며 며칠이면 나을 것이라고 했다. 어머니는 그 말을 믿지 않았다. 아버지는 얼마 전 워스롭 박사를 모시고 어딘지 모를 장소를 탐험하고 돌아온 차였고, 그래서 어머니는 아버지가 희귀한 열대병에 걸린 건 아닌지 의심했다.

아버지의 머리칼이 한 움큼씩 빠지기 시작했다. 턱수염과 속눈썹도 첫 서리가 내리고 가을 낙엽이 떨어지듯이 우수수 빠졌다. 불안해진 어머니는 워스롭 박사에게 사람을 보냈다. 반점은 이제 10센트 동전 크기로 줄어든 대신 가운데가 하얗게 부풀어 올라 손을 대기만 해도 고통스러워했다. 아버지는 잠옷 천이 스치기만 해도 지독한 통증을 호소했다. 그분은 침대 커버 위에서 이불도 덮지 않은 채, 고통을 참으며 뒤척이지도 못하고 꼼짝 않고 누워 있어야 했다. 먹지도 못했다. 자지도 못했다. 워스롭이 도착했을 즈음에는 고열에 들떠 헛소리를 지껄이고 있었다. 워스롭 박사를 알아보지도 못했고,

그가 증상을 묻는 말에 대답조차 하지 못했다.

박사는 아버지의 곪은 뾰루지를 진찰하고는 피를 뽑았다. 눈과 목구멍에 빛을 비춰 보기도 하고 베개와 벗겨진 두피에서 머리카락을 채취했다. 그는 아버지의 병세에 대해 묻고 어머니와 나의 건강에 대해서도 궁금해했다. 그는 우리의 체온을 재고 우리의 눈에도 손전등을 비췄으며 우리의 피도 뽑아 갔다.

"무슨 병인지 아시는 거죠." 어머니가 말했다.

"대상포진일 수도 있소." 박사가 말했다.

"하지만 대상포진이 아니잖아요. 다 아시면서 그래요. 제발요, 워스롭 박사님. 내 남편이 무슨 병인지 말해 주세요."

"그럴 수가 없어요, 메리. 왜냐하면 나도 모르기 때문이오. 실험을 몇 가지 해 보지 않으면 알 수가 없어요."

"살 수 있을까요?"

"그럴 거요. 아마 꽤 오랫동안은." 그가 이해할 수 없는 말을 덧붙였다. "지금으로선 더운찜질을 하는 게 좋겠소. 최대한 뜨거울 정도로 찜질을 해 주시오. 병세에 변화가 생기면, 좋은 쪽이든 나쁜 쪽이든, 나한테 애를 보내 알려 줘요. 와서 확인해 볼 테니까."

박사의 처방은 일시적이나마 아버지의 고통을 덜어 주었다. 어머니는 끓는 물에 린넨 조각을 담갔다가 집게로 꺼내 아버지의 종기 위에 덮었다. 하지만 열기가 조금이라도 식으면 다시 지독한 통증이 거의 미칠 것만 같은 가려움증을 동반해 몰려왔다.

힘들고 지루한 과정이었다. 어머니는 하루 종일, 아침부터 밤까지 난로와 침대 사이를 종종걸음으로 오가며 아버지를 극진히 간호했다. 그러다 심신이 너무나도 지쳐 도무지 버틸 수 없는 지경에 이르면 내게 그 임무를 맡기고 내 침대에서 곯아떨어졌다. 내 경우에는 아버지가 처음 앓아누웠을 때 찾아온 극심한 불안감이 끈질기고 거의 집요하게까지 느껴지는 통증으로 발전했으며, 몽롱한 피로와 절망적인 두려움 아래 끊임없는 근심 걱정이 흐르고 있었다. 어린애들이란 부모의 비참한 모습에 대해 어떤 방어 능력도 갖추고 있지 못하다. 아이들에게 부모님은 우리가 딛고 선 단단한 대지처럼, 늘 머리 위에 떠 있는 밝은 태양처럼, 절대불변이자 영원토록 무너지지 않는 견고한 존재다. 그런 그들이 무너진다면 어느 누가 태양이 영구불변한 존재이며 언젠가 수평선 아래로 추락하지 않으리라 장담할 수 있겠는가?

그들의 추락은 여느 때처럼 밤이 되어 어머니가 한숨을 돌리고 있을 때 찾아왔다. 어머니는 내 방에서 눈을 붙이고 있었고 나는 집 밖에서 난로에 넣을 장작을 고르고 있었다. 부엌으로 돌아온 나는 아버지가 며칠 만에 처음으로 침대에서 일어난 것을 발견했다. 열병을 앓는 사이 체중이 10킬로그램이나 준 탓에 헐렁한 잠옷을 펄럭이는 모습이 흡사 유령 같았다. 희미한 등불 아래 가느다란 다리와 창백한 피부가 드러나 있었다. 아버지는 비칠거리면서 난로 옆에 서 있었는데, 핼쑥한 눈에 어리둥절한 기색이 떠올라 있었다. 내가 부르자 아버지가 깜짝 놀라 해골처럼 비쩍 마른 얼굴로 나를 쳐다보며 나지막하게 중얼거렸다. "너무 뜨거워. 너무 뜨거워." 아버지가 수척한 팔을 내 쪽으로 뻗으면서 말했다. "놈들이 날 가만히 두지 않을 거야. 보렴!" 나는 말문을 잃은 채 아버지가 팔에 다닥다닥

난 종기를 손톱으로 사납게 긁어 하얗게 부풀어 오른 부분을 터뜨리는 충격적인 광경을 지켜보았다. 상처에서 하얀 실 같은 벌레들이 꼬물거리며 빠져나왔다. 사람의 머리카락처럼 가느다란 벌레들이었다. "심지어 혀에도 있어……. 말을 할 때 종기가 터지면 놈들이 목구멍으로 넘어오지." 아버지가 흐느끼기 시작했다. 그의 눈물에 붉은 피와 실벌레 떼가 섞여 나왔다.

나는 구역질을 삼키면서 그 자리에 꼼짝도 못 하고 못 박혀 있었다. 나는 그가 얼마나 고통스러운지 알 수도 없었고 그를 도와 고통을 덜어 줄 능력도 없었다. 그때만 해도 나는 어떤 괴생명체가 아버지의 몸에 침범해 안에서부터 그를 괴롭히고 있는지 알 수가 없었다. 박사한테 교육을 받지도 않은 상태였으므로 "괴물학"이라는 단어를 들어 본 적도 없었다. 이 세상에 괴물들이 있다는 것 정도는 알고 있었다. 어린애라면 응당 그렇듯이. 그렇지만 다른 애들과 마찬가지로 나한테 괴물이란 흉측하고 괴상하지만, 한 가지 당연한 특징을 지니고 있어야만 했다. 바로 몸집이 거대하다는 것 말이다. 그러나 지금은 나도 안다. 괴물이란 크기와 형체가 중요한 것이 아니며, 오직 사람 고기에 대한 욕구만이 그에 대한 정의를 결정할 수 있다는 사실을.

"죽여야 해." 아버지가 중얼거렸다. 내게 말을 건다기보다는 열병에 시달리는 와중에 스스로 내린 결정이었다. "놈들을 죽여야 해."

그러더니 내가 몸을 움직이기도 전에 아버지는 난로의 문을 활짝 열고 하얗게 달아오른 난로 안에 맨손을 쓱 집어넣더니 불붙은 장작을 꺼냈다. 그러고는 그것으로 자신의 팔을 지졌다.

아버지는 머리를 뒤로 젖히며 이 세상 것이 아닌 듯한 끔찍하고 처절한 비명을 질렀다. 그러나 그의 손을 지배하는 것은 고통을 능가하는 광기였다. 날름거리는 불꽃이 잠옷 소매를 핥았다. 소매에 불이 붙었고, 순식간에 아버지의 몸이 화염에 휩싸였다. 살갗이 지글지글 끓어오르면서 지진이 대지를 가르듯 벌어지고 갈라졌다. 화농이 무르익은 종기들이 하나씩 터지더니, 이상하게도 피 한 방울 나지 않는 갈라진 틈새에서 지금까지 아버지를 안에서부터 갉아 먹고 있던 생물들이 쏟아져 나왔다. 눈물이 흐르는 눈에서, 귀에서, 코에서, 열린 입에서 실개울처럼 흘러나왔다. 아버지가 뒷걸음질을 쳤다. 그의 몸이 개수대에 부딪치자 커튼에 불이 옮겨 붙었다.

나는 어머니를 소리쳐 불렀다. 작은 방은 연기와 살 타는 악취로 가득 찼다. 어머니가 담요를 쥐고 부엌으로 달려오더니 화염이 날름거리는 아버지의 몸을 담요로 두들겼고, 그 와중에도 내게 빨리 도망치라고 절규했다. 불꽃이 벽을 집어삼키고 대들보로 손길을 뻗기 시작했다. 자욱한 연기 때문에 숨을 쉬기조차 힘들어서 나는 연기가 빠져나가라고 문을 활짝 열었다. 하지만 연기가 빠지기는커녕 오히려 화염이 신선한 바깥 공기를 게걸스레 들이마시며 몸집을 불리기 시작했다. 나는 시커먼 연기와 흩날리는 재의 장막 너머로 아버지가 어머니에게 달려드는 것을 보았다. 그것이 내 부모님의 살아 있는 모습을 본 마지막 광경이었다. 서로의 팔에 안긴 두 사람, 어머니는 아버지의 포옹에서 벗어나려 안간힘을 쓰고 있었고, 다음 순간 화염이 두 사람을 품 안에 굳게 껴안았다.

불길에 휩싸인 안트로포파기의 시체 더미 앞에서, 부모님의 무덤에서 겨우 5분도 떨어지지 않은 바로 그곳에서, 나는 오래도록 잠들어 있던 그날 밤의 기억을 떠올리며 몸서리쳤다. 어떻게 했어? 말라키는 물었다. 그리고 나는 대답했다. 도망쳤어.

그 말은 사실이었다. 나는 도망쳤다. 나는 그 뒤로도 끊임없이 도망치고 있었다. 부모님의 살이 타는 역겨운 냄새로부터, 어머니의 머리칼이 지글거릴 때 나던 시큼한 냄새로부터, 대들보가 등 뒤에서 무너지는 소리로부터, 탐욕스러운 불꽃이 제 앞에 놓인 모든 것을 우악스럽게 짓밟고 먹어 치우는 포악한 소리로부터. 달리고, 뛰고, 도망치고 있다. 아직도 도망치고 있고 3만 일이 지난 지금까지도 도망치고 있다.

시간이 상처를 치유한다는 말이 있다. 그러나 나는 이 끝없는 행군으로부터, 이 아프고 무거운 짐으로부터 나를 구원해 줄 무언가를 아직 찾지 못하고 있다. 안트로포파기만큼 잔혹하고 탐욕스러운 불이 어머니를 삼킬 때, 그분이 마지막으로 부르짖은 것은 바로 내 이름이었다. 그 뜨거운 입속에 반쯤 삼켜진 채로 어머니는 간절하게 나를 불렀다. 윌! 윌! 윌! 너 어디 있니?

그리고 나는 대답한다. 저 여기 있어요, 어머니. 여기 있어요. 이제 늙은 이가 되어 시간의 은총으로 육체는 쇠진했건만 잔인하게도 기억만은 선명하게 남겨 주는군요.

나는 탈출했다. 나는 묶여 있다.

나는 도망쳤다. 나는 남아 있다.

12장

"악마의 구유."

지치고 기진맥진한 사냥대가 그의 주위에 모여들었다. 검게 그을린 시체들을 배경 삼아, 팀파니 두들기는 소리를 내는 가랑비를 맞으며, 괴물학자는 마지막 습격과 안트로포파기의 시체 수에 대해 설명했다.

"아직 일이 끝나지 않았소. 아직 암컷 한 마리가 남아 있어요. 지금쯤 무리에서 가장 어린 새끼들을 데리고 어딘가에 숨어 있을 거요. 그리고 놈은 새끼들을 보호하기 위해서라면 숨이 끊어지기 직전까지 오늘 여러분이 본 어떤 안트로포파기보다도 더 사납고 격렬하게 대항할 거요. 이 암컷은 놈들의 어머니이자 무리 전체의 우두머리이며, 감히 대적할 자 없는 지배자고, 이 약삭빠르고 잔인한 살인마들 중에서도 가장 약삭빠르고 잔인한 살인마요. 예리하고 정확한 본능과 불굴의 의지를 발휘해 씨족의 우두머리가 되었고 놈들의 중심이자 심장이자 영혼, 무리를 이끄는 여왕이오. 우리를 기다리는 건 바로 그런 존재요."

"그럼 기다라고 하지!" 치안관이 잽싸게 응수했다. "놈들 소굴의 입구를 막아서 굶겨 죽이면 되잖나. 굳이 쫓아가서 없앨 필요 없이." 워스롭은 고개를 저었다. "놈들의 둥지엔 숨겨진 비밀 장소가 수십 개는 있을 걸세. 그걸 일일이 뒤져서 여왕을 찾아내는 건 거의 불가능해. 자칫했다간 오늘 밤 우리가 한 일이 모조리 수포로 돌아갈 거야."

"순찰을 도는 건 어떤가?" 모건은 단념하지 않았다. "시간이 지나면 녀석도 언젠가 은신처에서 나와야 할 테고, 그러면……."

"또다시 살인을 저지르겠지." 워스롭이 모건의 말을 이어받았다. "어쨌거나 그렇게 될 걸세, 로버트. 아니면 앞으로 녀석들과 계속 같이 지낼 생각인가? 이제는 우두머리 암컷을 사냥해야 할 때네. 놈이 가장 취약할 때, 새끼들을 보호하는 데에만 관심이 쏠려 있는 지금이 적시야. 이보다 더 좋은 기회는 다시 오지 않을 걸세. 오늘 밤, 어미가 분위기를 봐서 새끼들을 데리고 아예 거처를 다른 곳으로 옮겨 버리기 전에 행동에 옮겨야 해. 그런 일이 일어나면 오늘 같은 마오리식 사냥을 처음부터 반복해야 할 걸세."

"여왕을 추적하자고 했나? 좋아. 그런데 어떻게? 어디서? 어디서 놈을 찾을 건데?"

워스롭이 대답을 주저했다. 그 틈을 타서 컨스가 앞으로 나섰다. "펠리노어가 무슨 계획인지는 모르겠지만 나로선 앞문을 사용하자고 주장하는 바요."

그는 봉긋하게 솟은 언덕을 바라보았다. 우리는 그의 시선을 따라 올드힐 공동묘지에서 가장 높은 곳으로 천천히 눈길을 돌렸다. 워스롭 가문의 묘당(廟堂)이 있는 곳이었다. 대리석 기둥이 모닥불 빛을 받아 표백한 뼈처럼 하얗게 빛났다.

우리는 워스롭 박사의 조상들이 평화로운 안식을 취하고 있는 건물을 향해 언덕을 올랐다. 모건의 부하들은 지친 눈과 구부정한 허리를 애써 움직이며 우리를 양쪽에서 에워싸고 있었다. 두 사람은 주변을 두리번거리며 경계했고 두 사람은 횃불을 들었으며 두 사람은 짐꾼처럼 컨스의 궤짝 중 하나를 질질 끌고 있었다. 말라키와 나는 나란히 모건과 두 박사의 뒤를 따라 걸었다. 워스롭과 컨스는 연기를 뿜는 안트로포파기의 시체 더미 앞에서부터 가족 묘당의 빛나는 대리석 계단에 도달하기까지 끊임없이 열띤 토론을 벌였다. 무슨 이야기를 하는지 알아들을 수는 없었지만, 박사가 컨스의 가설에 대해 또다시 반론을 펼치고 있는 것 같았다. 워스롭은 주랑현관 앞에서 모건의 부하들에게 건물 밖에서 기다리라고 지시했다. 여기까지 온 게 헛걸음에 불과하며 묘당 안에 별로 오래 머무르지 않을 것이라고 생각하는 게 분명했다.

중앙 복도가 건물 전체를 둘로 가로지르며 나 있었다. 양쪽에 늘어선 석판 아래에는 워스롭 박사의 조상들이 잠들어 있었다. 견고한 돌에 새겨진 이름들은 땅 밑에 갇힌 그들의 몸이 사라진 후에도 오랫동안 살아남을 것이다. 워스롭의 고조부인 토머스는 가족묘를 향후 열 세대 동안은 족히 사용할 수 있도록 큼지막하게 건설했다.

구획 전체가 아무것도 없이 텅 빈 곳도 있었다. 크림색 대리석은 아직 순결을 지킨 채 누군가의 이름이 새겨지길 기다리고 있었다.

우리는 메아리를 울리며 지하묘지에 난 긴 회랑을 가로질렀다. 워스롭이 부친의 석관 앞에서 발을 멈추고 무표정한 얼굴로 잠시 내려다보았다. 컨스는 부드러운 벽을 손가락 끝으로 훑으며 양옆을 두리번거리고 때로는 바닥을 살폈다. 모건은 신경질적으로 불 꺼진 파이프만 빽빽 빨아 댔는데, 우리의 발소리가 그랬듯 그 소리마저 높은 벽과 둥근 지붕에 부딪쳐 훨씬 크게 들렸다.

다시 묘당 입구로 돌아가는데 워스롭이 컨스에게 의기양양하게 말했다. "내 말대로지 않나."

"이 상황에서는 가장 논리적인 선택이었네, 펠리노어." 컨스가 침착하게 대답했다. "인적도 드물고, 세간의 시선을 피할 수 있는 데다 혹시 눈에 띄더라도 좋은 핑곗거리를 댈 수 있지. 애초에 공동묘지를 사육장으로 고른 것도 그런 이유였을 걸세."

"난 여기 자주 와 봤어. 그런 게 있었다면 눈치챘을 걸세." 워스롭은 물러서지 않았다.

"글쎄, 자네 아버지가 문 앞에 경고문을 달았을 것 같진 않네만." 컨스가 미소를 띠며 말했다. "괴물 조심!"

컨스가 갑자기 발걸음을 멈췄다. 그의 시선이 반짝이는 놋쇠 현판에 못 박혀 있었다. 워스롭 가의 가계도가 새겨진 명판으로, 대리석에 못으로 고정되어 있었는데 하단에 화려한 장식체로 그려진 은빛의 W 자가 부착되어 있었다.

"이건 뭐지?"

"우리 집안 족보일세." 워스롭이 무미건조하게 대답했다.

컨스가 오른쪽 허벅지를 두드리며 중얼거렸다. "내 칼이 어디 갔지?"

"제가 갖고 있어요." 내가 말했다.

"맞다! 포피의 피로 세례를 받았더랬지. 깜박했다. 고맙다, 윌."

컨스는 동판과 차가운 돌 사이에 칼끝을 찔러 넣고 지렛대처럼 잔뜩 힘을 주었다. 하지만 꿈쩍도 하지 않자 이번에는 다른 쪽을 시도해 보았다. 워스롭이 무슨 짓이냐고 항의했지만 컨스는 대꾸도 하지 않았다. 그는 찡그린 얼굴로 콧수염을 만지작거리며 명판을 유심히 살폈다.

"설마……." 그는 내게 나이프를 돌려주고는 W 자 모양의 은장식을 움켜쥐었다. W가 그의 손 안에서 시계방향으로 회전하더니 완전히 거꾸로 선 후에야 움직임을 멈췄다. 컨스가 기쁜 듯이 웃음을 터뜨렸다. "이젠 M이 됐군! 앨리스테어 워스롭, 이 똑똑한 양반 같으니. W에서 M이라, 그리고 이 M은…… 도대체 이 M이 의미하는 게 뭘까? 응?"

컨스가 은장식을 가볍게 잡아당기자 한쪽 가장자리에 경첩이 달린 동판이 앞으로 톡 튀어나와 그 안에 숨어 있던 작은 공간이 드러났다. 그 속에는 시계가 붙어 있었는데, 시침과 분침이 12시에 멈춰 있었다.

"이거 점점 더 재미있어지는데." 컨스가 속삭였다. 우리는 뒤에 오밀조밀 모여 그의 어깨 너머로 비밀 공간을 힐긋거렸다. "하고많은 것 중에서 하필 시계란 말이지. 죽은 사람들한테 시간이 뭔 소용이 있다고?"

"그래, 뭔 소용이지?" 모건이 갈라진 목소리로 맞장구를 쳤다.

컨스가 손을 집어넣어 분침을 밀기 시작했다. 대리석에 귀를 바짝 들이대고는 금속 시곗바늘을 천천히 15분 자리에 가져다 놓았다. 컨스가 끙 소리를 내더니, 모건에게 미소를 지어 보였다. "아무 소용도 없소, 치안관. 시계(clock)가 되기엔 한 글자가 모자라."

컨스는 큰 바늘을 12로 다시 돌려놓고 손바닥을 대리석 위에 올린 다음, 다리를 벌려 자세를 잡더니 있는 힘을 다해 돌을 밀었다.

"이건 말도 안 되는 짓거리야!" 워스롭이 폭발했다. 드디어 참을성이 바닥난 것이다. 옆에서는 모건이 컨스의 수수께끼 같은 대답의 의미를 풀어 보려는 듯 입술을 달싹거리며 "시계"라는 단어를 되뇌고 있었다. "귀중한 시간을 이렇게 낭비……."

"틀림없이 그에게 중요한 의미가 있는 숫자일 거야." 컨스가 모건의 말을 뚝 잘랐다. "시간이 아니라 날짜라든가 성경 구절일 수도 있고. 시편이나 복음서 같은 거 말일세." 컨스는 조바심을 내며 손가락을 튀겼다. "자, 어서! 유명한 구절을 대 봐!"

"「시편」 23편." 말라키가 말했다.

"시계로는 숫자가 부족해." 모건이 반박했다.

"군대식이라면 가능하지." 컨스가 재미있다는 듯 말하고는 시곗바늘을 8시 23분에 맞췄다. 이번에는 말라키도 컨스의 열의에 전염되었는지 함께 돌을 밀었지만 커다란 석판은 꿈쩍도 하지 않았다.

"「요한복음」 3장 16절요." 말라키가 다른 의견을 내놓았지만 이번에도 효과는 없었다. 워스롭이 가소롭다는 듯 콧방귀를 뀌었다.

"펠리노어!" 컨스가 불렀다. "자네 아버지가 몇 년도에 태어나셨나?"

박사는 귀찮다는 듯 손을 내저었다. 컨스는 다시 시계를 노려보며 콧수염을 매만졌다. "펠리노어가 태어난 해라든가……."

"부인의 출생 연도, 결혼기념일, 이 'C가 빠진 시계'*가 무슨 숫자로 열릴지 누가 알겠소!" 드디어 컨스의 수수께끼를 푼 치안관이 발끈하며 말했다. "소용없는 짓이오."

"마녀의 시간이야." 뒤에서 워스롭의 목소리가 들렸다. 그의 눈에 비통한 기색이 어려 있었다. 도저히 인정할 수 없었던 사실을 받아들인, 피할 수 없는 결론에 달은 눈빛이었다.

"'마녀의 시간이 다가오고 있다.' 선친의 일기장에 쓰여 있던 구절일세. '마녀의 시간이 다가오고 있다……. 종이 울리고 때가 된다. 그리스도가 조롱당하는.'"

"자정인가?" 컨스가 물었다. "그건 벌써 시도해 봤는데."

"마녀의 시간은 자정에서 한 시간 후요." 모건이 말했다. "새벽 1시지."

컨스는 미심쩍은 듯했지만 어깨를 으쓱하고는 시곗바늘을 움직였다. 이번에도 석판은 움직이지 않았다. 심지어 우리 전부가 달려들어 밀었는데도 말이다.

"거기 뭐라고 적혀 있었다고?" 컨스가 물었다. "그리스도가 조롱당한 때라고 했나?"

"재판이 끝난 뒤에 로마 병사들이 예수님을 조롱했어요." 말라키가 말했다.

"그게 몇 시였는데?"

---

* 자물쇠를 뜻하는 lock을 가리킨다.

말라키는 고개를 저었다. "성경에 그런 건 안 나와 있어요."

워스롭은 생각에 잠겼다. 그는 부친이 남긴 수수께끼를 풀기 위해 그가 지닌 모든 분석력과 집중력을 총 가동하고 있었다. "병사들이 조롱한 게 아니야." 박사가 천천히 입을 열었다. "마녀들이 조롱하는 거지. 마녀의 시간은 새벽 3시야. 삼위일체를 조롱하고 예수의 죽음을 곡해한다는 의미지." 그는 숨을 깊게 들이마시고 단호하게 고개를 끄덕였다. "3시일세, 컨스. 틀림없어."

컨스가 시곗바늘을 3시로 돌렸다. 회전판에서 부드럽게 딸깍하는 소리가 나더니 컨스나 다른 사람들이 운을 시험하기도 전에 워스롭이 먼저 손을 내밀어 느슨해진 석판을 밀었다. 삐걱거리는 소리와 함께 비밀 문이 열렸다. 남자 두 명이 어깨를 맞대고 나란히 걸을 수 있을 만한 너비의 통로가 나타났다. 컴컴한 어둠 속에서는 빛 한 점 소리 한 점 흘러나오지 않았다. 오로지 뭔가 썩는 희미한 냄새, 불행히도 이제는 내게 너무나도 익숙한 그 불쾌한 냄새뿐이었다. 무덤과 마찬가지로, 이 거대한 대리석 문 뒤에 있는 칠흑 같은 고요는 죽음의 냄새를 풍기고 있었다.

"좋았어!" 컨스가 활기차게 말했다. " 그럼 누가 먼저 갈지 제비뽑기로 결정할까?"

말라키가 내 손에서 등불을 낚아채고 엄숙하게 선언했다. "제가 갈게요. 이건 내 몫이에요. 난 그럴 자격이 있어요."

컨스가 말라키의 손에서 등불을 낚아챘다. "이건 내 몫이다. 그러라고 돈을 받고 있고."

워스롭이 컨스의 손에서 등불을 낚아챘다. "이건 내 몫일세. 내가 상속받은 곳이니까."

박사는 모건을 힐긋 쳐다보았고, 모건은 그 의미를 잘못 읽었다. 치안관은 내 어깨를 붙잡고 말했다. "윌 헨리는 내가 돌보고 있겠네."

말라키나 컨스가 뭐라 입을 열기도 전에 워스롭은 재빨리 허리를 굽히고 어둠 속으로 들어갔다. 불빛이 희미해지더니 얼마 안 가 완전히 사라졌다. 고통스러울 정도로 길게 느껴지는 시간이 흘렀다. 우리는 비밀 문 뒤에 있는 아득한 어둠 속에서 무슨 소리가 들리지는 않는지 귀를 쫑긋 세운 채 묵묵히 기다렸다. 마침내 불빛이 돌아왔다. 박사의 호리호리한 그림자가 나타나더니 곧이어 그의 호리호리한 형체가 등불 속에 모습을 드러냈다. 이제껏 내가 본 중에 가장 지치고 피곤한 몰골이었다.

"워스롭, 뭐가 있나?" 모건이 물었다.

"계단이야." 박사가 조용히 대답했다. "밑으로 내려가는 계단이 있네. 계단 끝에는 문이 있고." 박사는 컨스에게 고개를 돌렸다. "내 잘못을 인정해야겠네, 잭."

"내가 언제 틀린 적이 있던가, 펠리노어?"

박사는 그의 말을 무시했다. "문은 잠겨 있어."

"좋은 징조로군." 컨스가 말했다. "하지만 상황은 안 좋아. 자네 아버지가 열쇠 같은 걸 물려주진 않았겠지?"

"아버지는 내게 많은 걸 물려주셨지." 박사의 대답은 침울했다.

컨스가 궤짝을 묘당 안으로 가져오라고 지시했다. 그는 재빨리 그 안에 담긴 사냥용 장비들을 꺼내 늘어놓았다. 장총 탄약, 수류탄 여섯 개, 작은 봉지들이 들어 있는 주머니. 봉지는 모두 스물네 개였는데 티백과 비슷한 크기와 모양이었다. 튼튼한 밧줄 한 단과 한쪽 끝에 두껍고 짧은 가닥이 돌출되어 있는 긴 원통 모양의 막대기 다발.

"그건 뭐요, 코리?" 모건이 막대기 다발을 가리키며 물었다. "다이너마이트?"

"다이너마이트!" 컨스가 손바닥으로 이마를 탁 치며 탄식했다. "그 생각을 못 했군!" 그는 궤짝에서 천 자루 세 개를 꺼내더니 각각 수류탄 두 개와 탄약, 그리고 작은 종이 봉지를 한 주먹 가득 쑤셔 넣었다. 그러고는 다리에 빈 칼집을 만져 보더니 칼이 또 어디 갔느냐고 큰 소리로 투덜거렸다.

"여기 있어요." 내가 보위나이프를 내밀며 말했다.

"왜 내 칼이 계속 너한테 가 있는 거냐, 윌 헨리?" 그가 장난스럽게 물었다. 그는 위험할 정도로 날카로운 칼날을 펴서 노끈을 자르더니 막대기를 공평하게 나눠 자루에 넣었다.

"이건 불꽃막대요, 치안관." 그가 모건에게 말했다. "우리가 어두운 일을 할 수 있게 밝혀 주는 빛이지." 컨스는 자루 하나를 어깨에 걸치고 다른 하나는 워스롭 박사에게 건네주었다. 그러고는 치안관에게 나머지 하나를 내밀었다. "받아요, 바비. 아니면 다른 용감한 지원자에게 이 임무를 넘겨주는 게 좋겠소?"

말라키가 컨스의 손에서 자루를 빼앗아 들었다. "내가 갈 거예요."

"네 열의는 존경스럽다만, 그게 네 판단력을 흐릴까 염려스럽구나." 컨스가 응수했다.

"난 그 자식이 내 동생을 죽이는 걸 직접 봤다고요." 말라키가 쏘아붙였다. "저도 같이 갈 거예요."

컨스는 환한 미소로 대답했다. "좋아. 하지만 네가 복수심에 눈이 멀어서 내 일을 방해한다면 네 머리에 총알을 박아 줄 거다."

컨스는 아직도 상심에 젖어 있는 소년을 뒤로하고 등을 돌렸다. 등불 아래서 그의 회색 눈이 즐겁게 반짝이고 있었다. "여러분, 이 암컷이 우리보다 우위에 있다는 건 확실합니다. 빠르고, 강하고, 그리고 모자란 지능을 교활함으로 때우고 있지. 녀석은 이곳 지형을 훤히 꿰뚫고 있지만 우리는 전혀 모르고, 또 녀석은 칠흑 같은 어둠 속에서도 자유롭게 움직일 수 있지만 우리는 그런 건 꿈도 못 꾸죠. 특히 그 점에 있어서 우리에겐 선택의 여지가 없어요. 조명 때문에 위치가 빤히 드러날 테니까. 불빛은 촛불에 달려드는 나방처럼 녀석을 우리에게 달려들게 만들 거요. 놈한테 유일한 약점이 있다면 어리고 연약한 새끼에 대한 보호본능뿐이오. 그게 바로 우리가 공략해야 할 부분이지. 운이 좋다면 새끼를 어미한테서 떼어 낼 수 있을지도 모르오. 야생 포피들은 위험이 닥치면 땅굴 중에서도 제일 깊숙한 방에 새끼들을 숨겨 놓거든. 거기가 바로 우리의 목표요, 신사 여러분. 이 대지의 깊숙한 배 속 말이오. 하지만 거기까지 갈 가능성은 별로 없어요. 중간에 어미와 마주치거나 아니면 어미가 숨어서 우릴 기다리고 있을지도 모르니까. 하지만 우리 쪽도 기습을 당할 확률은 거의 없다고 봐야 하지. 우린 사냥꾼이거든. 그리고 우리한텐 미끼가 있지."

컨스는 치안관을 돌아보았다. "당신과 당신 부하들은 지상에 남는 게 좋겠소. 두 명씩 짝지어서 묘지를 순찰해요. 지상에 두 명, 여기에 두 명을 세워 망을 보라고 하고. 어쩌면 어미가 지상으로 도망칠 수도 있거든. 하지만 그럴 일은 거의 없을 거요. 포피들 습성에 어긋나니까."

"그렇지만 만약에 그런 일이 생기면 어떻게 하오?" 치안관이 안경 뒤에서 올빼미처럼 둥근 눈을 빠르게 깜박이며 물었다.

"녀석을 죽이시오."

컨스가 짝 하는 소리를 내며 두 손을 맞잡았다. 그는 그 소리에 흠칫 놀란 우리를 보고는 씨익 웃었다. "좋았어! 궁금한 점이라도 있소? 아는 게 없으면 용감한 법이지. 얘야, 윌 헨리, 밧줄을 들렴."

"당신들 셋만 가는 줄 알았소만." 치안관이 내 어깨를 붙들며 말했다.

"문 앞까지만이오, 치안관." 컨스가 말했다. "물건을 다시 가지러 오긴 너무 번거로우니까. 하지만 당신 심정도 이해는 가는군. 자, 받아요." 그는 밧줄을 장화 끝으로 툭툭 차 모건 쪽으로 밀었다. "그럼 당신이 드시오."

모건은 밧줄 꾸러미가 발치에 똬리를 튼 방울뱀이라도 되는 양 기겁을 하며 바라보았다. 내 어깨에서 그의 손이 흘러내렸다.

"어…… 문 앞까지라면 괜찮겠지……?"

"거참 감동적이군." 컨스가 가볍게 비웃으며 말했다. 내가 밧줄 뭉치를 들자 그가 박사에게 말했다. "앞장서게, 펠리노어."

우리는 벽에 난 검은 구멍을 넘어, 춤을 추듯 흔들리는 박사의 등불을 천천히 따라갔다. 컨스가 제일 앞, 그다음이 말라키, 나는 제일 뒤에 섰다. 어깨에 인 밧줄이 무거워 발이 자꾸만 처졌다. 벽 맞은편에 좁은 계단이 나타났고, 열세 계단을 내려가니 작은 층계참이 나왔다. 거기서 다시 오른쪽으로 급격히 꺾어져 또다시 열세 개 계단을 내려가니 비좁은 방이 나타났다. 길이와 너비는 각각 2미터 남짓, 벽과 지붕은 넓은 나무판자로 덧대여 있었는데 그걸 보니 배의 갑판이 생각났다. 좁디좁은 공간에 우리 네 명이 복작거리니 낡은 목재 위로 서로의 등불 빛이 만들어 낸 찌그러진 그림자가 겹쳐 흔들거렸다.

"문이 있다고 했잖아요." 말라키가 박사에게 속삭였다. "문이 어디 있어요?"

"지금 우리가 밟고 서 있다." 박사가 대답했다.

우리는 워스롭을 따라 시선을 아래로 떨궜다. 우리 발밑에 뚜껑문이 있었다. 한쪽에는 경첩이 달렸고, 다른 한쪽에는 바닥에 못으로 단단히 고정된 걸쇠와 녹슨 맹꽁이자물쇠가 걸려 있었다.

"열쇠는 없어요?" 말라키가 물었다.

"물론 있지." 컨스가 말했다. "우리한테 없을 뿐이야."

"아니에요." 내가 말했다. "제가 갖고 있는 거 같아요."

모두의 시선이 내게 쏠렸다. 누구보다 워스롭 박사가 제일 크게 놀란 것 같았다. 이제껏 있었던 사건들 때문에 나도 그동안 깜박 잊고 있었다. 창피해서 뺨에 불이라도 붙은 것 같았지만 나는 주머니에 손을 넣어 낡은 열쇠를 꺼냈다.

"윌 헨리……."

박사가 입을 열려 해서 내가 먼저 말했다.

"죄송해요, 박사님. 말씀드리려고 했는데요, 그때 박사님 기분이 너무 안 좋아 보여서 나중에 말해야지 하고는 잊어버렸어요……. 죄송해요, 박사님."

워스롭이 열쇠를 받아 들더니 신기한 듯 쳐다보았다. "이걸 어디서 찾았니?"

"머리에서요."

"무슨 머리?"

"말린 머리요, 박사님."

"아하." 컨스가 워스롭의 손에서 열쇠를 낚아채며 말했다. "치안관이 한몫했군. 윌 헨리가 우리를 구해 줬으니까 말이야. 자, 그럼 행운의 여신이 우리한테 미소를 지어 주는지 좀 볼까……."

컨스는 녹슨 자물쇠 앞에 무릎을 꿇고 열쇠를 밀어 넣었다. 턱에 힘을 주고는 낡아서 빽빽한 톱니를 억지로 시계방향으로 돌렸다. 커다랗게 덜컥 하는 소리와 함께 자물쇠가 열렸다!

"다들 준비하시고." 컨스가 숨을 크게 들이마셨다. "갑자기 어미가 뛰어오를지도 모르니까 조심해. 그럴 일은 사실 없겠지만."

컨스는 뚜껑문의 손잡이를 잡고 마치 마술사가 신기한 것을 보여 주듯이 과장된 동작으로 단숨에 열어젖혔다. 뚜껑이 커다란 소리를 내며 바닥에 부딪쳤고, 하마터면 모서리에 내 정강이가 맞을 뻔했다. 위에서 치안관이 놀라 외치는 소리가 들렸다.

"저게 뭐지?"

그러고는 계단을 내려오는 다급한 발소리가 이어졌다. 욕지기가 날 정도로 고약한 썩은 냄새가 구멍을 타고 올라와 좁은 방 안을 가득 메웠다. 어찌나 지독한지 말라키가 숨 막히는 소리를 내며 구석으로 뒷걸음질을 치더니 배를 잡고 구역질을 하기 시작했다. 모건과 그의 부하인 브록이 계단참에 나타나 떨리는 손으로 리볼버를 겨눴다.

"하느님 맙소사." 치안관이 손수건을 찾아 주머니를 뒤지며 외쳤다. "이 고약한 냄새는 도대체 뭐야?"

"악마의 구유요." 워스롭이 침울한 목소리로 대답했다. "윌 헨리, 등불을 주렴."

그는 컨스의 맞은편에 무릎을 꿇고 팔을 길게 뻗어 등불을 구멍 속으로 내려뜨렸다. 발밑을 채우고 있던 암흑이 눈부신 빛에 잠시 저항하는가 하더니 곧 깊고 미끌미끌한 원통형의 벽이 시야에 들어왔다. 꼭 거대한 대포를 거꾸로 엎어 놓은 것 같은 모양이었다. 기다란 구덩이는 아래로 곧게 3미터쯤 내려가다 불쑥 끝나 버렸다. 그 아래 무엇이 있는지는 보이지 않았다.

"기발하군." 컨스가 감탄사를 내뱉었다. "구멍 속으로 밀치면 나머지는 중력이 알아서 해 준다 이거지." 그는 가방에서 불꽃막대를 꺼내 심지에 불을 붙였다. 검은 어둠이 푸르스름한 불꽃에 밀려 사라졌다. 그는 불꽃막대를 구멍 아래로 떨어뜨렸다. 막대는 적어도 12미터 이상 낙하하다가 마침내 바닥에 깔려 있는 대학살의 증거 위로 떨어졌다. 우리는 역겨운 냄새를 압도하는 병적인 호기심에 이끌려 구멍 주위에 모여들어 그 밑을 내려다보았다.

불빛의 힘이 미치는 곳에 쪼개지고 부서진 뼈들이 수북이 쌓여 있었다. 가히 유골의 늪이라 부를 만했다. 조그마한 손가락뼈에서부터 커다란 넓적다리뼈, 갈비뼈, 골반뼈, 그리고 아직 온전한 모양새를 유지한 채 돌무더기 사이로 거인의 손가락처럼 삐쭉삐쭉 튀어나와 있는 복장뼈와 척추에 이르기까지, 수만 수천 개의 사람 뼈가 온 사방에 아무렇게나 널려 있었다. 그리고 해골도 있었다. 아직 살점과 머리칼이 붙어 있는 해골들, 큰 해골과 작은 해골, 어떤 해골은 비명을 지르다 죽었는지 입을 쩍 벌리고 있었다. 우리는 인간의 유골이 산처럼 쌓여 있는 이 기괴하고도 끔찍한 광경을, 인간의 어리석음과 탐욕스러운 광기가 빚어낸 대학살의 현장을 멍하니 바라보았다. 가공스러울 정도로 극악무도하고, 그러면서도 동시에 너무나도 인간적인 공포의 맨 얼굴은 우리에게 묘한 경외심을 심어 주었다.

내 옆에서 컨스가 중얼거렸다. "'나를 거쳐서 슬픈 고을로 가는 것…… 나를 거쳐서 끝없는 괴로움으로 가는 것…….'*"

"수백 명은 되겠군." 모건이 중얼거렸다. 마침내 그의 믿음직한 손수건을 찾아내 입을 가린 다음이었다.

"600에서 700명은 될 거요." 컨스가 냉정하게 평가했다. "놈들을 통통하고 행복하게 키우려면 한 달에 두세 명은 먹여야 했을 테고 그 짓을 20년간 했다면 그 정도는 되겠지. 아주 기발한 구조야. 위에서 떨어뜨리면 다리가 부러지고, 그러면 탈출하거나 살아남을 가능성은 전무해지니까."

컨스가 몸을 펴고 일어나더니 한쪽 어깨에는 장총을, 다른 쪽 어깨에는 천 자루를 둘러멨다. "자, 여러분, 할 일은 해야 하지 않겠소? 치안관, 당신과 브록은 여기서 밧줄을 잡아 주시오. 우린 준비

* 단테의 『신곡』 「지옥편」에 나오는 지옥 문 위에 쓰인 글귀.

됐어요. 말라키, 준비됐지? 펠리노어? 나도 준비됐네. 난 기대감 때문에 머리가 아찔할 지경이야. 신나고 위험한 사냥만큼 피가 끓어오르는 것도 없지!" 컨스의 표정을 보아하니 빈말이 아닌 것 같았다. 두 눈은 밝게 번득이고 뺨은 상기되어 있었다. "일단 우리가 바닥에 도착하고 나면 우리한테 등불을 넘겨요, 치안관. 불꽃막대를 낭비하고 싶지 않으니까. 그럼 누가 제일 먼저 갈까? 그렇지!"

그는 대답을 기다리지도 않고 소리쳤다.

"내가 가지! 지금부터 정신 바짝 차리시오, 치안관, 미스터 브록. 난 멀쩡한 이족보행 포유류답게 두 발 모두 온전하게 걸어 다니고 싶거든. 펠리노어, 말라키, 지옥에서 보세. 내 말은, 저 아래에서 말이야."

그는 구멍 아래로 밧줄을 떨어뜨리고 긴 다리를 가장자리에 걸친 다음, 등을 입구에 대고 슬금슬금 몸을 낮췄다. 두 손으로 밧줄을 잡고 나를 올려다보더니 이유는 모르겠지만 나한테 찡긋 윙크를 보내고 밑으로 내려가기 시작했다. 인간 닻처럼 움직이고 있는 그의 하얀 손가락 마디 사이로 밧줄이 팽팽하게 당겨졌다. 컨스는 두 손을 번갈아 떼며 조심스럽게 죽음의 방을 향해 미끄러졌다. 그가 뼛조각들이 쌓인 바닥에 발을 내려놓자 우두둑 하는 섬뜩한 소리가 들렸다. 그가 손을 놓자 밧줄이 힘없이 축 늘어졌다.

"다음!" 컨스가 조용히 다음 사람을 불렀다. 불꽃막대에서 파르스름한 불꽃이 튀면서 뼈 무덤 위로 그의 그림자가 날갯짓을 하듯 파득거렸다.

박사가 몸을 움직이기도 전에 말라키가 퍼뜩 밧줄을 움켜쥐더니 내게 말했다. "잠시 후에 보자, 윌." 그러고는 시야에서 사라졌다.

이제 박사의 차례였다. 저도 데려가 주세요. 고백건대, 그 순간 나는 이 말이 목구멍까지 치밀어 올라와 있었다. 하지만 나는 그 말을 입 밖에 내지 않았다. 아마도 그는 거절했으리라. 그보다 더 최악은 그러마고 대답하는 것이었을 테다. 하지만 과연 그걸 최악이라고 할 수 있을까? 우리의 운명은 너무나도 굳게 엮여 있어서 서로에게서 벗어날 수 없는 것 아니었나? 그날 밤 내 어머니와 아버지가 날름거리는 화염의 품 안에서 서로 꼭 껴안은 채 죽은 날 이래, 우리의 운명도 그렇게 엉겨 있는 게 아니었나? 그는 내가 그에게 없어서는 안 되는 존재라고 말했다. 더 이상 "너의 봉사"라고 말하지 않았다. 내가 그와 함께 살게 된 뒤로 처음으로 "너"라고 말했다.

그때 내 마음을 읽기라도 한 것처럼 박사가 말했다. "여기서 기다려라, 윌 헨리. 내가 돌아올 때까지 꼼짝도 하면 안 된다."

나는 고개를 끄덕였다. 두 눈이 아리도록 눈물을 삼켰다. "네, 여기서 기다리고 있을게요, 박사님."

이윽고 박사는 악마의 구유 속으로 사라졌다.

잠시 후에 등불들이 차례로 내려갔고, 초조한 기다림이 시작되었다. 나는 뚜껑문 앞에 앉아 등불 속에서 일렁이고 있는 불꽃을 지켜보았다. 그것은 춤을 추다, 점차 희미한 노란빛으로 힘을 잃고 잦아들다, 마침내 어둠에 삼켜졌다. 브록은 마지막 계단에 앉아 주머니칼로 손톱을 무료하게 다듬었다. 모건은 이미 빈 담배파이프를 집요하게 빨면서 강박적으로 안경을 썼다 벗었다, 손수건으로 안경알을 닦았다 다시 코에 걸쳤다, 손수건으로 입을 훔치다를 반복하고 있었다.

빽빽빽, 문질문질, 한참 동안이나 그런 짜증스러운 의식을 반복하던 모건은 긴장한 표정으로 나를 바라보며 속삭였다.

"반드시 법의 심판을 받게 할 거다, 윌 헨리. 내 약속하마. 저 작자들은 유죄판결을 받을 거야. 내가 그렇게 만들 테니까!"

"하지만 박사님은 아무 잘못도 안 했는걸요."

"내 생각은 다르구나, 얘야. 무슨 일인지 알고 있으면서도 아무것도 하지 않았잖니. 그가 아무것도 하지 않았기 때문에 사람들이 죽었고. 아주 간단한 이야기야. 너한테야 말을 했고 자기 딴에는 그게 현명하고 신중한 조처라고 생각했겠지. 그 친구가 말하는 이른바 과학적 사고에 따르면 말이다. 그렇지만 이건 과학적 탐구도 아니고 무슨 지적인 연구도 아니야. 삶과 죽음과 관련된 문제란 말이다. 그리고 우린 그가 정말로 선택한 게 뭔지 알지 않니! 이 끔찍한 사실을 비밀에 부치고 싶었던 진짜 이유도 알고. 워스롭 가문의 명예를 지키고 싶었던 거지. 바보처럼 그 실성한 인간을 감싸 주려고 한 거야!"

"전 그렇게 생각하지 않아요." 나는 최대한 정중하게 대꾸했다. "이 비밀 문을 발견할 때까지 그분은 이게 선친이 한 일이라고 믿지 않았어요."

"흥!" 치안관이 콧방귀를 뀌었다. "설령 그렇다 할지라도 워스롭한테 죄가 없다는 뜻은 아니다, 윌리엄 헨리. 네가 박사를 옹호하는 건 이해한다만 안타깝게도 사람을 잘못 택했구나. 나도 이해한다.

이제껏 잃은 게 너무 많으니 워스롭도 잃을까 봐 걱정이 되겠지. 하지만 이 끔찍한 사건이 어떻게 끝나든 간에 내가 개인적으로 힘을 써서라도 너한테 어울리는 아주 좋은 집을 찾아 주마. 내가 분명히 약속하는데, 너한테 알맞은 가정을 찾아 줄 때까지 절대로 포기하지 않겠다."

"전 다른 집에 가고 싶지 않아요. 박사님이랑 같이 살고 싶다고요."

"그 친구가 살아서 돌아온대도 앞으로 그가 갈 곳에 너는 못 따라갈 거야."

"박사님을 체포하시려고요? 무슨 죄목으로요?" 나는 펄쩍 뛰면서 물었다.

"코리인지 컨스인지 하는 저 역겨운 작자도 함께 집어넣을 거다. 저렇게 끔찍하고 불쾌한 인간은 내 생전 처음 본다. 그 가엾은 여인이 저 자식이 저지른 잔악무도하고 혐오스러운 짓을 이겨 내고 살아남기를 기도하는 게 좋을 거야. 저 자식은 그걸 즐기는 것 같았어. 그녀가 괴로워하는 모습을 보면서 기뻐하는 것 같았어. 그래, 놈이 교수대에 선 걸 보면 나는 뛸 듯이 기쁠 거야! 어디 목이 부러질 때도 그런 저질스러운 신성모독을 지껄이면서 히죽거릴 수 있는지 한번 두고 보라지! 아무리 긴 시간이 걸린대도 그 장면을 볼 수만 있다면 뭐든 감내하겠어."

"그건 실수였어요." 나는 여전히 박사의 편을 들었다. 존 컨스는 어찌 되든 상관없었다. "실수를 했다고 사람을 체포할 수는 없잖아요."

"오, 물론 할 수 있다. 할 수 있고말고!"

"하지만 치안관님은 박사님 친구잖아요."

"나의 의무는 무엇보다 먼저 법에 봉사하는 거다, 윌 헨리. 그리고 솔직히 말해 내가 평생 동안 펠리노어와 알고 지낸 사이긴 하지만 내가 정말로 그를 아는 건지는 잘 모르겠구나. 너야말로 한 해 꼬박 그와 한 집에 살면서 그의 유일한 말벗으로 지냈지, 솔직히 말해 보렴. 너도 그 친구를 안다고 할 수 있니? 아니면 워스롭이 도대체 무슨 생각으로 그런 짓을 했는지 이해한다고 말할 수 있니?"

그렇다. 앞에서도 고백했듯이 나는 박사가 그의 부친을 몰랐던 것만큼이나 박사를 잘 알지 못했다. 그것이 바로 우리의 운명인지도 모른다. 모든 인간에게 내린 저주, 타인을 결코 이해할 수 없다는 것 말이다. 우리는 마음속에 누군가의 언어와 행동으로 구성된 얄팍하고 조잡한 건물을 세우고 실재가 아닌 이미지로 이뤄진 토템을 건설한다. 그러나 인간이 신을 찬양하며 세운 사원처럼 그건 진짜가 아니며 그 실체는 보이지 않는 곳에 숨어 있다. 우리는 우리가 세운 건물이 어떤 구조로 이뤄져 있는지 안다. 나 자신이 만든 것이기에 어떠한 이론으로 이뤄져 있는지 이해한다. 우리는 우리 자신의 창조물을 사랑한다. 하지만…… 그것이 교묘한 가짜라고 해서 그 애정을 거짓이라고 불러야 하는 것일까? 내가 괴물학자를 사랑했다는 말이 아니다. 나는 그런 말은 결코 하지 않을 것이다. 나는 그에게도, 그에 대한 추억에도 충성을 맹세한 적이 없다. 비록 전자는 이미 오래전에 잃었고 후자는 이제 거의 사라져 버렸지만 말이다. 하루라도 그를 생각하지 않은 적이 없고, 하루라도 우리가 함께했던 수많은 모험들을 떠올리지 않은 적이 없다. 그러나 그것이 내가 그를 사랑했다는 증거는 아니다. 밤이면 밤마다 그의 잘생기고 홀쭉한 얼굴이 눈앞에 어른거리고, 그의 목소리가 귓가에 생생하게 재생된다. 그렇지만 그것 역시 아무 의미도 없다. 나는 그때에도, 그리고 지금도 결코, 다시 말하지만 결코(절대로 지나치게 강조하는 것이 아니다.) 괴물학자를 한시도 사랑한 적이 없다.

"누가 부르는데요." 브록이 말했다. 그의 차분한 말투와는 대조적으로 구멍 밑에서 누군가 정신없이 밧줄을 흔들고 있었다. 고개를 내밀어 보니 박사가 등불을 높이 쳐든 채 서 있었다.

"윌 헨리! 윌 헨리, 거기 있니?"

"네, 박사님. 저 여기 있어요." 내가 대답했다.

"네 도움이 필요하다. 당장 내려오렴, 윌 헨리."

"내려오라고?" 치안관이 물었다. "무슨 뜻인가? 내려오라니."

"이리로 내려오라고, 로버트. 윌을 내려 주게. 냉큼 서둘러라, 윌 헨리!"

"도움이 필요하다면 브록이 내려가면 되네." 모건이 구멍에 대고 소리쳤다. 브록이 거의 우스꽝스러울 정도로 깜짝 놀란 표정으로 고개를 들었다.

"아니야. 윌 헨리가 내려와야 해." 박사는 못 참겠다는 듯 다시 밧줄을 흔들었다. "지금 당장, 로버트!"

모건은 어찌 해야 할지 몰라 파이프만 잘근잘근 씹다가 속삭였다. "싫으면 안 가도 된다."

나는 안도감과 불안을 동시에 느끼면서 고개를 가로저었다. "전 가야 해요. 박사님이 제가 필요하시다잖아요."

나는 밧줄을 향해 손을 뻗었다. 모건이 내 손목을 그러잡더니 말했다. “그럼 가거라. 하지만 그런 식으로는 안 된다.”

그는 밧줄을 쥐더니 내 허리에 두 번 휘둘러 감았다. 입구는 나한테도 좁아 등과 발이 서로 맞은편 벽에 닿을 정도였다. 산타클로스는 어떻게 굴뚝을 통과하는지 궁금해졌다. 다음 순간, 나는 갑자기 공중에 매달려 비비 꼬인 줄 끝에서 천천히 회전하고 있었다. 중간쯤 내려갔을 때 위를 올려다보니 치안관의 동글동글한 머리 윤곽이 보였다. 안경에 등불 빛이 반사되어 얼굴에 비해 유난히 크고 둥그런 눈이 눈에 띄었다. 그는 그 어느 때보다도 더 올빼미 같았다.

그때 내 발바닥이 바닥에 닿았다. 발에 체중을 싣자 뭔가가 으깨지는 역겨운 소리가 났다. 바닥에 자욱하게 깔린 죽음의 냄새가 숨이 막힐 정도로 지독해 순식간에 눈에 눈물이 고이기 시작했다. 나는 뿌연 시야로 박사가 내 몸에서 밧줄을 푸는 것을 지켜보았다.

“모건!” 그가 또다시 위쪽에 대고 외쳤다. “삽이 필요하네.”

“삽이라고?” 치안관이 되물었다. 한참 높은 곳에 있는 그의 얼굴은 우리 사이에 놓인 어둠 때문에 거의 보이지 않았다. “몇 개나 필요한가?”

“우리가 네 명이니까…… 네 개가 좋겠군. 네 개만 보내 주게.”

워스롭이 내 팔꿈치를 붙들고 앞으로 데려가며 조용히 말했다.

“발밑을 조심해라, 윌 헨리.”

방은 내가 생각했던 것보다 작았다. 둘레가 기껏해야 40미터에서 50미터 정도밖에 되지 않을 것 같았다. 벽은 위에 있는 작은 층계참처럼 널찍한 나무판자로 덧대여 있었는데 습기 때문에 조금씩 휘어 있었으며 날카로운 홈과 움푹 찌그러진 흔적, 그리고 긁힌 자국으로 가득했다. 바닥에는 뼈다귀가 수북이 쌓여 있었다. 어떤 곳은 30센티미터가 넘는 뼈 무더기가 쌓여 있었는데 마치 거센 폭풍우가 지나고 다음 날 온갖 표류물이 바닷가에 밀려와 쌓여 있는 것과 비슷했다. 컨스의 추측과는 달리 모든 희생자가 추락하면서 다리가 부러진 건 아니었다. 어떤 이들은 분명히 거동이 가능했고 발광하듯이 벽을 할퀴며 탈출을 시도했다. 나는 그 모습을 상상해 보았다. 죽음을 눈앞에 두고, 꿈쩍도 하지 않는 나무벽을 절박하게 붙잡고 긁으며 기어오르려는 사람들. 그러나 다음 순간 어둠 속에서 거대한 팔이 튀어나오고 무시무시한 이빨이 가공할 만한 힘으로 그들의 두개골을 단숨에 으스러뜨린다.

나는 최대한 뼈를 밟지 않으려고 노력했다. 한때는 그들도 나와 똑같은 사람이었으니까. 그렇지만 불가능한 일이었다. 어딜 가나 뼛조각이 너무나도 많았다. 바닥은 부드러웠으며, 나처럼 몸무게가 가벼운 사람이 걸어도 발자국이 남았다. 신발 밑창이 바닥에 닿을 때마다 그 주위로 물기와 검붉은 진창 같은 것이 찌걱거렸다. 이곳, 햇빛 한 점 들지 않고 바람 한 점 불지 않는 이 지하 바닥은 인간의 체액에 잠겨 있었다. 나는 문자 그대로 피의 진창을 걷고 있었다.

우리는 방의 반대쪽 끝에서 멈춰 섰다. 컨스와 말라키가 벽에 난 땅굴 입구에서 기다리고 있었다. 뚜껑문을 제외하고 이 구덩이와 연결되어 있는 유일한 통로였다. 문은 없었다. 입을 쫙 벌리고 있는 입구의 높이는 2미터, 폭은 1.8미터쯤 되어 보였다.

"드디어 우리 정찰병이 왔군." 컨스가 나를 보고 활짝 웃으며 말했다. 손에 든 등불 때문에 잘생긴 이목구비가 더욱 선명해 보였다.

"통로가 무너져 있다." 박사가 내게 말했다.

"아니면 일부러 무너뜨렸거나." 컨스가 말했다. "내 생각엔 다이너마이트를 쓴 것 같아."

"따라오렴." 워스롭이 지시했다. 지하도 안쪽으로 한 20미터쯤 들어가니 무너진 벽에서 떨어져 나온 흙과 바위, 그리고 한때 천장을 받치고 있었을 커다란 들보의 부러진 파편이 뒤섞여 길을 막고 있었다. 박사가 쪼그려 앉더니 돌무더기 아래쪽에 부러진 나무판 하나가 가까스로 지탱하고 있는 작은 틈새를 가리켰다.

"우리한텐 너무 좁더구나. 하지만 저 뒤에 길이 있을 것 같다. 어쩌면 더 길게 안쪽으로 뻗어 있을지도 모르고. 어떻게 생각하느냐, 윌 헨리? 우린 이 막힌 곳의 규모가 얼마나 되는지 알아야 해. 시간을 별로 들이지 않고도 앞으로 갈 수 있을지 아니면 이 문제를 다른 방식으로 해결해야 할지 결정해야 한다."

"역시 다이너마이트를 갖고 왔어야 했어!" 컨스가 탄식했다.

"어때. 해 보겠니?" 박사가 물었다.

당연히 싫다고는 말할 수 없었다. "네, 박사님."

"용감하기도 하지! 자, 등불을 받아라. 내 권총도 가져가고. 아니야, 허리춤에 끼우려무나. 안전장치는 걸어 두고. 조심해야 한다, 윌 헨리. 아주 조심해야 해. 너무 서둘러 움직여서도 안 된다. 너무 위험할 것 같으면 망설이지 말고 당장 되돌아오렴. 자칫하면 수백 톤의 흙이 무너져 깔릴지도 모르니까."

"벽을 무사히 통과해서 반대쪽에 도착하거든 주변을 탐색해 보렴. 우리한테 많은 도움이 될 거야." 컨스가 넌지시 말했다.

"탐색요?"

"그래, 놈들의 소굴을 정찰하란 얘기다. 전체적인 구조도 살펴보고, 가능하다면 놈들이 숨은 곳을 찾아내면 더욱 좋지."

박사가 고개를 저었다. "안 돼, 컨스. 그건 너무 위험하네."

"돌덩이 수백 톤이 무너질지도 모르는 굴에 머리를 들이미는 건 안 위험하고?"

"다른 방법이 있었다면 절대로 너한테 이런 부탁을 하지 않았을 거다, 윌 헨리. 너도 알지?" 워스롭이 말했다.

"다른 방법이 있다니까." 컨스가 말했다. "다이너마이트 말이야."

"제발." 워스롭이 두 눈을 질끈 감으며 말했다. "제발…… 입 좀 다물게, 컨스. 이번만은 제발." 그는 내 어깨에 손을 올려놓더니 나를 안심시키듯 힘주어 쥐었다. "그럼 냉큼 가 보렴, 윌 헨리. 하지만 천천히, 천천히 움직여야 한다."

나는 등불을 앞으로 내민 채 틈새로 기어 들어갔다. 구멍은 금세 좁아졌다. 조금씩 기어가는데 등은 천장에 끼고 웅크린 어깨 위로는 흙과 부스러기가 쏟아져 내렸다. 워낙 좁다 보니 등불은 아무 도움도 되지 않았다. 팔뚝만 한 기둥 파편과 딱딱하고 뾰족한 바위들을 헤치고 지나가야 했고, 가면 갈수록 좁아져 결국엔 바닥에 배를 깔고 뱀처럼 꿈틀거리며 엉금엉금 기어야 했다. 사방이 막혀 있어 얼마나 전진했는지도 알 수 없었다. 고개를 돌려 뒤를 확인할 수도 없었다. 시간은 나처럼 느릿느릿 기었고, 공기는 점점 더 차가워졌다. 숨을 내쉴 때마다 하얗게 엉겨 붙고 코끝에는 감각이 사라졌다. 등이 구멍 가장자리에 계속 긁히는 바람에 이러다가는 좁은 구멍에 몸이 끼어서 옴짝달싹할 수 없게 되는 건 아닌가 무서워졌다. 만약에 그런 일이 생긴다면, 사람들이 와서 나를 파내 주기 전까지 얼마나 오래 코르크 마개 신세가 되어 여기 갇혀 있어야 할까?

앞으로 나갈수록 통로는 더욱 좁고 험난해졌고 나는 점점 더 커다란 난관에 봉착했다. 틈새는 곧지 않고 지그재그로 휘어져 있는 데다 전체적으로 비스듬한 오르막이라 발끝을 모아 땅바닥을 세게 밀며 몸을 힘겹게 밀어 올려야 했다.

그러다 한순간, 나는 꼼짝도 못 하고 얼어붙었다. 흙바닥에 뺨을 대고 갑자기 가슴 깊숙한 곳에서 치밀어 오르는 공포와 당혹감을 억누르며 억지로 숨을 골랐다.

마침내 종점에 도달했기 때문이었다. 내 눈에서 겨우 30센티미터 앞에, 흙과 돌무더기가 높은 장벽처럼 앞길을 가로막고 있었다. 길은 막혀 있었다. 건너편으로 나가려면 몇 센티미터만 파면 되는지, 아니면 몇 미터를 파도 승산이 없는지 알아낼 방법이 없었다.

아니면…… 방법이 있을지도? 나는 왼팔을 들어 손톱으로 흙무더기를 긁어 보았다. 여기서 되돌아간다면 나는 이 상태로 거꾸로 뒷걸음질을 해야 할 테고 그렇게 되면 올 때보다도 더 힘든 여정이 될 것이다. 하지만 사실 나에게 그보다 더 큰 절망은 박사가 원하던 대답을 가져다주지 못한다는 것이었다. 나는 박사에게 인정받고 싶었다. 내가 없어서는 안 되는 존재라는 그의 말을 다시금 확인받고 싶었다.

내가 벽을 긁어서인지 아니면 불안정한 곳에 기댄 것인지, 갑자기 땅이 꺼지면서 나는 흙과 바위와 함께 밑으로 떨어졌다. 정신이 혼미한 와중에 등불을 손에서 놓쳤고, 내리막길을 데굴데굴 굴러떨어지다 엉덩방아를 찧고는 겨우 멈췄다.

다행히도 등불은 살아남았다. 겨우 몇십 센티미터 떨어지지 않은 곳에 등불이 놓여 있는 게 보였다. 나는 재빨리 그것을 붙잡고 최대한 치켜들어 주위를 둘러보았지만 통로 입구는커녕 그 비슷한 것도 발견하지 못했다. 내가 들어온 곳도 천장이 무너져 완전히 막혀 버린 것이다. 더구나 거친 바위가 울퉁불퉁하게 쌓인 벽은 어딜 비춰도 다 똑같아 보였다. 내가 어디서 굴러떨어졌는지 구분할 수가 없었다.

나는 벽을 따라 걸으며 절박한 마음으로 주변을 눈여겨보았지만 여기가 어디인지 짐작조차 할 수 없었다. 나는 정말로 갇혀 버린 것이다.

나는 겁에 질린 나머지 순간적으로 정신을 놔 버릴 뻔했다. 다른 일행은 나 말고는 아무도 통과할 수 없는 통로의 건너편에서 기다리고 있었다. 내가 얼마나 곤란한 처지에 있는지 알릴 길도 없었고 적어도 앞으로 몇 시간은, 아니면 어쩌면 영원토록 구원의 손길이 오지 않을지도 몰랐다. 지금 나는 그 가로막힌 벽과 이곳에 숨어 있을지 모를 무언가 사이에 있는 유일한 존재였다. 그리고 나는 이곳에 무엇이 숨어 있는지 알고 있었다.

진정해, 윌. 나는 속으로 중얼거렸다. 침착해야 해. 박사님이 너한테 뭐라고 했지? 어서 생각해 봐! 돌아갈 수는 없어. 떨어진 자리를 찾는다고 해도 꽤 오래 굴러떨어진 데다 거길 어떻게 다시 올라갈 건데? 넌 선택의 여지가 없어. 다른 사람이 구하러 올 때까지 여기서 기다리는 수밖에 없는 거야.

방금 그게 뭐지? 내 등 뒤로 지금 뭔가 살금살금 다가오고 있는 거야? 뭔가 바닥을 긁고 있어? 쉭쉭거리는 숨소리가 난 것 같은데? 나는 몸을 홱 돌렸다. 내 떨리는 손과 함께 등불이 미친 듯이 회전했고, 나는 반대쪽 손으로 허리춤을 뒤져 박사가 찔러 준 리볼버를 더듬었다. 갑자기 왼쪽에서 그림자 하나가 튀어 올랐다. 나는 권총을 빼 들며 반사적으로 방아쇠를 당겼고, 폭음에 대비해 얼굴을 찡그렸다. 그러나 아무 일도 일어나지 않았다. 안전장치를 푸는 것을 깜박했던 것이다. 더더욱 분하게도 나는 방금 움직인 그림자가 내가 몸을 돌리는 바람에 등불이 만들어 낸 나 자신의 그림자라는 사실을 깨달았다.

나는 심호흡을 한 다음 안전장치를 풀었다. 날카롭게 곤두선 신경을 달래기 위해 망루 아래에서 경험한 승리의 순간을 떠올렸다. 나는 그 어린 안트로포파기를 말 그대로 맨손으로 무찌르지 않았던가. 나는 컴컴한 어둠을 노려보며 한 발짝씩 발을 앞으로 내디뎠다.

우리가 본 먹이방과 거의 비슷한 크기의 방이었다. 작은 뼈다귀들, 부러진 늑골과 치아들, 그리고 부위를 알아보기 힘든 뼛조각들이 바닥에 널려 있었다. 첫 번째 방만큼 어마어마한 양은 아니었다. 바닥은 시멘트처럼 단단했는데, 20년 동안 놈들의 커다란 발바닥이 다진 덕분일 테다. 방 안 가득 새둥지처럼 생긴 커다란 흙더미가—내가 센 것만 열일곱 개였다.—여기저기 솟아 있었다. 지름은 2.5미터나 되고 다이아몬드에 덮여 있기라도 하는지 이상하게 색색으로 화려하게 반짝이고 있었다. 가까이 가서 보니 그 이유를 알 수 있었다. 둥지는 꼼꼼하게 엮은 옷들로 장식되어 있었다. 블라우스,

셔츠, 바지, 양말, 치마, 속옷. 유독 밝게 반짝이는 것들은 내가 든 등불 빛이 시계와 다이아몬드 반지, 보석 반지와 목걸이, 귀걸이, 팔찌 등에 부딪쳐 반사된 것이었다. 간단히 말해 인간이 몸에 걸치는 온갖 형태의 장신구가 한데 모여 있었다. 대평원의 인디언이 들소를 사냥할 때처럼 안트로포파기도 낭비라는 것을 몰랐다. 놈들은 그들의 둥지를 희생자의 의복과 장신구로 장식했다. 바닥에 흩어 놓은 뼈들도 설마 잇새에서 우리의 살점을 긁어낼 때 사용하는 건 아닌지 의심스러웠다.

내 등 뒤 어둠 속에서 가느다란 숨소리가 들렸다. 나는 황급히 무기를 쥐고 몸을 돌렸지만 어둠 속에서 튀어나오는 것은 없었다. 안트로포파기가 그 크고 건장한 몸집을 드러내며 둥지에서 걸어 나오지도 않았다. 나는 숨을 죽이고 눈과 귀를 최대한 가동시켰지만 움직이는 것은 아무것도 없었다. 그러다 문득 이 규칙적인 숨소리가 어디서 들려오는지 깨달았다. 그런 살벌한 상황에는 어울리지 않지만, 내 귀에는 마치 어린애가 잠결에 코를 고는 소리처럼 들렸다.

나는 소리를 따라갔다. 뼛조각을 밟아 부서지는 소리 때문에 발각되고 싶지는 않았기 때문에 최대한 비어 있는 바닥을 찾아 발을 디뎠다. 코 고는 소리는 은신처의 깊은 쪽, 즉 반대쪽 벽 가까이에 있는 둥지에서 들려오고 있었다. 나는 천천히 등불을 들어 흙더미 안쪽을 내다보았다.

대접처럼 움푹 파인 침대에 어린 수컷 안트로포파기가 누워 있었다. 신기하게도 — 적어도 나한테는 그랬다. — 그리고 거의 웃음이 날 정도로 작았는데, 나보다 5~10센티미터밖에 크지 않을 것 같았다. 하지만 체중은 나보다 20킬로그램은 더 나갈 것이다. 잠을 자면서도 어깨에 붙은 큰 눈은 여전히 뜨고 있었는데—이 끔찍한 괴물들은 눈꺼풀이 없다.—흑요석 같은 둥근 눈 위에 우윳빛의 불투명한 막이 가물거리고 있었다. 축구공만 한 입은 크게 벌려져 있어 뾰족한 이빨이 드러나 보였다. 입의 앞쪽에는 작은 이빨이, 그 뒤에는 먹이를 찢고 자르는 크고 두꺼운 치아층이 붙어 있었다.

새끼가 잠결에 몸을 뒤척였다. 꿈을 꾸는 걸까? 놈들의 꿈은 얼마나 잔인하고 끔찍할까? 나는 과감하게 머리를 굴리기 시작했다. 녀석이 저렇게 움찔거리는 것은 꿈을 꾸기 때문이 아닐지도 몰랐다. 왜냐하면 녀석은 팔 하나가 없었기 때문이다. 오른쪽 팔꿈치 아래가 잘려 나갔고 상처가 감염되기라도 했는지 부어올라 있었다. 어쩌다 이렇게 큰 상처를 입었는지 생각하다가 나는 안트로포파기의 특이한 의식을 떠올렸다. 이들은 서로의 입에 손을 넣어 잇몸을 청소해 준다. 혹시 그러다 팔을 잃은 건 아닐까? 날카로운 손톱으로 잇몸을 찌르는 사소한 실수를 했다가 어른이 무심결에 입을 닫아버리는 바람에 새끼의 작은 관절이 나뭇가지처럼 부러지고 잘린 팔은 상대의 배에 통째로 들어간 건 아닐까?

상처에는 노란 고름이 차 있었다. 심한 통증을 느끼고 있을 게 분명했고, 어쩌면 잠을 자는 게 아닐지도 몰랐다. 그보다는 고열 때문에 의식을 잃은 상태일 확률이 컸다. 평소에는 희고 창백한 피부도 열 때문인지 붉게 상기되고 땀에 번들거렸다. 녀석은 죽어 가고 있었다.

그렇구나. 나는 조심스럽게 놈의 옆에 몸을 낮추고 기묘한 호기심에 잠겨 놈을 응시했다. 어미가 왜 이 녀석을 버렸는지 알겠어. 도망치는 데 짐만 될 테니까.

당시에 내가 아주 복잡한 심경에 있었음을 고백해야겠다. 나는 이 괴물들이 얼마나 잔인하고 흉포한지 알고 있었다. 나는 놈들이 어떤 짓을 할 수 있는지 직접 봤고, 하마터면 목숨도 잃을 뻔했다. 그렇지만…… 그래도 아픈 건 아픈 것이었다. 어떤 생물이든 아프다는 것은 안타까운 일이었고, 녀석은 대단히 괴로워하고 있었다. 나는 마음속 한구석으로는 혐오감을 느꼈지만 또 다른 면으로는 녀석의 처지에 깊은 연민을 느끼고 있었다. 전자에 비하면 훨씬 작긴 해도 그런 감정이 존재했다는 것만은 부인할 수 없다.

나는 그것을 무시할 수 없었다. 녀석이 그런 고통 속에서 괴로워하게 내버려 둘 수가 없었다. 솔직히 그것은 절대로 현명한 일이 아니었다. 만일 녀석이 눈을 뜨고 소리를 지르기라도 한다면 어디선가 어미가 뛰쳐나와 나를 죽일지도 모른다. 나는 어미가 다른 새끼들을 어디다 숨겼는지 몰랐다. 바로 옆방에 숨어 있을 수도 있고 아니면 훨씬 깊은 곳에 있는 땅굴에 숨어 있는지도 모른다. 그런데도 내 마음은 정말로 이상하게도, 이 짐승의 고통을 덜어 줘야 한다고 외치고 있었다.

그래서 나는 둥지 가장자리에 배가 닿도록 몸을 기울이고 놈의 아랫배에, 침이 줄줄 흐르고 있는 아랫입술 아래 박사의 총을 들이댔다. 총소리가 죽어 가는 안트로포파기의 비명 소리보다 훨씬 클 것이라는 생각이 떠오른 것은 나중 일이었다. 이 정도론 안심할 수 없어. 나는 생각했다. 나는 빠르고 정확하게 놈을 끝장내고 싶었고, 그래서 땀이 번들거리는 분홍색 배에 총구를 바짝 붙였다. 엄지손가락으로 공이를 젖히자 조그맣게 찰칵 소리가 났다. 그리고 그 소리에, 놈이 눈을 떴다.

녀석은 번개 같은 속도로 움직였다. 내가 방아쇠를 당기는 것보다도, 파리가 날개를 치는 것보다도 더 빨랐다. 놈이 왼손으로 내 권총을 내려쳐서 떨어뜨리고는 으르렁거리면서 잽싸게 뒤로 물러났다. 녀석은 두려움과 고열에 들뜬 상태로 내게로 몸을 날렸다. 등불이 바닥에 떨어져 깨져 불꽃이 확 치솟았다. 우리는 팔다리를 얽은 채 바닥을 뒹굴었다. 놈의 무시무시한 입이 내 재킷 끄트머리를 물어뜯자 천 부스러기가 휘날렸다. 왼쪽 손톱이 내 얼굴을 향해 날아들었고, 나는 놈의 손목을 붙잡고 온 힘을 다해 밀쳐 냈다. 다른 한 손으로는 열기에 번득이는 놈의 눈을, 공포에 일그러진 내 얼굴이 반사되어 비치고 있는 눈을 세게 찔렀다. 우리는 빙글빙글 죽음의 춤을 추다 벽에 부딪쳤고, 나는 벽을 지렛대 삼아 몸을 기댄 다음 다리를 들어 올려 최대한 힘껏 놈의 아랫배를 걷어찼다. 그러나 녀석은 꿈쩍도 하지 않았다. 화만 돋운 것 같았다. 도리어 힘이 솟구치는 것 같았다. 놈이 잘려 나간 오른팔 끝으로 내 머리를 후려치기 시작했다. 나는 소낙비처럼 내려치는 일격을 피해 한쪽으로 물러났다가 그만 추락하고 말았다.

격투를 벌이다 좁다란 땅굴로 들어섰다는 사실을 깨닫지 못한 것이다. 이제 나는 녀석을 몸 위에 태운 채로 가파른 내리막길을 따라 미끄러지고 있었다. 우리는 서커스 곡예사들처럼 팔다리가 뒤엉켜 한 몸이 된 채 거의 영원에 가까운 시간 동안 밑으로 굴러떨어졌다. 이윽고 우리의 몸이 바위와 흙무더기에 부딪쳐 멈춰 섰다. 갑작스러운 충격에 놈의 손목을 붙잡고 있던 내 아귀가 순간적으로 느슨해졌고, 놈은 바로 그 순간을 고대하고 있었다. 녀석이 커다란 입안으로 내 팔을 홱 끌어당기더니 강력한 턱을 움직여 씹었다. 가히 폭발적인 통증이 엄습하면서 나는 큰 소리로 울부짖었다. 남은 손으로 놈의 몸뚱이를 미친 듯이 가격하다가 순간 이판사판이라는 생각으로 놈의 상처 입은 팔을 붙잡고 냄새나는 상처 부위를 콱 물었다. 끈적끈적한 고름이 내 입을 가득 채우더니 목구멍 속으로 꿀렁거리며 흘러들었다. 위장이 반항적으로 꿈틀거렸다. 조금만 더 그렇게 있었다면 나는 녀석의 몸뚱이 위로 내장을 게워 냈을 것이다. 그렇지만 내 절박한 시도는 성공했다. 녀석의 턱이 내 팔을 놓더니 고통으로 가득 찬 비명을 지르면서 물러났다. 나는 통증을 무시한 채 바닥을 더듬었다. 손끝에 작은 멜론만 한 크기의 돌이 만져졌다(캄캄해서 보이지 않았지만 실은 겨우 몇십 센티미터밖에 떨어져 있지 않았다.). 나는 돌을 머리 위로 높이 쳐들었다가 몸서리를 치고 있는 놈의 몸뚱이에 내리쳤다. 한 번 더, 한 번 더, 그리고 한 번 더. 부드러운 살과 단단한 뼈 위로, 조금이라도 움직이는 게 눈에 들어오기면 내리찍고 또 찍었다. 서서히, 녀석의 절규와 흐느낌이 내 소리에 묻혀 잦아들었다. 피와 으깨진 살점이 사방으로 튀어 내 눈과 입안에 내려앉았고, 내 셔츠를 적시고 흘러내려 반바지까지 축축해졌다. 녀석의 목소리가 별안간 뚝 그쳤다. 이미 의식을 잃고 늘어졌건만 나는 여전히 녀석의 몸뚱이를 돌로 찍고 또 찍었다. 마침내 온몸의 힘이 모조리 빠져나가면서 손에서 돌멩이가 미끄러져 떨어졌다. 나는 녀석의 생명 없는 몸뚱이 위에 힘없이 쓰러졌다. 가쁜 숨소리와 속이 뒤틀리는 것처럼 신경질적인 흐느낌이 좁은 공간에 울려 퍼졌다. 나는 한참 후에야 정신을 좀 추스르고 몸을 일으켰지만 갑자기 온몸에 오싹한 기운이 도는 바람에 왼팔을 꼭 쥔 채 엉덩방아를 찧으며 뒤로 넘어졌다. 이제야 팔에 불에 덴 듯 화끈하고 욱신거리는 통증이 느껴졌다.

나는 몇 번이고 바닥에 침을 뱉었다. 아직까지 입안에 느껴지는 그 끔찍한 맛을 한시라도 빨리 제거하고 싶었다. 순간의 기억은 혀끝에 느껴지는 맛과 냄새보다도 더 강렬했고 속이 울렁거렸다. 오른쪽 손바닥은 끈적이는 피로 덮여 있었다. 나는 손가락 끝으로 놈에게 물린 자국을 조심스럽게 만져 보았다. 이빨 자국은 모두 일곱 개였는데 세 개는 위쪽, 네 개는 아래쪽에 나 있었다. 내가 제일 먼저 해야 할 일은 지혈을 하는 것이었다. 박사는 놈들의 후각이 매우 예민하다고 말했다. 나는 재킷과 셔츠를 벗은 다음, 상처 부위에 셔츠를 여러 번 돌려 감았다. 그러고는 처음 옷을 입는 법을 배운 어린애처럼 서툰 동작으로 천천히 그 위에 다시 재킷을 걸쳤다.

아직까진 괜찮아. 나는 스스로를 다독였다. 두 마리나 해치웠잖아. 그것도 하룻밤에 말이야. 이제 둥지가 있던 방으로 돌아가자. 사람들에게 돌아갈 방법을 금방 찾을 수 있을 거야. 기운을 내, 윌 헨리. 넌 할 수 있어! 여기서 얼쩡거리다 과다출혈로 죽을래, 아니면 용감하게 일어나서 돌아갈 길을 찾을래? 자, 어느 쪽이야, 윌 헨리?

통로 위쪽으로 기어 올라가다가 내가 죽인 안트로포파기의 시체에 손이 닿았다. 나는 시체를 뛰어넘은 다음, 이번에는 몸을 일으켜 천천히 걷기 시작했다. 왼팔은 접어서 배 위로 꼭 눌렀고, 오른팔은 쭉 뻗어 벽을 더듬었다. 나는 최대한 가볍게 발걸음을 내디뎠다. 숨은 얕고 천천히, 때때로 발길을 멈추고 안트로포파기가 숨어 있지는 않나 어둠 속으로 귀를 기울였다. 내가 통로를 얼마나 오래 굴러 떨어졌는지는 알 수가 없었다. 아까도 말했지만 느낌상으로는 지옥에서 떨어진 루시퍼처럼 한없이 추락한 것만 같았다. 오감 중 하나만 상실해도 시간은 완전히 다른 속도로 흘러가고, 나머지 감각들은 오히려 증폭되기 마련이다. 내가 내쉬는 숨소리는 천둥처럼 우렁차고, 발밑에서 나는 바스락 소리 하나도 내 귀에는 대포의 폭음처럼 장대하게 들렸다. 나는 녀석과 나의 피 냄새를 맡을 수 있었다. 놈에게 물린 팔은 지독하게 아팠다. 혀끝에는 아직도 놈의 고름 맛이 감돌고 있었다.

나는 걷고 또 걸었다. 계속해서 위로 걸었지만 목적지가 가까워지는 기미는 보이지 않았다. 때때로 오른손이 다른 방향으로 연결된 통로나 자연의 온화한 힘으로 생성된 틈새로 빠질 때도 있었다. 안트로포파기와 뒤엉겨 떨어지면서 정체 모를 갈림길로 들어섰는지 나는 이제 큰길을 벗어나 아무런 희망도 없이 어둠 속을 헤매고 있었다.

나는 발을 멈추고 차갑고 축축한 바위에 힘겹게 몸을 기댔다. 지금쯤이면 그 방에 도착해야 하는데. 시간이 얼마나 지났지? 내가 얼마나 헤맨 걸까? 그리고 난 지금 어디로 가고 있는 거야? 그때 순간적으로 머릿속에 떠오른 생각에 온몸이 오싹해졌다. 그러다 다시 생각했다. 어쩌면 네 생각이 맞는지도 몰라, 윌. 그렇지만 아직 넌 위로 올라가고 있잖아. 그리고 넌 위로 가고 싶은 거고. 어쩌면 이 길은 곧장 지상으로 이어져 있을지도 모른다. 밖에는 아직도 비가 오고 있을까? 오, 얼굴에 차가운 빗방울을 느낄 수만 있다면! 서늘하고 향긋한 봄기운을 한껏 들이마실 수만 있다면! 너무나도 간절한 소원에 가슴이 아플 지경이었다.

그래서 나는 내가 선택한 논리에 따라—위로 올라간다는 것은 곧 탈출을 의미했다.—그리고 비와 햇볕과 따스한 바람을 비롯해 기분을 북돋우는 온갖 기억을 떠올리며 칠흑 같은 미궁을 계속해서 나아갔다. 그 모든 기억들이 마치 다른 세계에 속한 것처럼 느껴졌다. 아주 먼 옛날에 일어난 일처럼, 아니면 다른 사람의 기억처럼 말이다. 마치 내 머릿속에 다른 시공간에 살고 있는 내가 아닌 다른 소년의 기억이 들어 있는 것만 같았다. 길을 잃지도 않았고 심장이 멎을 것 같은 공포와 당혹감에 맞서 싸울 필요도 없는 평범한 소년.

기우가 아니라는 게 분명해졌다. 바닥이 평평해졌다. 나는 더 이상 오르막길을 걷고 있지 않았다. 어디선가 길을 잘못 든 게 확실했다.

나는 발을 멈췄다. 벽에 기대섰다. 상처 입은 팔을 감싸 안았다. 심장이 뛸 때마다 팔이 욱신거렸다. 온 세상이 정적에 싸인 가운데 거친 내 숨소리만 귀에 들어왔다. 빛도 보이지 않았다. 본능은 내게 어서 빨리 살려 달라고 울부짖으라고, 가슴이 터지도록 큰 소리로 외치라고 종용했다. 내가 놈들의 보금자리로 떨어지고 나서 시간이 얼마나 흘렀는지는 알 수 없었다. 하지만 지금쯤은 박사와 다른 사람들이 벽을 파고 있을 것이다. 분명히 이 근처에 와 있을 것이다. 아주 가까운 곳에, 어쩌면 다음번 모퉁이에(모퉁이가 있다면 말이지만), 아직 내게 보이지만 않을 뿐 등불을 들고 나를 구하러 오고 있을 것이다. 소리 내어 내 위치를 알리는 것은 엄청나게 위험하고 사실 매우 어리석은 짓이기도 했다. 다음번 모퉁이에서 어미가 기다리고 있을 가능성이 다분했기 때문이다. 하지만 과연 그럴까? 컨스는 어미가 새끼를 가장 깊고 으슥한 방에 숨겨 놓았을 것이라고 했고, 지금껏 나는 밑으로 내려가지 않고 올라가고 있었다. 그건 내가 어미보다 우리 일행과 더 가까이 있다는 확실한 증거가 아닐까? 진짜 심각한 위험은 오히려 침묵을 지키는 데 있었다. 어둠 속에서 한없이 헤매다 탈진과 탈수에 굴복해 쓰러지면 어찌될 것인가. 물론 그전에 피를 너무 많이 흘려서 죽지 않는다면 말이다.

나의 내면에서 격렬한 말다툼이 벌어졌다. 소리를 질러 도움을 요청할 것인가 아니면 계속 입을 다물고 있을 것인가. 몇 초는 몇 분으로 이어지고, 1분 1초가 지날 때마다 망설임의 구속복이 온몸을 조였다.

불굴의 정신 따위는 달아나 버렸다. 나는 평범한 어린 소년에 불과했다. 곤경에 빠져 어찌할 바를 모르는 어린 소년. 어른들도 기겁하고 달아날 만한 것들을 수없이 보고 들었지만 그래도 어쨌든 애는 애였다. 나는 벽에 등을 대고 미끄러지듯 주저앉아 무릎에 얼굴을 묻었다. 나는 눈을 감고 기도했다. 내 아버지는 딱히 신앙심이 있는 분은 아니었고 종교에 관한 일이라면 모두 어머니께 일임했다. 어머니는 매일 밤 나와 함께 기도를 하고 일요일에는 교회에 데리고 갔지만 나는 아버지의 무심한 성격을 물려받은 터라 그다지 진지하게 예배에 임한 적이 없었다. 기도란 암기한 글귀를 암송하는 것에 불과했다. 박사와 같이 살게 된 후부터는 당연히 기도를 하거나 휴일에 교회에 가는 일을 그만뒀고, 그런 게 그립지도 않았다.

하지만 나는 지금 기도를 하고 있었다. 더 이상 기억나는 기도문이 없을 때까지 읊고 또 읊었고, 그 후로는 내 존재 자체를 다해 빌고 또 빌었다. 단어와 언어로 이뤄진 기도가 아니라 그보다 훨씬 심오하고 간절한, 영혼에서 우러나온 기도였다.

나는 그 상태로 꽤 오랫동안 있었다. 두 눈을 굳게 감고 심란한 마음을 다독이며 몸을 앞뒤로 흔들었다. 그때 어둠 속에서 목소리가 들려왔다. 처음에는 좌절감에 빠진 나머지 신께서 응답을 한 게 아닌가 했지만, 그런 게 아니었다. 그런 것과는 한참 거리가 멀었다!

"어디 보자. 이게 누구야?"

나는 고개를 들었지만, 그의 손에 들린 등불에 눈이 시려 퍼뜩 손으로 눈을 가렸다. 수천 개의 태양이 한꺼번에 빛을 내뿜는 것처럼 밝고 강렬한 빛이 눈을 찔렀다. 그는 내 팔꿈치를 붙잡고 내가 일어설 수 있게 부축해 주었다.

"잃어버린 어린양을 찾았구나." 컨스가 나지막하게 말했다.

알고 보니 나는 구조의 손길에서 겨우 몇십 미터도 떨어지지 않은 곳에서 절망에 굴복한 것이었다. 컨스는 내가 안트로포파기의 소굴에서 얼마 떨어지지 않은 연결 통로에 있다고 말해 주었다.

"넌 정말 운이 좋은 조수 제자 괴물학자다, 윌." 컨스가 특유의 장난기를 담아 말했다. "하마터면 널 쏠 뻔했거든."

"다른 사람들은 어디 있어요?"

"놈들의 보금자리 방에는 길이 두 개 있었다. 말라키와 워스롭이 그중 한 길로 갔고 나는 다른 길로 왔지. 그게 너와 같은 길이었던 모양이다. 팔은 왜 그러니?"

나는 놈들의 둥지 한가운데로 떨어진 뒤 무슨 일이 있었는지 그에게 털어놓았다. 그는 내가 상처 입은 새끼의 고통을 줄여 주려 했다는 데 큰 감명을 받았다. 그는 내가 이렇게 위험하고 다급한 상황에서도 자비를 베풀려고 했다는 데 놀란 것 같았다.

"대단하구나. 정말이지 대단해! 아주 잘 했다, 윌! 펠리노어가 알면 무척 기뻐할 거다. 그 친구는 네가 돌아오지 않아서 거의 정신이 나갔거든. 좋은 쪽으로 미친 거긴 했지만. 나는 삽질을 그렇게 잘 하는 사람은 처음 봤다. 다른 쪽으로 땅을 팠더라면 한 시간 만에 중국에도 도착했을 거야. 하지만 일단은 네 팔부터 보자꾸나."

그는 내가 조잡하게 감아 놓은 셔츠를 풀었다. 피에 젖은 마지막 천 조각이 떨어져 나가자 나는 극심한 고통에 얼굴을 찡그렸다. 상처에서는 아직도 피가 배어 나오고 있었다. 그는 피에 젖은 셔츠를 내 어깨에 둘러 주고는 말했다. "통풍이 우선이다, 윌. 상처가 감염되면 낭패니까."

컨스는 손으로 내 등을 받치며 통로 안쪽으로 떠밀었다. "발밑을 봐라."

새까만 바닥에서 뭔가가 별가루처럼 반짝반짝 빛나고 있었다.

"저게 뭐예요?" 내가 물었다.

"빵 부스러기다, 윌 헨리. 집으로 가는 길을 알려 줄 거야."

그것은 그가 천 자루에 넣어 온 작은 종이봉지에 들어 있던 물건이었다. 불빛을 비추면 빛을 발하는 반짝이 가루였다.

"대충 20미터마다 뿌려 놨다. 저걸 따라가렴. 절대로 다시 돌아오면 안 돼. 가다가 길을 잃은 것 같으면 주변에 반짝이가 뿌려져 있나 찾아보고. 자, 등불을 가져가거라."

"저랑 같이 가는 거 아니에요?" 속이 울렁거렸다.

"나는 괴물 사냥을 해야지."

"하지만 등불이 필요할 텐데요."

"내 걱정은 하지 마라. 아직 불꽃막대가 있거든. 아, 그리고 이걸 떨어뜨렸더구나."

그것은 박사의 리볼버였다. 그는 내 손에 권총을 쥐여 주었다.

"놈들의 눈동자가 까맣게 보일 때까지 방아쇠를 당기지 말고 기다려라." 그의 회색 눈동자가 재치 있는 농담을 했다는 듯 쾌활하게 춤췄다. "700보쯤 가면 될 거야."

"700걸음요?"

"너는 그보다 더 많이 가야겠지. 나보다 다리가 짧으니까. 한 400보쯤 가서 오른쪽으로 돌면 넓은 통로가 나온다. 그 길을 놓치면 안 돼! 아주 중요하니까! 그러면 잠깐 내리막길이 나올 텐데 너무 걱정하지 말렴. 조금만 있으면 다시 오르막이 될 거야. 위로 올라가면 치안관에게 내가 죽을 만큼 보고 싶어 한다고 전해 주렴. 동글동글한 코도, 매력적인 미소도 모두 말이야. 혹시 내가 두 시간 안에 돌아가지 않으면 그 사람들보고 내려오라고 해라. 포피들도 그동안 정신없이 땅을 팠을 테니 우리한테도 손이 더 필요할 수 있거든. 행운을 빈다, 어린 괴물학자야. 그리고 신의 은총이 함께하길!"

그는 그 말과 함께 몸을 돌리더니 유령처럼 어둠 속으로 사라졌다. 발소리가 빠르게 멀어져 갔다. 그는 등불이 없는데도 전혀 겁을 내지 않았다. 오히려 신이 난 모양이었다. 존 컨스는 어둠이 친숙한 사람이었다.

아무리 무겁고 처참한 절망감도 순식간에 기쁨으로 변할 수 있다! 내 영혼은 손에 쥔 작은 등불보다도 더 가볍게 하늘을 날았고 가슴은 희망에 벅차 부풀었다. 벌써부터 자유의 달콤한 맛과 향이 느껴지는 것 같았다. 기도에 대한 응답을 받고 어찌나 기뻤는지 나는 그만 걸음 수를 세는 것을 잊어버렸고 그 사실을 깨달았을 때는 이미 늦어 버렸다. 그렇지만 그건 별로 중요지 않을 것 같았다. 반짝이는 가루가 바닥에 길을 표시해 주고 있었기 때문이다.

나는 컨스가 말한 모퉁이에 이르렀다. 나를 안트로포파기의 둥지로 데려갔다가 거기서 다시 모건의 "매력적인" 미소로 데려다줄 통로였다. 하지만 나는 잠시 혼란스러워 발길을 멈출 수밖에 없었다. 두 갈래 길에 모두 표시가 나 있었다. 하나는 옆으로 빠지는 길이었고 다른 하나는 내가 지금껏 걸어온 통로와 연결돼 앞으로 똑바로 계속되고 있었다. 나는 생각했다. 컨스가 처음에 오른쪽 길로 갔다가 막혀 있는 걸 발견하고는 다시 되돌아온 게 아닐까? 아니면 앞으로 가다가 부상을 당한 "어린 괴물학자"의 울음소리를 들은 걸지도 몰라. 그는 내게 분명하게 말했다. 모퉁이를 놓치면 안 된다! 아주 중요하니까. 그래서 나는 어깨를 으쓱하고는 몸을 굽히고 옆으로 난 통로 입구로 들어갔다. 전부 해서 700보인데 400보 정도에서 모퉁이를 돌라고 했으니 이제 300보 정도만 가면 된다. 나는 발걸음을 세기 시작했다.

통로는 점점 좁아졌고 천장도 훨씬 낮아졌다. 나는 여러 차례 고개를 수그리거나 거의 고꾸라진 듯한 자세로 걸어야 했다. 등불의 밑부분이 바닥에 쓸릴 정도였다. 길은 지겨울 정도로 구불구불하고 복잡하게 꼬여 있었는데 경사가 가파르고 미끄러웠으며, 컨스의 말대로 내리막길이었다.

100보쯤 걸었을 때 뒤에서 소리가 들렸다. 어쨌든 나는 그렇게 생각했다. 워낙 공간이 비좁아 소리가 정확하게 어디서 들려오는지 가늠하기가 힘들었다. 나는 발을 멈추고 숨을 죽였다. 아무것도 들리지 않았다. 흙과 자갈이 내 몸에 스쳐 바스스 떨어지는 소리뿐이었다. 그래, 아무것도 아니야. 나는 다시 발을 내디디며 숫자를 세기 시작했다.

70보쯤 더 갔을 때 또다시 소리가 들렸다. 이번에는 맹세코 내 뒤에서 들리는 게 확실했다. 내가 가지 않은 길에서 들려오는 소리였다. 나는 잔뜩 긴장하여 귀를 기울였지만 등불의 심지가 타들어 가는 소리밖에 들리지 않았다. 나는 권총의 안전장치를 확인했다. 머리끝까지 신경이 날카롭게 곤두섰다. 그날 저녁에 겪은 온갖 일들을 생각하면 그럴 만도 했다. 나는 어둠 속에 사는, 머리가 없고 피부가 창백한 괴물들을 머릿속으로 떠올리면서도 아직 이성의 끈을 놓지 않고 있었다. 결국 현실은 둘 중 하나였다. 누군가 나를 미행하고 있거나, 아니면 그렇지 않거나. 전자의 경우라면 이런 좁은 통로에서—둘레가 1.2미터도 되지 않았다.—스토커를 대면하는 것은 어리석은 짓이다. 아무도 나를 따라오고 있지 않다면 이러는 동안에도 시간만 낭비하는 셈이다. 자, 그럼 전진!

컨스는 이런 힘든 길을 어떻게 지나온 걸까? 다 큰 성인 남성이면 거의 기어야 했을 텐데, 그리고 만약에 기어서 왔다면 걸음 수는 어떻게 센 거지? 아니, 성인 남성은 문제도 아니다. 키가 2미터나 되고 배에 이빨이 달린 우락부락한 괴물이 어떻게 이런 좁은 통로를 뱀처럼 기어 다닌단 말인가? 공간이 점점 좁아질수록 의구심과 두려움은 커져만 갔다. 이런 길이 보금자리 방으로 이어질 리가 없었다. 내가 그의 말을 잘못 알아들었거나 아니면 길을 잘못 든 게 틀림없었다. 하지만 바닥에는 표식이 나 있었고, 표식은 아직도 이어지고 있었다. 간격이 20미터보다는 훨씬 길었지만 말이다. 길은 계속해서 내리막이었고, 컨스가 장담한 것처럼 다시 올라갈 기미는 보이지 않았다. 바닥은 단단하지 않고 약간 폭신했는데, 아래로 내려갈수록 물기가 많아졌다. 나는 조금씩 앞으로 나갔다. 속도는 고통스러우리만큼 더뎠고, 등불 빛에 별로 멀리까지 보이지는 않았지만 습기를 머금은 벽과 물방울이 뚝뚝 떨어지는 천장은 아무리 크고 육중한 아름드리나무도 뿌리를 내릴 수 없으리만큼 땅속 깊은 곳인 것 같았다.

그때 코끝에 냄새가 느껴졌다. 과일이 썩은 것처럼 속이 느글거리는 달콤한 냄새. 처음에는 희미한 내음에 불과했지만 힘겹게 한 발짝을 뗄수록 점점 더 강해져 나중에는 콧구멍은 물론 목구멍 속까지 아렸다. 전에도 맡아 본 냄새였다. 에라스무스가 죽은 그날, 나는 묘지에서 이 냄새를 맡았다. 아직 어린 새끼가 정신이 혼미한 상태로 나를 붙들고 실랑이를 벌였을 때 이후로 내 옷에도 그 냄새가 짙게 배어 있었다. 그것은 바로 그들의 냄새였다. 괴물들의 냄새였다.

그 당시에 과연 내가 아무 상관도 없어 보이는 여러 조각들을 조합해 그 안에 숨겨진 의미를 간파했는지는 확실하지 않다. 다만 지금 와 생각해 보면 모든 게 너무나도 확연했다. 두 개의 길에 표식이 나 있었다. 하나는 넓고 앞으로 곧장 뻗어 있었고 다른 하나는 좁고 구불구불했다. 그 길은 계속해서 밑으로, 아래로 향하고 있었다. 뭔가가 뒤에서 나를 쫓아오는 소리가 났고, 놈들이 '냄새를 맡을 수 있게' 상처를 동여매고 있던 천을 풀어 버렸다. 보통 사람이라면 그 같은 상황에서 믿고 신뢰하던 누군가에게 배신을 당하리라고는 상상도 하지 못할 것이다. 그러니 나처럼 순진하고 어린 아이는 어떻겠는가! 나는 의심을 하지도 않았다. 그저 다소 혼란스러워 겁을 먹었을 뿐이다. 나는 무릎을 꿇고 등불을 머리 위로 높이 치켜들고는 부들부들 떨리고 있는 다른 손으로 권총을 꼭 쥐었다. 사면은 가파르고 바닥은 미끄러웠다. 지금 방향을 바꾸면 양손과 무릎을 사용해 굼벵이처럼 기거나, 한 걸음을 오를 때마다 그만큼 다시 뒤로 미끄러지는 것을 감수해야 할 것이다. 오던 길로 돌아가야 할까? 아니면 이 지독한 냄새를 무시해야 하는 것일까(어쩌면 그저 냄새가 이곳에 배어 있는 것인지도 모른다.). 하지만 내 머릿속에서는 아직도 작은 목소리가 속삭이고 있었다. 빨리 나가! 여기서 빠져나가야 해! 아니면 계속 가야 할까?

결국 선택은 나의 몫이 아니었다. 어둠 속에서 손 하나가 불쑥 튀어나오더니 내 어깨를 건드렸다. 나는 비명을 지르면서 몸을 돌렸는데 그 바람에 손에 쥐고 있던 등불이 벽에 부딪쳤다. 정신없이 흔들리는 등불 빛이 그의 지저분한 얼굴과 생기발랄한 눈, 희미하고 냉소적인 미소를 비쳤다.

"윌 헨리. 대체 어딜 가는 거냐?" 그가 속삭였다. 그의 숨결은 감초처럼 달콤했다. "내가 돌아오지 말고 계속 길만 따라가라고 하지 않았더냐?"

"여긴 맞는 길이 아니에요." 나는 낮게 소곤거렸다.

"나도 이것만은 피하고 싶었다만." 아리송한 대답이었다. "피 냄새가 녀석을 유혹할 거라고 생각했거든. 솔직히 나도 이유를 모르겠다. 왜 나타나질 않는 거지."

그는 내 손에서 가볍게 등불을 낚아채더니 가방에서 불꽃막대를 꺼냈다. "자, 이걸 받아라. 아래쪽을 잡아. 안 그러면 그 작은 손에 화상을 입을 테니까. 절대로 놓으면 안 된다. 무슨 일이 있어도 절대로 놓으면 안 돼!" 그는 심지에 불을 붙였다. 검은 연기가 피어오르면서 통로 안이 눈부신 빛으로 가득 찼다.

그는 내 가슴에 손을 얹고는 유감스럽다는 듯이 잔뜩 과장된 투로 말했다. "정말로 미안하구나, 헨리 군. 하지만 선택의 여지가 없어. 이런 걸 바로 그 순간의 도의라고 한단다."

그 말과 동시에, 존 컨스는 나를 힘껏 밀었다.

나는 똑바로, 그리고 끝없이 밑으로 떨어졌다. 바닥에 쪼그리고 앉아 나를 바라보고 있는 그의 모습이 쏜살같이 멀어져 갔다. 나는 매끄러운 구유 아래로 한없이 추락하다 튀어나온 벽에 등을 부딪치고는 어떻게든 속도를 줄여 보려고 남은 몇 미터 동안 발꿈치로 벽을 밀었지만, 밑에서 나를 기다리고 있는 구멍 속으로 계속해서 떨어져 내렸다.

밑에서 그 광경을 지켜본 이가 있었다면 내가 떨어지는 모습이 얼마나 이상하고 경이롭게 느껴졌을까. 평생을 태곳적과도 같은 암흑 속에서 살아온 존재들에게, 신의 은총과도 같은 빛의 입맞춤을 한 번도 받아 본 적이 없는 자들에게, 내 손에 쥔 불꽃막대가 발하는 빛은 마치 천상에서 떨어지는 별처럼 보이지 않았을까? 나는 바닥에 등을 세게 부딪치는 바람에 그 충격으로 불꽃막대를 놓치고 말았다. 한참 동안이나 넋이 나간 상태로 꼼짝 않고 누워 입안 가득 비릿한 피 냄새를 느끼며 헐떡였다. 바닥에 충돌하면서 혀를 씹은 것 같았다.

나는 몸을 굴려 입에 괸 피를 바닥에 뱉은 다음, 땅에 무릎을 대고 일어나려 했다. 다음 순간, 놈이 새된 소리를 내지르며 긴 팔을 내뻗고 달려들었다. 우람한 어깨 위에서는 검은 눈동자가 데굴거리고 쩍 벌린 입에서는 침이 질질 흐르고 있었다. 나는 번개 같은 속도로 총을 꺼내 방아쇠를 당겼다. 어린 안트로포파기가 쓰러지더니 악취가 풀풀 나는 시궁창 속에서 온몸을 뒤틀며 발악했다. 정말이지 운이 따라 줬다고밖에는 표현할 길이 없었다. 하지만 그런 천운을 기뻐할 틈도 신기해할 틈도 없었다. 이번에는 그의 형제가 나를 덮쳤기 때문이다. 나는 엉겁결에 뒷걸음질을 치며 두 발이나 총을 쐈지만 두 번 다 빗나갔다.

방금 전까지 내 발이 있던 자리에 갑자기 총알이 날아와 박혔다. 그러고는 즉시 두 번째 총알이 날아왔다. 컨스였다. 그가 내 머리 위에 엎드려 나를 밀쳐 떨어뜨린 구멍을 통해 놈들을 조준하고 있었다.

등이 벽에 부딪쳤다. 나는 다리를 그대로 벌린 채 바닥으로 미끄러져 앉아 나를 향해 달려드는 형체에 대고 두 발을 쐈다. 내가 쏜 총알은 빗나갔지만, 컨스가 쏜 세 번째 총알이 놈에게 명중했다. 오른쪽 어깨에 탄환을 맞아 팔을 못 쓰게 되어도 놈은 움직임을 늦추지 않았다. 놈들은 영장류 중에서 아킬레스건이 가장 잘 발달된 종이다. 한 번 뛰어오르면 12미터까지 도약할 수 있고……. 박사는 이렇게 설명했었다. 아직 덜 자란 안트로포파기가 그런 먼 거리를 단숨에 뛰어오르는 것은 무리한 일이었다. 하지만 지금 놈에게 필요한 것은 고작 3미터였다. 놈이 도약했다. 치명적인 공격을 날릴 기세로 왼쪽 팔을 몸과 직각으로 치켜들었다. 내게 남은 탄약은 한 발뿐이었고, 결정을 내릴 시간도 1초뿐이었다.

그때 행운의 여신이 내 결정을 덜어 주었다. 놈의 몸뚱이가 공중에서 갑자기 뻣뻣해지더니 어깨 사이를 강타한 충격에 윗몸이 뒤로 획 젖혀졌다. 두 번째 총알은 등짝 한가운데에 명중했다. 놈은 내 발 아래 떨어져 가슴을 들썩이며 가냘픈 신음을 내뱉었다. 긴 손톱이 흙바닥을 부질없이 할퀴더니 마지막 숨을 들이쉬고는 마침내 죽음의 손에 끌려갔다.

머리 위에서 흡족한 웃음소리가 들렸다.

빛이 닿지 않는 방 저편에서 익숙한 목소리가 내 이름을 불렀다.

"윌 헨리? 거기 너냐?"

나는 고개를 끄덕였다. 도저히 대답을 할 수가 없었다. 수년 만에 그 목소리를 듣는 것만 같았다. 이제까지 수도 없이 나를 무섭게 하고, 불안하게 하고, 비이성적인 두려움과 걱정에 휩싸이게 한 목소리건만, 지금 나는 기쁨의 눈물을 흘리고 있었다.

"네, 박사님." 나는 대답했다. "저예요."

괴물학자가 허둥지둥 내게로 달려왔다. 그는 내 어깨를 붙잡고 두 눈을 깊숙이 들여다보았다. 그곳에는 나에 대한 염려로 가득한 그 자신의 얼굴이 비치고 있을 터였다.

"윌 헨리!" 그가 다정하게 외쳤다. "너 왜 여기 있는 거냐?" 그는 나를 품 안에 끌어안고는 야단치듯 속삭였다. "넌 나한테 꼭 필요한 존재라고 했잖니. 그게 거짓말이라고 생각하는 거냐? 내가 어리석고 형편없는 과학자인 데다 야망과 자존심에 눈이 멀어 진실을 보지 못하는 인간일지는 몰라도 절대로, 절대로 거짓말쟁이는 아니다."

그는 나를 놓아주고는 뜻하지 않은 고백에 부끄럽기라도 한 양 고개를 돌리더니 다시 나를 쳐다보며 툴툴거렸다. "정직하게 털어놔라, 이 바보 같은 녀석아, 다친 데는 없니?"

나는 팔을 들어 올렸다. 그는 등불을 위아래로 움직이며 상처를 찬찬히 살폈다. 그의 어깨 너머 빛무리의 가장자리에(불꽃막대가 드디어 꺼져 버렸기 때문이다.) 말라키의 모습이 보였다. 그는 우리의 감동적인 만남을 지켜보고 있는 것이 아니었다. 그는 우리의 머리 위에 있는, 내가 떨어진 구멍을 바라보고 있었다.

박사는 내 상처에서 흙먼지를 조심스럽게 쓸어 내고 허리를 굽혀 자세히 뜯어보았다. "상처 부위가 깔끔하구나. 생각보다 얕기도 하고. 몇 바늘만 꿰매면 금방 나을 거다. 전투의 훈장은 좀 남을지 모르지만."

"저기 뭐가 있어요." 말라키가 손가락으로 천장을 가리키며 갈라진 목소리로 말했다. "저 위에요!"

말라키가 장총을 어깨 위로 쳐들었다. 그때 컨스가 자기 이름을 말하며 뛰어내리지 않았다면 그는 틀림없이 방아쇠를 당겼을 것이다. 컨스는 체조선수처럼 두 팔을 양쪽으로 벌리며 보기 좋게 바닥에 착지했고, 그 자세 그대로 우리를 끌어안는 척했다.

"끝이 좋으면 다 좋은 법이지!" 그가 쾌활하게 말했다. "아니면 거의 끝났다고 해야 하려나. '아직까진 순조롭다'는 쪽이 정확하겠군. 그런데 자네가 여기 있다니, 펠리노어. 마침 아슬아슬한 차에 딱 맞춰 도착했어! 정말 다행일세!"

말라키가 눈을 가늘게 뜨며 응수했다. "정말 신기하게도 말이죠."

"오, 젊은 친구, 자네는 85년에 니제르에서 무슨 일이 있었는지 모르지? 정말로 신기하다는 건 그런 걸 두고 하는 말이란다."

"나도 같은 생각일세." 박사가 말했다. "말해 보게 컨스, 왜 윌 헨리는 이 아래 있는데 자네는 위에 있었던 건가?"

"윌 헨리는 떨어졌고 나는 안 떨어졌거든."

"떨어졌다고?" 워스롭이 반문했다. 그는 내게 물었다. "그게 정말이냐, 윌 헨리?"

나는 고개를 저었다. 거짓말은 가장 저열한 형태의 말장난이다. "아뇨, 박사님. 전 떠밀렸어요."

"떨어지나 떠밀리나, 표현상의 문제지." 컨스는 콧방귀를 뀌고는 말라키가 총을 들어 올려 그의 가슴에 총구를 겨냥하는 것을 보며 재미있다는 듯 웃었다. "어디 해 보렴." 그는 분노한 고아 소년을 도발했다. "그 빌어먹을 방아쇠를 당겨, 징징 짜는 것밖에 모르는 겁쟁이 울보 자식아. 내가 죽든 살든 그런 것에 연연할 거라고 생각하냐? 아, 하지만 아직 우리 일이 끝나지 않았다는 걸 염두에 두지그래. 우리가 쫓는 우두머리 암컷은 아직도 저 암흑 속 어딘가에 숨어 있지. 그것도 별로 멀리 있지 않을 거다. 어쨌든 네 심판 위에 있는 심판을 통과하지 못할 테니까, 쏘고 싶으면 쏘렴, 그럼 나는 기꺼이 후회 없이 죽을 테니!" 그는 얼굴 가득 함박웃음을 띠며 말라키에게 도발적으로 가슴을 내밀었다.

"어쩌다가 아래로 떠밀렸니, 윌 헨리?" 박사가 옆에서 펼쳐지고 있는 드라마에는 하등 관심도 없다는 듯 내게 물었다. 그는 컨스의 과장된 언행에는 이골이 나 있었다.

"절 속였어요." 나는 배신자 쪽으로는 얼굴을 돌리기조차 거부하면서 낮은 목소리로 털어놓았다. "전 저 사람이 이 방을 발견했고 놈들이 여기 있는 것도 알고 있었지만 겨냥을 제대로 할 수가 없어서 일단 표시만 해 뒀다가 절 이쪽으로 꾀어냈다고 생각해요. 제가 부상당한 걸 알고는 피 냄새를 풍기면 놈들을 끌어낼 수 있다고 생각한 거죠. 그런데 놈들이 나오질 않으니까……."

"내 입장에서 변명을 좀 하자면." 컨스가 말했다. "그래서 무기를 줬잖니. 아무 대책 없이 널 늑대 굴에 집어던진 것도 아니야. 알다시피 내가 위에서 기다리고 있다가 녀석들을 쏘아 죽였으니까. 난 어떤 상황이 닥쳤을 때 무엇을 어떻게 해야 할지 고민하지 않아. 그저 거기 대응할 뿐이지. 여기 있는 말라키가 사랑하는 여동생이 그를 가장 필요로 할 때 그 애를 버린 것처럼……."

"컨스, 그만하게!" 괴물학자가 큰 소리로 포효했다. "닥치지 않으면 내가 쏴 죽여 버릴 테니까."

"왜 인간이 구제불능인지 아나, 펠리노어? 왜냐하면 우리는 인간이 다른 모든 것을 결정하는 규칙보다도 더 위에 있다는 달콤한 거짓말과 사랑에 빠져 있기 때문이지."

"무슨 소리를 하는지 하나도 모르겠어." 말라키가 힘 빠진 목소리로 말했다. "그렇지만 저 사람이 생각하는 방식은 마음에 안 들어. 그러니까 우리 그냥 저 아저씨를 다치게 한 다음에 미끼로 사용하죠?"

"오, 기꺼이 자원하지." 컨스가 잽싸게 대꾸했다. "그렇지만 상황을 보건대 더 이상 그런 건 필요하지 않을 것 같구나." 그는 박사의 손에서 등불을 빼앗아 들더니 성큼성큼 걷기 시작했다. 장화가 진창 바닥에 부딪쳐 질척거리고, 한번 발을 내디딜 때마다 반대쪽 발 뒤꿈치가 최소한 2센티미터는 넘게 바닥에 파고들었다. 벽에 이르자 그는 몸을 돌리고 우리에게 이쪽으로 오라고 손짓했다.

그는 입술 앞에 손가락을 가져다 대더니 아래쪽을 가리켰다. 벽과 바닥이 만나는 곳에 내 어깨 너비의 두 배쯤 되어 보이는 구멍이 나 있었다. 그가 거칠고 뾰족한 입구에 등불을 가까이 대자 우리는 그 어두컴컴하게 벌린 아가리 속을 노려보았다. 거의 45도에 가까울 정도로 가파른 내리막길이 나 있었다. 컨스가 벽 주위에 흩어져 있는 발자국과 통로 입구에 나 있는 얕은 손톱자국을 가리켰다.

우리는 깜짝 놀라 뒤로 물러섰다. 컨스가 차분하게 말했다. "발자국 두 쌍이 보이는군, 그렇지 펠리노어?" 박사가 고개를 끄덕이자 컨스가 말을 이었다. "아직 작은 새끼와 암컷 성체야. 두 마리가 들어갔다 나온 흔적은 없고. 어째서 한 마리만 데려가고 다른 새끼들은 여기 남겨 뒀는지 모르겠지만, 어쨌든 그것만은 분명해. 어쩌면 이 둘이……." 그는 고갯짓으로 죽은 안트로포파기를 가리켰다. "따라갔다가 다시 여기로 돌아온 건지도 몰라. 발자국을 보면 그런 것 같지는 않지만. 어쨌든 가능성은 두 가지네. 이 길이 더 깊숙한 곳에 있는 안쪽 방으로 이어지거나, 아니면 지상으로 가는 탈출로라는 거야. 그리고 그걸 알아낼 방법은 하나뿐이고. 자네 생각은 어떤가, 펠리노어?"

박사는 마지못해 고개를 끄덕였다. "동의하네."

"만일 녀석들이 아직 탈출하지 않았다면 방금 일어난 소동 덕분에 어미도 우리가 가까이 있다는 걸 알게 되었을 테지. 그러니 당연히 우리가 쫓아올 거라는 걸 예상하고 있을 테고."

"난 괜찮아요." 말라키가 단호하게 총을 고쳐 쥐며 말했다. "놈을 실망시킬 순 없죠."

"넌 여기 남는다." 컨스가 말했다.

"난 아저씨 명령 같은 거 안 들어요." 말라키가 빈정거렸다.

"좋아." 컨스가 부드럽게 말했다. "그렇다면 펠리노어의 지시를 따라라. 우린 여기서 탈출구를 지킬 사람이 필요해. 윌 헨리도 보살펴야 하고."

"난 애나 보려고 여기까지 따라온 게 아니에요!" 말라키가 큰 소리로 외치고는 워스롭에게 애원하기 시작했다. "제발요, 이건 내 권리예요."

"권리? 그게 무슨 뜻이냐?" 컨스가 쏘아붙였다. "놈들은 개인적인 원한 같은 게 있어서 그런 짓을 한 게 아니다. 그건 너도 알지? 놈들은 배가 고팠고 그래서 먹은 것뿐이야. 그럼 너는 배가 고플 때 어떻게 하는데?"

워스롭이 말라키의 어깨를 다독였다. "컨스는 당연히 가야 한다. 그는 전문 사냥꾼이니까. 그리고 나도 가야 해. 만일 누군가한테 '권리'가 있다면 그건 나니까." 나는 박사가 지하실 천장에 매달린 우두머리 암컷의 짝을 앞에 두고 중얼거리던 말을 떠올렸다. 놈이 아들로 만족할지 모르겠구나. "그리고 한 사람은 반드시 여기 남아 있어야 한다. 혹여 어미가 다시 이곳으로 돌아올지도 모르니까. 윌 헨리가 여기 남아야겠니? 저 애를 봐라, 말라키. 윌 헨리는 아직 어린애야."

말라키는 섬뜩할 정도로 새파란 눈동자를 돌려 내 얼굴을 응시했다. 나는 거기서 새어 나오는 지독한 고뇌를 차마 마주할 자신이 없어 고개를 돌려 버렸다.

"저도 할 수 있어요." 내가 말했다. "제가 입구를 지킬게요. 말라키를 데려가세요."

하지만 당연히도 내 말은 무시당했다. 말라키는 뾰로통한 얼굴로 박사와 컨스가 장비와 탄약을 점검하는 모습을 지켜보았다. 컨스는 박사의 자루에서 불꽃막대 두 개와 길에 표시를 할 종이봉투 몇 개를 꺼내 자신의 천 자루에 챙긴 다음 수류탄이 제대로 작동하는지 확인했다. 박사가 나를 옆으로 따로 불러내더니 말했다.

"영 불길한 예감이 드는구나, 윌 헨리. 뭐라고 콕 짚어 말할 수는 없지만 말이다. 어미는 이렇게 막다른 곳으로 돌아오지 않을 거다. 그러기엔 너무 영악하거든. 자진해서 새끼 두 마리를 우리한테 남겨 둔 것도 아니다. 놈의 습성을 생각하면 그럴 리가 없어. 정신 바짝 차리고 뭔가 이상한 걸 보거나 듣거들랑 곧장 우리를 부르렴."

박사는 내 팔을 꼭 쥐더니 심각한 말투로 덧붙였다. "그리고 제발, 혼자 쫄래쫄래 돌아다니지 마라! 내가 돌아왔을 때 이 자리에 그대로 있어야 한다, 윌 헨리."

"네, 박사님." 나는 최대한 침착하게 대답했다.

"살아 있으면 더 좋고."

"노력할게요, 박사님."

나는 무거운 마음으로 박사가 컨스와 함께 통로를 향해 걸어가는 모습을 지켜보았다. 묘하게 불안한 느낌이 들었다. 뭔가 그에게 할 말이 있었다. 그에게 말해야 할, 뭔가 아주 중요한 것이 있는데 잊어버린 것만 같았다.

"얼마나 기다려요?" 말라키가 물었다.

"뭘 기다려?" 컨스가 물었다.

"얼마나 기다렸다가 두 분을 찾으러 가야 하냐고요."

컨스는 고개를 가로저었다. "쫓아올 생각은 하지 마라."

벽 앞에서 컨스는 괴물학자에게 먼저 가는 영광을 양보한다는 듯이 팔을 크게 저으며 절을 해 보였다. 잠시 후, 안트로포파기 여왕과 그녀의 마지막 남은 새끼 한 마리를 찾아 떠나는 두 사람의 모습이 사라지고 그들이 들고 있던 등불의 불빛도 얼마 안 가 금세 희미해졌다.

말라키는 한동안 입을 열지 않았다. 그는 바닥에 쓰러져 있는 안트로포파기에게 걸어가 등에 두 발을 맞은 시체를 총 끝으로 쿡 찔렀다. "저게 내 거야." 등 한가운데 난 검은 총구멍을 가리키며 말했다. "두 번째 총알 말이야. 저걸 맞고 죽었지."

"그럼 네가 내 목숨을 구한 거구나." 내가 말했다.

"어떻게 생각해, 윌? 난 이제 다섯 명의 목숨을 더 속죄해야 하는 걸까?"

"넌 그때 가족들을 도울 수가 없었어. 너도 네 방에 갇혀 있었잖아. 그리고 엘리자베스를 구할 수도 없었어. 상황이 그런데 네가 어떻게 개를 구했겠어?"

말라키는 대답하지 않았다. "모조리 다 꿈이었던 것 같아." 한참 후에 그가 말했다. 그는 발밑에 늘어진 시체를 바라보았다. "이런 거 말고, 내가 예전에 살던 삶 말이야. 놈들이 나타나기 전에. 원래는 그 반대여야 할 것 같지만, 정말 이상해, 윌."

말라키는 내가 악마의 구유에서 안트로포파기의 소굴로 이어지는 통로로 떨어진 후에 무슨 일이 있었는지 들려주었다. 컨스의 말은 사실이었다. 그들은 정말로 아래쪽으로 이어진 듯이 보이는 넓은 길 두 개를 발견했다. 박사와 말라키가 한쪽 길을 택했고, 컨스는 다른 길로 갔다. 그리고 그곳에서 버림받은 안트로포파기와 나를 발견한 것이다. 나는 능숙한 추적꾼이자 사냥꾼인 컨스가 실은 그 전에 이미 나와 안트로포파기의 흔적을 눈치챘다고 생각한다. 내가 어디에 있는지 알면서도 다른 사람들에게 그 사실을 알리지 않았던 것이다.

박사와 말라키가 택한 길은 무수한 작은 길과 연결되어 있었고, 갈림길이 나올 때마다 두 사람은 내리막길을 택했다. 그리고 이 마지막 굴로 오던 중, 박사가 암컷의 흔적을 발견했다. 축축한 흙바닥에 아직도 뚜렷한 자국이 남아 있었고, 두 사람은 그 흔적을 따라 지금 우리가 박사가 돌아오기를 기다리고 있는 이 방에 도착한 것이다.

"놈이 저기서 뛰쳐나왔어." 말라키가 시체 맞은편에 있는 구석진 자리를 가리키며 말했다. "하지만 컨스가 먼저 와 있다는 걸 알았지. 안에서 빛도 보이고 총소리도 났거든. 그렇지만 네가 있을 줄은 꿈에도 몰랐어, 윌."

"나도 그래."

말라키는 장총에 몸을 기댔다. 그의 체중에 못 이겨 개머리판이 천천히 부드러운 흙 속으로 파고들기 시작했다. 말라키는 총을 들어 나무판에 물기가 스며든 것을 보았다.

"바닥에 물기가 엄청 많네. 벽도 젖어 있고. 근처에 지하수가 있거나 강이 있나 봐."

그가 옳았다. 강이 있었다. 강은 동굴과 거의 직각을 이루며 약 6미터쯤 우리 아래쪽에 있었는데 봄이면 수량(水量)이 거의 두 배로 늘었다. 해마다 계절이 바뀌면 강폭이 늘어나 강둑을 삼켜 버렸고, 우리가 서 있는 땅은 점점 더 많은 물을 먹고 불안정해졌다. 안트로포파기가 발견한 것도 그곳이었다. 강은 그들에게 깨끗한 식수를 제공해 주었고 새끼들도 굳이 물을 찾아 지상으로 나갈 필요가 없었다. 컨스와 박사가 택한 길은 강둑 옆에 있는 우묵한 공터로 연결되어 있었다. 괴물들은 그곳에서 물을 마시고 멱을 감았다. 물론 인간이 몸을 씻는 것과는 달랐지만 말이다. 놈들은 헤엄을 칠 줄도 모르고 깊은 물을 두려워했지만 라쿤처럼 그들의 긴 손톱에 끼어 있는 피와 내장 조각을 물로 씻어 냈다. 또 놈들은 진흙 구덩이에서 미끄럼을 타거나 악어가 물거품 속에서 입을 어적이듯이 흐르는 물에 입을 부시면서 몸을 문지르고 진흙 목욕을 하는 것을 좋아했다. 그런 특이한 의식을 하는 정확한 이유는 모르지만, 어쩌면 서로의 이빨을 청소하는 것처럼 위생적인 이유 때문인지도 모른다.

어미가 가장 어리고 연약한 한 살짜리 "어린애"를 데리고 간 곳도 그 지하수가 흐르는 곳이었다. 박사의 말마따나 어미가 그나마 나이가 있는 자식들을 남기고 간 것은 참으로 특이한 일이었지만, 나는 그녀가 원래는 다시 돌아올 작정이었다고 믿는다. 아니면 겁먹은 자식들이 당황한 나머지 어미의 뒤를 따르지 않은 것인지도 모른다. 어쨌든 박사와 컨스는 통로의 끝, 생명이 충만한 물가에서 어미가 데리고 도망친 어린 새끼가 으르렁거리며 낑낑대고 있는 것을 발견했다. 아직 혼자서 도망치거나 스스로를 보호할 수도 없는 나이 어린 새끼였다. 그 나이대의 안트로포파기는 놈들의 사냥감인 인간과 마찬가지로 제대로 걷지조차 못한다. 컨스는 곧장 새끼에게 다가가 한 발로 숨통을 끊어 버렸다.

메아리치는 총소리가 우리 귀에까지 들려왔다. 말라키는 그 소리에 몸을 긴장시키며 장총을 손에 들고 땅굴 입구를 향해 몸을 돌렸다. 우리의 발밑에서, 두 사냥꾼은 어미가 곧 가까운 곳에서 번개처럼 달려 나오리라 기대하며 숨죽여 기다리고 있었다.

그리고 그들의 생각은 옳았다. 어미가 모습을 드러냈다.

어미는 남은 자식들을 데리러 돌아왔다. 컨스와 박사가 어미와 마주치지 않은 것은 놈이 다른 길을 택했기 때문이었다. 말라키 스티넷의 발밑으로 곧장 연결되어 있는 통로였다.

말라키의 등 뒤에 있는 바닥이 갑자기 무너지면서 진창과 물보라가 튀어 올랐다. 그는 바닥이 불쑥 꺼지는 바람에 균형을 잃고 무릎을 후들거리며 쓰러졌고, 손에서 총을 놓치고 말았다. 진창에 얼굴을 처박지 않으려고 용을 쓰다가 말라키가 어깨에 지고 있던 천 자루가 소리를 내며 찢어졌다. 바닥에 난 구멍이 순식간에 더 커다랗게 벌어지면서 그의 몸이 뒤로 하릴없이 젖혀졌다. 그의 아름다운 푸른 눈에 내게는 너무나도 익숙한 감정이 떠올랐다. 나는 전에도 그것을 본 적이 있었다. 불쌍한 에라스무스 그레이와 가엾은 내 아버지의 눈에서 봤던 그것, 피할 수 없는 죽음을 앞두고 사람들이 짓는 이상하고도 왠지 과장된 그 섬뜩한 표정.

말라키의 손가락이 젖은 흙을 한 움큼 움켜쥐었다. 그의 다리가 속수무책으로 버둥거렸다. 땅속으로 거침없이 쏟아지는 소용돌이 진흙 속으로 그의 발목이 빨려 들어갔고, 다음 순간 뭔가가 그의 장화를 움켜쥐고는 아래로 끌어당겼다. 단 세 번 만에 그의 몸이 무릎까지 땅 밑으로 끌려 들어갔다.

말라키가 비명을 지르며 내 이름을 불렀다. 그의 몸이 팽이처럼 무시무시한 속도로 회전하는 바람에 목이 반쯤 꺾여 있었다. 나는 그의 목이 부러졌을 것이라고 짐작했다. 말라키의 몸이 벌써 반이나 바닥으로 빨려 들어가 몸부림치는 상체만 남았다. 말라키가 두 팔을 활짝 벌리며 나를 향해 애원하듯이 내밀었다. 에라스무스 그레이가 그랬듯이, 내 아버지가 그랬듯이, 그리고 그 소리 없는 애원이 그 자리에 얼어붙은 양 꼼짝도 못 하고 있던 나를 퍼뜩 정신 차리게 만들었다. 나는 앞으로 몸을 날렸다. "꽉 잡아, 말라키! 꽉 잡아!" 그는 내 손을 뿌리쳤다. 그러고는 내 옆에 놓여 있는 천 자루를 향해 격렬한 손짓을 보냈다. 그는 부글부글 거품을 내며 끓어오르는 진흙 구덩이에 벌써 가슴까지 잠겨 있었고, 그를 붙잡고 있는 것은 페로니아 호에서 항법사 번스의 가슴에 주먹을 찔러 관통시킨 바로 그 암컷이었다. 말라키의 입에서 피가 뿜어져 나왔다. 그녀는 그의 허리에 손톱을 찔러 넣어 손아귀에 척추를 그러쥔 다음 그것을 손잡이처럼 이용해 그의 몸을 끌어당기고 있었다.

나는 그제야 말라키가 원하는 것을 알 수 있었다. 그가 바라는 것은 자신의 목숨이 아니었다. 에라스무스나 내 아버지와는 달리, 말라키가 원하는 것은 구원이 아니었다. 그는 그런 것을 바란 적이 없었다. 그러기엔 이미 너무 늦어 있었다.

말라키가 다시 발악하듯이 자루를 가리켰다. 나는 그것을 말라키의 팔에 걸어 주고는 그가 수류탄을 꺼내는 모습을 묵묵히 지켜보았다. 말라키는 수류탄을 가슴 앞에 꼭 쥐고 핀에 손가락을 끼웠다. 붉게 물든 이를 드러내며, 말라키 스티넷은 내게 자부심 어린 미소를 보냈다.

말라키는 눈을 감았다. 머리가 뒤로 젖혀졌다. 그의 얼굴은 너무나도 평온했다. 그의 모습이 서서히 땅 밑으로 사라져 갔다. 가장 먼저 그의 팔과 가슴, 그다음에는 목, 그리고 마침내 그가 두 눈을 번쩍 뜨더니 내 눈을 똑바로 쳐다보았다.

"엘리자베스를 위해." 그가 속삭였다.

말라키는 피거품 속으로 사라졌다. 나는 황급히 뒤로 물러났다. 바닥이 요동치고 벽이 들썩였다. 천장에서 큼지막한 돌덩어리가 떨어지기 시작했다. 곧이어 엄청난 충격이 나를 공중으로 내팽개쳤다. 나는 하필이면 말라키의 총에 맞은 안트로포파기 새끼의 시체에 부딪쳐 떨어졌다. 나는 한동안 넋이 빠진 채로 그 위에 누워 있었다. 귀는 먹먹했고 몸은 진흙투성이였으며 살점과 뼈다귀 속에 묻혀 있었다. 나는 일어나 앉아 눈을 비볐다. 연무처럼 공중에 떠다니는 미세한 화약 잔여물이 목에 걸려 화끈거렸다. 나는 대참사의 진원지를 바라보았다. 폭발은 지름이 3미터나 되는 거대한 구멍을 만들었고, 그 분홍색 표면 한가운데에서는 느릿느릿 공기방울이 올라오고 있었다.

박사님은 어디 있지? 나는 오른쪽으로 몸을 돌려 검은 연무 속에 가려진 입구를 찾아 눈으로 더듬었다. 혹시 입구가 무너졌나? 박사와 컨스가 저 아래 갇혀 버린 건 아닐까? 안 그래도 습기 때문에 약해져 있던 땅굴이 폭발 때문에 두 사람 위로 무너져 내렸다거나 아니면 설마 산 채로 묻힌 건 아니지?

나는 후들거리는 다리를 가까스로 딛고 조금씩 벽 쪽으로 다가가다가…… 멈춰 섰다. 연기가 다소 가시고 나니 땅굴 입구가 보였다. 걱정했던 것처럼 무너지지는 않았다. 하지만 내 발이 멈춘 것은 그 모습이 반가워서가 아니었다. 문제는 소리였다. 폭발로 붉게 물든 등 뒤 구덩이 속에서 뭔가가 기어 올라오는 소리였다.

모골이 송연했다. 견갑골 사이의 피부가 따끔거리며 근육에 경련이 일어났다. 나는 천천히 고개를 돌렸다. 어미의 모습이 조금씩 솟아오르고 있었다. 마치 파도 속에서 나타나는 비너스처럼. 놈의 새하얀 피부 곳곳에는 수류탄 파편이 박혀 있었고 말라키와 그녀 자신의 피로 뒤범벅이 되어 있었으며, 한쪽 팔은 폭발에 완전히 뜯겨져 날아갔다. 그러나 몸뚱이는 너덜너덜해졌을망정 불굴의 의지만은 여전히 남아 있었다. 참으로 아이러니하게도 말라키의 몸이 오히려 방패가 되어 폭발의 충격으로부터 그녀를 보호해 준 것이다.

그리고 이제 안트로포파기들의 어머니, 그 잔인한 씨족의 여왕이 남아 있는 한 개의 눈으로 사랑스러운 새끼의 옆에서, 박사의 말을 빌리면 어미가 목숨을 불사하고라도 무조건 보호해야 한다는 강박관념을 지닌 새끼의 시체 옆에서 나를 노려보고 있었다. 그녀 자신의 통증은 그다지 중요하지 않았다. 목숨이 위험할 정도로 심각한 부상을 입고 있다는 사실도 그다지 중요하지 않았다. 그녀를 움직이는 것은 생명 그 자체만큼이나 오래된, 박사가 목사관에서 감탄해 마지않았던, 무엇과도 비할 수 없는 강력한 의지였다. 모성애란 얼마나 위대한 것이냐, 윌 헨리!

바로 그 압도적인 본능이 그녀를 조종해 꼼짝도 못 하고 움츠리고 서 있는 내게 달려들도록 만들었다. 나는 공포의 서늘한 손아귀에 붙들려 우유부단함 속에서 고뇌하고 있었다. 어미는 넝마가 된 몸으로도 소름 끼칠 정도로 무시무시한 속도로 움직였고, 설령 내가 통로 입구로 뛰어들더라도 순식간에 나를 따라잡을 것이다. 그리고 어쩌면 저 길은 무너진 토사에 막혀 있을지도 모른다. 내가 문득 정신을 차렸을 때, 우리 사이의 거리는 벌써 절반으로 줄어 있었다. 나는 허리춤에서 박사의 총을 꺼내 들었다. 방아쇠를 당겼을 즈음 놈은 이미 내 위로 달려들고 있었다. 그제야 박사에게 무슨 말을 하려고 했는지 기억났다. 총알. 나는 박사에게 총알을 더 달라고 말하는 것을 깜박 잊었던 것이다. 내게 남은 총알은 한 발뿐이었다.

단 한 발. 단 한 번의 기회. 총알이 빗나가기라도 한다면, 혹은 치명적인 부위를 놓치기라도 한다면 나는 끝장이었다. 다른 무엇도 아닌 나 자신의 건망증 때문에 비참한 결말을 맞이하게 되는 것이다.

녀석이 마지막 일격을 노리며 자세를 가다듬었다. 긴 팔이 길게 뻗어 오고, 커다랗게 벌린 입이 눈앞으로 다가왔다. 검고 잔인한 눈동자가 매섭게 빛난다. 놈이 공중으로 뛰어오르기 전에 어떻게든 피해야 한다. 그래서 나는 그렇게 했다. 내가 이용한 것은 총알이 아니라, 놈의 모성애였다.

나는 누워 있는 어린 새끼의 시체 옆으로 몸을 날렸다. 녀석의 축 늘어진 허리에 총을 들이대고는 허파가 떠나가도록 미친 듯이 소리를 지르며 속으로는 제발 녀석의 동물적 감각이 새끼가 더 이상 살아 있지 않다는 사실을 알아차리지 못하기만을 간절히 기도했다. 순간 발이 바닥에 미끄러지는 바람에 나는 외마디 비명을 지르며 옆으로 쓰러졌다. 내 왼팔이 이상한 각도로 새끼의 머리 없는 어깨 위로 걸쳐졌다. 놀랍게도 내 얼토당토않은 도박이 먹혀들었다. 어미가 갑자기 동작을 멈췄다. 킁킁거리며 냄새를 맡더니 묘하게 혀를 굴려 목구멍에서 암소가 송아지를 부를 때 내는 듯한 소리를 냈다.

어미가 알아채기까지는 얼마 걸리지 않았다. 1초도 안 돼 놈은 언제라도 도약할 수 있게 웅크린 자세로 하나밖에 남지 않은 눈을 빛내면서 거리를 좁혀 들어왔다. 놈의 입에서 나는 썩은 냄새가 코에 느껴질 정도였다. 동굴처럼 크고 컴컴한 입속에 줄지어 솟아 있는 길고 날카로운 이빨이 번득거렸다.

기다려, 윌 헨리. 기다려야 해. 녀석이 더 가까이 올 때까지 기다려. 더, 더 가까이 올 때까지! 3미터, 2미터, 1미터, 반 미터…….

그리고 바로 그때, 놈의 검고 영혼 없는 눈동자에 비친 내 모습이 눈에 보일 정도로 놈이 가까이 접근했을 때, 온 세상의 풍경이 놈의 썩은 입내와 설겅거리는 이빨과 미끈하고 축축한 희멀건 피부로 채워졌을 때, 죽음이 간발의 차이로 내 눈앞에 다가왔을 때, 나는 놈의 아랫배에 총구를 대고 방아쇠를 당겼다.

13장

"당신이 짊어진 그의 짐."

그해 5월의 어느 날 아침, 한밤중에 찾아온 늙은 도굴꾼의 방문에서 시작된 (박사의 표현을 빌리면) '안트로포파기 사건'이 일어난 지 정확히 한 달 뒤, 나는 박사의 호출을 너무 오랫동안 무시했다는 이유로(다시 말해 처음 불렀을 때 대답하지 않아서) 끝이 없다 못해 해링턴 레인 425번지를 지진처럼 뒤흔들고 있는 그의 닦달에 못 이겨 계단을 뛰어 올라가고 있었다.

"윌 헨리! 윌 헨리이이이이이이이!"

그는 욕실에 있었다. 손에는 면도칼이 들려 있고 반쯤 면도된 턱에는 곳곳에 반창고가 붙어 있었으며, 대야에 담긴 물은 분홍색으로 물들어 있었다.

"뭘 하고 있는 거냐?" 내가 숨을 헐떡거리며 들어가자 그가 다급하게 물었다.

"박사님이 부르셨잖아요."

"그게 아니라 내가 널 부르기 전에 뭘 하고 있었느냔 말이다. 뭘 하고 있었길래 내가 불렀는데도 재깍재깍 달려오지 않고 미적거렸던 거냐?"

"아침식사를 차리고 있었어요, 박사님."

"아침식사라고? 지금이 몇 신데?"

"9시가 다 됐는데요."

"난 면도라면 질색이다." 박사가 면도칼을 내밀었다. 내가 칼을 받아 들자 그는 실내용 변기 위에 걸터앉았고, 나는 남은 면도를 마저 끝내기 시작했다. "다 됐느냐?"

"아직 목에 좀 남았어요."

"면도 얘기를 하는 게 아니다, 윌 헨리. 아침밥 말이야."

"아니요, 박사님. 아직 다 안 됐어요."

"아니, 왜?"

"중간에 일이 생겨서요."

"무슨 일?"

"박사님이 절 불렀잖아요."

"지금 나한테 대드는 거냐, 윌 헨리?"

"아닌데요."

박사가 구시렁거렸다. 나는 칼날을 깨끗하게 닦았다. 그가 내 손을 따라 시선을 움직였다. "팔은 좀 어떠냐, 윌 헨리? 요즘엔 봐줄 틈이 없었구나."

"많이 좋아졌어요, 박사님. 어젯밤에는 흉터에서 빛이 나는 것 같더라고요."

"그건 네 착각이야."

"네, 저도 그렇게 생각해요."

"그래, 아침식사는 뭐냐?"

"감자 팬케이크랑 소시지요."

박사는 얼굴을 찌푸렸다. 면도날이 그의 목을 긁어 내렸다. 면도에는 박자가 있다. 밀고, 밀고, 닦고, 밀고, 밀고, 닦고. 그의 눈은 한시도 내 얼굴을 떠나지 않았다.

"편지 온 건 없느냐, 윌 헨리?"

"네, 없어요."

"어제도 없었는데, 거 이상하구나."

"어제는 일요일이었잖아요. 그리고 원래 우편은 10시가 넘어야 와요."

"일요일이었어? 확실하니?"

나는 고개를 끄덕였다. 밀고, 밀고, 닦고.

"시장에서 스콘 사 오는 것도 깜박했겠구나."

"안 까먹었어요, 박사님."

그는 안도의 한숨을 내쉬었다. "잘했다. 스콘이나 하나 먹어야겠다."

"안 돼요, 박사님."

"아니, 왜? 정말로 나한테 반항하는 거냐? 이 집 주인은 나다, 윌 헨리. 그러니 내가 먹고 싶은 게 있으면 당연히 먹을 수 있어!"

"안 돼요, 박사님. 왜냐하면 어젯밤에 박사님이 마지막 한 개 남은 스콘을 드셨거든요."

"내가?" 그는 진심으로 놀란 듯 보였다. "정말로? 이럴 수가, 기억이 전혀 안 나는데. 확실하니?"

나는 그렇다고 대답하며 따뜻한 수건으로 그의 얼굴에 붙어 있는 수염 부스러기를 닦아 냈다. 그는 거울을 보며 대충 얼굴을 뜯어보았다.

"애석한 일이야." 박사가 중얼거렸다. "참으로 애석하구나. 먹을 게 없는 것도 서러운데 내가 먹은 것도 기억이 안 난다니! 내 셔츠는 어디 있니, 윌 헨리?"

"옷장에서 본 것 같은데요, 박사님."

나는 그를 따라 침실로 향했다. 그가 셔츠 단추를 꿰는 동안 내가 말했다. "제가 갔다 올게요, 박사님."

"갔다 오다니, 어딜?"

"시장에요. 가서 스콘을 사 올게요."

그는 손을 휘휘 저으며 내 말을 일축했다. "난 배 별로 안 고프다."

"하지만 뭔가 드셔야 하잖아요."

그는 한숨을 푹 내쉬었다. "또 그 지겨운 대화를 반복할 셈이냐, 윌 헨리? 지금 뭐 하는 거냐?"

"아무것도 안 하는데요, 박사님."

그는 뭔가 말하려 했지만 곧 마음을 고쳐먹었다. "오늘 흥미로운 기사는 없었고?"

나는 고개를 저었다. 내 임무 중 하나는 날마다 박사의 흥미를 끌 만한 사건사고가 없는지 신문기사를 살피는 것이었다. 요즘에 그가 관심을 갖고 있는 위험한 사건은 하나밖에 없었다. "아무것도 없어요."

"이상하군." 그가 중얼거렸다. "《글로브》에도?"

나는 고개를 가로저었다. 그가 당국에 살인사건을 신고한 지 2주일이나 지났건만 데덤의 주간지에는 작은 기사 하나와 부고가 실렸을 뿐이었다. 경찰은 박사의 진술과 신고를 그리 심각하게 받아들이지 않는 것 같았다.

"나쁜 자식." 괴물학자가 중얼거렸다. 나는 그가 피해자인 J. F. 스타 박사를 말하는 건지 아니면 그를 죽인 존 컨스를 말하는 건지 알 수가 없었다. 워스롭은 헤제키아 바너와 모틀리 힐의 그 크고 두터운 문 뒤에 갇혀 고통스러운 나날을 보내고 있는 가엾은 환자들에게 정의의 심판을 가져다주겠노라고 맹세했다. 그 약속은 지켜졌다. 그러나 그가 예상했던 방식대로는 아니었다.

사실 나는 안트로포파기 여왕을 쓰러뜨리고 사흘 뒤 데덤에 도착했을 때 박사의 머릿속에 제일 크게 자리 잡고 있었던 것은 그 약속이 아니었을 것이라고 생각한다. 그가 추구하던 것은 정의가 아니라 해답이었다. 공명정대한 심판이 아니라 살풀이였다.

"끝내주는군."

곧 허물어질 것처럼 보이는 정신병원에 도착했을 때 컨스가 한 말이었다. 그는 뉴잉글랜드를 떠나기 전에 우리와 동행하겠다고 우겨 댔다. 그 역시 이번 사건에 관한 워스롭의 새로운 가설이 맞는지 직접 확인하고 싶었던 것이다. 적어도 그의 주장에 따르면 그랬다.

"나도 이런 데 갇힌 적이 있지. 내가 말한 적이 있던가, 펠리노어? 거기서 벗어나는 데 자그마치 3년이나 걸렸어. 내 나이 겨우 열일곱 살 때의 일이네. 그중에서 최악은 날 거기 집어넣은 게 내 사랑해 마지않는 어머니였다는 사실이야. 우리 어머니의 아름다운 영혼에 안식 있으라." 컨스는 나를 내려다보고는 씨익 웃었다. "그분은 네 스승님이 활동하는 협회에도 등록되어 있단다. '괴물, 어머니'라는 항목에 말이야. 내가 집에 돌아온 지 나흘 만에 계단에서 떨어져 목이 부러졌지."

"어머니가 왜 당신을 가뒀는데요?" 내가 물었다.

"워낙에 조숙했거든."

여전히 위아래로 시커멓게 차려입은 브래튼 부인은 아무 기별도 없이 불쑥 나타난 우리를 보고도 그다지 놀란 것 같지 않았다. 박사는 그녀에게 명함과 20달러짜리 금화를 건넸고, 우리는 곧장 좁고 냄새나는 응접실로 안내되었다. 늙은 스타 박사가 잠옷 위에 올이 풀린 낡은 담요를 걸친 채 허겁지겁 들어왔다. 난로에 불이 활활 타오르고 있는데도 그는 몸을 덜덜 떨고 있었다.

격식을 차린 인사말이 오갔다. 컨스는 검은 눈을 어슴푸레하게 빛내며 자신을 화이트채플의 존 J. J. 슈밋 박사라고 소개했다.

"전공이 뭐요, 박사?" 노인이 물었다.

"해부학이오." 컨스가 대답했다.

워스롭이 스타가 탁자 위에 올려놓은 팔꿈치 옆에 동전 두 개를 더 떨어뜨리고는 즉시 심문에 돌입했다.

"슬리델과 메이슨은 누굽니까?"

"미친놈들이지."

"의사로서 내리는 진단이오?" 컨스가 재미있다는 듯 끼어들었다.

"아니요, 하지만 내 장담하건대, 슈밋 박사, 정신병은 내 전문 분야라오."

"남부동맹에서 보낸 작자들이었습니까?" 박사가 물었다.

"자기들 입으로 그런 말을 하지는 않았지. 적어도 나한테는 말하지 않았소. 하지만 내가 그 사람들을 만난 건 딱 한 번, 그것도 아주 짧은 시간에 불과했던지라. 자기들 말로도 '대의'에 미쳐 있다고 하더군, 세상에서 가장 위험한 정신병이지. 왜 자기편한테 버림을 받았는지 알 것 같았소."

"내 선친이 당신을 소개했군요." 박사가 말했다. 그것은 질문이 아니었다.

노인이 고개를 끄덕였다. 그 사소한 동작만으로도 발작적인 기침이 터져 나왔다. 그는 2분이 넘도록 쿨럭거리다 결국 지난번과 똑같이 더러운 손수건을 꺼내 가래를 뱉었다. 옆에서 컨스가 그 의식이 재미있다는 듯이 키득 웃었다.

"아버지가 그 사람들을 뭐라고 소개하던가요?"

"자선사업가라고 했소."

컨스가 꺽꺽거리면서 폭소를 터뜨렸다. 박사는 그를 한번 노려보고는 다시 스타에게 시선을 돌렸다. "자선사업가?"

"그 사람들 말에 따르면 우생학에 지대한 관심을 지니고 있다고 했소."

"광신도 자선사업가라." 컨스가 아직도 낄낄거리며 말했다.

"내 부친은." 워스롭이 입을 열었다. "그들의 협력으로 어떤 실험을 하게 되었다고 했습니다."

스타가 고개를 끄덕였다. "내가 알기로 그건 두 생물종을 결합하는 거였소."

"하느님 맙소사!" 컨스가 짐짓 놀랍다는 시늉을 해 보였다.

반면에 워스롭이 내보인 혐오감은 결코 가짜가 아니었다. "안트로포파기와 호모 사피엔스를 섞겠다고? 도대체 무슨 목적으로?"

"명백하지 않나, 펠리노어." 컨스가 말했다. "인간의 지적 능력에 놈들의 흉포함을 결합시켜 살인기계를 만들겠다는 속셈이지. 천적도 없는 완벽한 육식동물이지. 니체가 말한 초인의 동물 버전이랄까."

"그가 바란 건 그런 게 아니었을 거요, 슈밋 박사." 스타가 말했다. "메이슨과 슬리델이라면 그랬을지도 모르지, 하지만 워스롭은 그런 인물이 아니었소. 한번은 나한테 이런 말을 하기도 했지. '어쩌면 우리 힘으로 영혼이 없는 녀석들에게 영혼을 부여할 수 있을지도 모르네. 무자비한 본성에 자비로움을, 인간이 아닌 것들에게 인간성을.'"

"그리고 당신은 거기 동의한 거군요." 워스롭이 말했다.

"처음에는 아니었지. 처음엔 나도 퇴짜를 놨어. 신이 되고 싶은 마음은 없었으니까."

"그렇지만 마음을 바꿨죠. 이유가 뭡니까?"

스타는 입을 다물었다. 그가 힘겹게 숨을 내쉴 때마다 가슴이 들썩거렸다. 워스롭이 동전을 두 개 더 떨어뜨렸다.

"내가 마음을 바꿨는지는 어떻게 알지?" 노인이 갈라진 목소리로 말했다.

"그 사람들을 위해 바너의 입을 막았으니까. 법정에서는 그가 미쳤다고 증언하고, 아무도 그의 말을 믿지 않도록 여기다 죽을 때까지 가둬 놓았잖소."

"바너는 3월의 모자장수처럼 미친놈이었소."

"그리고 다른 계약도 맺었고."

스타가 자줏빛 입술을 혀로 적셨다. "다른 계약은 없어. 이게 다 무슨 일이오, 워스롭? 나한테 뭘 바라는 거야? 난 늙은이요. 그것도 다 죽어 가는 늙은이지. 왜 이런 데까지 찾아와서 고릿적 일로 날 괴롭히는 거요?"

워스롭이 몸을 돌려 부상을 입은 내 팔을 붙잡고는 불안해하는 정신과 의사의 코 밑에 들이밀었다.

"더 이상 옛날 일이 아니라서 그럽니다." 그는 낮게 으르렁거렸다. 박사는 내 팔을 놓고는 허리를 굽혀 노인에게 바싹 얼굴을 들이댔다. "내가 뭘 원하느냐고? 나도 같은 질문으로 답해 주지. 당신이 원하는 게 뭐요, 제레마이어 스타? 신사로서 내 명예를 걸고, 오늘 여기서 오간 대화는 모두 비밀로 부치겠다고 약속하오. 당신은 남은 생을 교도소에서 보내지도 않을 거고, 단두대에서 생을 마감하지도 않을 거요! 비록 수많은 희생자들의 피가 애타게 그걸 부르짖는다고 할지라도 말이오! 나는 진상을 알고 있어. 그렇지만 당신 입으로 직접 듣고 싶은 거요. 어차피 살아 있는 사람은 당신이 마지막이니까. 자, 이렇게 맹세하지. 또 뭐가 필요하오?"

스타는 대답을 거부했다. 그러나 탐욕이 그를 배신했다. 그의 탁한 눈동자가 팔꿈치 옆에 쌓여 있는 동전 무더기를 흘깃 쳐다보았다. 워스롭은 지갑을 열어 그 안에 든 것을 모조리 탁자 위로 쏟아

부었다. 거칠게 튕겨 나온 동전들이 낡은 카펫 위로 굴러떨어졌다. 늙은 의사의 손이 간신히 닿을 만한 거리에 동전 하나가 멈춰 섰다.

"자, 여기 있소!" 워스롭이 포효했다. "이게 내가 가진 전부요. 대답을 해 준다면 내일 이 열 배를 가져다주지. 지금 답해 주면 아무의 귀에도 들어가지 않고 영원히 비밀로 남을 거요……. 우생학 '실험'인지 뭔지를 위해 내 아버지가 이 짐승들을 죽이지 않고 제대로 사육하려면 두 가지 조건이 필요했소. 메이슨과 슬리델이 자금을 댔을 게 분명한 은신처와, 바로 놈들의 먹이지. 그렇지 않소? 그 두 사람이 지하에 굴을 팠고, 당신이 먹이를 제공했지. 그렇지 않소? '그렇다'고 대답하시오, 이 빌어먹을 괴물 자식아."

"그렇소." 스타가 입을 열었다. 다시금 터져 나온 기침이 그의 온몸을 뒤흔들었고, 이윽고 진정된 몸을 뒤로 기대앉은 그의 얼굴은 잘 익은 딸기 빛으로 변해 있었다. 통통한 턱에 침방울이 튀어 있었다. 워스롭이 질색한 얼굴로 움찔거렸다.

"전쟁이 끝난 뒤에는……?"

"그가 직접 돈을 대겠다고 했소." 스타가 털어놓았다. "포기할 수가 없다고 하더군."

"포기할 수가 없다고?" 박사는 경악했다. "뭘 포기할 수 없단 거지?"

"내 생각엔 그놈들한테 정이 든 것 같았소. 애완동물이나 자식처럼. 내 말을 기분 나쁘게 듣지는 마시오, 워스롭. 선친은 놈들을 매우 아꼈다오."

"그리고 그게 무슨 돈이든 당신은 상관할 바가 아니었고."

"이보시게, 워스롭." 스타가 상냥한 목소리로 말했다. "이봐요,

이……." 그는 검버섯이 낀 손을 내저으며 적당한 단어를 찾았다. "이른바 여기 환자들은 우리 사회의 쓰레기들이오. 문자 그대로 더 이상 갈 곳이 없는 자들이나 여길 오는 거지. 가족도 없고, 찾아오는 사람도 없소. 하나같이 제정신이 아닌 데다 대부분은 범죄자들이오. 안 그런 놈들은 저능아들이고. 한마디로 인간들이 버린 인간쓰레기란 소리요. 평범한 시민들에게 위해를 끼치고, 심지어 자기 자신에게도 위해를 끼치지. 기억하는 사람도 아무도 없고, 찾아오는 사람도 없으며, 인간이라기보다는 인간인 척 흉내 내는 잔인하고 저급한 껍데기일 뿐이오. 어차피 여기서 썩어 문드러질 몸, 좋은 일에 희생하는 것도 나쁘지 않잖소."

"추가로 돈도 벌 수 있는 데다, 환자들이 사라진다고 해도 어차피 찾는 사람도 없을 테니까."

스타는 박사가 이해해서 다행이라는 듯 고개를 끄덕였다. "어차피 아무도 찾는 사람이 없으니까." 그가 중얼거렸다.

"그리고 당신은 계약을 끝까지 충실히 이행했지." 워스롭이 이를 갈며 말했다. 그는 어떤 대가를 치르더라도 진실을 마주할 생각이었다. 그에게는 사소한 대가에 불과할 동전이 등잔불 아래에서 번쩍거렸다. "선친이 돌아가셔서 돈이 끊기기 전까지, 당신은 매달 뉴예루살렘에 두세 명의 사람을 먹잇감으로 조달했어."

"아니, 아니지. 기본적으로는 맞지만 세부적인 부분에서 틀렸소, 워스롭. 난 사람들을 조달한 적이 없소. 그 일을 하는 사람이 따로 있었지. 그리고 그 일을 그만둔 적도 없었고."

워스롭은 소스라치게 놀랐다. "그만둔 적이 없다니 그게 무슨 뜻이오?"

"그 말 그대로요, 중단한 적이 없대도."

내 옆에서 컨스가 중얼거렸다. "그럴 리가 없어."

박사가 손가락으로 머리칼을 쓸어 올렸다. 그는 의자에 털썩 주저앉더니 무릎에 팔꿈치를 괴고 신발을 내려다보며 말했다. "왜 멈추지 않은 거요?"

"당신 아버지가 부탁했거든. 놈들을 위해 미리 자금을 맡겨 두었소. 그는 이 실험이 알려지면 비난을 받을 거라는 걸 알고 있었소. 놈들에게 먹이를 주지 않으면 놈들은 먹이를 다른 데서 찾아 나서게 될 테고. 내 생각도 그와 같았지. 병 속에 갇힌 지니, 판도라의 상자가 열린 거요. 계속하는 수밖에는 도리가 없었지."

"안 그러면 진짜 사람들이 죽을 테니까." 컨스가 이렇게 말하고는 미소 띤 얼굴로 노인을 바라보며 고개를 주억거렸다. 마치 이렇게 말하는 듯한 표정이었다. 우리는 같은 족속이오.

"그래! 바로 그거요!" 스타가 열렬하게 고개를 끄덕였다. "그래서 당신 아버지가 죽은 뒤에도 아무것도 바뀌지 않았소. 한 달에 한 번, 시계가 자정을 치면 나는 피터슨과 함께 화물을 싣고 묘지로 갔지."

"세 시간쯤 걸리는 거리니, 새벽 3시에 먹이를 줬다는 얘기군. 마녀의 시간이지." 컨스가 말했다.

워스롭은 고개를 젓고 있었다. "당신 이야기는 우리가 발견한 증거와 일치하지 않아요, 스타 박사. 우두머리 수컷이 시체를 뜯어 먹다 발견되었소. 안트로포파기가 그런 짓을 하는 건 허기에 지쳤을 때뿐이오. 최근에는 지상까지 이어지는 굴을 팠고. 당신이 녀석들에게 정기적으로 신선한 고기를 공급했다면 그런 짓을 하지 않았을 거요. 그리고 나는 놈들의 둥지와 먹이를 주는 방 사이의 통로가 자연현상 때문에 무너졌다고 생각하지 않소. 말이야 중단한 적이 없다고 하지만 중간에 그만둔 게 틀림없어요."

"그래, 그랬지." 스타가 결국 시인했다. "당신은 당신 아버지가 죽은 뒤에 내가 먹이를 주는 일을 중단했다고 했지. 나는 당신 부친이 내가 그런 수고스러운 일을 하는 대가로 필요한 돈을 남겨 놨기에 그럴 필요가 없었다고 했고. 그런데 그 돈이 바닥났다오, 워스롭. 작년 12월의 일이었지. 놈들이 마지막으로 배를 채운 게 크리스마스 날이었소."

컨스가 너털웃음을 터뜨렸다. "오, 거룩한 밤!"

"피터슨이 통로에 다이너마이트를 터뜨려서 끝을 막아 버렸지."

"피터슨." 컨스가 그의 말을 메아리처럼 반복했다.

"그렇소. 피터슨이 그랬지. 내가 전적으로 신뢰하는 인물이오. 처음부터 이 일을 도맡아서 했거든."

"이름은 뭐요?"

"조너선. 그런 건 왜 묻는 거요?"

워스롭이 컨스가 대답할 틈도 없이 말했다. "놈들이 굶어 죽을 거라고 생각한 거군."

"그게 가장 좋은 해결책이라고 생각했소. 당신 부친이 죽기 전에 우리끼리 한 얘기이기도 하고. 이 말을 들으면 기분이 좀 나아질지도 모르겠군, 워스롭, 당신 선친은 때때로 후회한다는 기색을 내비치곤 했지. 이 일을 별로 좋아하는 것 같지도 않았고. 여러 차례 실험을 중지하고 싶다고 말했어. 놈들을 굶겨 죽이거나, 독을 풀거나, 산 채로 둥지에 불을 지르거나 하는 식으로 말이오. 하지만 그는 본질적으로 낙천주의자였소. 시간만 충분히 들이면 놈들을 길들일 수 있다고 진심으로 믿었지."

"길들인다고?" 워스롭이 외쳤다. "인간과 교배를 한다고 한 거 아니었소?"

"아, 그건 몇 년이 지난 후에 포기했지." 스타가 새의 발톱처럼 굽은 손가락을 공중에 내저으며 말했다. "짝짓기 상대로 몇 명을 보냈는데 보는 족족 찢어발겼거든."

컨스가 웃음을 터뜨렸다. "인간의 결혼과 별 다를 바도 없구먼!"

워스롭도 고개를 끄덕였지만, 컨스의 냉소적인 평가에 동의하는 것은 아니었다.

"이제야 이해가 가는군. 놈들은 인간이 마련해 준 안전한 둥지를 떠날 이유가 없었던 거요. 적어도 먹이가 떨어질 때까지는 말이지. 그러다 배가 고픈 나머지 지상으로 탈출한 거요. 나는 놈들이 스티넷 가를 습격한 것이 우리가 놈들의 영역을 침범한 데 대한 보복이라고 생각했는데……."

괴물학자는 탄식했다. 안도와 가슴 아픈 사실을 알게 된 깨달음이 뒤섞인 탄식이었다.

"이번에도 또 틀렸군. 내 예상도 틀렸고 그에 대한 대응책도 틀렸어. 하지만 아직 모든 해답을 알게 된 건 아니오, 스타 박사. 당신은 왜 바너 선장을 계속 데리고 있었던 거요? 다른 '쓰레기'들처럼 구덩이에 갖다 버렸다면 훨씬 안전했을 텐데."

"맙소사, 워스롭. 대체 나를 어떤 사람으로 보는 거요? 나는 조금 탐욕스러울지는 몰라도 그 정도로 나쁜 놈은 아니오."

나는 창가에 까맣게 몰려 있던 파리 떼와, 바너 선장의 벌어진 염증 위에서 꾸물거리던 혐오스러운 애벌레들을, 부츠 안에서 부풀어 오른 썩은 살을 떠올렸다. 그 정도로 나쁜 놈은 아니오.

"아, 아니고말고." 컨스가 이렇게 말하고는 의자에서 일어나 숨을 씨근거리고 있는 말라빠진 노인네를 향해 걸어갔다. 그러고는 상냥함이 담뿍 담긴 사근사근한 목소리로 말했다. "오히려 그 반대지. 당신은 박애주의자요, 스타 박사. 다른 사람들 말에는 신경 쓰지 마시오! 당신은 납을 황금으로 바꾸는 인간의 연금술사요! 당신에게는 평범한 인간들을 옭아매고 있는 사슬 따위는 아무 소용 없어요. 그런 점에서 당신과 나는 형제라오, 친애하는 제레마이어. 우리는 영광스러운 새 시대를 이끌어 갈 신인류지. 어떤 거짓으로부터도 자유롭고, 어떤 규율도 지킬 필요가 없어!"

컨스는 양손으로 스타 박사의 머리를 잡더니 몸을 수그려 박사의 커다란 귀에 입을 대고 가르랑거렸다. "세상에 유일한 진실은 지금 이 순간의 진실뿐이오. 선과 악 따윈 존재하지 않아요. 그저 사람들이 지어낸 관념일 뿐. 도덕 같은 것도 없소, 안 그렇소, 제레마이어? 이 순간의 도의만이 있을 뿐이지."

그리고 그 말과 함께, 해부학의 대가이자 괴물 사냥꾼인 존 컨스는 힘차게 손목을 비틀어 스타 박사의 목을 꺾어 버렸다. 노인의 경추가 끊어졌고, 그는 즉사했다.

컨스는 두 눈을 휘둥그레 뜬 채 할 말을 잃은 워스롭의 옆을 뚜벅 뚜벅 지나 방을 나가며 태연하게 내뱉었다.

"어차피 아무도 그를 찾지 않을 테지."

박사는 화산처럼 격노하고 있었다. 겉으로는 침착하고 아무런 동요도 없는 듯 보였지만 나는 그를 너무나도 잘 알고 있었다. 그 뒤로 그는 한마디도 하지 않다가 우리가 모틀리 힐로 향하는 샛길에서 벗어났을 때에야 이윽고 컨스에게 말을 걸었다.

"그건 살인이었네, 컨스. 진짜로 사람을 죽인 거라고."

"그건 안락사였네, 워스롭. 진짜로 안락사였다고."

"나한테 선택의 여지를 주지 않는군."

"선택의 여지는 누구한테나 있는 법이야, 펠리노어. 내가 질문 하나 해도 될까? 저 멍청이가 어느 날 갑자기 양심의 가책을 느낀 나머지 임종을 앞두고 자기 죄를 낱낱이 고백한다면 어떻게 될 것 같은가? 자네도 필생의 사명을 계속하고 싶지 않나? 아, 미안하군, 두 가지를 물었네."

"나한테 그보다 더 나은 질문이 있네." 워스롭이 쏘아붙였다. "내가 입을 다무는 대가로 자네가 앞으로 계속 자네의 필생의 사명을 수행할 수 있다면, 내가 무엇을 선택할 것 같은가?"

"이런, 펠리노어. 그런 말을 하다니 유감이군. 누구의 일이 더 가치 있다고 비교할 수 있나? '비판을 받지 아니하려거든 비판하지 말라.*'"

"악마야말로 성경을 가장 잘 알고 있다고들 하지."

---

* 「마태복음」 7장 1절.

컨스가 명랑하게 웃더니 고삐를 당겨 말머리를 마을 쪽으로 향했다.

"어딜 가는 건가?" 박사가 물었다.

"땅을 두루 돌아다니려네, 괴물학자 친구. 지상의 위아래를 걸어 다닐 걸세! 지평선 위로 달이 떠오르거들랑 나를 찾게. 반드시 돌아올 테니까!"

컨스는 박차를 가하더니 순식간에 전속력으로 멀어져 갔다. 워스롭과 나는 그의 뒷모습이 마지막 산등성이 너머로 사라질 때까지 말없이 지켜보았다. 박사가 아랫입술을 초조하게 씹었다.

"저분이 어디 가는지 아세요, 박사님?"

"그래." 박사는 고개를 끄덕이고 한숨을 내쉬더니 씁쓸하게 웃었다. "존 J. J. 슈밋이라고? 글쎄, 윌 헨리, 나는 존 컨스도 그의 본명이 아니라고 생각한단다."

그러나 본명이 뭐든 간에, 그는 약속을 지켰다. 어느 날 저녁식사가 끝나고 한 시간 후, 보름달의 빛나는 은빛 머리가 나무 꼭대기에 걸렸을 때, 그가 돌아왔다. 그는 우리에게는 한마디도 하지 않고 방으로 사라지더니 깨끗한 옷으로 갈아입고 여행용 망토를 걸치고는 손에 가방을 들고 내려왔다.

"자, 그럼 펠리노어, 난 이만 가 보겠네. 덕분에 재미있었어. 그렇지만 지겨울 정도로 너무 오래 머물러도 안 되겠지. 적어도 벌써 하루는 늦은 것 같은데."

"하루 이상이지, 존." 워스롭이 무미건조하게 대답했다. "조너선 피터슨에게 무슨 짓을 한 건가?"

"누구?" 그는 정말로 어리둥절한 것 같았다. "아, 그 영감탱이의 부하 말이로군. 그래, 그런 이름이었지. 왜 그런 걸 묻나?"

"그 사람은 지금 어디 있지?"

컨스는 유감이라는 듯 고개를 저었다. "피터슨이 어디 있는지 아무도 모르더군, 펠리노어. 참 슬픈 일이야."

워스롭은 한참 동안 침묵을 지키다가 이윽고 나지막하게 말했다. "당국에 신고할 생각이네."

"그래, 나도 자네를 원망하지 않을 거네. 내가 무슨 소리를 하든 먹힐 것 같지가 않으니까. 하느님이 곤충과 언약하는 것과 비슷하지.*" 그는 박사의 냉랭한 반응을 보고는 키득거렸다. "내가 왜 자네를 좋아하는지 아나, 워스롭? 자네는 정말 지독히도 착실하거든."

그는 나를 돌아보았다. "윌 헨리! 동굴에서 있었던 그 불행한 사건 때문에 나한테 악감정 같은 게 남지 않았으면 좋겠구나. 그땐 어쩔 수가 없었단다. 물론 비밀이야 지킬 테지만, 만약에 네가 그때 얼마나 용감했는지 사람들한테 말한다면 그들은 나더러 거짓말쟁이라고 하겠지. 넌 아주 훌륭한 괴물학자가 될 수 있을 거다. 워스롭 밑에서 살아남을 수만 있다면 말이야. 잘 있어라, 윌."

그는 나와 악수를 나누고는 내 머리카락을 마구 헝클어뜨렸다. 박사가 물었다. "다음에는 어디로 갈 건가, 컨스?"

"이런 펠리노어, 나를 경찰에 신고하겠다고 해 놓고는 내 목적지를 묻는 건가? 설마 나를 그 정도로 멍청한 인간으로 여기는 건 아니겠지? 난 바비 모건이 아니야. 그건 그렇고, 어떻게 치안관이 자

* 「호세아」 2장 18절에서 유래한 표현인 듯하다. "그날에는 내가 그들을 위하여 들짐승과 공중의 새와 땅의 곤충과 더불어 언약을 맺으며 또 이 땅에서 활과 칼을 꺾어 전쟁을 없이 하고 그들로 평안히 눕게 하리라."

네를 체포하지 않게 설득할 수 있었지?"

워스롭이 굳은 얼굴로 대답했다. "로버트는 내 오랜 친구일세. 내가 얼마나 중요한 일을 하는지 알고 있지."

"자네에게 계속 괴물 사냥을 맡겨서 뉴예루살렘을 안전하게 지킨다? 어디 선량한 스티넷 목사와 그 가족에게도 그렇게 말해 보지그러나."

"자네 떠난다고 하지 않았나?" 박사가 싸늘한 목소리로 말했다.

"물론이지! 워낙 힘들고 진지한 일을 했더니 한동안은 휴가를 길게 가질까 생각 중이야. 이번에는 재미를 볼 만한 사냥을 해야지. 특히 윌 헨리의 없어서는 안 되는 봉사가 없으니 쉽고 간단한 걸로 말이야."

"그 문제도 아직 잊지 않았네." 박사가 침울하게 대답했다. "내가 그 문제에 대해 더 깊이 고민하기 전에 빨리 떠나는 게 좋을 거야, 컨스."

그는 박사의 충고에 따라 즉시 떠났고, 다음 날 아침 워스롭은 경찰에 살인사건을 신고함으로서 본인의 약속을 지켰다. 그러나 내가 아는 한 달라진 것은 아무것도 없었다. 신문에 조너선 피터슨의 알쏭달쏭한 실종 사건에 대해 기사가 하나 실리긴 했지만 그 외에는 아무것도 없었다. 그의 시신은 끝까지 발견되지 않았다.

88년 봄 이후, 우리는 잭 컨스에 대해서는 말을 거의 꺼내지 않았다. 그 주제는 박사에게 평소에는 별로 신경 쓰지도 않는 도덕적 딜레마를 불러일으키는 것 같았다.

그러나 그해 가을, 어쩌다 간접적인 방식으로 그가 화제에 오른

적이 있었다. 내가 식당에서 은식기를 닦고 있는데, 서고에서 외마디 외침 소리와 함께 뭔가 무거운 것이 바닥에 떨어져 부딪치는 소리가 들렸다. 나는 깜짝 놀라 방으로 달려갔다. 박사가 사다리에서 떨어졌을지도 모른다는 생각이 들었기 때문이다(그는 요 며칠 먹지도 않고 자지도 않고 일에만 매달려 있었다.). 하지만 내가 발견한 것은 이미 다듬을 때가 한참 지난 머리카락을 쓸어 올리며 성난 목소리로 뭔가를 중얼거리면서 카펫 위를 이리저리 서성이고 있는 박사의 모습이었다. 그는 문간에 서 있는 나를 보더니 발을 멈추고는 내가 다가가 그가 뒤집어엎은 탁자를 바로 세우는 모습을 말없이 지켜보았다. 탁자 옆에는《런던타임스》의 1면이 펼쳐져 있었고 신문사 로고 아래에는 머리기사 표제가 커다랗게 적혀 있었다. '리퍼의 습격, 화이트채플의 살인마가 네 번째 희생자를 내다.'

화이트채플. 나는 그 이름을 어디서 들었는지 기억해 냈다. 반년 전 모틀리 힐의 응접실에서 그가 말했다. 화이트채플의 존 J. J. 슈밋 박사.

내가 그 섬뜩한 기사를 읽는 동안 박사는 아무 말도 하지 않았다. 내가 기사를 읽고 그를 올려다보았을 때도 입을 열지 않았다. 마침내 내가 침묵을 깨뜨렸다.

"박사님 생각에……." 나는 입을 열었다. 질문을 끝마칠 필요도 없었다.

"내가 무슨 생각을 하느냐고? 나는 말라키가 그때 컨스의 제안을 받아들였어야 한다고 생각한다."

옷을 갈아입고 감자 팬케이크에 대해 장황한 트집을 잡은 후에(소시지에는 손도 대지 않았다.) 박사는 나를 지하실로 불렀다. 두 달마다 하는 정기 검진을 할 시간이었다.

나는 높은 금속 의자에 앉았다. 그는 내 눈에 빛을 비추고 혈압과 체온과 맥박을 잰 다음 내 목구멍을 조사했다. 그러고는 내 팔에서 피를 뽑았다. 나는 그가 실험관에 약간의 요오드를 떨어뜨리고 흔드는, 이제는 꽤 익숙해진 절차를 조용히 지켜보았다. 어떻게 하는지 너도 알아 둬야 한다, 윌 헨리. 그는 내게 이렇게 말했다. 우리가 영원히 함께 있지는 않을 테니까.

"점안기." 나는 박사의 손바닥에 점안기를 쥐여 주었다. 그는 슬라이드 위에 방금 피를 섞어 만든 용액을 한 방울 떨어뜨리고 그 위에 다시 유리 슬라이드를 얹은 다음 표본을 현미경 렌즈 아래에 놓았다. 나는 숨을 멈춘 채 그가 결과를 확인하는 모습을 지켜보았다. 그는 끙 소리를 내더니 나더러 보라고 손짓했다.

"검고 길쭉한 점들이 보이느냐?" 그가 물었다.

"네, 그런 것 같아요."

"보인다는 거냐, 보인다고 생각한다는 거냐? 정확히 말해라, 윌 헨리!"

"보여요, 박사님."

"저게 유충이다."

나는 마른 침을 꿀꺽 삼켰다. 내 피 한 방울 속에서 작은 흑요석 구슬처럼 생긴 수천 개의 검은 눈동자가 춤을 추고 있었다.

박사가 장갑을 벗고 감정이 섞이지 않은 목소리로 무미건조하게 말했다. "수치가 안정적인 단계에 접어든 것 같구나." 그는 현미경 옆에 '대상: W. J. 헨리, 병명: B. 아라와쿠스 감염'이라고 적힌 파일을 열어 오늘 날짜 아래 뭔가를 갈겨썼다.

"좋은 건가요?" 내가 물었다.

"뭐라고? 아, 그래, 좋은 소식이다. 아라와쿠스가 정확히 어떤 환경에서 숙주인 포유류와 완벽한 공생 관계를 이루는지는 아직 아무도 밝혀내지 못했단다. 보통은 순식간에 번식해서 신체를 장악해버리고, 또 어떤 경우에는 숙주에게 비현실적으로 긴 수명을 선사하지. 네 경우는 정말이지 특이한 사례다, 윌 헨리. 너는 분명히 후자의 경우지만 네 아버지는 그렇지 못했어. 이런 현상을 설명할 수 있는 이론이 있긴 한데 너한테 일일이 설명하기는 너무 복잡하구나. 협회에 있는 내 동료 중 한 명이 아주 뛰어난 논문을 쓴 적이 있다. 간단히 말해 너희 아버지에게 발생한 일은 몸속의 기생충이 새로운 숙주를 찾기 위해 사용한 증식법이었던 거야."

"새로운 숙주." 내가 중얼거렸다. "그게 저군요."

박사는 어깨를 으쓱했다. "불이 난 그날 밤에 일어난 일은 아닐 거다. 놈들이 탈주했을 때 넌 아버지 옆에 있지도 않았잖니. 더구나 그건 아직 이론에 불과해. 놈들이 숙주를 어떤 경로로 감염시키는지는 아직 정확하게 밝혀지지 않았다."

"하지만 그건 사고였던 거죠? 그렇죠?"

"네 아버지가 너를 일부러 감염시켰을 것 같지는 않구나!"

"아뇨, 제 말은…… 제 말은요, 우리 아버지요. 아버지는 어쩌다 일어난 사고 맞죠?"

그는 얼굴을 찌푸렸다. "무슨 말을 하고 싶은 거냐, 윌 헨리? 네 아버지가 누군가에 의해 의도적으로 기생충에 감염되었다고 말하고 싶은 거냐?"

나는 대답하지 않았다. 대답할 필요가 없었기 때문이다. 박사가 내 어깨에 손을 올리고는 말했다. "나를 봐라, 윌 헨리. 너도 내가 거짓말을 하지 않는다는 걸 알 거다. 너는 내가 어떤 사람인지 알지?"

"네, 박사님."

"나는 너에게 그런 불행을 가져온 산파가 아니다. 어쩌면 그건 불행이 아니라 선물일지도 모르지. 나는 네 아버지가 어떻게, 언제 기생충에 감염되었는지 모른다. 그가 나를 위해 일하던 도중에 생긴 일이라는 것은 확실하지만 말이다. 그런 점에서 나한테는 그에게 일어난 일도, 지금 네가 겪고 있는 일도 사고가 아니지. 너는 그의 아들이다, 윌 헨리. 그리고 아들로서 아버지가 졌던 짐을 물려받아야 하지." 그는 먼 곳으로 눈길을 돌렸다. "아들이란 그런 거다."

오후에 박사는 서재에서 괴물학 협회의 연례 학회에서 발표할 논문을 준비한다며 내게 방해하지 말라고 일렀다. 일주일 전 그는 우편으로 동료 괴물학자—다른 누구도 아닌 괴물학 협회 회장—가 쓴 소논문의 초안을 전달받았는데, 그것은 익명의 동료 괴물학자가 워스롭이 그에 대해 공개적으로 반론해 줄 것을 요청하며 보내온 것이었다. 그 동료는 이렇게 썼다.

나는 우리 괴물학의 미래가 심각한 위험에 처했다는 나의 우려가 결코 과장이 아니라고 단언하는 바입니다. 나는 존경하는 회장님의 위험하고도 우려스러운 논고에 대적할 인물로서 귀하 이상으로 적격을 갖춘 이는 없다고 생각하는 바입니다.

신망 높은 아브라함 폰 헬룽 박사의 초고를 읽은 후, 워스롭은 두 가지 면에서 그의 의견에 전적으로 동의한다는 사실을 깨달았다. 회장의 논문은 위험했고, 그로 인해 발생한 대재앙을 방지할 수 있는 사람은 워스롭뿐이었다. 그는 여느 때처럼 불굴의 집중력을 발휘해 그 일에 달려들었다. 그날 오후, 그는 폰 헬룽의 발제에 대한 반론을 열두 번째로 고쳐 쓰는 중이었다.

박사가 지성의 성소에서 일하는 동안, 나는 내 작은 다락방에 올라가 외출복으로 갈아입었다. 목표는 단순했다. 빵집에 가서 라즈베리 스콘을 사 올 것. 내일 아침이면 박사가 스콘을 찾아 댈 게 뻔했고, 내가 스콘이 없다는 사실을 알면서도 어째서 그런 결핍 상태를 해결하지 않고 내버려 뒀는지 타박할 것이 눈에 보였기 때문이다.

너무 급하게 서두르느라 처음에는 눈치채지 못했다(한 시간 뒤면 빵집이 문을 닫을 시간이었다.). 옷을 갈아입고 못에 걸려 있는 내 모자를 향해 손을 뻗었는데, 갑자기 침대 기둥에 뭔가 걸려 있는 것이 시야에 들어왔다. 그것은 흠집 하나 없는 새 모자였다. 군데군데 진흙 자국이 있는, 지금 내 손에 들려 있는 낡은 모자보다 훨씬 컸다. 이게 뭐지? 나는 모자를 들어 뒤집어 보았다. 안쪽에 금색 실로 내 머리글자가 새겨져 있었다. 'W. J. H.'

나는 잠시 동안 못이라도 박힌 듯이 그 자리에서 꼼짝도 할 수가 없었다. 가파른 오르막길이라도 오르는 양 가슴을 쿵쾅거리며 한쪽 손에는 오래된 나무 연기 냄새가 희미하게 배어 있는 낡은 모자를, 그리고 다른 한쪽 손에는 어디서 나타났는지 모를, 그렇지만 누가 가져다 둔 것인지 너무나도 뻔한 새 모자를 꼭 쥐고 있었다.

나는 양손에 모자를 하나씩 쥔 채 아래층으로 달려 내려갔다. 서고에서 갑자기 뭔가 무거운 물체가 쿵 하고 떨어지는 소리가 나서 무슨 일인가 하고 뛰어 들어갔다. 나는 워스롭이 아직 서재에 있는 줄만 알았다.

박사가 벽난로 앞 마룻바닥에 앉아 불을 지피고 있었다. 그의 옆에는 부친의 낡은 트렁크가 놓여 있었다. 그는 내가 보고 있다는 사실도 모르는지 트렁크를 열더니 그 안에 담긴 것들을 하나씩 차례대로 꺼내 타닥타닥 타고 있는 장작 위로 던져 넣었다. 불꽃이 날름거리며 날아오는 먹이를 냉큼 집어삼켰다(잘린 머리의 머리카락이 타는 냄새가 유독 지독했다.). 나는 그의 옆에 털썩 주저앉았다. 그런데도 그는 아무 내색도 하지 않았다.

얼굴에 뜨거운 열기가 확 끼쳤다. 박사는 오래된 편지들을 하나씩 불에 집어넣었다. 그중 하나가 개봉되어 있다는 것(가끔은 정말 외롭고, 여기가 집처럼 느껴지지도 않아요.)을 아는지 모르는지도 알 수 없었다. 그의 얼굴에는 아무런 감정도 떠올라 있지 않았다. 슬픔도, 분노도, 후회나 체념도 없었다. 그는 부친의 존재를 증명하는 세상에 남은 마지막 증거들을 없애고 있다기보다는 그저 평범하게 집안일을 하고 있는 것만 같았다.

"그게 뭐냐, 윌 헨리?" 그가 불길에서 시선을 떼지 않은 채 물었다.

나는 무릎 위에 놓여 있는 내 손을 내려다보았다. 그런 다음 고개를 들어 내게는 눈길조차 주지 않고 벽난로에서 타는 불꽃만을 물끄러미 바라보고 있는 그의 얼굴을 살폈다. 그림자가 드리워진 갸름한 옆얼굴 위로, 그동안 눈에 띄지 않게 감춰져 있던 것이 서서히 드러났다. 그의 부친은 아들의 이름을 절대로 잡을 수 없는 괴물을 잡기 위해 모험을 떠나는 전설 속 인물의 이름을 따서 펠리노어라고 지었다. 그것은 배려심이라고는 전혀 없는 잔인한 행동이었다. 적어도 거기 내포된 불길한 의미를 생각하면 말이다. 세습된 병폐, 가문의 이름에 내려진 저주라는 운명.

"제 모자예요, 박사님."

"둘 중에 어떤 게 네 모자인 거냐? 그게 문제로구나."

나무가 갈라지며 불똥이 튀는 소리가 났다. 나는 생각했다. 그래, 불은 파괴하기도 하지만 정화시키기도 하지.

나는 낡은 모자를 불꽃 한가운데로 집어던졌다. 그는 살짝 고개를 끄덕였고, 우리는 조용히 앉아 불길이 그것을 삼키는 모습을 지켜보았다.

"누가 알겠니, 윌 헨리." 한참 후에, 내 낡은 모자가 죽은 워스롭 박사의 유품처럼 한 줌의 재가 되어 사라진 후에야 그가 입을 열었다. "네가 진 짐은 어쩌면 일종의 축복인지도 모른다."

"축복이라고요?"

"내 동료는 아라와쿠스를 '젊음의 샘 전염병'이라고도 불렀지."

"그 말은 제가 앞으로 안 자랄 거라는 뜻인가요?"

워스롭은 그가 생전 처음으로 내게 준 선물인 새 모자를 내 무릎에서 집어 들더니 내 머리 위에 툭 얹었다. "아니면 죽지 않고 영원히 살지도 모른다. 내가 하는 일도 물려받고 말이다. 과연 걱정거리가 축복이 되겠구나!"

괴물학자가 웃음을 터뜨렸다.

에필로그

2008년 5월

소위 "안트로포파기 사건"이 일어난 지 120년 후, 나는 원장에게 전화를 걸어 윌리엄 헨리의 일기장 중 세 권을 읽었다고 말했다.

"어땠습니까?" 그가 물었다.

"소설이 확실합니다."

"물론 그렇겠죠." 그는 묘하게 약이 오른 듯 들렸다. "그분의 신원을 밝히는 데 도움이 될 만한 내용은 없었나요?"

"중요한 건 없었습니다."

"고향은……?"

"뉴예루살렘이라고 하더군요. 하지만 그런 마을은 없어요. 적어도 뉴잉글랜드에는 없습니다."

"일부러 다른 지명을 사용했겠죠. 어쨌든 누구든 고향은 있을 거 아닙니까."

"글쎄요. 마을 이름이 두 개 나왔습니다. 데덤과 스왐프스콧이죠. 그 두 곳은 실제로 매사추세츠 주에 있는 지명이에요."

"가족들은 어떤가요? 동기간이나 사촌이라든가…… 아무도 없나요?"

"겨우 세 권을 읽었을 뿐인데요. 그렇지만 피붙이라고는 친부모밖에 없었던 것 같습니다." 나는 목청을 가다듬었다. "그를 발견했을 때 경찰이 지문을 채취하지 않았나요?"

"그랬지요. 하지만 일치하는 사람이 없었습니다."

"요양소에 들어갈 때 신체검사를 했지요?"

"그게 기본 절차니까요."

"어, 혹시 혈액검사 같은 것도 합니까?"

"무슨 말씀이십니까, 그러니까 DNA 검사 같은 거요?"

"그것도 그렇지만, 혈액을 채취해서 하는 기본적인 정밀 검사 같은 것 말입니다."

"물론 그런 것도 하지요. 그런데 그건 왜 물으시는 겁니까?"

"혹시…… 뭔가 특이점은 없던가요?"

"그건 파일을 찾아봐야 알겠는데요. 하지만 의사가 무슨 말을 했더라면 제가 기억하고 있었을 겁니다. 왜요?"

"부검은 안 했습니까? 그것도 기본 절차죠?"

"사인에 미심쩍은 데가 있거나 가족들의 요구가 있지 않으면 부검은 대부분 생략하지요."

"윌 헨리한테는 두 가지 모두 해당되지 않는군요. 사망 원인이 뭐였습니까?"

"심장마비요."

"죽기 전에 병을 앓은 건 아니죠? 열이 났다거나 두드러기가 났다거나 하지도 않았고요?"

"잠을 자다 아주 평화롭게 숨을 거뒀습니다. 그런 건 왜요?"

"일기장에 자신이 어떻게 그렇게 오래 살 수 있었는지 적어 놨더라고요. 하지만 그것도 지어낸 이야기가 틀림없습니다. 다른 내용도 마찬가지고요."

원장도 내 말에 동감이었다. "어쨌든 확인해 주셔서 감사합니다."

"아직 안 읽은 내용이 남아 있어요. 개인적으로 더 살펴보고 싶기도 하고요. 원장님만 괜찮으시면 일기장을 조금 더 오래 가지고 있어도 되겠습니까? 혹시 도움이 될 내용을 찾아낼지도 모르니까요."

원장은 괜찮다고 대답했다. 어차피 신문광고를 보고 연락을 해 온 사람도 없었고, 수소문을 해 봤지만 나와 마찬가지로 아무런 결실도 얻지 못했다고 했다. 나는 쓸모가 있을 만한 것을 찾아내면 다시 연락하겠다고 약속하고는 안도감을 느끼며 전화를 끊었다. 남은 공책들을 다 읽기 전에 원장이 일기장을 돌려달라고 할까 봐 걱정이 되었던 탓이다.

그 뒤로 몇 달 동안, 나는 짬이 날 때마다 인터넷을 뒤져 일기가 사실임을 뒷받침할 수 있는 증거나 정보를 찾아다녔다. 일기장에 묘사된 전설 속의 괴물에 대해서는 셰익스피어에서 헤로도토스에 이르기까지 꽤 많은 자료를 발견할 수 있었다. 그렇지만 그 괴물들이 지난 19세기에 미국에 나타났다는 이야기는 단 하나도 찾을 수가 없었다. 괴물학 협회("괴물학"이라는 단어 자체가 윌 헨리가 만들어 낸 것일지도 모른다.)는 물론 펠리노어 워스롭이라는 인물이 존재했다는 증거도 전혀 없었다. 온라인에서 19세기 말에 있었다던 정신병원을 발견하기는 했지만 이름이 모틀리 힐도 아니었고, 소유주의 이름도 스타가 아니었다. 1865년에 스왐프스콧에서 좌초한 페로니아라는 이름의 화물선에 대한 기록도 찾지 못했다. 아니, 아예 그해에 그 지역에서 배가 침몰한 일이 없었다.

실존 인물인 잭 더 리퍼와 관련해 몇 가지 자료들을 뒤져 봤지만 존 컨스라는 가명이 언급된 곳도 없고, 그가 인간을 사냥하지 않을 때는 괴물을 사냥하고 다녔다는 윌 헨리의 깜짝 놀랄 만한 주장을 뒷받침할 만한 증거나 이론도 찾을 수가 없었다. 대영박물관에서 일하는 한 친절한 직원이 우생학의 아버지이며 워스롭이 그의 부친과 가까운 친구라고 주장했던 프랜시스 골턴 경의 사적인 글들에 관해 내게 답변을 보내 주었다. 짐작했던 대로 골턴의 서신에는 앨리스테어 워스롭이나 그와 비슷한 이름을 가진 사람은 단 한 번도 언급된 적이 없었다.

나는 비미니어스 아라와쿠스에 대한 어떤 정보도 발견하지 못했다. 숙주의 수명을 늘려 준다는 이 기생생물에 대해서는 과학 논문은커녕, 그런 전설이나 신화도 존재하지 않았다.

때때로 나는 이런 황당하고 헛된 조사에 몰두하다가 나도 모르게 너털웃음을 터뜨리곤 했다. 도대체 나는 왜 정신 나간 노인네가 지어낸 이야기의 사실 여부를 증명하겠답시고 내 귀중한 시간을 낭비하고 있는 걸까? 나는 그에게 연민을 느꼈다. 어쩌면 그 때문인지도 모르겠다. 윌 헨리는 자신이 쓰는 내용이 상상력의 산물이라고 믿지 않았다. 나는 그가 그것이 모두 사실이라고 믿었다고 생각한다. 물론 그것은 허구에 불과했지만, 일부러 지어낸 이야기는 아니었다.

처음 대화를 나눈 지 거의 4개월이 지난 후에 나는 원장에게 다시 전화를 걸어 윌리엄 제임스 헨리가 묻혀 있는 곳을 물었다. 시립 묘지는 우리 집에서 10분도 떨어지지 않은 곳에 있었다. 나는 가장 초라한 구역에 있는 다른 극빈자의 무덤 옆에서 그의 이름이 적힌—그게 진짜 그의 이름이라면 말이지만—작은 석비를 발견했다. 유해 발굴 허가를 받으려면 어떻게 해야 하지? 무덤 앞에서 나는 문득 이게 얼마나 황당한 생각인지를 깨닫고 깜짝 놀랐다. 나는 왜 그의 허무맹랑한 이야기가 조금이라도 진짜이길 바라는 걸까?

나는 충동적으로 쪼그리고 앉아 나뭇가지로 땅바닥에 얕은 구멍을 팠다. 얼마 전에 폭풍우가 지나간 탓에 구멍 위로 금세 물이 차오르기 시작했다.

한참 동안 멀거니 그 모습을 바라보고 있다가, 나는 문득 지렁이도 아니고 애벌레도 아닌 것이, 작은 벌레처럼 생긴 길고 가느다란 생명체가 어두운 수면 위에서 꿈틀거리는 것을 발견했다. 윌 헨리가 기록하기로, 그의 아버지를 감염시킨 기생충은 사람의 머리카락처럼 가느다랬다.

나는 그 이름 모를 벌레를 지팡이 끝으로 건져 올려, 늦은 여름날의 어스름 속에서 눈을 가늘게 뜨고 살펴보았다. 일기장에 적혀 있던 워스롭의 말이 생각났다. 놈들이 숙주를 어떤 경로로 감염시키는지는 아직 정확하게 밝혀지지 않았다. 나는 갑자기 섬뜩해져서 지팡이를 크게 휘둘러 그것을 던져 버렸다.

정신 차려. 나는 속으로 중얼거렸다. 웃어넘기려고도 해 봤다. 그러자 불현듯 윌 헨리의 일기장에 적혀 있던 또 다른 문장이 머릿속에 떠올랐다. 내가 서둘러 차를 향해 걸음을 재촉하는 도중에도, 더 이상 괴물이 존재할 공간이 없는 현대의 세상으로 복귀하는 동안에도 그 말은 내 머리에 들러붙어 떨어지지 않았다.

그렇단다, 아가야. 괴물은 진짜 있단다. 우리 집 지하실에도 한 마리가 걸려 있지.

옮긴이 | 박슬라

연세대학교에서 영문학과 심리학을 전공했으며, 현재 전문 번역가로 활동 중이다. 옮긴 책으로는 『스틱!』, 『부자 아빠의 투자 가이드』, 『사라진 내일』, 『샤르부크 부인의 초상』, 『한니발 라이징』 등이 있다.

몬스트러몰로지스트 시리즈-1권

괴물학자와 제자

1판 1쇄 찍음 2017년 5월 19일
1판 1쇄 펴냄 2017년 5월 26일

지은이 | 릭 얀시
옮긴이 | 박슬라
발행인 | 김세희
편집인 | 김준혁
펴낸곳 | 황금가지

출판등록 | 2009. 10. 8 (제2009-000273호)
주소 | 06027 서울 강남구 도산대로 1길 62 강남출판문화센터 5층
전화 | **영업부** 515-2000 **편집부** 3446-8774 **팩시밀리** 515-2007
홈페이지 | www.goldenbough.co.kr

도서 파본 등의 이유로 반송이 필요할 경우에는 구매처에서 교환하시고
출판사 교환이 필요할 경우에는 아래 주소로 반송 사유를 적어 도서와 함께 보내주세요.
06027 서울 강남구 도산대로 1길 62 강남출판문화센터 6층 민음인 마케팅부

ISBN 979-11-5888-261-7 04840(1권)
ISBN 979-11-5888-260-0 04840(set)

㈜민음인은 민음사 출판 그룹의 자회사입니다.
황금가지는 ㈜민음인의 픽션 전문 출간 브랜드입니다.